風雲時代
30
周年紀念
暢銷典藏版

重返狼群

李微漪

序

本書給予我精神上空前的震撼

《狼圖騰》作者　姜戎

「狼女」是若爾蓋草原藏族牧民送給「八〇後」女畫家李微漪的帶有神性色彩的藏名，我認爲微漪更配得上「中國第一狼女」的稱號，因爲她不僅救狼崽，養小狼，野化訓練狼，成爲將人養的狼成功放歸狼群的第一人，而且還撰寫了《重返狼群》——世界狼文化中的第一部由女性當事人自述的紀實體小說傑作。

我已精讀了四遍《重返狼群》，仍想再讀。這部狼書經常讓我或冷汗淋漓，或熱血沸騰，抑或潸然淚下。最讓我情感衝動和意想不到的是小狼最後成功融入狼群，以及狼女和小狼格林爲此目標所表現出的大膽進取，不惜冒生命危險的狼性格。這種膽大妄爲、成功機率幾乎等於零的冒險，居然圓滿完成，給予了我精神上空前的震撼。

我作爲《狼圖騰》的作者，作爲很熟悉世界狼文化的人，深知養狼艱難，放狼回歸狼群，更是凶險得難以想像。我在青年時期就未能實現將我養的小狼放歸狼群的夢想，前幾年重慶的羅勇放狼歸群也悲壯地失敗了。據我所知，之前世界上還沒有一條由人養大的狼放歸荒野後能夠存活下來，因為，沒有獨立捕食、尋食和防衛能力的孤狼在荒野根本無法生存，要想生存就必須加入野生狼群。但是，由人餵大的狼帶有類似家畜的依賴性，又不會捕獵，更危險的是完全不懂得狼群的族法家規。因此，這種狼不僅不會被狼群接納，甚至還會被狼群咬殺。

然而，中國狼女李微漪卻打破了這項零的紀錄。由於若爾蓋草原濕地已經開始乾涸沙化，再加上盜獵猖獗，狼群幾近絕跡，因此，狼女的這項紀錄尤顯珍貴，珍貴到可能以後再也無人破此紀錄了。李微漪真可能成為「李唯一」——中國當代唯一的狼女。這是她的榮譽，但這也是她、中國生態環境、狼群以及其他動物的悲哀。

閱讀《重返狼群》，我首先關心的是狼女微漪是如何實現這一連國內外狼男們都未能創造的奇蹟的，這也是該書最具創新特色的主要看點。狼書生動詳盡地記錄了狼女成功的原因：她出於對自由強悍狼性的尊重和理解，大膽採用一種育狼野化狼的獨門絕技，即以真正狼媽（**不是人媽**）的方式來養狼馴狼。從幼崽開始，就完全放縱狼性，在成都某高樓的一間秘密小屋裏讓小狼暴飲暴食、無法無天、自由野蠻地成長。到了若爾蓋草原以後，微漪首先「自我」野化，如同真狼媽那樣，完全脫離人群，在野狼出沒的狼山上，與半大小狼過著同吃同睡同狩獵的野狼生活。以真狼環境的凶險與饑餓來啓動小狼體內的野性基因，在實戰中鍛煉小狼獨立捕食的生存能力。

但是，這種狼媽馴狼法艱辛異常，風險巨大，危及生命。用「九死一生」來形容育狼馴狼的過程仍顯輕飄。事實上，小狼格林至少經歷了不下十幾次的死裏逃生，就是狼女自己也多次與死神擦肩。讓我深深感動和敬佩的是，在一次次死亡的威脅下，狼女依然咬牙堅持，沒有退縮，沒有心軟：不是僅僅爲了「活著」，而是爲了自由生活；不是退回城市動物園，而是在「望子成狼」的母愛下，將小狼置於危險殘酷的環境中，強化成真正的野狼，並把牠送回牠的血親狼群之中。更讓我內心震顫的是，狼女不惜親身全程陪練，甚至做好了自己可能成爲狼群聚餐時的「一道主菜」的精神準備。一個中國現代青年女性，能如此敬狼愛狼，能如此深刻理解狼和自由，能有如此自由意志和膽魄，真讓我這頭「老狼」肅然起敬。

繼續讓我驚訝的是，狼女不僅具有狼膽，而且還擁有超人的狼智慧。在小狼兩個月大的時候，由於狹窄的城市樓房將扼殺小狼日益膨脹的自由狼性和野性，又由於狼嗥遭鄰居舉報，微漪最終不得不攜小狼離開成都，竟然下決心到草原一個朋友開辦的養獒場去馴狼。如果換了我，是斷然不敢冒險將一條小嫩狼送入狼的天敵藏獒群的。

然而，狼女就敢劍走偏鋒，不惜幾次冒著小狼幾乎命喪獒牙的危險，使小狼在猛獸群中學會察言觀色、學會尋找保護傘、學會如何表達臣服的肢體語言、學會與藏獒鬥智鬥勇，甚至欺負大獒。最後，渴望群體生活的小狼居然創造了化敵爲友——與藏獒成爲生死與共的戰友的奇蹟，讓人們對勇敢、智慧、倔強的狼性有了全新的正面認識。事後來看，狼女的冒險雖然是被逼無奈，但也有她對小狼潛能的正確預判。因此，這次冒險還是一著高智商的險棋。後來的事實證明，聰明機智的小狼幾乎用生命換來的融入猛獸群的經驗，對牠最終被狼群接納，起到了其他種種馴狼法所無法替代的關鍵作用。

狼女奇書《重返狼群》還具有顛覆中國傳統惡狼文化的文化價值，該書以無可辯駁的眾多實例實證和實景圖片，展示了人們難以想像的狼性中重情重義的愛心，進一步顛覆了中國人心目中狼的兇殘狠毒、忘恩負義的惡魔形象。我敢斷言，絕大多數的中國人絕不會想到，那條半大的小狼，在吃羊吃兔的時候總會給狼媽留一條腿；在狼媽病倒時，小狼會在窗前日夜焦慮地守候，還會從地下刨出自己「私藏」的野兔來餵媽媽；在狼媽一次被三條兇猛大藏狗瘋狂追咬時，會毫不猶豫挺身救母，拼死血戰，不惜負傷累累；在草原狼山上，大雪封路斷糧斷援的時候，小狼會日夜狩獵，將難得的獵物與媽媽分食，養活狼媽……李微漪以女性特有的溫柔細膩的文筆，深情描寫了小狼格林的愛心，那是《重返狼群》最動人心扉的部分，值得每位中國家長和孩子閱讀與思考。書中那些真實動人的故事，可證明中國傳統的惡狼文化是多麼虛假無知，多麼誤人子弟和誤導民族價值取向。

《重返狼群》的文化價值中，具有更為重要的現實意義：它將為中國近年來興起的狼文化熱，繼續提供能量，為打造中國的強勢文化貢獻新元素。

當前，世界強國的競爭已進入文化競爭的決定性階段。雖然世界公認我國的經濟、科技、軍事等方面的發展處於強勢，但是我國的文化實力和影響力卻處於明顯的劣勢。因此，鑒別中國各種文化的強弱，並大力發展強勢文化，將是關係到中國命運的當務之急。而狼文化恰恰是人所共知的一種強勢文化。從人類文化心理上看，「狼來了」絕對比「虎來了」「獅來了」更具威懾力。

在世界歷史上，狼文化是許多強勢民族的核心精神文化之一。在古代，版圖最大的蒙古大帝國、版圖第二大的羅馬大帝國，以及橫跨歐亞非三大洲的奧斯曼大帝國，都是崇拜狼的民族建立的。雖然在西方基督教和中國儒學鼎盛時期，狼文化被妖魔化，並遭到全面封殺，但在文藝復興之後，自由民主精神高揚的時代，狼的自由頑強競爭精神重新受到推崇，狼文化再度崛起並逐漸復興。

當今世界上唯一的超級大國——美國，就是一個狼文化高度發達的國家，它崇尚並繼承了羅馬的狼精神和北歐民族的狼神文化。在工業化時代，它還主動吸收了美國本土的印第安人深厚豐富的狼崇拜文化，在此基礎上建立了世界上最強盛的狼文化，產生了大批對美國精神和性格影響巨大的狼文化作品。如小說《人與狼》《狼王洛博的故事》《荒野的呼喚》《雪虎》《海狼》，以及電影《狼改變美國》、《與狼共舞》（該片獲奧斯卡大獎），等等。自由獨立、頑強競爭、勇敢進取的狼精神，對美國長期保持世界首席強國地位起到了重大作用。因爲，美國最早認識到自由進取的狼精神，在本質上是與資本精神、市場精神、企業精神以及民族復興精神最相同相通的精神。如今，在強國的文化競爭中，美國文化依然保持著狼一般的強勢，讓中國導演們不斷驚呼「狼來了！」。

那麼，處於文化弱勢的中國該怎麼辦？唯一出路就是不要再把精力和財力浪費在封建腐朽和百扶不起的無生命力的文化上，而全力打造中國的強勢文化，尤其應該借鑒美國學習印第安人狼文化的成功經驗，並吸收中國本土游牧民族的得天獨厚的狼文化資源，建立具有中國本土特色的狼文化。而《重返狼群》這部產生於中國西部草原的狼書，將爲建造中國的強勢文化做出特殊的貢獻。在此，我真切希望千千萬萬讀過《狼圖騰》的讀者，讀一讀《重返狼群》，它定會給你有關中國新興狼文化的深層啓迪。

最後，「老狼」衷心感謝小狼女及她的好友亦風：讓我第一次親聞了中國人救狼放狼的故事；讓我在書中親見了與我當年養的小狼幾乎一模一樣的小狼格林；讓我重溫了與小狼一起生活的父子般親密而痛苦的歲月；幫我實現了我青年時代未能實現的放狼夢想；部分補償了我對狼族欠下的罪責；也使我看到中國狼文化後繼有狼。

「老狼」預祝《重返狼群》走遍中國，衝出亞洲，最終成爲長嘯於世界的第二匹中國狼。

二〇一二年四月二日

重返狼群

目錄

序：本書給予我精神上空前的震撼 《狼圖騰》作者 姜戎 003

01 小狼的奇蹟 013

02 引狼入市 043

03 滿月的小淘氣 071

04 天生會游泳 089

05 獠牙之下出政權！ 099

06 絕不把自己的命運牽在別人手裏！ 119

07 天台上的狼嗥 133

08 啟動格林的野性基因 151

09 一匹野狼上街了！ 163

10 英雄少年狼 181

▲床底的狐狸窩從此改姓為狼。

▲小狼入主畫室，失寵的「狐狸」看在眼裡，醋在心裡。

▲好友撥著小傢伙尖釘子般的獠牙：「流浪狗？這分明是狼嘛！」

11 城市宅狼 193
12 只為那傳說中美麗的草原！ 213
13 狼與藏獒的傳說 229
14 獒兄狼弟 247
15 狼為食狂 263
16 草原領地狗 275
17 飛狼撲火 295
18 第一次捕獵的代價 323
19 狂獒血戰 339
20 狼情密意 355
21 越獄疑雲 363
22 格林，咱們走吧！ 379
23 天敵 397

▲狼群的嗥聲不時在空野中迴盪，格林聽到了親族的召喚。

▲化敵為友，格林與藏獒成為獒兄狼弟。

▲平日護食搶食的狼，在我病時把僅有的存糧給了我，我的淚水奪眶而出。

重返狼群

目錄

24 錚錚狼骨 405

25 陷阱！ 425

26 狼媽戰歌 449

27 認親儀式 469

28 自然法則 483

29 誘惑 503

30 再闖狼山！ 515

31 狼山上的日子 533

32 狼煙 551

33 最怕遇到人！ 571

34 狼族的集結號 583

35 回歸 595

36 淒厲的北風吹過…… 611

▲格林走了，若爾蓋草原在一片素白中恢復了寂靜，在這聖潔的草原上，沒有人知道這群狼的足跡中藏著多少故事。

▲格林從深深的雪中拔出一隻前肢，邁出了離開人類的第一步……

▲在這莽莽荒原，我與格林之間所剩的將只有沉甸甸的回憶。

01 小狼的奇蹟

我剛去若爾蓋草原寫生的時候，絕沒有想到草原上會有一隻瀕死的、注定會影響我一生的小狼崽向我發出微弱的呼救聲……

我一踏上這片海拔近四千米的高原草甸，就立刻感覺到空氣稀薄，太陽熾烈，長風刮勁草，幾乎沒有任何樹木能夠紮根生長，這裏只有廣闊無邊的草場和綿延起伏的淺山。據當地人說，「若爾蓋」的藏語含義是「犛牛喜歡的地方」。放眼望去，神聖的雪山，飄揚的經幡，悠悠白雲下漫山遍野的牛羊，澄澈的天宇映襯著金碧輝煌的藏傳佛教寺廟……這是每一個畫家夢寐以求的自由樂土。

此時正值四月，壓抑了一冬的烈日開始炙烤高原上的每一寸土地。正午，我背著畫夾與行囊頂著驕陽越走越渴，四周沒有樹木可以遮陰，水也早已喝完。我終於在無邊無際的草場上找到了一處牧民家，推門進去討口水喝。

這草原深處的牧民家少有外來的漢族客人，因此他們異常熱情。一個牧民老阿媽端出酥油茶，揉了一塊糌粑遞給我。幾個粗通漢語的牧民圍坐桌邊，天南地北地和我話起家常來。閒聊中，說起了草原上新近傳來的關於狼的故事。我是個動物迷，一聽之下立刻來了興趣。

「很久沒見過那樣的狼了！」老阿媽在我對面坐下來，褪下手上的佛珠串，一顆顆數著，娓娓道來，「前些日子，一匹大公狼鑽進一家人的羊圈偷走了一隻羊。丟羊的消息一傳開，打獵的人就去下了狼夾子，沒幾天，狼夾子不見了！後來找到夾子，但上面只有一隻咬斷的狼爪，狼竟然跑了！」

「狼咬斷自己的爪子嗎?!」我吃了一驚，雖然以前在小說中也讀到過這樣的描述，但總是當文學故事看，此刻聽草原上的牧民講現實版本，不禁心驚肉跳，「還真有這樣的事兒?!」

「有，草原上的狼狠著呢！」老阿媽連連點頭，從她接下來斷斷續續的描述和旁邊幾個牧民七嘴八舌的補充中，我努力還原著當時的景象：

那隻被夾的大公狼，拖著狼夾子跑不遠，立刻咬斷了受傷的前爪，翻身逃命，被幾隻藏狗循著血味兒一路追攆過去。大公狼三隻爪子爬不上山，慌亂當中躲進山腳下亂石堆的石縫裏，狼頭向外，嚴防死守！圍上來的幾隻藏狗裏，一隻年輕沒經驗的狗見了瘸狼，以為好對付，不知深淺地往裏衝，剛伸進半個頭就被大公狼連頭帶喉嚨一口咬住，狗眼珠子也被咬爆了，狼頭一陣猛甩，狗哼都沒哼幾聲就被公狼撕破了喉嚨，死在洞口。剩餘的藏狗嚇得再不敢往裏衝，只管大聲汪汪叫著報信。狼也死守在石縫裏不出來。

聞聲趕來的獵人和牧民轟開狗群，見石縫不太深，獵人就把藏刀捆在馬棒子頭上，戳進洞去，一陣亂捅，把大狼活活捅死在石縫裏。獵人感覺再沒動靜時，抽回馬棒，挑出死狼一看，只把長的藏刀一直扎進大公狼的嘴裏，從喉管下面戳透，狼嘴和喉嚨直翻血泡泡，大股大股的狼血順著刀刃往下流，刀柄直吞進了狼嘴裏，被狼牙死死咬住，拔都拔不出來。

聽到這情形，我艱難地咽了一口茶，很不舒服地摸摸喉嚨，彷彿那一刀是戳進了我的喉管裏。

「那狼死的時候，頭皮眼睛耳朵幾乎都被刀戳爛了，只剩一隻眼睛還死盯著殺牠的人，看得人心裏直發毛。」旁邊的牧民大哥一點不在意我不舒服的感覺，接過老阿媽的話往下講，「那隻大公狼的刀傷只在頭上、眼睛上、脖子上有，身上和後背一點傷都沒有，你說是怎麼回事？」

他賣個關子，倒上一碗酒，咂了一口，看看我一臉迷茫的表情：「大狼到死都是迎著刀往

上咬，如果是狗，挨上兩刀早就轉身往裏縮了！你說這狼狠不狠？」

我頭皮一陣竄麻，心裏涼颼颼的，彷彿感覺到那狹窄石縫中寒光閃閃的藏刀就在眼前狂扎亂刺。

「那個獵人運氣倒好，」另一個大鬍子的牧民羡慕地說，「他得了張幾乎完整的狼皮，就是缺了條狼腿。」

我垂下眼皮，嘆了口氣，心中既欽佩又惋惜。我從小愛動物，是看著趙忠祥解說的《動物世界》長大的一代，因此對各種生物也有或多或少的瞭解。但對狼，我一直覺得牠不是一種普通的動物——神秘、冷峻、兇殘而令人敬畏。從我所知道的各種動物傳說和記錄中，也只有狼才能下狠心咬斷自己的腳爪，用高昂的代價換取一條生路，其他任何動物都下不了口，以自戕肢體的辦法從捕獸夾下逃脫。可惜這隻寧死不屈的強悍大狼終究沒有逃脫被殺的厄運。我突然很想親眼見證一下那隻斷狼爪，親手撫摸一下公狼遺留的「戰袍」，感受一下一直以來以爲只有小說和傳聞中才有的狼精神。

老阿媽手裏一顆顆撥著佛珠，露出不忍的神色：「最可憐的是後來那隻母狼，剛生狼崽沒多久……」

「還有一隻帶崽的母狼？」我驚訝地瞪大了眼睛。

「是呀！」阿媽回答，「所以公狼才會去偷羊。」

我點點頭，從我對狼生活習性的瞭解中，我知道，母狼生育幼崽期間都是待在狼洞裏，而打獵養家的任務就交給公狼。這隻初爲狼父的公狼有一家子要養活，獵食育幼是每個狼父親的本能。可即便如此，狼也是從不願意與人為敵的，難道祖先們血的教訓還不夠嗎？我深為同情但很不贊成公狼獵取家畜的冒險行為：

「真傻，公狼死了，那一窩狼怎麼活？牠去抓野牛野羊不行嗎？」

「野牛野羊？」大鬍子牧民乾笑了幾聲，「你一路走過來，看見有嗎？」

「斑羚呢？麂子？青羊？狍子？鹿子……」我把我能想到的，作為狼的食物的野生食草動物名字問了個遍。

大鬍子搖著頭：「這些稀罕物要有的話，早就被人打光了，還輪得到狼下手？」

我心裏一沉，頓時明白了公狼甘願冒死偷羊的原因，我突然憎恨起人來。

牧民大哥接過大鬍子的話：「那公狼死了以後，母狼就像瘋了一樣，大白天都敢闖進牧場，接連咬死了三四隻羊。晚上，母狼就跑到山頭上或者在公狼被殺的地方一聲接一聲地哀嚎，嚎得牧民每天都提心吊膽的……」

我追問：「有人看見那隻母狼了麼？」

「怎麼沒看見，大白天都來，狗也攆不走她，見了人也不躲，那母狼純粹是在跟人玩命。」牧民大哥擺擺手，示意我不要打斷他的話。我立刻閉嘴靜聽，生怕錯過了哪一個細節，牧民大哥的講述把我帶回了數天前：

那幾天裏，飽受喪夫之痛和饑餓折磨的母狼夜夜哀嚎，讓牧民惶惶不安，加之母狼自殺式的挑釁，天生不可調和的牧民和狼之間的矛盾更加尖銳。為了免除後患，有經驗的獵人們到處搜尋，找到了狼窩，幾番試探，發現母狼不在，但窩裏分明還藏有小狼崽。有人建議掏了狼

崽，炸掉狼窩！有人怕招致母狼更瘋狂的報復，建議留下一隻活的狼崽，母狼愛子心切，一定會帶著僅存的小狼遠走他鄉躲避災禍，但是要把小狼的一雙後腿折斷，讓母狼養一隻永遠站不起來的狼，一輩子身心疲憊，再也別想捲土重來；有人還是不相信這幾乎亡命的母狼會護著崽子離去，應該主動斬草除根，先留下這窩小狼崽，引誘母狼回來，再一網打盡，這樣又能多一張大狼皮。

牧民大哥咬了一口糌粑，慢慢嚼著，看了看老阿媽，似乎有點不忍心說下去了。我急切地望著牧民大哥，想聽他繼續說完。

牧民大哥猶豫了一下，接著道：「獵人後來投了毒肉，本來想毒死的狼皮最完整，可讓人萬萬沒想到的是，中毒的母狼竟然自己用牙把背皮撕爛，死都沒讓人得到那張狼皮！」

老阿媽手上滾動的珠串滯澀了。「母狼臨死還爬回狼窩，挨個舔她的小狼崽，緊盯著圍上來的人嗥叫，嗥得噴血，嗥得人心顫，一直嗥到咽氣。」老阿媽搖搖頭說，「其實母狼根本不是『被』毒死的……」阿媽特別強調了那個「被」字。

「怎麼講？」我仔細聽阿媽的說法。

「狼又不傻，慣用的那些毒藥味道大，連狗都騙不過，草原上的狼早就不上那種當了。而且母狼咬死了牧民那麼多隻羊她不吃，卻偏偏去吞有毒的肉，爲什麼？——公狼死了，她也不想活了。」

我心頭一陣陣地擰痛：「可母狼畢竟還有一窩狼崽啊，她死了難道不心疼小狼嗎？」

「心疼有什麼用？沒公狼幫著找食，落單的母狼哪兒有能力養活一窩狼崽啊，攏家帶口的，搬家搬不遠，近處又沒食，狼窩又被人發現了。母狼最愛崽，從不會像豹子熊貓那樣丟下幼崽自個兒逃命，眼看遲早是個死，還不如同歸於盡。」

「那小狼崽呢？死了嗎？」此刻我最關心的莫過於那幾條小生命。

「這就不清楚了，聽說是被掏走了，六隻小狼崽都沒睜眼呢，多半活不成。」牧民大哥回答。

這幾隻小狼崽的命運立刻牽動了我的心，我急急追問：「這是什麼時候的事情？被誰掏走的？那人住在哪兒？聯繫得上嗎？我想看看那窩小狼崽。」

「昨天才聽河邊過來的人說起。牧區沒電話，沒辦法聯繫誰。具體哪家也不太清楚。你要想打聽，不如沿河往上走，再問問或許還有人知道。你想見小狼崽？母狼都死了，你只能見到一窩死狼崽了。」

我的眉頭蹙了起來，這故事如果出自城裏人茶餘飯後的吹牛，我也許只當獵奇般聽聽，不會太留心，可對於有信仰的人說出的話，我堅信不疑。事情發生不久，我耳邊似乎響起了狼崽輕微的呼救聲。我心中忽然升騰出一個強烈的願望，一定要知道這幾隻小狼崽最後的命運。

主意一定，我立刻起身收拾行囊，灌上一大壺水，再次跟牧民確認方向。

老阿媽挽留道：「太熱了，等太陽下去再走吧。」

「沒事，阿媽，越早越好。」我笑了笑，繼續整理行囊。

阿媽顫抖著手，把那串一直數著的佛珠放在我的手心，雙手緊握，念著我聽不懂的話，又在我額頭摸了一下。我虔誠地雙手合十向她道別，帶著阿媽的祝福出發了。

老阿媽倚靠在門口的身影漸漸模糊。

行走在莽莽草原上，有時幾十公里都看不見人煙。找人如同大海撈針，何況是找狼。但那對狼夫妻的抗爭與殉情引起了我的同情心和敬佩之情。我一定要找到小狼，哪怕我尋回的只有大狼的殘骸或斷爪，哪怕找到的只有小狼崽的屍體，我也要把這一家狼安葬在一起，作爲一個人對他們的歉疚。

狼是可以殉情的，這點我非常相信，因爲早在若干年前我就聽過這樣一個真實的故事：

一八九四年，美國新墨西哥州有一匹名叫洛博的狼王警戒心極強，不但從不上獵人的當，還領著狼妻布蘭卡和其他四隻灰狼襲擊牛羊充饑。牠們似乎具有逃脫死亡的超自然力量，神出鬼沒地遊竄在大草原上。牠們像是嘲笑人類般，不斷破壞獵人精心設計的陷阱，並在其上留下糞便。洛博的智慧和冷靜，換來了懸賞千金的獵殺令。

終於有一天，布蘭卡落入了陷阱，被獵人殺死。痛苦的洛博爬上山嶺，對月哀嗥著，彷彿在祭奠牠的亡妻。獵人們無比緊張，害怕在洛博的復仇烈火中無人可以倖免。沒想到幾天後，洛博憤然踏進了佈置在牧場周圍的鋼夾陷阱中，而且連踩四個，一隻腳爪一個狼夾，就那樣神情冷漠地被鎖在原地，淡然地望著夕陽下牠曾經統治過的山脈……隔天早上，獵人們發現洛博已經斷氣，沒有掙扎，沒有外傷。就爲了追隨牠摯愛的伴侶，洛博解散了牠的另外四個夥伴，孤傲地死在布蘭卡的身邊。

多年來，洛博的故事讓我記憶猶新。但這故事畢竟發生在多年前的美國，離我的生活還較遠，而如今新的殉情狼故事就發生在我腳下的這片大草原上，真實得有如觸手可及，跨越時間和地域，真應了老牧民們的那句話：「人和人不一樣，狼和狼一個樣。」我渴望儘快見到中國的洛博情侶和牠的孩子們。

我加快腳步拚搶時間，天黑前一定要多問幾戶人家。在若爾蓋草原上新近發生的這麼動人而震撼的狼故事，一定有很多人知道，如果在城市，肯定街頭巷尾早就傳開了。

然而事情的進展並不像我想像的那麼順利。我原以爲這麼感人的狼故事會傳得路人皆知，結果一直走到天黑，問了三四個人，他們卻對這事一無所知，反而對我這個外來人頗感好奇，問長問短地打聽城市的消息。我這時才尷尬地意識到一個圍城現象：當城裏人都關注與嚮往原生態草原的奇聞逸事時，牧民們更感興趣的卻是日新月異的外來文化。他們對這裏的動物生生死死之事早已不足爲奇，也許只有老阿媽那樣經歷過草原歲月變遷，虔心向佛的人才會關心動物吧。

我一點新的線索都找不到，情緒非常低落。失望、沮喪，甚至有一瞬間都懷疑牧民們故事的真實性了。我僅憑著一方之言，熱血上湧就不顧一切地去尋找，是不是傻了點兒？

精神動力一失衡，在缺氧的高原奔走了一天後的筋疲力竭頓時把我擊垮了。我仰躺在草地上望著逐漸清明的星空，兩腳交替蹬掉鞋子，我腳底腳跟都磨起了幾個大大的水泡。儘管搽了防曬霜，但額頭和鼻尖仍舊被下午毒辣的太陽幾乎曬爆了皮，像抹了辣椒水，一觸碰就火燒火燎地疼。此刻，肆虐了一天的太陽鳴金收兵，長風勁吹的草原立刻變成了另一個冰冷的世界。白天曬融的凍土，此刻又「咯吱咯吱」地拱動著結起冰霜來。

我凍得開始哆嗦了，把白天熱得脫下的衣服又一層層裹上，馬馬虎虎地選了一處緩坡，鼓起殘餘的力氣支起帳篷，倒頭便睡。

那一夜，夢裏全是狼死前的哀嚎和小狼崽嗷嗷待哺的聲音。幾次翻來覆去，到半夜就再也睡不著了，手裏撫弄著老阿媽臨走前給我的佛珠，閉著眼睛仔細回想白天牧民講述中的每個細節，想到虔誠的老阿媽和牧民大哥對狼流露出的由衷欽佩，這傳聞一定是有真實來歷的，他們沒有必要騙我。儘管在現代社會，人與人之間早已面臨著信任危機，但我仍願意相信有信仰的人，雖然我不信佛教，但是對佛教有親近感。

我意識到自己低估了尋找的難度，像這樣盲目地徒步撞運氣，找到的機率幾乎為零。正在灰心之際，公狼被剝皮的細節如靈光乍現般提醒了我。現在的牧民生活漸漸富足，穿的不再是自製的毛皮，而是與外界接軌的牛仔褲、夾克，傳統手工早已丟生了，大多草原人不會自己熟製毛皮，包括每年剝下來的羊皮牛皮都多半是由縣城裏的皮匠統一收購加工。狼皮既然被剝，肯定要儘快找人熟皮，何況如果要賣珍貴的狼皮，也一定會在人多的地方悄悄放出消息，公路和路邊的飯店旅館正是各色人等彙集的地方，消息最靈通，最不濟還可以找到皮匠，或許能打聽到蛛絲馬跡。

想到這裏我頓時興奮得坐了起來，忽然又想到珍貴的小狼皮也可能被剝來賣了，一時間心亂如麻。

紫藍色的天際剛能看清遠山的輪廓，我就早早收拾帳篷，啃上一塊速食麵餅，用手機的GPS定位找準公路的方向，用幾個OK繃貼好腳上的水泡，踩著坑坑包包的草場，一腳高一腳低，匆匆上路了。

剛來草原的頭兩天，我以遊玩寫生爲目的，不疾不緩地走走停停也沒覺得累，可現在是要爭分奪秒地去找人，腳步立刻匆忙起來，在空氣稀薄的高原長時間徒步，對體力和毅力是個巨大的考驗，好在我從小身體基礎打得相當好，身體壯得像頭小牛。

我出生在川西的一個小鎮上。媽媽說自從懷上我就沒讓她省心，先是磨磨蹭蹭地在娘肚子裏賴了十二個月，之後生下來足有八斤半，粗胳膊壯腿兒，都以爲是個男孩兒，結果是個丫頭。那時，我父親在縣裏一所中學教書，媽媽工作也忙，我就由外婆帶大。兩三歲時，外婆帶我去爸爸的學校玩，我哧溜幾下就爬到了操場的籃球架上好奇地四處打望，嚇得外婆在籃球架下面驚叫救命，張著兩手隨時準備接人。

籃球架上，我像個猴子一樣飄來盪去，還倒掛金鉤卻偏偏掉不下來。外婆嚇得大氣都不敢出了，幾個膽大的學生爬上籃球架想把我抱下去，我就是不肯，結果嫩胳膊被拽脫臼了我也沒鬆手。

長到五六歲上，我就更皮了，成天混在男孩子堆裏，舞槍弄棒，爬樹上牆，掰牛角，爬拖拉機，做猴皮筋兒打鳥，削竹棍兒上山探險，披個紗巾像超人一樣在五層樓頂之間跳來跳去……小鎮上的大土狗很多，一幫小破孩兒最常幹的事就是抓著狗尾巴看誰最後放手……我通常是最後放手的人，但奇怪的是，儘管狗兒大發雷霆，卻從來沒咬過我。

外婆管不住我了，我媽常常氣得說：「你啥時候才能像個女孩子啊！簡直是個野丫頭，以後不准出去玩！」因爲這些搗亂事蹟，我沒少挨過打，但我還是野性不改。誰要是想限制我的

自由，我就直挺挺地「倒硬樁」（像木樁似的硬倒在地上），經常把自己摔得鼻青臉腫也要爭取出去的權利！

不能放任我野下去，我父母毅然割愛把我送到了成都的親戚家。獨自來到這個陌生城市的那年我八歲，沒了父母在身邊的管束，我更是調皮搗蛋：給校長的照片畫鬍子，鑽到大醫院的太平間去開抽屜箱。我還迷上了射擊，參加了射擊隊，每天扛著步槍神氣活現地去打靶。因爲我的身體基礎比城裏孩子好，從小學到初中，田徑比賽樣樣全校第一，參加市裏省裏的體育比賽，每次也都捧了獎牌回來。我的身體素質很讓父母欣慰，但學習成績就讓他們大喜大悲了。

我的學習是隨心情而變的，成績好時全校第一，成績不好時名落孫山。能在大考的試卷上把丁玲（**編按：中國當代著名作家**）的代表作《太陽照在桑乾河上》寫成《太陽照著三個和尙》。

「這學生純粹沒看書，而且作弊的時候都沒仔細聽清楚。」班主任批改我的試卷，能把頭皮屑搖得一桌都是。

真正改變我性格與愛好的，是剛踏入初中校門，一個微風習習的下午，我路過音樂教室，看見一個長髮齊肩的姐姐在鋼琴前彈奏樂曲《少女的祈禱》，窗外婆娑的樹影投印在她淡紫色的紗裙上，恬靜、優雅，和著柔美婉轉的樂聲，讓人怦然心動。一瞬間，我的整個精神世界都被震懾住了，這世界還有這麼美好的淑女形象，還有如此隨情而至自由彈奏的音符，我一定也要駕馭屬於我自己的自由和藝術。

從此我愛上了音樂，愛上了畫畫、刺繡……只要是藝術的東西我都去學習，一用功就是十多年，性格又文靜到了極致。但在文雅的表面下，童年生活植下的野性狂放和不受約束的根莖還在，時常在不經意間長出刺來。

高中時候，我常蹺課翻窗去音樂教室彈琴，後來音樂老師發現有人翻窗的腳印，就把窗戶鎖住，還拿鐵絲綁牢。我折騰半天打不開窗子，乾脆轉到音樂教室門口，看看四周沒人，就提起裙子，一腳踹開教室門，然後理理裙襬，恢復斯文形象，坐下彈琴。

高中也曾有過一個男生喜歡我，悄悄看我畫畫，聽我彈琴，看過我的個人畫展以後，更認定我是他心目中的淑女。結果有一天，他看見我飛身跳牆進學校，最倒楣的是，我跳進來的時候正好面對面落在他眼前。那一瞬間，他大嘴張得可以塞下一個饅頭，眼睛裏寫滿了幻滅，從此他再也不喜歡我了。不喜歡算了，我還是我，一個自由自在、膽大妄為、好強執著、堅決不喜歡受約束的人。

畢業以後，已經調到成都的父母想把我安排到機關單位去工作，但我執拗地選擇走藝術這條道路。畫畫是我從小的夢想，人各有志，自己的命運應該掌握在自己手裏。

我喜歡四處遊歷，畫我所愛的東西，這才是我所嚮往的生活。我曾做過十年的美術教師，後來從學校辭職做起了職業畫者，多數時候潛心創作，有時畫些連環畫……生活挺知足。人對物質的追逐總是很難有止境的，我常常見到一些朋友永遠在付出時間賺錢，卻連花錢的時間都沒有，那麼賺錢爲什麼？有些富有的朋友羨慕我擁有一份自由，而他們自己卻身不由己。其實每個人都有自由，只是他們捨不下用自由換來的太多東西。有時間嘗試放鬆一下吧，如果自信一輩子都有能力掙到錢，又何必急於一時呢？

對於一個畫畫的人而言，感性與衝動常常支配我的行爲，而天性倔強執著的我只要認定了一個目標，便像狼見了肉，想方設法必窮追到底。

尋找小狼或者狼夫妻的蹤跡就是我的下一個目標。

中午，頂著太陽趕路，吸進肺裏的空氣都是燙的。當我終於走到公路邊時，傻眼了，幾乎筆直的公路前後都望不到頭，光禿禿的路兩旁哪裡看得到任何飯店旅館。間或來往的車都呼嘯而過，任憑我怎麼招手都不予理會，行色匆匆的人們都是多一事不如少一事。

我叫苦不迭，拿出水瓶，節制地喝了一小口水，把畫板頂在頭上，勉強遮一小片陰涼。我蹲在路邊伸長了脖子，等可能停下的車。太陽繼續發威，汗水還來不及流過滾燙的皮膚就被烤乾了，水泥路面把鞋子的膠底烘燙得發軟，路中間一隻來不及翻面的倒楣甲蟲沒掙扎幾分鐘就被烤得酥酥脆脆的。高溫蒸烤下，長長的公路盡頭漸漸有了些朦朧意味，像海市蜃樓的幻境。

水已經喝完了，上烘下烤，這真是名副其實的「乾」等……終於出現了一個騎摩托車的藏族小夥子，當地人是最願意停車的，爲求助的路人稍作停留也是一種淳樸的信任感的體現，這在城市人中已經很少有了。我老遠就跳起來，大叫著猛揮雙手，藏族小夥子慢慢停了下來，我趕忙迎上去問他關於狼的事，他搖頭，懵然不知。我哪裡肯放過這根救命稻草，馬上塞給他一百塊錢，一定要搭他的車，讓他送我到有飯館的地方。小夥子瞇著眼睛笑了笑，擺手把錢推還給我，大方地指了指後座。我感激地跨上了車。

我搭摩托車走了大約幾十公里，終於找到一家給貨車司機打尖的路邊小飯店，我向店主買了些水和乾糧。幾瓶水灌下去我又來了精神，守在店門口見到路過的人就上前打聽，但問了一下午仍一無所獲。晚上，我在小飯店裏狼吞虎嚥地扒著飯，想著下一步該怎麼辦。鄰桌的老司機教了個方法：

「姑娘，你不是還想找皮匠嗎？每天清早的時候，一些收皮子的人就會在進縣城的路邊蹲候，到時候你問問他們。」

一語點醒夢中人！

第三天天剛亮，我就搭車往縣城方向趕，果然有些藏族人零零散散地蹲在路邊，面前的地上攤放著剛收來的牛羊皮。我連問了幾個收皮人以後，終於有一個開著拖拉機的收皮人說：「好像是聽說過這麼回事兒……」

終於有了線索，我興奮得心都要從胸腔子裏面蹦出來了。

「但是野生動物是要保護的，那些皮子我們可從不敢收。」收皮人警惕地補充。

我強壓興奮，仔細想了想，從上衣皮夾裏抽出兩百塊錢：「我只是個普通人，只想看看那些小狼崽，你如果肯告訴我，這錢就給你。」

他看了看錢，把我上下打量著，目光閃爍：「我不知道……」

我死盯著他的眼睛看了有一分多鐘，又抽出一百，語氣更加肯定：「你知道！」

他看看我，低聲說：「很遠……」

我領悟地點點頭，把皮夾裏剩下的兩百也全摸出來。「帶我去，五百，全都給你了。」我邊說邊把空空的皮夾翻出來給他看。收皮人摳著腦袋，眼珠在我翻出的皮夾上打轉。

「不行就算了。」我把錢放回包裏，開始以退爲進，轉身向其他收皮人那裏走。

「等等，」他糾結了片刻，用擋風的圍巾把嘴臉捂得嚴嚴實實，只露出兩隻眼睛，然後繞到拖拉機後面，捲起拖斗上的幾張犛牛皮，騰出點位置，乾脆地說，「上車。」

拖拉機開在草原的公路上，頭頂烈日，大風刮得我睜不開眼睛，但我的心情卻敞亮起來，兩天來終於有了確鑿的線索，我又喜又憂，喜的是眼看就能到事發地，甚至有可能見到生平從未見過的野狼崽，憂的是不知道見到的小狼崽是死是活。我還想跟收皮人多打聽幾句，但一張嘴，風沙就嗖嗖地往肚腸裏灌。

「那些小狼還活著嗎？在什麼人手裏？」我攏著嘴巴衝他後背喊話。

收皮人一心開著拖拉機，捂住的圍巾下看不出說話沒，或許是拖拉機聲音太大他聽不見，或許是他回答了，我卻聽不見。當然，也或許他對我這個奇怪的外來人還有所顧忌。幾番喊話問不出個所以然，我也就安靜下來，等待著到達的時刻。我滿心祈禱小狼們還活著，我總覺得母狼臨死的哀嚎是有意義的，我不能讓這對狼死不瞑目。在內心深處，我總覺得自己與狼有一種神秘的緣分，這緣由得從我十多歲時在紅原與狼的一次遭遇講起。

中學畢業的那年，我和幾個驢友（編注：自助旅遊的朋友）合夥租了一輛吉普車到鄰近若爾蓋草原的紅原去旅行。傍晚的時候，吉普車水箱開鍋了，一車人下來活動筋骨，在附近聊天拍照，等著司機把水箱冷卻，加水。

橫豎有時間，我看見天邊的玫瑰色夕陽特別美，而似乎在對面小山包上可以看見夕陽落山的全景。我跟大夥兒簡單地打了個招呼，便獨自往小山包上爬去。爬上這個小山包一望，卻發現還有一個更高一點的山頭視野更廣闊，於是興高采烈地轉過山埡子，沿著斜坡往更高的山包上爬去。

走著走著，我突然一陣顫抖，莫名緊張起來，本能地停下了腳步張望。前方山坡上不足百米處的長草微微一動，我猛然發現幾隻灰黃色的大狗趴在草裏面曬著黃昏的太陽。牠們看見我這個手無寸鐵的孤身小女孩出現在牠們的地盤，顯然很驚訝，四個腦袋向右看齊，八道冰錐般的目光齊刷刷地向我射過來。其中一隻最大的狗「嗖」地站了起來，用威嚴而警惕的目光直勾勾地打量著我。另一隻狗則緩緩地站起來，朝側面踱了幾十步，向我身後打望。當確認我身後沒人跟來時，大狗們交換了一下眼神，難以置信地盯著我，更加詫異了。

陡然遇見陌生的狗，我本能地保持距離不再前行。「遇到狗別跑」，這是祖訓。僵持了一會兒，我看大狗們也沒衝我齜牙咧嘴地汪汪叫，似乎沒顯出什麼敵意，也就漸漸放鬆下來，抻著脖子看我的夕陽。我是從小揪著野狗尾巴淘氣長大的野丫頭，對狗本來就沒有太多懼怕之情，記憶中，隨我怎麼搗蛋折騰，都從沒被狗咬過。看見狗多的時候，大不了別去招惹就行。

我一會兒張望風景，一會兒看看大狗們。牠們面面相覷，過了半晌，終於鬆懈下來，略帶訕笑地打個哈欠，轉開目光繼續曬太陽，時不時地回頭盯我一眼，目光柔和多了。只有那隻最大的狗慢慢走上前幾步，緩緩地坐下去，依舊保留幾分戒備地擋在我與其他狗之間，密切注視著我的一舉一動。我也偶爾好奇地看看牠們。

也不知過了多久，山那邊依稀有了人聲，接著吉普車尖利的喇叭聲打破了黃昏的寧靜。四

隻大狗扭頭望向我身後，尖尖的耳廓向聲音傳來的方向轉動了幾下，不慌不忙地站起身來，又回頭意味深長地看了我一眼，然後轉身在長草中連著幾個拱動跳躍，就悄無聲息地消失了。除了幾個趴伏的草窩子邊還有幾根長草在慢慢回直之外，似乎那些狗根本就沒存在過。

這麼神出鬼沒的狗還很少見呢，我心裏嘀咕著，掉頭循著喇叭聲回去找大夥兒。

剛回到車裏大家就埋怨開了：「你這傢伙跑哪兒去了，喊你半天了！」

「單個兒人別亂跑，這裏狼多。」這個有經驗的司機經常跑紅原。

「狼？不會吧，倒是有幾隻大狗盯了我好半天……」

「狗？這荒山野地，人都沒有，哪裡來的狗？」司機一愣，「長什麼樣的？」

我大概描述了一下那些狗的外形和遇到牠們時的情景，司機倒抽一口冷氣：「那些就是狼！牠們要咬你根本不需要汪汪叫！」

我驚呆了，一瞬間魂飛天外，突然覺得整個世界都沒了聲音，一車人七嘴八舌地說著什麼話，一句也沒鑽進我耳朵裏，這種毫無知覺的寂靜中，只有心臟的咚咚巨響悶雷般直轟腦門。直到朋友抓住我的肩膀猛搖大喊，我這才害怕地哆嗦著收魂入體，內衣已被冷汗浸透。

「是狼爲什麼不吃我？」我聲音抖得厲害，努力讓自己的靈魂歸位，長這麼大還沒這樣害怕過，但是卻莫名其妙地怕從沒見過的狼，因爲在從小接受的傳統觀念當中，「狼是吃人的惡魔」，我剛才無異於去鬼門關走了一遭。

回家以後，我惡補自己的動物知識，特別是大量地閱讀關於狼的資料和書籍，想解開這次遭遇之謎。

「那些狼大概是吃飽了懶得理我吧。」我最初這樣跟自己解釋，但很快我否定了這個猜測，因爲資料中顯示，狼遇上落單的、弱小的獵物都會有獵殺的欲望，哪怕牠們並不饑餓，遇上唾手可得的獵物也會殺死作爲存糧。而當時，我的確稱得上是道道地地的「唾手可得的獵物」，四隻狼困而攻之，一個小女孩根本沒有招架之力。又有資料告訴我，遭遇狼的時候，往往狼也在權衡我的力量和膽識，狼會讀心，在狼面前絕不能示弱，如果在狼面前顯示出自己很怯弱，就很容易被狼當成獵物而引發攻擊。回想當時，其實自己是因爲沒見過，也不知道面對的就是狼，僅僅把牠們當做大狗看待，那時的我並不是英勇無畏，而是「無知者無畏」。僥倖啊，或許那些狼也爲我的「大膽」而納悶呢。

隨著年歲漸長，時光沖淡了小女孩的恐懼與驚疑，每當回想起當年的情景，自己竟然和一群野狼相安無事地共賞夕陽，就感慨這是多麼奇妙的一次人生際遇。我對狼這種動物漸漸產生了好感。

「狼是可以與人和平共處的。」每每想起狼群柔和的目光，我常萌生出這樣的想法。狼其實並非時刻都兇殘可怕，或者不近情理地殺戮，當牠們被賦予「狼」這個名字以及這個名字背後的惡劣名聲後，「狼」就變得異常可怕。其實很多人，包括以前的我都是怕「狼」這個概念的。而怕狼的人當中，真正接觸過狼的又有幾個？

前年，我和一個朋友去重慶動物園的狼山遊玩，這裏的狼群在被電網圍起來的小山上，呈半放養狀態。

我看著狼群穿梭在狼山的小樹林中，想起少女時代與狼群美妙的邂逅，如今又能接觸到

牠們，我情不自禁地越過電網，踏入了狼群的領地。幾隻大狼跑到我面前，反覆嗅聞，久久凝視著我，目光就像當年在紅原遇見的那些狼一樣柔和友善，好像能讀懂我的心。其中一隻大黃狼輕聲「嗚、嗚、嗚……」地叫著，我儘量放鬆自己的緊張情緒，蹲下身來試探性地伸出手，也模仿著牠的聲音「嗚、嗚……」地回應，沒想到大黃狼耳朵一豎，竟然直撲過來，一頭扎進我懷中，用硬梆梆的狼腦袋在我懷裏親密地摩挲著，就像久別重逢的老朋友一樣。其他的狼也「嗚、嗚……」地哼了起來，聲音透出一種友好，親近地圍在一邊看著我。我又怕又激動，難道牠們聽得懂我的回答？我大著膽子摸了一下懷裏的狼頭，這是我生平第一次親手摸到活生生的狼，不是做夢吧？我心裏湧起一陣奇妙的興奮，甚至有點受寵若驚了。

狼沒有想像中那麼可怕呀？至少牠們對我是友善的。

電網外正在拍照的朋友驚得目瞪口呆，直到我在工作人員的制止下退出電網，朋友才回過神來：「太不可思議了，狼群竟然能夠接受你?!唉……也許你前世就是他們當中的一員。」

無論前世今生，當年那群有能力殺死我的狼，卻慷慨地與我共賞夕陽，這份神秘情緣牽引著我此刻匆忙尋狼的腳步。

午後，厚重的雲層籠罩過來，草原要變天了。當大風已經把拖拉機上的我吹得蓬頭垢面的時候，收皮人終於在公路邊停了下來。

「剩下的路在草場上，拖拉機開不過去了，你得自己走。」他伸手指著遠處草場上遙遙可見的一處帳篷，「就是那家人。」

我跳下拖拉機，目測了一下距離：「這該有五六公里吧。」

收皮人嘴巴一咧，笑道：「草原上的路看起來近。」

「不能開下去嗎？」我深知草原徒步的艱辛。

「這坑坑包包的，車一下去就卡住了。」

我仔細看著草原上那些拱起的土包，小的像鋼盔，大的像扣翻的水桶，密密麻麻星羅棋布，這樣的草場摩托車開上去都困難，我不由得納悶：「這些土包都是怎麼形成的啊？」

「地老鼠挖的。」收皮人回答。當地人所說的地老鼠是一種叫做鼢鼠的動物，吃草和草根，常年在地下挖洞穴居，挖出來的土堆積成小墳包似的土丘，所以有的人也叫牠們「墳鼠」。好好的草場怎麼會被鼢鼠挖成這樣，我望著如牛皮癬一樣連成片的土丘，心裏很不舒服。

看來必須徒步了，我略帶猶豫地把錢交給收皮人：「你保證小狼崽就在那家人那兒？」

「我向菩薩保證！」收皮人信誓旦旦地說。我點點頭，藏族人信佛，我相信這樣的誓言。

收皮人接過錢數了一下，補充說：「死的活的就不一定了。」

「爲什麼？」我心裏一涼。

「牧民是不會養狼的，沒這規矩，頭幾天讓他們賣皮，不賣！早說狼崽子養不活的！每天都在死！」

這幾句半通不通的漢話，頓時讓我淚眼迷濛，我抓起背包背上，飛也似的朝那頂若隱若現的帳篷狂奔。

拖拉機的聲音逐漸遠去，黑壓壓的雲層下，細細的雨絲隨著狂風飛舞，像理不清的亂麻。我心裏絞痛難當，想起這兩天繞來繞去耽誤的時間，每一分鐘小狼崽的生命都在流失。我爲什麼早沒想到。「每天都在死！」收皮人的話迴響在半空，我邊哭邊跑，眼淚灑了一路，後悔得想揍自己一頓！

我一路狂奔疾走，直跑到傍晚過後，離帳篷越來越近，帳篷前依稀坐著一個藏族老人。陡見陌生人出現，帳篷外幾隻大獒犬狂吠著，氣勢洶洶地迎了上來，我上氣不接下氣，變聲變調地喊著：「我不是壞人！我來找小狼！我不是壞人！」

趕牲畜回家的兩個小夥子和在帳篷外忙碌的大姐急忙叫喊著拉回獒犬，拴了起來。這一家人對我這個陌生人急匆匆的到來頗感意外，而我大聲呼喊的「小狼」兩個字一鑽進他們的耳朵，他們就立刻有些警惕而排斥起來，不知道我到底想幹什麼。

老人幾步走過來擋在帳篷前，搖著經筒，慈眉善目卻表情陰鬱。那兩個牧民小夥子和大姐試著問我的來歷。其中一個戴氈帽的小夥子翻譯著我們的話。我拉風箱一樣地喘著氣，斷斷續續儘量簡單誠懇地說明了來意。大姐和小夥子們扭頭看向帳篷前的老人，老人一言不發，表情複雜地打量著我。

「小狼還有活著的嗎？我找了三天了……」我的眼淚終於忍不住又滑了下來，累得頹然跌坐在濕漉漉的草地上。老人家的神情這才漸漸緩和下來，終於嘆了口氣，於心不忍地讓到一邊，指了指帳篷，答了我第一句話：「你來晚了。」

我的心霎時沉到了谷底，爬起來急匆匆地撞進了帳篷。眼前的地上，最後一隻小狼已經不再有聲息，牠四肢鬆散地側躺在地上一動不動，連肚子上的皮毛都看不出絲毫的起伏。跟進來的氈帽小夥子撥弄了幾下，拈住小狼後頸拎起來搖了搖，小狼垂著爪子耷著頭軟綿綿地晃蕩著毫無聲息。

氈帽小夥子放下小狼搖了搖頭：「死了……五天不吃奶還活啥呀？」一句話如五雷轟頂，我頓時淚眼模糊，幾天來的日夜兼程和六隻生命之燭的逐一熄滅讓我悲從中來。「我還是來晚了！」我痛苦地把頭埋在手心裏，憋了幾天的悲痛終於難以抑制，猛然間放聲長嘯起來，只有那長嘯聲才能悼念我心目中的狼。

突然，「死去的小狼」耳朵一跳，一個激靈，顫顫巍巍地翻過身來，閉著眼睛晃晃悠悠地撐在地上細聽動靜。

「咦？啊……」牧民們齊聲欷歔，似乎也找不到什麼詞來表達驚訝了。

「活著？五天不吃奶居然還活著?!」我瞪大了眼睛，這突如其來的驚奇讓我悲喜交集，這是我生平第一次見到一隻活生生的小到甚至沒睜眼的野狼崽。難以置信，明明已毫無生命跡象的小狼居然會死而復生？我一時竟不知道接下來該做什麼了。

小狼瑟瑟抖動著，滿懷希望地站著，像個盲人一般還在凝神靜聽，我也不知道哪裡來的靈感，輕輕蹲下身子試

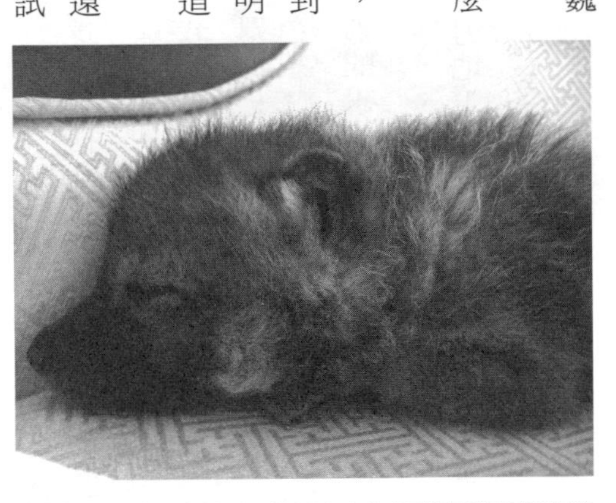

這是我生平第一次見到一隻活生生的小到甚至沒睜眼的野狼崽。已毫無生命跡象的小狼居然會死而復生。

探著「嗚、嗚、嗚……」地叫了幾聲。

小狼渾身猛烈顫抖起來，如同在黑暗中摸索的人乍見曙光，牠立刻循著聲音，跌跌撞撞地爬了過來。牠沒有視力，完全是憑著聽覺和感覺爬過來找我，這何嘗不是一種緣？那一刻我猛然相信了狼的確是有靈性的，冥冥中自有天意牽引。後來我才知道，那一聲長嘯恰似狼媽媽臨終前的悲嘆，那些「嗚、嗚……」聲正是母狼殷殷喚子的聲音。

小狼嗅著、拱著，小爪子抓著我的衣襟，使勁往我懷裏爬，吃力地仰起頭想舔咬我的嘴唇，這是小狼認媽媽的舉動，是與生俱來的生存本領。強烈的求生欲讓牠在黑暗中義無反顧地摸索著，追逐我的聲音——小狼把我當成了牠的媽媽。

我伸手到小狼腋窩把牠抱了起來，小狼崽的頭綿軟無力地歪搭著，呼吸若有若無，薄得像張紙一樣的皮膚下，小肋骨在我指縫間一根一根往下滑漏。我驚道：「怎麼這麼瘦?!」

「當然了，牠不吃東西。」大姐說。

「有牛奶嗎？快！」我近乎命令似的急喊。

大姐忙拿出早上擠的鮮犛牛奶，我小心翼翼地抱著小狼崽暖在懷裏，用一隻不銹鋼小茶盅盛上牛奶，放在鐵灶上燒開再浸入涼水中快速冷卻下來。我咬一口餅乾喝一口牛奶在嘴裏含著，蹲下來仍用剛才呼喚的聲音對著懷裏的小狼：「嗚、嗚、嗚……」小狼動了，迅速抽出小腦袋來盲目而焦急地嗅聞著尋找著，我把含化了的餅乾奶漿吐在手心送到牠鼻子下面。說時遲那時快，小狼一反虛弱常態猛地一口咬上來搶奪奶漿，奶漿霎時糊了牠一頭一嘴，牠更加狂野，把亂濺的奶漿連同我手心的血肉一股腦地撕咬著往嘴裏吞送。

我疼得嘶嘶咬牙，忙不迭地抽手，對著昏暗的燈光一看，手心裏已經被小狼的尖牙刺出兩個米粒大的血洞，汩汩地冒出血來。小傢伙突然又找不到吃的，絕望地哀叫起來。我顧不上處理傷口，忙戴上皮手套再小心翼翼地餵牠。

五天以來滴水未進的小狼把一杯含化的餅乾奶漿吃得乾乾淨淨。儘管餓極了的小狼還在焦急地尋找，伸長了脖子向我的嘴唇乞食，但我絕不敢多餵。

餵完食物的皮手套已經多了好幾個洞眼兒，這小傢伙還沒睜眼就狼性十足。雖然我以前也曾經救過不少的流浪狗，但是哪怕餓極了的流浪狗面對牛奶也知道應該舔食的道理，小狼的確跟狗不同，初見面就明確地讓我理解了「狼吞」一詞的貼切，狼的字典裏沒有品嘗，不會「狼舔」！吞、搶、撕、咬是狼標準的取食方式。看來用手心盛食餵狼真是異常危險的事。

小狼吃了一點東西，漸漸安靜下來，呼吸也似乎比先前平穩了些，隨著濕漉漉的夜風一吹，小狼開始無助地發抖。我忙拉開登山衣把小狼捂在懷裏給牠溫暖，小狼一個勁地往登山衣裏面我的腋下拱去，似乎此刻越是黑暗擁擠和溫暖的地方越能給牠最大的安慰，牠彷彿在拼命尋找狼洞中與母親相依相偎的安全感。我生怕腋下厚實的登山衣會讓小狼窒息，就略略放寬鬆了一點，誰知只要有一絲鬆動的餘地，小狼立刻又往更緊、更擁擠、更溫暖的裏面鑽。直鑽到大半個身子都埋沒在我腋下進無可進，小狼才勉強消停下來。顫抖漸漸平息，牠幾乎是呻吟著疲憊地舒了一口氣。

我早就聽說沒有自衛能力的小狼崽會本能地裝死，但沒想到牠竟然能裝得如此耐性十足，連眾人都被牠的毫無生氣所迷惑。不過眼前的這隻五天未進食的小狼崽恐怕一小半是裝死，一

大半卻是真「死」。牠只能一動不動把自己的耗能降到最低，期待著獲救的一刻，也可能就在等待中完全死去。

我突然想起了牠的兄弟姐妹，忙問：「其他的小狼崽呢？」

「死了。」牧民回答。

「真的死了嗎？」我懷著一線希望，「不會像牠一樣裝死吧？」

「肯定死了，那些狼崽兩天都沒熬過，死硬了才拿出去埋的。阿爸看這隻小狼一直還是軟的，有點氣息才堅持留著。」大姐回答。

一直站在帳篷邊被稱作阿爸的老人聽見我們談起死去的小狼，默默地轉身走出了帳篷，似乎一點也不想回顧這些傷心事。

我才燃起的希望又熄滅下來：「牠這五天都吃過些什麼？」

「牠什麼都不吃，就是拱那些死了的狼崽。」氈帽小夥子說。

「把死狼崽拿開的時候牠還咬人呢，後來沒力氣了就一直躺著。」大姐說。

我心裏一陣難過，難以想像小狼這些天都是怎麼熬過來的，離開了母狼的體溫和兄弟姐妹相依偎的取暖，草原寒夜的溫度足以奪取牠柔弱的生命。我輕輕探一根手指進去撫摸小狼，牠鼻子乾燥，耳朵滾燙，在發燒，身體相當虛弱，似乎剛才的一番掙扎尋找又將牠僅存的一點體力消耗殆盡。我感覺到那張毛茸茸的小嘴叼住了我伸進去的手指，接著，指尖被小狼溫暖濕熱的小舌頭包裹了起來，牠虛弱地吮咬了兩下。小傢伙沒吃飽，但對餓極了的小狼，我不敢猛然餵得太多。

才一會兒，在我懷裏剛安靜下來的小狼，身體突然扭來扭去，就像有千百隻螞蟻在叮咬牠，緊接著，小狼重重地抽搐了幾下。我心說不好，忙掏出小狼放在雙腿上觀察症狀。小狼無力地垂著頭，痛苦得像百蛇纏身，又抽搐了一下，「哇」的一大口把剛才吃的餅乾奶漿盡數嘔了出來。牠咳嗽一聲，又在強烈的求生欲望驅使下，把吐在我腿上的東西盡數吞進去，強行往肚子裏咽。彷彿牠很清楚那是牠的救命糧。可過了一會兒牠又吐，吐完再吞。

我急得淚花亂轉，怎麼會這樣？小狼的狀態比我想像的更糟糕，難道牠的腸胃已經虛弱到不能接受食物了嗎？吃了就吐怎麼救得活？難道牠死而復活的現象只是迴光返照？剛挽回的小生命又要我眼睜睜地看著牠死嗎？我手忙腳亂地給牠捋著皮包骨頭的背脊，揉著脹鼓鼓的肚子。我摸著牠和那與瘦弱身體極不相稱的硬梆梆的大肚子，這似乎提醒了我什麼，我這才從悲傷和焦急中清醒了過來，想起了一些重要的事情：

「牠這幾天拉屎了嗎？」

大姐仔細想了想：「沒有。」

幸好我有過救助狗崽的經驗，我忙把自己的毛巾擰了一把熱水，托起小狼崽的屁股，一面用熱毛巾反覆擦拭刺激著牠的肛門，一面輕輕替牠揉著肚子。十多分鐘後，小狼有了反應，掙扎著翻身，我忙把牠放在地上。剛下地，小狼就拉出一團黑色的狼糞，奇臭難當，蒼蠅立刻聚集過來，帳篷裏的人紛紛掩上了鼻子。

小狼走了幾步，換了個位置又拉了一大灘，難以想像一隻小狼的肚子裏竟然裝了那麼多的汙物。很多小狼崽出生頭幾天，不會自己排便，大小便憋在肚子裏，需要母狼用舌頭舔動刺激狼崽的排泄肛，小狼崽才能排出大小便。又或許，這麼多天的裝死幾乎讓牠進入了類似冬眠的狀態，難怪牠吃下東西又嘔了出來，有這些糞便在肚子裏頂著，胃哪裡還有蠕動的餘地？

小狼奮力拉出最後一灘，搖搖晃晃地似乎有些虛脫了，一屁股坐在糞上。我又擰了一把熱毛巾，把小狼崽抱起來，仔細清理乾淨牠身上的汙物。

過了一個多小時，小狼崽不再嘔吐也不再抽搐了，我又餵了牠一點牛奶，之後仔細擦乾淨牠嘴邊的奶漿。

「張開眼了！」牧民大姐驚奇地指著我懷裏的小狼崽。我仔細看去，小狼的一隻眼睛已經睜開大半，另一隻還像被膠水黏住一樣只虛開一條細縫，隱隱透出光來。

牧民們爲小狼能死而復活，以及牠尋母乞食的異常舉動嘖嘖稱奇，對我這個外來人的救治也覺得不可思議。他們的態度親切了很多，遺憾地說：「你要是早來幾天，其他的小狼可能也救得活。」

我心裏一痛，抱著這唯一倖存的小狼就像抱著孩子一樣，牠觸動了我內心深處最柔軟的地方，一種想要呵護牠的願望陡然升了起來。無論是人類還是動物，在母愛面前都一樣溫柔而安詳。

抱著這唯一倖存的小狼就像抱著孩子一樣，牠觸動了我內心深處最柔軟的地方。

在老阿爸和大姐的幫助下，我在他家的帳篷外支起自己的小帳篷，一天數次煮熟牛奶溶化餅乾餵小狼。小狼的精神很快好轉，彷彿只要有食物，牠立刻就能恢復頑強的生命力。次日下午，小狼就能離開我的懷抱，下地蹣跚地走上幾步了。這時我才有機會仔細端詳起小狼來。

這是一隻小公狼，昨晚有氣無力耷拉著的小腦袋像復活的秧苗一樣挺了起來，翹著黝黑的小鼻子東聞西嗅。沒睜眼的時候，牠的眼瞼就像刀片劃出的兩條細縫，縫中隱約透出些水盈盈的光來；現在小狼的眼睛已經完全張開了，只是眼睛裏還有一層明顯的藍膜，就像一個剛恢復視力的人正在逐漸適應光明。小狼灰黑色的體毛蓬鬆蕪雜，一層細細的金色長絨毛輕輕顫動，如同蒲公英的花絲一般似乎輕輕呵口氣就會飄然散去。小狼尾巴上的絨毛還沒長齊，光溜溜的像根老鼠的尾巴。牠身上一股淡淡的野狼膻味和犛牛奶味兒摻雜混合。牠的身體很輕巧，隨意捏住一點皮肉就可以將牠整個拎起來。

大姐和氈帽小夥子每天都給我端來酥油茶，然後伸頭進帳篷來看小狼崽，但小狼一聽到聲音就立刻拱進睡袋裏一動不動地裝死。我輕輕揭開睡袋一看，小狼在裏面安靜地蜷縮著，活像一大團牛糞。只有聽見我的聲音，牠才立刻翻身起來，嗚嗚地要吃的。

老阿爸把這一切看在眼裏，表情日漸溫和，有天還對我們微微笑了一下，但卻仍舊寡言少語。

小狼一直在發燒，除了我隨身攜帶的一點應急藥物之外，牧區沒有可救牠的醫藥可尋，我幾次想跟老阿爸商量帶小狼回城裏救治，可每次看到他嚴肅的表情，話到嘴邊又咽了下去。我怕老阿爸不同意，更怕老阿爸乾脆趕我走。

「你把牠帶走吧，」幾天來一直沉默寡言的老阿爸終於對我說，「藏族人信佛，如果能救牠一命，也算我對母狼贖罪了。人和狼都是不得已啊。」

人破壞了狼的棲息地，狼侵犯了人的安寧，殺戮、詛咒、報復、遺孤……一切終究能怪誰？

懷抱這一出生就受人們詛咒的小小異類孩子，我和小狼的故事就這樣開始了。

02 引狼入市

小狼的膽子越來越大，好奇心越來越重，精力越來越旺盛，隨之而來的就是不安分和破壞。

我本來是去草原寫生的，結果卻帶了隻小狼崽回來，人生真是充滿了變數，我怎麼跟父母交代呢？小狼崽帶回成都又安頓在哪裡……

車行路上，我心事重重，走走停停，停停走走，一會兒又下車給小狼餵奶、把尿、休息，休息夠了再換車。坐上半天的車就在沿路小縣城的旅店休息整頓，買一些牛奶和兒童退燒的藥給牠吃。從若爾蓋到成都短短一天的車程，我磨磨蹭蹭走了三天。一方面想讓小狼逐漸適應從高原到平原的落差，也避免牠暈車；更重要的是，我需要多一點時間想好小狼到成都以後將要面臨的問題。現在小狼是把我當唯一的依靠了。可我的父母再開明也不會容許女兒「引狼入室」的，媽媽是連狗都怕的人，何況是野狼。而且，狼屬於國家二級保護動物，城市人的家裏斷然不能違法餵養。

雖然小狼現在看起來還很趣致可愛，跟小狗沒多大區別，可牠畢竟是小野狼，任何人都會說：「長大怎麼辦？要咬人的！」其實對這點，我自己心裏也沒底。雖然從前跟狼偶爾的一兩次接觸中，狼對我很友善，可現在這隻小狼是要天天養下去的，萬一哪天野性大發，咬我或者咬到別人，這可怎麼得了？等牠很快長成大狼，又在哪裡尋找活動空間呢？這些深遠的問題，我一路想了三天也沒想清楚，眼看已經到成都了，再磨蹭也得回家，只好走一步算一步，先把小狼暫時藏在我的畫室裏吧。

我家是複式結構的房子，這是我用工作十餘年的積蓄爲父母買下的居所，爲的是能和老人們生活在一起，兒女能給父母最珍貴的禮物莫過於時間和陪伴。這房子一共三層，畫室是在三樓自己修的一個屋頂陽光房。三面採光的玻璃門窗，通風透氣都挺好。不足四十平米的畫室裏，最右邊擺了一個羅漢榻，中間是一張大大的畫案，左邊是一方魚池和洗筆墨的水槽，魚池裏放著幾盆植物，養了幾尾錦鯉。畫室進門處以竹簾屏風，能把畫室裏的情形稍作遮擋，比較私密。屏風前一張古箏，屋梁上掛了很多長長短短的枯荷與蓮蓬。除了外出寫生，我都會特別安於待在畫室裏盡情地舒展畫筆。

畫室外是一方小菜地，很有幾分陶淵明情結的父親喜歡在那裏種上許多的瓜菜，偶爾上來料理一下，在鬧市中享受一份田園小趣。二樓是父母的居室和他們休閒的平臺花園，老人家沒事就常常在花園的花架下看報、聊天或與小孫女桐桐享受天倫之樂。我的臥室、書房和客廳則在一樓，客廳也是父母和桐桐經常活動的地方。父母很尊重我的隱私，一般很少上三樓畫室來打擾我作畫，所以畫室是目前偷養小狼的唯一去處。

然而要到畫室，必須想辦法瞞住父母，穿過一、二樓，這是第一道難關。如果過不了這一關，小狼將無處可去。

回家之前，我先在家附近找了塊沒人的綠地，讓小狼吃飽喝足透透氣，然後讓小狼躲進紙箱子裏，摸摸牠的腦袋安撫牠，心懷忐忑地念叨：「小狼啊小狼，你可得沉住氣，接下來我們要一起闖關了。」小狼機靈的眼睛骨碌碌地望著我，彷彿有所領悟似的，在紙箱裏調整了一個舒服的姿勢，躺下就不再動了，很快進入了「死亡」的狀態。我蓋上紙箱拍拍箱蓋，箱子裏毫無回應，小狼「死」得非常到位。

我會心一笑，回想這三天趕路的時候，白天溫度太高，小狼在我懷裏熱得待不住，我就給牠準備了這個紙箱子，把小傢伙裝在裏面搭車。聞到有陌生人的氣息，小狼就一聲不吭地躺在

箱子裏裝死，即使車子再顛簸，即使有人敲拍紙箱牠也悄無聲息。幾乎沒有人會注意到這個不起眼的紙箱子裏會有活物。小狼的合作立刻給我增添了幾分信心。

我抱著紙箱站在家門口，貼著門縫聽了聽家裏的動靜，父母似乎在客廳看電視。我再次看了看安靜的紙箱，做了個深呼吸，硬著頭皮按響了門鈴。

「喲，這麼快就回來了？才一個多星期呢。」爸爸開了門。

「嗯，有點事兒。」我含糊地說。

「你拿的啥啊？」媽媽注意到我的紙箱子。

「顏料。」我若無其事地回答，父母沒有起疑。

我剛往樓上走了幾步，突然想起了小狼的口糧問題：「媽，家裏有牛奶吧？」

「有啊，不過你不是討厭喝牛奶嗎？」

「哦，我在草原喝慣了。」我臉一紅，反應挺快。

在細心的老媽面前言多必失，我低頭夾著箱子就往樓上走。

我進了畫室，把紙箱輕輕放在地上，正要轉身關門，媽媽跟了進來，給我遞上幾盒牛奶，絮叨著：「你這娃娃，回家也不跟父母多擺擺龍門陣，淨知道往畫室裏鑽。」說著說著，媽媽突然留意到紙箱子上扎出來的幾個透氣孔，又看看牛奶，疑竇頓生，「這牛奶真是你喝嗎？」

「當然，我渴壞了。」我強作鎮定地打開一盒牛奶喝起來。

「你不會又撿了什麼貓貓狗狗回來吧？」

我心一虛，真是知女莫若母。我收養流浪貓狗是有無數次「前科」的，每次都是偷偷摸摸帶回來，結果剛進門沒一會兒就被細心的父母發現，然後是曠日持久的說服教育：「天底下那麼多的流浪狗，你同情不過來的，萬一傳染上狂犬病怎麼辦？」我承認父母的擔心是有道理的，不過，我的原則還是救一隻算一隻，直到給狗狗治好病找到有愛心的主人，或者送到流浪狗收容中心，不過這次特殊——沒有「流浪狼」收容中心。

「沒撿貓狗。」我說的是實話，這次的狀況大大挑戰老媽的想像力。

「不信你打開看嘛。」我破釜沉舟打心理戰了，這叫置之死地而後生。我心跳加速：小狼，關鍵時刻你可千萬別露餡兒。

知母莫若女，媽媽當然也不會去翻看女兒的東西，不過極富經驗的媽媽用腳尖磕了磕紙箱，仔細聽了聽，按照她往日的經驗，如果裏面有貓狗，立刻就會抓撓或者吠叫起來。然而紙箱紋絲不動，確實不像有活物的樣子。媽媽這才放心地下樓了。

耳聽再沒動靜，我伸頭出去張望了一下，反手關上畫室的門，拍拍狂跳的心臟，激動得手舞足蹈起來。從前每次都被父母檢查出來，這次居然這麼順利就闖過了第一關，我心花怒放，我輕鬆愉快，我得意非凡！

然而，我高興得太早了，第一關還遠遠沒過，我萬萬沒想到矛盾的起因竟然來自「狐狸」。

狐狸是我從小養大的一隻博美犬，雄性，因爲渾身雪白，酷似北極狐，所以給牠起了「狐狸」這名字。狐狸的媽媽生牠的時候難產，肚子大得出奇，寵物醫生都以爲懷了好幾個，結果剖腹產下來卻只有一隻小狗崽。因爲在狗媽媽肚子裏吸收了足夠的營養，出生以後又有充足的

奶水，狐狸長得結結實實，腿粗腦袋大，不同於其他細胳膊細腿兒玲瓏袖珍的博美犬，更像是一隻小薩摩耶。

狐狸的腦瓜相當聰明，學東西特別快，牠能聽懂至少幾十句常用語和指令，看家門、叼拖鞋、握手、打滾，無一不會，每天早上趴在床邊舔著我的手背叫我起床。美食當前的時候，一定要抬頭徵得我的同意才開吃，如果我始終沒點頭，牠就只好眼巴巴地看著面前的食物流口水，卻絕不偷吃。最逗的是，握手的時候，狐狸分得清左右，讓牠伸左爪過來，牠絕不會把右爪放在你手心。每次上街過斑馬線，牠會兩條後腿站立起來，伸一隻前爪給我，讓我像牽小孩子一樣帶牠安全過馬路，狐狸兩腿走路的滑稽步態常常引來路人新奇的目光。狐狸啥都好，就是嫉妒心強。

狐狸今年五歲，按照狗的年齡而言，牠也算是狗過中年的「老狐狸」了。我要瞞過父母容易，想瞞過狐狸的狗鼻子可就沒那麼容易了。

我剛一進門，分別一周多的狐狸就高興得繞著我轉圈，屁顛屁顛地跟著我進了畫室，我慶幸瞞過了媽媽的時候，狐狸還樂呵呵地蹦跳著附和我呢。這會兒，我興奮地在紙箱前蹲下來，狐狸早就聞到箱子裏有種特別的味道，立刻湊了過來，滿心以爲我給牠帶回什麼好東西了。我輕輕打開紙箱，慢慢側翻過來，小狼隨著紙箱的側翻，頭下腳上，鬆垮垮地滑落到另一側，跟著「吧唧」一聲，像灘爛泥一樣倒下來，小眼緊閉，像個毫無生命的毛絨玩具，再專業的演員也演不出這麼逼真的死態。

狐狸伸長了脖子進紙箱裏好奇地探看，用鼻子拱一拱小狼，小狼沉住氣不動，儘管狗是狼的近親，但對小狼來說，狐狸仍舊是沒有分過類的陌生味道。狐狸把這「小玩具」嗅來嗅去，滿臉狐疑。

我清清嗓子：「嗚、嗚、嗚……」

小狼兩眼猛然睜開，一骨碌就翻身站了起來。經過三天的實驗，我更加確定那「嗚嗚」聲對小狼的確起作用，每次一喚，小狼就像接到最高指令一樣立刻爬回我的身邊。

狐狸見這毛絨玩具突然活過來，嚇了一跳，趕緊退開兩步。小狼甩甩小嫩腿，搖搖晃晃地從紙箱子裏爬出來，抖了抖一身的絨毛東張西望，四處巡查這個新環境，狐狸馬上跟屁蟲似的嗅著小狼的屁股跟前跟後，嗅完一通還扭頭新奇地望著我，彷彿在問：「他是幹什麼的？這也算是狗嗎？」

小狼和狐狸一前一後繞畫室兜了一圈，相安無事，小狼繞回我身邊，我疼愛地摸了摸牠只有拳頭大小的腦袋：「小傢伙，以後這裏就是你的家了。」

猛然間，我感覺到一陣異樣的目光向我襲來，扭頭一看，狐狸變換了先前新奇戲謔的表情，改用一種充滿妒意的眼光死盯著小狼，又順著我撫摸小狼的手抬頭看我，喉嚨裏發出「咕嚕咕嚕」一連串不滿的聲音。我一愣，把手拿開，狐狸不「咕嚕」了，我再把手伸向小狼，狐狸立刻又「咕嚕」起來。我遲疑片刻，不再撫摸小狼，起身倒了一碗牛奶，放在地上。

一見有好吃的，狐狸立刻擠開小狼，諂媚地湊過嘴來，對著牛奶幸福地伸出了舌頭。

「狐狸坐下！」我命令。狐狸立刻端正坐好，舌頭歪掛到嘴旁邊擺出最可愛的造型，討好地等著我允許牠進食。

「讓小狼先喝！」我下令了。

「什麼？」狐狸難以置信地甩甩耳朵，懷疑自己是不是聽錯了。「對，主人一定是弄錯了，我可是最受寵的狐狸！」牠把狗嘴伸到牛奶碗前，試探地再次伸出舌頭來。

「狐狸不准喝！讓小狼喝！」我不容置疑地重複我的命令。狐狸半截舌頭定在牛奶碗的上方，美食當前的幸福表情頓時僵住——這次狐狸總算是聽明白了，牠極不情願地坐了下來，眼睜睜看著那個叫做「小狼」的傢伙急衝鋒似的跑過來，一頭扎進了本該屬於自己的牛奶碗裏狼吞虎嚥起來。

聽著小狼「吧唧吧唧」大口喝奶的聲音，狐狸心中的醋意如排山倒海般湧來，失寵的尷尬和被「人」奪去口中食的憤怒逐漸在鼻梁聚集，獠牙從皺起的鼻翼下伸了出來，牠伏低身子，後腿蹬地，死死盯著小狼，一副隨時要爆發噬咬的姿態。

小狼不明白爭風吃醋為何物，只是隱約感覺到眼前這個同類似乎和牠有著截然不同的生存法則。

「狐狸，注意禮貌。」我的命令對聽話的狐狸通常都很管用，狐狸猶豫著放鬆下來，坐在一邊，敢怒不敢言。而小狼卻根本不在乎狐狸想什麼，牠眼裏只有那碗牛奶，「哐噹」，奶碗被小狼掀翻了，似乎不把餐桌攪亂就不是狼的進食風格。小狼一邊在滿地流淌的牛奶上跌著跟頭，一邊不管不顧地狂舔，好像餓極了的流浪兒，那副貪婪狼樣看得我連連搖頭。

記得在回成都的路上，我曾特意買了一支奶瓶給小狼餵奶。當我把奶瓶垂下遞到小狼面前，聞到奶香的小狼立刻站立起來，貪婪地叼搶奶嘴，兩隻小爪子焦急地扒抓滑溜的奶瓶，可奶瓶中的牛奶就是不見少，小狼聞得到吃不到，急得團團轉，這點大出我的意料。我又試了幾次，發現小狼的確不會斯文地吮吸，而是叼著奶嘴不斷地狂咬撕扯。

由於是玻璃奶瓶，所以我無法幫牠擠壓出奶，面對不會吮吸的小狼，我都替牠著急。我抽出橡皮奶嘴一看，已經被小狼咬變形了，像篩子似的破洞裏，牛奶一滴滴緩緩滲出，但這點涓細流顯然不足以安撫一隻饑餓的狼崽。難怪曾聽老牧民跟我說過一窩狼崽搶奶之狂暴，凡是哺乳的母狼沒一個乳房是完好無缺的，小狼崽們從吃第一口奶開始就懂得拼搶競爭，搶到的奶水越多，存活的可能性就越大，看來堅持到最後得救的這隻強悍小狼，當初也應該是搶吞到最多奶水的一個。

我還在驚訝中，小狼又猛撲上來，一口咬住奶嘴使出渾身力氣往後拖搶，小爪子在滑溜溜的地板上不斷打滑，突然「啪」的一聲，奶嘴被小狼生生咬斷，牠咬著半截奶嘴，一個跟頭跌了個四腳朝天，牛奶灑了一地。小狼急忙翻身，邊吞嚼著嘴裏的半截奶嘴，邊貪婪地搶食滿地的牛奶，我連忙抓住牠的脖子，掰開狼嘴，把半截奶嘴強摳出來。小狼張牙舞爪地咆哮著衝我齜牙，牠很不能接受自己嘴裏的東西被搶走。我一放開小狼，牠立刻大吃特吃起來，仍舊是且舔且咬的方式，地面上的牛奶被牠踩得一塌糊塗。牠沒吃夠，不滿地「嗚嗚」叫著。

能舔著吃就好辦，我找了一個大碗，把牛奶倒在碗裏，放在地上，小狼立刻撲進碗裏，嘴巴一張合，頃刻間，碗裏的牛奶就少了一半。牠一邊用舌頭片刻不停地狂捲著牛奶往嘴裏送，一邊還用嘴漾起牛奶爭分奪秒地往喉嚨裏裹吞，不斷發出「咕嘟咕嘟」的急切吞咽聲。這樣還不夠，小狼乾脆踩進了碗裏霸著喝，一碗牛奶被踩翻，流淌得到處都是，我只好扶著奶碗才保

證牠喝完。哪怕是沒有斷奶的病中小狼，吃東西也毫不嬌氣，許多沒斷奶的小狗或其他動物幼崽往往都需要用注射器或者奶瓶來勸餵，而小狼卻大可不必，看來我準備奶瓶真是多此一舉，小狼崽遠非我想像的那麼孱弱。

此時，畫室地上的一碗牛奶早已被舔得乾乾淨淨，小狼捲起舌頭意猶未盡地舔著嘴巴。我摸摸坐在一旁的狐狸，表揚說：「狐狸乖，我馬上給你裝牛奶去。」

狐狸默不做聲……我站起身，繞過畫案拿剩下的半包牛奶，忽見白影一閃，伴隨著「汪汪」兩聲狗叫，適才老老實實的狐狸像箭一樣射向小狼，狠狠地一口咬住了小狼的脖子，小狼失聲慘叫。我嚇得魂飛天外，大喊「狐狸放開！」飛跑過去搶救。

早就窩了一肚子火的狐狸哪裡肯聽我招呼，狗頭一甩，小狼橫飛出去，「噗」的一聲悶響砸在門上，繼而落在堅實的地板上，側著身子，小腿蹬了兩下就不動了。暴怒的狐狸還要撲上去再咬，我一把按住牠，慌忙回頭看小狼，小狼緊閉雙眼，渾身癱軟，只有肚子還在微微起伏。我焦急地喚了小狼兩聲，小狼的眼睛微微睜開一條縫，但再也沒有翻身爬起來。我的心頓時涼了半截。

作爲毫無抵禦能力的小狼崽，面臨危險唯一的自衛就是裝死，而此刻，牠顯然已不是刻意裝死，而是真的受了重創。狐狸有近十斤重，而小狼崽不足兩斤，力量的懸殊可想而知。小狼初生嫩骨還沒長硬，肋骨不足筷子的一半粗，一些細小骨頭跟牙籤一樣脆弱，脖子比雞脖子粗不了多少，內臟更是柔軟易碎，如此孱弱的小狼在毫無防備的情況下，先是脖子被咬，後又重重地落地，牠哪裡承受得了？

我把還在掙扎叫囂的狐狸緊緊夾在腿間，急忙伸手去抱小狼，剛碰到狼毛，突然又被蛇咬似的縮了回來。根據我以往救助流浪狗的經驗，對摔傷或撞傷的狗千萬不能立刻挪動，因爲不知道內臟和骨骼是否被摔碎，保持原樣還有希望苟延殘喘，一旦挪動不得法，內臟破裂移位或者斷骨扎入臟器中就沒救了，現在只能先觀察一下！

我一面緊壓著狐狸，一面心疼地撫摸著小狼的腦袋，「嗚、嗚……」一遍遍顫聲呼喚，動又不敢動，眼巴巴地看著躺在地上的小狼，急得淚花滾滾。

狐狸平時乖巧懂事，所以我也沒太在意牠愛吃醋的毛病，我萬萬沒想到潛藏的危機今天就爆發了。小狼剛進家門就招來這等禍事。我怎就把狐狸的嫉妒怒火給忘了呢？我小心翼翼地摸索小狼的頸骨、脊椎、肋骨、腿骨……一根根檢查，還好，骨頭沒事，但是小狼細軟的脖子上隱約滲出血來。

小狼躺了七八分鐘，在我的反覆呼喚和撫慰中，眼睛又睜得大了些，努力地抬起頭，四腿蹬了幾下，猛然間觸到什麼痛處，又痙攣一陣，無力地躺下來，「嘶嘶」吐著氣。

「疼嗎，小狼？還有哪兒傷了？」我越問越揪心。小狼虛弱地閉上了眼睛，肚子急促地起伏著，彷彿在積聚力量。又過了一會兒，牠大大地喘了幾口氣，咳嗽兩聲，再次睜開眼，伸直脖子吃力地抬高腦袋，腰肢扭了兩下，前腿撐地，後腿用力蹬直，我連忙伸手扶住牠的腰腿，小狼幾番搖搖晃晃後，居然站了起來。牠定定神，甩了甩一身的絨毛，繞開我的手，哆哆嗦嗦地往椅子下走去，尋找牠認爲安全的避難處。牠靠著椅子腿，埋下頭，一聲不吭地舔著身上的塵土。看小狼緩過勁兒來，我這才稍稍定下心。

躺在地上反省的狐狸聽到小狼還有動靜，狗牙咬得咯咯直響，喉嚨裏又開始冒出一連串悶雷一樣的咕嚕聲，我火冒三丈，「啪」的一巴掌打在狐狸齜牙的嘴巴上，打得雖然不重，卻是有史以來最嚴重的懲罰。

「狐狸，小狼要是有個差錯，我饒不了你！」我一把推開畫室的門，「滾出去！」

狐狸從沒見我發這麼大的脾氣，牠耷拉著腦袋，夾緊尾巴，爬出了畫室，坐在地上，隔著玻璃門看畫室裏的動靜。

我抹抹頭上的冷汗，翻出藥盒，抱起小狼坐在榻邊，把牠放在膝蓋上，用指頭試探著輕輕按壓小狼的胸腹部，看牠有沒有疼痛反應，小狼的後腿和屁股上有好幾處淤青，大概當時先撞在門上的是臀部。我的手觸碰到牠受傷的臀部時，牠下意識地收縮了一下身體，但始終不叫喚，像個勇敢的孩子咬著牙不喊疼一樣。

我捋開小狼脖子上綿軟的胎毛，再把內層的細絨毛輕輕吹開一條毛路，仔細檢查牠的脖子：兩道清晰的牙印紅中透紫，牙印之下，細弱的動脈血管微微跳動，看得我心驚肉跳。狐狸這是下了狠口的，幸好牠只是寵物狗，獠牙沒那麼尖利，被阻止得還算及時，否則一旦咬穿動脈，這小狼還有命嗎？

我再檢查小狼另一側的脖子，有兩道牙痕特別深，刺穿了皮肉，緩緩滲出一滴血來，順著小狼的胎毛滴在白色的地板上，我心裏一陣緊痛，小心翼翼地給小狼抹上了一點白藥。這是我養小狼第一次遇險，只差一點點，小狼單薄的命運就畫上句號了。我喘了好一會兒才定下心來。看來養狼必須細心細心再細心。

原以爲擦藥的疼痛會讓小狼躲避掙扎，誰知牠除了頸部肌肉反射性地輕輕抖動了兩下，對疼痛無動於衷。我抬眼看牠的表情，藍膜未褪的小狼眼裏沒有一點淚，而是緊緊地盯著玻璃門外衝牠齜牙的狐狸若有所思——眼前的這個動物顯然也和自己同類，讓牠極不理解的是，這個同類第一次看見牠就想置牠於死地。在狼的社會裏，小狼們都是備受大狼們關愛的，從來沒有爲了爭食，大狼殺戮幼崽的先例。至於爭風吃醋爲何物，小狼就更不明白了。牠只是隱約感覺到眼前這個同類似乎和牠有著截然不同的生存法則。

小狼在我懷裏漸漸睡著了，經過一番折騰，牠累了……

兩小時後，小狼睡醒了，下地尿了一泡尿，舒展舒展筋骨，彷彿又來了精神。而狐狸在畫室外枯坐了兩小時，精神委靡，低眉順目地夾著尾巴。我這才打開畫室門放狐狸進來。狐狸轉著眼珠進了畫室，縮進了牠的安樂窩裏——狐狸的窩在羅漢榻下面，仗著我的嬌慣，狐狸軟纏硬磨地從我臥室裏拖走了兩張昂貴的羊皮，叼來後，煞費心思地鋪墊在榻下，做了牠的軟床。榻前有個長條形的踏腳凳擋著，狐狸平時鑽到榻下，舒服地躺在羊皮上，藉著踏腳凳和榻沿的遮擋，還能有一線視野可以觀察到外面的情況，就像隱蔽的軍事堡壘，真是個風水寶地。

狐狸躲在窩裏明哲保身，就連小狼又一次在牠面前喝牛奶，牠也隱忍不發。然而令狐狸萬萬沒想到的事情還在後面——吃飽喝足的小狼崽很快看上了狐狸的安樂窩，仗著狐狸不敢造次，小狼天不怕地不怕地走了過去，齜牙咆哮著宣布這狐狸窩現在歸狼了！

眼看小狼得寸進尺居然還要佔據自己辛苦構建的巢穴，狐狸堅決不讓，並低吼著恐嚇小

狼。我密切注意狐狸的舉動，隨時準備保護小狼。小狼有我撐腰，更是大膽，毫不含糊地齜牙迎戰，並上前幾步，咬住羊皮的一角就往外撕扯拖拽，一副要把狐狸掃地出窩的架勢，狐狸伸出前爪緊緊抱住羊皮，榻下氣氛頓時緊張起來。

小狼極狡猾，始終不離我的保護範圍之內，頻頻挑戰狐狸。狐狸的眼睛開始發紅，狗毛直立，憤怒像野火一樣越燒越烈，牠把我的警告都拋在了腦後，暴跳如雷地衝撲上來，猛一口咬向小狼的脖子。

「汪嗚……」狐狸剛衝出榻外就發現小狼不見了，接著頭皮一緊，被我抓了個正著，再一看，小狼已經被我抱在懷裏了。狐狸渾身一哆嗦，狗毛「刷」地倒了下來，恐懼如冰水灌頂，澆醒了牠的危機意識——糟糕，今天這頓打是逃不了了。

我剛把狐狸按在地上，小狼就首戰告捷似的往狐狸窩跑去，正式宣布此地改名狼窩。

我抄起紙筒子照狗屁股一頓好打，狐狸緊閉眼睛嗷嗷尖叫著告饒，緊張得尾巴都哆嗦起來，一副可憐相。我用紙筒指著狐狸的鼻子，訓道：「任何時候絕不准咬小狼，明白嗎?!」狐狸趕忙搖搖尾巴，好狗不吃眼前虧的道理牠比誰都懂。

「自己反省！」我放手鬆開牠的頭皮。「反省」是另一種懲戒，就是讓牠四腳朝天地躺下來，面對天花板好好想想自己都錯在哪兒。服從是狗的天性，沒有我的赦免，狐狸就是躺上幾個小時也不敢輕舉妄動。小狼見我制伏了狐狸，鑽出榻來繞著躺在地上的狐狸轉悠。

小強盜還敢來看熱鬧?狐狸「嗚嚕嗚嚕」不滿地咆哮著，還想威脅這個讓牠挨打又受罰的入侵者。

「閉嘴！」我厲聲警告。狐狸忙把還沒吼完的威脅聲強吞進了狗肚子，借牠十個膽子也不敢再冒挨打的危險。小狼放心地嗅來嗅去，乾脆爬到了狐狸身上。狐狸極力忍著，任小狼在自己身上爬來爬去。

我看到牠們終於能相容了，非常高興，拿起相機拍下第一張友好照，誇道：「乖，這樣多好，和平相處……」話未落音，狐狸驚聲尖叫起來！原來「友好」並非我想像的那麼簡單，這小狼趁狐狸受罰，找準牠的命根子，猛地一口咬下去，甩頭就撕！狐狸痛得「嗷嗷」直叫，一腳蹬開小狼。小狼像個絨球一樣「咕嚕咕嚕」滾出一米多遠，翻身起來立刻叉著兩腿，頭也不回地跑回榻底下，只見一條嫩春筍似的小尾巴顫顫巍巍地拖在身後晃悠，轉眼就不見了，留下狐狸蜷成一團不住地舔傷止痛。

小傢伙還有這一手？我傻眼了，防著狐狸，卻沒防著小狼，這小傢伙真會瞅準一切機會睚眥必報。我趕緊安慰狐狸檢查傷口。還好小狼崽力氣並不大，但是尖利的乳牙還是在狐狸的要緊部位扎出了幾個米粒大小的血點，最可惡的是小狼下嘴的地方選得實在刁鑽陰險。我趕緊又給狐狸上藥，這下可好，一人咬一口，公平合理。

強者有強者的優勢，弱者有弱者的手段。誰能料到連站都站不穩的小狼崽報復心竟然那麼強。雖然和小狼才相處了一個星期，但我常常感覺在生命力、競爭力、謀略、膽量、狡詐等方面，自己都太低估小狼了。

狐狸和小狼，都是我疼愛的寶貝。雖然小狼崽需要更多的呵護，但對狐狸也一定要公平。我把兩塊羊皮分開鋪在榻下，讓牠們各占一邊。但狐狸擺出此仇不共戴天的架勢，憤而拖出屬

瞅準一切機會睚眥必報。

於自己的那塊羊皮鋪在畫案底下另起狗窩，惹不起躲得起。狐狸讓步以後，我常有意識地多多撫摸誇獎牠，避開小狼的時候還塞點零食給牠，狐狸高興起來：「我在主人心中還是有特殊地位的。」

小狼是個天生的隱藏高手，屋外稍有風吹草動就立刻警覺起來，當我離開畫室的時候，牠會本能地把自己藏起來，悄悄地待在窩裏，有人進來的時候，更是安靜得出奇，兩點星亮的小眼睛很乖很警惕地望著外面，觀察動靜，我沒解除警報，牠就按兵不動。我曾經看過一個紀錄片，片中常在野外和蛇打交道的女科學家說道：

「在自然界，動物們首先要學會的就是把自己藏起來，然後靜靜地觀察周遭。走進一個安靜的森林，似乎周圍空無一物，但實際上，有無數雙眼睛含著各種想法在打量你。要做獵食者就更是這樣，首先要讓自己不被獵食，然後才是狩獵。」

看來狼從小就精於此道。要知道在自然界危險無處不在，熊、豺、野狗以及其他掠食動物都可以威脅狼崽們的生命，只有最會保護自己的小狼崽，才能獲得最大的生存機會。

儘管小狼隱蔽得悄無聲息，可是狐狸卻從沒放棄過驅逐牠。每當我父母上來的時候，狐狸就激動地竄進竄出，跑到我爸爸跟前猛拽他的褲腿，又馬上衝回榻下朝著裏面狂叫，鼻尖像人的手指頭一樣直指著蜷縮在黑暗角落裏的小狼，極力要向父母「告密」。哪知道「家裏有狼」這種情況是父母想都不會想到的事，更不會去理會狐狸的告密了。不單如此，小狼喝的牛奶，尿的尿都記在狐狸的賬上，狐狸沒少替小狼挨罵。

狐狸幾番告密不成，就不再與小狼正面爲敵，但明爭結束，暗鬥卻開始了。

這天，我敞開畫室的門通風，飛進來一隻大馬蜂，在落地玻璃上嗡嗡撲扇著翅膀，這是畫室的常客了。狐狸偏著腦袋觀察漸漸飛低的馬蜂。我坐下來看書，並不在意狐狸的表現，因爲牠小時候被馬蜂蜇過，深知其厲害，是斷然不會去招惹的，看一會兒牠就會走開。

然而醉翁之意不在酒，狐狸小跑著激動地圍著小狼繞圈，殷切地把小狼引到玻璃前面，衝著還在撲稜的馬蜂「汪」地叫了一聲，小狼立刻注意到這個小活物。動物幼崽時期都對活動的東西充滿好奇，小狼崽也不例外，牠的第一個反應就是用嘴去試探這個小活物……

「嗷嗚」一聲慘叫，小狼的嫩鼻子被大馬蜂狠狠蜇了一下，痛得牠驚天動地地叫起來，亂撞玻璃，幾個蹦跳衝到畫室外的花園裏，一頭扎進澆花的水盆中，用冰涼的水來緩解牠的劇痛。我被這突如其來的意外驚壞了，連忙找來牙膏給小狼抹在鼻尖上。小狼狼狽地捂著鼻子可憐地嗚咽，牠萬萬沒想到那麼小的活物會給牠帶來這麼刻骨銘心的痛，牠終於明白了殺傷力不以大小而論的道理。

牠的鼻子開始腫了起來，鼻頭歪向了一邊，顯然牙膏也不足以減輕小狼最敏感部位的腫痛，而且糊在鼻子上令牠很不舒服，牠用爪子抹去鼻子上的牙膏，又伸舌頭舔爪子，再抹再舔反反覆覆自行療傷。

幸好這天父母不在家，衝出畫室的小狼才沒有暴露。但我對狐狸是不是故意而爲深度懷疑，看狐狸搖頭擺尾的得意樣，抓不到確鑿證據又不好懲罰牠。

我的懷疑很快就得到了進一步驗證。

下午，一個熟識的朋友來我畫室小坐，狐狸就跑進小狼躲藏的榻下，不停地碰撞小狼傷腫的鼻子，小狼忍痛潛伏。狐狸更是得意，扭來扭去在小狼鼻子上蹭擦挨擠——「我讓你再不吭氣兒」，幾次都疼得小狼忍不住吱吱叫出聲來。

「什麼聲音？」朋友低頭想看，我忙掩飾過去。送走朋友後，解放出小狼，狐狸又殷勤友好地跟小狼玩在一起，我隱約感覺狐狸沒那麼簡單，卻又沒理由對牠發作，還是再觀察一下吧。

小狼的活動空間只在畫室，而狐狸卻能跟著我樓上樓下自由出入。有天我在廚房炒菜，半截辣椒掉在地上，狐狸高興地上來嗅了嗅，發現是辣椒，失望地走開了。少時，狐狸又興奮地轉回來，小心翼翼地叼起辣椒一溜煙不見了。

「這傢伙還對辣椒感興趣？」我忙於做飯，沒顧得上理牠。

等我吃完飯回到樓上畫室，隱藏了一個多小時的小狼早餓壞了。我「嗚嗚」一喚，小狼就急衝出來，風捲殘雲地把奶碗中剩下的牛奶掃蕩一空。

「咳！咯！哇……」小狼突然異常難受，伸長舌頭不停哈氣，搖頭晃腦地舔著鼻子滿地打滾，兩隻前爪抱著舌頭不斷摳抓，口水淌得一身都是。我一愣，忙端起奶碗檢查，幾顆金黃的辣椒籽還沾在碗底，牛奶裏哪兒來的辣椒？我連忙換了碗清水給小狼止住辣，想起了狐狸在廚房的異常舉動，我滿屋找狐狸對質。而狐狸卻早就溜到二樓父母的房間避難去了，整整一天都沒見牠再露面。從此，我將辣椒、花椒這類東西嚴格監管起來，不給狐狸任何可乘之機。

薑還是老的辣，沒滿月的小狼要跟「老狐狸」鬥還嫩了點兒，論狡詐、論經驗，狐狸都遠勝於牠。但從小有了狐狸這碗水墊底，小狼的觀察和防備能力突飛猛進，其狡猾和多疑也與日俱增。

不知不覺中，小狼快滿月了，牠已經比剛來畫室時長大了近一倍，以前體型不到狐狸的一半，現在只比狐狸小一個腦袋了。小狼的力氣也漸長，能一頭把狐狸掀翻，如果狐狸衝牠齜牙，牠能比狐狸齜得更氣勢洶洶！看著小狼的健康迅速恢復，日漸活潑，再不是當初病危孱弱的樣子，我心裏美滋滋的。

然而隨著小狼的長大，我感到不安起來：小狼的膽子越來越大，好奇心越來越重，精力越來越旺盛，隨之而來的就是不安分和破壞。當小狼覺得自己的牙齒更尖，爪子更利，以前打不過的狐狸也似乎並不可怕了，對地盤也更熟悉了時，就不那麼怕外界了。牠對環境開始有了自己的判斷和主張，漸漸執拗起來，再不是我能呼之即出，揮之即躲的小傢伙，相反，小狼更嚮往新鮮泥土的氣息，牠看上了畫室外的小菜地。

一個陽光燦爛的下午，樓上無人，小狼大膽地溜到畫室外，跑到菜地裏盡情地翻滾折騰，把小蔥壓倒了一大片，大蒜一個個被刨出來啃得全是窟窿，剛長出的菜苗被踩得東倒西歪，剛長紅的番茄被咬來吃了。小狼還饒有趣味地在菜地中間掏了個大坑，庭院的雪白地磚被踩滿了

黑糊糊的爪印。忽然，牠小耳朵一豎，聽得有人上樓來，一溜煙銷聲匿跡。

這是我和爸爸上來澆水。剛一看見亂糟糟的菜地，我們就傻眼了，這可是爸爸辛苦一春天的成果啊！心痛不已的爸爸看見爪印，不問青紅皂白，就抄起掃把打在狐狸屁股上，把狐狸罵了個暈頭轉向。我見爪印一路通到榻底下，當然知道誰才是罪魁禍首，但也只能裝聾作啞，任狐狸去背黑鍋。狐狸生平可從未幹過這種大逆不道的破壞勾當，現在不明不白當了替罪狗，挨打受氣，委屈得眼淚汪汪，開始了為期兩天的絕食抗議！

我幫爸爸收拾著殘秧斷苗，心裏很不是滋味，老人家費盡心思引種育苗，每天爬上爬下拎水澆菜，眼看收穫在即，轉眼間卻被小狼破壞乾淨。雖然他們沒發現，但是小狼已經影響他們的生活了。我心裏一陣陣地愧疚與自責。自從帶小狼到畫室的這些日子，小狼一直低調隱藏，和我配合默契。狼天生的悟性和聰明，讓我誤以爲牠比狗還聽話好養，幼稚期的小狼崽除了喝牛奶就是長時間睡覺，這種無聲無息不惹事的狀態，讓我幾乎都忘記了牠是一隻狼，還打算著在這畫室養牠到兩三個月都沒問題，沒想到才十多天就養不下去了。我這才初次意識到養一隻小狼比養狗複雜得多。

爸爸剛離開三樓，小狼自認爲安全了，不等我呼喚就自作主張地遛達出來。我故意推推小狼的屁股讓牠回榻下隱藏，小狼非但執拗地抗拒不回，反而大張旗鼓地到處巡視，那神態彷彿在說：「危不危險，我自己能判斷！」我的汗毛陡然豎了起來，心中的不安愈演愈烈。

小狼絲毫不覺得破壞菜地有什麼錯，牠得意揚揚地從榻下拱出一個番茄，用小爪子踢皮球一樣玩著，彷彿向我炫耀牠的收穫，直到牠玩夠了，才把番茄一股腦地吞吃了下去，連糊在小爪子上的番茄漿都舔了個乾淨。這傢伙小小年紀就會自己找吃食，判斷什麼東西能吃，看那菜地裏大蒜啃過，菜葉子咬過，小蔥嚼過，但似乎都不合牠的口味，唯獨對這番茄情有獨鍾——吃掉一個、咬爛一個，還帶走一個。在炎熱的樓頂，番茄確實是消暑解渴的美味。

我猛然間想起原產於南美洲的番茄最早就叫做「狼桃」。傳說「狼桃」的得名是由於它豔紅如火，人們都以爲它有毒，沒人敢吃，而在早期的人們心目中，凡是邪惡的、有毒的，都喜歡冠以狼的名稱，因爲在人們眼裏，世間萬物最惡毒危險的莫過於狼，「狼桃」這個名字一聽就讓人敬而遠之。直到十六世紀，英國俄羅達拉公爵去南美洲旅遊，回國時勇敢地帶回「狼桃」作爲表達愛情的禮品，獻給他的情人伊莉莎白女王，從此，歐洲人才稱它爲「愛情果」、「情人果」，並將它作爲觀賞植物栽種在庭院裏。

但過了一代又一代，仍舊沒有人膽敢吃「狼桃」。直到十八世紀，一位法國畫家多次爲「狼桃」寫生時，面對這樣美麗卻有「劇毒」的漿果，實在抵擋不住它的誘惑，於是冒著生命危險吃了一個，覺得酸酸甜甜很是可口。之後，他躺到床上等著死神的光臨。但一天過去了，他還躺在床上，鼓著眼睛對著天花板發愣。怎麼，他吃了全世界都說有毒的「狼桃」居然沒死?!他滿面春風地把「狼桃無毒可以吃」的消息告訴了朋友們，大家都驚呆了。不久，「狼桃無毒」的新聞震動了西方，從那以後，上億人都安心地享受了這位「敢爲天下先」的勇士冒死帶來的口福。

無疑這位法國畫家並非出於饑不擇食，而是真正全情投入地愛上了他所描繪的「狼桃」，或許同是畫畫的人，才有這樣的瘋狂與叛逆以命試愛，正如我執意走進狼性世界一樣，傳說的

不一定是真實的。

對於「狼桃」的由來，我想到的是另一個可能：菜園中的大蒜、茄子、黃瓜等諸多誘人蔬果都被小狼淺嘗則棄，辣椒更是碰也不碰。而小狼卻天生就認識番茄，選而食之，莫非「狼桃」與狼真的有著不解之緣？據一些資料記載：「在南美洲荒野，許多狼在缺乏食物的情況下，每逢入暮時分就在灌木叢中尋找漿果充饑，同時也補充維生素和水分。」人們都只知道狼吃肉，卻不知道狼同樣嗜食漿果雜食，「狼桃」就是野狼所鍾愛的救命果實。或許有些流落荒野的人曾經跟隨狼的腳步，撿拾這種鮮豔的漿果救命，之後感慨地把狼如此鍾愛的紅色漿果叫做「狼桃」，而這可怕的名字加上讓人疑惑的血紅顏色，讓千百年來厭憎狼的人們不屑嘗試就將其定義爲「有毒」，並將這虛妄的判斷代代相傳下來。

從尋找到第一個番茄，小狼開始有了辨別食物的能力，我把小狼搆不著的幾個「狼桃」摘下來給牠放在窩邊，第二天它們就無影無蹤了。

從那天以後，我寸步不敢離開畫室，連吃飯都是速戰速決或者乾脆端上畫室去吃，可就在這樣嚴密的看護下，仍舊聽見鄰居閒聊說：「隔著籬笆牆看見有隻灰貓跑進你畫室去了。」所謂「灰貓」爲何物，我心知肚明。小狼敢獨自走出畫室了，敢大肆破壞了，敢蔑視危險了，這不是什麼好兆頭，終有一天牠不再甘於像膽小幼崽那樣乖乖躲藏著等媽媽，畫室終究不是藏狼臥虎之地。況且還有一隻與牠鉤心鬥角的狐狸。小狼啊小狼，我該拿你怎麼辦？

畫室不宜久留，趁小狼這種不受控制的行爲剛出現苗頭，另尋他處迫在眉睫。我想到了亦風。

亦風是我在黑熊保護中心參觀時認識的一個朋友，他和我一樣熱愛動物，崇尚自然。亦風早年是畫油畫的，後來改行做電腦動畫，現在有一個自己的動畫工作室，經營得很不錯。事業上了軌道，他就能抽身做自己喜歡的事情。

亦風愛好攝影，一有空就喜歡背包旅行，共同的愛好讓我們漸漸成爲了親密的朋友。我思前想後，也只有亦風最能理解我救助動物的心情，就算今後小狼長大瞞不住他，他也絕不會出賣我。但就目前而言，爲了不引起麻煩，對他還是暫且隱瞞了小狼的事實，只謊稱撿到了一隻流浪狗不想告訴家裏人，請他一定幫忙想個安頓的地方。

「實在養不住，能不能送去流浪狗中心呢？」亦風沉吟道。

「不行……小狗還太小了，怕受欺負。我自己帶著放心些。」我詭辯著。

「那這樣吧，我家旁邊還有一間單身樓房正好空著，傢俱齊全，你和小狗搬進去住就行了。」電話那頭，亦風很爽快地答應了。

我迅速收拾好東西，喚出床底下的小狼，伸出手小心翼翼地抓住小狼的後脖子把牠拎了起來。一離開地面，小狼立刻放鬆四肢，軟綿綿的像個布偶一樣一動不動隨我拎著走。我的手輕輕晃了晃，小狼也像個鐘擺一樣隨手搖了搖，眼神中流露出安靜、乖巧、從容和忍耐的神色。我儘量放鬆手指，不讓小狼覺得太難受。我充當起了「挪窩母狼」的角色，把小狼放進紙箱子裏，儘管盛夏藏於箱中悶熱無比，但牠固執地忍耐著一動不動。我在箱側給小狼開出兩個大大的透氣孔，以爲牠會從透氣孔中探頭張望一番，誰知牠仍舊無動於衷地躺著，除了因爲燥熱，

小肚子的起伏比以前急促一點之外，牠放鬆肢體紋絲不動。荒野小狼非常清楚貪圖一時舒服的下場有可能是斷送牠的小命，關鍵時刻當忍則忍。我想起《狼圖騰》中曾描述掏出的一窩狼崽裝死的場景，不禁會心一笑，這是狼崽們唯一的自衛方式。

我的行動向來自由，跟父母說一聲出去畫畫，要離開很長一段時間，父母早已習慣了我的生活方式，囑咐注意安全，也不再多問。我抱著紙箱出門，狐狸自然是呼天搶地地堵在家門口不讓我走，可為了小狼也管不了那麼多了，先讓狐狸在家想想這些日子欺負小狼的過錯吧。

半小時的車程就到了亦風安排的新家。亦風幫我把車上所有東西都搬進家來收拾停當，我坐在沙發上休息時環顧四周：一張床、一個沙發、書桌、冰箱、洗衣機和一些簡單的生活用品，這足夠了。最重要的是，在這樓房之上無人去的樓頂有兩千多平米的地方可以讓小狼無干擾地活動，過多地接觸人對牠是沒有益處的，牠是生活在城市中的狼。但是現在，一個大屋子的活動空間對小狼來說足夠了，我對這私密的地方相當滿意。

「你撿回來的流浪狗呢？」亦風問。

我臉一紅，這才突然想到自己撒的謊，尷尬地想著應對。

「問你呢，狗呢？」亦風追問。

醜媳婦終歸要見公婆，亦風的家近在咫尺，他遲早會看得到小狼的，好在小狼跟小狗區別不大，興許他認不出來就能瞞天過海。想到這裏我心一橫，「嗚嗚」喚了幾聲，一直放在角落裏沉寂無聲的紙箱「砰」的一聲爆響，憋屈了半天的小狼如石猴問世一般，乍然衝破紙箱蹦了出來，興沖沖地邊撒著一大泡尿，邊迫不及待地向我跑來，突然看見亦風這陌生人在，小狼猶豫了一下，蹣跚著小跑過去伸鼻子前前後後地嗅聞亦風。

小狼果然不太怕生人了，我心裏暗自慶幸挪窩及時。

「喲，瞧這小傢伙藏得真好！」亦風呵呵一樂，張開巴掌接住牠，抱起來一看愣住了，「狼?!」亦風的微笑迅速消失了，他睜大眼睛驚訝地看著我，表情中凝結了一千個疑問要從我眼裏找到答案。

我大吃一驚，沒想到小狼一打眼就被亦風識破，我囁嚅著還妄圖掩飾一下：「這狗……是有點兒像狼啊？」

然而長期熱衷於看《動物世界》，還陪我接觸過狼群的亦風眼光卻並不拙劣，他用手指撥開小傢伙尖釘子般的獠牙，瞪著我哼了一聲：「流浪狗？你就唬我吧，說，怎麼回事？」

我像考場作弊被抓了個正著似的，頓時洩了氣，眼淚汪汪地把救下小狼的經過對亦風坦白交代了一番。

亦風靜靜地聽完，嘆了口氣：「傻丫頭，我理解你的同情心，可你這是引狼入室啊，等牠長大了有多危險，你想過沒有？」

「我還沒想那麼多，」我皺著眉頭委屈地說，「只想著先救回一條命再說，換成是你，你會見死不救嗎？」

「這條命不一樣，你撿十條狗我都沒意見，可這是狼啊！」

「牠那麼乖，跟小狗沒什麼兩樣。」我小聲狡辯。

「現在是乖，但狼子野心古而有之。你把老祖宗的話都忘了嗎？」

「老祖宗還說天圓地方呢！」我向來長著反骨，「現代人比起古人的見識廣闊得多，幹嘛要事事奉行前人的信條？老祖宗就不說瞎話啦？」

「這可不是瞎話。『狼子野心』的古文，我在學生時代就讀過，說有個富人出獵抓到兩隻小狼，將牠們和狗混在一起豢養，狼很馴服，也和狗相安無事。這人竟然就忘了牠是狼。一天白天他躺在客廳裏，聽到群狗發出憤怒的叫聲，他被驚醒起來，看看四周沒有一個人，再次就枕準備睡覺，狗又像前次一樣吼叫。這人便假睡觀察，結果發現兩隻狼等到他沒有察覺，要上來咬他的喉嚨，狗阻止了狼上前。這個人最後殺狼取皮。故事末尾還專門寫了『狼子野心，信不誣哉！』（狼子野心，是真實而沒有誣衊牠們啊！）告誡後人。」

「古文不錯啊！」我一笑，緊跟著辯駁說，「就這個故事本身來說吧，這富人光想著指責他養大的兩隻小狼背叛了他，可怎麼不想想，小狼當初是他打獵抓來的呢？說不定還是殺大狼掏狼窩得來的。狼是相當記仇的動物，絕不乏《趙氏孤兒》戲文中忍辱復仇的例子。狼又是崇尚自由的，絕不甘於像狗那樣過奴性十足的生活，這富人像馴狗一樣馴養著狼，怎麼可能不是以悲劇結束？這麼一個不瞭解狼性的人留下的評價值得我們信奉嗎？況且古人只說狼子野心，這個『野』字就很有深意了，野心是對自己應有生活的一種嚮往和追求，我覺得身爲野狼擁有野心天經地義。」

我倆低頭看著這個可憐又可愛的「狼子」，見亦風默然地望著狼猶豫不語，我接著說：「再說『狼子野心』的典故是講楚穆王時期，越椒爲奪權而同族相殘的故事，人們總是不願明說自己同類不好而借助獸類來隱喻，歷史久遠了，後人也就只記著字面的訓誡而忘記了故事的根源。」

亦風一揚手：「不管你怎麼替狼辯解，狼的兇殘還是有目共睹的，牠畢竟跟狗不同。那種兇狠不可能因爲馴養而有所收斂！撇開『狼子野心』這個典故，千百年來對狼的形容就沒一個好的，連古人造這『狼』字都是在『狠』字的頭上加了一點，意思是再『狠』一點就是『狼』！」

我用指頭在手心寫畫了一下，慢悠悠地說：「爲什麼那樣想呢？狼字拆開是『犬』『良』，可以看出，古人認爲狼是良犬，而非惡獸，《說文解字》也講了：『狼，良獸也，從犬良聲。』」

這簡直是場辯論會，亦風氣得猛揪頭髮，哭笑不得：「伶牙俐齒的！我不跟你爭了，總有一天你被牠咬一口才知道引狼入室的後果！」說罷，無可奈何地轉身離去。

房門關上了，一間沒有親人知道的空屋子裏，我一個人陪伴著一隻狼。雖然剛才極力主張養狼的時候，膽大嘴硬，據理力爭，可小狼長大後會不會真的野性大發，趁我睡著的時候，照脖子給我一口，我心裏還真沒底。亦風發現了真相也好，如果有一天我真出事了，至少有個人知道我的去向。

03 滿月的小淘氣

在這黑暗中，我幾乎是睜眼瞎子，而格林卻天生是暗夜的精靈，是夜神最為眷顧的孩子。黑夜給了格林光明的眼睛，但願牠將來看到的也是光明。

來到新家的第一天晚上，小狼睡得很熟。

天一亮，我醒來時，只見牠安穩地側臥在我懷裏，四腿鬆鬆地蜷縮著，眼睛緊閉，小爪子時不時像嬰兒抓握拳頭般收縮一下，或許所有的嬰兒睡覺時都很可愛吧。我輕輕側身靠在床頭，一隻手托著腮，欣賞小傢伙的睡相。以前在畫室休息，總是天不亮就被咋咋呼呼的狐狸吵醒，然後提心吊膽地躲藏，牠幾時享受過這麼平靜安寧的清晨。我伸出食指，小心翼翼地觸摸著小狼額頭和鼻梁中間的凹陷，指尖滑過頭頂，順著絨毛的走向緩緩摸到背脊，最後捋完那根細得可憐的尾巴，想不到我竟然養了一隻毛茸茸的小野狼做孩子，有幾個媽媽能體驗這種另類的母子情懷呢？

看著懷裏熟睡的小狼，我也像所有媽媽一樣嘴角掛著安詳的微笑，不知道牠以後會不會長成一匹漂亮英武的大狼，又會不會眷戀我這個人類中的媽媽，如果將來牠回到草原生兒育女，我一聲長嘯，能不能召喚出一群狼來？在漫無邊際的想像中，我心裏泛起一種奇異的幸福感。

當陽光照在小狼金色的胎毛上時，牠的背脊微微一舒展，打了個哈欠，醒了。牠舔舔鼻子，虛開半隻眼睛，再打一個大大的哈欠，誇張得耳朵都被哈欠擠到腦袋後面去了。突然，小狼陶醉的哈欠潦草收場，脖子一伸，耳朵「啪」地彈立起來，一雙小狼眼陡然睜得大大的，驚訝地張望著這新屋子，回了一下神，才恍然大悟地放鬆下來，大概回憶起了搬家的這回事吧。我咯咯一笑，看來這傢伙的記性也不怎地。

小狼跳下床，抖抖絨毛，又開始再度視察這個新環境。牠對屋裏的一切陳設既新奇又緊張，在屋子裏慢條斯理地走來走去，對每一樣東西都伸過鼻子嗅一嗅，再歪著腦袋看一會兒。

在新環境裏，小狼前些日子剛萌生出來的膽氣又有所收斂，我大開著房門牠也不敢出去，有一次，牠湊到門口縮頭縮腦地探看了一下，我輕喚一聲，牠立刻叉著羅圈腿晃晃悠悠地回我身邊來。如果我向床下推推牠的屁股，牠也立刻遵命躲藏，我的警告對牠又管用了，我暗自慶幸搬家這一步棋走得絕佳，對不熟悉的環境，小狼至少會老老實實地適應一段時間吧。

我覺得屋裏還得添置一些生活必需品，我簡單列了個清單，趁小狼四處巡視發呆的時候，悄悄掩上門出去了。這新家是再安全不過的地方，我再也不用擔心有人發現牠。

我完成採購回來，把手裏的東西放在鞋櫃上，關閉房門一看，小狼果然老實，躲在床下一聲不吭。我高興地呼喚起來：「嗚、嗚、小狼、小狼，解放嘍！」小狼旋風似的從床底下躥了出來，直直地朝我衝，胸前竟然是白乎乎的一片，這是什麼？我定睛一看，瞬間驚得魂飛魄散，迎面衝來的小狼口吐白沫，一路跑一路滴，滿胸都沾滿了吐出來的白泡泡。

狂犬病?!我嚇得手足無措，來不及多想，閃身跳進了旁邊的洗手間，「砰」的一聲，關上了門。緊接著，來不及剎車的小狼「咚」一聲撞在玻璃門上，跌了個四腳朝天。牠爬起來嗚嗚叫著，用尖利的爪子抓撓磨砂玻璃門，「咯吱，吱啦……」趾甲摳玻璃的聲音像猛鬼掏心一樣抓得我心裏直發毛。我手忙腳亂地上鎖，大腦一片空白，小狼的狂犬病事先怎麼一點徵兆都沒有？

我忽然想起前兩天才被小狼的牙齒劃傷過，而且在草原第一次餵小狼牛奶的時候，手心也被咬出血過，剎那間天旋地轉，冷汗淋漓，我急忙擰開水龍頭，又翻起眼睛死盯著鏡前燈——得了狂犬病最典型的症狀就是怕光怕水。明晃晃的燈看得我視線裏全是一團團游走的光斑，而

那水流的聲音也似乎格外刺耳。我忙不迭地關上水龍頭，兩腿發軟跌坐在地上，完了，狂犬病的死亡率是百分之百，我大概是潛伏期了吧，一瞬間留遺囑的心都有了。

小狼還在門外摳抓著，甚至張嘴啃咬門縫，成片的白沫擦在玻璃上。無論如何我還是得逃出去，我環顧四周想著脫身的辦法，只有牆角靠著一根掃把。豁出去了，我拉開門「啪」的一掃把將小狼打翻在地，左手抓住牠後脖子，避開爪牙把牠拎了起來。控制住了瘋狼，我茫然四顧，拿牠怎麼辦呢？

小狼被我拎在手裏，一如既往地垂下四個爪子乖乖合作，並且滿臉興奮，大張著嘴伸出舌頭快活地哈著氣，眼睛裏盛滿了迎接媽媽歸來的激動和親熱。這不像病態啊？我猶豫著，實在無法把牠和「瘋狼」這個詞聯繫在一起。正納悶間，突然一股熟悉的甜香味鑽進我的鼻孔，再湊近一聞，這小子口氣清新異常，我猛地想起一樣東西，急忙轉回房間，趴在床下一找，果然，半截牙膏躺在地上，被咬得千瘡百孔，擠出來的牙膏被舔得乾乾淨淨。

我啼笑皆非，丟開小狼，癱坐在床前：「小傢伙，你可嚇死我了！」

小狼莫名其妙挨了頓打，卻仍然掩飾不住見到我的興奮，伸長脖子，溫熱的小舌頭在我臉上一舔，癢酥酥的，滿是牙膏味，回想起自己剛才的狂犬病症狀也似乎消失無蹤。我哭笑不得地長長地舒了一口氣。但這也給自己提了個醒，等小狼斷奶以後，一定要打狂犬疫苗，而我更是越快免疫越好。

小狼頭上起了個小包，狼可是記吃記打又記仇的傢伙。這是牠第一次挨打，從此，小狼對掃把這個曾經敲得牠昏天黑地的東西深惡痛絕，沒事就拖出來狂啃猛咬，狠狠地發洩牠的怨氣。一個月中我換了三個掃把，一個比一個慘不忍睹。

牠愛咬也就由著牠，天性使然，滿月的小狼更是一個淘氣搗蛋、破壞力超強的小男孩。這階段正是牠長牙的時候，新牙像春筍一樣往外冒，牠牙根子癢得不得了，桌腿、窗簾、傢俱、電線、電器隨著牠長大，也無一倖免地成爲了牠磨牙的玩具。咬地板、啃牆角、鑽被窩裏睡大覺、爬到馬桶裏喝水；我洗著衣服，發現洗手間淌了一地的水——小狼把洗衣機下的水管給抽出來了；我撐開雨傘，傘面已經被撕成一條一條像一隻大水母……我每天早上起來都有一隻拖鞋找不著，不用問，在牠窩裏。

莫名其妙挨了打，從此對掃把深惡痛絕。

只要小狼高興，牠甚至膽敢把我當做玩具。我的頭髮很長，直達小腿，平時喜歡編成一根長辮子垂在腦後。不知在小狼眼裏這算不算是狼媽媽的尾巴，牠對這甩來甩去的長辮子興趣特別大，先是伸出兩隻小爪子左右抓撓著，後來乾脆一口叼住辮子懸在半空盪鞦韆玩，痛得我抓住辮子嗷嗷叫。

我越叫小狼玩得越起勁，我只有掰開牠的嘴，把辮子上一縷縷的頭髮從牠尖利的牙縫裏摳出來。從此我把頭髮綰起來，在腦袋後面盤成一個大大的髮髻，小狼突然不見了狼媽媽的尾巴，失望地繞著我轉圈。

很快，牠又發現了新的玩法——我蹲下來收拾東西的

時候，小狼乾脆從我後背爬上來，抓著髮髻坐在我頭上興致勃勃地看我忙碌。我一起身站高，牠就連忙地抓緊髮髻，像孩子坐上雲霄飛車一樣又緊張又過癮地哼哼，小尾巴就在我後頸窩癢酥酥地掃著。

我很放縱小狼，儘管我把狐狸教育得很聽話，但我從來不用教狗的方法去約束小狼，牠愛怎樣就怎樣吧，順其自然保持牠的野性和桀驁不馴，牠應該學會的是辨別食物和狩獵這些生存技能，這比玩球接飛盤和握手這些取悅人類的本領重要多了。牠不是寵物，牠身體裏流淌的是野性血液，牠理應保留狼子野心，大自然喜歡動物的野心。

自從在這裏和小狼安家，我整天閉門不出，也未和人接觸過，每天都是醒來就和小狼哼哼唧唧地說狼語，我都懷疑我再說人話的時候舌頭會不會打結。

我的父親有寫日記的習慣，他爲他疼愛的小孫女桐桐寫下了從小到大的成長記錄。從前總覺得父親記錄那些太瑣碎，自從有了小狼，我才體會到了這種感覺，當開始愛孩子並在他身上用心的時候，他就成了一個「故事大王」，幾乎天天冒出可笑、可氣、可敬、可惡、可嘆的故事，其樂無窮。於是每當夜深人靜，我就把小狼寫進日記裏。最初只是對牠成長狀態和身體恢復情況的一些記載，後來一些有趣的事和觀察也成了我日記的一部分，像一個母親爲孩子成長的每一步而驚奇、歡欣和鼓舞。我發現與一隻小野狼單獨生活在一起，一點也不枯燥。

小狼的身體在驚人地變化著，一天一個樣，常常早上起來就覺得小狼又比昨天大了一圈。牠已經滿月了，從鼻尖到尾巴尖長五十二釐米，尾巴長約十釐米，從前掌直立到耳尖，高三十一釐米，體重兩千克。這時期的小狼長得很快，一個星期之前還可憐巴巴軟綿綿地貼在腦袋上的小耳朵，幾天時間就支稜起來，並且像急待綻放的花瓣一樣，努力吸收著營養液越撐越開，對著光隱隱約約現出透明耳骨中一絲絲分佈的淡紅色毛細血管。玩著玩著，小狼會突然豎起這對花瓣耳朵，然後迅速轉身跑回床下去再不出聲。甭問，靈敏的聽覺告訴牠有人來了。回家的鄰居、修水電的、換門鎖的，牠甚至能一聲不響地在床下潛伏幾個小時，直到陌生人離開才解除警戒鑽出來。

小狼聽聲音辨別方位也準確了許多，我召喚牠的時候，牠能準確地向聲音的方向跑來，而不像一星期前那樣還要短暫迷茫一下才能找到我。

小狼的眼睛裏還有些淡藍色，像一層慢慢變薄的霧氣，正在漸漸褪去，只是視力似乎還不是太好，常常一塊食物放在面前看不見，要借用鼻子一陣盲目而焦急地嗅聞才能找到。

小傢伙的身上覆蓋著兩層毛，一層短短的黑色絨毛約一釐米長，密實蓬鬆，用於保暖，對著毛叢吹口氣，細軟的絨毛雖倒伏卻不露皮肉，而小狗狐狸的皮毛卻是吹口氣就現出下面粉紅的皮膚，可見狼毛的密實程度遠遠大於狗的皮毛。這層黑色絨毛的作用有兩個：保暖和吸收陽光中的熱量。

黑絨毛之上還有一層又尖又細又長的金色毫毛，二至三釐米長，疏密均勻，根根如鋼針般直立筆挺，毛尖的金色在陽光下熠熠生輝，彷彿那是刺而不是毛，哪怕摸一摸都會扎手，張揚跋扈的狼毫讓人一看就知道牠是個野東西。仔細嗅嗅牠的絨毛，一股淡淡的狼臊味夾雜著甜甜的牛奶香，活脫脫一個乳臭未乾的狼小子。

俗話說「翹尾巴狗，夾尾巴狼」，一直以爲小狼不會搖尾巴，沒想到牠會，只是不像狗那樣靈動，搖得跟朵菊花兒似的，要形容起來更像汽車的雨刷——直直的、僵硬的，弧度很大，當牠急切乞食和極度恭順的時候，尾巴搖動的頻率更快。這時候，小傢伙的尾巴是根粗梢細的圓錐形，尖端細弱可憐巴巴顫顫巍巍地抖著像枝禿筆，小尾巴根部卻陡然變粗，強悍地植在小狼屁股上，唯恐紮根不牢被誰一把揪斷似的。

過去一直以爲小狼最早成熟的感官是嗅覺，很快，我發現我錯了，牠最早用以感知的竟然是觸覺，那是牠腳爪肉墊上密集分佈的神經末梢，這在牠尚且幼小，腳掌皮膚稚嫩敏感時尤其顯著。小狼崽還未睜眼時，就靠小爪子摸索著尋找母狼的乳頭，感知兄弟姐妹的存在。逐漸長大以後，每當有情況出現，牠首先是四腳站定不動，讓小腳爪儘量地感知地面的微微震動，有時抓緊地面的小爪子還緊張地收縮一下，之後立刻聳動鼻翼，鼻孔翕動收集味道，接著動用聽覺轉動頭部和耳朵尋找異常聲音的來源，動作幾乎連續卻仍是有細微的先後之分，小狼的眼睛藍膜褪盡之前，相繼完善的觸覺、嗅覺、聽覺是牠主要的感官，最後成熟的才是視覺。

我爲小狼生命中的很多第一次都留下了珍貴的照片，

從第一次在我懷裏睜開雙眼，我的懷抱就是牠最本能的嚮往。

小狼對我的照相機尤其感興趣，每次我蹲下來拍照的時候，牠就會迅速跑過來對鏡頭又聞又舔，結果我好多照片拍出來的都是一張毛茸茸的嘴和誇張的大鼻子，相機鏡頭也常常被舔花。

小狼的第一個月幾乎都是在大量的睡眠中度過的，牠很淘氣貪玩，但精力有限，往往玩上一會兒就困倦了，打著哈欠扒著沙發邊緣，使出吃奶的勁兒努力往上爬，可愛至極。我輕輕托著牠圓滾滾的小屁股助牠爬上來，小傢伙疲憊地哼唧著鑽到我懷裏，眼皮沉沉，很快就進入了夢鄉。從第一次在我懷裏睜開雙眼，我的懷抱就是牠最本能的嚮往。我輕輕用手護住牠的身子，在牠柔柔的呼吸聲中感受這份異樣的親情，沉沉入夢，與狼共眠。

這天，我忙完清潔打電話叫外賣，低頭一看，小狼偏著腦袋，豎著小耳朵萬分不解地看著我，似乎為我剛才的自言自語而感到奇怪，小狼當然不明白人類用來溝通的電話為何物。我蹲下來撫摸牠好奇的小腦袋，牠爬到我身上隔著衣兜反覆嗅聞著我剛才用過的手機。我哈哈一笑，乾脆把手機掏出來放到牠鼻子跟前，牠認真地聞了聞，又伸出薄薄的粉紅小舌頭舔來嘗一嘗，回味了一下，突然張開嘴一口咬住搶了過去，四爪並用一通亂啃，軟綿綿的按鍵磨著乳牙的感覺好極了，每咬一口，按鈕還會發出尖利的滴滴聲，就像一個在牠口中垂死掙扎、呼救的獵物，聲嘶力竭的按鍵音似乎是對牠的努力撕咬作出的最大鼓勵。

小狼越玩越興奮，這手機在牠眼中簡直就是一個殺不死的活物。無論怎麼咬都會有叫聲。咬著咬著，突然手機那頭響起了歡快的鈴聲，接著，一個渾厚的男人聲音從話筒中響起：「喂？」小狼嚇了一跳，豎起耳朵望向門口，手機「噹」一聲掉在了地板上，小狼嚇得連連退

步，像每次聽見陌生人闖入一樣縮進了床底下潛伏起來。

「喂？」又是一聲，小狼這才發現聲音的來源並非門外，而是來自這對自己毫無威脅的「小獵物」當中，牠匍匐著身子小心翼翼地爬了出來，小鼻子一探一探地嗅著。

「喂？說話啊？」電話那頭的聲音變得焦急起來。

小狼興趣盎然，低垂了腦袋擺動著耳廓，像一隻大狐狸聆聽地下鼴鼠的動靜一樣，全神貫注地聽著手機裏的聲音，突然牠一躍而起，一口咬住手機猛地甩頭，「啪」的一聲，手機摔在牆角「粉碎性骨折」。小狼迅速上前把每個肢解部分都嗅了一遍，又咬了幾塊起來偏著腦袋嘗了嘗，眉頭一皺「呸呸」地吐了出來。破壞完畢，牠對再沒了聲響回應的手機頓時失去了興趣，似乎是覺得那個「獵物」已經被牠咬死了。

小狼終於玩累了，牠費勁地爬上沙發，鑽到我懷裏，打了個哈欠就睡起覺來。我睡了一會兒迷迷糊糊就聽得有敲門聲，小狼一個翻身跳下沙發就縮進了床底下。我揉揉惺忪睡眼起身開門，是亦風。

他進門就喊：「你沒事吧？」同時把我的手腳脖子每個零件都掃視了一遍，然後如釋重負地鬆了口氣：「你剛給我打電話又不吭氣兒，我聽電話裏動靜很大，『啪』的一聲掛斷就再也打不通了，擔心你是不是出事了，趕緊跑過來看。」

「小狼剛才玩手機來著。」我笑了，「你怎麼那麼緊張啊？」

亦風提心吊膽地嘆口氣，進屋坐在沙發上：「你一個人跟狼在一起，我怎麼可能不擔心？我最近老做夢，夢見你睡覺的時候，一隻狼照著你的脖子咬下去。」

小狼已聽見是抱過自己的亦風的聲音，親親熱熱地從床底下跑了出來，皮球一樣滾到亦風跟前，張開小爪子把他的腿抱了個結結實實，一邊哼哼唧唧撒嬌，一邊把肚子翻過來左扭右扭地讓他摸摸。

「牠還記得我？」亦風有點意外，小狼僅僅見過他一面。對小狼的認知發展而言，三個月是一個重要分界線，前三個月的小狼崽會一一記住來探望牠的同伴的味道，將這些味道歸類爲夥伴和親人——因爲三個月前的小狼崽都是在狼媽媽的嚴格保護下，被允許接觸到的東西都經過負責的狼媽媽的篩選、過濾和引導，因此這些事物的味道都被小狼歸類爲無害的、友好的，而這期間的重要認知會在小狼的腦海中銘記終生，即使長大後多年不見，牠也能認出兒時的親人。同時，牢記母親和同窩兄弟姐妹的味道也能避免日後過近血緣的繁殖。三個月之後的小狼活動範圍變廣，狼媽媽不可能面面俱到地保護牠，小狼需要自己判斷危險的來臨，遇到陌生事物會本能地害怕和排斥，這時候牠再認識的味道都容易被歸類爲有害的、有威脅的，這時候出現的其他狼或者其他動物甚至人都會被歸類爲牠的競爭者、獵物或者敵人，牠會牢記這些味道。所以三個月之後的小狼要再接受和親近陌生人是比較難的。

亦風伸手摸著小狼細嫩無毛的光滑肚腹，如同嬰兒般的奇妙觸感令亦風緊張的表情愈見舒展，我感到他的心微微動了。小狼用前爪愉快地捧著亦風的手掌搖來晃去，後爪子在他的撫摸下舒服得直哆嗦。

亦風避開小狼尖利的爪牙，輕輕地把牠抱在懷裏，目光裏浮現出少有的溫柔：「小東西叫什麼名字？」

「沒名字。」

「那你怎麼叫他呢？」

「嗚、嗚、嗚、嗚……」我叫了幾聲，小狼立刻朝我身上爬過來。亦風驚異地聳聳眉毛，學了幾聲，小狼歪起腦袋盯著他——「聽不懂」。一番努力後，亦風苦笑著：「我學不來你的聲音啊，看牠這麼聰明靈性像個孩子一樣，咱們給牠起個名兒吧。」

我心裏漾起一陣感動，名字是一種認可，是一種親密感情的維繫，亦風給小狼起了名字就意味著接納。但起名真是個費腦筋的活兒。

「叫阿狼？」

「最好別帶狼字，要低調！」

「黑豹？」

「也別用其他動物的名字，混淆視聽。」

「疾風？」

「那是馬的名字。」

「亦風呢？」

「找揍啊？」

我倆有一搭沒一搭地坐在那兒起著名兒，小狼站在我倆中間，好奇地聽著，翻過後爪子撓著小腦袋，打著哈欠似乎也沒聽到令牠滿意的名字。無聊之餘爬下地開始撕咬起拖鞋來。看著牠的尖牙，亦風又有些擔心起來：「瞧瞧，牠可是吃肉的，哪天趁你睡覺時把你給生吞了。」

「拉倒吧，我又不是小紅帽。」

突然，亦風一拍手：「我想起一個名字！」

「我也想起一個！」

「格林！」亦風搶先說了出來。

我連連點頭，格林兄弟《小紅帽》的童話不知造成了多少人從小對狼的偏見、莫名懼怕與仇視，狼外婆的恐怖形象深入人心。從前純粹爲了娛樂而編造的故事變成了主流意識，偏偏這些欺騙人的概念卻向著缺乏辨別能力的兒童灌輸，在最初的時候就影響了他們對客觀事物的判斷。對我的狼子，我希望重新寫一篇屬於牠自己的真正的《格林童話》，記錄牠從小到大的成長經歷。英文就叫「Green」，小狼眼睛的顏色，草原的顏色。

「格林！」小狼的耳朵豎了起來，聽著我們發出只屬於牠的獨特呼喚。

「格林！格林！」我們一聲聲呼喚著，小格林翻身起來抖抖毛髮，親暱地跑了過來，把傷痕累累的拖鞋叼給我，對我倆又親又舔，似乎牠也喜歡這個名字。

亦風掰著格林的牙齒細看，尖尖的乳牙像鋼釘一樣，上半截微微透明。亦風輕輕放開小狼嘴，心情頗爲複雜：「回家吧，你一人在這裏我很擔心。你可以每天來看牠，給牠送飯。」

「那不成探監啦？我離開一會兒小狼都到處找我，而且資料上都說了，狼媽媽是相當負責的，在前三個月裏，母狼除了喝水，可是寸步不離地照顧幼崽的。」

「那要是『母狼』自己都餓死了呢？光啃餅乾能過日子嗎？」亦風氣呼呼地來回跺著腳，拿起錢包鑰匙，一開門走了出去。

我心裏有一陣暖意慢慢激蕩開來，格林又多了一個人的疼愛。

亦風頭也不回地揚揚手：「公狼給你們打獵去！」

「你去哪兒？」

轉天一早，我起來收拾了一下，就打算出門重新買一個體溫計，原來那個電子體溫計早就被格林咬得「神經錯亂」了，上次測量下來一看：攝氏四十度，把我嚇了一跳，如臨大敵。重新測量再看：攝氏八十度，這明顯在「謊報軍情」嘛。有些號稱現代科技的東西實在太過脆弱了，還是買個傳統的體溫表比較可靠。當然，做電子體溫計的人大概也想不到這儀器還要過狼牙這一關。我看看格林還在忘我地陶醉於和馬桶刷子的戲耍中，就悄悄掩上門下樓去了。

等我回來開門一看，不由得大吃一驚！屋裏簡直亂了套：米粉撒了一地，地板的壓腳線被摳了出來，陽臺上的植物成了殘枝敗葉，洗手間裏的捲筒紙被拖出來老長，像迎接國家元首的地毯一樣一直鋪到了陽臺，面紙和日記本撕得滿地都是。洗衣機和電冰箱的電線都被咬斷了，牠居然沒被電著，更讓我吃驚的是，洗衣機竟然從原位置上挪動了一米多遠出來，不知道小小狼崽哪來那麼大的力氣拖動它。洗衣機後面的牆上赫然撕咬出一個大洞，那是用塑膠擋板遮住的水表監測口，格林一定對陰冷黑暗的洞穴情有獨鍾。冰箱面上的薄膜被抓扯得慘不忍睹，電視打開了，「咿咿呀呀」地放著廣告。電腦的滑鼠被拽下來甩在地上，寫字檯上全是狼爪印。蜂蜜罐翻倒了，滾在桌子邊上，一罐蜂蜜所剩無幾，我趕忙把蜂蜜罐扶了起來。

格林挺著大肚子四仰八叉地在沙發上睡著安穩覺，還伴隨著一點小小的鼾聲，肥嘟嘟的屁股下面壓著已經被掏出電池的電視遙控器，嘴上腦袋上沾滿了黏糊糊的蜜糖，真是一個甜夢啊。

聽見開門聲，格林半瞇著眼睛瞄了我一眼，尾巴簡單地搖了搖算是打了招呼：「老媽，今兒的午飯我自己搞定了。」

顯然幹了這麼一番「大事業」後格林累了，睡得賊香。平時爬都爬不上去，還要我幫忙的牠是怎麼上沙發的？一看沙發前面的紙盒子，明白了，這傢伙從床底下把裝檯燈的紙盒子拽出來，放在沙發前面墊腳，高度正好，先爬上紙盒再上沙發。可是將近一米高的桌子，格林又是怎麼上去偷吃蜂蜜的呢？實在令我費解。傳說中狼會搭狼梯，可這單隻的小狼又是如何搭梯上桌的呢？唯一的解釋就是借助旁邊軟布質地的報紙架了，剛滿月的格林就能如此善用環境。狼在饑餓的驅使下可以學會任何東西，看來這話真的有道理。今天自己尋來的香甜蜂蜜代替了牛奶，填飽了饑餓的小狼肚子。而我則終於明白了「一片狼藉」這一詞語的真正出處了。

等我收拾完被格林破壞的屋子，天已黃昏，格林肚裏的蜂蜜也消化得差不多了，牠開始爬下沙發來。我帶牠到陽臺邊，拿了一個生雞蛋滾到牠面前。

格林第一次見到雞蛋，有點不知所措，但本能告訴牠，這是可以吃的東西，幾番嗅聞和撥來滾去之後，還是拿這圓滾滾的東西沒辦法。我拿火腿腸抹了一點肉味在蛋殼上，牠的勁頭更大了，把雞蛋叼在嘴裏，四處想辦法，一個不留神，雞蛋從嘴裏滑落，掉在地上，磕出一道縫，淡淡的腥味從縫中滲出，格林更興奮了，圍著雞蛋直打轉，似乎琢磨出了一點端倪，牠把爪子壓在雞蛋上，陽臺的地磚很光溜，略一用力，滑滑的雞蛋就迅速被彈出，滾動著撞在牆腳

上，破了！格林興奮地跑過去舔著流出的蛋黃蛋清，竟然連蛋殼也一併嚼碎吞下，直到把地上都舔乾淨，無限享受的樣子。此後，我每天給牠一個生雞蛋，由牠自己玩夠了以後吃掉，這對牠迅速發育的耳朵軟骨很有好處。

格林一天比一天長得結實，如果體溫沒有異常，我就準備給牠打疫苗了。我用體溫計爲牠測量肛溫，格林彆扭極了，非常討厭體溫計插進自己的屁股裏，測完以後，牠惡狠狠地盯著我手裏的體溫計，第二天，我放在書桌上的體溫計就不見了，我在桌上地下抽屜床頭找了個滿頭大汗，生怕玻璃水銀的體溫計是被格林咬碎了，劃傷牠，甚至毒死牠！但格林始終安然無恙，家裏也沒發現任何玻璃渣，體溫計就這樣「活不見人，死不見屍」，成了一樁疑案。

幾天後，馬桶堵住了，請來工人疏通下水管道，折騰半天掏出了失蹤多日的體溫計，格林幹的！牠竟然知道這玻璃的討厭東西不能咬壞，就轉而扔進了馬桶裏，太可惡了！

我打發走工人，叫出格林開始嚴肅教育，格林偏著腦袋聽了兩句，突然伸出兩隻前爪，併攏向前一溜，「刺啦」一聲，在光滑的地板上像磕長頭一樣拉長身子趴下來。我一愣：今天怎麼行此大禮啊？難道牠知道錯了？格林伸長舌頭斜眼瞄了我一下，在地板上呼呼大睡起來。我這才領悟，中午天氣熱，這傢伙繃直了身子趴下，把肚腹這些少毛的地方緊貼在涼快的地板上，是爲了最大限度地散熱，牠才不會有悔過心呢。

夜裏，我開著窗戶睡覺，明月清輝灑進屋中，我很快進入了夢鄉，格林卻一點不知疲倦，牠白天早已睡夠了。牠趴在床邊，想要我起來陪牠玩，我翻了個身沒理牠。牠不滿意地嗚嗚叫著，不一會兒，屋子裏傳來了叮叮噹噹折騰搗亂的聲音，我疲憊而痛苦地捂著耳朵，這傢伙又要拆房子了。果然「嘩啦！哐哐噹噹……」一連串大響動——洗手間的盥洗架被牠拉倒了，接著「吧嗒、吧嗒」津津有味舔舐的聲音又鑽進耳朵，我生怕牠又亂吃東西，忍不住翻身起來開燈查看——格林正忘乎所以地舔著果味的洗髮精，看見我走過來，牠舔舔鼻子，突然從鼻孔裏吹出一個五光十色的大泡泡，「啪」，泡泡破了，格林嚇了一跳，再舔舔鼻子，「噗」，又是一個大泡泡，格林蹦躂了一下，再舔，再吹，牠竟然樂在其中了。

這傢伙會吹泡泡了，明天又將幹出啥意想不到的事兒呢？我唉聲嘆氣地收拾洗手間。

關燈上床，我突然發現格林的眼睛在清透的月色下，如同兩顆湛藍的寶石閃閃發光。其實小狼的眼睛本身並不發光，但能反射進入眼睛的月光、星光和其他微弱的光線，彙集在眼睛的虹膜上，才使這雙眼睛光彩照人，給黑暗中的小狼增添了幾分神秘色彩，兩點磷火般的光亮隨著牠身形的移動拖出流星一樣長長的光尾，這是夜行動物特有的眼睛。

我摸到口袋裏一顆小小的黑色巧克力豆，有心試試格林的夜視能力。我不動聲色地把巧克力豆用指尖彈射出去，幾聲輕微的碰響，巧克力豆在房間各處彈跳，最後不知落在什麼地方，那兩點磷火迅速準確地蹦射而出，一秒鐘後傳來了嚼碎巧克力豆的聲音。

我佩服得五體投地，在這黑暗中，我幾乎是睜眼瞎子，而格林卻天生是暗夜的精靈，是夜神最爲眷顧的孩子。黑夜給了格林光明的眼睛，但願牠將來看到的也是光明。

04 天生會游泳

格林終於領教了什麼叫做水，有些看似平靜的表面卻並非那麼踏實可行，牠知道了讓牠活命的水也可以要牠的命。

格林身上有種神秘而不可阻擋的力量——生長的力量。這力量最明顯而外在的表現就是好奇和探尋，沒有什麼可以阻止這股力量在牠體內的升騰，當屋子裏的一切對牠而言都索然無味以後，牠最嚮往的就是屋外的世界。從格林第一次見了亦風不再本能地把自己藏起來，而是好奇地嗅聞這個陌生人的時候，這股成長的生命浪潮就沖走了牠與生俱來的恐懼感。

格林的食量越來越大，兩三天一箱牛奶還不夠，我出門採購的次數也越來越頻繁。格林好奇的眼睛一次次看見我消失在門後，又一次次開門而入，每次手裏都會有收穫——雞蛋、牛奶，還有那對牠有無限吸引力的充滿腥香的肉。

格林熱切地跳起來撲咬著袋子，再失望地看著我將這些食物都儲存在那個牠怎麼也啃不開的冰冷的櫃子裏。牠總期望著有朝一日爬進那個櫃子裏吃個夠，牠也總好奇著為什麼每次我消失在門外以後就能帶回好吃的。諸多的疑問不斷刺激著牠的好奇心，牠開始在每次我要出門的時候跟隨在我腳跟後面，想要到門外看個究竟，每次都被我嚴肅地制止推回屋內。門在小格林眼前合上了，牠只好獨自在屋裏自娛自樂，時不時地在門後側著耳朵細聽，牠知道有熟悉的腳步聲響起，媽媽就會帶著食物回來。

有一次，我開門把焦急等待的格林夾在門背後，進屋轉了一圈沒找著，回頭才發現那團小毛球卡在門後，可憐巴巴地哼唧著；另一次進門，把撲上來熱烈歡迎的格林踩得吱吱叫，我趕緊收腳。那以後，我學會了小心翼翼地把門先開一條縫，等格林鑽過來了以後，抱在懷裏再開門進去，既不會夾住牠，也不至於踩著牠。但這些絲毫沒有打消格林想窺探門外世界的念頭，牠總是趁著我拖完地板開門通風的時候，撲騰著嫩腿，像藤蔓植物追逐陽光一樣堅定地向家門爬去，然後站在門口望著空蕩蕩的樓道發呆，樓道裏偶爾吹起的微風似乎都可以將牠輕易地掀翻。牠固執地搖搖晃晃站著，直到我關門，牠也沒敢邁出第一步。

第二天，牠伸了一隻小爪子踩在了門外光滑而堅實的地磚上，一陣冰涼從牠敏感的掌心傳來。第三天，牠索性四個爪子都踏出了門外，還走了幾步，光潔的地磚上映照出牠的影子，彷彿一個隱藏在未知世界的夥伴，格林心中升起一種奇異感。直到我尋找牠的呼喚聲響起，格林才像一隻受驚的小鹿一樣掉頭就逃回屋子。

格林的狼臊味越來越重，我每天必須開門透氣，而格林出門的欲望越來越強烈，步伐也越來越快。我有意識地要讓牠知道不許出門，就學著母狼用爪子教訓小狼的動作，伸手把牠推打回去。格林像溜溜球一樣滾出幾步遠，翻身起來更加義無反顧地向門口衝，再打回去，再衝！再打，再衝！來回幾十次這樣的爭鬥絲毫不能改變格林的決心，我手都打疼了，好一匹倔狼！

滾著滾著，格林躺在地上不動了。是不是出手重了？我心裏一緊，慌忙湊過去看，原來小傢伙已經累得睡著了。

格林一覺醒來，看準我又向門邊走去，牠立刻悄

格林好奇地探尋著這陌生的世界，不明白為什麼我要一再阻止牠。

無聲息地向門口爬，我剛拉開一條門縫，牠已經躥出來搶先把腦袋塞進了門縫，我本能地穩住門，不讓牠出去。

「吱吱！」格林尖叫著示意牠被夾痛了，我忙把門鬆開一點，讓牠可以退回來。任何動物（包括人）在被門夾痛以後，第一反應都是抽回被夾部位。格林卻大大出乎我的意料，非但不抽回被夾的小腦袋，反而把腦袋又往門縫裏使勁地塞送。

「你不要命啦？」我揪住格林的細腿往後拖，牠拼命掙扎，執意把腦袋夾在門縫裏，一雙桀驁的小狼眼佈滿血絲，呼呼喝喝地咆哮著向我示威，那神情儼然是種威脅：「來啊，除非你把我的頭夾掉，否則我就要出去！」我只好妥協，開門讓格林去樓道裏走幾步。

然而，格林在樓道裏一次比一次走得遠，越走膽子越大。為了阻擋日漸好奇的格林，通風的時候，我動用了茶几、椅子、木板等好多可加以利用的家什擋在門口，讓牠知難而退。可是門外好像並沒什麼危害啊，格林不明白為什麼我要一再阻止牠。

這種好奇終於戰勝了恐懼和對我的服從。

一天，格林叼玩著布偶來到這些阻擋物跟前，想起那天在外面地磚上邂逅的神秘的夥伴，一種孤獨感和渴望讓牠丟下了嘴裏的布偶，審視著這些阻隔牠和外界的勞什子。牠試過很多次都翻不過去，可今天牠發現布偶可以幫牠這個忙，「存在的東西都是可以利用的」，這點格林很在行。牠踩著布偶，指揮著小胳膊小腿兒爬茶几。幾次跌得仰面朝天後，牠成功地翻過了障礙，扭著小屁股爭分奪秒地往門外跑！我的呼喚也不奏效了，格林唯恐被我捉拿歸案，邊在地磚上打滑，邊卯足了勁兒往電梯口奔去！旋即傳來美眉的驚呼和格林淒厲的尖叫聲。出事了！

我急忙追出去。

原來，格林剛才看見等電梯的美眉，好奇地走近示好。美眉卻是個怕狗的人，更懼怕格林的爪子抓破她性感的絲襪，看著格林靠近，竟驚恐地跳起了踢踏舞，那舞動的高跟鞋就成了殺傷性武器，把格林的小爪子重重地跺了一下。格林嗚咽著躲到了我的身後，無助而恐慌地靠著我的腿肚子。

美眉罵開了：「哪裡來的野狗？也不管好，把襪子抓爛你賠啊！」

我連連道歉：「對不起對不起，抓壞沒有？我賠你，實在對不住。」

「都鄰里鄰居的，大驚小怪啥？又沒抓壞，倒是你把人家小狗踩得吱哇亂叫。」另一個等電梯的小夥子插話了，「人家道歉就行了嘛，囉唆啥？又沒影響你的美麗！」

最後這句話挺受用，美眉白了一眼，扭著細腰走進電梯：「再惹我，我一腳踩死牠！」她自顧自地合上電梯門下樓了。我想起網上虐貓的高跟鞋，後背冒起一陣寒意。小夥子重新按了電梯鈕。

「謝謝！」我蹲下摸著受驚不小的格林，「害你還等下一趟電梯。」

「沒事兒，我也受不了那香水味兒。」他突然定眼看著格林，「牠好像受傷了。」

我低頭一看，地上一串紅紅的梅花印，格林左前爪有氣無力地掛在胸口顫抖著，小身體找不著平衡，牠放下爪子，但一挨著地又反射似的抬起來。格林無力地靠在我的腿邊。牠像所有受了驚的狗崽一樣，一個勁兒地嗚嗚叫著，受傷的爪子也就隨著急促的喘息和叫聲，像鐘擺一樣在牠窄窄的胸口晃蕩，牠無法自控地哀叫起來。

我心疼極了，把格林輕輕抱回了屋裏，放在沙發上檢查牠的爪子，剛撥開牠小爪子上的絨毛托平腳掌，格林就痛哭般長聲呻吟起來，抗拒地抽開爪子，甚至還張嘴咬我的手。我一面安慰牠，一面迅速檢查了牠的骨骼，把牠被踩斷的一段懸掛在肉上的趾甲剪掉，撒了一點白藥粉末，然後放開了牠的爪子，硬著心腸任由牠拉長了聲音哀嚎了一陣，之後就像每次清潔身體一樣，格林埋頭自然而然地用小舌頭去清理自己的傷口。

「格林不痛，格林勇敢。」幾天裏看著格林一瘸一拐地顫抖著挪動那小小身體，我不知道用什麼方式才能更好地安慰牠。可以踩碎小貓腦袋的高跟鞋沒傷著牠的骨頭就是萬幸。但是牠的一個足趾卻從此缺少了一塊，這讓格林的腳印特別容易辨認。雖然狼的身上都少不了傷痕，但別的狼是在戰鬥中受的傷，每一處傷換來的是食物、尊嚴、家庭和領地，每一處傷都足以讓狼引以爲傲。而小格林生命中的第一道疤痕卻是在對人類表示友好的過程中留下的，這不該是一隻狼應有的傷痕。

不是所有人都可親近的，格林你一定要記住！

我把屋子打掃得更乾淨，以免牠因受傷而感染。格林老實了好幾天，傷口漸漸癒合。

幾天以後，格林又開始蠢蠢欲動了。但是成長中第一份痛楚的記憶是深刻的，格林每當聽到高跟鞋擊地的聲音，就會驚恐地鑽回床底下瑟瑟發抖，抖得狼毛都豎立起來。從此，我和格林在一起的時候再也沒穿過高跟鞋。

格林小爪子的傷好了以後，我決定讓格林接觸大地。牠第一次獲准走出那道厚實的家門，來到了社區的庭院裏。

午後陽光燦爛，一切東西對牠而言都是陌生而充滿新鮮感的。鬆軟潮濕的是泥土，小爪子踩在上面的感覺如此之好，比家裏滑溜的地板不知愜意多少倍，泥土中帶著濃濃的幼時熟悉的味道，此時更是挑起了牠生而有之的好奇心。陌生世界的誘惑如此之多，牠早已忘記了媽媽的存在，格林用嘴、用鼻子、用爪子，甚至用身體去感知和探尋那魔幻般抓住牠的未知世界，嗅嗅芳香的花朵，討厭的花粉讓牠連打了好幾個噴嚏，在蔥鬱的草地上打幾個滾，有些草莖割著柔嫩的鼻尖還隱隱作痛，舔舔地上發出碎裂響聲的落葉，苦苦的還扎嘴，咬咬樹枝磨一磨牠那不安分的癢癢的乳牙……

格林好奇地探尋著這陌生的世界，牠對移動的東西特別感興趣，如果有人路過，牠也會樂顛顛地跟過去看個究竟。

「喲，這小傢伙長得像個大耗子一樣。」一位老奶奶看著牠的細尾巴評價。

「我覺得像隻小豬。」一個小夥子看著格林剛長突出來的嘴評價。

格林興趣盎然地圍著這些人轉悠，一直跟著別人到了大樓門口，前前後後地聞，把這些味道一一歸類。玩著玩著，格林突然豎起耳朵渾身一激靈，神色突變，像撞了邪一樣驚恐萬狀地往回跑，慌亂中不見我的蹤影，竟一頭扎進花台邊的草叢中潛伏了下來，小身子篩糠似的哆嗦，帶得周圍的草也窸窸窣窣地抖動起來，牠露出一隻眼睛惶恐地向草叢外探望。

這是怎麼了？我正納悶，耳聽「踢踏踢踏」的清脆的聲音從大樓門裏傳來，一位穿著高跟鞋的女子走出了大樓門。原來是這聲音嚇著小傢伙了，格林已經把高跟鞋的聲音歸類爲極具殺傷力的恐懼音符，在第一時間作出隱藏的反應。直到女子走遠，「踢踏」聲完全消失，牠才試探著伸出腦袋張望，並隨時做好再逃跑的準備。呵呵，好了傷疤還記得疼，聰明的孩子！

媽媽熟悉的喚乳聲音再次傳來，格林覺得有點餓了，跌跌撞撞地扭著小屁股跑回媽媽身邊，一頭扎在熟悉的牛奶碗裏。才喝了幾口止住渴，格林又被什麼聲音給吸引了，牠扭頭一路小跑，歡叫著繼續牠的冒險，向著那開著最美麗花朵的地方奔去——遺憾的是那是一池睡蓮。格林以前從沒見過水面，而水面看上去平平坦坦的，牠想都沒想就跑了上去。

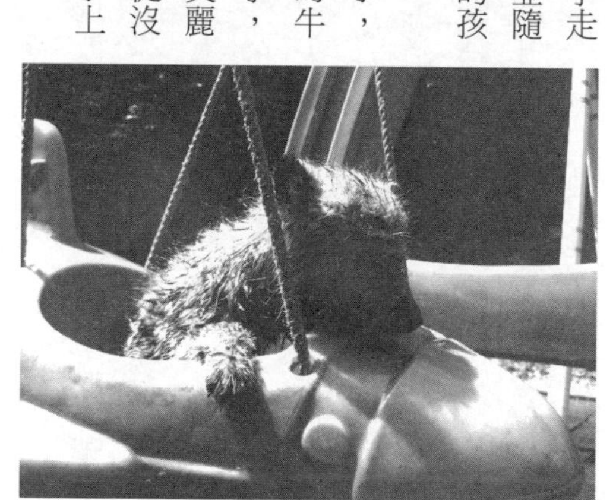

展示過天生的游泳本領，陽光下，格林的細毛蓬鬆而帶著金輝。

「撲通！」

水卻並沒有像陸地那樣實實在在地承托起格林幼小的身體，反而把牠拉了進去，並且以一種冰冷的勢頭把牠包圍起來。冷！格林急忙張嘴呼吸。

片刻的迷糊與無所適從之後，格林浮上了水面，清新的空氣再次眷顧了牠張開的嘴，填補了牠對氧氣急切的渴望。格林不再下沉了，牠隱約聽到了媽媽趕來的聲音，但是方向在哪裡呢？格林睜開刺痛的眼睛第一眼看到的是對岸，於是本能地四腿划水，小尾巴還像舵一樣地調整著方向，似乎很早就懂得如何協調動作似的，在我和亦風驚訝的注視下，格林開始游泳了。

其實牠身後就是剛才掉下來的岸邊，牠卻向著牠唯一能看見的對岸奮力游去。

午後的陽光下，一隻剛滿月的小狼在斑斕的睡蓮池中展示著牠天生的游泳本領，這是我做夢都沒有想過的畫面。驚訝、欣賞、佩服、擔憂！既想觀察格林的表現又怕牠嗆死，但我知道有些對世界的認知課程是成長過程中所必須經歷的，某些現實經驗必須靠格林自己去獲取和總結而無法傳授。今天格林在社區的水池裏明白了這個道理，就能避免今後在大江大河裏犯傻。

格林繼續游著，牠求助於那些引誘牠跌入水中的美麗而奇幻的睡蓮，誰知那一個個一碰就躲入水中的花朵和葉子根本無心救牠。格林感到無比的孤獨和無助，牠可憐地張嘴哀叫，水立刻又灌進嘴裏，讓牠活活把這聲音咽了下去，那一剎那，牠領會到了陌生世界的冷酷。

我的呼喚聲在對岸急切響起，格林這才想起了世界上還有媽媽這回事，於是向著牠眼裏那遙遠的對岸堅持游去。格林的頭頂一黑，牠游入了下水道，媽媽的聲音頓時著急起來，直覺告訴牠那裏不是出路，牠趕緊退了出來，好在那不是下水口的急流。

終於，牠被趴在岸邊的媽媽濕淋淋地撈了起來。格林總算腳踏實地了，濕漉漉的小傢伙餘悸未消地抖著，四條小腿去掉了蓬鬆胎毛的修飾，像麻稈一樣可憐巴巴地彎曲著，格林終於領教了什麼叫做水，有些看似平靜的表面卻並非那麼踏實可行，牠知道了讓牠活命的水也可以要牠的命。

我沒料到格林會掉進水裏，當然也不會準備毛巾，索性把牠抱在懷裏，拽過衣角來為牠擦拭。撥開格林的狼毛，我驚奇地發現在水裏游了七八分鐘之後，格林弄濕的卻只有外層的毛髮，而內層的絨毛卻是完全乾燥的，難怪人們說狼皮保暖，下雪天狼能趴在雪窩子裏待上整晚，安然睡覺，原來牠的皮毛如此奇妙，即使身下的積雪融化也不能弄濕牠內層的皮毛。

我把格林放在兒童遊戲區懸掛的玩具鞦韆上，讓牠安分地待在那裏曬曬太陽。不多會兒水就蒸發乾了，陽光下，牠的細毛蓬鬆而帶著金輝，柔柔地泛著微光。小傢伙哪裡安分得了？瞅準位置，用牠的小眼睛簡單地測量了一下高度。「啪！」格林笨拙地跳了下來，落在兒童遊戲區的泡沫地面上，抬起幾天前受傷的爪子嗷嗷叫了兩聲就安靜下來，繼續東張西望。

小格林從水裏逃過了一劫，讓牠老實了十分鐘，牠領教了陌生世界的威力，但既然已倖免於難，似乎又沒有什麼可怕的了。格林很快忘記了惶恐，繼續冒險去了。只是每當路過池子的時候，牠僅僅在水邊嗅聞探望，不再貿然步入。

有什麼能終止一雙好奇的小眼睛對世界的探尋呢？做媽媽的不能用擔憂去限制孩子的嘗試，自身的體驗比傳授的經驗更具意義。小格林不斷地試探著，學習著，分辨著，成長著……將牠所認識的事物一一分類，把這些學習來的寶貴資訊儲存在腦海裏。

格林累了，身體累了，小腦袋也累了，以前所有的日子加起來也沒有今天過得辛苦而充實。回家的路上，小傢伙跟我走著走著，乾脆趴下睡著了，我把牠抱起來，搭在肩膀上，沐著夕陽回到家，再把牠像拎小貓似的放回窩裏，這一切都絲毫沒有驚擾到牠的甜夢。

親親牠的小腦門兒，晚安，小毛球！

05 獠牙之下出政權！

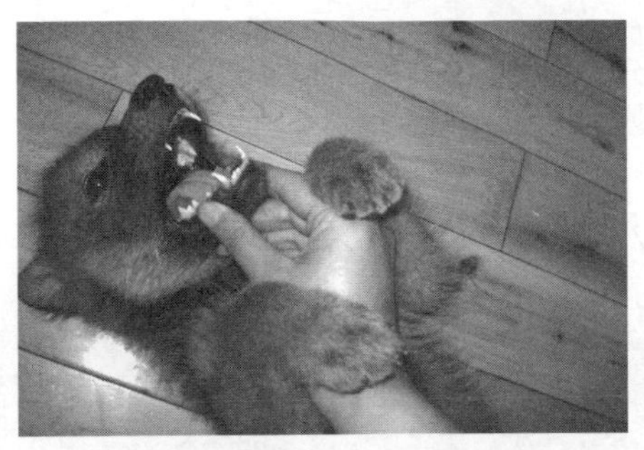

尊重狼道，儘管被抓傷了脖子，我也無論如何不忍心剪掉格林的爪子，畢竟那是牠引以為豪的武器和生存的根本，我愛狼不正是愛牠的野性和不屈麼？

「**格林**，我回來啦！」

「嗚嗚！吱吱！」小傢伙興高采烈地回應著，跑上來抱著我的腿，直蹦高。僅僅三天的呼喚，牠對自己的名字就有了明顯的反應，比狗的適應期短多了。

如果格林有兄弟姐妹在，一個月到三個月期間的小狼們正是相互在玩耍中較量、確立自己在群體中地位的時候，這種上下級關係一旦確立，基本終身不變。格林現在正步入了這個階段，流淌在血液裏的狼性基因讓牠爲了確立自己的地位而屢屢宣戰。

現在，孤單的格林能找到的「活物」就只有我，所以老跟我較勁兒。格林的牙又尖了許多，而且有點不依不饒了，以前提醒牠兩聲就會自動鬆口，現在提醒四五聲，甚至「反攻」一下，牠才很不情願地放開，意猶未盡地繞著我轉圈，一副很想占上風的樣子。想起牠一窩六個兄弟姐妹，出生幾天就被人掏出來，其他小狼崽都抗不過饑餓與寒冷的折磨，只有牠一個堅強地活了下來，而且身體恢復迅速，可見牠的體質良好，確實是優勝劣汰後碩果僅存的精品，如果牠在狼群中長大，絕對是頭狼。而看牠每次從我手中玩命地喝奶，喝完還要搶奪碗的狼勁兒，的確是個狠角色。

格林常常冷不防一口咬住我的腳腕，雖然是戲耍，但有時候往往咬得興起就連拖帶拽，很疼。我怕被牠咬傷，只好換上牛仔褲和運動鞋。我的忍耐和退讓卻使格林愈加張狂，時常皺起鼻子露出尖利的獠牙來，直視著我向我挑戰，在牠眼裏，形體上的差異似乎都可以忽略不計了。獠牙之下出政權！

最疼的是有一天晚上，格林叼著我的腳背，竟開始撕咬起來！牠用力向後抽動身體，拖咬著，疼得我直叫，大聲喊牠的名字：「格林，不准！格林，放開！……」

野性畢露的小狼哪裡聽得進半句話，我又驚又氣，一手抓住牠的脖子，一手掰開牠的狼嘴，把牠扔開，我的腳腕上已經有了幾個深深的牙痕。此時的格林退到一邊，一面瞪圓了綠瑩瑩的狼眼與我對視，一面皺起鼻翼，殘忍地用小舌頭舔著尖牙和上唇。

我不禁怒火中燒，拿起旁邊的掃把，指著牠的鼻尖：「格林，你敢咬我?!」

看見我拿起了牠極端憎恨的掃把做武器，想起從前偷吃牙膏後小腦袋上被打出一個包的仇恨，格林兩眼剎那間射出桀驁不馴的凶光，一口咬住掃把頭，發出威脅的吼聲，小小的鼻翼皺成了一個「川」字，露出尖利的犬牙和粉紅的牙齦，揮舞著爪子，一副寧死不服、血戰到底的樣子。

我頓時熱血上湧：「好，敢挑戰老媽的權威！你不服，就用你的方法！」我將掃把一扔，順勢一掌撲倒格林，「啊嗚……」一口咬在牠還來不及張開的嘴筒上，連鼻子帶下巴咬了個結結實實——我叫你殘忍！叫你舔獠牙！

格林痛急眼了，前後爪子一陣亂蹬，我越發咬得緊了，頻頻發出威脅的吼聲，雙手緊壓住牠亂扭的身體。格林見一番掙扎無用，發出了嘶嘶的討饒聲，又尖又細又柔弱，像小孩無助的啼哭。我心微微一軟，略一猶豫，放鬆了壓住牠身體的手。格林沒有掙扎，只是討好地輕叫著，慢慢地收攏後腿，蜷縮起了身子，像老兔子般一動不動。我慢慢鬆口，正要放開，心裏卻隱隱覺得格林討饒的姿勢似乎不對。轉念一想，可能牠太小，而且沒有真正在狼群中長大，故而臣服的姿勢似是而非吧。

正猶豫間，格林突然狂掙起來，適才蜷起的後腿猛蹬向我的肩膀，隨即像彈簧一樣翻轉腰身跳了起來，歪扭著腦袋，身體強行後退，想把尖嘴抽出來，鐵鉤一樣的前爪還不忘在轉身的瞬間向我脖子上狠狠一抓！

我火冒三丈，狡猾的傢伙竟然跟我玩詐降。我猛地加力毫不留情地咬了下去。兔子急了咬人，人急了咬狼！格林尖聲嗚咽起來，吱吱聲從鼻子裏傳出，像嬰兒即將溺斃時可憐又悶啞的啼哭。牠胸口快速地起伏喘息，尾巴猛烈搖擺，像晃動白旗一般。我怕牠又是緩兵之計，仍舊堅持咬了一會兒才緩緩鬆開口，兩手依然按住牠的身體不放，格林的身體完全放鬆了下來，不再有任何反抗的備戰姿勢了，牠的心臟還在小胸腔裏狂跳不已。牠把後腿伸直，亮出粉紅色光溜溜的肚子，顫抖的小尾巴夾在兩腿之間，偶爾討好地輕輕搖晃著，耳朵向後收攏貼著頭，眼睛裏褪去了挑釁的神色，轉頭伸嘴舔著我壓住牠的手，滿臉馴服乞求地看著我。

我又衝牠齜牙示威，牠忙不迭地又搖了幾下尾巴，我試著放開一隻手，牠靜靜地躺著不動，等候我的最後發落，我這才放開了另一隻手。格林如蒙大赦，像懶驢打滾一樣仰面朝天，身子撒嬌似的左右扭動，隨我擺弄，輕輕咬著我的手指尖，無限諂媚。

想起牠剛才不依不饒要占我上風的樣子，我撥弄著牠的頭，揪著牠的耳朵：「給我好好記住這個教訓！想奪權，你還嫩了點兒！」

再看看格林的鼻梁上有一絲紅色，似乎是被我咬破了，我起身去找藥酒，格林躡手躡腳地翻身起來，尾巴一直夾到了肚子下面，屁股放得很低，蜷縮著身體蹭到我面前，耳朵向頸後收攏，抬頭用一種高山仰止的神情望著我，老老實實地讓我給牠擦藥。牠舔舔我的手，蹭蹭我的腿，修補剛才拔劍張弩的緊張關係。看著格林臣服的標準動作，我才深刻理解到「俯首貼耳」這個詞或許就是從狼這裏來的。

我舔舔牙齒，「呸呸」吐了幾根狼毛，接了一杯水，「呼嚕呼嚕」地漱口，這時候才覺得脖子上有點火辣辣地疼，拿鏡子一照，一抹殷紅的血痕在脖子上特別明顯，一滴血緩緩順著頸窩都快流到白襯衣上了。好傢伙，這一爪子要是抓在臉上或者眼睛上那還得了？又一想，好在我這個時候跟牠分出了高下，如果格林再長大些，爪牙再利點，恐怕就沒這麼輕鬆了。

我順手擦了擦血，跟格林大眼瞪小眼地對望著，剛才發生的情況大家都需要適應一下。格林緊張地喘著氣，牠的眼睛裏驚魂未定、蠢蠢欲動、崇拜臣服、難以置信的情緒複雜地交替著。狼被人咬了?!別說牠沒想到，就是我自己也沒想到。

兩雙眼睛五味雜陳地對視了一會兒，還是格林最先想通，牠使勁地搖了搖尾巴，又恢復了老實乖巧。輸了就輸了唄，失敗是成功他媽，等把爪牙再磨利一點，下次再鬥！格林當然不會覺得自己這樣做有什麼不對，因爲在狼的字典裏，生存就是競爭惡鬥，人也好，狼也罷，勝者爲王，敗者爲臣，不過格林還會積聚力量，不會放棄再次與我較量的念頭。

尊重狼道，儘管被抓傷了脖子，我也無論如何不忍心剪掉格林的爪子，畢竟那是牠引以爲豪的武器和生存的根本，我愛狼不正是愛牠的野性和不屈麼？

格林，快快成長吧，終有一天你會戰勝我的，而且這一天不會遙遠。

轉眼和格林生活一個半月了，這天是兒童節，亦風特意騰出一天的時間來，提著大包小包的東西，鑽進小廚房裏忙活著，過了一會兒又伸出腦袋來衝我支嘴兒：「你去找一個大碗來。」

我東張西望，從冰箱裏找了一個不銹鋼的大碗，拿進廚房，好奇地問：「你在做啥呢？」

「給咱格林的兒童節禮物——營養肉粥。」亦風邊攪動著鍋裏的米，邊把剁碎的肉放進鍋裏，說，「小狼一斷奶，肉粥馬上就得跟上。」

我饒有興致地靠在廚房門邊，看著亦風像做化學實驗一樣操作著，邊做邊婆婆媽媽地對我講著道理：「小米熬的粥，最容易消化，肉末可以長勁兒，軟骨丁、牛奶既營養又補鈣，起鍋的時候把雞蛋花打進去，加一點點魚肝油，再放一點點鹽，把切碎的白菜往肉粥裏一攪和，粥就兌涼了一半，嘖嘖，賊香，你聞聞！」

我聞著滿鍋噴香的奶肉粥，問：「你怎麼知道這些的？」

亦風嘿嘿一笑，指指灶台邊勾畫得滿滿的一本書：「現學現用。」

我探頭一看，一本《狼圖騰》被他翻得油乎乎的，姜戎肯定想不到他還寫過一本「食譜」。亦風又拿起一個像止咳糖漿藥瓶似的瓶子，在我眼前晃晃：「瞧瞧，液體鈣，現在最好的，咱科學育兒。」

我笑了，想不到亦風也對格林用心起來了。

一大鍋肉粥加雞蛋，熬得滿屋子香噴噴的。香味早把格林撩動得上躥下跳，饞得伸長了脖子嗷嗷叫，牠大張著嘴巴，口水順著舌頭牽著線往下淌，胸毛弄濕了一大片。

「瞧這傢伙，口若懸河！」亦風把成語用這兒了。我咽了一口唾沫，拿不銹鋼大碗來裝。

「不行，不行！」亦風攔住我，「放涼一點才行，狼搶吃東西容易被燙，而且，不要用不銹鋼碗，狼應該是害怕鐵器的，最好別讓格林習慣在鐵器中吃東西，牠畢竟還是狼。」

我心裏一震，看來亦風的確很細心，而他堅持不讓格林熟悉鐵器的深意又在哪裡呢？難道在他內心深處也希望保持格林的野性，而不願意將牠長久地馴化嗎？我想到了格林的未來，突然很想問問亦風的想法，但話到嘴邊又咽了回去，我不想在節日裏提起這麼沉重的話題。

格林早就急不可耐了，發瘋般地跳著猛抓廚房門，又不斷被地上滑溜溜的狼口水滑倒，牠生平哪裡聞過這等美味。

肉粥放到九分涼了之後，我用手背試了試，粥還帶點餘溫，便換了個硬塑膠的大碗盛上，滴上幾滴液體鈣。我小心地推開廚房門，格林立刻蹦起來攔路搶劫。一碗肉粥「哐噹」落地，被牠搶了過去，粥湯四濺，還好打翻的不算多。格林聞也不聞，想都不想就一頭撲了上去，嘴巴快速張合幾下，碗裏的肉粥就少了一大半，好像那早就是牠腸胃期盼的美食了，除了立刻狼吞之外，其餘任何準備動作都是多餘的。而且牠立刻發出吼聲示意我走開！

我嚇了一跳，平時喝牛奶沒這麼大脾氣啊，隨我怎麼撫摸都沒事，今天怎麼六親不認了？

我不甘心：「不讓我摸，我偏要摸！」我試探著摸了牠兩把。格林很不滿意地吼著，停止了吃食，垂著頭斜眼盯著我的手腕，頸毛針一般豎立起來，鼻翼開始往中間聚攏，彷彿在說：「再不走開我就咬你！」

我還是有些不甘心，拿了條厚毛巾纏裹在手上，做好防咬措施，把手固執地放在格林身側，試探著挨挨牠。牠立刻用力推擠我的手，好像在排斥一個搶食的夥伴。我的手放在格林右

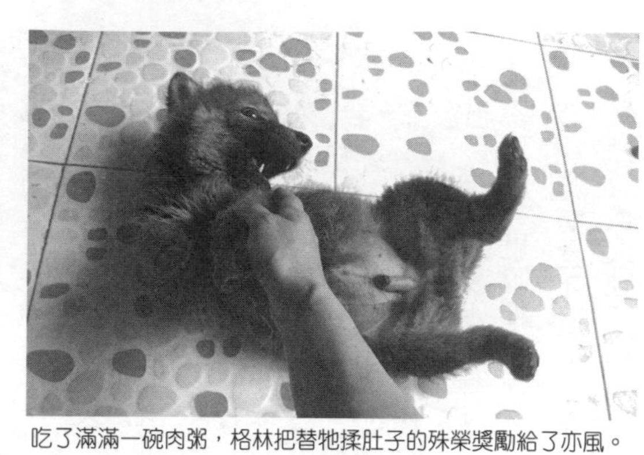
吃了滿滿一碗肉粥，格林把替牠揉肚子的殊榮獎勵給了亦風。

邊，牠就圍著食碗，逆時針方向推，我把手放在格林左邊，牠又馬上順時針擠，一面排擠著「搶食者」，一面埋頭苦幹，生怕少吃了一口。我裹著毛巾的手把牠惹急了，牠還閃電般地回頭給我一口，以示警告，然後迅速扎回碗裏繼續吞搶。

還是走開吧，我退到亦風身邊，兩個人蹲在一旁，共同欣賞格林享用牠的第一頓盛宴。

滿滿一碗肉粥我都不知道格林怎麼吃下去的，狼肚子撐得渾圓了還不肯甘休。這時候，格林已經比較能接受我的撫摸了，但還是不允許我拿開牠的碗——裏面還剩一口粥。格林圍著屋子遛達了一圈後，晃晃身子，打了個脆生生的小飽嗝，似乎又騰出一點胃空檔，立刻回來把剩下的粥都吃了。

格林舔乾淨碗，再快速地搜索遺落在碗邊地上的肉渣粥粒，最後把碗翻了個底朝天，用舌頭把碗底沾著的幾粒肉渣也捲進嘴裏，這才心滿意足地開始舔爪子擦嘴。我輕輕從格林腋下探手摸了一下牠的肚皮，熱乎乎的，脹得跟紙一樣薄。

格林懶洋洋地走到我們面前，挨個嗅了嗅我倆的腳，最終回到亦風面前，小心翼翼地趴低前爪，歪過腦袋，一翻身躺了下來，小爪子拍拍亦風的腿，把替牠揉肚子的殊榮獎勵給了亦風。亦風受寵若驚：「牠竟然知道這頓飯是我給牠做的呢！」忙伸過手去捧起格林，抱回沙發上，輕柔地撫摸格林的肚子，格林閉上眼睛十分享受地睡著了。亦風的眼神裏遊蕩著慈父的溫柔：「格林長大了。」

的確，這一個多月，格林比剛來的時候大了將近一倍，已經能夠站立著趴在沙發邊咬上面的東西了。格林眼裏的藍膜也已經褪去，逐漸呈現出黃綠色的眼珠。牠的頭部開始轉成淡棕色，身上仍然是黑色，但是狼毛變得粗糙了，耳朵立起來了，拜一天一個生雞蛋所賜，那對耳朵發育得相當好，如同兩把小勺子支稜在腦袋上，又硬又挺，不像剛見到牠時那樣軟軟地貼著頭部，像小貓似的了。格林的背部有兩塊時隱時現的白斑，淡淡地勾勒出肩胛骨的形狀，胸部比起狗來顯得非常狹窄，讓牠看起來更加瘦削。胸前鎖骨位置有兩塊白斑，走起路來動感十足。格林的尾巴平平直直地垂在身後，比以前更粗了。

亦風看著熟睡的格林，道：「照這速度，格林很快就會長大，這間小屋頂多也只能給牠童年過渡，牠將來何去何從，你心裏有什麼打算？」

沒想到我一直忍住沒說的話，卻讓亦風主動提了出來。看我不答話，亦風掰著手指頭繼續道：

「我昨晚想了很久，設想了這麼幾條路：第一，送去動物園，這樣，你想牠的時候隨時可以去看望牠，也合情合法；第二，還記得我們去過的重慶野生動物園的狼山嗎？那裏的狼是半放養的，還有幾十隻狼可以給牠做伴，那也是屬於牠的天地，越早去越好，養得時間長了，我擔心你的情感上就割捨不下了；如果你實在想養下去，還有第三個方法，就是在郊外租一處僻靜的農家小院，因為城市裏禁狗令很快要出來了，大型犬都不准養，何況狼。格林長大了萬一

傷人怎麼辦？不是我不支持你哦，養狼畢竟是很具體的事情，你覺得呢？」

我沉默半晌，幽幽地說：「把格林送進動物園的籠子容易，以後我想再抱抱牠都不可能了，我真捨不得。再說重慶野生動物園吧，那裏的狼是山地黃狼，而格林是草原灰狼，不同狼種很難相容，我怕格林被咬死。」我看看亦風，接著說：「郊區獨門農家小院本來就不好找，況且別人不知道還罷了，知道了還不把狼打死，把人轟走啊？就算瞞過了所有人，難道我們能在農村養牠一輩子嗎？」

「照你這麼說，哪裡都不能送？」亦風有點洩氣，「如果在城裏，就只能拴養了，不然跑出去遲早惹麻煩！」

「狼是不能拴養的。」我嘆了口氣，不想再討論了，「先打完疫苗再說吧。」其實我心裏有些想讓格林回歸自然的想法，但這只是夢想而已，怎麼實施，毫無頭緒。

不多時，格林睡醒了，開始咬亦風的褲腿玩，亦風突然想起什麼，從口袋裏掏出一串鈴鐺來：「瞧瞧我給格林帶的好東西，你不是老說格林走路像鬼一樣沒聲音嗎？」

我笑著接過鈴鐺給格林戴上，小傢伙渾身一抖，叮叮零零一陣脆響，煞是好聽。格林新奇地玩弄著鈴鐺，沒有表示排斥。這傢伙平時走起路來一點聲響都沒有，老是被人無意中踩著，夜裏出去的時候也常常看不見牠在哪裡，有了鈴鐺就方便多了。

亦風又拿出一個給寵物狗用來磨牙的牛筋假骨頭遞到格林跟前：「小傢伙，給你磨牙的好東西。」

格林近前嗅了嗅，對於假骨頭不屑一顧，別說咬了，看都不看一眼，白費了亦風的一番心思。我咯咯直笑：「牠喜歡真骨頭，哪裡稀罕這個假的？你還不如拿牠最喜歡的巧克力給牠呢。」

亦風依言，拿了一大塊巧克力遞給格林，格林一口就叼起，轉到一邊享用去了。

「對了，我得提醒你一個事。」看格林走開了，亦風拉著我走進小廚房，說，「上次你說格林跳上寫字檯吃了蜂蜜，我突然想到一個問題，這櫥櫃比寫字檯矮得多，格林要想跳上來還不跟玩兒似的，所以最好別在這裏做吃的，否則那些油味兒肉味兒必定會逗引牠上來，砸鍋碎碗都是小事兒了，這小子又沒安全意識，萬一哪天晚上咬斷了煤氣管，你們娘兒倆就算報銷了。」

「有道理。」我頭皮有點發麻，哪裡敢說格林已經上去過一次。有一天我正睡覺時，突然聽到廚房裏哐噹聲響，趕過去看，就發現格林已經光顧過灶台了，醬油淌得到處都是，被狼爪子踩得梅花遍地開，櫥櫃上的鹽罐子被打翻，格林嘴巴邊上全是白乎乎的鹽粒兒。也許是實在太鹹了，格林憋緊了喉嚨咳嗽著，飛奔出廚房到處找水喝。

後來我詳細查閱了一些資料，知道動物也同樣需要攝取一定的鹽分和糖分，但我餵食的東西裏往往缺少這兩樣，特別是鹽分，我總是擔心吃鹽會讓格林掉毛。可有時候牠放著上好的肉骨頭不啃，卻翻出我丟棄在垃圾桶裏的速食麵袋子忘乎所以地舔著，無疑是長久以來自身機體的需要誘發牠本能地尋找這些物質作爲補充。知道這點後，我就常常在食物裏加入少許鹽，大概是人攝取量的七分之一，還時不時地給小傢伙一些糖吃。至於格林當初是如何發現高高在

上，非牠視覺能及的鹽和蜂蜜存放的位置的呢？估計從那時候，格林敏銳的嗅覺便開始成熟起來，為牠的覓食服務了。

這些日子我來來去去分析了那麼多，卻從沒注意到那根沾著油膩的煤氣軟膠管道，那對小狼尖牙毫無抵禦能力卻包裹著致命毒氣的膠管，的確是個嚴重的安全隱患。

立刻消除隱患！我爬上櫥櫃關閉了煤氣總閘，用清潔劑仔細地擦洗管道和灶臺上的油污。

亦風靠在廚房門邊耐心地看著我忙裏忙外，過了半晌，他突然說：「你這裏不適宜開火，不得要做飯煮肉，牠彈跳能力又強，蹦上灶台怎麼辦？養狼是很耗精力的事，哪能靠速食麵過日子？以後晚餐時，你就帶格林過來，你做飯，我幫你看狼，分工合作，採購的事情就我去，還是到我家去做飯吧。」見我很猶豫，亦風堅持道：「我是認真的，格林以後要換食了，你少這樣你可以二十四小時地陪著牠，你覺得呢？」

「我再想想吧。」我擦完灶台，把抹布晾在水池邊。

退出廚房，亦風一腳踩在格林反扣的碗上，低頭一看：「把這個碗也洗洗吧。」亦風彎腰正要撿碗，格林尖叫著衝過來張嘴就咬。亦風毫無防備急忙縮手，著實嚇了一跳：「牠怎麼了？」

「不知道啊？平時不這樣。」我也有些意外。

「碗裏有東西？」

「沒有啦，今天吃得精光。是不是第一天換食會護碗啊。」

「只聽說過護食，沒聽說吃完還護碗的。」亦風搖搖頭。

在格林的恐嚇聲中，我倆慢慢退後兩步，看牠守財奴一樣用兩隻前爪死死地抱住反扣的塑膠大碗，緊壓在地上不讓它挪動分毫。

「有古怪。」我仔細觀察著格林的動作，一股惡作劇的念頭油然而生，頑皮地拍拍亦風，「你等著。」說完轉身跑到冰箱前面一陣猛找，翻出兩段羊角筍尖，試試硬度剛好，迅速把筍尖鑲在嘴裏裝成兩顆大獠牙的樣子，捂著嘴巴跑了回來，蹲在格林面前。

「你幹啥？」亦風沒看見我背過身在冰箱裏倒騰啥，滿腹狐疑地問。我衝亦風擺擺手，狡猾地眨眨眼睛讓他等著看好戲。

我直直地逼視著格林，格林毫不示弱，也目不轉睛地逼視著我，用一種只有野性動物才有的直視目光，這種目光在寵物狗的眼睛裏是絕不會看到的。對視是一種較量，狗不會和主人進行目光的較量，好多次，我硬抓住狐狸的臉頰逼著牠和我對視，但最多十幾秒牠就會心虛地轉開眼光。格林是狼，牠天生能從目光中讀出對方的膽識、力量和意圖。我突然想到此時在格林的腦海裏，眼前的對視較量一定會呈現出如同格鬥遊戲中雙方飆升的戰鬥值、經驗值、血值等一連串的參數。對這些參數，牠冷靜地分析判斷著。

我又往前靠近了一點，格林的喉嚨裏發出低沉的咕嚕聲，我又逼近了一點，這顯然突破了格林的安全臨界點，牠頓時低下頭，使翻起看人的目光更爲兇狠，狼毫也豎立了起來，努力使自己顯得比平時更加強壯威武一些，威脅的低吼聲中，牠皺起鼻子露出了尖利的乳牙，隨之呈現出發動攻擊的姿態。

我就等著這一步了，猛然放下遮擋嘴巴的手，「啊嗚」一聲咆哮兇相畢露，亮出那兩顆威

猛無匹、舉世無雙，亮澄澄白如寒霜攝人膽魄，陰森森尖如利刃初試鋒芒，響噹噹、脆生生、新鮮出爐的「大獠牙」！

格林頓時傻了眼，「嗚」的一聲可憐哼哼，牙也不齜了，鼻子也不皺了，毛也塌下去了，本來趾高氣揚豎立的耳朵像消失在地平線上的船帆一樣，順在了小腦袋後面，尾巴緊緊夾在肚子底下，像隻煮熟的大龍蝦。

格林像所有受了驚嚇的狗崽一樣狺狺叫著，連退帶躲地縮到花盆後面，再探出半個腦袋驚恐萬狀地望著我。幾天前跟我爭地位被咬中鼻梁的痛，顯然牠還記憶猶新，而此刻我又無端長出一對巨大的獠牙，直嚇得牠魂不附體，小身子篩糠一樣亂顫不已。

亦風又吃驚又好笑：「你別把牠心臟病嚇出來，出的什麼怪招啊！」

「這叫以眼還眼，以牙還牙！」我緊了緊搖搖欲墜的「牙齒」，得意非凡。

亦風捧腹大笑，雞蛋裏挑骨頭地說：「如果你能把頭髮豎起來，就更有殺傷力了！」

「那只有燙髮了。」我毫不含糊地答，獠牙在我得意忘形的嘴裏晃晃悠悠隨時準備叛逃。

亦風笑得差點沒坐地上：「快扶穩，笑掉『大牙』就穿幫了。」

我又張「牙」舞爪地兕了小狼一下，這才當著牠的面掀開了扣在地上的碗。格林眼睜睜地看著自己的寶藏被揭開，絕望地哀叫著，又實在不敢對我繼續挑釁。

碗底的秘密真相大白，一塊啃剩下的巧克力已經融化得一半都貼在了地板上，是亦風剛才給牠的那塊。平日裏牛奶米粉都消化得快，一塊作爲零食的巧克力不在話下，可格林今天吃的都是結實的東西，肚子實在是飽得連容納一塊巧克力的餘地都沒有了，第一次有了剩餘的食物，牠決定把巧克力先藏起來，以備日後享用。

我和亦風面面相覷訝然無語。狼是儲存食物的專家，沒想到脫離狼群成長的格林無師自通地懂得這一點，狼之天性啊。我不得不嘆服基因真是很玄妙的東西，有的本領生來就沉睡在格林的基因裏，等待被喚醒的一天，然而在這高樓林立的城市裏，這些天性也可能一輩子沉睡下去。

「這個巧克力要打掃麼？」亦風問。

格林衝我可憐巴巴地狺叫了兩聲，又衝亦風皺鼻子齜牙——牠和亦風的地位還沒分出過高下呢。

「讓牠留著吧，如果牠的第一份收藏品被沒收，會恨你一輩子的，你得尊重牠的勞動和隱私。」

「哦！」亦風小心翼翼地把碗推還給格林，畢恭畢敬地退開了。

爭搶地位、護食藏食……這些都只是個開始，隨著格林慢慢長大，一些屬於狼之天性的東西越來越多地顯露了出來。

爲給格林磨乳牙，我採購來許多肉骨頭。我把骨頭煮到全熟，打算在格林的腸胃能接受後再逐漸煮生一點，再生一點，直至最後可以直接給牠餵食生肉。格林對肉骨頭的狂熱程度超乎我的想像，也是在這個時候，我發現格林超乎尋常的智力也在飛速發展，牠對事物有了自己的分析和判斷。

我把煮熟的骨頭涼冷後，端到陽臺格林吃飯的老地方，拿起一塊骨頭遞給牠。我還沒彎下腰，格林就猛地跳起，在空中一個漂亮的轉體搶過骨頭，一溜煙兒就躲進床下牠的窩裏去啃，對這難得的美味，牠當然要找個自己認爲安全的地方吃獨食。我埋頭一看，真糟糕！床下弄得油膩膩的，是最不好打掃的了，況且家裏的掃把都被牠啃得沒法用了。

不一會兒，骨頭上面的肉渣和軟骨就被啃得一乾二淨，連骨髓都被牠用長舌頭鉤出來吃得丁點兒不剩。格林嗅一嗅再沒什麼可啃的了，一腳把骨頭蹬了出來，飛跑上陽臺，仰望著裝骨頭的盆子，躍躍欲撲。我趕緊把盆子放得更高，又拿了一根肉更多的骨頭出來。爲避免這根骨頭再被牠拖進床下去，我用繩子的一頭把骨頭牢牢拴住，另一頭繫在陽臺的欄杆上，這才把骨頭扔了下去。我拴繩子的時候，格林早就迫不及待地蹦跳著搶奪了，骨頭還沒落地，立刻被這小子半空截住，又是轉身就跑，「撲哧」一聲，格林被繩子拽了個急轉彎！

「居然有人敢搶狼的口中食?!」小格林怒嗥著咬緊骨頭奮力搶奪，剛扯了幾下就停住了，牠發現並沒有人在搶牠的骨頭，那麼這個骨頭爲什麼拖不走呢?牠叼著骨頭又試著拽了兩下，左看右看。

我挺得意：「小傢伙，這塊肉你是拿不走的，乖乖在這裏吃！」

床下是格林吃獨食最安全的地方，肉渣和軟骨被啃得一乾二淨後，才一腳把骨頭蹬出來。

小格林抬頭看了我一眼，把骨頭放了下來，上前一步叼起繩子，掛到後槽牙上「咯吱」兩下，繩子立刻被咬斷，動作乾淨俐落。格林衝我眨眨伶俐的大眼睛，嘴巴向兩邊一咧露出狡猾的笑，叼起肉骨頭回床底下去了。半截斷繩子掛在我面前，斷口像剪刀剪開的一樣齊齊整整。牠不費吹灰之力就解決了我這番小兒科的伎倆，我驚訝壞了，小狼才一個半月，牠第一次看見拴在骨頭上的繩子，就能準確地判斷出繩子和肉骨頭的關係，狼驚人的觀察能力和解決問題的能力別說比狗，就是比一兩歲小孩的智力都要強得多，格林的確有資格嘲笑我。

又一天上午，我剁肉骨頭，一不小心就剁到了手，血流如注，痛得我蹲坐在地上。小格林循聲趕來，關切地嗚嗚叫著，一看我受傷了，急忙伸出舌頭來舔我的傷口，我本能地把牠推開。格林還沒打疫苗，況且狼的唾液中有太多的細菌，怎能讓牠在開放的傷口上舔舐？而且，天啊，鮮血對即將換食的牠是多大的刺激啊？狼畢竟是食肉動物，馬戲團的馴獸師還常常因為傷口的血腥味引得長期馴養的食肉獸野性大發，何況這來自原生荒野的狼，如果牠從此熟悉了我的血味……不敢再想下去，我背後一陣寒意。

格林委屈地叫著，不明白我為什麼斷然拒絕牠的關心。牠試探著再湊近，伸出舌頭。我仍舊把牠推開，雖然已不像剛才那麼用力，可牠還是傷心極了，退後幾步一腳踩滑，爪子上沾滿黏黏的紅色液體讓牠很不舒服，牠下意識地舔了一下小爪子，又舔一下……格林的眼神一下子就變了，牠立刻狂野地舔舐起地板上這些紅色腥味的液體來，腳踩在血上站不穩，幾次滑倒，身上、嘴上、臉上，到處都沾滿了刺目的鮮紅。格林仍不顧一切貪婪地舔著，一邊翻起眼睛注

視我，那神情和饑渴比起喝牛奶要瘋狂多了。

諷刺啊，我心愛的小狼第一次展示野性竟然是舔我的血。我呆站一旁，不知所措。

絕不能讓牠把我血液的味道歸類爲食物，我勉強站起來，拿起光禿禿的掃把將格林挑開，格林退後幾步，竟然對我皺著小鼻子齜起了牙！

耍狠也沒有用，絕對不能開這個先例！我也照樣露出了牙齒，發出低吼恐嚇的聲音，看誰更狠！

格林愣了一下又退後了幾步，仍舊露出沾著血的牙齒，意猶未盡地用舌頭舔著牙尖，死死盯著地上的殘血，遲疑不前。我趕忙拿來一坨紙巾蓋在地上，把血污擦拭乾淨，格林喉嚨裏如隨時啓動的引擎般低吼著，眼睛泛紅，埋低腦袋，蹲下後腿，做出要撲上來的動作，但牠終究還是沒有撲上來，而是很不甘願地看我把這些「美味」統統抹去，扔在垃圾桶裏拎出了門外。格林嗅嗅緊閉的大門，又嗅嗅剛才流淌著美味的地面，悵然若失。

狗改不了吃屎，狼改不了嗜血，格林這麼小就已經顯露出對血的狂熱，這也是我們最擔心的。亦風讓我千萬別餵生肉，不能把格林的野性激發出來。我猶豫不決，格林已經換食了，這是遲早要面臨的問題，餵不餵食生肉從某種程度上來說，意味著是把牠當寵物還是當野物來養，以及馴化與不馴化的抉擇。

傍晚帶格林在社區散步的時候，亦風對我說：「狼畢竟是食肉猛獸，一天天在長大，牠吃飽了倒也罷了，哪天如果餓了，我真擔心你的安全。」

「我理解，但是相處這麼久了，你也能體會得到格林對我們有多依戀。狼和人一樣是有感情的，如果萬事都要忽略感情來看待，人也會吃人的。網路上關於嬰兒湯的報導又不是一次兩次了，相比之下，有些人還不如狼。我相信任何事情都有一個極限，當沒有達到饑餓極限的時候，狼是不會對自己身邊最親近的同伴喪失理智的。」

「可你不是牠的同類，你是人，人和狼之間會有超越饑餓的感情麼？那簡直是童話。」

「不試怎麼知道？我們都聽過太多編造的童話了，爲什麼不看看真實的童話是什麼樣的？」

亦風嘆口氣：「狼是愛吃肉的，我只怕你養狼爲患。」

「愛吃肉的不光是狼，人也愛肉，狼眾食人，人眾食狼！人與狼之間的關係本來就是相剋相制的，而且現在這個天平早就嚴重傾斜了，人眾狼寡，狼有多怕人可想而知。但格林都相信我，我爲什麼不能相信牠？」

亦風眉頭輕蹙，默不做聲。那邊，格林爬向睡蓮池，伸長了細細的脖子全神貫注地看裏面的魚，還伸鼻子去嗅一嗅，小腦袋裏不知道在轉著什麼念頭。看著那些此起彼伏的魚背，格林終於忍不住伸爪子撓過去。

「嘩啦！」魚群一哄而散，翻騰的魚尾巴濺了牠一腦袋的水花。格林猛甩著濕毛，霎時間抖出一層晶瑩的水霧。格林又看了看空蕩蕩的水面和躲入深處的魚群，這才悵然若失地向我們跑來。

「我會照顧好自己的，相信我好麼？」我柔聲寬慰。

亦風點點頭：「我多幫你收集些關於狼的資料吧，特別是牠的性格和行爲方式，希望對你

有幫助。但是我無法辨別哪些是真的，哪些是假的。」

「我會在和格林慢慢的相處中辨別的。」

「手怎麼了？」亦風突然發現了我胡亂包裹的傷口。我忙縮手往身後藏，亦風急了，一把抓過我的手來：「是不是被咬了？」

「不是，我自己剁骨頭不小心。」

「你讓人省點心好不好？」亦風一把抱起格林，拽著我就上樓，「回家擦藥！」

06 | 絕不把自己的命運牽在別人手裏！

其實格林挺願意與我一路同行，但牠就是不能忍受像狗一樣被人牽著走的奴性感覺。愛你，才跟你走，但絕不放棄骨氣和尊嚴。

從第一次允許格林走出家門而沒有引起太多人注意後，我漸漸帶著牠越走越遠，有時甚至帶牠到浣花溪邊的草地上去散步。一隻野狼氣定神閒地在城市的大馬路上散步，這是很多城市人做夢都想不到的事，但我每天都在與狼同行。

然而基於亦風第一眼就認出格林真面目的經歷，走在大街上我總有點心虛，左顧右盼地留意旁人的眼神，有誰多看格林一眼，我都會忐忑不安地招呼著格林趕緊走開。大多數人都會認爲格林是小狗，我最怕遇到的是專家，畢竟現在是一個專家氾濫的世界。不過，就算遇到真的專家，恐怕他一時半會兒也只會認爲自己眼花了吧，畢竟在城市養狼還膽敢出來遛達，並且這狼還很聽召喚，這種匪夷所思的事情擱誰面前都不會信。

一個涼爽的下午，暖暖的陽光灑在草地上，亦風和我剛把格林抱過街，格林老遠就看見了牠的同伴——幾隻牧羊犬和秋田犬在草地上玩耍，接著飛盤，追逐主人扔的球，格林很激動，急切地要掙開我的懷抱去找同伴玩耍。幾個狗主人招呼：「放牠過來玩嘛！」我有些遲疑，畢竟格林的牙齒尖利，而且牠除了狐狸還沒見過其他的狗。狗主人們又招呼：「沒事兒，狗兒們玩鬧有輕重的。」

我想想格林是吃得飽飽才出來的，應該沒事，就放下了牠。格林飛奔著跑向幾個同類夥伴，狗狗們對這小不點的加入感到新鮮，很快就把格林包圍起來。

我手心捏把汗，目不轉睛地盯著格林，既擔心大狗把牠踩傷，又擔心格林痛急眼了下口。然而狗狗們玩了半小時都相安無事，亦風拍拍我的肩：「你看這不好好的麼？放心吧。這些雖然是牧羊犬，但世代身居市區，幾時見過狼啊？記憶中的那種敵對本能早已退化得差不多了。」我心裏的石頭這才落了地。

狗主人們繼續訓練狗狗們撿網球，格林一看見草坪上跳躍的網球，迅速衝過去搶先一步一口咬住，叼著球就跑到一邊撕咬起來，接踵而至的狗們大叫著抗議，又看見格林撿了球不但不叼還給主人還自己啃咬，就更是奇怪，有的狗愣在一邊扯著嗓子大叫大嚷，有的狗上前來爲主人搶球。格林把網球咬了幾口，才發現自己追逐來的東西並不是個活物，頓時索然無味，吐在地上任狗們哄搶叼去給主人請功。

格林百無聊賴地舔舔鼻子，牠不明白狗們對這不能吃的網球爲什麼那麼熱衷，一次次地費勁搶來再一遍遍拱手讓人？格林感覺口渴了，伸鼻子嗅著四周找水源，牠發現了一個水管，那是用來澆花的，水管中透出潮濕的氣味，格林伸舌頭舔了舔，更加確定這是水源，可是怎麼才能喝到呢？牠對這奇怪的裝置前前後後地查看，並用牙去拽咬，最後咬到了金屬的扳手並碰巧扳動了它，一股涓涓細流

格林不明白狗們對這不能吃的網球為什麼那麼熱衷，一次次地費勁搶來，再一遍遍拱手讓人？

從水管中流了出來，那是水管中殘餘的水。

格林欣喜若狂，立刻伸舌頭舔喝起來，牠為自己的聰明感到很滿意！才剛喝了一點點，剩水就流完了，格林立刻又去拽扳手，然後馬上伸嘴接水，牠已經把扳手和水這兩者建立起了聯繫。但是水管中除了懸掛的幾滴水珠再沒有殘水流出，格林又試了幾次仍舊不奏效，牠失望了。

格林舉目四望，一個中年狗主人正倒了一碗水招呼他的小比熊犬過去喝。格林搶上前去，一爪子扒開小狗，尖嘴立刻扎進碗裏，喝了個痛快，比熊嘴短，爭不過牠，委屈地汪汪叫著。狗主人愣了一下，出於對狗狗的喜歡，伸手去摸格林，比熊犬以為主人要為牠主持公道，馬上湊了過來。格林的嫩嗓子裏爆發出威脅的低吼，狗主人嚇了一跳，手立刻縮了回去：「連水都護？」格林的小腦袋裏當然沒有誰是誰主人的概念，更沒有施捨和恩惠，牠認為所有的食物都是搶來的，誰先搶到誰先享用理所應當。牠霸道地喝完水，才把空碗丟給在一邊眼巴巴地搖著尾巴的比熊犬。我連連道歉，狗主人滿不在乎地說：「沒事，餵誰都一樣。」

格林喝飽了水又在草叢裏遛達，牠撅著小屁股在柔軟的草坪上打起滾來。一個路過的小女孩看格林這樣的憨態實在可愛，忍不住蹲下來叫牠：「小狗狗，過來。」格林似乎天生喜歡無心機的孩子，牠樂顛顛地跑到女孩跟前，像隻小貓似的蹭著小女孩的手心，癢酥酥的，逗得她咯咯直笑。

帶著小女孩的老太太仔細端詳著格林，有些疑惑，一口濃重的北方口音：「你這是什麼狗啊？」旁邊幾個狗主人也豎起耳朵投來了好奇的目光。面對這些多多少少瞭解狗品種的人，我不知如何作答，嚅囁了好一會兒才從牙縫中小心翼翼地擠出兩個字：「小狼。」

輕如耳語的一句話卻似一顆重磅炸彈，炸得老太太尖叫起來，英勇地一把抓起小女孩，一腳把還在地上撒嬌的小格林挑得飛了起來，格林「吧唧」一聲摔在一米之外的草坪上。

草很厚，格林沒有摔疼，牠也並沒意識到這是個不友好的舉動，還以爲是粗魯的玩笑，翻身起來繼續找小女孩撒嬌。

「走開！走開！我就看出不對勁。」老太太聲音都變了，把小女孩扯到身後，擺出武松打虎的架勢。

俗話說「打狗看主人」，打狼卻大可不必。我急忙捉住格林，連聲解釋：「別怕，牠不咬人的。」

「狼會不咬人？你們這些年輕人怎麼想的？啥玩意兒都養？」見多識廣的老太太現場訓話，「爲啥不送到動物園？」

小女孩看著還想親近她的小格林，難以相信這小東西會吃她。

「這是狗。」亦風出來打圓場了，「跟您開玩笑的。城市裏哪會有狼啊？」

「什麼狗啊？」幾個遛狗的主人也紛紛表示沒見過。

「格林犬。」亦風的腦子相當夠用。

「格林犬……那應該是德國品種吧？」

「德國獵兔犬！」那個餵水的中年狗主人肯定地判斷，「這狗跑得特別快，我朋友養過，很聰明。」

「對對對！」亦風和我對視一眼，憋住想笑的尷尬給格林的出身定性了。

總算應付過一場驚慌。老太太牽著女孩走後，我坐在樹蔭下，遠遠地看著亦風和格林在草坪上玩耍，輕輕嘆了口氣。

「喝水嗎？」先前那個幫腔的狗主人，拿出兩瓶礦泉水遞過來。

「謝謝，不渴。」

「可以給格林喝嘛。」

我笑笑接過了一瓶，點頭致謝，我不是很善於跟「假老練」（指不懂裝懂的人）搭訕，但別人確實幫我解了圍，應該感謝。我打開礦泉水瓶蓋召喚格林過來喝水。

「這小狼是哪裡來的？」他看著喝水的格林淡淡地問。

我心頭一激靈，到底還是有人發現了。他喝了口水，輕輕一笑。「牠來搶水的時候我就看出來了。我在西藏當兵的時候也餵過一隻小狼，」他輕描淡寫地說，「小狼每天都跟著我，忠誠得很，比狼狗更聰明驍勇，我把罐頭啥的好吃的都留給小狼，退伍的時候把牠帶回城裏，養到八個月大不能再養了，想送進動物園，誰知道動物園不收……」

「動物園爲什麼不收呢？」

「動物園的動物都是有戶口的，按指標放糧，又不是流浪動物收容所，狼的胃口又大，誰來養？況且那時狼又不是什麼珍貴動物。後來，我只好把狼送給一個當老闆的朋友，他在鄉下有個別墅。」說著，他的臉痛苦地扭曲了一下，「我萬萬沒想到啊，那孫子居然把狼煮來吃了，還約了幾個兄弟夥，我過年去看牠的時候，進門就看見狼皮，那四顆狼牙配著金鏈子掛在

他脖子上，洋盤得很！」他仰頭喝了一大口水，透出幾分軍人喝酒的作風。

我心裏一陣酸楚，深知這種感覺就像自己的愛子被人烹而食之的痛。多年過去了，但與狼的深情厚誼和狼的悲慘結局，仍讓這硬漢難以釋懷。

「那孫子一天到晚跟我說他愛狼，做生意都要有狼性，結果是這種愛法，老子後悔啊。」

我苦笑著，現在有多少號稱愛狼之人不是葉公好龍式的追捧啊，人們已經脫離物質實體而玩起了精神概念，愛的只是狼的概念和自我比擬的炫耀，又有多少人能實實在在地爲愛做一點事情呢？如果人類世界中盡皆是一些以佔有爲目的的愛，那麼狼的滅頂之災也就不遠了，到那時圖騰仍在飄揚，狼已成爲傳說。

「你知道成都的禁狗令要頒布了吧？」他一面招呼著他的比熊犬一面說，「小狼長大了，城裏留不住。現代人的神經已相當脆弱，不懂得與動物相處，連狗尚且不能容忍，何況狼。現在大街上多少流浪狗不是被車撞死就是被餓死，要不就是賣給狗肉館子。如今這禁狗令再一下，你的小狼怎麼辦？」中年人的一句話把我拉回了當前的現實中。

我是格林的全部世界與希望，在牠自立以前我們絕不相棄，哪怕流亡到天盡頭，我也會陪著牠！

格林的身體狀況已經恢復平穩，該給牠打疫苗了，怕被寵物醫生或者其他人認出來我應付不了，硬拖著亦風陪我去寵物醫院。

出門時，格林顯得特別興奮，牠如果知道今天是要量體溫還要打針的話，還會如此興高采

烈嗎？但在大街上太興奮可真不是什麼好事，格林又蹦又跳，剛跑到街上，一輛電瓶車就橫衝過來，差點把牠撞倒，刺耳的剎車聲過，騎電瓶車（編按：電動自行車）的中年男人見是一隻灰不溜秋的狗，抬起一腳就向格林踢去，大罵：「媽的，好狗不擋道！」

亦風忙上前制止，我則招呼格林。格林沒受傷，抖抖毛髮驚魂初定，咬牙切齒地看著那個踢牠的男人。那男人又對格林做了個恐嚇的姿勢，隨後把車靠邊，走進了一旁的小超市。小格林繞到電瓶車後對準車胎就是幾口，我們使勁拖開不依不饒不鬆口的格林，把牠抱走了。

抱著格林剛走進寵物醫院，趴在門口悠然曬太陽的老貓就恐怖地怪叫著豎起了毛髮，把身子弓得像座虹橋一樣，死死地盯著格林。我把格林放在治療臺上，牠下意識地往我懷裏靠了靠。隔著玻璃門在裡間接受洗澡美容的哈士奇縱身跳出了水槽，衝格林汪汪地狂叫著，引得所有關在籠子裏的寵物狗們都跟著起鬨般地叫起來。格林豎起耳朵像雷達一樣收集著這些聲音，狼毫緊張地豎立著，和平時在家裏調皮搗蛋的樣子完全不同。

我這次學聰明了。寵物醫生填寫免疫證時問：「品種？」我回答：「格林犬。」醫生雖然滿腹狐疑，不過也照我說的填了，大概這醫生也是半道出家的吧。好在來這裏打針的狗們多數由於害怕，尾巴都是夾起來的，所以格林低垂的尾巴也並不讓人奇怪。

我給格林打第一針預防針，牠還算合作，爲了避免不必要的麻煩，以後的疫苗我都帶回家給牠打了。

回家的路上，我看見不遠處，來時的那輛電瓶車後胎癟了氣，無精打采地停在路邊，剛才踢過格林的中年男子邊罵邊扶車檢查：「哪個龜兒子扎老子的車胎！」

我和亦風面面相覷，亦風小聲驚道：「這小傢伙的牙可真夠厲害的！」

「牠真是有仇必報啊！」我抱起格林，拉著亦風快步離開了這個是非之地，「以後上街最好還是牽著走吧，免生事端。」

「牽？」亦風疑道，「怎麼牽？你還記得《狼圖騰》裏說過嗎，熊可牽，虎可牽，獅可牽，大象也可牽，唯狼不可牽！」

我淡淡一笑：「書上寫啥你就信啥？《狼圖騰》畢竟是小說，肯定有藝術誇張的成分，你不親自試試怎麼知道？況且，我是格林的媽媽，把牠從小養大，關係那麼好，我牽牠難道牠還能反了不成？」

亦風呵呵笑道：「也是，你叫牠的名字，牠都那麼聽話，牽著走應該問題不大。」沉吟片刻又說，「不過，千萬別用項圈，怕勒著牠脖子……」

「嗯！」我對牽格林信心十足，因為我和格林那麼親密，而且永川動物園的狼不也能牽一牽的嗎？我在電視裏曾經看過，配狼狗的狼不也是被人牽出來的嗎？

我也理解亦風的擔心，畢竟《狼圖騰》中的小狼寧可勒死也不願被牽著走，以至於最終被勒破喉嚨喪命的慘烈鏡頭給我們留下極深的印象。每次看到這個地方，亦風總會扣下書去，再也不忍往下看，他常常不由自主地把書裏的小狼和現實中的格林聯繫起來，在家裏，我們從來不願意拴住格林，每當想到書裏那隻和牠一樣大的小狼從小失去自由，被一根鐵鏈拴在直徑三米的範圍內，一圈圈跑圈的情景，亦風就心疼嘆息。為了絕不讓格林重蹈覆轍，我們給予牠最大限度的自由，但自由也要以安全為前提。

第二天一早，我買來布製的肩帶和布製的繩索。餵飽了格林，又揉肚子又摸背脊和牠玩高興了，才連哄帶誆地給牠套上肩帶，輕手輕腳地扣好肩帶背上的扣，把肩帶大小調整得貼體舒服。早已在我討好的揉搓下舒服得軟綿綿的格林不知道我給牠套上的是什麼東西，好奇地扭來扭去，團團轉著撓撓看看，雖然彆扭，也沒表示反抗，我衝亦風揚揚眉毛，眉宇間洋溢著初戰告捷的得意之情，對牽狼的信心又增加了許多。

直到下午，肩帶也安然無恙地套在格林身上，牠一如往常大大咧咧，似乎並不太介意身上多了這麼個東西。我和亦風坐在門口開始換鞋，格林立刻跑上來，興奮難耐地把門抓得「嘩啦嘩啦」響，牠知道要出門了。門一開，格林就急躥而出。

我們把繩索揣在包裹，先讓格林自由走著，跟著牠來到經常散步的河邊小路。格林走走停停，看我們跟上來了，又放心地扭頭，照舊東遊西蕩，一會兒跑到草地上打個滾兒，一會兒在垃圾桶邊找些稀奇玩意兒，一會兒竄到大馬路上旁若無人地昂首闊步……每有電瓶車經過便齜牙狂追一番。

「牽著走吧！」亦風看得直冒冷汗，生怕節外生枝。

我揚聲喚道：「格林……快過來！」格林歡天喜地地跑回我身邊，我小心翼翼地把繩索扣在了格林的肩帶上，讚許地拍拍牠的小腦袋，「現在走吧。」

格林繼續向前衝，「呼啦」，瞬間繃緊的繩索猛然將格林拽了個跟斗。格林一骨碌爬起來，納悶地轉圈，又徒勞地衝了兩次，短暫的茫然之後，牠立刻發現了背上的繩索，繩索的另一端牢牢地拽在我手中。狼眼中的疑惑轉成了憤怒，牠反口就咬，我急忙提高繩索不讓牠咬到，像傀儡戲一樣吊拽著繩索，想讓牠乖乖地跟我走。格林極為惱火，憤恨地齜牙咆哮，一屁股坐在地上，拱起肩背，使出渾身的勁兒跟我拚，就是不走！任憑我在那裏曉之以理、動之以情，軟硬兼施，又勸又牽，格林像在地上生了根，堅決不從。一個人、一隻狼、一條繃緊的繩索，就這樣僵持在原地。

「好倔的狗啊！」過路的人樂呵呵地駐足觀看，我萬萬沒想到兩個月的小狼發狠較勁起來，力氣竟然那麼大，一來二去拽不動，我尷尬地站在路邊，哭笑不得。

「我來！」亦風接過繩索，在手上挽了一圈，硬拽起來。小格林力氣再大，哪裡是一個大男人的對手，立刻被拖動了幾米，但牠馬上叉開兩隻前爪死撐地面，立刻站定，弓起脊梁，脖子一梗，使出渾身的力量來和繩子抗爭。亦風再加力一點拖牠，格林又踉踉蹌蹌地被拖行了一米多，牠乾脆趴下後腿，就連後腿彎都死死抵在地上，尾巴直直地撐地，像隻袋鼠一樣，最大限度地增加摩擦力。我拿格林最愛的巧克力在前面引誘牠走，格林繃緊繩索不為所動。

「你到後面去趕牠走！」亦風不甘心，仍舊毫不放鬆地往前拖。格林憤然怒吼，一對小狼眼裏射出少有的不屈和桀驁，不自由，毋寧死！格林把前肢都趴了下來，像鱷魚一樣貼在地上，連肚子的摩擦力都用上，哪怕被粗糙的

小野狼格林，叫得過來，牽不過來！

水泥地面磨得腸穿肚爛也要拼死抗拒。

「啊，不能拖了！不能拖了！」我驚叫起來，格林身後的水泥地上拖出幾點暗紅的血跡，夾雜著磨掉的狼毛，觸目驚心！

亦風連忙放鬆，小格林倒退幾步，搖搖晃晃地站穩，抖抖狼毛，仍舊死抓著地面，擺出一副隨時反抗的姿態。我急忙抱起惱怒得渾身發抖的格林，一面安撫著一面檢查牠的小爪子，四個爪子磨破了，兩條後腿彎處的皮毛磨掉了，露出淡紅的肉，血珠子從傷口處的塵土下慢慢滲了出來，最難忍的是牠肚子貼地反抗時，連命根子都磨破了一層皮，我的心拔涼拔涼地疼：「格林啊格林，我牽著你也是爲你好，這是何苦啊。」

格林絲毫不領情，掙扎下地，反口咬斷討厭的繩索，甩甩一身的浮土，簡單舔了舔命根子，也不記恨我們，高昂著狼頭繼續按照牠自己的意志漫步去了，似乎那點傷對牠也只是小菜一碟。我們只好無可奈何地跟在格林後面。

「看來狼的確不可牽。」亦風邊走邊說。

「一次實驗不說明問題，我明天換條繩索再試試。」我撿起斷成兩截的繩索扔進路邊的垃圾桶裏，拍拍手上的塵土，仍舊心有不甘。

然而，事與願違，那以後的日子裏，格林經常趁我不備搶了繩索，扔在水池、草叢、下水道這些我找也找不到的地方。格林還咬斷了無數條肩帶，牠明白了肩帶的作用，再也不像第一次那樣好奇平靜地接受它的束縛，每次都歇斯底里地狂掙，甚至張口就咬，要給牠套上肩帶是極其困難的事情。牽狼的嘗試更是屢牽屢抗，我心疼格林的小爪子不敢硬拖，放開繩索，牠就很開心地在草叢裏撲騰，反而時不時地要回頭等我跟上牠，或者到我身邊來蹭一下，跟我親近一番。其實格林挺願意與我一路同行，但牠就是不能忍受像狗一樣被人牽著走的奴性感覺。愛你，才跟你走，但絕不放棄骨氣和尊嚴。

一來二去，爲牽狼的事情折騰了半月有餘，我們終於達成了一個尷尬的「協定」，格林允許我們之間有一根繩索的維繫，但條件是牠要走在前面，要隨牠的意願漫步，我只能無條件地被牠拖著走，路線也只能由牠來決定。我若不從，牠立刻咬斷繩子把我丟在路邊。爲了保住繩子，我只好依著牠，於是我經常被牠拖進草地，或者不情願地穿過能刮破裙子的灌木叢，有時候我抓抓腦袋直犯迷糊——到底是我遛牠還是牠遛我？

狼跟狗的性格完全不同。也許對狗而言，爲了人類賜予的食物，狗甘心套上繩索受人驅使，主人用繩子役使和控制自己是理所當然的。

就拿狐狸來說，牠長期適應了繩子的約束，只要拿起繩索，狐狸自己就跑過來伸著脖子，非常合作地讓我拴住牠，然後就乖乖地待在原地睡覺或啃骨頭自得其樂。我犯懶不想彎腰的時候，甚至用一隻腳丫子都能給牠套上繩索，這傢伙就這麼合作。

有一次，家裏來了陌生人，狐狸立刻恪盡職守地向門口衝去，剛衝了幾步就人立起來，遠遠地朝門口汪汪大叫著不再前進，並不斷在一個扇形的區域萬分焦急地徘徊。我和亦風對牠這奇怪的動作很是疑惑，後來仔細觀察分析才領悟——原來之前我曾將狐狸拴在那裏，但鬆鬆的繩索早已脫落，而陌生人到來後，狐狸剛要跑去門口，突然牠的心理暗示告訴牠「我已經被拴

住了」，於是狐狸始終在繩索最長距離的扇形範圍內遊走大叫，甚至直立起來的時候都儼然身後綳著一根繩索，像被催眠了一般。

爲證實我們的這一猜想，我專門試驗了幾次，叫過狐狸來，僅僅拿繩索在牠脖子後面比劃了一下，或者勾住牠幾根毛，牠果然就老老實實地坐在原地，一個多小時都沒離開，直到我又比劃了一下解開繩索的動作牠才跑開。

對狗而言，主人的命令是「聖經」，可對狼而言，自由才是「聖經」！無論條件多麼優厚，食物多麼豐盛，都休想讓狼用自由來交換。

看來，電視裏能牽著走的狼大概都是在籠子裏馴化了好幾代的，從小就不知道原本屬於自己的世界有多廣闊，也不知道自由的概念。而格林直接來自原生荒野，喝過野狼媽媽的奶，在牠心中，自由至上的信仰是堅不可摧的。狼，絕不把自己的命運牽在別人的手裏。

小野狼格林，叫得過來，牽不過來！

07 天台上的狼嗥

可憐我的格林本應屬於自然，卻在這鋼筋混凝土的森林中成長，在燈火闌珊處譜寫著另類的曲調。

格林是見了肉不要命的傢伙，可是有時也會例外地把我看得比肉食更重要，比如我剛買菜回家，遞給牠一隻凍雞，饑腸轆轆的格林會匆匆忙忙撕下一塊雞翅膀跑到我面前，使勁蹦跳著，做出想抱我舔我的樣子。牠急切地嗚嗚叫著，似乎在傾訴我離開的時間裏牠對我的狂熱想念，唯恐歡迎儀式不夠熱烈，我感受不到牠的激情。但與此同時，牠又捨不得放掉嘴上叼著的美味雞翅膀，邊和我親熱，邊護著雞翅，著急糾結的可愛狀每每令我受寵若驚。我有時會想，咱們天天都在一起，出門買菜不過半個小時而已，至於像久別重逢那麼誇張嗎？

格林走路漸漸靈巧輕盈，有了牠父母的步態，不像當初那樣叉著腿走路。隨著運動量的加大，牠的四肢越來越穩健，能在靜止狀態下瞬間提速，像炮彈一樣把自己射出去，也能長時間不知疲累地輕快奔跑，我逐漸跟不上了。牠能輕而易舉地把我甩在身後，得意地回頭，見我沒跟上就站在前面等，或者又回過頭來繞著我轉圈催促，每次散步時，牠總是像忠實的衛星一樣圍繞著我，從不讓我遠離牠的視線。

隨著格林的體型和模樣越來越狼味兒十足，牠引來越來越高的回頭率和詢問，我也越來越緊張，白天不敢帶牠出去逛街了，我只好讓牠在樓頂天台上活動，天台有兩千多平米的無人空間，可供牠跑一跑。晚上，借著夜色的掩護，我和亦風才能偷偷地帶牠出去跑跑。每當穿越光影閃動的馬路，面對車水馬龍，格林就畏縮不前，我得抱著牠過街。走到陰暗處，格林瑩瑩反光的眼睛才提醒了我，在漆黑的原野中，光是何等重要的信號？沒有人煙的地方，夜晚的光亮往往是動物的眼睛，而大街上那麼多鐵甲動物圓睜著兩隻發光的大眼睛呼嘯而過，怎不叫牠害怕？

可憐我的格林本應屬於自然，卻在這鋼筋混凝土的森林中成長，在燈火闌珊處譜寫著另類的曲調。

日子像童謠一樣柔緩輕快。我和格林越來越多地互相琢磨解讀，盡可能讓對方知道自己的意圖和需要，理解對方的行爲方式和肢體語言。

狼嗥，這是讓無數人恐懼又癡迷的神秘語言……

格林的第一聲嗥叫算是比較晚的了，如果在狼群中，有狼父狼母狼兄弟的領唱也許要早得多，而牠卻時常在鄰居狗的帶領下發出狗一樣的嘶啞頓音：「花！花！」

兩個月大的格林其聽覺已經日趨成熟，兩隻耳朵直挺挺地豎立，隨著牠接收到的聲音一張一合，就像一隻大蝴蝶停歇在腦袋上一樣。這樣快速長大的耳朵讓我越來越驚異，總想好好摸一摸感受一下。

我記得狐狸的狗耳朵雖然也是支稜起來的，但卻軟綿綿鬆垮垮的，我揉搓狐狸的耳朵甚至擰一擰，牠一點都不會反抗，還很享受而順從地舔我的手腕，彷彿主人擰狗耳朵，那都是理所應當的。而格林的狼耳朵卻異常堅挺，用手壓下去再放開會「噗」的一聲彈起來，有時連牠自己都會被這聲音嚇一跳。我輕輕撓格林耳根子的時候牠還比較愜意，有時還歪著腦袋就著我的手指頭，調整一個最舒服的角度給我，但格林能接受輕柔平等的撫摸，卻絕不接受肆意揪耳朵甚至揉搓扭轉的待遇。

有一次，我和亦風在樓頂天台上陪格林玩的時候，看著那雙硬挺傲氣的耳朵，執意想跟格

林開個玩笑，牠卻堅決不讓我把牠的耳朵弄得有一點變形，我硬抓住牠的嘴巴不讓牠反抗，然後把牠的兩隻耳朵都向頭頂折翻過來，耳朵芯兒裏的狼毫就像菊花一樣綻放出來，絨絨地頂在頭頂，活像戴了一頂雷鋒帽。堅挺的狼耳朵一旦翻折，就不像軟綿綿的狗耳朵那樣自己能散落復原。格林生氣了，呼呼地吼著嚴正抗議：「不許玩我的耳朵！」我笑著趕忙鬆手，格林立刻將頭「啪啦啪啦」一陣猛甩，兩隻耳朵立刻恢復原樣。

亦風笑著說：「看見了吧，他可絕不是『耳朵』，讓人任意『執牛耳』的是奴才，即使面對的是撫養牠的人，狼也絕不接受奴才的待遇。」

這對狼耳朵接收到外界的聲音越多，格林越想作出回應，最直接的表現就是牠更加渴望溝通。看來僅僅嗥子的嗚嗚聲已經不能滿足格林對傳情達意的需求了，牠更多的時候會豎起耳朵聆聽我說話，分析我的每一句話，結合我的肢體語言、表情、聲音的輕重緩急等分別向牠傳達一些什麼意思。牠琢磨我的喜怒哀樂，而我也同樣開始琢磨牠的表達方式。

亦風煞費苦心地從他的工作室爲我搬來錄音監測設備，我錄下格林的發音，描繪出音頻線，再和一些紀錄片中的錄音和表達方式反覆比較。但困擾我的是，一些紀錄片中的狼聲是後期配音，和狼當時的肢體語言以及發聲之後的行爲並不相符。

這天，亦風興高采烈地找到我：「我給你尋到了一樣好東西，狼谷狼山的現場錄音，絕不會摻假了。」

我如獲至寶，立刻戴著耳機聽並學起來。亦風饒有興致地看我認真揣摩，笑呵呵地問：「有一個問題哦，這些可都是國外的科學家錄下的狼嗥，你說這狼嗥會不會有方言啊？將來格林要是學得滿口外語，你說中國狼能聽懂不？」

「能不能總得先試試，總不能一隻狼跟著狗學汪汪吧，那才真叫外語呢。」

通過長期的比照分析並結合過去積累的知識，我發現狼的嗥聲其實是一種情緒語言而並非內容語言。狼嗥更類似一種音樂，沒有歌詞，所以不會有點對點的翻譯內容，但它是一種情緒的表達，通過聲調的變化、輕重緩急傳達一定的情緒和感受，讓對方體會到這種感覺並作出回應，從而達到交流的目的。狼是天生的音樂家和音樂鑒賞家，牠能將自己的情緒絕妙地揉進嗥聲中，並且品讀出狼歌聲中所包含的意味。

例如尋求伴侶時，公狼的柔聲像一支纏綿的小夜曲，柔情蜜意裹挾著不盡的孤單與嚮往，有時夾雜著清越激情的高音，有時又是尋尋覓覓的婉轉低迴，而母狼的聲音則羞羞怯怯，脈脈含情令人著迷，欲語還休地告訴對方她的方位。

哀傷時，狼的哭腔又像一首悲歌，幽幽咽咽，如泣如訴，彷彿要把這一生的孤獨、坎坷與滿腔愁怨盡現歌中，像二胡曲《江河水》一樣讓人聞之心酸。

當有獵獲分享或者高興的時候，狼的聲調中又帶著驕傲自豪和幾分戲謔與愉悅，聲音極盡高處又帶著顫音打著旋兒往下落，整條狼尾也因爲這顫音而歡欣抖動起來。狼歌重在真情實感，嗥歌的時候極爲投入，唱到動情處，往往會引頸望月，閉上眼睛，全情感受其中的深意。

狼所有的歌聲中最具感召力的，莫過於秋末冬初狼王彙集家庭成員的集結令了，這長嘯聲空曠、恢弘，傳出的距離最遠，像大戰將臨的衝鋒號，像雄壯軍歌，振奮鼓舞極富號召力。並且，不同的狼家族都有屬於自己的集結號，雖然聲調含義大致相似，卻會在音高處或尾音上加

入幾個顫音作爲自己家族的特殊標識。

狼的歌聲中還隱約有一種地位的較量和領地的宣示。特別是在公狼當中，需要足夠中氣和肺活量來維持的長聲狼嗥是一種健康狀態的反映，而這種健康狀態奠定了狼所處地位的基礎。所以常有一些彼此呼應的叫聲會一聲比一聲高亢，一聲比一聲悠長。爲此，狼喜歡選擇一些制高點、開闊地或者回音效果奇佳的山谷，以壯聲威，借此向對方昭示自己正值壯年，精力旺盛，對所在領地具有絕對佔有權。

至於狼爲啥總喜歡望著月亮嗥叫，亦風的「看法」是「因爲月亮上有兔子」，我無語。

我反覆地聽反覆地學，覺得練習得差不多了，一天，格林靜悄悄地睡覺時，我小聲地學了兩聲，然而我自以爲學得極爲相似的聲音，格林卻只是半睜開眼睛淡淡地聽了聽，並不太感興趣，爪子把大耳朵一蓋轉過臉繼續睡大覺，相當不給面子。

我有些沮喪，很鬱悶地回到亦風那裏：「你那個狼嗥好像不靈啊，我學得那麼像，那小子一點反應都沒有。」

「哦？」亦風說，「你再學學。」

我又學了一聲，亦風和狼嗥聲比對著，也有點納悶：「聽起來是一樣的啊。」

我不甘心，拿起錄音話筒說：「你再測測音頻呢。」

亦風點頭調試，兩條音頻曲線一出來，我們都發現問題所在了，兩條曲線抑揚頓挫走勢幾乎一模一樣，但是我的聲音頻率明顯低一些，不足以刺激狼耳朵。想想當時自己初學狼嗥，心虛膽怯放不開，更別說全情投入了，的確引不起格林的共鳴。

亦風笑起來：「人家睡得正香，你那麼小的聲音在牠聽來就像打了個大哈欠，怎麼會有反應嘛。」

我若有所悟，放開音量對著音頻不斷地練習發聲，直到曲線幾乎一致，這才信心十足地回去找格林。小傢伙已經一覺醒來，在陽臺上支稜著兩隻耳朵聽社區裏偶爾響起的狗叫聲。

「花！」格林說，「花花！」

「別花了，今天跟我上樓頂，教你怎麼用狼的聲音說話。走吧！」

「走吧」兩個字是格林最愛聽的，牠立刻跑到門口等著。一些資料上說，狼能聽懂人的部分語言，以前沒接觸過真狼也無從知道，只是想到狗都能聽懂部分人言，比狗更聰明的狼當然也能聽懂，可我沒想到格林理解我語言的速度能夠如此之快，小狗一般要三個月之後才逐漸在食物的誘導下，反射動作地聽懂主人一些簡單的命令，而格林剛滿月的時候，僅僅用了三天時間就聽懂了自己的名字，就智商和領悟速度而言，比狗快得多，甚至比小孩都快得多。

兩個月的格林悟性奇高，眼睛裏透出一股機靈勁兒，格林對人的語言行爲的分析是全面結合起來觀察理解的，並且非常善於把人的口頭語言和將要發生的動作相聯繫，牠能聽懂很多簡單的語言，例如：「走！」「吃。」「回來。」「出去。」「不准！」「危險！」「放開！」「咬！」「巧克力。」……並且像海綿吸水一樣不斷吸收和理解新的語言。

格林尤其對「走」字極爲敏感，一聽到這個字，立刻衝向門口守著，牠知道我要出去了，牠絕不允許我丟下牠，甚至用牠的老花招——把爪子或者頭塞向剛剛打開一點的門縫，給我一個兩難的選擇題：「夾死我，或者帶我走！」但是我怎麼可能帶一隻狼去賣肉的菜市場？所以每次出門買菜時，我和格林之間都有一場你死我活的「奪門鬥爭」。

亦風見此情景與我商定，以後要出門不再說「走」字，換成「開路」。

第一天的確奏效，格林沒反應過來，可是不久，這一招也失靈了，這個暗語被牠破譯了，一說「開路」牠照舊去卡門！不得已，我們又換語言，先後用了英語、韓語、藏語的「走」，但都在幾天的時間內被格林一一破解。奪門之戰從未停歇。

亦風調侃說：「牠還能聽懂多國語言。你小時候爲了要出門，在家裏倒硬椿（**編按：指突然倒地**），牠爲了要出去用頭塞門縫，你們娘兒倆還真像！」

格林不但能聽懂很多日常用語，而且常常在我對牠說話的時候目不轉睛地盯著我的表情，從語氣的輕重緩急和相應的動作中揣摩我的意思。當我語氣舒緩柔和的時候，牠知道我是在說一些安撫的話，當我語氣急切快速的時候，牠會精神亢奮緊張，知道必定有狀況出現。

格林會聽笑聲，知道那是玩耍時很開心的表現。我和亦風哈哈大笑時，牠也會情不自禁地受到感染，聽著看著，表情漸漸變化：牠把腦袋抬起來，耳朵快活地一轉一轉，瞇起眼睛，咧開狼嘴，翹起上唇，露出揶揄的表情，這是牠在笑。

爲了多看格林的這個表情，我和亦風便誇張地大笑著去逗引牠，結果越笑越乾，表情僵化，格林感覺這似乎不是發自內心的喜悅，或者是覺得自己被戲弄了，牠的狼笑漸收，甩甩耳朵，大噴一口鼻息，轉身離去，那表情彷彿在說：「傻樣兒！想唬弄我啊！」

最令我心軟的是，當我傷心難過的時候，格林會耷拉下耳朵，眼角低垂，肩背聳起，把頭埋低，很傷感的樣子，然後把腦袋拱到我的臂彎裏，輕輕地推送摩挲，發出柔和安慰的吱吱聲。如果我流淚，牠會立刻伸出小舌頭，舔掉下巴上那一點淚滴，然後仰頭緊張地盯著我的眼睛，唯恐看見我再掉下一滴淚來。從格林專注的神情來看，我覺得牠不僅是在讀我的語言，更甚者是在讀我的內心。

格林開始通過變換自己吱嗚聲的抑揚頓挫，加上肢體動作的配合來表達牠的需要。我們都對能夠進行更深層次的溝通有了強烈的渴求。

我帶著格林來到了樓頂天台上，天台上雖然管道眾多，也沒有植物，但對牠卻實在是一個廣闊的天地，一上天台，格林立刻撒了歡地跑——牠得鍛煉自己迅速成長的骨骼了。

一架飛機從頭頂灰藍的天空飛過，拖著隆隆聲響。格林從未見過這樣的「鳥兒」，抬頭認真地看。

「喔——」牠眨著眼睛開始模仿飛機的聲音，直到目送飛機消失在雲端。突然牠耳朵一轉，又捕捉到一個尖銳的聲音——那是救護車的高音。「哇——嗚——哇——嗚——」牠又開始模仿這聲音。小傢伙此時敏銳的學習狀態正好，我急忙清清嗓子深呼吸一口：「嗷——嗷——」

格林的耳朵立刻掉轉方向齊刷刷地指向我，渾身觸電般激動地顫抖，眼睛放出驚異的光彩，似乎聽到了天籟之音。

「嗷——嗷——」我仰頭閉眼，再次深情獻唱，格林完全陶醉了，像聆聽福音的小天使，滿臉癡迷的神色。牠夢遊一般地張開嘴巴：「哇——嗚——」這一聲剛發出，頓時把牠自己嚇了一跳，癡迷的神色一下子煙消雲散，一種懊惱和自責的表情佔據了小狼臉，「嗚」音還沒拖夠就義憤塡膺地把剩下的聲音吞進了肚子裏。牠好像覺得那是在唯美的鶴唳聲中突然冒出了一聲烏鴉叫，實在是大煞風景、褻瀆神靈。牠緊閉嘴巴屏息聆聽，唯恐再度破壞了那美好的樂章。

「來吧格林，試試！」我鼓勵。格林猶豫再三，彷彿小喉嚨幾個星期以來一直癢得不得了，嗓子裏有股氣流不吐不快，牠大張開嘴又來了一聲：「花——」連第一聲都不如，這一聲怪音來不及收回，情急中，格林伸出小爪子猛地搭在鼻子上，壓住了嘴巴。

我哧地笑出了聲，又趕緊捂住嘴。小格林已經深受打擊，齜起了半透明的小獠牙兒巴巴地瞪著我，小眼珠卻淚汪汪地打轉，唱不出來的嗓子讓牠好像被辣椒嗆到了一樣難受。

「別著急，慢慢聽，慢慢學，我絕不笑你了。」我打開手機上此起彼伏的狼嗥錄音，先讓牠仔細聽聽，製造一種氛圍。小格林不斷地圍著我轉圈，追音溯源，很快忘記了剛才的尷尬。

「喔——喔——嗷——喔——」格林不停地找音。

「嗷——嗷——」我馬上抓住時機給牠起音。

「莫——嗷——嗷——」格林鼓足勇氣叫起來，聲音不大，但是有點狼嗥的意思了。

這是一種並不長但是很高亢的叫聲，是定位的表示——是讓格林明白，無論牠在哪兒，如果聽到這種叫聲，需要儘快回到我身邊。

「莫嗷——嗷——」格林再次唱出來。很像了，我高興得拍手叫好：「很好，就這樣！」

格林對自己的表現深爲滿意，牠驚喜地發現自己很有歌唱天賦，平時學狗叫怎學怎不像，沒想到學狼歌一學就靈。唯一的遺憾就是聲音壓不過我，這傢伙從小喜歡爭強好勝的勁頭又來了，看看四周地勢，馬上跳到了一個粗管道上，佔據這個制高點，張開嘴巴又叫：「莫嗷——

「嘔──嘔──」

「再來，格林！嗷──嘔──」我邊鼓勵邊帶動。

「嗷，嗷嗚──嘔──」格林一聲接一聲越叫越來勁，叫了好幾聲之後，牠抬頭望望我，還是覺得聲音沒有我大，牠沉吟片刻把這原因歸咎於地勢。小格林東張西望尋找高位置，牠認爲就算聲音壓不過我，氣勢上也一定要壓過我！既然自己擁有這麼好的歌唱天賦，就一定要找一個最頂級的舞臺表演。

牠左顧右盼，看上了天台長長的女兒牆，小傢伙樂翻了，美滋滋地衝過去，卯足了勁兒往女兒牆上蹦。我嚇了一跳，趕緊揪住牠的小尾巴，這膽大妄爲的傢伙，女兒牆外面可是十八層的「地獄」，這一衝上牆要是栽下去那還得了！

格林蹦牆沒得逞，立刻火冒三丈：「難怪你聲音大，果然是因爲高度的原因，你不讓我上去，我偏上！」張口咬開我拽著牠尾巴的手，執著地往牆上跳！我「哼」了一聲，乾脆把這不知深淺的傢伙抱了上去。牠站在女兒牆上，我一隻手護著牠，讓牠感受一下我阻止牠的原因。

小傢伙如願以償地上了女兒牆，正得意間，突聽

既然自己擁有這麼好的歌唱天賦，就一定要找一個最頂級的舞臺表演。

喇叭聲響，低頭看去嚇得一抖：「這麼高?!」本能的畏懼讓格林慌忙退後了一步，貼在我懷中，小爪子緊張地扒著牆頭，望著令人眩暈的高度和螞蟻般大小的行人，小心臟怦怦猛跳了兩下。

突然牠想起了什麼，仰頭歉意地看了我一眼，舔舔我剛被牠尖牙咬過的手背。我呵護地拍了拍牠的小腦袋瓜，無須多言，媽就是媽。

小格林定了定神，開始掙開我的懷抱，我以爲牠害怕了要下來，就伸手去抱牠。誰知牠竟然扭著小腰，甩開我的手，抬爪爬上了寬度不足四十釐米的女兒牆牆頭，並邁開剛長硬朗的腿，在牆上面昂首闊步地走起來。

這一舉動令我深感意外，十八樓頂上走「獨木橋」，這傢伙居然不怕。牠對不瞭解的東西會有所忌憚，可一旦瞭解了就絕不讓我壓牠一頭。格林當然知道踏空一步就是粉身碎骨，但牠自信地把握住安全的尺度，在臨界點上蔑視危險，在地獄的邊緣擁抱天堂。

牠選擇了一處視野最廣闊的牆角高傲地站定，昂起頭來享受拂面微風，平靜地俯瞰樓下的車流和周圍林立的高樓，那孤傲的神態，恍惚中讓我看到一個狼王在懸崖峭壁上臨風而立，巡視牠的領地。那份勇敢、孤傲與淡定，讓人相形見絀。我既欽佩，又深爲擔憂，這保留著諸多珍貴品質的狼會不會在人類的擴張下消亡絕種?那些桀驁不馴的稜角、野性狂放的性格、堅強勇敢的品質，就像一顆未經琢磨的寶石，這種天然之美彌足珍貴。盡我所能保留其自然天性的願望愈加強烈。

然而，小格林畢竟還不是雄壯偉岸的狼王，稍大一點的風就會把牠吹得搖搖晃晃，我生怕牠失足，緊跟在牠後面隨時準備伸手為牠護駕。格林也毫不客氣地推辭，像走鋼絲一樣一步三搖地在牆頭上巡視，甚至開始小跑起來，一面跑一面低頭查看，我留意到每當牠路過一處伸出女兒牆的陽臺頂棚或是多出來的一小點地盤，小傢伙都垂下頭目測跳下和跳回的距離，彷彿那多出來的一點點空間都令牠垂涎欲滴。

我心驚肉跳地跟著牠圍著高樓的女兒牆整整走了一圈，直至回到最初抱牠上牆的地點，牠認了認地方，滴上幾滴尿液，用後腿狠狠扒抓了幾下地面，轉身向內跳了下來。我終於鬆了一口氣，隱約明白了格林似乎是在確認有多少圍牆外側是「懸崖」，有多少外側還能夠印上牠的足跡。我甚至感覺牠是在為自己的地盤未來能擴張到什麼程度，做到心裏有數，這傢伙從小就有永不滿足的野心，哪怕是陽臺頂棚那幾平米的彈丸之地，牠也想佔有。而牠沿著女兒牆走的一圈，更是以此宣示了牠的領地。

格林剛一落地，看見自己四十分鐘前放歌的鋼管舞臺，才突然想起唱歌的事來，連忙爬上鋼管站定張開嘴巴繼續獻唱。可經過攀爬女兒牆一事的打斷，牠又找不著調了，低頭「嗷嗷嗷」了好幾下，剛才那種酣暢淋漓的感覺蕩然無存，「嗷——哦——嗷——貓——花」地怪叫幾聲，急得牠咬牙跺腳，滿地亂轉！

我看看天色快下雨了，嘆口氣說：「這東西不是一天兩天能夠學會的，今天就到這兒吧。」轉身要下樓，格林急了，一下抱住我的腿，豎起耳朵拉長了臉，滿嘴咿咿呀呀像一個聾啞兒童那樣焦急地哼唧著，苦苦哀求不讓我走。

「乖嘛，回家去，我給你巧克力吃。」我像哄小孩一樣安慰牠。

格林仍舊抱定不放，兩眼死盯著我絲毫不受利誘，不達目的誓不甘休。

零星的雨點開始落了下來，我有點焦躁起來，掰開牠抱腿的爪子，把牠關在天台上，格林在天台門外絕望地呼叫起來。

我輕笑一聲，聳聳肩膀回屋拿傘。

少時，我抱著雨傘正往天台走，突然「嗷——嗷——」一聲奶聲奶氣的狼嗥傳進耳朵，我驚住了，放輕腳步貼在門上仔細聆聽，「嗷——嗷——」（我在這兒……）聲音焦急柔嫩卻不失豪放。大概格林以爲我丟下牠走了，情急之下立刻找到了呼號的標準音調，沒想到我一走反而激發了牠強烈的表達欲。

「嗷——嗷——」我也以長嘯回答。格林更加興奮，拿出更高亢的腔調遙相呼應。我輕輕推開天台門，格林滿懷欣喜地望了我一眼，炫耀似的翹著小鼻子繼續狼歌聲聲，有了聽眾，牠唱得更來勁了，嗥聲中也再沒了焦急的意味。

格林越唱越陶醉，完全沉浸在音樂的天空中，細雨淋濕了絨毛也絲毫沒有澆滅牠火熱升騰的激情。我撐開傘替牠擋雨，牠嗥聲不停卻趕緊從傘下走開，我再遮，牠又走開，似乎很不願意我遮住了牠頭頂的一片天空。在這毛毛細雨飄灑的靜謐天宇下，格林的藝術才華盡情地施展，興之所至，牠開始自由發揮，隨心所欲地加入了很多修飾音和曲裏拐彎的變調。

格林舔了舔唇邊的雨水，深深望著迷濛的雲朵，第一次見到從天而落的水滴，牠彷彿承接到了上帝賜予的甘霖。牠深吸一口氣，埋頭慢慢吐出了一個起音，隨著聲音緩緩拉長，牠的頭漸漸抬了起來，直到濕漉漉的小鼻尖指向烏雲密佈的天空，嗥聲陡然開始發顫，爲單調柔緩的長音平添了幾分波折，而後歌聲開始轉緩，以沙啞的幽咽結束。整個調子竟然透出幾分淒清蒼涼，從那嬰兒般的嗓音裏唱出像一個孤兒在憑弔父母的哭泣，那份愁緒比漫天的雨絲更加綿長。

我輕輕收起了傘，聽牠繼續這樣哭訴，思緒竟被帶入了蠻荒的原野，想起了牠的一脈狼族淒苦的遭遇，難道在牠幼小的內心深處早已知道自己的身世？而這些隨情所至的抒發我卻從未教過牠，難道狼性本身就是孤獨的？難道命運本身就是悲苦的？難道當狼仰望天空時就有不盡的靈感與命運多舛的感嘆？我閉上眼睛陪格林在濛濛細雨中慢慢品味那充滿欲望和野性、滿載狂放與不羈、承托荒涼與哀傷的幼狼長歌，這歌聲發自本性深處，在比牠自己更深奧的狼性深處，牠用牠祖先的聲音唱著不盡的古老與滄桑。

自從格林學會了第一聲狼嗥，就像牠發現了新奇的交流遊戲，牠一有時間就忘乎所以地放聲歌唱。高興之餘，我的眉頭又漸漸鎖了起來，這狼嗥聲一出可就暴露無遺了。格林找到屬於自己的聲音本身無可厚非，但這是一個充斥著兩腿動物法規的城市，如果有鄰居發現舉報，可能就會強迫把牠送到動物園，等待牠的將是一輩子的囚禁，我根本無力庇護牠。

偷來的鑼兒敲不得，偷養的小狼嗥不得！

格林當然意識不到這種危機，而且牠總喜歡在靜悄悄的夜晚或是午休時一展歌喉。有那麼幾次，深夜社區裏靜謐安寧，只有蛐蛐在草叢裏低吟，小格林一覺醒來閒極無聊歌興大發，站在陽臺上開始對外廣播了，社區裏被驚醒的狗立刻汪汪聲一片，又把格林才找好的狼嗥音調

帶拐彎兒，「花花」幾聲似狗非狗的走音以後，格林默想了一會兒，清清嗓子繼續堅持狼嗥韻律。社區音叉似的棟棟高樓傳聲效果奇佳，狼嗥狗吠加上偶爾湊熱鬧的貓叫立刻組成了交響樂團，不一會兒，各家各戶的燈就次第亮了起來，誰家的嬰兒也開始放聲大哭。

我聽得提心吊膽。每次只要格林一嗥叫，我就趕緊救火似的抱起牠往天台跑，在那裏，聲音傳播在樓頂之外，不至於影響鄰居和引起滿院子狗叫那麼大的轟動。誰知我每次一抱牠上天台，牠就閉嘴不叫了，在天台像夜遊神一樣東遊西蕩地玩，再抱牠回屋又叫。如此幾次以後，格林漸漸把這種叫聲和天台遊樂結合起來了，不管白天黑夜，只要牠想上天台了，就用嗥叫逼我就範。

壞傢伙，爲牠好居然反過來威脅我?!一周之後，我的眼圈就跟熊貓有得一拼了，我疲倦不堪地逃出家門，坐在樓下水池邊，享受片刻難得的悠閒，叫亦風也下樓陪陪我。

「怎麼搞的，沒休息好?」亦風問。

「別提了，我自作自受。」

亦風還待細問，樓上又傳來一聲狼嗥，像地主老財在催促使喚丫頭。我頭都大了：「小祖宗，我躲到樓下你都不放過我?」

亦風頓時領悟，大笑道：「的確是你自找的，早叫你別教他嗥，現在怎辦?用橡皮筋把牠的嘴紮起來?」

「嗷——」又是一聲嗥叫。我豎起耳朵瞪大眼睛驚喜地笑了：「你聽!」

「聽什麼?」亦風沒我那麼敏感的耳朵。我指著六樓方向閉上眼睛不再說話。

「汪，嘞——」來自六樓。

「嗷——汪——嘞——」來自十樓。

「嘞嘞——嘞——」來自三樓。

…………

此起彼伏，這次亦風聽到了，兩人樂得合不攏嘴。格林一叫，社區裏的狗們都跟著長嗥起來。每隻狗都狼嗥得有模有樣，真是長江後浪推前浪，一嗥更比一嗥長。正版的小狼嗥完全被湮沒在「山寨狼嗥」中。

「沒想到在城市裏還能領略如此壯觀的狼嗥。」亦風差點笑岔了氣。

格林啊格林，讓你要脅我。眼下「盜版」這麼猖獗，看你怎麼跟我鬥。

08 啟動格林的野性基因

格林的基因裏深刻地拷貝著一套狼族特有的生存密碼，隨著時間的推移身體慢慢長大，只要有適當的條件和機會，密碼就會一個個自動啟動，使它們無師自通地、頑強地表現出生而為狼的本色。

隨著格林漸漸長大，在城市藏住牠的難度也越來越大。自從那次在浣花溪邊的草坪上和中年狗主人聊到禁狗令的事情後，格林未來的去向問題就一直沉甸甸地壓在我心頭。我曾經無數次夢想著將牠送回若爾蓋草原，但是人養大的狼還能保持牠的野性嗎？這個問題一直困擾著我。

曾經有一次，亦風在家打死一隻老鼠，我就突發奇想，想把這隻老鼠給格林，看牠有什麼反應。但那次終究覺得格林尚小，預防針還沒打完，加之老鼠實在太噁心，就放棄了這一念頭。

亦風家裏的老鼠很有前仆後繼的精神，這些日子又發現鼠輩的腳印出現在客廳茶几上，把茶几上的玫瑰都啃得七零八落。亦風想了個餿主意，接格林出馬，天敵的味道一定能讓鼠輩們望風而逃。

我應邀帶格林來到了亦風的家裏，哪知道格林的破壞力比老鼠大多了，進屋就是一陣搜尋，茶几上的玩意兒擺設被弄了個亂七八糟，無一倖免。我倆慌忙跟在後面收拾搶奪，格林一口叼住了一包麻糖，立刻跑開，在門口地墊上忘情地啃起來，我試圖搶奪下來，亦風無奈地說：「算了，你看牠那護食樣，搶不下來了。」

我也只好作罷，苦笑著：「看牠把你家折騰的，還不如鬧耗子呢。」

我從冰箱裏拿出一小塊肉，在格林面前晃晃，牠丟掉麻糖猛一口就咬過來，早防著牠這手了，我迅速退後把牠引到陽臺，把肉往外一丟，關上了陽臺紗窗門。當格林衝出去一口吞下肉回過頭來奔向我時，卻一頭撞在了紗窗門上，彈回去摔了個四腳朝天。牠翻身起來先是愣了一下，然後仔細揣摩這層奇怪的屏障怎麼就把自己和媽媽隔開了呢。牠撞了幾下，撞不開，來回踱步，找不到其他的入口。

我和亦風在屋裏很得意地看牠的表情，格林衝我叫喚幾聲，似乎不明白媽媽爲什麼不過來幫牠。我不理牠了，開始收拾被牠搗亂過的客廳。牠很不滿意，焦躁地在陽臺上走來走去，時而把腦袋伸出欄杆縫望著樓下的車流，時而嗅聞陽臺上的幾盆花草，時而趴在軟軟的紗窗上，向裏面仔細側目觀察。

鉤爪子的紗窗讓牠發現了這一屏障的致命缺陷，這平時能將老實的狐狸隔離在外的紗窗，卻擋不住一匹想奔回媽媽懷裏的小狼。格林張開大嘴咬定幾個紗窗洞，使勁地往後撕扯，刺啦一聲，紗窗被豎著撕開一條大口子，眼看紗窗門就要被拖垮了，我們都還沒來得及阻止，格林已從撕開的空隙裏鑽了進來，奔進室內。我慌忙跑過去，按住狂奔而來的格林，格林親切得很，在我懷裏不住撒嬌，牠顯然以爲自己克服了困難來到媽媽身邊很是值得表揚的事，把我的擁抱當成了嘉獎。

「我們低估牠了。」亦風把弄壞的隱形紗窗門推開，「關玻璃門吧。」我點點頭，抱著格林走到陽臺，把牠往外一推，迅速退回，關上了玻璃門，這下格林不像那樣瘋狂地撞上來了，牠聞到了玻璃堅硬冰冷的氣息，也終於弄明白了，剛才不是一場意外，而是媽媽故意把牠關起來的。

格林委屈地望著我哼唧著，眼中忽閃忽閃全是問號，牠不理解從不限制牠自由的媽媽爲什麼今天要關牠。牠開始對我展開猛烈的眼神攻勢，無限可愛與無辜，坐得乖乖的，高一聲低一聲可憐巴巴地嗚咽著：「嗚喔——啊嗚——啊嗯——嗚依——」（媽媽，我錯了嗎？媽媽看我的眼神，媽媽放我進去，我是你最可愛的兒子……）

亦風側身阻開這個帶電的眼神，敲敲玻璃：「這下過不來了吧？你咬玻璃啊！」格林眼裏迅速掠過一絲憤怒，我心裏咯登一下：「亦風，你可別惹牠！」

亦風聳聳肩：「你兒子還能撞開玻璃門不成？」

我搖搖頭，又點點頭，格林那眼神太富深意了，我還真猜不透牠的小狼腦袋裏在合計些什麼。

格林不指望我了，停止了眼神攻勢，來回地踱著步審視環境，終於牠安靜下來了，定定地看著樓下的車流發呆，五分鐘過去了，牠沒動靜。

亦風說：「行了，消停了，你忙你的去吧。」我點頭起身去倒茶。

「啊喔——」聲音淒厲悠長，這「偷來的鑼兒」自己又狂敲起來了！我的太陽穴像要炸開了，滾開的茶水倒在了手上。

「嗚喔——」又是一聲。我吹著火辣辣的手回頭看，格林居高臨下面對著滾滾車流狼嗥起來。我感覺全身迅速被一陣寒意籠罩，脊柱上像有一條冰冷的水蛇在慢慢往上爬，汗毛都豎立了起來。

亦風也聞聲趕了過來：「怎麼回事兒，鬧什麼妖啊？這麼慌？」

我連忙蹲在門前，敲著玻璃：「格林不許叫！再叫我咬你！」

格林悠然回頭，用狡黠的目光挑戰似的瞄了我一眼，又深吸一口氣，再提高一個八度，繼續向全世界「廣播」：「嗷嗽——喔——」

格林發現在陽臺上嗥叫的聲音傳得特別遠。我渾身雞皮疙瘩浪打浪：「別這樣，小祖宗別叫了，算我求你了成不！回頭鄰居舉報，把你送動物園就別想出來了！媽媽給你肉吃！」

我趕緊把麻糖和肉都從門縫裏扔給牠，格林看我態度好多了，得意地昂起頭繼續以「狼歌線上」爭取牠的權利。

「嗷嗚——喔——嗚——」彷彿向全體市民宣布，「快看啊，這裏有隻狼啊，快來舉報我啊！」

亦風蒙起了耳朵：「算了，還是放牠進來吧，陰風慘慘的，真有人舉報就完了！」

真是領教了啥叫鬼哭狼嚎，我苦笑著打開了門，格林這才叼起先前賄賂牠的肉狠狠吞下，不緊不慢地踱步進屋，走過我面前時，還舔著嘴巴一副今天K歌意猶未盡的神情，斜眼瞄著我：「看你還敢關我不？」我又好氣又好笑，抬起腿來，一腳踢在牠圓滾滾的屁股上，牠被踢了個跟斗，順勢翻過身抱著我的腳丫快活地啃起來。

這傢伙太狡猾了，不但會利用環境，還能看穿人所有的心思，找出對方的弱點，可這些都是誰教牠的？莫非牠從小就在琢磨我了麼？今天居然又被牠得逞，窩心！

我和亦風在忙碌工作的時候，格林就在亦風家裏瞎折騰。為了安撫牠，亦風打開電視放《動物世界》的紀錄片，這招果然管用，格林立刻安靜下來，於是我們就有意識地找一些關於狼的紀錄片來放給牠看，每次格林一聽到紀錄片中的動物聲響起，就立刻跑過來目不轉睛地盯

著看。每當有小狼出現的鏡頭，牠就會激動得吱吱叫著迎上前去。當鏡頭一換，牠又會一臉茫然地繞著電視轉來轉去，失望地哼哼。

格林的記憶力越來越強，一部片子放上兩三遍牠的興趣就淡了，亦風又給牠換新的紀錄片，於是格林又再次專注地觀看。兩個月裏，格林至少認真看了幾十部關於狼的紀錄片，還有其他一些《動物世界》的片子，每當片中狼嗥響起時，牠就煞有介事地遙相呼應。

亦風打趣說：「多媒體教學，這是一匹接受現代化教育的狼呢。」

的確，有幾隻狼看過電視啊？可每當看到格林焦急而期盼地凝望電視裏狼夥伴的神情時，我們又感覺陣陣心酸。

「牠太孤單了，如果能有個伴兒就好了。」

「把狐狸接過來吧……」我和亦風同時說，隨即兩個人都笑了。

很快，這對小冤家在亦風的家裏一見面，就開始了沒完沒了的折騰。有了狐狸陪伴的格林，心情豁然開朗，大鬧天宮的勁頭更加充足，還慫恿著狐狸跟牠一起鬧騰，但狐狸遵守著做狗的本分，牠知道我護著格林，就儘量保持低調。儘管每次格林搗亂的時候，狐狸都明智地跑到我和亦風面前最顯眼的地方待著，表明那些大逆不道的破壞勾當都與牠狐狸無關，然而狐狸還是免不了陪著格林受罰。

有一次，狐狸也瞅個機會把格林誘到了廚房的黏鼠板上。當格林頂著黏鼠板像海龜似的從廚房裏爬出來時，我和亦風都驚呆了，黏鼠板上的膠可是洗不掉的！我只好動用我拙劣的技術剪掉了格林右半邊身子的一層胎毛。

爲了不再造成誤傷，我和亦風撤掉了所有的捕鼠工具，只好任由老鼠橫行了。

沒想到幾天後，我們費盡心機也沒抓到的老鼠居然自己失足掉進洗手間的半桶剩水裏淹死了。老鼠的個頭不小，肉鼓鼓的，我高興得手舞足蹈。

「咋處置？」亦風問。

「餵狼！」我想起爲了抓這老鼠誤黏住格林的黏鼠板，不由恨恨地說。

我們照例帶格林和狐狸到了郊外，不同的是今天多了一隻死老鼠。我用繩子拴住死老鼠，裝在鞋盒子裏，格林早就聞到了鞋盒子有種特別吸引牠的味道，卻不太明白具體是什麼。牠迫不及待地搶過鞋盒蓋子，叼著就跑，跑了一圈回來才發現，真正味道的來源卻是這隻老鼠，於是丟下盒蓋立刻撲向老鼠，咬住就不放，用盡全身的力氣與拴老鼠的繩子較勁。

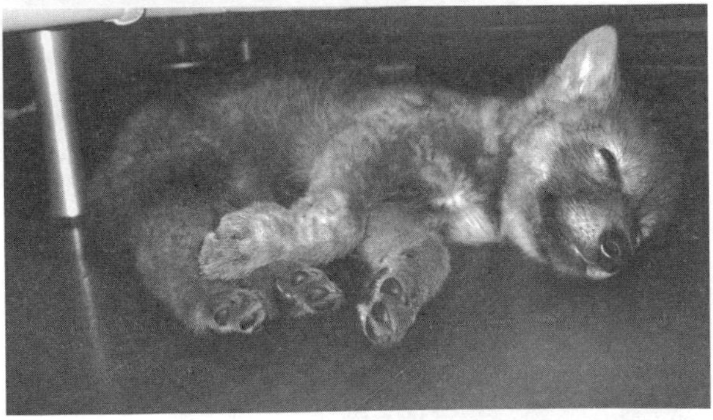

狐狸高傲地站在我身邊，嗤之以鼻地看著格林搶死耗子，俗話說「狗拿耗子多管閒事」，對這些「業務之外」的事情，狐狸毫無興趣。

「你快來拽著繩子。」我招呼亦風，想趁著格林還沒把老鼠搶走之前，給牠第一次吃生食拍張紀念照。

我動用拙劣的技術剪掉了格林右半邊身子的一層胎毛。

亦風接過繩子，格林咆哮著死拉硬拽跟亦風較勁，看著格林那寧死不放的拚命勁兒，亦風好奇地把繩子往上提，格林更是咬牙不放，再往上提，格林竟然在我倆面前像釣魚一樣被吊在了空中。

亦風提繩子吊著格林蕩來蕩去，像公園裏的旋轉木馬一樣掄了幾圈，格林仍舊是咬緊牙關絕不鬆嘴。

亦風又驚訝又好笑。看著吊在空中要肉不要命的小狼格林，我簡直無語了。

死鼠被格林攔腰扯斷，格林嚼也不嚼就迅速吞下半截鼠肉，馬上飛身躥上來，凌空一口咬住剩下的半截鼠肉，藉著狼身下墜的力量「啪」的一聲拖斷了繩子，把老鼠搶了去。

咬緊牙關，絕不鬆嘴。

這一連串動作讓我立刻想到《狼圖騰》中描述狼獵殺馬群的時候，狼撲躥上來死咬住馬肚子，吊掛在飛奔的馬腹下自殺式的攻擊方式，哪怕被勁爆的馬蹄踩碎，也休想讓狼鬆口，這種為達目的不惜亡命的狼性讓人不由得不服。

格林把死鼠連皮帶骨甚至腸腸肚肚都吃了個乾淨，然後心滿意足地在草叢中擦嘴。這是格林第一次讓我領會到牠對囫圇個兒獵物的狂熱——格林畢竟是狼，生來就是吃生肉的。

我第一次向亦風提出了想送格林回草原的想法，亦風笑了笑，大概覺得這事理想的成分太多吧：「人養大的狼還有野性嗎？牠能自己捕獵嗎？動物園好吃好喝養慣了的老虎都有投活食的時候懶得去逮的事情！」

亦風擔心的也正是我擔心的，我們決定試一試一直以來吃熟食的格林是否還有獵殺的天性。

我拿了一個小動物布偶，拴根繩子拖著從格林面前飛快地跑過，格林一看跑動的東西立刻追擊上來一口叼住，狐狸也汪汪大叫著加入追捕遊戲中，但牠當然是搶不過格林的。誰知格林搶過布偶咬了幾下發現那是個假活物，就興致索然地丟口，用一種被忽悠了的眼神盯了我一眼，走了。狐狸見格林棄權，樂得撿了個便宜，興高采烈地把布偶給我叼回來邀功。

亦風說：「格林還是有追捕欲望的。」

我搖頭，格林可能只是好玩而已，還不足以說明牠能獵殺，要試只能用活物。

幾天後，我們設法買來了一隻活雞，開車帶上了格林和狐狸準備去郊外。亦風開車，我坐在副駕駛位置上，格林和狐狸就並排擠在我的腳下，狐狸乖乖地趴在我腳下睡覺，格林卻不甘心，乘勢踩著狐狸的身體一個勁兒往上爬，牠想爬到車窗上看外面的景致，一路上這對狗兄狼弟就這樣折騰著，一直到了郊外的那片荒草地。

格林好奇地張望著雞，牠從沒見過這種長羽毛的兩腳動物，倒是見多識廣的狐狸湊上去聞了聞雞屁股，饒有興致地看熱鬧。格林見狐狸靠近雞都沒有什麼危險，也大著膽子走上前去。被人飼養慣了的雞站在原地沒有任何反應，開始我還把雞拴在小樹旁怕牠飛跑，可格林喀嚓一口把繩子咬斷開來，雞也待在原地，甚至連一絲逃跑的欲望都欠缺，讓人不由得聯想到「呆若木雞」的成語，人養的家畜真是活得悲哀，別說靈性，牠連對生死威脅的感知都沒有。

格林伸嘴拱了拱雞，又叼著雞翅膀，撩起來瞅了一眼，那模樣活像淘氣的小孩兒掀起小女孩的裙子那樣。

雞仍舊不動，格林興趣缺缺地走開了，不知道牠是不是以為那又是一個布偶。我失望了，看來格林真是欠缺野性了。我準備把雞拎走，剛抓起繩子拖動了一下，格林一看雞活動了，神情大變，撲上來就搶，我從未見牠如此衝動過，狼耳不斷顫動，狼血沖頭，兩眼像通了電似的閃閃發光，尾巴尖活潑得像條小泥鰍，在地上顫跳。

狐狸也湊上來抓雞起鬨。「咯咯」幾聲雞叫，格林竟然照著雞肚子狠命地下口了，緊接著，牠猛甩頭部撕咬起來，霎時鮮血四濺，噴紅了狼頭和雞毛。呆雞這時才如夢初醒地狂叫撲翅，掙扎起來。我嚇了一跳，趕緊退到一邊，狐狸也驚呆了，牠啥時候見過這場面啊？嚇得站在雞面前張嘴吐舌頭不知所措，狐狸顯然站得太靠近格林的戰利品了，格林衝牠皺起了鼻翼。雞血的氣味瞬間喚醒了小狼的野性，殺心升騰。

「狐狸快讓開！」我趕忙招呼狐狸。狐狸這才迅速倒退，縮到我身下發抖，再也不露頭。

雞還在撲騰，血還在噴濺，格林雖不懂得拔除雞毛，但是牠天生就會掏肉吃，牠一股腦豁開雞肚子，見肉就撕，見血就吞，轉眼間，半隻雞就進了格林的肚子。我又喜又驚，喜的是格林仍舊潛藏著狼不可泯滅的掠食本能，有獵食衝動，這是小狼健康正常的心理表現，這讓我看到了野化的希望；驚的是僅僅兩個月大的格林，其嗜血的本性竟然如此野烈。我和亦風忽然對一直像小狗一樣養著的小狼另眼相看了，一種對原生態掠食動物的敬畏之情油然而生。

格林的基因裏深刻地拷貝著一套狼族特有的生存密碼，隨著時間的推移身體慢慢長大，只要有適當的條件和機會，密碼就會一個個自動啓動，使它們無師自通地、頑強地表現出生而爲狼的本色。

「基因真是很神奇的東西。」亦風邊開車邊說，然後就是長時間的沉默。我知道他在擔心什麼。

09 一匹野狼上街了！

剎車！喇叭！叫罵！強光！車輪帶起的飛石打在格林身上，塵土飛入牠眼中，金屬的碰撞就在牠耳邊，廢氣向牠噴過來！牠弓著腰，夾著尾巴，瞪大了眼睛，伸長了舌頭，大口吸入令牠窒息的空氣。

格林在我下電梯的時候跑丟了！

那天下午也真夠倒楣的，我和格林出門散步，按老習慣，下樓的時候格林走樓梯，我坐電梯，兵分兩路樓底會合，結果我坐的電梯突然出現故障卡在了八樓，我手忙腳亂地按了幾次按鈕，還是運行不了，我頓時慌了起來。前幾天就聽人說這電梯出了毛病，我也沒太在意，大熱天的要從十六樓跑下來可是很累人的事，偷個小懶，人之常情。進電梯之前，我還心想自己不至於那麼倒楣吧，沒想到我的確很倒楣。

一想到格林還在樓底下等著我，我簡直要抓狂了！

「格林！格林！」我對著電梯門縫大聲呼喊，沒有動靜，剛才電梯走到十樓的時候，我還隱約聽見格林脖子上細碎的鈴聲，這會兒格林應該早就跑下樓了。一樓肯定聽不見八樓電梯裏的聲音！牠這會兒應該急得團團轉了吧？

我忙掏出手機給亦風打電話，想讓他迅速趕到院子裏接格林。可更糟糕的情況出現了，手機根本沒信號！這電梯居然沒有網路覆蓋！什麼破設施！簡直是個陷阱，我猛按電梯警鈴，大喊大叫，像個籠中困獸。若是平時被困在電梯裏，我或許還能保持淡定，可現在放出了家門的格林就在樓下，一匹狼在城市裏陡然脫離了看管，會發生什麼事情?!絕望、焦急和深重的擔憂讓我失控地上躥下跳，拍著電梯門聲嘶力竭地呼救。

好一會兒，外面有了聲音：「你被困在裏面啦？」

我頓時抓住救星，連聲央求：「快救我出去！快！」

「你等等啊，我幫你喊物管，少安毋躁。」

「別，別走，有電話嗎？先幫我打個電話！求您！」我哪裡安得下來，都快急瘋了，目前的當務之急是先控制住格林！我掰著電梯門縫，一連串地報出亦風的電話號碼。

「是誰？說啥？」對方問。

我腦袋裏急速旋轉著：「就說格林已經下樓，我被困在電梯裏，讓他趕緊去接格林。」

「格林？是小孩嗎？」

「……是！」我急得直跺腳，「您快打好嗎？」

對方依言撥通電話，照我的話說了一遍，然後下樓幫我找物管去了。

總算送出了消息，我深吸一口氣，努力冷靜下來，等候修理人員。又按了幾下警鈴，發現就連警鈴也是壞的，我發誓再也不坐這個破電梯了。想起每次引誘格林跟我進電梯時，牠多疑警惕地徘徊在電梯口就是不進來，真是有道理的，任何封閉空間都讓狼覺得不安，在格林的眼裏，這可能就是一個類似捕獸陷阱的鐵箱子。

記得第一次出家門，我抱著剛滿月的小格林在十六樓等電梯時，電梯門一開，格林就驚懼地望著這個牆面上憑空洞開的大鐵箱子，當我抱著牠進了電梯，金屬的氣息和逼仄狹小的空間讓牠陡然不安起來，小爪子緊緊地扒抓著我的肩膀，把我鎖骨上抓出好幾道紅印子。

「叮噹」，電梯關門的鈴聲一響，格林像瞬間挨了雷擊，驚叫一聲，猛然掙脫我的懷抱，飛身跳下地來，拖著摔疼的腿，不顧一切地往電梯門外衝，邊衝邊發出尖利而短促的叫聲，就在電梯門合攏到只有巴掌寬的一瞬間，小格林衝出了電梯！

「哐噹！」電梯門關上了，「嗚——」格林的小尾巴尖被沉重的電梯門夾了一下！一切發

生得太快，我根本沒想到抱在我懷裏的小傢伙還會出現這種狀況。電梯開始下行，我才反應過來，急忙按十五樓，錯過！十四樓，謝天謝地，電梯終於及時停了！我趕忙下電梯，順著消防樓道跑回十六樓。

在十六樓的電梯口，小格林一瘸一拐，焦急地在緊閉的電梯門前走來走去，用小鼻子嗅著，小爪子絕望地扒著門縫，嗷嗷嗚嗚哀嚎著，感覺牠是在喊：「嗷——我的媽媽死了，誰來救救她啊？嗷——嘔——嘔——」那悽惶無助的表現，完全是一個眼看著媽媽掉入了陷阱卻無力挽救的狼孤兒，很無助，很淒涼，很可憐。

我心裏一陣暖暖的痛，急忙輕喚了一聲：「格林……」

格林渾身激震，猛然回頭，驚喜地發現我「脫險」了，立刻哭爹喊娘般地撲了上來，抱緊我的腿就不放，狂親狂咬，狂蹭狂舔，激烈地表達著牠尋找我的焦急和離開我的恐慌。我心裏一陣酸軟，連忙把牠抱了起來……

格林又一次見識電梯，是亦風帶著牠在電梯口等我上樓拿東西。小格林照舊不肯跟我進電梯，並發出短促尖利的聲音，我逐漸理解這種聲音是感受到了恐懼和威脅的警告。我進了電梯，電梯門合上了，格林就著急地守在我消失的地方嗅來嗅去。不一會兒，電梯「嘩啦」一打開，走出一大堆陌生人，格林嚇得連退幾步，毛骨悚然，耷拉下耳朵，連滾帶爬地鑽到亦風身下，只露出半個瑟瑟發抖的屁股和一根緊緊夾在屁股下面的松鼠似的尾巴。對那個會大變活人的金屬箱子，格林深感困惑。

稍微長大一些以後，格林明白了電梯對我沒傷害，牠不再哀嚎了，但是牠仍舊固執地堅持不進電梯，牠絕不會把珍貴的生命交給一個自己無法掌控的東西。格林很快就想出了自己的方法。我一進電梯，牠就沿著消防樓梯逐層跑上去，每層都跑到電梯門縫聞聞我上來了沒有。每次我的樓層到了，門一開，格林已經在電梯口等著我了。

這恐怕是中國唯一一匹自己爬十六層樓梯回單身樓房的野狼了。

格林悟性極高，日子一長，牠認得回家的路，就更是駕輕就熟地走樓梯，跟我兵分兩路，在樓底或者家門口會合。

今天下午，我剛一打開家門，格林就迫不及待一衝而出，順著樓梯一層層下樓去了，哪知道格林一直擔心的事情就發生了，牠的媽媽終究還是被「陷阱」困住了。

多數人的想法跟我一樣，平時短時間的坐電梯從沒覺得有什麼不舒服，反正一兩分鐘就出去了，很享受這種現代科技給我們帶來的方便。而現在科技耍脾氣了，把我關押在電梯裏，上不上下不下地懸在半空中，坐不坐站不站越來越憋悶，鐵門緊閉，窗戶也沒有，那感覺比坐單人黑牢還令人抓狂。

我等到維修人員把我救出來的時候，已經過去一個多小時了。我急忙趕到樓下，迎面碰見還在焦急尋找格林的亦風。他沒看見格林，我腦袋「嗡」的一聲：格林終究還是走丟了！一隻狼在城市裏跑丟了，比違禁武器遺失還要可怕！狼一旦上街，足以引起整個社會的恐慌！在國人的心目中，「狼來了」比「獅來了」「虎來了」更令人心驚膽寒！

我和亦風急忙衝進社區庭院地毯式地搜索，大聲叫著牠的名字，找了半天，找不到，事情嚴重了。格林要麼出去了，要麼被誰抱走了……

「報警吧！」亦風沒轍了。

「報警？偷養野狼，沒收！野狼上街，擊斃！！這婁子捅得不是一般大！」

「格林現在是最淘氣的時候，對誰都好奇，啥都想搶來看看，稍不注意，很容易傷人！」

「但是更有可能是格林被人傷，你容我想想。」我喘口氣，沉吟片刻，拔腿就往物業管理處跑。

「去哪兒？」

「監控室！查錄影！」

社區的監控室裏，我計算著我和格林下樓的時間，先讓保安幫我調出我們大樓門口的監控：下樓十多分鐘以後，格林出來了，站在大樓門口一臉迷茫，東張西望，牠沒有等到我，在門口跑進跑出躊躇了好一會兒，嗅著地面，消失在庭院中。再尋找下一段庭院的監控錄影：格林在庭院裏焦急地跑來跑去尋找著我，只要有一個人經過，牠就立刻追上幾步看，然後再失望地轉身走開。牠繼續東張西望，偶爾抬起頭似乎在呼叫，像街上走丟的孩子。

第三段監控錄影：格林低頭到處認真地聞著，可是這庭院裏，到處是紛亂陌生的人味，況且，我根本就沒有來到庭院裏，牠能聞到的大概也是我昨天留下的味道。然後牠走到我們經常休息的涼亭，坐在那裏發呆，肩背微微聳動。看著涼亭裏孤孤單單一隻小狼的背影，我的鼻子有點發酸。

少時，格林很迷茫地抬頭張望，判斷我可能去的路，牠一定以爲我和牠走散了。牠當然不會明白電梯故障是什麼意思，更不會猜到我還被掛在半空「坐黑牢」呢。

跟蹤第四段監控鏡頭：格林跑出了社區的大門，向右跑去，消失在鏡頭外，我的心臟咚咚狂跳起來，這是我最不願意看到的鏡頭——繁華都市裡，一匹野狼上街了！

我給監控室的保安留下我的電話，如果格林又出現在監控鏡頭裏，讓他立刻給我打電話。

我拉著亦風飛奔出了社區大門，向右沿著格林跑去的方向，邊喊邊找，沿路遇到小賣部，特別是賣肉食的商鋪，就上前詢問有沒有看見一隻半大的「灰狗」，每到一個社區的大門口，我們就會好說歹說地拜託那些社區的物業幫我們調出大門口的監控錄影來看。

在一個社區大門的監控錄影裏，我終於發現了格林的身影，牠和另一隻體型差不多大的麻灰色流浪狗相互嗅著味道，表示友好，繼而雙雙向西面跑去。

「是牠，就是牠！」我激動地抓著亦風的手，終於看到希望了，說明我們的路線沒錯。

我們轉向西面尋找，穿過兩個街口，這條路上沒有社區，也沒有商鋪，天已黃昏，我們開始有些茫然了，真希望自己長一個狼鼻子，嗅著味道就能追蹤到格林。

我們徒勞地張望，叫喊著格林。恍惚間，我看到一排熟悉的柳樹，淙淙溪流聲就在不遠處，腦袋裏靈光一閃，前面不是繞回了我們常帶格林散步的浣花溪嗎？平時我們散步的路線總是從浣花溪這邊走過去，又過橋，然後從對岸繞回家。狼喜歡走老路，而且格林還小，對我的依賴性很強，牠這次跑出來是以爲自己走丟了，牠一定會沿著老路線找我的。

我立刻和亦風兵分兩路，在浣花溪的兩岸沿路尋找。浣花溪的這一段河流並不寬，我和亦風能遙遙相望，他在對岸衝我揮揮手，表示暫時還沒發現，我們繼續往下沿路尋找。

走了很長一段路，亦風突然在對岸大叫起來：「格林！」

我扭頭一看，格林正和先前在監控錄影裏看見過的那隻灰色流浪狗一前一後在路邊追逐，儼然一對好夥伴。格林聽見呼喚，立刻扭頭尋找聲音來源，流浪狗也跟前跟後地陪著牠。

找到格林了！我心裏一陣狂喜，如釋重負，五個多小時了，終於找到你了！

「格林！快回來！」亦風又召喚。格林發現了亦風。

突然，我遠遠看見一輛賓士飛速駛來，心裏一沉，不祥的預感當頭襲來，連忙隔著河大叫：「不能喊牠，有車！」

晚了！遠遠看著格林小小的身影飛快地橫穿馬路，緊接著那輛賓士呼嘯而過！

「啊！」我捂著臉驚叫起來！剎那間，尖利的剎車聲過，車輪下一個小身體無助地翻滾著，伴隨著一聲淒厲的狺叫，在亦風的狂吼阻止中，格林已經血肉模糊地躺在了車後。

真是飛來橫禍！我失聲痛哭，沿岸狂奔找橋過河。

那邊，賓士一見闖了禍，反正不是人命，司機反應極快，猛踩油門，一溜煙跑了，亦風大罵叫喊著在車後追趕，哪裡追得上？

我哭喊著向格林跑去，血已經淌了出來，被車拖出的長長一道血痕在路中間觸目驚心。好不容易找到了格林，卻是這麼個結局，我哭得眼前發黑，肝腸寸斷，萬念俱灰……捧起地上的血屍。

「等等，不是格林！」亦風翻過了被車壓變形的狗腦袋，「是那隻流浪狗，一樣的灰色……」

我心裏「咯登」一下，急忙擦擦眼睛，確認屍體不是格林以後，立即四處尋找。只見路邊一處供行人休息的長椅下面，格林縮著腦袋，身上濺滿泥漿草屑，邋遢得像個叫花子，滿臉塵垢，渾身濕漉漉的，一雙眼睛裏盛滿了恐怖與驚慌，雙腿顫抖，瘦瘦的身子哆嗦得像一片寒風中的枯葉，牠的胸口濺上了一片血跡，估計剛才牠和那隻死去的流浪狗相距不遠。或許是狼神奇的敏捷讓牠逃過了一劫，但那隻可憐的流浪狗就沒那麼幸運了。格林眼睜睜看著同伴慘死在自己面前，甚至還被濺射上了同伴的鮮血，幼小的狼膽哪能盛下如此的恐懼？我既爲眼前慘死的狗狗傷心，又爲格林嚇成這樣而難過。

「格林不怕，媽媽來了，媽媽找到你了。」我蹲下身來，慢慢靠近椅子，輕聲勸慰格林。格林惶恐不安地望著我們，一聲都叫不出來，似乎連我和亦風都不認識了，可憐的孩子已經嚇傻了。

浣花溪邊的這條路作爲景觀路段，本來車輛是限速二十碼的，但是總有那麼一些開名車拉風的人無視這些規定，看見這條路車少、人少、路況好，就在路上飆車。被撞死輾死的貓狗屢見不鮮，車主肇事後揚長而去，沒人攔得住，縱使被人記下車牌號也沒有法律能約束他們。

亦風把流浪狗的屍體挪到路邊，扒了些草葉把牠掩埋在格林看不到的地方。我緩緩伸出手去，想抱格林，格林下意識地往椅子下面退縮，牠空洞的眼神前所未有地陌生。牠驚嚇過度，牠連我都害怕。

我心裏一陣刺痛，再次呼喚：「格林，是我啊。格林……格林……」

反覆呼喚中，格林的情緒才漸漸平穩了一點。我退後一步，讓椅子下面的格林能把我看清楚，我儘量引起牠注意，把牠散亂的目光慢慢聚集起來，摸著牠的頭引導牠從椅子下面爬出

來。格林眼神迷離惶惑，動作呆滯如行屍走肉一般。

「格林不怕，沒事了……」我正在安慰牠，突然，又一輛拖著怪叫的改裝賽車，從我背後飛馳而過，車身捲起的風把格林背上的狼毛都吹立起來，引擎的咆哮聲震得狼耳猛烈一抖，格林像遭了雷擊一樣渾身巨震，快要收攏的魂魄頓時又驚散開來！牠的瞳孔瞬間放大，狼眼圓睜，狼鬃根根挺立，突然間，牠撒開四腿狂奔起來。

我措手不及，大喊著格林，和亦風飛奔追趕，可是哪裡追得上，小狼早已跑得比人快了。一個急轉彎，格林衝入了二環路主幹道！

此時正是下班高峰期。公路上全是車，刺耳的聲音直沖雲霄，濃烈的人味、金屬味、汽油味刺激著格林敏感的鼻子，滿街都是殺死同伴的鋼鐵巨獸。格林在車流中驚慌失措，左躲右閃，狂奔不止，一會兒躍過隔離帶，一會兒跳上安全島，在路燈柱、電線杆和綠化灌木裏亂撞亂竄，險象環生。

「格林，不要跑，危險！」

「格林！快回來！」我和亦風的喊聲毫無作用，嘈雜的喇叭聲早已把我們的聲音淹沒，我們不顧一切地衝破車流尋找著，呼喊著。

格林瘋了，不受控制地狂跑。牠跳過草地，向左飛奔，一輛車在牠面前急刹住，尖利的刹車聲把牠驚得跳了起來，牠慌不擇路地往十字路口逃竄！迎面而來的公車一腳猛刹，跟著是一連串的刹車聲和隨之而來的喇叭聲。一時間，這個路口的交通陷入癱瘓，城市的秩序被一隻荒野小狼擾亂。

一些人搖下車窗叫罵：「爛狗！撞死算了！」「影響交通！耽誤大家時間！」

一些人乾脆下車看熱鬧：「是狗還是狼哦？」

「怎麼可能呢？城裏頭哪兒來的狼？」

「就是有點像狼！」

種種謾罵和議論鑽入我的耳朵，我臉紅筋脹，心裏一陣一陣地緊張。

一輛一輛的車亮起了車大燈，如同黑夜中的巨獸陡然睜開了兇猛的眼睛，格林更加失魂落魄地逃竄。

剎車！喇叭！叫罵！強光！車輪帶起的飛石打在格林身上，塵土飛入牠眼中，金屬的碰撞就在牠耳邊，廢氣向牠噴過來！牠弓著腰，夾著尾巴，瞪大了眼睛，伸長了舌頭，大口吸入令牠窒息的空氣。

我和亦風不停地道歉，不停地躲閃著車，不停地呼喚，不停地追向格林……眼看格林就在前方車邊，我和亦風包抄過去。誰知格林連我都不認了，一埋頭從一輛車肚子下鑽了過去，失之交臂！格林鑽出車底，又跑，一輛大車就從格林幾秒鐘前還站立的地方飛馳而過！

格林急速閃躲著，一輛車緊急剎車！又一輛車！又一輛！……無數輛車！磅礴的車河！空氣中充滿了燃燒爆炸的汽油味。交通阻斷，無數汽車瞪大了眼睛。終於，格林發現自己已經被包圍，四周全是紛亂縱橫的汽車，牠在十字路口的中間無路可逃。搖下車窗嬉笑怒罵的人，或者下車看熱鬧的，都向牠圍攏過來。車輛引擎不斷發出猛獸般的咆哮——這是城市猛獸和荒野猛獸的對峙，城市猛獸在保衛他們的領地，他們要入侵者滾出去！

交警手忙腳亂地指揮交通，一面阻止十字路口的車輛，一面大喊：「哪家的狗？快牽走！」

滿城鋼鐵猛獸，一匹孤獨小狼。格林環顧四周，眼睛反射著微不足道的螢光，牠齜起了獠牙，咆哮起來，極力想擺出迎戰的狀態。

終於，格林昂起頭來，絕望地長聲哀嚎：「莫嗷──嗽──嗷──嗽──」

天啊！你生怕別人認不出你啊！我終於抓住機會衝上前去，一把握住格林的嘴，迅速抱起牠，耳聽亦風在後面不住跟警察和司機們道歉，我衝破人潮車流，就像抱走自己闖了禍的孩子一樣，迅速逃離現場……

夜晚，窗戶透著橘紅微光，在家等了一天的狐狸吃飽狗糧，蜷在角落裏，對白天發生的事情一無所知。而飽受驚嚇和疲累的格林已經入睡，我關上了窗戶，不讓一點車聲再驚擾格林的夢，牠的小爪子已磨破流血，這在草原上奔跑的爪子本來就不是爲城市的水泥地而生的。

「城市不是牠待的地方。」亦風抽著煙，看著熟睡的格林嘆了口氣，「以後再不能帶牠上街了，我們隨時都會有疏忽，隨著格林長大，難免有看不住牠的時候，再走丟怎麼辦？傷人怎麼辦？我們都負不起這個責任。更重要的是，如果牠長大了跑出去，人們一眼就能看出是狼，職能部門出來給斃了，怎麼辦？爲了格林好，趁著還沒鬧出事兒，還是送去動物園吧。至少牠在那兒是安全的。」

我閉上眼睛，流下淚來。

「明天我陪你一起去動物園。」亦風決定了，打開網頁查詢動物園的電話……

第二天，格林一覺睡醒又恢復了以往的活潑天真，只是感覺牠目光中多了一些東西。牠和狐狸碰了碰鼻子，相互嗅聞一番，這對從小掐大的朋友，以後可能再也見不到了。

我把格林梳洗乾淨，給了牠一大塊肉，讓牠吃飽，細心地擦掉牠嘴角和胸口上的每一粒肉渣，心裏酸酸的，像第一次送孩子上幼稚園一樣，一邊勸慰著，一邊抱著牠上了車。上車以前，格林明顯對車有些畏懼，死死地抱住我的胳膊。我寬慰地撫摸著牠上了車，我以爲牠會在車裏狂烈掙扎，誰知道車門一關，牠像嬰兒一樣無助、害怕，縮成一團在我懷裏瑟瑟發抖。我皺著眉頭，想到分離在即，很捨不得。

亦風拍拍格林的腦袋，開車了……

到了動物園，望著人來人往的動物園大門，我更加戀戀不捨，一個勁兒地衝亦風搖頭，抱緊了格林縮在車裏就是不下來，這個時候我才更加強烈地感受到「這個幼稚園，一旦送進去就別想出來了」。

格林的鼻子聳了兩下，突然極度不安起來，兩隻前爪死死抱住了我的脖子，狹窄的狼臉緊緊挨在我的臉頰邊上，在我耳邊嗚嗚哀叫起來，像個不願離開媽媽的孩

去動物園的路上，格林像嬰兒一樣無助得瑟瑟發抖。

子一樣，害怕、排斥，牠緊緊抓住唯一可以保護牠的親人。

我吸了吸鼻子，空氣中一股濃烈的獅虎豹味道沖鼻而來，別說格林了，我聞著都難受，格林雖然從來沒見過獅虎之類的大型猛獸，可對巨獸的懼怕卻是深深鐫刻在牠靈魂當中的。

看著格林恐懼緊張的可憐樣子，我心裏對這一決定更加排斥。我抱緊了格林，堅決不下車，就這樣跟亦風僵持著。

亦風大大地嘆口氣，轉身走了，過了一會兒轉回來，拿著兩張動物園的門票：「要不這樣吧，我們不通知園方，也不帶格林進去，我們就當是家長考察幼稚園，先進去看看，如果條件好，狼同伴多，我們再來接牠好嗎？不然我們來都來了，光守在門口不進去也不是個事兒。」

亦風說得的確有道理，我們找了個味道相對小一些的隱蔽地方停了車，讓格林留在車裏等著。下車後，我又擔心地望望車裏的格林，發現牠很安靜地縮在座位上，也就轉身和亦風急匆匆地向動物園跑去，直奔狼區。

幾經打聽來到了狼區附近，我和亦風的心情頓時沉重起來——這裏確切地說，應該稱作「猛獸區」，因為獅虎豹等所有的食肉猛獸都安排在一個僅僅幾百平米的區域裏，各種猛獸的味道混合，腥風撲鼻，惡臭難當。為避免遊人投食逗弄和猛獸傷人，每個關押猛獸的牢籠用的都是厚重的玻璃幕牆。一個玻璃牢挨著一個玻璃牢，每個牢房大的不足十平米，小的不足五平米，豺、狼、虎、豹、狐狸等食肉獸的距離近得可以數清楚彼此的鬍鬚。

玻璃牢房之外，喧鬧的人流熙攘而過，一些低素質的人肆意敲拍著玻璃，逗弄著這些曾經稱霸自然的獸中之王。真是虎落平陽被犬欺，對受困的強者肆意侮辱是弱者的嗜好。

猛獸區幾十米外就是遊樂場。嘈雜的音樂與遊樂器材的尖聲嘶叫，晝夜不停地折磨著野獸們敏感的耳朵。也許這些娛樂項目留住了孩子玩耍的心，也爲園方創造了經濟效益，卻喪失了人們來動物園的真正意義——這些動物犧牲一生的自由困在這裏，讓人們去認識瞭解牠們，然而牠們卻成爲了蝸居城市少見多怪唯我獨尊的人類輕侮和逗弄的玩物。

等到終於站在我們設想中的狼區前，我和亦風都傻眼了，所謂「狼區」竟然只是一個不足五平米的骯髒玻璃牢，牢裏關著唯一的一匹毛鬃稀疏的老狼……

這裏被囚禁的猛獸各自表現不同，金錢豹漠不關心地踱來踱去，老虎舔爪子梳理毛髮，把頭上的王字整理得清晰威武，狐狸乾脆找個避開人的角落，縮成一團，捲起蓬鬆的尾巴遮住耳朵和眼睛呼呼大睡，百事不問。牠們或許對這種牢獄展覽生活已經認命了，橫豎也是不愁吃喝，得過且過。

所有猛獸牢獄的玻璃牆上都乾乾淨淨，唯獨狼牢不同，那隻老狼一刻不停地在狼牢中跑著狼圈，厚重的玻璃上全是牠的抓痕，以至於玻璃花得都無法讓人用相機拍到老狼清晰的模樣。

我不知道這隻老狼是什麼時候被關進來的，但牠即使老了，仍舊沒有放棄對自由的嚮往。老狼每一次無望的撲抓都是對這看似光明卻毫無出路之牢籠的無聲控訴。狼身可囚，狼心難困！安全而結實的玻璃，這也許符合了人道，卻絕不符合狼道——生命最起碼的一份擇地生存的自由！死亡對狼而言並不可怕，但在圈養中死去卻是莫大的悲哀！

我和亦風步履沉重地離開那匹可悲的老狼，出了動物園的大門。

「這不是幼稚園，這是牢房！是集中營！」亦風憤言。兩人默然無語，各自想著心事。

回到車前，格林在車裏早就等得焦躁難安，牠用小爪掌把四面的車窗玻璃都抓得一片模糊，在車裏上躥下跳，一瞬間又讓我想起了老狼的抓痕和跑圈，無論老狼小狼，對自由的嚮往都是一脈相承的。格林一看見我們回來，牠立刻趴在車窗上，伸長脖子，小爪子一陣猛抓，嗚嗚叫著，淚花盈盈，比孤兒院裏的孤兒盼望親人的眼神更令人揪心。

我打開車門，抱起小狼：「格林，咱們回家……」

吃晚飯的時候，亦風依舊憂心忡忡：「亞洲動物保護組織有回信嗎？」

亦風說的亞洲動物保護組織是致力於拯救亞洲黑熊的慈善組織，我和亦風最早認識的地點就是黑熊中心。我前段時間也聯繫過亞洲動物保護組織，希望他們能夠幫助小狼。他們很熱心也很重視，還專門開會研究這事兒，但是中國沒有專門的野生狼救助和保護區，通過他們的打聽，只有英國有一個狼保護區，他們回信告訴了我這個情況，甚至願意義務幫小狼籌集資金作出國檢疫之類的費用。說實話，我還真沒想過要這麼大費周章送格林出國，但是動物保護組織的這種對每個生命個體的重視和真誠確實讓我很感動，也實在爲中國野生動物保護事業慚愧。

我把這情況跟亦風一說，亦風連連搖頭：「格林是中國狼，中國人自己都沒能力保護自己的物種嗎？」

亦風低頭看看身後，已經吃飽肉的格林意猶未盡地抱著一塊大牛腿骨正呼呼大睡。亦風衝我指了指格林的睡相，用筷子夾了一根肉絲湊到格林鼻子跟前引誘牠。格林聳聳鼻子，眼睛也懶得睜，牠扭過頭去，一隻小爪子往鼻子上一搭，很瞧不上這點肉似的，繼續睡覺，還把牛腿骨又往自己胸前挪了挪。

我和亦風相視一笑，眼裏掠過一絲溫馨。這傢伙也只有吃飽以後最老實，所以我們每次都是先讓牠吃飽，我們才能安心吃飯，否則牠早就跳上飯桌搶吃的了。

「至少格林現在在家還是快樂的，」亦風輕輕一笑，把肉絲扔給了狐狸，又端起碗來猛扒了一口飯，想到這小傢伙的未來，又嘆口氣說，「要不，明天換個動物園看看？」

我搖搖頭，看得比較透了：「城市裏的動物園都是營利性質的，只知道狂收門票甚至增加娛樂設施吸引大量遊客，從來不會爲動物著想，只要動物活著就行，是擺在那裏給人們找樂子尋開心的玩意兒，是他們賺錢的工具，辦園機構自己都不尊重動物，怎麼可能要求遊客尊重動物呢？」

亦風默然點頭，白天的場景給他的印象太深刻了：「要不再去看看重慶野生動物園，或者租個農家院子……」

我苦笑一聲，繞來繞去又回到了老話題上。我開始收拾飯桌。

亦風回到沙發上，點上一支煙重重地噴出一口煙霧：「說到底，城市就不是狼待的地方。」

我心裏一動，不失時機地抓住話頭：「如果把格林送回草原呢？」其實這話埋在我心裏一直就想說了。

「送回草原？怎麼送？兩個月大的小狼，根本沒有生存能力，送回去死定了！」

「肯定要先野化啊。」

「我們都是城市裏生活的人，哪兒有地方給牠野化？一隻狼生活在城市裏，只能狗化，沒法野化。」

「如果我陪格林去草原，教牠生存，一直到長大呢？」

亦風第一次聽到我這個想法，驚得瞪大了眼睛看著我：「你不是說夢話吧？一個人去草原，你自己生存都是個問題，還想帶活一匹狼？」

我啞口無言，這小小的夢想剛冒出頭來就被殘酷的現實擊得粉碎。

格林，迷失在人類城市的小狼……你將去向何方？

10 英雄少年狼

隨著小狼年齡的長大，活動範圍應該是越來越廣，而牠卻恰恰相反，生活圈被劃得越來越小，從城市街道退回社區庭院，從社區庭院再退上空蕩蕩的天台，等到退無可退的時候，我該拿牠怎麼辦？

我們再也不敢帶格林上街了，只帶牠在社區庭院或者樓頂天台上活動。我也再不坐電梯，每次都陪格林步行上下十六層樓。

格林這時已有兩個多月的狼齡，進入了成長的尷尬期。這時候，小格林好像中了魔法似的迅速變化：嘴筒子一天比一天伸長變粗，兩隻耳朵像大號花鏟一樣又硬又尖又挺地支稜在腦袋頂上；狼頭像吹氣球一樣膨脹，乍一看已經有幾分大狼模樣了，彷彿那腦袋是從大狼那裏偷來的，可再看身子還是個小傢伙，細瘦身子可憐兮兮地挑著一個大腦袋，活像漫畫中的Q版大頭娃娃。小狼的眼睛帶著幾分稚氣和機靈勁兒，瞳孔逐漸收縮起來聚焦成鋼釘大小的一點，目光刺亮。

格林四條腿已經蹬直了，拉得細長細長的，像小鹿的腿，奇大的腳掌像四塊公章似的連在細腿底端。由於快速抽條長骨架，格林身上的肉頓時顯得不夠分配了，薄薄地散開勉強包裹著越來越粗壯的骨骼，每次抱牠都能摸到排骨，再給牠加強營養也是光抽條不長肉。別看這副極不協調的長相，牠自我感覺卻相當良好，一副「英俊少年狼」的得意勁兒，只要有機會就出去向狗同伴秀牠結實的骨架，然後在草地上東奔西跑，自顧自地加強鍛煉。

格林的狼尾巴漸漸長出了長毛，如同河岸邊的垂柳枝條一直拖到地上，尾巴尖上時不時地

抽條時的格林活像Q版大頭娃娃。

沾著一點兒飯粒肉渣，惹得牠常常追著尾巴團團轉。

這天，朋友聽說我們又養了一隻「新狗」，便邀請我們帶著格林到郊外他的小木屋去玩。我們欣然答應，因爲自從格林走丟的事情發生以後，幾天來，牠的活動一直被我們嚴格控制在社區內，沒出去過，今天有機會到郊外走走，當然求之不得。

我們把狐狸留在家裏看門，雖然狐狸一萬個不願意，但是有上次眼看著格林殺雞的事例在先，牠對格林的態度多了不少敬畏，再不敢與格林爭風吃醋，乖乖地留下看家。

朋友的這座小木屋面對水岸，陽臺下沿著水邊有很多釣魚的人。對新的環境，格林充滿著驚奇，而朋友們的幾個小孩則對狼頭狼腦的格林感到新奇，活潑好動的格林很快成爲了孩子們的寵兒，孩子們毫無心機地撫摸也並不讓格林反感，或許人和動物童年的個體之間更容易溝通吧。

郊外的原野是一幅美麗的風景。孩子們快樂地跟隨著格林，趴在地上好奇地觀察牠，看牠低頭嗅著地面輕巧地走路，看牠在草地上傻乎乎地追逐蝴蝶，看牠在太陽下懶洋洋地打滾，甚至觀察牠大便的姿態。他們很快發現小格林大便完之後，總會回過頭來仔細嗅一嗅自己便溺的味道，這是牠從小的習慣。於是在格林又一次認真大便的時候，一隻促狹的小手伸過去輕輕拉開剛好承托著格林大便的那片枯葉，很快扔到一邊的水溝裏。當格林終於輕鬆完，回頭一看，身後卻啥都沒有，牠大惑不解，滿地尋找自己的「成果」，孩子們笑得抱成了一團。

這邊幾個朋友在湖邊釣魚，有個人竟然釣上來一尾巴掌大小鮮紅色的鯽魚，真是少見。那朋友得意極了，跟我們炫耀說今天是他的幸運日，瞧瞧釣上來的魚都不一樣，這叫開門「紅」

好兆頭！爲了顯擺，還單獨用一個盆子，把紅魚養在盆裏，放在陽臺上，叫大夥看著眼饞。

不多久，孩子們和格林一起回來了，剛走進陽臺，格林就發現了這水中的活物，天生獵手的本性使格林想也沒想就進入了狀態。

格林像很早以前就懂得如何渾水摸魚一樣，伸出一隻爪子攪動水面，一下，兩下……魚慌亂地在盆中游動起來……終於，暈頭轉向的紅魚慌不擇路，正好落到格林的爪子下面，格林用爪子順著盆邊一鉤就把魚撈了出來。雖然魚尾拍扇了格林幾個響亮的嘴巴，但鮮活的魚也理所當然地成了格林的開胃菜，連頭帶尾、連鱗帶刺，幾口就被格林嚼完了。

小小魚兒不夠塡飽一隻小狼的肚子，格林回到盆子邊上觀察，淡淡的魚腥味仍在水中蕩漾，盆底的圖案讓牠以爲還有漏爪之魚，牠繼續努力地攪水，觀察盆底。攪來攪去太麻煩，格林索性叼著盆邊把盆子扣了個底朝天，再翻過來檢查地上和盆子裏確實再無他物，才失望地咬盆子發洩。

格林俐落的捕魚動作和明確的思維指向性，讓我和在場的人極爲驚訝，大家還沒見過會抓活魚吃的「狗」，而我雖然知道狼有機會的時候是要捕魚吃的，但是如何渾水摸魚我卻從未教過格林，牠是怎麼學來的呢？仔細回想，才記起給格林看的《動物世界》紀錄片中曾出現過狼在河溝捕魚的鏡頭，那時格林偏著小腦袋看得極爲專注，還在巨大的電視機前走來走去地探察，「魚是可以抓來吃的」那一幕肯定深深地印在格林的腦海裏，而今當出現這樣的機會，牠立刻就學以致用。

幾個孩子大張著嘴巴，看著最後一點紅魚尾巴在格林嘴邊抖動，像蛇吐芯子一樣被格林收進了嘴裏，這才爭先恐後地跑到湖邊報告：「叔叔，叔叔，你的開門紅被格林給吃掉了。」

魚友們一陣哄笑：「這哥們兒今天就釣了那麼一條，這下沒得瑟的了。」

「這小狗有點兒意思。」另一個滿載而歸的魚友看格林意猶未盡，又慷慨地扔了一條大魚給牠，格林立刻按住滑溜溜的魚大快朵頤。

又吃完半條魚之後，格林就飽了，牠悄悄把剩魚藏在了陽臺的角落，還叼來一些樹葉細心掩蓋。等牠又和孩子們出去玩餓了回來，就徑直走向陽臺，準確地找出藏好的剩魚，美美地吞下了肚。

遊玩一天之後，朋友提出：大夥兒難得見面，一定要去吃個火鍋！我和亦風你看我我看你，面露難色，都不知道該拿格林怎麼辦，也不便跟朋友明說格林是狼。雖然我們對格林的友善很有把握，而且孩子們一整天跟「小狗格林」都玩得很快樂、很親熱，但如果一公佈格林是狼的真相，還不嚇飛一團人？

「火鍋店門口有寄放寵物的籠子，把小狗（格林）寄放在籠子裏就是了。」朋友建議。

朋友盛情難卻，我和亦風只好答應了。開車進城的路上，玩了一天的格林就在我懷裏瞇著狼眼直打瞌睡。

盆裡真的沒有漏網之魚了。

誰知我剛把格林交給火鍋店門口的服務員，格林就狂掙起來，牠非常懼怕陌生人牽制住牠，牠一口咬斷繩子，就縮回我的腳邊警惕地看著試圖接近牠的陌生人。我安慰著抱起格林再次交給服務員，格林夾緊尾巴，緊張地併攏兩條垂下的後腿疑惑地望著我，不明白爲什麼我要將牠交給陌生人。

當服務員要把牠放進寵物籠子的時候，格林再也管不了那麼多了，牠早在動物醫院看見過關在這種籠子裏的狗，牠可絕不願意像狗那樣被關起來。牠使盡渾身力氣亂扭亂蹬，齜著牙威脅妄圖剝奪牠自由的人，當那服務員不顧格林的反抗，執意把牠往籠子裏塞的時候，牠閃電般地一口咬了過來！服務員嚇壞了趕緊鬆手，摸著差點被咬到的手指心有餘悸，再也不敢來捉格林了。

格林又迅速奔回我腳邊警惕地探出腦袋東張西望，我走到哪裡，牠就緊貼著我到哪裡，似乎成了我的影子，這是牠在擁擠人流中唯一覺得安全的地方。

於是店方破例讓我帶著格林進店。

我一直擔心進了火鍋店這個充滿肉食腥味的地方格林會狂性大發，哪吒鬧海一番，誰知格林卻像個最聽話的小狗一樣緊跟著我，對這些有著辣味氣息的食物充滿懷疑，看也不看一眼。牠打了幾個噴嚏，寸步不離地貼在我的腳邊，我坐下來吃飯，牠就在椅子下面，側躺著身子呼呼大睡，我夾了一片火腿腸放在牠鼻子邊，牠瞄了一眼，毫無興趣。我這才想起格林過去曾被狐狸扔在牛奶中的辣椒刻骨銘心地辣過一次，此時，在火鍋店這個瀰漫著麻辣味的地方牠當然警惕異常。

在大都市裡，帶著一匹野狼去吃火鍋，而這個秘密只有自己心知肚明，真是一種特別的感受。鄰桌一些人伸脖子張望格林，有的還主動問起：「這是狼狗嗎？」我和亦風含糊地點頭。

幾天後，我正在家裏睡午覺，迷迷糊糊中就聽見「喀嚓喀嚓」的聲音。我陪格林在社區庭院裏玩了一上午，疲倦之極不想睜眼，半夢半醒地把聲音歸著類。喀嚓聲中，伴隨著格林滿足而陶醉的哼哼，一股腥味鑽進我的鼻子。越聽越可疑，我睜眼一看，格林正在沙發上，兩隻前爪抱著一條魚大嚼特嚼。

「這魚哪兒來的？」我翻身起床大惑不解，我這幾天從沒有給過牠魚啊？牠當然不會回答我，這傢伙吃得滿沙發都是魚鱗，眼睛賊賊地防備著我。

接連幾天，又是幾條魚莫名其妙地出現在家裏，社區的保安向我告狀：「你家的狗要抓魚！」我幾次埋伏偵察後終於水落石出——原來自從這小子懂得抓魚以後，社區睡蓮池裏的魚可就遭殃了。格林常常在我帶牠出去散步的時候，悄悄溜到池邊，把水攪渾，製造出不小的動靜，一有機會就把那些慌亂中游到淺水處的魚抓出來當點心。

格林成了高明的漁夫和狡猾的小偷，經常私藏一兩條魚回家做宵夜。叼著魚回家的時候，牠會搶先一步順著樓道飛奔上十六樓，把魚藏在樓道隱蔽處或是天台水管下，我氣喘吁吁地慢慢爬上樓當然不會注意這些。之後，牠會趁我打掃清潔或通風的時候再把魚叼回家藏起來，或者乾脆藏在天台上，玩累的時候享用。天氣熱的時候，天台上藏的魚已半臭，牠毫不在乎，照樣吃完。

發現了小格林的偷魚行為以後，我只好常常買來更多的魚補充進社區的睡蓮池中。如此幾次，一些好事的老太太還以為我是善男信女，每每看到都要招呼一句：「姑娘，又來放生啦？」我哭笑不得，心想：「放什麼生啊，這是給淘氣的娃娃交罰款呢。」不過，挺讓我驚異的是，格林這小傢伙有著比狗更強的捕獵意願和對求生技能的學習欲望，我還沒有野化牠，牠似乎已經開始了自我野化的課程。

樓頂的天台無人涉足，本是一個安全的地方，然而格林在上面藏著的魚卻招來了幾個不速之客——一隻大黑貓和兩隻大狸花貓。牠們仗著貓多勢眾偷吃了格林的私房魚不說，見到格林還兇巴巴地拱起脊背恐嚇牠。

魚兒殺手，小惡霸兼破壞專家。

格林沒見過貓，牠伸鼻子好奇地嗅聞貓屁股。俗話說「老虎屁股摸不得」，老貓屁股也聞不得！黑貓忽地轉身，張開魚鉤一樣的爪子一爪抓在格林的小鼻子上，頓時鮮血長流，痛得小格林嗚嗚直叫，滿地打滾。三隻貓齊撲上來，左一爪右一口地把傷痕累累的格林驅逐出天台。這時候的格林比一隻貓大不了多少，哪兒能以一敵三？輸了就輸了吧，好狼不吃眼前虧。回家我給格林鼻子上擦點藥，讓牠自己舔傷去。

沒想到小格林的領地觀念相當重，報復心極強。兩天後，我猛然發現黑貓的屍體躺在天台上，被啃得只剩齜牙咧嘴的頭和一條尾巴，乾枯的貓眼直望著天空，黑貓怎麼也沒想到自己得罪的是一匹狼。格林第一次嘗到了復仇的滋味和貓肉的美味！

此後，另外兩隻貓再也沒敢上天台。不知道黑貓是不是無主的，我留意了好幾天也沒見人提起過。

一些日子以後，睡蓮池裏的魚都得了教訓，只要格林的影子一出現，魚兒們就躲進深水區，絕不露頭。格林滿月時嗆水的記憶猶新，牠圍著池子左三圈右三圈地轉悠，徘徊多日，還是不敢冒險涉水。我以爲捉不到魚的格林應該消停了，稍稍放鬆心情，誰知天下孩子都一樣，總有叫大人不省心的闖禍階段。

這天上午，格林正在睡蓮池邊和水裏的小魚兜圈子，我坐在涼亭裏看書，沒理牠，反正牠也抓不著魚了。

突然，格林停下腳步，昂起頭來，小鼻子一聳一聳的，眼珠一轉，就開始往一個大樓門口走去，躲在一塊石頭後面好奇地張望。我心裏犯嘀咕，不知道牠又發現了什麼。

那邊，一個大嬸手裏拎著一個大塑膠袋，袋口露出幾片菜葉蔥苗之類的，一看就是剛買菜回來。她慢悠悠地走到大樓外，停步在社區佈告欄前面，被張貼的廣告吸引了。她把沉重的塑膠袋放在佈告欄前面的臺階上，揉著痠麻的手，饒有興致地看佈告欄上的超市打折廣告。

格林舔舔鼻子，咽了口唾沫，伏低身子，狼尾平舉，腦袋、肩背和尾巴拉成了一條線，狼眼直勾勾地盯著扔在臺階上的塑膠袋。一看格林的狩獵動作出現，我立刻警覺起來，大聲喝

止：「格林，不准！」

格林全神貫注，根本不聽我的招呼，忽地一下衝了出去，跳上臺階，照準塑膠袋底部，一口咬破，「哧溜」一聲拖出老長一截里脊肉條。我追過去大聲喝止，格林拖起肉條邊跑邊吞，剛跑了十幾米，肉條就已進了狼肚。

大嬸追趕著格林，大叫大嚷。我連忙賠禮道歉：「對不起，對不起！小狗不懂事，實在對不起！」

「狗不懂事，人也不懂事！拴起養嘛！」

「好，好，對不起，以後一定注意……」

「以後？那這次怎辦？」

「我賠，這次我賠，您多原諒……」我忙摸錢包，只有一百元的，既然是賠償，當然不可能厚著臉皮讓別人找零，我抽了一張，雙手遞給這位大嬸。大嬸愣了一下，沒想到我這麼好說話，但隨即又覺得面子上過不去，抬起下巴高聲嚷道：「有錢了不起嗎，城裏人哪個缺錢？關鍵是耽誤我的時間。」一些好事的鄰居開始圍上來看熱鬧了，各種評論不絕於耳。

「大嬸，您說個門牌號碼，我馬上去買肉給您送家來，絕不耽誤您做飯，好嗎？」我態度謙恭，畢竟是給別人添了麻煩，早點息事寧人爲好。

「你們年輕人選的肉，我瞧不起，而且，我爲啥要跟你說我家幾號呢？」大嬸不答應。

我嘆口氣，賠錢也不行，賠肉也不行，這就有點麻煩了。我突然想起主婦們都喜歡逛超市，亦風昨天才給了我一張超市的三百元消費卡，讓我給格林買肉用的，我還沒來得及去。我趕緊摸出卡來，陪著笑說：「大嬸，這是超市的消費卡，三百元我一次都沒用過，賠給您，今天給您添麻煩，實在對不住！」

大嬸眼裏閃過一絲不易察覺的驚喜，接過消費卡看了看，捏在手裏：「我看你態度還可以，就算了。以後狗要管好。」

我點頭哈腰，總算化解了一件事。格林是我藏著掖著的一塊心病，和鄰居處好關係尤爲重要。養了個狼子，就得夾著尾巴做人，我只求平安無事。

送走大嬸，我瞪了一眼惹事的格林，牠根本沒覺得自己找食吃有什麼錯。狼本來就是獵手，獵到的就是自己的，牠心滿意足地在涼亭舔爪子洗臉，好像這邊發生的事情都與牠無關。

隨著格林漸漸長大，膽子也越來越大，牠儼然成了一個小惡霸兼破壞專家。無論我跟得多緊，牠總有層出不窮的花招和搗亂伎倆，跟在牠後面給人賠禮道歉補償損失成了我每天的主要工作。我生怕牠再給別人添麻煩，從此以後把牠的活動範圍嚴格控制在了天台，再也不帶牠到樓下去了。

天台雖大，出太陽沒處躲，下大雨沒處藏，硬梆梆的水泥地面沒有一棵草，我心裏覺得非常對不住格林。隨著小狼年齡的長大，活動範圍應該是越來越廣，而牠卻恰恰相反，生活圈被劃得越來越小，從城市街道退回社區庭院，從社區庭院再退上空蕩蕩的天台，等到退無可退的時候，我該拿牠怎麼辦？

11 城市宅狼

格林不是寵物，牠需要的是一份擇地生存的自由和一個競爭求存的世界。我們不能剝奪格林自由生存的權利，應該讓牠像狼那樣活得有意義，有自由，有尊嚴。

草原、戈壁和沙漠常常會讓人覺得荒涼，然而，當我和格林長期待在十八層樓頂天台上的時候，才開始深切地感受到另一種荒涼。

天台上光禿禿的，沒有人、沒有樹、沒有草、沒有水、沒有一星半點的生物，甚至沒有沙……只有縱橫交錯的金屬管道、水泥煙囪、電梯井、廢氣孔。出太陽的時候，地面被曬得滾燙；颳風的時候，高樓頂上睜不開眼睛；下雨的時候沒地方可以躲避。

黃昏，站在樓頂極目遠眺，太陽被重重疊疊墓碑般的高樓埋葬，城市灰色的天空在眼前無盡地鋪開，整個世界死氣沉沉地躺在靜靜的塵煙中，像蓋了一層挽紗，我覺得沒有任何地方比城市的高樓頂更加荒涼。草原和城市是兩種不同的荒涼——原始的荒涼蘊涵著生機與生命活力，現代化的荒涼蘊涵著的卻是荒蕪。

沒有建不成的荒城，只有回不去的荒原。

然而，在這荒城之上，小格林依舊很快樂，很滿足，只要能給牠一個自由奔跑和呼吸的空間，只要有一口吃的，只要我陪在牠身邊，牠仍能找到樂子。一塊硬紙板，一片塑膠袋都可以讓牠玩得很開心。如果偶爾飛過一隻小鳥停在電梯井上歇腳，格林就會歪著腦袋看上好一會兒，聽小鳥喳喳地叫著，看小鳥梳理羽毛，直到目送小鳥飛遠。這是牠唯一能看見的小生命。

在沒有任何娛樂的樓頂，我儘量不讓格林感覺孤獨。我和牠比賽跑步，從樓頂的這一頭跑到那一頭，沿途跳過所有的管道障礙；我和牠比賽捉迷藏，每次我只能藏在水泥管或者電梯井後面；我和牠比賽搶骨頭，把一根大牛腿骨拋向半空中，落地的時候，看誰先搶到。比賽的成績基本是這樣的：賽跑我沒贏過；捉迷藏牠沒輸過；搶骨頭，我想平分，牠不幹！

雖然格林已經不再下樓活動了，但牠以前在社區出沒造成的後果開始顯現，壓力像一股暗湧悄無聲息地包圍過來。

這天中午，我正帶著格林在亦風這邊吃飯，就聽得「咚咚咚」有人敲門。格林立刻豎起了耳朵警惕地望向門口，一聲不響。狐狸則汪汪大叫著衝到門口。我和亦風你看我我看你，我們很少來客人啊，自從有了格林以後更是閉門謝客，這時候誰會來？

亦風在貓眼裏瞅了瞅，兩個穿工作服的人站在門外，亦風問：「誰啊？」

「社區物管的。」外面的人回答。

「有事嗎？」亦風隔著門繼續問。

「是這樣的，」門外的物管說話很客氣，「有業主給派出所反映，說你們養了『疑似狼』的動物，經常聽到有狼嗥。派出所先通知我們物管來協調核實一下。」

我和亦風對視一眼，雙雙望向格林，我們最擔心的事情終於還是來臨了。

格林此刻就在家裏，肯定是不能開門的，亦風隔著門和物管客氣幾句，解釋說家裏養的是狗，並一定注意不再讓小狗嗥叫擾民了，而且強調現在幾乎沒放狗出去過。物管再三叮囑以後才離去。

我更加小心翼翼，除了天台，社區裏哪兒都不帶格林去，格林成了蝸居城市的「宅狼」。我時刻陪伴著牠，不讓牠在家嗥叫一聲。此時沉默等於生存，沉默才能換來有限的自由。

格林每天眼巴巴盼望的就是上天台。這點小小的奢望我偷偷滿足牠，我們在沉默和隱藏的氛圍中又有了新的遊戲——藏肉。

我先是用半塊磚頭大小的一塊肥豬肉，讓格林在天台上找地方把肉藏起來，然後我去找。當然，這遊戲是在格林吃飽的前提下，要不然牠就直接把肉藏進肚子裏了。

最開始的時候，格林藏肉的手段並不高明，牠曾經試圖在地上挖個坑，但是很快發現水泥的樓板根本挖不動，於是牠把肉叼到電梯井的背後，我繞過電梯井就把肉塊撿了起來，很不屑地扔還給牠。牠一聲不吭地叼回肉來，自己也知道藏得蹩腳。

牠繞著天台慢慢踱步，又把肉塞到一條管道的下面，牠鑽出管道，回頭看了一眼，肉在管道的陰影下，似乎要保險一點。牠回到我面前，舔舔鼻子瞪著我，示意已經藏好了。我撇著嘴，直接走到管道面前，伸腿兒就把肉鉤了出來。

格林急忙護住肉，神情很沮喪，看著肉塊想了想，又東張西望了一會兒，重新叼起肉，鬼鬼祟祟地繞到水泥煙囪的背後，然後前腿撐地，後腿蹲好馬步，弓起腰來，翹起尾巴，開始忙活……少時，牠如釋重負地轉了出來，神情間有幾分得意。我伸脖子往煙囪背後一瞅，樂壞了！白花花的肥肉塊上，堆放著幾條黑漆漆油光光的小狼糞，乍一看，活像一塊點綴了巧克力的奶油蛋糕。這點狗屎伎倆哪裡蓋得住啊？我笑得前仰後合，一腳就把「蛋糕」踢得原形畢露。格林氣急敗壞地跑上來，抱著我的腿就是一陣猛啃，齜牙咧嘴，鼻翼皺成了一隻苦瓜，衝我惡狠狠地咆哮起來。

「你跟我發狠沒用，再藏！」我背過身去，任由牠繼續折騰。

格林稍稍平靜了一會兒，叼起肥肉繞到樓梯出口的背後。我等了老半天也不見牠出來。

「格林！」我喊，「我過來咯?!」……沒動靜兒……我順著格林消失的方向找了過去，探頭一看，格林端坐在地上，舔著嘴巴，滿臉狡黠地看著我，肥肉卻不見了，似乎是藏好了。我繞著樓梯出口仔細檢查了一遍，沒有……管道下面？也沒有……煙囪背後？還是沒有……我扭頭看看穩如泰山的格林，讚道：「行啊你，有長進。」

我又找了一圈，還是不見肥肉的蹤跡，在這光禿禿的樓頂，肥肉好像憑空消失了一樣，難道牠吃掉了？不可能吧，那塊肉又肥又膩，就算牠很餓的時候也不見得能吃完。我打量著牠的肚子，摳著腦袋一琢磨，不對，平時我找肉的時候，這小子都會緊張地跟在我後面探頭探腦，生怕我發覺，這會兒怎麼那麼淡定？再看看格林，牠仍舊從容端坐著，輕移前腿兒，轉過身子對著我……

確實有古怪，我摸摸下巴：「你讓開！」牠偏過腦袋望向別處，裝作沒聽懂，不動。我動粗了，抓住格林的後脖子一把揪開牠——肥肉就在牠身下！

我驚訝得說不出話來，這小子居然耍起了「燈下黑」的花招，越危險的地方越安全，牠拿自己做掩體，一屁股坐在肥肉上，還隨著我檢查的視線轉動身子擋著肉，當然是穩坐泰山了！然而這些鬼點子是誰教牠的

這次藏好食物後怎麼變得這麼淡定？

呢？四五歲的孩子都不見得能這樣做。我突然由衷地佩服格林，不簡單啊，僅僅兩個月的小狼就狡詐至此，難以想像長成大狼後會有多智慧？在分析心理和利用環境的本領上，狼的確有過人之處，難怪許多游牧民族會以狼爲師，學習兵不厭詐的種種戰法。

然而格林畢竟還是孩子，牠的藏肉計畫連連失利，不由得惱羞成怒，照著肥肉一陣歇斯底里地猛咬，發洩牠的一腔怨氣，咬得肥肉滋滋流油，轉瞬間，牠又仰脖子瞎嗥，嗥完幾聲，牠原地轉圈，拼命追咬自己的尾巴，宣洩懊惱的心情。

確實，在這毫無遮攔也沒有任何道具可尋的樓頂，要讓牠完美地藏好一塊肉，確實太爲難牠了。但這藏肉絕非僅僅是好玩的遊戲，牠和獵食一樣重要，是生存要則，格林總有一天會用得到的。對狼來說，命運叵測，世事難料，飽一頓饑一頓很難均勻得到食物，只有學會精打細算地過日子，巧妙地儲藏食物，並盡可能不被其他動物發現和偷竊，才能在關鍵時候充饑保命，避免自己被嚴酷的生活淘汰掉。

社會壓力繼續逼近。

物管走後的幾天裏，亦風的家門口又發生了怪事，莫名其妙地被人丟滿了垃圾。頭兩天亦風沒在意，自己把垃圾打掃了，後來居然又發現了狗屎，有些還抹在了門上。亦風很鬱悶，自己平時深居簡出，不知把誰得罪得這麼厲害，左思右想，估計這事可能跟格林嗥叫有關。亦風跟我商量，讓我這幾天待在格林的單身樓房裏，沒事別到他家來。

亦風的家和格林的單身樓房在同一個社區的兩棟樓上，戶型不同，居住的群體不同。亦風家所在的那棟樓戶型大，屬於安居型的，往往一家幾代人都住在一起，主婦閒人比較多，是非也多，鄰里關係的相處上，稍不順眼就步步緊逼，正面給笑臉，背後使陰招。丟點垃圾狗屎啥的都是小事，亦風最擔心的是誰會扔些耗子藥毒肉啥的在門口，格林就危險了。這種事以前在社區發生過，討厭狗的人往草坪裏投毒，結果七八隻狗都被毒死了。

格林住的單身大樓是小戶型，整棟樓都是流動租住的年輕人，鄰里關係淡漠，平時各自忙工作，晚上回家蒙頭睡覺，鄰居之間誰是誰都不認識。曾聽說十三樓有個租客女孩子失戀自殺，無人知曉，直到屍體腐爛發臭，才被人發現。相對而言，無人問津的單身樓房更適合格林藏身。然而單身樓房這邊畢竟沒有開火做飯，於是我要帶格林到亦風那邊去吃飯之前總要先給他打電話：「你那邊安全嗎？」「安全！」我這才抱著格林溜過去，感覺像潛伏特工一樣。

這天，我和亦風正在吃晚飯。格林和狐狸早已各自飽餐了一頓，正在一邊舔爪子洗臉，突然格林停下了動作，狼耳朵像彈簧刀一樣猛地彈立了起來，緊接著，狐狸也開始歪起腦袋凝神靜聽，並起身靠近門口。

格林狼耳直立，嘴唇緊閉，警惕地走到我身邊，靠近我的腿。狐狸已經衝著門口汪汪大叫起來，我心弦立刻繃緊了，這幾天神經本來就高度緊張，狐狸這種叫法可不是什麼好兆頭。

果然，外面響起了敲門聲。狐狸更加狂躁地高叫，亦風做了個鎮定的手勢，又向臥室指了指，我趕緊抱起格林躡手躡腳地進了臥室。

我輕輕關上臥室門，上鎖，也不敢開燈，就貼在門上細聽動靜——只聽得亦風邊喝止狐狸叫嚷，邊和敲門的人對上了話，恍惚聽見「派出所」三個字。我心臟咚咚亂跳，這下慘了，派出所來的人聽聲音不止一個，他們一再要求配合一下工作，看來今天不進門瞅瞅是不會甘心的，而格林就在家裏，那還不抓個正著？

亦風還在門口應對著，狐狸一直叫個不停，外面具體說了些什麼我也聽不清楚，只覺得腦袋嗡嗡直響，不停地設想著格林被發現的最壞打算。格林在我懷裏出奇地安靜，牠也在屏住呼吸仔細地聽。

大約過了半個小時，聽見亦風送人關門的聲音，又過了一會兒，亦風上來敲臥室的門，叫我們出來。亦風的神色顯得很凝重，坐在沙發上，點燃一支煙，說：「剛才是派出所的人，說有人舉報我們家養了『疑似狼』，他們來核實一下。」

我心裏一沉，終究還是東窗事發了：「他們沒有證據啊！」

「有，」亦風說，「他們說保安看見咱們格林在池塘抓魚，居民看見格林搶生肉吃，他們還看了社區的監控錄影，覺得確實很像狼。」

我底氣不足了：「你怎麼說？」

「我沒承認，只說我們養的是一隻小狼狗，派出所說，是狼是狗他們過幾天會請林業部門的專家來鑒定，希望我們配合，也好給居民一個交代。」

我想起這段時間門口的垃圾和狗屎，皺起眉頭嘆了口氣：「可是格林明明就是狼啊，哪能蒙混過關呢？」

屋子裏一片沉默，晚飯也涼透了，只有格林和狐狸還在毫無心機地玩著。

亦風往沙發後一靠，望著天花板：「要不就來個抵死不認，說格林已經送人了。」

「抵死不認也不行，格林送沒送走，他們一看監控就知道。況且鄰居還有那麼多雙眼睛，你沒個最終結果，門口的垃圾狗屎就不會停……唉，真是天羅地網，草木皆兵啊。」

我心裏一陣煩躁，自從收養格林以後，壓力和危險就源源不斷，躲過了家人躲外人，躲過了外人還要躲監控，躲有關部門，天天東躲西藏，夜夜提心吊膽，連頓飯都吃不安寧。

所有矛盾的焦點都源於格林是匹狼，有牠不可改變的肉食習性和牠帶給人的恐懼感，以及牠千百年來的聲名狼藉。格林不咬人，但牠天生有咬人的能力。人的世界，狼來了，不能單憑我們保證格林不傷人就能當狗一樣養在身邊，就駁斥鄰居沒有愛心不近情理，自私是生命的本質，誰願意拿自己冒險呢？將心比心，如果我們家裏有小孩，而鄰居養著一隻有能力傷人的狼，還沒拴，我們也同樣會擔心，只是不會採用扔垃圾抹狗屎之類的方式而已。

既然我們不可能取得所有鄰居的理解，那麼現在擺在格林面前的就只有兩條路：第一，跟林業局走，其結果必然是關進動物園。第二，想方設法留下格林，可是怎麼留呢？

「把格林僞裝一下？」亦風異想天開。

「怎麼僞裝？你就算把牠渾身的毛都剃光，專家也能鑒定出這是一隻道道地地的裸狼。」

亦風猛地被煙嗆了一口，咳嗽幾聲又說：「別太高估專家了……能不能裝成狼狗呢？」亦風的一句話突然給我提了醒，我心裏有了個主意——找老林。

老林是個三十出頭的小夥子，事業有成，爲人耿直仗義。他也特別愛狗，尤其是藏獒和狼狗，前些年就聽他說過在玉樹養了一些藏獒，所以他認識的狗友們挺多，我也算其中一個。亦風一說起「把格林僞裝成狼狗」，我頓時就想到了老林，能不能讓他在狗圈裏打聽打聽，從哪裡找隻大小相仿的小狼狗，借來一用，狸貓換太子呢。

借狗來幹啥，老林也沒多問，二話不說就幫著聯繫。不到半天就打聽到一家狼犬訓育場有四隻小狼狗都不到三個月大。我和亦風非常高興，趕緊開車去看，選了一隻毛色體型和格林都很接近的狼狗，悄悄接回了家，又把格林妥善安頓在單身樓房。

第三天，派出所的民警帶著專家如約而來，一起前來的還有社區物管和業主委員會的人。經林業部門的專家親自鑒定，「格林」的確是狗——一隻道道地地純種的德國黑背狼狗。

大多數人的判斷都是根據「翹尾巴狗夾尾巴狼」的理論以及格林吃過生肉的事件作的猜測而已，專家解釋：「狼狗的尾巴很多時候也是下垂的，狼狗也要吃生肉，也會狼嗥。」謝天謝地，這個專家挺靠譜！

社區的監控都是遠距離圖像，沒有一張清楚的。現在想起來，也幸好格林從來不進電梯，沒有被電梯的監控拍下過近距離的視頻，這才李代桃僵，蒙混過關。

派出所的人乾咳了一聲，說道：「雖然不是狼，但是現在市區裏狼狗也是不能養的，要儘快處理。」

「不是狼就好，我們也就放心了，也好給大家一個交代。」業主委員會的說。

我和亦風相視一笑，格林總算在「疑似狼」的罪名砸實之前，被我們給扭轉回來了。

一場風波終於過去。還老林狼狗時，我和亦風千恩萬謝，老林這才好奇地問起原委。我想了想，老林是多年的朋友了，也都是愛狗之人，告訴他也無妨，於是就把家裏有隻小狼要應付檢查的事情簡單對他說了一遍。

老林驚訝地聽完，說：「你太能折騰了，這很不實際啊，你應付得了一次，應付不了一輩子，要不了多久，小狼就會長大，到時候你怎麼辦？」

我無可奈何地搖頭，我倒是希望格林永遠都這麼小，不要長大，但這是不可能的，狼的幼稚期很短，越長大越危險，越長大越無處可藏。

「小狼是從哪兒找到的呢？」老林刨根問底。

「若爾蓋草原。」我回答。

「若爾蓋？這麼巧，我的獒場也在若爾蓋，好地方啊。」

我一愣：「老林，你的獒場不是在玉樹嗎？」

老林呵呵一笑：「天有不測風雲啊，去年玉樹地震，那個場子就垮了，石頭砌的狗房子倒了一片，藏獒壓死了不少。幸好地震來之前，那隻頭獒預感強烈，撞開房門，帶著五隻小獒跑到了場子中央的空地上，才沒給活埋。那隻頭獒太有靈性了。」

「哦？」我有些驚異，動物對災難的感知的確比人強得多。我又問：「那些藏獒還在嗎？」

「在，我後來就跟幾個朋友合夥在若爾蓋重新租了塊地，用抗震的板房修了一個獒場，我那隻頭獒連同救出來的五隻小藏獒都遷到若爾蓋的新獒場養著呢。現在最小的藏獒也有六個月大了，還有兩隻已經一歲多了。」

「那隻頭獒叫什麼名字呢？」

「叫皇帝，是隻純黑的長毛大公獒，特別護崽。那五隻藏獒的命都是皇帝救出來的，全部聽皇帝的話。」

「皇帝？」我和亦風念著這名字，想像著那隻威武靈性的頭獒形象。

「你那小狼要是沒地方養，可以送去我的獒場啊，反正藏獒吃啥牠吃啥，也不在乎多一張嘴。」老林慷慨地說。我怦然心動，抬頭望向亦風。

亦風也有些心動，畢竟格林的生存問題已經刻不容緩，而且若爾蓋又是格林的出生地，送格林歸故鄉正是我的夢想。但亦風的激動轉瞬即逝：「藏獒和狼可是不共戴天的宿敵啊，這倆冤家能養一塊兒嗎？」

「也是啊。」我和老林這才反應過來，我剛沸騰的血液又降到了冰點，格林在家固然可憐，但家門一關，生命沒危險啊。要是把一隻兩個月大的小狼送到六隻藏獒的場子裏，這生冤家死對頭一見面，那格林不活遭群獒分屍嗎？

三人遺憾地聊了一會兒，想不出更好的方法，也就不了了之了。我倒是借機向老林又討教了幾招如何給長骨架子的格林補充營養，合理鍛煉的方法。

風聲漸漸平息，日子稍稍安靜下來。我仍舊步步小心，帶格林避開所有人悄悄上天台，給牠有限的自由和快樂。

格林藏肉的技術有了突飛猛進的發展。終於一天，一塊比磚頭還大的肉條被牠叼著在天台繞了幾個來回之後，肉就像人間蒸發了一樣，藏得我無論如何也找不著了。

藏好肉的格林神情異常得意，不緊不慢地踱步到一邊，找了個舒服的地方，吹著小風，哼著「小曲兒」，自顧自地抓癢癢，然後用舌頭慢條斯理地給自己「洗澡」，至於我搜尋到哪裡，牠根本不理會，那份任爾自來的淡定很有點諸葛亮唱空城計的感覺。牠似乎胸有成竹：「找吧，諒你也找不著！」

牠繼續自我陶醉地「舔澡」，舔得非常認真，先把爪子舔濕潤，然後伸爪子擦洗毛髮，從頭部開始，耳廓內外，額頭臉頰，鼻梁下巴，眼瞼嘴吻，都仔細舔擦了一遍，然後又側過臉埋頭舔舔頸窩、肩膀，彎起身來舔四肢、脊背、胸部、肚皮、尾巴，將全身各個部位擦洗得乾淨光滑。

舔理完，牠伸個懶腰，就像人做完了全套的SPA，容光煥發，新袍閃亮。最後，牠很少見地翹起狼尾巴，歪著腦袋滿臉訕笑地看著我。我的額角沁出了窘汗，繼續找。

牠休息了一會兒，又自己跟自己賽跑，接著，牠又睡了一小覺，醒來後，牠又上躥下跳鍛煉筋骨……折騰了大半天，我還是找不出來，偌大一塊肉不翼而飛，遊戲沒法繼續了。

傍晚的時候，我打電話叫亦風上來一起找，也是一無所獲……兩個成年人輸給了一隻小狼。非要知道牠藏在那兒不可！亦風和我輸得心服口不服！

餓牠！讓牠自己找出來！順便考驗考驗牠的耐饑能力。

晚上，我沒給格林吃的。第二天，也沒給，帶牠上樓「坦白交代」。牠扛著餓，不招。

第三天，我狠狠心還是不給牠東西，再把牠帶上天台，讓牠加大運動量消耗體力，算是在「嚴刑逼供」了。格林餓得舔地上的灰，這是牠生平第一次挨餓。無論是抱著我的腿撒潑耍

不動道了。

賴，還是曲意纏綿軟硬兼施都要不到吃的，格林終於意識到了再不啓用存糧，明天就要餓得走

牠用鋼針似的目光盯著我，氣惱地噴了一口鼻息，開始在天台上兜圈子，我立刻緊跟其後。轉電梯井，翻鋼管，貼著女兒牆走，繞了三四圈，牠根本沒有要找東西的意思，我越繞越憋悶，眼看牠又開始重複新一輪繞圈，我不跟了，覺得自己很傻。

格林果然還在毫無意義地重複著繞圈，「Z」字形地繞，「8」字形地繞，來回地繞，一會兒消失，一會兒出現，一會兒又消失，一會兒又出現，繞得我頭暈眼花……

直到我累得不行、睏得不行、熱得不行的時候，我突然覺得格林這次消失的時間似乎比前幾次都久。我躡手躡腳地走過去，藏在電梯井後面，突然醒悟牠繞來繞去是在玩障眼法，就是想甩掉盯梢的，我如果再被牠發現，勢必還會被牠帶著兜圈子。

我摸出隨身帶的小相機，打開，拿在手裏，把手探出去，旋轉著搜尋格林的蹤跡，我就從相機的液晶螢幕上監視電梯井背後的狀況。

格林在天台女兒牆邊站著東張西望，又把眼睛死死地盯著我所在的方向，一動不動。難道牠發現我了？格林朝我這裏盯了好長時間，我大氣不敢出，手也不敢輕舉妄動，突然有一種跟野狼戰鬥的感覺，不知道熟悉的格林爲什麼會引起我這種感覺。

也不知僵持了多長時間，格林不再看我這邊了，看來是牠的天生多疑促使牠用長時間的觀察來解除可能存在的監視與跟蹤。我對狼的遺傳基因越來越感到吃驚，彷彿天上的狼魂在一點點地指導牠怎麼做。

格林終於放心了，嗅著地面，順著女兒牆根溜到天台角落的一個雨水管道口前，幾乎背對著我。突然，牠像個老牌特工般猛一回頭，狼眼如機關槍一樣在身後一陣地毯式掃射。我的心狂抖了一下，與野狼對峙的感覺再次襲來。

格林這動作毫無徵兆，回頭幅度之大、速度之快，令我防不勝防。我才隱約感覺到爲什麼面對終日熟悉的小狼也會湧起一種戰鬥感，這的確是一種人狼心智的較量，物種生存本能的較量，實在與感情無關。從格林多疑的神情和連我都防備的動作，我能清楚地感受到，在牠看來，好不容易找到的這個珍貴的藏食點比這塊肉的意義重要得多。

格林的這次回頭，看來也是在做最後的確認，牠終於放心地低下頭來，用鼻子嗅嗅牆角的雨水管道，開始用兩隻前爪扒抓，一會兒，從管道口扒抓出一些泥土來。這也是天台上僅有的泥土吧，那是城市裏長期掉落的少許灰塵，日復一日被雨水沖刷積累在雨水管道口的，充其量也只有兩碗泥土。

格林挖了一會兒，伸過鼻子嗅了嗅，齜著牙尖咬上一點泥往外一拖，拉出一條黑糊糊軟乎乎的東西，竟然是裹滿了泥土的肉條。看來在這燥熱的天台上藏

一場人狼心智的較量，好不容易找到的這個珍貴的藏食點比這塊肉的意義重要得多。

了兩天，肉已經發臭了。我吃驚地捂上了嘴巴，這點小動靜似乎立刻被格林發覺。牠迅速把肉塞回雨水管，並立刻用鼻子拱起泥土迅速回填，還用鼻尖夯實泥巴。動作之快，塞泥之猛，我真擔心牠的鼻孔會不會被堵住。然後牠警惕地抬頭看周圍的動靜，直到再次確定安全，才又把肉拖出來。

再看那肉，像風味小吃驢打滾一樣裹滿了泥沙，牠叼起肉，先是甩動腦袋抖了抖，把肉上大量的泥沙抖掉，然後再側著腦袋，把肉條鉤掛到後槽牙，嚼斷，吞掉。肉有臭味還帶著泥土，但絲毫不影響格林的食欲。我這是第一次看到牠吃腐肉，心裏暗自擔憂，怕牠吃壞肚子。之後，我觀察了格林幾天的糞便都非常正常，可見狼的腸胃確實適合消化腐肉，難怪牧民說狼是草原清潔工。

格林雖然是留下了，但是在重重的壓力下，除了宅在家裏，我們也不能給格林更多的自由和空間，雖然我們略感安慰的是天台至少比動物園的籠子大得多，而且格林還有我們的愛，如同家人一樣平等的愛。但是難道牠就一輩子生活在天台上躲躲藏藏嗎？難道牠就一輩子孤單地仰望那些天空中的小鳥嗎？我想帶牠去草原，然而草原上除了獒場找不到別的棲身地，一想到狼和藏獒是死敵，我就下不了孤注一擲的決心，城市雖然局促，躲在家裏至少沒有性命之憂。

好景不長，幾天後，天台上陡然來了很多工人，正在施工，一打聽，說是有公司把整個樓頂的廣告位買下了，正在安裝大型霓虹燈看板，估計最少施工個把月。金屬敲擊聲，電焊的光，陌生的人……

格林在城市裏的最後一塊自由樂土也失守了。

傍晚，亦風還在電腦前忙碌。我望著窗外城市的燈火，喃喃道：「如果一個人離開人群生活會是什麼樣子？」

「不好說，人畢竟是群居動物，單獨的人短時間還可以享受清淨，時間長了就算活得下來，那份孤獨也足以把人逼瘋。」亦風端起茶杯喝了一口，「別看現在的人成天到晚寫著詩歌唱著寂寞、喝著悶酒、喊著孤獨，其實有些孤獨感，生活在人群中的個體是永遠體會不到的。」

「狼也是群居動物，格林會有孤獨感麼？」我頷首看著熟睡在我身邊的格林，牠的肚子均勻起伏，小爪子還迷迷糊糊地抓撓兩下，不知道在做什麼夢。

「牠有我們陪著，不會孤單的。」

「可我們又能陪牠多久呢？再大一點，狼的樣子就誰都瞞不過了，我們爲了藏牠，搞得牠差點連命都丟了，還要繼續藏嗎？狼不可能適應城市生活，即使牠能夠適應，人們也容不下一隻狼生活在身邊。」

亦風停下了工作，喝了一口茶，默不做聲。他很清楚這是一個沉重卻無法回避的現實，野生動物在這城市裏根本不可能有家，格林只有回到牠的世界才能好好生活下去。畢竟人有人的社會、狼有狼的社會，這分屬於兩個社會的個體是很難永久相伴的。這些日子以來，格林對生命的渴望，對自由的嚮往令我們深深震撼。格林不是寵物，牠需要的是一份擇地生存的自由和一個競爭求存的世界。我們不能剝奪格林自由生存的權利，應該讓牠像狼那樣活得有意義，有

自由，有尊嚴。

亦風轉身端詳我的表情：「你有話跟我說？」

我繞著書房踱了一圈，深吸了一口氣，咬咬牙底氣不足地說：「我……我還是想送牠回草原。」我知道亦風肯定又會槍斃我的癡心妄想。

亦風沉默了很久，問道：「你心裏有計劃了嗎？」

我「嗯」了一聲，頭埋得更低了，像在等待一個判決。

亦風久久地盯著我看，看得我心裏一陣陣發虛。終於，他釋然一笑：「我就知道你不會死心的，想去就去吧！」

「……？」我愣住了，有點不相信自己的耳朵，這傢伙不會是以退爲進說反話吧。我一把拉住亦風的袖子：「你是說贊成我把牠野化放歸？你是認真的嗎？」

亦風一臉誠懇：「是認真的，讓格林回到牠應有的生活中。」

亦風一贊同，我反而心裏沒底了，瞻前顧後道：「那麼多的專家放歸都失敗了，我們連半個專家都不是……」

「別人的失敗不應該成爲自己的壓力，你對格林的愛和投入是專家所沒有的。」

我萬萬沒有料到，亦風竟然一改往日的反對，進而鼓勵起了我的想法，我一時間有點不知所措：「你不是說野化放歸只是個夢想嗎？」

「夢想才是最真實的東西。」亦風的眼睛裏有我從未見過的熾熱光芒。

「那你有過夢想嗎？」

亦風略一猶豫，終於答道：「有……你……」

我頭皮一麻，雞皮疙瘩掉了一地。

都是經歷過愛情洗禮的成年人，要再袒露心聲是多麼不容易的事情。

亦風尷尬地捧起茶杯，不好意思地轉過頭去，不敢正眼看我，嚅囁了好一會兒，還是鼓起勇氣說：「和你在一起，我才感覺生活充滿激情……我想讓你快樂，想讓你一輩子充滿希望地生活……如果你有夢想，就去實現它，如果我讓你丟失過夢想，那就把它找回來！我……說得不好，你別笑我。」磕磕巴巴說出這番不知道是情話還是演講稿的臺詞，亦風的臉紅得像煮熟的螃蟹。然後兩個人都不知道該說什麼了，安靜的書房裏，只聽見彼此的心臟都在怦怦直跳……

還是亦風先打破僵局，把茶杯放在我手心：「你……去吧……我忙完這個專案就去草原找你。」茶暖在手，話暖在心，兩人相對傻笑……這是一段什麼時候開始的感情，無聲無息地就來臨了……

是的，沒有努力怎能知道結果？作爲現代人，正因爲現實的壓力太大，所以我們才更不能放棄夢想，我也想跟格林一樣不屈服於現實，奇蹟只給堅持夢想的人。

從這一刻起，我的夢想就是讓心愛的格林回歸自然，如果狼注定不能親近人，那麼我就去親近狼，將自己放回原始狀態，重新解讀自然之書，探尋狼族生命的意義。

12 只為那傳說中美麗的草原！

在安全的囚禁和危險的自由之間，我和亦風都站到了狼性立場上，終於為牠選擇了危險的旅程。

機場，托運中心。

進籠子之前，格林一直狂掙亂踹，可是當籠門像牢門似的「哐噹」關上以後，格林彷彿瞬間被抽空了所有勇氣與鬥志，像受驚的小狗一樣低頭蜷縮著。

小格林驚呆了，在這個人來人往的地方，第一次被塞進這樣的鐵籠子，驚愕、恐懼湧遍了牠的全身。牠夾緊了尾巴坐下來嗚嗚咽咽地哼著，牠早已過了那種本能裝死以躲避陌生事物的幼崽階段。牠望著我，不知道這些人要將牠怎麼樣，也不知道該如何反抗。雖然一直以來對我的信賴和服從讓牠盡力去相信這是安全的，但這鐵器的味道對格林而言有種剋星似的威脅感。天性自由的狼最害怕牢籠「監獄」。

我將手指伸進籠中，輕輕觸摸著格林冰涼的鼻尖和微微顫抖的鼻翼安慰牠。格林的眼裏充滿驚懼和求救的信號。從小到大牠還沒離開過我，也從未被關在籠子裏。在我的安慰下，格林漸漸平靜了一點。我狠狠心退開了兩步，看機場的托運人員麻利地打包，在鐵籠子外面五花大綁地纏上一層寬膠帶，小格林看我的視線被膠帶遮住，不安地撓著籠子吱吱叫。

格林被放到了行李車上，跟一大堆皮箱和行李袋放在一起。行李車開動了，格林驚慌地看著被逐漸拉遠距離的我，不顧一切地把鼻子擠出籠子的縫隙，用細小的乳牙啃咬著鐵籠，驚恐地大叫起來。我一陣揪心地疼，追著車子喊：「格林聽話，我很快就去接你，格林聽話！」

我的聲音和樣子逐漸消失在紛亂的行李車流中，格林發出了絕望的尖叫，這是一隻小狼在眼睜睜失去母親時的恐懼。

接下來簡直是一場噩夢，許多陌生的男人粗聲粗氣地說著話，把行李、紙箱拋來拋去，扔成一堆，相互擠壓著。格林的籠子被放在最外面，一個粗壯的男人清點著箱子數目，把格林的籠子用腳往裏蹬了蹬。之後艙門合上了，機艙裏面一片黑暗，所有的車聲、人聲、裝卸貨物的聲音都被隔絕在外，靜得讓格林可以聽見自己的心跳。牠不知道自己是不是被丟棄了，一種孤獨感混合著黑暗中各種陌生的氣味迅速將牠包圍起來。

「嗚喔——」格林可憐巴巴地喚了一聲，回答牠的只有一片沉默，還有不知道哪裡的氣孔嘶嘶地釋放著氧氣。格林停止了徒勞的掙扎，好在這個可以裝藏獒的籠子對貓般大小的牠實在顯得非常寬鬆。行李艙的黑暗反而給了格林些許安全感——牠本就出生在一個黑暗的狼洞中。牠定了定神，開始仔細嗅聞著周圍，直到嗅出了一旁的行李箱殘留著媽媽的味道，才踏實地擔負起了守護的責任。

在成都飛往九寨溝的途中，我一直提心吊膽，生怕格林有什麼閃失。畢竟，明目張膽地托運一隻野狼是挺冒風險的。如果不是成都到若爾蓋的路被泥石流沖斷了，我不會選擇搭乘飛機到九寨溝，再輾轉搭車前往若爾蓋草原。

在機場托運的時候，老林特意找了一個經常替他托運藏獒的熟人。我老實地在托運單上填寫了「狼」，那熟人接過單

我老實地在托運單上填寫了「狼」，那熟人接過單子看來看去，拿過筆小心翼翼地在「狼」字後面加了一個「狗」字。

子看來看去，拿過筆小心翼翼地在「狼」字後面加了一個「狗」字。

老林安慰我說：「放心吧，飛機上不會有事，我擔心的是到了獒場，牠怎麼跟藏獒相處。」

是啊，這又是一個極具挑戰的難關。這次去草原，我和格林可說是背水一戰，唯一的指望就是老林的獒場，除此之外，別無選擇。在草原上很難有養格林的地方，首先是牧民容不下狼，其次是我獨自一人，沒有長期生活的條件，更別提照顧一隻正值淘氣時期的幼狼了。

出發之前，我、亦風和老林商量了很久，相比之下，格林最安全的去處無疑是動物園，最危險的去處則是獒場，因爲極可能和藏獒一碰面就被咬死，可是獒場能讓格林更貼近故土，有機會野化回歸自由。商量了一整天，在安全的囚禁和危險的自由之間，我和亦風都站到了狼性立場上，終於爲牠選擇了危險的旅程。但是到底有多危險呢？我們唯恐漏掉一個細節，一遍一遍地向老林詢問詳細情況。如果完全是死路一條，我總不能眼睜睜地把格林往藏獒嘴裏送。

老林盡力比劃著獒場的格局，我始終沒太明白，老林累壞了，終於簡而言之一句話：「藏獒實在容不下格林，就把後場的幾畝荒草地單獨給格林活動，絕不放藏獒過去。」

能隔離開就好，我放心了很多，想到草原上的幾畝地可比社區庭院大多了，而且，根據老林的描述，後場的荒草地裏有隨處可見的高原鼠兔，這連格林的獵物問題都解決了，我覺得爲此冒險一試還是相當值得的，不敢冒險還是狼嗎？況且，亦風說趁著格林還小，實在適應不了草原還可以再想辦法回成都。我也就下定決心了，若爾蓋草原畢竟是格林的故鄉啊，爲了格林的回歸夢，靠近一步算一步。

爲了全力支持我，仗義的老林此次專程陪我一起飛往若爾蓋，一方面給他的藏獒們帶去幾百斤狗糧，更重要的就是協調藏獒和格林的關係。藏獒只認主人，但能不能接受格林，誰的心裏都沒底。

幾個小時後，我終於在九寨溝機場等到了行李員出月臺，他不滿地衝我揚揚流血的手指頭：「行李和籠子，你自己去拿吧，你的狗不准我碰你的東西。」

我趕緊道歉，把小格林抱出籠子上了老林的車。格林依偎在我懷裏，爪子牢牢鉤住我的毛衣，牙齒緊咬著我胸口的圍巾，似乎要用盡一切方式和我緊扣在一起，死也不再分開。

當所有的恐慌和不安漸漸驅散，隨著汽車在草原公路上的輕微顛簸，聞著我懷裏熟悉的味道，小格林的眼皮開始沉重起來。牠的鼻尖有一抹刺眼的殷紅，牙齦也有些出血，那是與鐵籠子抗爭的結果。我抱著格林的手漸漸發麻了，想把熟睡的格林挪到一邊的座椅上。我剛一挪動，格林的小爪子就神經質般地又抓緊了，牙齒也急切地用力向前咬了更多的圍巾，生怕我再將牠「丟棄」。狼是群體意識很強的動物，格林自小就特別懼怕孤獨，分離的寂寞和無依讓小傢伙在夢裏都害怕。

我輕輕撫摸著格林，向窗外望去，若爾蓋——闊別兩個多月，我又回到了這片草原，草綠了很多，卻並不深。

接我和老林的司機是本地人，邊走邊跟我們聊起了草原的種種：

「若爾蓋最美的季節要數七到九月間了，你來剛好趕上，這時候格桑花開得正豔，運氣

好還能在馬糞球上撿到白色的蘑菇。再往山頂上走，沒準還能碰見青羊（斑羚），但那要運氣相當好，青羊現在已經很少了，倒是這玩意兒很多，」司機向車窗外指指那迅速跑動的鼠兔，「那滿地的土包還有洞子，都是牠們刨出來的。要不了多久啊，這草場也就廢咯。」

我心裏一沉，旋即一喜，難過的是這風吹草低見牛羊的美麗高原濕地成了現在的模樣，高興的是懷裏的這小傢伙可有東西吃了，那滿坡的鼠兔可讓食肉欲望日漸強烈的格林盡情逮個夠。但這些鼠兔不同於拴在繩子上的死老鼠，得看格林有沒有本事捉到了，想起牠小時候捉魚殺雞的能耐，應該還是有這天分的。然而，能生活在草原的生物，哪怕是隻小小的鼠兔也不會像家禽和觀賞魚那樣好對付。

格林，你也在這裏練就你的生存本領吧。

又經過幾個小時的顛簸，終於來到了老林的獒場，老林慷慨地對我說：

「這就算你的大本營了，先在這裏適應一下吧，這裏養獒的工人大概九月底就會撤走，你一個人在這兒過冬還得儘快適應這裏的生活，有什麼需要幫助的，做朋友的能幫就幫。」

我點點頭，心裏暖暖的。想起我無論是以前在街頭撿到流浪狗還是現在收養孤狼，總是給這個朋友添麻煩，著實感激和過意不去，思忖何時也爲他做點什麼才好。

老林見我下了飛機卻沒什麼高原反應，笑道：「你身體倒挺結實，不過高原太陽烈，幾天就能把你曬成高原紅，你不心疼？」

「呵呵，隨意，誰都會老的。」

「你倒是看得開。」老林探頭看看後座，問，「小狼怎麼樣？」

「車一停就醒了，上飛機前聽你的話啥都沒餵，一直餓著呢，水都沒喝，該餓壞了。」

「嗯，等會兒進了獒場，也別急著餵東西，先餓牠一天。」

「爲什麼？」

「坐飛機前不餵是怕牠暈機，下來了還要觀察一下，我沒養過狼，但是運藏獒的經驗是這樣，長途跋涉下來突然餵食容易造成腸扭轉，上次一個養獒的工人沒經驗，下飛機就餵，結果藏獒腸扭轉幾個小時就死了。狗到高原來腸胃會脹氣，最好多適應一下比較安全。」

我「哦」了一聲，又學到一個書本和資料裏未曾提及的經驗，也只有這些長期和藏獒們打交道的人才會瞭解。

進場下了車，我才發現這獒場的確是個好地方。獒場在廣闊草原的中間，離公路有一段距離，獒場背後不遠就是一條大河。老林和另外兩個朋友合夥在這塊牧場上租下了幾十畝地，用石頭圍牆圍起來，修了這個大獒場。獒場裏面三家人平均各占一塊，分左獒場、中獒場和右獒場，每個獒場中間用鐵皮牆隔開。中獒場是老林的，給他養獒的工人是一對小夫妻：尼瑪和卓瑪，左獒場的工人是位五十歲左右的老阿姐，右獒場的工人是一個東北漢子老肖，聽說養獒經驗最足，膽子也最大。

每家人的獒場又單獨細分成了前場、中場和後場，像一個「目」字的結構，三家人的獒場就像三個並排的「目」字。每家人的前場都緊鄰大鐵門，是連通在一起的，通常是人進出活動的區域，前場和中場之間修了一長排板房，分別是每家的員工宿舍、廚房、廁所以及狗糧肉食的儲藏間。幾家工人住在一起，相互也好有個照應，老肖說養獒是有風險的，容易發生意外。

板房的背後就是放養藏獒的中場，有一道鐵門可以進入。從板房的每間窗戶可以隨時看到藏獒的活動情況。中場和後場之間是一排犬舍，犬舍裏是十幾個分關藏獒的鐵籠子，每個籠子八平米左右。穿過犬舍就是後場，也是每家人最大的一個場子，但因爲後場離人住的地方比較遠，不便於監控，通常是備用的。爲防止有些藏獒之間打架，可以在中場和後場分開放養。老林說可以單獨放養格林的就是他的後場。

我們此刻就站在前場人活動的區域，光聽到中場裏狗叫的聲音，還見不到藏獒。

剛一下車，格林立刻側耳傾聽藏獒的叫聲，聳起鼻子嗅了嗅，警惕地觀察四周。牠一定聞到了藏獒的味道，只是我猜不到牠心裏是怎麼想的。格林把每個人都看了一眼，就四處轉悠著打探這個新環境，牠的精神顯得有些萎靡，我安靜地待在一邊，任牠自己去探尋故土。

牠在草叢中找了一塊感覺味道很重的地方立刻陶醉地打起滾來，尼瑪笑道：「我們經常倒一些洗碗或者洗肉的水在那裏，牠聞著味兒了。」我微笑著點頭，眼睛一刻也不離開格林。

格林蹭夠了牠自認爲性感的味道，翻身爬了起來，走了兩步又停下，垂著頭，臉上憋滿複雜怪異的表情，少時，牠顫顫巍巍地伸出前爪，尾巴平舉，邁著遲鈍的步伐：一步，兩步，三步……「劈啪、劈啪」細碎的聲音從格林身後響起。周圍的人都愣了一下，格林繼續走著貓步，終於牠加快步伐跑了起來，身後的聲音也更加連貫，「突、突、突、突、突……」格林活像一台老舊摩托車，放著一連串的屁繞場一周。大家面面相覷哈哈大笑起來，這傢伙到了高原，肚子脹氣居然是這模樣。

格林跑完一圈下來明顯暢快多了，精神抖擻，又恢復了一貫的活潑頑皮。前場有幾個工人逗著格林玩，這些工人都知道格林是隻狼，也並不害怕，他們與兇猛的藏獒都生活慣了，當然不會怕一隻小狼。只是他們問起小狼來歷的時候，我絕口不提，任他們猜去。看格林玩得盡興，我也就放心去找自己的房間了。

老林給我指了一間空房：「你就住這間吧，條件艱苦一點，但是有尼瑪和卓瑪在，可以幫襯你一下，你好儘快適應草原生活。」

我看著這個十平米左右簡單乾淨的板房小屋，難以掩飾內心的興奮。小屋的推拉窗戶面向中場，屋子裏除了一張小木頭床，別無他物，但這已經比我想像的要好多了。小屋裏有些漏水，地上潮潮的，我打開窗戶透氣，讓草原的風吹進我的房間。我趁著有太陽把被子拿出去曝曬，然後裝上自己的被套……

下午，我和老林商量了一下，把中場的藏獒都關回犬舍籠子，把格林放入中場活動，讓格林先認識一下藏獒留下的味道，看看格林有什麼反應。明天，再挪開格林，把藏獒放出來，讓藏獒熟悉格林留下的味道，動物都是用鼻子思考的，如果雙方光是聞著味道就顯出勢不兩立的躁動，那麼讓狼獒會面就萬萬使不得。

尼瑪打開中場門的時候，格林躊躇不前，在門口踱來踱去就是不進去。我探頭看看，犬舍的大門還開著，就問尼瑪：「藏獒都關好了嗎？」

「放心，都關在籠子裏了，跑不出來，犬舍門只是開著透氣而已。」

我放心地點點頭，摸摸格林的脊背，示意讓牠跟我來，然後走進了鐵門。

「吱、嘰！吱、嘰！」格林立刻向我發出尖利而短促的聲音，我馬上站住，這危險的警告聲太熟悉了，我以前進電梯時就聽格林這樣叫過。此刻格林站在門外，四腿微彎，爪子抓緊了地面，身體斜傾，一副隨時準備逃跑的姿態。看來牠對這藏獒的味道是有所顧忌的，狼對不瞭解的事物絕不輕易冒險。

我當著格林的面進入中場走了一大圈，然後回到牠面前，表示自己安然無恙。格林看看我，疑惑地轉著眼珠子，死死盯著洞開的犬舍門，仍舊不進去。犬舍的兩道大鐵門隨著高原的風吱呀吱呀地晃動，門裏飄出濃烈的藏獒味道和叫聲——格林不放心那道門。

我讓尼瑪把犬舍門關緊，上鎖。格林的逃跑預備動作取消了，但仍舊在中場門外徘徊。尼瑪又使勁拉了拉犬舍門，表示相當結實，絕不會跑出任何東西，格林的戒備才慢慢放鬆下來，一步一顛地跟我進了中場。尼瑪關上中場門的瞬間，格林的狼毛一下子豎了起來，我摸著牠緊張的背毛安慰了好一會兒，和牠一前一後繞著中場走了一圈，牠才放鬆下來。

我發現格林的神情很奇怪，牠會湊在犬舍門縫前仔細地聞味兒，把自己的鼻息噴入門縫，當聽到門裏傳出犬吠時又猛地後跳逃跑，過了一會兒，又情不自禁地跑回犬舍門口，再嗅，再跑！動作中充斥著一種既害怕又興奮，既排斥又嚮往的神情。

我和老林一路奔波，午飯都沒吃，這會兒早餓壞了。卓瑪在廚房簡單地做了一些飯菜，燉了一鍋犛牛肉，肉香飄得滿場子都是，逗得三個獒場的藏獒們都嗷嗷叫著討食吃。卓瑪隔著窗子招呼我，又叫老林和東西兩個場子的工人都在廚房小桌子邊圍坐下來，給每個人都盛上一大碗肉湯加牛肉。

我翻窗進屋，拍拍衣服，去前場找水洗手。正洗著，突聽廚房裏炸了鍋似的，大傢伙驚叫了起來，大喊我的名字。我趕緊跑進廚房，一看：格林像土匪進村一樣，在灶臺上一陣亂搜亂聞，翻身就往燉肉的鍋裏撲去。在眾人的驚叫聲中，有的奪門而出，有的奮力護住一桌飯食，有的端著碗跳上沙發，一屋子亂勁兒……

我快步搶上前去，在格林入鍋的千鈞一髮之際一把揪住牠的後脖子，這小子對「燙」還沒有概念，牠像發了狂似的扭頭掙扎，兩個爪子還不忘臨空朝鍋的方向奮力亂舞，水蒸氣中，格林的尖牙利爪襯著猩紅的舌頭和牙齦格外刺眼。我越發抓得緊了，把牠拖離開灶台，餓了一天的格林絕望地嘶叫著：「哇嗚——！哇嗚——！」（我的，我的！）瞪大的狼眼露著眼白，盯著一鍋越來越遠的肉湯與眼看就要到口的美餐失之交臂。

我用力把格林抱上窗臺，牠四腳倔強地蹬著窗戶，扭頭望著肉鍋大叫，死活不肯出去。大家都端著碗跑到了門口，不知道該跑出去還是留下觀望，狼狽之極。我用力掰攏格林的腿，硬把牠塞出了窗戶，關窗！鎖死！絕望透頂的格林拼命嗥叫著，把窗戶撞得咚咚響。

大夥兒心有餘悸地回到小桌前，七嘴八舌地議論起來：

「你翻進來的時候窗戶沒關死，有條縫子，牠不知道怎就扒開了窗子，直接跳進來了。」

「藏獒都沒翻進來過，牠那麼小的個子，怎一翻就進來了？太兇了！」

「狼真是比狗厲害！牠在外面的時候，廚房窗戶千萬開不得！」

「今後你一個人在這裏還要多小心，不要被牠咬到了！」

「還有那些藏獒，個個咬人動真格的，你要小心哦！」

我雞啄米似的點著頭，心裏對這調皮的格林也著實沒底，默念著：格林，今後這就是你生活和成長的地方了，我們都慢慢適應吧。

…………

飯後，我回到自己的房間，隔著窗戶，可以看到格林獨自在中場上焦躁地走來走去，牠捨不得離開我，老想從窗戶翻進屋來，窗子裏一有人影晃動，牠就停下腳步，定睛觀瞧，無辜地哼唧著，耳朵轉來轉去，眨眨眼睛歪著腦袋賣萌，讓我忍不住想開窗抱牠。

牠太明白我的心理了。我撩著窗簾探看著，一陣陣地心軟，忽又想起剛才吃飯時那驚險的一幕，狠心把窗簾一放，扭頭走開了，格林眼見屢試不爽的賣萌策略居然不奏效，失望地長聲嗚咽起來。

黃昏太陽的餘暉一收，草原迅速降溫，風刮得窗櫺嗚嗚作響，我翻出厚衣服胡亂裹上，心想格林睡覺是個問題，牠畢竟年幼，不能像大狼那樣抵禦寒冷，晚上還得跟我一起在房間裏睡覺。

場子裏幾個工人商量了一下，不放心一隻狼睡在我房間裏，就搬了一個關藏獒的籠子進我房間，一定要看著格林進了籠子才踏實地離去。

草原上的夜，靜悄悄的，除了遠方偶爾傳來一兩聲狗叫，沒有更多的聲音。夜露在鐵皮屋簷上凝結成水珠，間斷地滴下來，滴答、滴答……我躺在床上，空寂的屋子令這些聲響更加清晰，也讓心沉靜了下來。月色清透，從窗戶灑入，每一顆透明的露珠就攜著月光滴落，晶瑩剔透，拖著長長的尾光，像一個個隕落的流星。那是一種靜謐之美。

奔波了一天，我和格林都累了，但格林一直沒睡著，牠非常不習慣離開我的懷抱，在冰冷硌腳的籠子裏睡覺。牠在籠子裏翻來覆去，經常一腳踩空再把腳抽回籠子，很難找到一個舒服的姿勢睡覺。格林來來回回擺了很多造型，躺在那裏撐起腦袋埋怨地哼著，一雙眼睛反射著月光，幽幽的兩點寶石綠。

我側身看著牠：「格林，你也睡不著麼？」

「嗚嗚嗯嗯……」

「那你數羊吧？」

「嗚嗯——」牠那小燈泡似的眼睛眨了眨，偏著頭滿含笑意。對呵，狼數羊還能睡著麼？我哧地笑了出來：「格林，想跟媽媽一起睡麼？」

「嗚嗚——嗚嗚——」格林立刻站起身來，一隻爪子搭在了籠子上。

我起身找了張厚厚的被面鋪在床面上，打開籠子。格林抖抖全身的毛，兩步就跳上床來，回頭感激地舔我的胳膊撒嬌，我整理好被窩，鑽進內層的睡袋裏，格林就在腳底軟和的被面上趴著，誇張地打了個哈欠，把小尖嘴埋進前爪下，蜷成一團睡了。

從此，那籠子就成了一個擺設。

清晨推窗，一股清新的草香將我淹沒，我迫不及待地帶著格林投身於廣闊的草原中。

第一次踏上這麼廣袤的原野，格林立刻被震住了：站在草原上激動地猛轉著身子，向前看，無邊；向左看，無邊；向右看，無邊；向後看，還是無邊……格林的胸腔劇烈起伏，這比牠曾經待過的荒涼樓頂、壓抑的社區庭院、車水馬龍的城市水泥路寬廣多了，這才是牠的家。當牠還是滿地滾爬的小絨球時就記得這片芳草齊眉、花影婆娑的故土，在牠睜開第一眼的朦朧記憶中就鐫刻了這一份無邊的印記。格林是屬於這裏的，牠回家了，草原有最遼闊的自由。

格林的狼眼閃著奇異的光，和草原一樣的綠色光芒。牠張開大嘴，似乎想吶喊，卻一聲也沒有喊出來。牠大口喘著氣，牠聽到了草原的呼吸與脈動，與牠的血管相連，與牠的心跳同步。一股原始的衝動瞬間衝向牠的四肢，格林突然間撒開腿跑了起來，像一發炮彈向著牠目力所及的地平線射了出去！牠的狼毛飛揚，狼血沸騰，一雙狼眼像朝霞一樣燃燒，牠飛奔著，把牠在水泥城市中憋壓已久的激情爆發出來，奔跑變成了牠唯一的自由表達。

轉眼間，格林就跑得沒影了！

啊?!我心裏一涼，目瞪口呆：這……這就跑了？合著我剛帶牠到草原這就算放生啦？這傢伙還沒生存能力呢！怎辦？一到草原就放野不聽話啦？還叫得回來嗎？是不是應該抓回來啊？

狼毛飛揚，狼血沸騰，草原有最遼闊的自由。

可我哪跑得過牠啊？這傢伙居然一點都不留戀我？真的是狼子野心？太現實了吧？……莽莽草原上，留我一個人，一臉茫然站在原地，望著格林消失的方向毫無精神準備地一陣陣發傻……

半晌，我還在發愣沮喪的時候，遠山和草場交接的地方恍惚出現了一個小黑點，一蹦一跳地，蹦過來了，蹦過來了……哈哈，那野傢伙又回來了，刮地風似的朝我飛奔而來，我欣喜若狂，大笑著喊：「嘿！野傢伙，我還以爲你不要我了呢！」

近了！更近了！我歡喜地迎上去，格林越來越清晰，可還有三個黑影緊跟其後。我瞇起眼睛仔細一看，臉色陡變。天啊，後面跟了三條大狗，一路追攆過來！格林神色慌張，彷彿在邊跑邊喊：「媽呀，快來救我！」

我早就聽說過藏區草原狗的厲害，急忙脫下一隻鞋來，大喊著朝狗扔過去！三隻狗一陣急剎車，汪汪大叫著，我又脫下另一隻鞋拿在手裏，做著投擲威脅的動作，高聲吆喝驅趕。

頃刻之間格林就跑近了我，還隔著好幾米，牠就一個加力蹦跳，騰空而起，直接撲進了我懷裏，我猝不及防被牠撞翻在地。格林拱在我後面，把我當擋箭牌。我趕緊抱著牠，舉起鞋子，一骨碌翻身起來轟狗，那三隻狗眼看到手的獵物有了救星，懊喪地跑開了。

你看看，外面的世界很精彩，外面的世界很無奈……叫你別亂跑，嚇傻了吧！

格林看我趕走了大狗，咧著大嘴喘氣，狼舌頭掛在胸口來回晃悠，小爪子一個勁兒地往我肩膀上爬。我從未見這傢伙如此激動亢奮，牠抱定我的肩膀，朝著我的臉頰就是一陣狂舔，我大笑著躲開，擦掉一臉的狼口水：「我還以爲你不回來了呢。」突然心中醋意翻滾，「小子，如果沒有那些狗追你，你還會回來嗎？」

格林張大嘴巴一臉憨笑，那三隻狗絲毫沒有敗壞牠初到草原的興致，而且從牠的興奮神情看來，似乎在這麼廣闊的地方被惡狗追攆一番也是很刺激的事情哪！服了牠了。

狗群剛跑遠，格林立馬跳下地來，繞著我小跑著兜了兩圈，一腦袋撞在我的腿肚子上，把我使勁往前拱，又繞到前面，一口叼著我的裙子拽著就跑，彷彿在喊：「你還在這兒愣著幹啥？」對啊，我還愣在這兒幹啥？鞋子一扔，我歡笑著跟格林追跑起來。

很快，我就被格林帶到了一大片開滿黃花的水草地，我還在猶豫會不會有泥沼，會不會弄髒我的長裙，格林早已蹦跳著跑了進去，泥漿水花濺了我一身。格林扭頭眨著眼睛，是呵，這是牠的家園，在這裏，牠的直覺比誰都靈。

是呵，既然來到了自由地，還顧忌那麼多幹什麼？我心懷虔誠地走上了這片金黃色的繁花地，地上鋪著厚厚一層軟泥腐草，鬆軟而富有彈性，踩上去像踩在海綿上，一腳一個凹坑，清涼的汁液從腳丫縫冒出來，漫過腳背。草原，濕地，我們回來了……

朝霞給遠處寶石藍的河水和灰白的河灘又塗上了一層金色，對岸紫色的河灘上白霧嫋嫋，深褐色的蒼鷹翱翔在蔚藍的天際。我深吸著高原的空氣，柔軟的長裙迎風飄舞，身邊是緊緊追隨的小野狼。草原如此大氣磅礴，高遠的藍天，起伏的花海，耀眼的雪山……每一樣景物都讓格林興奮不已，牠像藍天下的蒲公英，洋洋灑灑追風而行，奔跑於草原上有種如獲新生的感覺。

誰不曾夢想到天盡頭去走一遭？漫步美麗的草原，如同步入一個夢境，一個童話……

13　狼與藏獒的傳說

或許格林不知道藏獒的樣子，但是牠幼小的記憶中卻深深烙印了這獒吠和獒味。藏獒的氣息勾起牠記憶深處的恐懼與仇恨。牠的眼神和動作是複雜的，既有對同類的親近，又有莫名的懼恨。

我和格林瘋耍了一上午，回到獒場，把格林放到前場喝水休息。我回到小屋，打開窗戶透氣，開始收拾房間。

突然，屋子裏一暗，一陣腥風猛捲過來，吹得我耳邊的頭髮都飄了飄，我打個冷戰，腰板立馬僵直起來一動不敢動。我清楚地感覺有什麼盯著我，盯得我後背一陣陣發寒。我不敢有大動作，小心翼翼地試探著轉過身，立刻倒抽一口涼氣——我面前打開的窗戶上，趴著一隻大藏獒。牠人立起來，把斗大的腦袋伸進房間，遮去了半屋的陽光。

我感覺腿微微發抖，我本來是不怕狗的，可我從來沒見過這麼巨大的狗，而且離得這麼近！牠的肩膀和我一樣寬，腦袋卻頂我四個頭那麼大，虎背熊腰。這哪裡是狗？簡直是一頭獅子！

我「啊」地叫了一聲，驚恐中帶點驚喜——這是我生平第一次看見藏獒。

聽見我叫，那隻藏獒也渾身一抖，冷不丁地嚇了一跳。我和藏獒面對面，這才發現牠額頭上的長毛和扭成兩坨的粗壯眉毛幾乎把眼睛都遮住了，牠這會兒正擠眉弄眼，挑起眉毛想把我看清楚。那滑稽的樣子讓我不禁有點樂了，快樂是很容易拉近距離的，看著藏獒一臉敦厚的卡通表情，我突然對牠萌生出一種好感。我慢慢湊近牠，輕輕一口氣吹開搭在牠眼睛上的長毛，一雙棕黃色的漂亮獒眼露了出來。

這回藏獒總算把我看清了，可沒想到我膽敢離牠這麼近，牠下意識地把大腦袋後仰，一雙眼睛重新在我臉上對焦，虎視眈眈，滿含對陌生人的警惕和疑惑。作爲藏獒，牠早已習慣了陌生人對牠敬而遠之的動作，卻很不習慣跟人鼻子對鼻子地觀察對方。牠盯著我，我也盯著牠，兩顆心擂戰鼓般咚咚亂跳。

對視著，對視著，我笑了。因爲直覺告訴我，牠的眼裏對我沒有敵意。我仔細端詳起這隻藏獒來，僅從伸進窗子的部分就不難看出，這是一隻雄壯的大獒。牠鬣毛颯爽，整個腦袋幾乎呈方形，大嘴闊鼻，長得有稜有角，兩隻大耳朵裹著長毛直垂到下巴。上嘴唇兩片厚厚的肉垂下來包住整個嘴筒，隨著牠的喘息厚重地抖動著。方正光滑的鼻子像剛擦亮的皮鞋頭，精緻的鼻孔湊成一對相反的逗號。

牠也在揣摩我……

儘管我知道藏獒只認主人，而且兇猛異常，接近素不相識的藏獒是拿生命開玩笑的事情，可面對這麼威武的大獒，我還是忍不住慢慢地，慢慢地……伸過手去，指尖輕觸到了牠的大鼻梁。

藏獒更感意外了，略一退後，避開我的手，重重地噴著鼻息，「嗚嗚，嗚嗚……」喉嚨開始有了威脅的聲音，我的指尖甚至可以感覺到牠噴出來的熱氣。

我心裏一陣緊張。這個距離，藏獒完全可以一口咬掉我的手，然後鬆鬆脆脆地嚼進肚子裏。第一次面對這麼大的狗，誰不害怕才怪。但是，我性格中強烈的好奇心和征服欲遠大於本能的怯懦，也或許是我天性中與動物，尤其是犬類的某種神秘聯繫起了作用，越害怕我越想接近牠。

我壓抑著狂跳的心臟，目不轉睛地注視著藏獒的眼神，固執地再次伸過手去，動作儘量輕微緩慢，隨時提防牠猛地給我一口，我儘量用最柔和的聲音向牠表達我的無害和誠意。

對一個陌生人如此大膽冒犯的撫觸，藏獒戒備的眼睛裏很有幾分詫異，牠仍舊低吼著，看著我的眼睛遲疑：咬還是不咬？直到我的手挨著牠的鼻梁，牠也沒作出最終決定，然而牠沒有再避開，威脅的聲音也漸漸停了……

這是一種默許，我抑制住興奮，更加小心地順著牠鼻梁上的毛輕微地撫摸，手漸漸撫到牠的額頭。牠有一點不自在，把腦袋偏了一下，眼裏掠過一絲不滿。我立刻知趣地挪開手，鼻尖沁出一點汗。我似曾聽說過，在藏獒心目中，只有主人才能摸牠的頭頂，不像一般的狗，一旦接納你就隨你摸頂，我冒犯了這隻藏獒的額頭，牠沒發火咬我就算挺客氣了。

我輕輕撩開藏獒眼睛上的長毛，讓牠把我看得更清楚些，然後把手指滑到了牠的耳朵上，在耳根邊輕輕抓撓。這個被我稱作「狗兒樂」的耳根子邊，是所有狗狗們最舒服最喜歡的地方，哪怕狗兒正在賭氣，給牠撓到這裏都會舒服得偏過腦袋就我的手，然後閉目享受一番。這法子在格林身上試驗，都會撓得牠渾身哆嗦個不停。

我討好地撓著……

然而，這隻藏獒卻像老僧入定一樣半點反應都沒有，對我討好的手法既不讚許也不表示享受。不過，牠也沒躲開……我眼珠一轉，忽然停住不撓了，把手抬起來看著牠。

舒適的抓撓突然停止，藏獒一愣，眼神複雜而糾結。

牠猶豫再三，終於放下架子，把腦袋迎了過來，靦腆地側過耳朵湊近我的手掌。瞬間一陣暖流傳遞過來，我剛才害怕的感覺消失殆盡。我咯咯地笑了起來，更加舒服地撓著牠。幾乎所有的動物都是以快樂原則相處的，這種舒服很容易演化爲一種東西——好感。我知道牠接受我了。那一刻起，我就對這個大塊頭有了特別的感覺。

撫摸中，藏獒眼睛裏的光芒慢慢柔和起來，變得友善而親近。我隱約感覺到，在這些人工飼養的藏獒一生當中，也許都沒有人這樣溫存地撫摸過牠吧。我能感覺這傢伙性格和思維中一定有些獨特的東西，牠對陌生事物不會匆忙下結論，很有點想法和個性，而且，呵呵，這傢伙還挺看重面子。

「嘿，住手！」老林路過門外正好看見，嚇了一跳，趕緊阻止我，繼而走到窗戶前向藏獒命令著，「皇帝，出去！」

「牠就是皇帝?!」我心裏一震，頓時想起了老林對我提起過的曾在玉樹地震時救出五隻小藏獒的頭獒。難怪，這皇帝的確有著非同一般的靈性。

皇帝嗅了嗅我的味道，又深深地審視了我一番，退出了窗戶。

老林把窗戶一關，衝我瞪大了眼睛：「你不要命了，剛來就敢摸頭獒？」老林說話挺激動，臉色有點泛白，「你要這麼膽大，我可不敢留你了，萬一出事兒我怎給你父母交代？」

老林的強烈反應讓我有點意外。「沒那麼嚴重吧，牠對我挺友善的。」我輕鬆地答道，笑著送老林走到房門口。

老林口氣稍稍緩和了一點：「你還不瞭解藏獒，再友善你也是陌生人，誰知道牠怎麼判斷你?萬一牠……」正說著，只聽「嘭!梆!」兩聲巨響!是老肖那排房子……我倆一驚。

「嘩啦——」玻璃碎裂聲。我和老林驚愕地望過去。

「啊!!!」女人的驚叫炸響，令人毛骨悚然。

「暴龍！……暴龍！」卓瑪臉色慘白，失魂落魄地驚叫著，衝出老肖的廚房，把廚房門一關，嚇得聲音都變調了，「暴龍衝出來了!!老肖……」她連滾帶爬地跑回了自己房間，「砰」一聲關上了房門。

「嘭！梆！梆！」隨著獅吼般的獒吠，老肖的廚房門被撞得震天響！

在卓瑪驚叫衝出的同時，所有人都瞬間衝回了就近的房間，劈哩啪啦一連串關門閉戶的聲音。

事情發生得太突然，大家的反應太迅速，我沒見過這陣勢，還在門邊發愣，就被老林一把抓回房間。他迅速關門，轉身就抵在門上。他的動作緊張卻不慌張，看來這在獒場是時有發生的事。外面，不銹鋼盆掉地的哐啷聲還沒停，不知剛才誰正在洗盆子，情急之間丟下就跑了。

「發生了什麼事？」我問。

「肯定是老肖的藏獒跑出來了。」老林靠在門邊聽動靜。

藏獒跑出來了？我鮮血直沖腦門，糟了！格林還在外面！我急忙拉門，要往外衝。

老林一把推開我：「你幹什麼！」

「格林還在外面！」我喊著，一個勁兒地搶門。

老林死死抵住門吼著：「你出去更亂！」扯起嗓子高喊，「老肖，趕快！」

老肖大聲的呵斥響遍前場：「呵！呵——暴龍！回去！回去！」

鐵鏈的嘩嘩聲、追逐聲、獒吠聲、吆喝聲……就是沒聽見格林的聲音。我急得在屋裏上躥下跳。

「不要鬧，藏獒見了生人，控制不了的……」老林低聲警告，我心急如焚。

好一會兒終於聽見老肖喊：「拴住了！拴住了！」

老林打開一條門縫，只見老肖拽住一根大鐵鏈，像縴夫一樣背在肩上，奮力拖拽，鐵鏈的那頭拴著一隻龐大的金色藏獒，掙扎咆哮著，像頭狂暴的雄獅。老肖邊呵斥邊拖，費了九牛二虎之力總算把金獒拉回他們獒場的犬舍，關進鐵籠，高聲吆喝，解除警報。

老林這才打開門，我趕忙衝了出去，大喊格林，四處尋找。

老肖已經從他們獒場走了出來：「牠在車子下頭，暴龍鑽不進去！」老肖指了指停在前場的一輛車。

我忙趴低往車下一看，只見格林警惕地縮在車底中間，狼眼圓睜，一臉戒備。聽見我解除警報的呼聲，格林迅速從車下面鑽出，抖抖一身的灰塵，跳進我懷裏。

「叫你不用擔心的，狼的反應比人快得多。」老林說著掏了一把紙巾擦汗。藏獒跑出來的時候，老林都沒太慌亂，他這身冷汗是被我搶門的勁頭給嚇出來的。

格林的心在狂跳，眼神很奇怪，像電焊的光，看得我也疑惑起來：格林在城裏也見過其他狗，其中也有大型狗，可格林從來沒有像這樣躲避過。回想起昨天我放牠進中場時牠的猶豫徘徊，格林似乎對藏獒有著深深的顧忌，難道狼和藏獒真的是素昧平生卻有血海深仇的天敵嗎？

我安撫著格林，突然又意識到一個問題，或許格林對藏獒並不是完全陌生，當牠還是沒睜眼的幼崽時，黑暗世界裏不正是一幫藏獒或藏狗帶領人類來掃蕩了牠們的家園嗎？或許格林不知道藏獒的樣子，但是牠幼小的記憶中卻深深烙印了這獒吠和獒味。藏獒的氣息勾起牠記憶深處的恐懼與仇恨。牠的眼神和動作是複雜的，既有對同類的親近，又有莫名的懼恨。

躲避的工人們紛紛走了出來，驚魂未定地談論剛才那一幕：卓瑪適才到老肖的廚房去借幾個雞蛋，老肖卻上老阿姐那邊串門去了，卓瑪就自個兒翻找雞蛋。老肖放養在中場裏的藏獒暴龍隔著窗戶看見外人來屋裏拿東西，頓時暴跳如雷，狂吼著撞開玻璃窗就撲進屋來，張嘴就撲咬卓瑪的脖子，幸虧卓瑪反應快，急轉身繞著灶台跑了一圈就衝出廚房，猛拉上廚房門，邊喊藏獒名字邊跑回自己房間。

養獒有危險，獒場的人都早已形成了這樣的危機處理模式，一旦有藏獒跑出，所有人立刻進房躲避，同時喊出是哪家的獒，哪家人就出去控制，因爲藏獒只認主人和天天飼養牠的工人，除此之外，哪怕是鄰居都一概不認！

卓瑪的肩膀上還掛著暴龍黏糊糊的口水，她臉色慘白，邊發抖邊哭，腿軟得一個勁兒地往下癱，尼瑪抱著她不住地安慰。也難怪她嚇成那樣，剛才要是跑慢一步，脖子必定被咬了，而在這草原上是很難及時送醫的，即使來得及送到縣城的醫院，也沒有輸血搶救的條件，一旦被咬，就死路一條。

我抱著格林，渾身一陣冷一陣熱。這才明白老林爲啥看見我摸皇帝會那麼緊張。的確，主人不在旁邊，怎麼看待我這陌生人，全憑藏獒自己判斷，我的做法無異於同死神牽手。

老林看出了我的害怕，安慰道：「皇帝算是比較理智的藏獒，很通靈性。牠第一次就和你這麼親近，說不定你們是有緣的。」

老肖湊過來插了句嘴：「我說，還是把這狼放養到你們後場去吧，暴龍今天狂躁得有點反常，我估計跟牠聞到狼味兒有點關係。」

大家紛紛附和。老林和尼瑪把中場裏的藏獒關了起來，我抱著格林，跟著他們通過中場，再穿過犬舍，就來到了老林跟我說起過的後場。這裏果然很寬闊，只是感覺很少有人來，荒草齊腰，一窩窩鼠兔跑來跑去收集草籽。格林一看見鼠兔，就開始激動了，掙扎著下地去追鼠兔。鼠兔行動迅速，地洞又多，沒經驗的格林當然是抓不著牠們的，只是好玩而已。

尼瑪端來一大盆水，放在地上給格林喝。

「讓狼和獒再熟悉一下彼此的味道，明天看情況再見面吧。」老林說。

我「嗯」了一聲，我知道老林心裏和我一樣七上八下，沒更多把握不敢挑戰狼獒世仇。

我們又站了一會兒，看見格林已經玩得樂不思蜀了，才退出後場，回到前場廚房裏。

這裏雖說被我稱作廚房，卻很寬大，兼具客廳、飯廳的多種功用。這是草原人的習慣，因爲草原寒冷的時候多，特別是到了冬天就更是奇冷難當，廚房中間安裝著一個大的藏式爐子，煙囪引到室外，爐子裏長期燃著木炭或者乾牛羊糞，既能燒水做飯，又能取暖。大冬天裏，人在外面裹著厚重的藏袍，進屋卻可以脫下袖子，甚至可以只穿毛衣。所以廚房是平時大家活動的主要場所。

廚房裏放著一個簡易的折疊三人沙發，一個小桌子。還有一台黑白電視，但是收不到幾個頻道，而且經常看上一會兒就沒信號了，其餘的電視劇情節都需要發揮想像力去猜。

大家圍坐在爐邊，喝著卓瑪煮的酥油茶。卓瑪臉上還有兩道淚痕，但情緒穩定多了。才二十出頭的姑娘就陪著尼瑪在獒場擔驚受怕，也難爲她了。

大家聽老林說明天要讓狼獒見面，有人驚奇贊成，有人擔憂反對，各持己見。大夥兒七嘴八舌地聊起了藏獒和狼的種種傳聞與故事——相傳，獒和狼是天上的一對戰神，獒叫做「龍狗」，狼叫做「天狗」，龍狗忠誠驍勇，天狗智慧善戰。

戰神龍狗因爲嗜殺成性觸犯天條而被貶到人間來，成了獒。獒選擇了依附於人而生活，人給牠食物和棲身之所，作爲交換，獒爲人看護牛羊和財產。但是獒天性暴戾殘忍，身上有股濃重的殺氣不能爲人所用，所以必須在牠出生七七四十九天時，將牠與一隻還在吃奶的羊羔同欄圈養，四十九天大的獒正是生理和心理發育成熟階段，讓這個時期的獒與羊羔共同生活，目的就是要冶煉性情，減弱殺氣，用溫婉的羊性沖淡獒身上那太過血腥的獸性，這就是「藏獒渡魂」的傳說。如果獒與羊羔和睦相處就算渡魂成功，稱之爲家魂獒，能夠牧羊。如果渡魂失敗，咬死了羊羔就是野魂獒，難以馴服。

戰神天狗因爲貪婪成性妄圖吞噬日月，也觸犯天條被貶到人間，成了狼。狼選擇了自由生活，牠浪跡荒野，獵食爲生。人類的牛羊也在狼的食物之內。於是這對天上的兄弟，在凡間卻成了宿敵。

有了獒的幫助，依賴游牧爲生的人們才得以保全牛羊。早些年裏，人們爲了激發獒的猛性，培養殺手級的保鏢，不惜用激進的手段馴養獒。獒主人在地上挖一個五米見方、丈餘深的地窖，將一窩十幾隻幾個月大的小獒放在地窖裏面，或者關在一個陰冷的房子裏，只投少許生肉撩撥其野性，爲爭肉食，藏獒必定從小打鬥拼搶。之後長時間斷食只給飲水，困在地窖裏的小獒們饑餓難耐自相殘食，只有最強悍的獒才能在殺死自己同胞果腹之後生存下來！再長大一些，主人就抓一隻活狼扔進地窖裏，讓牠全力拼鬥殺狼，再大一點，投兩隻活狼，甚至投放其他兇猛的野獸。直到獒把對手全部殺死，這才是最勇猛的戰獒！十隻狗裏也不見得能出一隻戰鬥到最後完好無損被放出地窖來的戰獒。這就是「九犬一獒」的傳說。這樣的獒一生只見餵食的主人，陌生人一律通殺！

「藏獒渡魂」和「九犬一獒」在藏區草原傳說中頗爲盛行，這其實是兩個極端的篩選，一個是溫性篩選，一個是猛性篩選。由此想來，皇帝應該屬於家魂獒，而暴龍則屬於野魂獒。

早聽說過蒙古、契丹、匈奴等北方游牧民族有以狼爲圖騰的崇拜，沒想到西南藏區也有對狼這樣神話般的傳說。無論真實也罷，傳說也罷，狼獒之仇都是世人皆知。聽著大家議論紛紛，我心裏越來越糾結。狼和藏獒這種仇恨歷經千百年似乎已經刻入骨子裏。我帶格林來到這個獒場實在是太冒險了，但老林卻對自己藏獒的性格很有把握，他說他回成都之前的這幾天，一定要想法讓狼獒能夠相處，至少不發生流血衝突。

次日，老林帶著我和格林進了犬舍，幾個場的工人們齊刷刷地趴在窗邊觀看，甚至有人掏出了傻瓜相機。我護在離格林幾步遠的地方，像進了鬥獸場的武士，一想到馬上要放藏獒出來，我止不住雞皮疙瘩浪打浪。

老林先試探著放出最溫順的一隻雌性小獒「小不點」，小不點的年齡只有六個月大，暫時還不像成年獒那樣排斥生人。她是一隻小品種的母獒，漂亮機靈，也非常頑皮，總喜歡找機會撲到人身上狂鬧，但獒的力量哪是一般人承受得了的？人經常被她撲個趔趄，摔倒在地，然後

牛高馬大的「野蠻女友」小不點導彈似的射向格林。

被蹭上一身的口水。小不點雖然說是小藏獒，也起了一個袖珍的名字，其身形重量卻是格林的五倍，長得像小牛犢一樣大，牙齒尖利，身體壯實，是個蠻丫頭。小獒和小狼之間會有仇恨嗎？

鐵籠一開，大家鴉雀無聲。中場裏的格林，似乎預感到了什麼，下意識地顫動著鼻翼四處亂嗅，耳朵像乾沙上的小魚不停地跳動，格林緊盯著犬舍大門，頸毛隨著風像波浪一樣起伏，腳爪抓緊了地面。

小不點一出籠子，就導彈似的射向中場裏那個素不相識的新來者。格林腳掌迅速扒地，一扭腰就跳到一邊，避開這衝刺的凌厲鋒芒，畢竟體型懸殊，格林的頭也只達到小不點的肚子那麼高。狼是不會盲目吃虧的，更不會硬碰硬地接招。小不點卸掉向前的巨大衝力，回身一撲，把格林撲翻在地，格林一聲尖叫，迅速翻身收起自己最脆弱的腹部，扭過頭猛咬小不點上嘴唇巨大的肉垂，小不點不顧上唇被咬，仗著嘴大唇厚蕩過嘴來，連同狼嘴和自己的上唇肉一起咬進了嘴裏。

「小不點不准咬！」

「格林放開！」

老林警告的叫聲和我的喝止聲音同時響起，獒和狼都愣了一下，就那樣互相咬著嘴僵持在原地。

「小不點，不准咬！」老林再次嚴正警告，聲音中帶著強烈的威脅意味。對藏獒來說，主人的命令必須遵從，小不點略一遲疑微微鬆開了嘴。

格林瞄準機會放開嘴，撒腿就跑，牠並沒有趁機反咬小不點報仇，倒不是因爲聽我的話，也不是因爲寬宏大量，而是在犬科動物法則中有一條「雄性不與雌性鬥」的規矩。雖然格林尙小，沒有人這樣教過牠，可這些原始法則就像烙印一樣深深地刻在牠的本能中。對格林來說，如果要主動向那隻母獒展開進攻，那是違背自己本能的行爲。格林左躲右閃地逃跑，小不點窮追不捨，格林夾著尾巴，屁股幾乎著地，極力想避免與她發生衝突。

對小不點來說，卻是另一種情況，作爲雌性，她沒有這種本能，相反，作爲藏獒，她對野性有一種本能的恐懼和排斥，尤其是對狼，這種恐懼異常強烈。在她的骨子裏，她隱約記得從她的祖先第一次在草原上看護羊群的那一天起，狼就不斷地掠奪羊群，是世襲的劫掠者，而藏獒則是世襲的天域衛士。此世仇早已融入血液，此刻阻止她攻擊的唯一理由不是與狼一笑泯恩仇，而是主人的強令禁止！

小不點很迷惑，她緊追著這個入侵者，焦慮不安地叫著，引得三個獒場所有籠子裏的三十多隻藏獒也跟著叫起來，為主人允許這隻狼的存在而滿腔憤怒。牠們覺得一定是人類搞錯了。

小不點還在繼續追逐，但在主人的積威和警告下卻不敢再下口咬了，她多次把格林逼到走投無路，而格林一次又一次地逃開，雖然格林和她相差四個月，但畢竟是伶俐的小狼，翻身轉體、改變逃跑方向都比藏獒要敏捷得多。格林一直跑，直到小不點巨大的頭頂到牠的腰肋骨或是撞倒牠時，牠才突然轉身和她對峙，皺起鼻翼露出稚嫩的獠牙，但仍是好男不跟女鬥的恐嚇而已，同時再爬起來伺機逃竄。

小不點畢竟是隻幼獒，小狗好玩的天性仍舊占主要地位，雖然有祖輩們傳下來的敵對情緒，這麼一來二去地追逐半天後，動作中竟然多了幾分貓和老鼠的戲謔成分。

格林雖然滿場子躲閃，卻始終一步也沒有往我身後躲，不像幼年遇見陌生人的威脅時那樣縮在我腳邊，很明顯，牠畢竟是狼，此刻畢竟是一對一，日漸強烈的狼性自尊讓牠雖然感覺到有來自同類的威脅，但卻寧願自己不斷周旋也不肯求助於任何人。

牠的步子緊張卻異常輕巧，有時候還夾雜著像貓一樣靈活的彈跳，和藏獒奔跑時滿場塵土、草皮亂飛的笨重體態形成鮮明對比。草場上這一大一小的追逐好像小裁縫和巨人的舞蹈。

追鬧了一個多小時，小不點累了，藏獒的爆發力超強，其耐力卻與狼不在一個層次。她趴下喘著粗氣，格林遠遠地站著看了一會兒，也伏臥了下來，靜靜觀察著這個牛高馬大的「野蠻女友」。顯然從主人平靜監視的姿態當中，牠們都明白了主人要牠們和平共處的意圖，但還是不願意主動去親近這一宿敵。

不管怎樣，第一隻小獒能與格林玩了半天相安無事就是好兆頭。下一個選誰呢？

老林任由格林挨個走過藏獒的大鐵籠子，五隻藏獒此起彼伏地狂吠著，只有一隻沉默淡定，在格林經過的時候，伸出鼻子嗅嗅，長毛之下，一對深沉的眸子滿含複雜的表情。我立刻認出來，牠就是昨天趴在我窗子上的皇帝。

老林把格林往皇帝的籠子前湊了湊，漸漸縮小安全距離。這是一種特殊的見面儀式——藏獒的首領審查一個外來戶。隨著距離拉近，皇帝滿臉嚴肅和慎重，一言不發，老林觀察著皇帝的眼神，用手摸摸懷裏的格林，首先表明自己對格林的認可，隨後緩緩地將格林送到了皇帝的眼前。

藏獒們的叫聲平息下來，似乎都在屏住呼吸等待著下一步的判決。驚訝、不解、排斥、怨憤、憎惡、疑問各種複雜的氣氛交織在空氣中。逼人的氣息讓格林不安地扭動了一下，皇帝探出一點頭來，巨大的鼻子觸碰到了格林濕漉漉的鼻尖，格林反射動作似的身子一抖，頸毛豎了起來，犬舍裏一片寂靜，每隻藏獒都在籠子裏靜靜觀望事態的發展。

對從頭到屁股體長不過六十釐米的小格林而言，皇帝算得上是個龐然大物。格林的身高只搆得著皇帝的腿彎。皇帝聳動鼻翼輕輕嗅聞著格林，眼睛卻望向老林，似乎想從主人的眼睛裏挖出更多的訊息。

自從知道牠就是頭獒皇帝，我多了不少敬畏，但昨天皇帝能接受我，我心裏又存著幾分希冀。我輕輕撫摸著格林的脖頸安慰，小傢伙慢慢放鬆下來，似乎膽子也大了許多。我咬咬牙把格林塞進了皇帝的大籠子裏，手心裏狠捏了一把汗。

格林仰起臉嗅了嗅籠中的味道，猶豫了一會兒，竟然一步步向皇帝走了過去。這不光皇帝

意外，人意外，滿屋的藏獒更是一片譁然，詛咒驅趕憤怒的吠叫聲重又響起！

格林已踱到皇帝面前，反客爲主地嗅聞起皇帝來了，似乎不是皇帝審查牠而是牠在審查皇帝，格林的尖嘴已湊到了皇帝的大鼻子跟前，細細的脖子就在皇帝的大嘴巴下面。

我的心提到了嗓子眼兒，如果皇帝不高興，隨時可以一口咬下來，咬碎牠僅有皮球大小的狼腦袋！皇帝低頭猶豫著，臉上交替著複雜的神情，牠抽抽鼻頭俯下脖子，還想再深度聞一下這個荒野小子的味道……突然，格林伸出溫熱的舌頭舔了一下皇帝冰涼的鼻尖。

錯愕的皇帝一陣過電似的震動，原本因警惕和遲疑而豎立的鬃毛刹那間伏貼下來，眼裏閃現出一絲溫柔，牠不由自主地放下身段，也伸出舌頭舔了一下小格林窄窄的臉頰。格林高興壞了，小爪子扒住皇帝的大腦袋像抱住奶油蛋糕似的猛舔起來。

這是牠第一次感受到來自同類的溫柔，被同類接納的感覺是如此的美好與溫馨。雖然在成都時，狐狸也接納格林，可狐狸的接納中，害怕與屈就的成分占多數，更不會去舔吻牠。雖然和我在一起的時候，我也會給予格林溫柔關懷和撫摸，但畢竟我不會愛到去舔牠，可對犬類而言最溫情的表達就是舔吻，那是無可替代的感情交流。記得我以前割傷了手，格林看到我流血關切地跑過來爲我舔傷口，卻被我驚叫一聲推開，那一瞬間牠的眼裏滿是不解和委屈，一種關懷被拒於千里之外的感覺，那時牠就隱隱認識到了我和牠不是同類，再親近都有一定的障礙。而此刻這樣的吻，瞬間拉近了狼和獒的距離，畢竟是比人類更親近的同科動物。

隔閡一旦被初吻打破，格林調皮的本性又冒出來了，牠大著膽子往皇帝的身上爬，像找到了失散已久的父親一樣淘氣起來。皇帝輕輕搖了一下尾巴，表明了對格林的接納和認可。

我鬆了口氣，想起了老林對皇帝的評價——牠對幼崽愛得很！審查通過，藏獒們的叫聲漸漸平息下來，母獒們持中立態度，畢竟格林是個小崽兒，雌性更加容易受感化一點，另外兩隻大公獒卻態度不一。公獒「黑虎」是內斂型的，牠面對領袖的這一決定很沉默，但神色中卻對這一異類流露出厭憎和不屑的神色，咬人的狗往往是不叫的，黑虎在籠中背過身子睡覺去了，彷彿聲明：首領要接受是首領的事，最好別惹到我這裏來，否則照樣不客氣！公獒「森格」則是外露型的，格林野性的氣息撩撥著牠的攻擊意識，森格狂吼不止表達牠的極度不滿：野小子！只要把我放出籠子就是你的死期！

從老林的描述和以後的接觸中，我才更多地瞭解了這隻叫做「皇帝」的獒王。牠是這裏唯一的一隻長毛大公獒，兩歲多，通體漆黑，嘴和四肢包裹鐵銹紅，肩高幾近九十釐米，粗腿虎爪，菊花尾，近乎完美的外形。皇帝是這三家獒場裏最魁偉的大塊頭，也是老林獒場裏的頭獒。以藏獒的角度看來，皇帝是偉丈夫型的，可牠絕不是傻大個兒，牠心思細膩，頭腦聰明，對老林忠心耿

初吻打破了狼與獒的隔閡，格林像是找到了失散已久的父親。

耿，對幼獒愛護有加。皇帝很注重在獒群中的面子，哪怕人也不能傷牠的尊嚴，如果飼養員尼瑪當著眾獒的面罵了牠，牠就絕食以示不滿，直到尼瑪對牠誠懇道歉、在眾獒面前還牠尊嚴方才作罷。

我跟皇帝的確很投緣，可能因爲牠是我生平見到的第一隻藏獒，而我是牠生平見過最大膽的陌生人吧。自從我到獒場以後，每天清晨，皇帝都會把腦袋塞進我的窗戶，享受我的撫摸，牠也漸漸容許我摸牠的頭頂了，但與普通狗不同的是，皇帝從不亮肚子撒嬌，也從不舔我的手示好。或許是維護牠的威嚴形象吧。但牠每次見到我的時候總會輕輕搖一搖尾巴。

老林總是說皇帝太溫和，又有些小脾氣，所以在牠的「皇帝」名字前加了個「小」，常常叫牠「小皇帝」，而我卻不以爲然。在我看來，皇帝是一隻充滿智慧的獒王，像部落的酋長，與其說牠性格溫順，不如說是比較沉穩，牠會獨立思維，在牠的內心中，一定對陌生事物有著自己獨到的見解和判斷，不像其他缺乏判斷力的狗那樣見了不認識的人，不管三七二十一，通咬！除了智慧，皇帝高大威猛的優勢在這個藏獒群體當中也佔據絕對的統治地位。皇帝不輕易發飆，可一旦發火，所有的獒都退避三舍，牠一副皇帝教訓子民的威嚴神采，可能這也是牠得名的原因吧。

是夜，格林竟然沒有回我的屋子，牠自己鑽進了「乾爹」皇帝的籠子裏，枕著巨獒毛茸茸溫暖寬厚的身體沉沉入夢，聽著那些同類的鼾聲，牠恍惚找到了另一種似曾相識的感覺。

我揪了一天的心總算放下了，如果戰神龍狗和天狗的傳說是真的，牠們能否回到最初呢？

14 獒兄狼弟

當格林沒有狼的團隊可加入的時候，牠唯一能憑藉的就是智慧。格林從小就在與「狐狸」的明爭暗鬥中長大，使陰招是狐狸教給牠的拿手好戲。

一向相處和諧的獒群因爲格林的加入變得不再平靜。最先挑起事端的是大公獒森格。森格是個厲害角色，在老林的獒場裏，森格的地位僅在皇帝之下。牠長得身形偉岸，頭毛巨大蓬鬆，麒麟爪，鐵包金的毛色，昂首挺胸氣質超群。牠的血統高貴，聽說在中國獒圈子裏都是掛了號的帥狗猛獒。牠的眼裏，當然揉不得沙子。

早上，尼瑪照舊去開藏獒的籠子。往常一打開籠子，藏獒們都會迫不及待地衝向中場。而今天森格卻一反常態，撞出籠子就徑直向皇帝的籠子衝來，堵在籠門口，擺明了是衝格林來的。

格林見牠來勢洶洶，繞著籠子跑了一圈，仗著小巧靈活，「嗖」的一聲，從森格的肚子下面躥了出去。森格急忙掉頭追出去。皇帝不幹了，自己剛認下的乾兒子豈容他人白眼！皇帝怒吼著阻止森格！森格憋了一晚上的氣，哪裡肯聽皇帝的招呼，掉頭就追狼。

格林飛奔到場中央，四周都是滿場亂跑的藏獒，不知道誰是誰，格林有點不知所措，猛地剎住車。就這一瞬間，森格已經撲了上來，一下掀翻格林，張嘴就往狼脖子咬去。

尼瑪一看不妙，驚聲叫喊：「姐！你的狼！」我急忙奔到窗邊一看，嚇得腿都軟了，一把推開窗子大喊：「格林快跑！」

格林已經被牛犢似的森格壓倒在地，哪裡跑得了，眼看森格刀尖似的獠牙就要咬上狼脖子了，皇帝咆哮著撲來，整個身子夯過去一頭撞在森格的腰上，「砰」的一聲沉重悶響，森格慘叫著翻滾在地，蜷著腰身連打了幾個滾。

格林已趁著森格倒地的空檔翻身逃跑，森格立刻又爬起來，以十倍的瘋狂再次撲過去，一口咬在狼尾巴上。格林慘叫一聲，奮力掙脫尾巴，拉掉一把尾毛，狼狽逃開。

我急忙拍打著窗戶呼喊格林快往我這邊逃！格林下意識地向我跑了兩步，突然站住腳，略一猶豫，扭頭跑回皇帝的身後，繞著皇帝左躲右閃地與森格兜圈子。

格林竟然拒絕我的保護？我又氣又急又想不通。但中場裏滿是藏獒，還沒混熟，有的還往我的窗戶撲過來，我無論如何不敢踏入。我急喊著：「尼瑪，快把格林抱回來！」

場子裏其餘的四隻藏獒一看皇帝和森格打了起來，早就把牠們團團圍在中間，一圈一圈地衝來衝去，把尼瑪隔離在外，儼然這是獒群的家務事，外人少摻和！我急忙喊老林，才知老林已經出發回成都。我沒轍了。

森格吐掉嘴裏的狼毛，站在場中央虎視眈眈地瞪著皇帝，牠沒想到皇帝會爲了保護一個「外狗」跟自家兄弟動手。雖然這個場子裏包括森格在內的五隻藏獒都是皇帝從地震中救出來的，眾獒對皇帝都是尊崇有加，可排斥異類是獒群的本能，何況這隻「外狗」身上充滿了讓藏獒憎恨的氣息。就算是獒王也不能包庇「外狗」啊！

森格怒目圓睜，發出陣陣暴吼，震得鐵皮牆嘩嘩直響，左右獒場的藏獒也跟著大叫起鬨，像鬥獸場看臺上的觀眾。森格翹起尾巴，獒頭高昂，一副很得民心的樣子，公然跟皇帝叫板。牠腳爪抓緊了地面，開始積聚力量，牠不相信皇帝能把牠怎麼樣。

這邊，小不點趁著皇帝不注意，偷襲了格林一爪子。昨天老林不准她咬格林，可沒有不准抓牠，她對格林的好奇勁兒還沒過呢。皇帝扭頭衝小不點吼了一聲，小不點頓時把頭低了下去，夾著尾巴，不敢再頑皮。森格趁著皇帝分神之際，猛然繞到皇帝身後，咆哮著抓格林。皇

帝暴怒，後腿一蹬地，扭過身來，向森格撞去。森格被皇帝撞在後胯上，身子一側，撲擊頓時失了準頭。格林靈巧地尾隨皇帝，躲在牠龐大的身後，像老鷹捉小雞的遊戲。森格的牙齒咬得咯咯作響，看來皇帝是鐵了心要護著格林。我和尼瑪提心吊膽地看著這場內訌，好幾次打鬥的藏獒都差點踩著格林，但格林總能閃躲開，我緊張得把窗框捏得咯吱響，希望格林靈巧些，再靈巧些！

森格聳起肩背，繃緊了後腿，奮力扒地，正要再撲。突然，皇帝暴吼一聲，迎面向森格對撲過來……

「梆！」兩隻沉重的藏獒凌空對撞在一起，撞得觀戰的人和獒都心裏一緊，下意識地側頭閉眼。再看時，森格已經被撞翻在地，皇帝撲在牠身上，像一堵厚牆般壓得牠喘不過氣來。森格急了，張嘴就向皇帝胸口咬去，皇帝毫不躲避，反嘴一口就叼住森格喉嚨！

相互咬著對峙了片刻，森格突然嗚嗚啞啞像哭聲一樣叫起來，牠邊淒涼地叫著，邊放開了嘴，牠的大嘴裏全部塞滿了皇帝厚重糾結的長毛團，而皇帝卻牢牢叼穩了牠的喉管，長毛獒和短毛獒打架的一大優勢顯現出來。此刻，皇帝的獠牙咬在森格喉管上反覆揉搓，嚇得森格瑟瑟發抖，被壓住動也不敢動。雖然從小一起長大的藏獒打架絕不會往死裏掐，但「你的命在我牙縫裏」，皇帝也會用這種方式對挑釁者往死裏嚇！

其他四隻觀望的藏獒見「二當家」森格都被鎮壓下來，紛紛退開，衝皇帝搖搖尾巴，沒誰敢再挑戰皇帝的權威了。

我總算鬆了口氣，看來格林選擇的保護傘是對的，牠即將有新的群體和生活了。

日子一天天過去，格林漸漸摸透了這六隻朝夕相處的藏獒：

「黑虎」——老林的六隻藏獒中最兇猛狂傲的公獒，一歲，通體漆黑。其實牠一直沒有名字，「黑虎」是我這樣叫牠的。牠「爲獒」比較低調，不亂叫亂嚷卻是生人勿近，哪怕你拿著美食討好牠，牠也絕對不吃外人給的東西，對陌生人一律「咬無赦」，發動攻擊時，那兩眼閃現的紅光讓人不寒而慄。

「風雪」——母獒，一歲，黑色體毛光滑如緞，柔軟的腰肢、渾圓的臀部、靈動的眼睛，是個十足的美女，因爲四足尖上掛有點點白色，恰似踏著風雪而來，因此得名。

「紅眼睛」——小母獒，八個月大，個頭比皇帝和森格略小，漆黑的毛色，眼尾下垂，弄得眼神怪嚇人的，她的性格也比較情緒化，可以前一分鐘還在跟你玩鬧，後一分鐘立刻翻臉撲咬過來！真是「女人心海底針」。接觸紅眼睛的最初幾天我都很少用背對著她，始終有些防備。

「皇帝」——格林早就發現這位領袖好相處，所以第一個和牠親近，皇帝也很寬容地讓這個異類乾兒子在身邊衛星似的轉悠，格林喜歡在皇帝身上亂爬亂咬，有時候乾脆笨拙地爬到皇帝的大腦袋上，肥嘟嘟的小狼屁股撅在前面，垂在屁股下的狼尾巴就像雞毛撣子一樣在皇帝鼻子上掃來掃去，癢酥酥的，掃得皇帝直打噴嚏，啥叫蹬鼻子上臉，這就是了。有時皇帝一起身，就頂著格林晃來晃去，像戴了一頂滑稽的帽子。有時候皇帝還趴在地上，心甘情願讓格林把牠當肉山一樣攀爬。

皇帝不善表達，也很少去親舔格林，那似乎有損頭領的威嚴，但牠卻很喜歡這小傢伙，牠似乎也需要這樣一個依在懷中的開心果驅散囚籠中的寂寞，釋放牠無處傾瀉的父愛，於是牠常常護著格林，特別是嚴令禁止森格欺負格林，氣得森格蹦來跳去撕咬草皮發洩心中怨氣！

森格總會趁著皇帝不在，一有機會就去追咬格林，一副急欲誅之而後快的瘋狂勁頭。母獒們有時也玩鬧似的追咬起鬨一番，往往看見森格真的下嘴了，就停住不追了，她們可不願意公開去違背皇帝的意願。幼小的格林常常被身材高大的藏獒咬翻在地踩來踩去，似乎代替了玩具或者足球之類的角色。格林身上掛個彩、破個皮、掉撮毛，或者被沉重的藏獒們踩傷腿腳一瘸一拐是常有的事兒。黑虎則是冷眼旁觀，對這些不痛不癢的小打小鬧嗤之以鼻。

一天的蹂躪結束，格林往往會筋疲力盡一身是傷地鑽到我懷裏，舔著我的手背委屈地嗚咽。我心疼地撫摸牠的傷處，重要的是檢查牠的骨頭和腰肋有沒有傷到，格林的骨頭還很脆弱，腰部更是柔軟異常，如果從側面攔腰托起格林的話，牠的上半身和下半身就會像軟麵條一樣耷拉下去。如果檢查到有較重一點的傷，我才會給牠擦一點消炎止血的藥，輕傷都不理會。狼的生命力極其頑強，小傷小痛牠自己舔舐一兩天就恢復了。

入夜，格林仍舊鑽回到皇帝的籠子裏去睡覺，雖然處於底層，總是被欺負，但格林還是渴望與同類群體生活。

第二天格林醒來，照樣重複頭天的噩夢，屢戰屢敗，屢敗屢戰，就沒見牠贏過。但傷痛並非全無益處，天天被撲咬的經驗和教訓使格林的奔跑速度磨煉得一天比一天快，體格也在追逐和與藏獒們的日日周旋中逐漸強壯起來。格林屬於抗擊打能力和恢復能力都超強的那種，就像拳擊運動員要打人首先要學會挨打一樣，格林的沙袋生涯練就了牠不倒翁般的意志和性格，同時也學會了怎樣儘量避免再去挨打。

格林可以躲得遠遠的，甚至離開獒場，這當然是個好辦法，但同時也意味著失去媽媽，失去對自己關愛有加的皇帝，失去食物，失去夜晚溫暖的依靠。而且，當逃兵絕不是狼的性格。論體力，莫說格林還年幼，就是一隻成年狼一對一也未見得是藏獒的對手，狼的力量在於團隊，在於智慧。當格林沒有狼的團隊可加入的時候，牠唯一能憑藉的就是智慧。格林從小就在與「狐狸」的明爭暗鬥中長大，使陰招是狐狸教給牠的拿手好戲。

格林漫不經心地趴在洞裡，把洞外的森格氣得嗓子都吼啞了。

格林像一個忍辱負重的戰士，開始利用所有藏獒沒有欺負牠的時間在草地上努力地刨洞，洞的走向坐南朝北，太陽正好曬不著，口小內寬，身形瘦小的格林能進出自如，而頭大如斗的藏獒卻甭想鑽入。與此同時，格林收集著一切有用的資訊：

每天早上八點左右，地面的露水一乾，餵獒的工人尼瑪就會將吃過早餐的藏獒放到涼爽的草場上活動，這時的藏獒們剛吃飽了飯正有精力使不完，牠們盡情欺負戲弄格林。尼瑪總會提前放一大盆水在草地上，供藏獒們飲用。

到十點左右，高原火球般的太陽就升起來了，藏獒是出了名的耐寒不耐熱，牠們厚重的黑皮毛既吸熱又保溫，像捆了一身的熱水袋，讓牠們格外難受，必須找個陰涼地方喝水散熱。水，對獒們來說猶如救命甘露。這條生命線格林看在眼裏，記在心裏。

三四天的時間，格林終於挖好了一個一米深的洞，再往下挖就是凍土了，洞口全是刨挖出來的新土，格林的爪子紅腫流血，看得我又佩服又心疼，牠卻舔著爪子上的泥血對自己一手挖掘出來的防禦工事倍感自豪。洞外驕陽似火，洞內卻潮濕陰涼，格林在洞裏享受著自己的勞動成果。

清早，藏獒們照例飛奔出籠子開始了玩狼遊戲，皇帝雖然護著格林，但也不是隨時都站出來主持正義，皇帝以為無傷大雅的玩鬧也是對孩子們的一種操練，屬於犬類的正常社交行為。森格就不這麼想，在正常玩鬧的同時，常常冷不防地下狠口，在格林身上留下長久紀念。

但今天情況略有不同，格林遠遠地看藏獒們一衝出來，就立刻起身從守望我窗戶的地方迅速撤離，鑽進洞裏，不吱聲也不出來，無論獒們如何狂吠挑釁，都是漫不經心地趴著，把頭放在一隻前爪上半閉著眼睛養神。氣得森格嗓子都吼啞了，趴下身子卻怎麼也不能把巨大的狗頭塞進洞去。

八點半左右，一聲呼哨，尼瑪把水端出來了，放在草地上，藏獒們都搖著尾巴慢悠悠地圍上前去喝水，格林立刻衝出洞，搶先跑到水盆前，尖嘴往水裏一扎，一陣狂喝，然後迅速叼起盆角，猛一側身掀翻水盆，水立刻被乾涸的草地吸得一滴不剩，等到藏獒們圍過來的時候只有一個空空的水盆丟在原地悠悠打轉。

藏獒們大怒，以森格為首，黑虎第二，風雪、小不點、紅眼睛緊隨其後，一齊吠叫著追咬牠，格林早已鍛煉得腿腳靈便，像幽靈般滑過草面。平時一群藏獒從四面圍過來，格林每每被堵得走投無路，咬得遍體鱗傷，現在同一方向的追逐，藏獒哪裡追得上輕快的狼啊，如果藏獒也懂得包抄埋伏的團隊合作策略，格林便無處遁形了。可惜藏獒們都是驍勇的個人英雄主義者，格林胸有成竹地在草場上一圈一圈跑著，後面追隨著一群名副其實的狗仔隊。

一小時後，大口喘氣的狗嘴也不足以散熱了，狗仔隊成員銳減。兩小時後，森格乾渴得似乎血液都快流不動了。饑渴難耐的藏獒垂頭喪氣地望著空水盆咬牙切齒，卻又拿那追不上的野小子沒辦法，太陽已經很高，黑色的藏獒們體溫迅速攀升，個個無精打采像落了藤的蔫絲瓜，沒有水喝，只好找一個陰涼地方先躲躲毒日頭。

藏獒們各自選好陰涼地方趴好，肚子和腳掌貼著太陽沒曬到的陰涼泥土以求得一絲涼意，正要打個盹兒，格林卻鬼魂似的上來了，這個咬一口，那個抓一把，報仇時間到！燥熱難當的藏獒實在不願意也無力站起來，況且站起來追不了幾步，格林早已跑得遠遠的了，等藏獒們回陰涼處重新趴下，格林又陰魂不散地飄上來了。

反反覆覆，除非藏獒待在陽光下烤著，否則狼牙就讓牠們片刻不得安寧。無精打采的藏獒們只有忍氣吞聲地趴在陰涼處，任由格林爬在牠們身上扯耳朵咬尾巴盡情報復。

皇帝淡淡地看著這一切，那天除了皇帝，所有的藏獒都不同程度地掛了彩或是被揪掉了大把的毛。直到晚上尼瑪收走盆子，藏獒們也沒能喝上一口水，尼瑪當然以為水是被藏獒們喝完的，嗓子冒煙的藏獒們有口難辯。

第二天、第三天格林故伎重演，讓藏獒們在烤刑和咬刑中二選一。藏獒們終於徹底明白格林是蓄意掀翻水盆的，牠們幾乎要發狂了。格林也不耗費牠們的體力了，掀翻水盆以後就自己躲入洞穴，甚至還更囂張地屁股朝外睡覺，用還沒長多少毛的細細狼尾巴朝著圍在洞外狂吼大叫的森格慢悠悠地晃來晃去，看得到咬不到，把森格都快氣暈了。這一天不滿的叫聲中多了一個粗壯的聲音——皇帝。

第四天，格林照舊鑽出洞去喝水掀盆子，卻被一個獒爪及時踩住水盆底，抬頭一看是皇帝。皇帝喉嚨裏不滿地咕噥著，牠的確太冤了，這幾天折騰得牠也滴水未進，牠招誰惹誰了？趁著這當口，森格牠們加速圍了過來：「今天一定要收拾這小子！」

格林迅速低頭，「汪嘰」一口咬在皇帝踩水盆的腳上，乳牙跟釘子似的一扎，皇帝下意識地猛然抬起了腳，格林縱身一躍跳進水盆裏，一陣胡蹬亂踹，翻滾一圈後水盆自然又翻了，濕漉漉地扣在格林身上。

已經圍攏來的藏獒們眼睜睜地慢了一步，今天又喝不成水了，氣急敗壞張口就要咬，格林渾身濕毛一甩，一層水霧瞬間包裹了牠的全身，水珠濺在藏獒們張開的大嘴裏，一陣清涼感覺讓久渴的森格如乍逢甘霖一般，忙不迭地將撕咬改成了舔，如同酒鬼收拾打翻在桌面上的酒似的，貪婪地舔著格林身上的水，喉嚨裏討好地嗚咽著，唯恐牠再甩毛浪費了那珍貴的水源，其他幾隻藏獒也狗模狗樣地舔起來。

黑虎退到了一邊，牠寧願渴死也不願意去和眾獒擠在一堆，俯首低眉舔一隻狼。牠側頭看著皇帝，深沉內斂的皇帝自然也不願意放低身段去舔格林，牠沒精打采地趴在一邊，無可奈何地把爪子搭在扣翻的水盆上，平時威嚴的皇帝此刻卻活像叫花子，唉，真是神仙打架皇帝遭殃。

格林高貴地仰著頭，隨著藏獒們親舔的轉移輕輕抬腳翹尾，儼然進了ＳＰＡ中心的貴賓般享受著眾獒周到的理毛服務。

第五天，藏獒們緊張極了，怕腿腳慢了還沒跑到水盆邊水又光了。格林已經在大口喝水了，喝完牠照例叼起了水盆，森格邊跑邊可憐巴巴地祈求嗚咽起來，格林知道牠的目的達到了，牠還是把水無情地倒了一半，但是客氣地留下了另一半，夠藏獒們潤潤喉嚨的，然後格林退到一邊，隨時做好開跑的準備，看搶完水喝之後的藏獒是不是會找牠算賬。

皇帝、風雪、小不點和紅眼睛爭喝了幾口水就各自休息去了，黑虎喝完水默默地走到一邊，照例百事不問甚至也不看格林一眼。森格霸著水盆把盆底舔得乾乾淨淨以後，轉過頭來盯著格林，牙齒咬得輕微作響，幾天來的惱羞怨恨在佈滿血絲的獒眼裏反覆糾結，頸毛緩緩豎立起來，後腿慢慢繃直，前爪抓緊地面開始有了撲擊的前兆。格林的身子略略低伏下來，後腿彎曲到一定弓度，隨時準備像彈簧一樣彈射出去亡命逃竄。喝完水趴在一邊休息的皇帝立刻把大腦袋昂了起來，向森格發出威嚴而警告意味十足的低吼，意思明確：你敢動格林一根毫毛，我打到主人都認不出你來。格林也不失時機地慢慢伸出舌頭舔了舔嘴唇，告誡牠想喝水就老實點兒。

森格當然不想再重溫這種乾渴的變相體罰了，而且，牠此刻也無論如何追不上這個鬼影狼的，眼看每隻獒喝了幾口水就見底了，還是省點力氣休息吧。森格緩緩放鬆下來，喉嚨裏泛出一陣詛咒的咕嚕聲，勉強接受了這個和平共處的基本條約，心不甘情不願地走到一邊休息去了。

格林看藏獒們都沒了再迫害牠的意思，這才輕快地繞過黑虎，走到皇帝的身邊，格林從不招惹黑虎，因爲格林敏銳的感官在第一時間早已提醒牠，那隻沉默的藏獒身上有股強烈的殺氣，少惹爲妙。

格林朝皇帝身邊湊了湊，皇帝偏過了大腦袋不看牠，格林歉意地舔了舔皇帝大腳爪上昨天被牠小獠牙咬傷的地方，皇帝抽回了爪子收在身下不領情，下巴放在草地上閉著眼睛一言不發。對皇帝而言，面子極其重要，跟主人還要賭兩場氣呢，枉自我對你那麼好，你小子平白無故連累我跟著渴了好幾天，臨了還咬我一口，這心靈的創傷豈是一兩句話能夠抹平的？

格林見道歉不奏效，索性像小強盜似的順著脖子爬到皇帝身上抱定腦袋又親又舔，快樂地哼唧著，黏糊得像隻纏綿的小貓，然後從皇帝的大腦袋上耍賴地滾下來，四腳朝天，把粉嫩粉嫩沒長幾根毛的小肚子亮出來貼在皇帝冰涼的鼻尖上摩挲，時不時地用小尾巴掃掃皇帝癢酥酥的唇吻。

這是格林第一次甘於對藏獒露出肚子表示臣服的肢體語言。皇帝終於忍不住心動了，張嘴一口叼住那根調皮的小尾巴，格林也馬上轉過頭，就像還不知道自己居然有這個好玩的器官似的咬住小尾巴，滴溜溜轉起圈來。

皇帝漸漸高興起來，翻身側躺留出位置，任由這個可愛又刁鑽、爲達目的不擇手段的野小子鑽進牠懷裏玩耍起來。

從此，只要有藏獒欺負了格林，格林就立刻掀水盆，養獒的工人尼瑪也很快發現了這一事件，很不高興：「這狼太討厭了，本來草原的水就珍貴，再掀盆子我揍牠！」

我微微一笑：「牠掀盆子肯定有牠的道理，缺的水我給你補上。」

那以後，藏獒欺負格林的次數明顯少多了，雖然森格仍舊恨格林恨得牙根癢癢，黑虎照舊不理會格林，但牠們知道，要想安生就最好別得罪這個小傢伙，況且主人表明了態度向著小狼，誰敢造次？我給成都的亦風打電話講了格林智取獒群中一席之地的過程，亦風驚訝之餘也放心多了。

在獒場的時候，我幾乎每天天剛亮都會聽見窗戶上「咚」的一聲，一塊拳頭大小的石頭飛進我的屋子，掉在床前。我把這些石頭收撿起來，積了滿滿一盒，這都是格林的傑作。我一直沒想明白牠爲啥總是喜歡這樣：一大早就從草場裏撿來石頭，叼著石頭爬上窗戶扔到我房裏來，看著石頭落地的聲音把我從夢中驚醒，就開始咧著大嘴快樂地哼哼，或者得意地在場子裏又蹦又跳，似乎很喜歡這樣的惡作劇。

我還注意到，如果我表情平淡沒有被石頭嚇到，格林就會趴在窗戶上耷拉著耳朵，下巴一抖一抖顯得有些沮喪的樣子。如果我驚叫一聲拍著胸口做出被嚇到的姿態，格林就會樂不可支地翻身跳下窗去，像上了發條一樣地圍著場子瘋跑！

這些日子裏，我已經在屋裏撿到了十多塊牠扔進來的石頭，全部沒收了。後來牠在附近實在找不到合適的石頭了，乾脆扔了好大一塊乾牛糞進來，真服了牠！每天早上第一個爬上我窗

每天清晨，格林都會來到我小屋的窗前，給我一個Morning Call。

戶，將我從睡夢中叫醒的必定是格林，牛糞和石頭都是牠的簽到。

第二個是皇帝，牠會像熊一樣一巴掌把格林撓開，仗著身材高大趴在我窗戶上，遮去我半窗的陽光，晃著腦袋要我給牠撓耳根子。每當這時，格林就會在皇帝身下焦急地叫喚，怎麼也擠不上來。我已習慣了這樣的Morning Call。

從來到這裏的第一天起，格林就一直沒放棄過翻窗進屋的念頭，因爲牠知道屋裏有媽媽，有溫暖的被窩，最重要的是——有吃的！但是鋁合金的推拉窗對不足三個月的格林來說又高又重。蹦跳、打洞的策略費時費力不奏效之後，格林開始轉動牠的鬼心眼兒。

我和藏獒們相處熟了，有時候會在窗前喚牠們過來輪流趴在窗口上，然後把甜甜的鈣片挨個兒塞到一張張大嘴裏面。牠們很樂意得到這樣的獎賞。排隊吃糖果，每張狗嘴塞一個，格林總能從藏獒的縫隙裏冷不丁地伸出尖嘴一口搶走鈣片，搶食之餘，格林把這些規律都一一記在了腦中。

這天中午爲了透點氣，我小屋的推拉窗沒有完全關死，一邊留了大約三指寬的縫，格林轉悠過來開始了牠的行動，牠退到犬舍門口，然後故作激動地歡跳著奔跑到小屋的窗前，人立起來趴在我的窗戶上，尖嘴巴伸進窗戶半開的那道縫子裏，而後把嘴巴退出來，嘴裏吧嗒吧嗒地大聲嚼著，還回味無窮地舔著嘴唇，似乎吃到了什麼好東西。

在草場上睡午覺的藏獒們本就被牠一陣狂奔吸引了目光，再一看又有東西吃，紛紛起身激動地擁了過來，森格奔在最前面，跑到窗口把格林擠到一邊，站起來一爪就把虛掩的窗戶推開，大頭探進屋裏，愣住了，屋裏空無一人，哪來好吃的？森格還在發愣的時候，格林已經借機躥上牠寬厚的背，把森格當「肉梯」跳將上來，再從窗戶蹦進屋子，計畫天衣無縫！

沒人的屋子立刻成了格林的天下，憑著敏銳的嗅覺，牠很快找出了我藏在床下的鈣片和狗糧，還有一串珍藏的葡萄。狼對葡萄有著莫名的狂熱，只要條件允許，狼一次能吃掉幾公斤的葡萄，在產葡萄的西班牙每年都有狼和狐狸造訪葡萄園，因爲這種水果富含糖分和維生素，而且味道鮮美。但是由於有人類的監守和看護，狼很難弄到這種水果。奇怪的是，古老的傳說中並沒有提及狼的這種愛好。早期的伊索寓言裏曾經有一篇《狐狸和葡萄》的故事，溯其根源也並非空穴來風。草原上葡萄更是難得一見，格林這次無異於中了大獎，一串葡萄一顆不剩全部下肚。連滲出的糖水都舔乾淨了，真是大大的滿足。

窗外藏獒們看著格林在屋子裏大快朵頤，自己身子又太笨重翻不進來，氣得一個個吹鬍子瞪眼，大叫起來。等我趕到一看，格林還在桌上忘情地舔著裝優酪乳的塑膠桶，並毫不客氣地在筆電上走來走去，給我還在寫的日記裏留下一行行「天書」。屋裏又是「一片狼藉」，氣得我直哆嗦，門一關就想上前教訓這個破壞之王。可格林看見我進來，並沒意識到自己有什麼錯，反倒比見了食物還高興地撲過來又抱又舔。看見格林親熱的樣子，我立刻心軟了。的確，

牠想辦法找吃的似乎並不是錯事，在狼的成長過程中還應該是一大進步！小孩子貪玩好吃，天性如此，格林也不例外，這就更不能用人類的規範來責怪牠。

我抱起格林，帶著牠出門散步去了，留下一窩子的藏獒還在外面乾瞪眼。

很多人把狼和藏獒相提並論之時，總會糾結於狼和藏獒誰能把誰咬死的問題上。來草原之初，我也擔心狼和藏獒這對傳說中的宿敵不能相處，現在看來，格林與藏獒們倒成了朝夕的玩伴，如果說狡黠的狐狸和格林的相處是暗地裏爭寵吃醋，那麼藏獒跟格林的相處就像敦厚的獒兄與淘氣的狼弟。

15 狼為食狂

俗話說開源節流，小格林獵食還沒學會，但是節流卻已無師自通，會精打細算地過日子，並且懂得警惕和分析「可疑食品」，這讓我對牠未來的生存能力又有了更多的把握。

格林摸透了藏獒的習性之後，漸漸開始得寸進尺了。

森格是欺負格林最厲害的一個，可是格林偏要去招惹牠。就拿上次來說，森格在中場裏閒來無事，費了半天勁挖出地上一塊鋪路的板磚玩，牠想把板磚叼起來，但是獒嘴兩邊都有厚厚的肉垂，叼板磚這樣的寬東西不方便，要來回擺頭把肉垂甩到兩邊，才能露出牙來。森格正對著板磚搖頭晃腦，格林躡手躡腳地湊上前去，一口叼起板磚就跑，狼嘴叼磚可容易多了。格林趾高氣揚地繞場一圈然後把板磚叼回洞裏。森格氣得臉都變形了，汪汪叫著衝到格林洞口就把大腦袋往洞裏猛塞。

獒頭當然是塞不進去的，森格抽回腦袋來，狠狠咆哮了一陣。突然，森格鬃毛一抖，興奮地繞了一圈，跑到洞頂查看了一下，猛地跳起來，再砸夯般狠狠跺下去，牠龐大的身子在洞頂又蹦又跳：我跺，我跺，我再跺！空洞的土層似乎都有點承受不住了。我在窗戶裏看得心驚肉跳，沒想到這憨大個兒還會來這手，洞頂一塌，格林不就被活埋了嗎！

我趕忙喝止：「森格，不准跳！」我的話對森格還是起一定作用的，畢竟相處日久，又奉送了那麼多零食。森格不跳了，反正跳著也費勁，牠乾脆躺在狼洞上，用後背把整個洞口堵了個嚴嚴實實：讓你出不來，悶死你！

我嘆口氣，翻過窗子去勸架，還沒走近，就見森格「嗷」的一聲挺胸彈起——洞裏的格林衝牠的後背來了一口。唉，這對冤家。

我一把抱住森格，「哦哦」地拍著牠的後背連聲勸慰：「不痛，不痛，不生氣，乖……」森格朝狼洞咬牙切齒，喉嚨裏嗚嚕嗚嚕地吼著。

我想起褲兜裏還有一塊巧克力，連忙掏出來安慰這個大小孩。森格從來沒見過巧克力，牠稀奇地看著我剝開糖紙，放到牠眼前，牠伸鼻子開始嗅起來……別看藏獒個兒大兇猛，可牠們吃東西卻是很斯文的，每次我在窗邊餵食的時候，牠們總是先嗅一嗅是什麼，再小心翼翼地用牙尖叼住一點點，最後把頭一仰讓食物落進嘴裏，這種吃法絕不會傷到餵食的主人。如果食物很小，像糖或者鈣片什麼的，牠們就微微張開嘴，讓我把食物塞到牠們暖烘烘的大嘴裏，直到確定我的手已經拿開了，牠們才開始咀嚼。格林卻絕不守這樣的規則，有好吃的，跳起來就搶，哪怕我本來就是要給牠的，牠也不會客氣等候。小塊的食物我絕不敢拿在手裏餵格林，很容易被牠拚搶時沒輕沒重的獠牙剮傷。此刻，森格聞到一股誘人的甜香，牠確定眼前是個好東西，就輕輕張開嘴……

突然間，一道灰影從我和森格之間閃過，等我們回過神來，我手裏的巧克力沒了，格林在不遠處吧唧著嘴。森格錯失了今生嘗到巧克力的唯一機會，舊仇新恨，牠簡直氣瘋了，撲上去就追咬格林。格林迅速縮進皇帝的肚子下面，森格連忙剎車，看著格林意猶未盡地舔著嘴唇，懊惱極了。

猛然間，森格又想起什麼，趕忙跑回我面前，張著嘴巴嗚嗚叫。我兩手一攤，苦笑著說：「沒了……」森格失望地哀叫一聲，倒地就打滾，又一咕嚕翻身起來，大鼻子把我的口袋一陣猛嗅，最後，牠嗅到手上，把我手裏化掉的一點巧克力渣舔乾淨，發現的確很好吃。於是，牠更恨格林了。

從那以後，森格只要看見我，第一件事一定是聞遍我所有的口袋。如果我手裏再有吃的給

牠，牠會毫不猶豫地先吞進嘴裏再說，以至於有一次我手裏拿著一塊香皂，也被牠一口吞進嘴裏，嚼了兩口才尷尬地吐了出來。尼瑪看得一頭霧水，只有我知道森格在想什麼。

慢慢地，我看了出來，這六隻藏獒裏的三隻母獒雖然也貪玩，但精力有限，且很多時候喜歡理毛打扮，和格林玩不到一塊兒。剩下的三隻公獒裏，皇帝玩心不大，黑虎孤僻沉默，就屬森格身體最棒，有使不完的精力，而且每逗必怒，每怒必追，當然成了格林挑逗的第一選擇，格林完全沉浸於「與獒鬥，其樂無窮」的感覺中。而每次玩夠了，格林就躲到皇帝身後，或者縮到母獒風雪的懷裏，風雪常常像個大姐姐一樣替牠舔理一身的亂毛。

既然明白了狼獒相處的規則，牠們追攆狂鬧時，我也就不那麼擔心了，只在一邊觀望，儘量不去干預格林的群體生活。

雖然生活在荒野的狼經常忍饑挨餓，遇到食物就狂吃海塞，但那只是出於現實的無奈，而並不是最佳的進食方式。狼父狼母也會盡力打獵存食以保證小狼充足的食物供應。

我為了給正在長身體的格林打好基礎，讓牠和藏獒們每天基本享用一樣的營養食譜。星期一到星期六，一日三餐均勻安排：早上，半斤狗糧、一隻雞蛋；中午，一斤切成片的精瘦牛肉，表面澆上一大勺牧民自製的優酪乳，像生肉沙拉一樣；晚上，半斤狗糧、半斤牛肉、一隻雞蛋，時不時地灑上幾滴液體鈣，加點維生素、魚肝油等。

然而，每天都不愁吃食的格林似乎永遠沒有飽足感，特別是牠對於晚上只有半斤牛肉的供應大為不滿，為此，我又特意把牛肉的分量加倍，但格林仍舊狼心不足。每到進食的時候，藏獒們都自覺回到各自的籠子裏，等著飼養員尼瑪關好籠子後把食盆塞進籠來。格林卻絕不安於像藏獒那樣老老實實在籠子裏吃分配到的分量，牠仗著身形瘦小的優勢鑽進每隻藏獒的籠子裏到處搶食，引得藏獒們狂吠著上來抓咬。

我常用手錶掐著時間計算藏獒與格林的「食速」：藏獒們吃完一盆牛肉狗糧最快的要五六分鐘，慢的一般要十五分鐘左右，而格林每次進食從未超過十一秒，牠一股腦把滿盆食物裝進肚子裏，迅速吞完自己的「口糧」後，馬上就鑽進藏獒們的籠子裏飛速搶食。等被搶的藏獒狂叫完撲上來的時候，格林已迅速鑽出籠子奔向下一個受害者。唯獨黑虎的籠子格林絕不靠近，俗話說「咬人的狗是不叫的」，對於沉默的黑虎，格林向來是少惹爲妙。皇帝對格林像父親一樣寬容，反正食物多的是，皇帝把小格林驅趕出籠子就行了，從不下口咬牠。但是離格林最近也是被搶次數最多的森格就氣得雙眼冒火，我不得不刻意用更多好吃的去安撫森格。

格林變得更加狡猾，牠知道牛肉是好東西，每次幾口吞掉自己那份牛肉就立刻掃蕩藏獒食盆中的牛肉，而自己盆中剩下的狗糧則棄之不顧或者把食盆拖到狼洞裏去，玩累了當零食吃。每次我只好趴在狼洞口，拿棍子把空食盆鉤出來收走。

自從有了搶食者，每一隻藏獒都加快了進食速度，唯恐被格林搶去精華牛肉。尼瑪樂壞了：「這些藏獒從來沒有這麼能吃過，而且格林每天帶著牠們一圈圈跑，誰休息格林就折騰誰，活動量大，藏獒的身體也結實起來，很少生病，咱家這一批藏獒比從前的獒壯多了！」

的確，拼搶競爭能創造出更優秀的群體。從前藏獒們分關在籠子裏進食，每天的食物愛吃不吃反正都是自己的，沒有被奪食的危機感。圈養的藏獒每天除了吃就是睡，偶爾在場子裏曬太陽，動也懶得動，飼養員不得不牽著牠們一圈圈地遛，如果牠們懶得走，乾脆往地上一趴，誰也拖不動牠們。活動量少食物多，牠們從來不知道餓的滋味。現在藏獒的地盤裏，狼來了，如同瞬間注入了不安分因素。狼像在爲什麼做準備似的，隨時逼著藏獒陪練，使牠們每天的活動量陡然增加，饑餓感隨之而來。狼還不按照狗的規矩辦事，藏獒每天食物的精華部分都面臨被狼掠奪的危險，藏獒們吃得一個比一個快起來，拼命地跑，玩命地吃，這樣鍛煉出來的身體不結實才怪。一向安逸閒散的獒群中陡然植入了狼性法則，老林的獒不光比自家從前的獒強健，更是三家獒場中的佼佼者，光是吼聲就足以壓倒其他兩個獒場的獒。已回成都的老林在電話裏聽說這一現象，又意外又高興。

一個籠子哪裡困得住奪食之狼？牠可以搶來不要，絕不能坐視不理！

但是，藏獒也在競爭中慢慢沾染了一些野性，護食更加狂暴起來。這是一個危險的信號，再聽話的狗都有護食的猛性，何況兇猛巨大的藏獒。爲了避免潛在的危險發生，每到進食的時候，我還是要把格林和藏獒一樣趕進各自的籠子裏。可尼瑪說，那籠子根本就關不住格林，牠趁我不在的時候，想出來就出來，藏獒的食物牠照搶不誤。我將信將疑，再怎麼說，鐵籠只有不到八釐米的欄杆間隙，格林的身子卻有近二十釐米寬，怎麼鑽得過去啊？尼瑪說，他看見格林腦袋一側，拱出前半身，再吸口氣收腹就過來了。尼瑪見我將信將疑，專門用手機拍了張照片來給我告狀。而我親眼目睹的那一次，就更加令我瞠目結舌了。

那天，老肖跟牧民合夥兒宰牛，我立刻提了麻袋去幫忙，借機「蹭肉」。我從宰牛人那裏買回來不少牛肉，還有心肺、牛血、牛頭以及我親自剔出來的牛骨架。回到獒場，我先挑了一些牛肉和心肺裝了一盆給格林，被牠一掃而空，這傢伙太能吃了。

之後，我胸有成竹地把格林往大籠子裏一關，料定這次格林的肚子有籃球那麼大，斷然鑽不出籠子來。

我鎖上門，走出犬舍，準備拿食餵獒。忽聽身後「吱」的一聲叫，我回身一看，樂了，小壞蛋果然不安分，還是想鑽出來，哪知道吃得太脹，肚子被卡住了。我幸災樂禍地蹲在格林面前看熱鬧，牠再用力一擠，吱吱呀呀亂叫還是出不來，我不但不幫牠，還大笑起來。

格林有些惱羞成怒，衝我皺起了鼻子，露出狼牙。我拍拍手站起來：「格林啊，你就在這兒卡著吧，我要給藏獒們吃好的囉！」格林急了，一陣狂掙亂叫，終於選擇了縮回籠子裏去。然後是一陣沉默，回神。我哈哈一笑，放心地出去了。

我端回一盆狗糧，格林還在轉心眼兒，但看見我端食盆進來，牠有點著急了。牠皺起鼻子，把鬍鬚繃直，一格一格地量籠子的間隙，但無論哪個間隙都過不了牠的肚子。格林終於停止了徒勞的嘗試，退了回去。之後，令我驚訝的事發生了：格林從一個間隙中探出頭來，然後埋低腦袋，肚子抽搐著，毛腰拱背「哇」的一口，牠將下午吃進去的肉嘔了出來，吐在籠子外

面。接著，牠迅速地縮身鑽出了籠子直奔我過來，飛身跳起一爪子打翻狗食盆，狗糧撒得滿地都是，氣得那些在籠子裏等吃食的藏獒汪汪亂叫。

我連忙吆喝格林，格林狠狠地吃了幾口，又示威似的把盆子拖得老遠，然後從容不迫地回到牠剛才吐出來的肉前面，幾口吞回去。最後還不忘向我投來輕蔑的一瞥，顯然牠並不屑於狗糧，但有吃的牠卻一定要爭奪，一個籠子哪裡困得住奪食之狼？牠可以搶來不要，絕不能坐視不理！

從來到獒場的那天起，每次尼瑪有吃的在手上，其他的藏獒都是翹首以待，等待主人的賞賜，而格林卻是努力進取型的，牠絕不搖尾乞食，而是明目張膽地跳起來搶。格林的彈跳能力一流，甚至能在空中急轉彎。有一次，尼瑪滿頭滴著奶水，跑進廚房邊找毛巾擦頭邊氣鼓鼓地向我告狀：「那狼太討厭了，跳起來好高，我怕牠搶藏獒的牛奶，就把牛奶盆子舉過頭頂去，結果牠跳起來就把盆子頂翻了，牛奶倒得我一腦殼都是。」我和卓瑪笑得直不起腰。

在食物面前，格林一定要讓自己掌握主動權！格林有牠的困惑：這些藏獒為啥要坐在地上搖著尾巴等？有吃的了，你們為啥不搶？

藏獒也有牠們的疑惑：這小子怎麼不聽主人命令？不按規矩待在籠子裏等分配呢？

或許這是野狼和家獒永遠難以互相理解的東西。

第二天，我又把牛骨架拖到河邊，並架起了攝影機，想試試格林在野外遇到食物的反應。

格林很快發現了河邊的牛骨架。牠還是第一次見識這麼碩大的東西。我原以為格林會不假思索地上去就啃，然而格林的表現卻恰恰相反。牠愣了一下，沒有立刻靠近，卻東張西望查看骨架周圍的大環境。儘管血腥味不斷撩動著牠，但畢竟這不是牠的領地，對領地外出現的可疑食物，牠很警覺。

牠圍著骨架轉圈，順著轉，倒著轉，在周圍跑跑看看，再聞聞地上有沒有可疑的味道……周遭的一切都檢查完畢，格林半匍匐著身子試探性地湊到骨架跟前，用鼻尖一碰，迅速跑開，看看骨架沒反應，再爬近碰一下，再跑開，反覆多次……那迅速的動作似乎在觸發什麼機關似的，看得我很意外。但我能清楚感覺到小格林多疑的狼性隨著年齡增長越來越重，牠對反常現象抱有必要的警覺，對沒把握的事物懂得多長一個心眼。

我在攝影機背後觀察著，突然覺得心裏踏實了許多，以前總擔心這個貪吃的傢伙會「狼爲食亡」，現在看來，牠也並非只知道「吃」那麼簡單。

格林對骨架繼續嗅著……牠突然望向了我，擔平了耳朵嗚嗚叫。我有些領悟了，這是我剔出的骨架，肉上和周邊地上都留有我的味道，牠認定這是我的領地，我的獵物。在獒場牠熟悉的地盤當然由得牠搶食，但出了

一頭扎進骨架，再不管任何喚「狼」聲。

這個地盤，狼又有狼的規矩，在他狼的領地吃他狼的獵獲，一定要徵得領地狼的允許。此刻在牠的眼中，我或許就是這裏的領地狼，可這些狼性規則牠又是如何明白的呢？

爲了證實這一猜測，我邊喚格林邊走近骨架。格林果然俯首貼耳，夾起尾巴放低臀部，表示臣服和徵求進食的許可。我拍拍格林的頭，向牠喚食。牠恭順地匍匐過來，匆忙舔了舔我的手心，隨即一頭扎進了骨架。我還想再摸摸牠？「嗚呼！」休想了。

一番憨吃死脹，格林飽了，我想把剩下的骨架牛頭啥的扛回獒場給牠存著，牠不幹，挺著大肚子跟我搶，甚至跳起來鑽進牛骨架裏，咬定肋骨最上面的一根，整個狼就死皮賴臉地懸掛在牛骨胸腔中間，腳不沾地地搖來晃去，活像一口寺院裏的大鐘。我搶不贏，只好丟手。

格林麻利地肢解骨架，啃下軟骨分藏在幾個地方。掏出牛舌這精華部分，藏在岸邊一處高草叢中，牠一定要自己儲存口糧才覺得保險。吃飽了也藏好了，牠悠然自得地小跑過來，準備跟我回獒場。

突然，格林發現一頭大母牛居然正向牠藏牛舌的草叢走去。格林頓時緊張起來，齜著牙迎著母牛跑去，奓開全身的狼毛，給母牛雄起，牠又衝又撲地做出兇狠姿勢，扯著奶氣的嗓門咆哮示威。母牛漫不經心地扭著下巴一路啃草，看都懶得看牠一眼。

對狼而言，藏食地就像牠的「後方糧倉」，備戰備荒的道理狼比人懂得早。格林眼看母牛離「糧倉」越來越近，而自己顯然不是大母牛的對手，牠急得伸脖子東張西望，猛然精神一振，撒開四腿飛奔向河邊，氣勢洶洶地衝向河邊喝水的小牛犢。小牛犢嚇了一跳，前踢後蹶沿河岸逃竄！

格林不但撲小牛，還真的張嘴咬了，小牛犢尾巴被咬了兩口，慌不擇路地往河裏衝去！水花四濺！母牛哪裡還有食欲，立刻奔回去趕狼護犢。格林靈巧地躲開母牛的衝擊，趁熱打鐵驅趕小牛，直到引得母牛遠遠離開牠的「寶藏」才甘休。

我看得半天合不攏嘴，三個月大的小狼竟然會用「調牛離山」計！

搶食、奪食、護食、藏食……狼爲食狂！俗話說開源節流，小格林獵食還沒學會，但是節流卻已無師自通，會精打細算地過日子，並且懂得警惕和分析「可疑食品」，這讓我對牠未來的生存能力又有了更多的把握。

16 | 草原領地狗

或許在格林想來，藏獒兄弟們都是「宅狗」，格林渴望的是在草原上能有一個自由的群體，哪怕會被欺負。可憐的小格林還不知道自己是狼。

這天，我還在窗邊東張西望喚著格林，就聽老肖扯著烏鴉似的嗓子在我門外吆喝《杜十娘》的調調：「……手扶著窗欄四處望，怎不見我的狼？……狼君啊，你是不是餓得慌，如果你餓得慌，對你老娘講，老娘給你做肉湯……」

我一拍手，笑得咯咯地迎出門去：「老肖啊，今兒怎麼有空上我這兒串門？」

老肖哈哈一笑，黝黑的臉上陽光燦爛：「哎呀，我閨女想我了，我想請你幫我拍幾張照，給她發過去。回頭我牽兩匹好馬，請你騎馬去。」

「好啊！不如你就騎馬到河邊去吧，我幫你照幾張帥的。」

老肖一樂：「那敢情好。」旋即又想起什麼，趕緊說，「河邊不行，我正要過來跟你說，你千萬管好你的『狼君』別出去，這幾天白臉又殺回來了，好傢伙，帶的狗成群了，要讓牠們逮住了狼，那可是往死裏咬啊！」

「白臉?!」我打了個冷戰，回憶起了一個月前的情景——

我剛到獒場的時候，搭老阿姐的奧拓車進若爾蓋縣城買折疊小木桌和布衣櫃。老肖、卓瑪、尼瑪也跟著湊熱鬧，在縣城裏買了一大堆牛肉、雞蛋和速食麵。想著晚上可以打牙祭了，一車人喜不自勝。

回來的路上，老阿姐開車，尼瑪坐前排，我坐後排中間，卓瑪和老肖坐在我的兩側靠窗的位子。下了公路往獒場方向開的時候，「嘩啦嘩啦」一陣聲響，他們四個人不約而同地搖起了車窗，我納悶得很：「老肖，這麼熱關窗子幹啥？」

「狗來了！」老肖話未落音我就聽遠處一陣狗叫，探頭一看，迎著車子衝過來好幾條大狗，狂吠著撲車。我心下一凜：「這兒的狗這麼兇?!」

「當然，你看見那條狗沒有?白臉的那條，牠是這群狗的頭領，每次我們從這兒過，牠都要咬，兇得很哦……」老肖使勁戳著玻璃給我指指點點。

突然間，車窗玻璃「刷」的一聲落了下來，也不知道是老肖指力驚人還是地上的大坑把車抖了一下，說穿了，阿姐的「老爺車」本來就年久失修。

剎那間，老肖的臉也像窗玻璃一樣刷地垮了下來，他瞪大了眼睛，冷汗直冒，臉都嚇白了：「我的神啊，這玻璃怎這麼不待見我哩！」

車外的狗群一看沒了玻璃屏障，飛身跳起，輪番撲咬老肖。老肖大叫大嚷，雙手摳拉著半截窗玻璃往上提，哪裡提得起來！

「呼啦」撲上來一隻狗，一爪子抓在老肖手上，老肖手背立刻出現三道白路子，眨眼間就變成了紅線。

「汪嗚！汪！」狂吠中，一個白臉狗頭猛咬進窗子！老肖往後一躲，耳朵差點被咬中，他急忙鬆開玻璃，揮起拳頭猛砸，把狗頭砸出窗外。「嚓」的一聲，老肖的袖子又不知道被哪張狗嘴撕下一片來。卓瑪驚呼尖叫，尼瑪大聲吆喝，車裏亂作了一團。老阿姐猛踩油門落荒而逃，她想迅速衝回獒場。奧拓車在坑坑包包的草場上像挨燙的老鼠一樣亂跳亂竄，一車人被顛得七葷八素。卓瑪和尼瑪唯恐自己這邊的窗玻璃也被顛下去，邊叫邊用兩隻手掌死死抵在玻璃上，像練降龍十八掌。

「突突……」奧拓車關鍵時候熄火了！阿姐手忙腳亂地打火，卓瑪恨不得提著高音喇叭尖

叫。尼瑪滿頭大汗，手頂著玻璃。外面的狗爪子「刺啦刺啦」扒抓著車身和玻璃，抓得人後背發緊。

不知誰又喊了一聲：「狗在咬輪胎！」一車人的毛髮都豎了起來！輪胎一破，這車別想再動一步，奧拓車矮，狗隨時可能從窗戶撲進來，一車人就只能等著挨狗咬了。老阿姐一個勁兒地按喇叭嚇狗。

最慘的還是老肖，擋無可擋，只能一夫當關，徒手打狗。老肖的手背早已見紅，拳頭隨時可能砸進狗嘴裏。他拚命躲閃著不斷撲來的狗牙，臉上領子上全是狗飛濺起的唾沫，一個狗鼻子竟然撞到了老肖的脖子上，只是沒來得及張嘴！老肖嚇得臉都變形了：「救命啊！阿姐快開車啊！要死人的！」

「老肖閃開！」我大吼著把老肖往後一扯，抽出新買的小桌板往窗戶上一擋！

「梆」的一聲悶響，「嗷！嗷！」不知哪條倒楣的狗剛好撲上來，一頭撞在了桌板上！老肖急忙接過救命的桌板，死死抵住窗戶，猛拍胸口安撫狂跳的心臟。還有不死心的狗從桌板和窗戶的縫隙把狗嘴塞進車裏亂咬一氣，不過搆不著人了。

車前方「騰騰騰」一陣響動，一隻大狗跳上了引擎蓋，隔著前玻璃惡狠狠地盯著一車人，彷彿見了生冤家死對頭一般，那目光陰沉得像索命閻羅！

「白臉！」老肖啞著嗓子喊。我這才看清了這隻頭狗，一身金黃，唯獨狗臉像京劇曹操的臉譜一樣白得特別醒目。我最怕的是瘋狗，眼看白臉並沒有口吐白沫，我稍微放下心來。我從沒見過這麼發狠拚命的狗。

「突突突突……」老阿姐終於打著火了，車一開，幾個顛簸就把白臉甩下車去，其餘幾隻狗紛紛向白臉聚攏，還不忘向遠去的車吠叫幾聲。等白臉爬起來，我們的車已經開遠了。大家鬆了一口氣，小心翼翼地開回獒場，老肖鎖好鐵門，一車人才腳綿手軟地下了車。

「太恐怖了，有這幫狗在外面，誰還敢出去啊？」老肖理著被撕爛的袖子，抹了一把手背上的血。

卓瑪一如既往發揮她痛哭的特長，只是尼瑪自己都沒回過神，也沒工夫去安慰她了。老阿姐嚇得直篩糠，說前些日子就是這幫狗把她給咬了，住院一個多月。阿姐說著把傷口翻給我看，腰上、腿上被撕掉的皮肉雖然已經結痂，但仍舊觸目驚心，背上歪斜蜿蜒的縫線像古棧道，不難想像當時被咬的慘狀。

阿姐談狗色變：「那幫狗簡直跟我們獒場的人有仇似的，成天守在門口，出去一個咬一個。」我聽得毛骨悚然。

後來一個偶然的機會，我跟每天送優酪乳過來的老牧民攀談，老牧民騎的是摩托車，我就奇怪了，那些狗怎麼從來不咬他？老牧民笑著說：「牠們大概看你們像外地人吧。也或許有牠們的原因。」

老牧民看我不明白，又跟我詳細解釋了很多：草原上的狗分爲三種——看家狗、牧羊狗和領地狗。看家狗是牧民養來看護氈房的，只對牧民一家的安全和財產負責，有陌生人靠近氈房，看家狗會吠叫報警並且毫不含糊地撲上來咬，但主要是以驅逐和報信爲目的，並不會窮追不捨，只要別太接近牧民家就不會招惹到看家狗。

牧羊狗是看管畜群的，以獒犬居多，兇猛忠誠。牠們認得自家牛羊的味道，如果有生人或者野獸膽敢打牛羊的主意，牠們會撲倒來襲者一口封喉。但如果人獸只是走在草原上，和畜群保持距離，牠們也只會遠遠看著，不會攻擊。

唯獨領地狗最特殊，牠們是沒有主人的，一天到晚四處遊走浪跡草原，每群狗都有自己的領地。領地狗是有殺性的，對闖入自己領地的陌生狗一定要咬死或者驅趕出領地，牠們過著半狼半狗的生活。很多人習慣稱這些領地狗為野狗或者流浪狗，其實牠們雖然流浪，卻並不同於野狗：野狗是沒人餵的，領地狗則是處於半野生狀態，除了會像狼一樣在草原上浪跡捕捉活食、啃食腐肉之外，也會接受人類的施捨，特別是一些有宗教信仰的藏族人往往會在固定的時間和地點投餵牠們食物，這也從一定程度上強化了領地狗對人類的生存依賴。因此，領地狗一般不會攻擊人，也不會襲擊畜群，領地狗都能與穿藏袍的本地人和諧共處。

聽到這裏，我心裏暗想，以後我在草原上走動，如果穿著藏袍或許會方便很多，也更能融入這個草原。

這些領地狗又是怎麼產生的呢？據老牧民說，這些狗多數是被人遺棄的，遺棄的原因就太多了：或者是沒有那麼多野獸了，牧民也就不再需要飼養那麼多狗；或者是這些狗本領太差，既不能牧羊又不能看家；或者是一窩生的小狗太多，乾脆丟一些出去自生自滅；還有些小型狗顯然不是高原品種，那是外來的人「放生」到這裏的狗……草原從有牧民以來，這些狗就產生了，並且一代代適應自然的汰劣留良，有的甚至還繁衍了後代，加上越來越多的棄狗加入，領地狗漸漸成群結隊起來。當狼被消滅得差不多的時候，領地狗往往就開始幹狼事了。只有結成群的領地狗才能尋找到更多腐肉，搶奪到更多食物，當然，也更能招來善人投餵。

藏族人不殺狗，所以領地狗的境況比狼好。相比之下，同樣是流浪狗，城市流浪狗被遺棄後生存能力就很差，夾著尾巴髒兮兮的很萎靡，草原流浪狗卻能夠頑強地結成團體開始自身返祖野化的征程，因此比其他狗都自由、都強大。

老牧民還囑咐我，無論哪種狗，晚上都比白天更具攻擊性！所以晚上最好別亂走。更別天黑靠近牧民家，尊重各種狗的習性就能與牠們和平共處。

照老牧民的話說，白臉領導的這一幫就屬於領地狗，但我們沒招惹牠們，這些領地狗爲啥要攻擊我們獒場的人，甚至冒著被車輾壓的風險？我又記起第一次帶格林出外見識草原的時候，格林也引來三隻狗追逐驅趕，其中一隻正是這個白臉。當時我扔了一隻鞋子吆喝一陣也就把狗趕跑了，沒見牠們對人苦大仇深的呀。爲啥把老阿姐咬成那樣，這問題我一直都沒想通。

聽了老牧民的分析，我建議投食安撫這些領地狗試試。然而，老阿姐始終不放心，老肖的手上也被狗抓咬得腫了好幾天，他恨得牙癢癢，才不信這個邪呢。老肖想辦法搞來了幾十串大炮仗，和尼瑪一起拿竹竿子挑著，在獒場周圍劈哩啪啦地放炮，把這些領地狗嚇得遠遠逃離開去。又把剩下的炮仗連放了幾天，從那以後，獒場周圍清靜了下來。

這會兒，老肖對我說白臉又回來了，還帶了更多的狗，我心下驚得慌，這幫傢伙怎又回來了呢？還一下子聚了這麼多？我可不敢帶格林出去了。

下午時分，藏獒們都關回犬舍的籠子裏了，我正在屋子裏寫東西，隔著窗戶能看見格林獨

自在院子裏溜達。不能出場玩，牠無聊得磨皮擦癢，轉了幾圈就開始爬我的窗戶。我伸個腦袋出窗戶一看，太陽燙得像出爐的鋼水，別說陪牠出去玩了，就是在屋外站一會兒都會曬脫皮，更何況場外還有那麼多兇神惡煞的領地狗。我抓了一把狗糧，遞出窗外安撫格林。格林醉翁之意不在酒，一口叼住我的袖子，硬要拖我出去。

我掙脫袖子關上了窗。格林冒火了，照著窗玻璃一陣猛抓，我沒理牠。於是格林開始嗥叫，一聲接一聲，彷彿在要脅「你不出來我就不停地嗥」。我嘿嘿一笑，這傢伙又來這套，可這裏是草原，不是城市，威脅不了我……格林不叫了，在場子裏左顧右盼地走來走去。

過了一會兒，場子裏突然傳來一陣淒涼的吱吱叫聲。我抬頭一看，格林從鐵皮牆的角落走了出來，踮著腳慢慢地從我窗前走過，一步一瘸。這傢伙剛才幹啥去了？怎麼把腿弄瘸了？我敲敲玻璃窗招呼格林，牠不理我，自顧自地瘸著腿走過窗外，每走幾步就扭過頭去痛苦地抬起左後腿，送到嘴前舔舔，到後來，左後腿乾脆懸掛了起來再也放不下地了，一挨著地就火燙似的疼得牠直叫喚。是扎進刺了還是被鐵皮牆割傷了？

我趕緊翻窗過去，把格林就地翻過身來檢查牠的左後腿：漆黑皮革質的腳掌肉墊完好無損，沒有扎進刺，也沒見任何腫大的現象。我又檢查腿部，也沒有發現任何外傷，我索性把牠的四條腿都仔細檢查揉捏了一遍，還是沒有任何異樣。我摸摸後腦勺，搞不懂了。會不會是抽條太快腿抽筋了呢？我起身回屋拿藥酒。剛到窗邊，還沒跳窗進屋，就聽格林又是一聲慘叫，後腿又懸了起來，掛著後腿掙扎著要跟我走，我一陣心酸，連忙蹲下來伸手抱牠。

嗯？我發覺不對勁，剛才明明瘸的是左後腿，這會兒怎麼換成右後腿了？我突然有種上當的感覺：這傢伙找不到人陪牠，就想方設法逗引我出來。賣萌、嗥叫都不管用以後，牠乾脆裝受傷，料我必定會出來看牠。然而格林畢竟是小狼，記性好忘性大。剛才我每條腿都給牠檢查揉捏了一遍，牠竟然就忘記了最初裝病的是左後腿，眼看我又要走了，情急之間把病腿給掛錯了！哼！這傢伙從小就跟我耍心眼兒，這次看牠怎麼自圓其說。

看到我死盯牠右腿的眼神，格林的眼珠疑惑地轉了轉，耳朵抖了一下慢慢向腦袋後面貼，牠也意識到這個問題了……牠心虛地低了低頭，縮手縮腳，尷尬地扭了扭腰身，放下右後腿，重新懸掛起左後腿，蹦躂著向我走了幾步。我叉起兩手看牠演戲。這小子臨陣換腿，不打自招！

格林顯然讀懂了我漠不關心的肢體語言，也明白自己這番表演穿幫了。猶豫片刻，牠忽然間哪條腿都不瘸了，改爲攻撲上來咬住我的褲腿就往場子中間拖！我死拉硬拽拗不過牠，沒辦法，只好從了。

以前我曾經聽老牧民講：有一個獵人帶著獵狗眼看要發現狼窩了，母狼淒涼慘叫著從草叢裏鑽出來，裝作腿受了重傷的樣子一瘸一拐地向遠處跑，引得獵人去追她。母狼跑得不快不慢，料定了獵人絕對捨不得開槍，因爲她明白獵人最想要什麼。她拖著瘸腿跑的速度讓獵人覺得完全可以追上她，一棒子打死能得一張完整的狼皮。她逗引著獵人遠離狼窩以後，才一溜煙跑進了灌木叢。獵人大呼上當，趕緊舉槍射擊，可母狼早已不見了。

母狼會用裝瘸的方法引開獵人，小格林也用裝瘸的法子引我出來陪牠玩，看來這「三腳狼」的功夫真是祖傳秘技。狼會動腦筋、耍手腕達到自己的目的，稱得上是動物界出色的謀略家。人也許擁有眾多的現代科學發明，可在最原始的心智較量中，我一個成年人卻被一隻小狼玩得團團轉。在知己知彼、審時度勢、穩抓對方弱點這些方面，狼確實是心理專家。雖然此番較量中，格林百密一疏，被我識破，但這畢竟只是小孩子善意的遊戲與矯情，牛刀小試都談不上。如果格林長成大狼，臨陣對敵，狩獵打圍，不知道還會有多少智慧展現。

儘管有我陪格林在場子裏玩，但牠仍舊躁動不安地想走出獒場去。這天我爬上牆頭查看，獒場外面清清靜靜，沒見領地狗的影子。我又扯著嗓子喊了幾聲，的確沒狗。於是我偷偷摸摸地帶著格林出去了。

宅了幾天，格林憋壞了，一出場子就迫不及待地往河邊跑。牠跑到一處草堆，一陣興奮地扒拉……牠愣住了；急忙又跑到另一處，又是一陣扒拉……瞪大了眼睛發呆；牠再跑到一處，歇斯底里地狂挖起來，沙土草屑亂飛……牠連跑了好幾個地方，突然放聲悲號起來，在地上翻來滾去，兇狠地咬著亂草連根拔起！那痛苦懊惱的樣子，就像守財奴蹲在被洗劫一空的寶庫面前捶胸頓足一樣。我霎時明白了一件事——正是格林在河邊的大量存肉引來了白臉這幫領地狗群。唉，可憐的格林還巴望著出來打牙祭呢。

我正為格林鳴不平，就聽遠處又傳來大片狗叫聲。我汗毛一豎，慌忙夾起格林就往回跑。格林在我腋下拚命掙扎，餘怒未消地向著狗群的方向張牙舞爪。狗叫聲越來越近，我高喊老肖開門，一進門就把格林關回中場。只聽得那些領地狗還在門外高聲「罵陣」。

「我看看還有沒有炮仗！」老肖往庫房走。

「你有多少炮仗？嚇跑了還會來！」我冷冷地說。這幫狗在附近出沒，以後格林別想安生，這陣勢連人都出不去。狗應該是怕人的，這幫狗到底發哪門子的瘋？我心一橫，進儲藏間找了幾根結實的大棒，試了試，挑了一根最趁手的。老肖驚道：「你不會要衝出去打狗吧?!」

我蹬上山地靴，裹上厚衣服：「必須給牠們點教訓，不然還會傷人。」

老肖叫苦不迭：「我的天哪，老林把你交給我們，你要出個事兒我們怎交代？」

我不吭聲，又找了一個大塑膠袋，把餵藏獒的牛肉剔剩下的肉渣筋頭骨渣子裝了一大袋拎在手裏。老肖看攔不住我，一跺腳也抄起一根大棒：「我跟你去！」

「你替我把著門兒就行。」

「總不能老爺們縮在門後面吧！」老肖哼了一聲，去找把門的人。老阿姐早就鎖死了房門，借她十個膽兒也不敢出來。卓瑪聽到狗叫得兇，撇著嘴巴眼看就要哭出聲了。尼瑪窩在房間裏不吱聲。老肖火了：「尼瑪！是男人就站出來！」

好一會兒，尼瑪套上件厚夾克，硬著頭皮走出屋子，替我們把門。

門一開，老肖率先衝了出去，大棒一揮，就聽見一隻狗慘叫著跑開。我緊跟著出門，狗群已經散開形成了一個半圓形的包圍圈，兇神惡煞地大叫著。我和老肖緊貼著鐵門，我把塑膠袋往腳邊一放，雙手捏緊了大棒。右邊有一條狗嗅到牛肉味，從側面撲過來，我揮起大棒打在狗鼻子上，直打得牠像陀螺一樣轉了好幾圈，疼得嗷嗷亂叫，捂著鼻子滿地打滾。老肖也揮棒打退了一隻，驚惶的狗群又退開了一點。

一陣僵持，我終於看清了這群領地狗，好傢伙，大大小小二三十隻，有的是藏狗，有的是土狗，有的是狼狗，還有幾個小的像是京巴串之類的，不知道牠們都是怎麼聚到一塊兒落草爲寇的，你擠我撞的領地狗一個比一個猙獰。我和老肖腿微微發抖，額頭沁出豆大的汗珠，緊張得快崩潰了。我後悔莽撞衝出來，更後悔沒練過打狗棒法。

英雄不是那麼好當的。我看到了白臉，牠站在狗群後面，勝券在握地盯著我們，似乎不用牠動手，這幫嘍囉就能收拾我們。又有七八隻惡狗慢慢地逼近，四肢微蹲下，眼看著就要撲上來了！我的腦袋「嗡」地一下，完了完了，這些狗要群起而攻之，我倆必定死得難看！

先下手爲強！打跑一隻算一隻！我舉起大棒狂揮亂舞，突然間「砰」的一聲巨響，大棒正好敲在身後的鐵門上，狗群嚇得像蚱蜢一樣蹦起來，白臉也驚得一激靈。我小嚇了一跳，不過很快反應過來，頓感絕處逢生，乾脆舉起大棒拼命地砸在鐵門上——「哐！」這一擊如音爆炸彈一樣，震得所有狗都難受得趴了下去。

「嗷嗷——」場子裏突然傳來一聲熟悉的狼嗥，格林被搶去存糧的怨恨盡在狼嗥聲中。緊接著，皇帝響亮地吠叫起來，然後是森格和黑虎的咆哮聲，老林的藏獒們加入了吼陣！

「哐！」老肖也在鐵門上重重擊了一棒，震耳欲聾！

鐵門被砸的轟鳴激發了藏獒們護家的本能，三家獒場的三十多隻藏獒氣勢磅礴的咆哮聲頓時響徹原野，夾雜著長聲狼嗥，滾雷般直轟鼓膜！

領地狗們剛才還趾高氣揚的尾巴頓時夾了起來，嗚嗚猖叫著連連後退，那些嚇破了膽的京巴串兒扭頭就跑。白臉大吼撕咬也攔不住逃兵！

「哐！哐……」老肖不斷砸門，如冬雷陣陣！場內狼獒齊嘯，聲浪一陣比一陣強，強大的聲勢如萬馬奔騰般壓得狗群抬不起頭來！頃刻間，狗心渙散，跑的跑散的散，像炸開的煙花再也收不攏了。只剩下白臉和幾個死黨大狗還站在不遠處，但尾巴都夾得緊繃繃的，再無鬥志。

萬萬沒想到今天是這樣退狗的，我和老肖很意外。藏獒和狼的確是令草原動物聞風喪膽的戰神！

不戰而驅狗之後，該招安了。順我者餵，逆我者打！我和老肖抓起一把一把的肉渣碎骨，天女散花一樣抛撒出去。逃散開的狗立刻又圍攏來搶成一片，爲爭食還掐起架來，一幫烏合之眾。有好幾隻狗居然衝我們搖起了尾巴，看來牠們的確是被人投餵慣了的。

前後兩次交鋒，我們和白臉各贏一場。這臨時組建的狗群體哪有什麼道義可言？白臉像個敗軍之將，望著眼前哄搶一氣的徒眾，從喉嚨深處發出一陣怨恨的詛咒。老肖捏起最後一把碎肉，揉成一團，使勁扔到了白臉面前。白臉懷疑地嗅嗅肉團，抬起頭看我和老肖。白臉身邊一個渾身黑毛的大狗（我叫牠黑皮）趁機搶過肉團，幾口就吞下了肚子。

我和老肖這才喊尼瑪開門，一面防備著狗，一面背退著回了場。

從那以後，我每次有剩飯剩菜或者碎肉殘骨什麼的就都扔給領地狗。狗群們見了我和老肖也就不再鬧事了，有的狗還頗爲友善地搖著尾巴。只是牠們見了老阿姐的車仍舊狂追猛咬，動物有些怪異行爲，我們人是很難琢磨透的。

最麻煩的是格林，領地狗雖然不再威脅人，但是依舊容不下一隻狼出現在自己的地盤上。領地狗洗劫了格林的藏食，看見格林就狂吠驅趕。格林起初還友好地吱吱叫，希望能加入牠們的群體。或許在格林想來，藏獒兄弟們都是「宅狗」，格林渴望的是在草原上能有一個自由的

群體，哪怕會被欺負。可憐的小格林還不知道自己是狼。然而這些領地狗雖然不再牧羊也不再看家，但牠們在草原野生野長，說不定還吃過狼的虧呢，哪能不認識狼子真容？草原狗對野狼的恐懼與排斥恐怕難以化解，我不得不每次都提著大棒保證格林的安全。

這天下午，我看領地狗沒在附近，就帶格林沿著大河邊散步。我拎著大棒，貼身保鏢似的跟在格林後面。

走著走著，格林猛然發現河邊的淺灘上躺著一隻小羊羔的屍體，沒有傷口，薄薄的河水輕輕蕩滌著羊羔身下的白毛，估計是失足落水後被沖到這裏擱淺的。

格林對死羊羔一番審查無疑點後，如獲至寶，叼著一隻羊耳朵，使出吃奶的勁兒把羊羔拖上岸邊沙地。然後，牠圍著羊羔左三圈右三圈地跑著，越跑越輕快，沙灘上的小狼爪印一層疊一層，疊成了渾圓的一個圈，彷彿畫了個從天而降的大餡餅。看著格林抓耳撓腮的樂呵勁兒，我也受牠感染嘿嘿笑起來。

格林「畫餅」的腳步一停，好像想起了什麼，撇下羊羔扭頭就跑……怎麼不要啦？我正在犯嘀咕，格林已經神經質地向前狂奔了幾十米，然後掉轉身子，猛地趴下，腦袋伏得低低的，在草叢中露出一雙炯炯有神的小狼眼，就像泥塑木雕一樣不動了，只有兩隻尖溜溜的耳廓像草叢中停歇的大蝴蝶似的呼扇著。這奇怪的表現完全出乎我的意料。

格林在草叢中趴伏了兩分鐘，突然像被投石機彈射出來一般猛撲向羊羔，一口咬在羊背脊上，緊跟著格林就丟口了，牠向後一跳，舌頭猛舔上唇，像硌了牙似的。牠晃晃頸毛，腦袋甥哩啪啦一陣猛甩，抖抖腳爪上的沙礫，像運動員發揮失常的姿態。牠繞著羊羔轉了一圈，嗅嗅自己剛才咬的地方，又拱拱羊羔泡得發脹的肚子，前後看了看，像在搞研究。片刻牠又轉身輕快地朝著我這邊跑來。我安靜地看牠折騰。

格林在我前面幾步遠的地方停下了，身子和脖子一伸一探，好像在對焦。牠又趴下身子，重複著剛才的蟄伏動作。這次牠從鬍鬚、脊背到尾巴尖，形成一條水平線，兩眼緊盯前方，耳廓輕微轉動，抬起一條彎曲的前腿欲跨未跨，在原地停頓了好幾秒。我蹲下身來，這個角度剛好從牠後腦勺看見兩隻尖耳朵中間架著黝黑的鼻尖兒，像步槍的瞄準器一樣，而牠的準星筆直地朝向羊羔鼓脹的肚皮。

突然，牠再次一衝而出，眨眼就撲住羊羔，一口咬在羊肚皮上！鼓脹的羊肚子激射出一股細水，格林用爪子按住羊身，狠咬羊脖子，用力甩頭，喉嚨裏還呼喝有聲。我恍然大悟，這不是狩獵嗎！這個獵物跟牠身體差不多大，牠竟然在自己訓練自己。雖然格林以前也殺過雞，可那雞是我給牠的，而且牠對雞的興趣遠遠不如對羊的狂熱。更重要的是，這是格林在曠野中第一次自己找到這樣囫圇個兒的獵物，雖然是靠運氣白撿來的死獵物，但是牠完全沉醉於像小孩子辦

對白撿來的獵物，格林在狂熱地演練狩獵過程。

家家一樣的狩獵遊戲中——這羊就是我抓來的！就是我咬死的！

然而，在牠自我演練的一系列過程中，我充其量只算陪練，那麼牠的教練又是誰？在牠身邊從沒有任何動物做過示範動作，這全套的狩獵動作牠怎麼能夠完成得如此嚴謹而有章法？格林獨自成長過程中帶給我的種種驚異讓我很難用「本能」「遺傳」「天性」來解釋。或許，隨著小格林的成長，又一個狼族生存密碼即將破譯。

我深吸了一口氣，情不自禁地抬頭望向了天空，薄雲掩映中的太陽好像穿梭在叢林裏的明黃色瞳人，和我一樣滿含溫情地注視著格林。

藍天下，小格林還在狂熱地演練著。練完狩獵，牠又驕傲地在羊羔身邊打滾，把獵物的氣息都沾染在自己身上。終於折騰夠了，牠大喘了幾口氣平息著自己的心跳，牠已經吃了好多天的狗糧了，哪怕是腐肉也是牠腸胃急切召喚的東西！牠兇猛地撕扯著獵物，這是牠第一次吃羊肉。河水一如既往地流，河邊《狼和小羊》的故事在延續，狼吃羊需要理由嗎？

格林把羊肚子掏了個大洞，首先把心肝內臟吃了個乾乾淨淨，牠當然還能吃，但是忍住了，吃得太飽就不靈活了，牠要把羊拖回去藏起來慢慢享用。去了內臟的羊羔輕了大半，格林叼起羊羔的後頸，努力抬高狼頭，羊蹄羊腿拖在地上。格林走走停停，費了九牛二虎之力終於把羊拖回了獒場附近。

我在獒場牆外高喊老肖給我開門。那些領地狗不知從哪裡冒了出來，就像一群揮不去的蒼蠅，向格林圍攏過來。一看格林嘴裏還叼回了好吃的，狗們口水長流，一窩蜂撲上來搶羊。格林叼起羊羔迅速逃跑，白臉率眾追搶，小格林叼著羊羔跑得磕磕絆絆，邊跑邊息事寧人地鼓動腹音，牠不想打架。

白臉追上格林，一口叼住了羊腿，猛力一拽，把格林拽得連滾了幾個跟斗，空殼的羊身被擰成了麻花。格林一骨碌爬起來仍舊死死咬住羊脖子絕不鬆口，這是牠的羊羔！白臉低吼起來，格林也皺起了鼻子！一狼一狗扯著羊屍，繃緊了身子，誰也不退讓。

僵持中，狗的眼睛越來越紅，狼的眼睛越來越綠！一幫狗眾高叫著，好像爲一場拔河比賽加油助威。那隻黑皮狗鬼鬼祟祟地繞到格林身後，照準格林後胯就是一口，格林驚叫一聲，回身反咬，黑皮一閃躲開。格林回頭再看，羊羔已經到了白臉的嘴裏，白臉滿臉得意地叼著羊羔，牠身邊一隻黃色母狗歡天喜地舔著白臉的脖子和嘴，彷彿爲牠慶功，又拽過羊羔和白臉一起撕扯吞食。狗嘍囉們搖著尾巴繞來繞去，妄圖分一杯羹。

我吆喝著攆了上來，邊叫格林快回去，邊提著大棒轟狗。

格林不回去！牠的眸子裏流露出一抹陰沉的光，鬍鬚張揚，血口半開，四肢微蹲，擺出躍躍欲撲狀，喉嚨深處發出一聲嘶啞粗暴的低吼。已到了動武廝殺的臨界點！格

格林衝出食人魚一樣的領地狗陣，且咬且退。

林畢竟是狼，狼口奪食，真是奇恥大辱。

我萬萬沒想到格林會突然間衝入狗群，而牠衝撲的第一個對象竟然不是白臉而是黑皮！別說小格林沒這殺敵的本事，就算有這本領也應該擒賊先擒王，我不知道牠怎麼想的。

白臉反應最快，大叫著撲過來，一頭就把格林撞翻在地。格林翻身爬起，黑皮早已溜之大吉。格林在狗群中漫無目標地亂衝亂咬，不時有狗被狼牙咬中，但每當格林咬住一隻狗不鬆口，其他狗就會你一口我一口不斷偷襲，像食人魚一樣在牠身上狂撕猛咬！

「格林快跑！」我揮著大棒打跑一幫狗又來一幫狗！狗群咬紅了眼，甚至有狗開始拽我的褲腿。

格林且咬且退，往河邊逃跑，我急得猛打狗群，也往河邊追！

正追著，遠遠聽見「撲通」一聲水響！我腦袋「嗡」地一下，格林掉河裏了！緊跟著，狗群在河邊站成了一排，朝河裏發出嘶啞難聽的狂吠。從牠們尖銳的聲調中，不難感覺到，牠們是在發狠地謾罵和詛咒。

我揮著大棒趕到河邊，狗群一哄而散，格林也不見了。我又急又怕，大喊大呼沿著湍急的河流找了好幾個小時，才終於在下游四五里處，發現格林從對岸的亂草裏鑽出來，隔著河向我嗚嗚叫……啊！牠在那兒！我繃緊的心弦總算鬆了下來。對岸的格林皮毛邋遢，尾巴上掛著爛泥衰草，一副倒楣蛋的樣子。

傍晚，回到獒場，母獒風雪細心地舔理著格林的狼毛，格林縮在風雪的懷裏一個勁兒地打著噴嚏，牠從沒受過這麼大的打擊，從沒遭遇過這樣的圍攻，也從沒被狗奪去這麼大的「獵物」。爲什麼這些領地狗就這麼容不下牠？輸一仗，也許對牠並不是致命打擊，但被同類當做眾矢之的，次次被追打被劫掠才是牠最難過的。

然而格林安靜了幾天養好傷，仍舊纏著我要出去，似乎再危險都阻擋不了牠對廣闊天地的嚮往。我暗想，如果格林回歸，第一個要面臨的敵人就是草原領地狗群，如果這一關都過不了，還談什麼回歸啊？然而牠現在太小，要強迫牠去面對一群狗根本不可能，只有暫時回避。這些領地狗喜歡靠近人類活動，那我乾脆帶格林往草原深處走走吧。

爲了在草原行走更方便，我特意托卓瑪幫我準備了一件薄薄的夏季藏袍。

17 飛狼撲火

在機遇和無情的主宰下，貪婪和殺戮隨意地交織在一起，無休無止。吃，格林早已學會，不被吃，牠這才開始學習！

外面密密麻麻擠了一窗的藏獒。我來獒場一個月了，這是第一次帶格林出遠門，不知為什麼，我眼眶有點發酸，抱著格林和藏獒們挨個兒碰了碰鼻子。

背上行囊，握著指南針，滿腦子浪漫幻想的我，領著一個少不經事的小狼就這樣雀躍著上路了，投身於草原最美好的季節中。我們深入草原腹地，越走越快樂。

霧氣縹緲，作為清涼之夜的殘跡，草莖半透明的新芽上還掛著幾滴霜花消融以後的露珠，但很快，當太陽躍出地平線以後，這點點水分就會化為回憶。清晨和正午宛如兩個季節，日光漸強，四周白晃晃的像個幻境，草原的烈日和紫外線在雲層後也沒那麼讓人難受了，相比城市夏日裏的局促、逼仄和不寫意，這裏至少讓人神志清明。遊走在荒野，當遙遠的炊煙無聲無息地橫臥在我視線裏時，「人跡」這個原本普通的概念變得比任何時候都稀罕。

小鳥兒們忙著收集草籽和蟲子，把自己養得絨球一樣肥肥的，掠過河面的紅嘴鷗和其他水鳥為這緞帶般的大河平添了幾分生趣。我編結了一個花環戴在頭上在水邊照來照去，格林伸出小舌頭舔著水裏的我，把水面舔成了哈哈鏡，我嬉笑著與牠在草地上滾做一團，沾了一身的花瓣花粉，蝴蝶和蜻蜓繞著我倆飛。這才是一個城市女孩夢想中的草原，人間的天堂。

終於臭美夠了，我才躺在細密如絲的草甸子上休息，一隻手枕在腦後，望著藍天啃一點乾糧。格林對乾糧興趣不大，嚼了兩口就去追逐奔跑的鼠兔了。第一次走這麼遠，牠的好奇心難以抑制。敏捷的鼠兔牠當然追不上，現在的捕獵本能對小格林而言更像是一種遊戲，牠在我的呵護之下從來不缺吃的。格林越跑越遠，當牠終於停下來的時候，發現我不見了。牠短暫地迷茫了一下，開始低頭嗅著來時的味道。

一種輕微的聲音從草叢深處傳來，打斷了牠尋找媽媽的思維，牠好奇地望去，那是幾隻長著金紅色絨毛的小藏狐在草叢中戲耍，啃著半截乾枯的羊蹄子。一隻渡鴉在不遠處踱著步，時不時地飛過來檢視一下有沒有可分享的東西。

從格林睜開眼睛的那一刻起，牠就對牠所見到的、嗅到的、聽到的、感覺到的各種事物進行著區分。凡是非同類的動物都可以作爲肉食，從出生到現在，牠已經吃過一隻死老鼠，一隻活雞，和數不清的魚，並咬死了一隻和牠搶食的貓，還白撿了一隻小羊羔，牠對自己的戰績很是滿意。但在這幾隻小狐狸身上，牠嗅到和同類似是而非的味道，應該怎樣區分呢？

格林在草叢中匍匐著，不由自主地又靠近了幾步。但小狐狸們並沒有像城市裏的狗那樣歡迎牠，牠們霎時豎起耳朵停止了嬉鬧，像幾團金黃的火焰般跳動著，「嗖」地一下隱沒在草叢中，速度之快讓格林眼花繚亂。遇到奔跑的東西，格林的追捕欲瞬間支配了牠的行爲，牠想都沒想就追了上去……但牠連一團火焰都沒追到。格林第一次遇到可以輕易擺脫自己的東西，讓牠連嗅聞和認識的機會都沒有。

格林抽動鼻子嗅著空氣開始辨認回來的路，媽媽的叫聲也似乎越來越近。牠慢悠悠地往回走，當牠再次路過小狐狸們嬉戲的地方時，先前那隻渡鴉正守在羊蹄旁邊津津有味地啄食著。格林覺得餓了，牠齜著牙試探地湊了上去。渡鴉拍著翅膀退到一邊，完全無意與地面上的動物發生任何衝突，按照草原的老規矩，渡鴉應得的那份遲早會留下。渡鴉開始忙於收集散落在一邊的零星羊毛，那是築巢的好材料。

格林輕而易舉得到了羊蹄子，但是精瘦乾枯的羊蹄上面哪裡還有什麼肉啊？只能作爲饞饞嘴的玩具而已，格林勉強撕下一點點皮毛、嚼碎一小塊骨頭吞下去就對乾癟的羊蹄失去了興趣。

格林轉而饒有興致地看著用兩隻腳滑稽走路的渡鴉在身邊忙前忙後。這麼大的鳥兒近在咫尺，這在城市中可是不常見的，格林似乎想起了以前殺過的呆雞。在牠印象中，兩隻腳走路的鳥兒都是笨拙而無害的。而且，唔——那味道回味起來似乎很棒！一種閒來無事的優越感與好奇心讓小格林伸出一個腳爪逗了逗那黑漆漆的玩意兒。渡鴉哇地一叫，嚇了一大跳，渡鴉沒想到這沒家教的小東西這麼不懂規矩，竟然打起牠的主意來了，牠憤怒地撲扇著翅膀騰躍起來，狠狠地啄了一下格林的鼻尖。格林疼得嗚嗚直叫，縮下身子在草叢裏沒命地翻滾。渡鴉也嚇壞了，哇哇叫著趕緊飛走了。

我哧哧偷笑著，繼續遠遠地跟在格林後面，看牠對這廣闊原野的慢慢探視。格林痛夠了，也叫夠了，開始站起身來磕磕絆絆繼續向前走。腳底下不斷被雜草絆住，要不就是被深深淺淺的草窩子絆個跟斗，偶爾彈過來的草稈還會抽到牠剛被啄過的鼻子，提醒牠剛才的狼狽遭遇。格林開始討厭起草堆來，牠對高而突兀的地方產生了嚮往，向著一處光禿的小土坡樂顛顛地跑去，那是一處旱獺廢棄的瞭望台。

小土坡上視野不錯，小格林愜意地呼吸著充滿陽光顆粒的空氣，享受迎面吹來的微風，一股癢癢的氣流從牠的喉嚨裏不由自主地冒了出來：「莫哦……嗷哦……」牠試了幾嗓子，不賴！在歌唱天分上牠就是這麼自信。

我躲在草叢裏悄悄地摸出手機，找到以往和牠叫聲的錄音，打開揚聲器播放起來。雖然這聲響在寬廣的草原上幾乎微不可聞，但格林敏銳的耳朵還是隱約捕捉到了這回答牠的聲音，牠更加愉快地高唱起來，小狼的歌聲隨風飄揚著。爲了將歌聲傳得更遠，這小歌唱家昂起了頭，將小鼻尖指向天空。

格林很快注意到天空中有一個小黑點來回盤旋，逐漸飛低，黑糊糊的翅膀，像是剛才飛走的渡鴉，格林立刻齜起了牙，爲剛才極不光彩的退場兀自惱怒不已，要是渡鴉再敢下來啄牠的鼻子，牠一定會給渡鴉點顏色瞧瞧！

我順著格林的目光望去，也看見了那隻風箏般大的小鳥，我摸出望遠鏡在天空慢慢尋找，這實在太難對焦了。我放下望遠鏡再看時，「小鳥」已逐漸飛低，距離很難判斷，但似乎比渡鴉還大一些。「小鳥」在空中盤旋著鎖定位置，翅膀的三級飛羽透過刺目的陽光呈現出薄薄的亮色。這是……？我努力搜索著腦海資料庫中似曾相識的身影，隱隱有些不安起來，這種不安愈演愈烈，剎那間我的心臟一陣狂跳。不好！

突然，格林撒腿狂奔，迅速向著我的方向逃來，一種強烈的不祥預感捲著莫名的恐懼向牠襲來，這種本能的恐懼不斷對牠呼喊：

「逃！快逃！！拚命逃！！！」

「格林！格林！」我跳出長草嚇得狂喊起來，一片黑影已掠過頭頂的天空，裹挾著一陣大風，那「威脅物」從天而降，渡鴉般大小的身形陡然變爲遮天蔽日恐怖襲來的巨魔，死神降臨般迎著格林而去！金雕——草原上頂級的食肉猛禽！

金雕龐大的身影瞬間越過草場，像戰鬥機一樣俯衝下來。牠張開鋼錐般的利爪，向著格林

的脊背抓去。這利爪可以輕易擊穿格林的頭骨，巨大的羽翼扇動著死亡的氣息！

格林在飛奔中急忙轉身，那靈活超越了牠平時所有的動作，金雕偏離了目標，急拍翅膀調整撲擊角度，仍舊將腳爪指向逃亡的格林。

我從沒想過天空中毫不起眼的「小鳥」降落到地面以後，竟然會是巨大得令人心驚膽寒的殺手，兩米左右的翼展加上寬綽的羽毛，這讓單薄的我和羊羔般大小的格林在牠面前顯得那麼微不足道。一定是格林所在的那片毫無遮蔽的小土坡讓這「小獵物」尤爲扎眼，對金雕而言，這無異於一份盛情難卻的進食邀請函。

我發瘋般地吼叫著，把手機向著金雕猛砸過去，沒中！眼看格林已快被抓住了！我衝過去把手裏的望遠鏡掄起來再砸！千鈞一髮之際，沉重的望遠鏡像流星錘一樣狠狠地砸中金雕的翅膀，打折了幾片大飛羽，金雕一驚，連忙奮力撲扇著雙翼騰空而起！

那一擊讓牠吃驚不小，所有飛禽都最心痛羽毛，就像狼最寶貴爪牙一樣，牠絕不會爲了小小一餐美食斷送飛行生涯。

金雕振起翅膀迅速拉升高度。格林已經跑回我身邊，我立刻像母雞護小雞一樣罩住格林。金雕失望地盤旋了一圈，才心有不甘地消失在了山的那頭。

我跌坐在地上，花環早已零落滿地。格林驚恐地狺叫著撲進我的懷裏，拼命往腋下鑽，母子倆心有餘悸抖作了一團。格林從小在城市裏長大，從沒遇上過天敵，幸好關鍵時刻牠對威脅的敏感驅使牠逃命——一個迅速變大的威脅物直衝牠而來，必定來者不善！劫後餘生的格林終於意識到了在這片陌生而廣闊的原野，除了尋找到滿足自己腸胃渴望的肉食，還有其他的生物也在饑餓地尋找著同樣的肉食！比自己小而弱的可以被牠殺死吃掉，而比自己強大的則可以反過來殺死並吃掉牠！在這裏，追逐和被追逐、捕獵與被捕獵、吃與被吃，一切都是那樣盲目而無序，充滿了暴力與混亂。在機遇和無情的主宰下，貪婪和殺戮隨意地交織在一起，無休無止。吃，格林早已學會，不被吃，牠這才開始學習！

我抖著手撿回手機和望遠鏡，腿軟得再也站不穩。一直以來，我都以爲只要人和狗不傷害小狼，在這空曠的草原上哪裡會有什麼危險存在，大意和無知招致禍從天降。只在動物園和電視裏觀賞過的金雕竟然就在我眼前襲擊了格林。電視裏出現鷹擊長空的畫面都會有尖利的嘯叫聲，而這隻金雕無聲無息就發動突襲了，如果格林剛才沒有望天嗥叫，根本發現不了金雕。以往任何時候我對於猛禽的認知都沒有此刻真切。我們對天地間充斥的殺機開始有了概念，對躲避在草原深處的狂莽生命有了敬畏之情。嚴酷的大自然用殺戮的事實告誡著進入這裏的一切生命，你的角色只有兩種選擇——獵手！或者獵物！

我坐在草坪上喘著粗氣平息了一會兒，突然又由衷地笑了起來。大難不死必有後福！我架上相機爲這一次歷險留下紀念。這已經不知是格林第幾次死裏逃生了。無論如何，格林還活著，還真實地在我懷裏顫抖，邊抖邊認真地看著我，惶恐漸漸平息之後，格林將小爪子扒在我身上，努力墊高了牠成長尷尬期中細長得可笑的身體，伸出柔軟溫暖的舌頭在我唇邊輕輕一吻，不爲乞食，不爲遊戲，一種劫後餘生的感激盡在吻中……

格林湊近嗅著地上掉落的雕羽，邊嗅邊哆嗦，風吹羽毛動，格林就慌忙後退，似乎怕那幾

片羽毛會飛起來咬牠。金雕教會了我們警覺，告誡我們克制幼稚的好奇心，不去涉足危險的領域，因爲在這荒無人煙危機四伏的草原，自己犯的每個錯誤也許都將是致命的。

格林的步態有了明顯變化，開始左顧右盼，時不時地望望天，充分調動牠的視覺、聽覺、觸覺、嗅覺等一切可供牠防身的感官來認識這個與城市截然不同的荒野。牠不再單獨行動，一旦看不見我就立刻嗅著味道尋找過來，而且，牠每走幾十步總要回頭看看我在不在附近。

格林的脖子柔軟靈活，有時我明明看見格林背對著我朝前走著，牠突然之間一扭頭就能將炯炯的目光射向身後的我，回頭幅度之大令我瞠目結舌。羅貫中的《三國演義》第九十一回裏說道「司馬懿鷹視狼顧，不可付以兵權；久必爲國家大禍」，其中的「狼顧」即指狼生性多疑，走路時常回頭看，並有傳說說狼可以身子不動，脖子後轉一百八十度。從前我總以爲這是誇張的形容，領教了小格林的回眸才知道或許有幾分道理，只是不知道成年後的狼脖子是否還有這樣的柔韌。

無論草原帶給我們多大的危險，它仍舊以難以抵禦的魅力向我們頻頻招手。我們繼續往草原深處走，遠遠地飄來一陣歌聲，悠揚清越，也只有這草原民族的歌聲才與這份廣闊相匹配，像夏日涼風讓人精神爲之一爽。

標準的「狼顧」，目光炯炯。

一個藏族漢子提著鞭策馬奔來，稀薄的光線在他耳畔忽隱忽現，勾勒出一個飛揚的輪廓，好陽剛的身影。他轉瞬就來到了我面前，隔著七八米喝住馬。他愣了一下，滿眼清澈的笑意：「波莫以莫熱！」（漂亮的姑娘！）

我回以一笑：「卡座扎西！」（謝謝！）

他探頭看了一眼躲在我身後警惕地注視著他的格林。

「這個……是狼？」他疑惑地問道，「你怎麼會跟狼在一起？」

我笑了笑，這話說來就長了。

「我叫扎西，你呢？」

「李微漪。」

「漢族人？」扎西將信將疑地打量著已經披上一身地道藏袍的我，「為什麼會說藏語？」

我咯咯地笑開了：「我就只會那幾句。」心想，還是這一個月裏惡補的呢，言多必露餡。

扎西不信，又嘰裏咕嚕地說了一大通，我紅著臉搖頭，聽不懂了！

扎西不說了，轉而用生硬的藏式普通話和我交談起來：「我以為你是附近的姑娘。」他舉起馬鞭指著牧場不無驕傲地說，「從這裏一直到山那邊，還有那條河上下都是我家的牧場，這些牛羊都是我的。」

呵，原來我走入了扎西的牧場。

「好久沒見過狼了。」扎西說，「我這牧場上狐狸倒是很多，常常看見偷獵的人在山上悄悄下夾子，扒了狐狸皮賣錢。有時候連我們的牛羊都被夾斷了腿，特別可恨！所以我經常到處看看不讓這些人來。剛才老遠看見你走進牧場，就過來瞧瞧。」

「你以爲我也是偷獵來的？」

扎西呵呵地笑起來：「你不是，狼都相信你。」我也笑了。

我和扎西一見如故，越聊越投緣，他索性牽來一匹馬讓我騎，指著前方河邊升起嫋嫋炊煙的帳篷邀請我到他家去做客，我欣然答應。

我坐在氈房外，撫摸著跟我走了一天的格林，喝著老阿媽捧上的暖暖的酥油茶。扎西遞給我一塊風乾肉，然後坐在旁邊草地上。扎西自己手裏也拿了一塊風乾肉，用牙撕下一條遞給格林。

餓了一天的格林乍聞肉味猛一口就咬上來，扎西急忙縮手，險些被獠牙刺傷。硬梆梆的風乾肉條格林嚼也不嚼就下了肚。扎西瞪大了眼睛還沒回過神，格林已經朝他迎面撲了過來，接近一米八的壯漢被三個多月大的小狼掀得仰面朝天。格林狂叫著撕扯藏袍寬大的袖子，搶奪他手裏剩下的肉塊。

扎西急得向我大叫起來。我連忙伸手抓住了格林的耳朵和後脖子的毛皮硬生生拖牠下來，格林痛得驚叫卻絲毫沒有放棄搶奪的意思，寧願被撕掉耳朵也要搶肉。牠尖利的爪子又踢又蹬，使勁扭頭咬我抓牠脖子的手，野性畢露，走了一天牠當然餓了。我連忙放開牠的耳朵拿起自己的那塊風乾肉在牠眼前晃了晃，丟在三四米遠的地方，剛一放手，格林就箭一般射出去。

「你坐下，別過去。牠以爲你要搶牠的肉。」我提醒扎西。

「我不搶，你叫牠也別搶我的。」扎西把自己那份肉抓得緊緊的。我儘量忍住不笑。

扎西拍拍肉上的泥土送到嘴裏咬了一口，馬上又吐了出來，呸呸地連吐幾口唾沫。「牠踩到我嘴裏了，全是泥。」他使勁用袖筒擦著嘴巴，滑稽地笑著，「還有嗎？」

我笑答：「沒了。」其實我覺得臉上帶點泥更有康巴漢子的味道，「把袖子咬破了，等會兒找阿媽借點針線我給你補上吧。」

「好。」扎西的笑洋溢在夕陽的柔光裏，也只有在沒有太多物質和拜金主義沖刷的原生態地區才更容易找到人最淳樸善良的一面。友善互助和包容，這在城市裏何其稀缺的品德在這裏卻是再平常不過的。越往沒有旅遊開發的草原深處走，這種體驗就越深刻。「在藏區是餓不死的，隨便走進一家帳篷都會有東西吃。」十多年以前聽驢友們說的這句話，想來是真的。

落日像赤狐悄悄爬過山頭，天邊的雲影斂盡了最後一抹紅暈，光與影逐漸交織在一起。晚風輕撫河灣，弄碎薄雲與莎草在水中搖曳的身姿。月升日落，風止雲收，花香草味中空氣靜到了極致，無邊的牧草在月光下變成了淡藍色，飽蘸月色的河流在荒原上銀鉤鐵畫蜿蜒揮灑，寫不盡這億萬年地質更迭的篇篇史詩。

我還不習慣長時間待在帳篷裏，加之出遠門的莫名興奮，我坐在刮著夜風的草原上愜意地仰望星空，那份清明與澄澈在城市難得一見。扎西拿個火盆撮了一盆炭火出來放在我前方，又用火鉗加了幾塊乾牛糞，溫暖的火苗便躥了上來。

「草原的夜很冷，烤著火就不怕了。」扎西笑著說，火光映照在他古銅色的皮膚上很有油畫感。他端過兩個花盆似的大碗：「喝點酒吧，暖和！」我爽快地笑笑也不推託，來草原早就想嘗嘗正宗青稞酒的味兒了。

自從把火盆端了出來，冷風中的小格林立刻就注意到那溫暖的感覺了，在黑暗中，那份光亮是如此醒目。小格林對火一無所知，記憶中只有太陽才能給牠這種溫暖光亮的感覺，就像每個動物都對太陽充滿著神秘感和好奇心一樣，那閃動的光芒巫術般令牠神魂顛倒。牠一門心思地注視著那篝火，隨著篝火迎風搖曳，牠的眼睛也跟著一張一合。太陽可望不可即，而眼前的這個就像太陽碎片般的光亮似乎可以觸摸到，在這寒夜裏靠近那溫暖是多麼幸福的感覺啊。格林再也按捺不住了，夢遊般朝那光芒閃爍的迷人東西走去。

「格林，不許去，那是火！」我看格林神色不對，趕緊提醒。

「火，火……」格林腦子裏夢囈般迴響著我的聲音，火是啥子東西啊？牠猶豫著停腳，歪著腦袋癡迷地看著那個叫「火」的東西。天啊，牠覺得那是生命中最迷人的東西，牠像一隻趨光的小昆蟲般繼續前進。

我一把抓住格林的細脖子：「你不要命啦?!」眼看離火堆只有不到三米遠了，格林的光明之旅卻突然被我阻斷，牠火冒三丈，掙扎著偏要去。我很生氣，死死地抓住牠：「不准！燒死你這小笨蛋！」

「不准」是格林最早明白的詞語之一，但這個詞對毫無狗性的狼來說只是個建議，照不照做完全得看牠的心情。可「燒」是什麼意思？格林不明白，不明白就一定要弄明白！狼是相當好奇的動物。那像鮮紅舌頭一樣躍動的活物魔咒般召喚著格林，令牠神思恍惚。格林更加玩命地反抗我的阻止，一遍一遍「飛狼撲火」！我幾乎按不住牠。

野獸不是天生怕火的嗎？但從格林這麼癡迷的狀態看來，似乎某些懼怕也並非生來就有的，沒有認識就沒有恐懼。如同格林第一次對水面沒有認識就大膽「走」上去一樣。自然界中的野獸或許見識過奪取無數生命的森林大火，因此畏之甚深，並且通過牠們的語言和教育把這種畏懼感一代一代地傳遞下去，讓那些沒有經歷過火的野獸也對火敬而遠之。

然而格林的身世特殊，沒有人能言傳於牠，那就只能身教了。想起格林第一天來草原就縱身往滾燙的肉鍋裏跳的情景，我狠下心讓扎西夾一塊炭火出來，讓格林體會一下，牠只有真真切切被燙到過一次才能明白我爲什麼阻止牠。

扎西小心地從火堆中鉤出一塊小炭火，夾起來看看還是覺得太大了，翻來找去終於刨出一個煙頭大小的小炭渣，夾起來小心地放到格林跟前半米處。格林睜大了好奇的眼睛，眼前從「太陽碎片」中找出來的晶亮的小光點對牠而言，就像星星般璀璨奪目。格林掙脫我，一撲而上！「哧」，一瞬間格林被燒麻了，這一直誘惑著牠的光亮兇狠地抓住了牠的舌頭。格林驚叫著甩出嘴裏的炭渣卻甩不掉那揪心的疼痛，這是在牠最敏感的部位遭遇最特殊的痛。格林受驚的心狂跳不已，巨大的驚恐令牠的好奇心徹底消失了。

水，格林本能地找水！牠一頭扎進我身後的大碗裏，那水有種酸甜的異味，但管他呢，狼從不講究品味，只要那冰涼的水能減輕舌頭的灼熱感，牠就用炙燙的舌頭一遍一遍捲起水來狂吞猛咽！幾十秒不到，兩個大碗裏的水都被牠舔光了。然而這是牠今天犯下的第二個錯誤——那是我們的青稞酒。

我和扎西面面相覷，靜待下文……

兩個酒味十足的飽嗝之後，格林的眼神漸漸對不住焦了。本來就大得不協調的腦袋此刻更變得異常沉重，幾乎要把小身體墜翻。狼眼睛裏開始現出幾條血絲，如果不是一臉的狼毛掩蓋，牠此刻一定已經滿臉通紅了。

格林的舌頭一直掛到胸口，清淋淋的口水牽著細線往下滴，胸毛濕了一大片。格林咧開嘴憨癡癡地笑著，有了飄飄欲仙的感覺。這傢伙的行蹤更加飄忽不定，左邊橫著走三步，又倒向右邊橫著走兩步，貓步和螃蟹步交替，牠似乎也努力想站正走直線，可四條腿就像水母的觸鬚一樣軟綿綿的不聽使喚。終於，牠一個趔趄倒進我懷裏，醉眼迷離地望著我一個勁兒地傻笑，然後就沒什麼大動靜了。

「醉了好，不知道疼了。」扎西樂壞了，「我們恐怕是第一個看見狼喝醉酒的人。」

傻狼，I服了U！我托起格林掛在胸口的麻木舌頭，抖了些消炎藥粉在舌尖燙傷的地方。

第二天酒醒過後，格林又是一條好漢，自己用門齒把舌頭上燙起的泡泡刮破，舔了幾天工夫就好了，只是牠從此再不敢接近那鬼惑的火光。吃一塹長一智，所有的動物包括人，都是在

青稞酒真夠勁兒，格林第二天還滿嘴酒氣。這也許是世界上第一張醉狼照片。

好奇中成長並探尋這個世界的。格林從小沒少吃過好奇的虧：被畫室的馬蜂蜇，掉進社區的池塘，咬家裏的電線，蹦樓頂的女兒牆，招惹藏獒，追攆狐狸，戲耍渡鴉，引來金雕，到這次玩火自傷又灌酒止燙……這小傢伙還要經歷多少的第一次才能長大呀？紀錄片裏說野外一半以上的小狼崽活不到來年。唉，好奇害死狼！

我在扎西的牧場紮下自己的野營帳篷住了下來，這和住在獒場的板房相比又是另一種感覺。扎西把看家狗嚴格管理起來，格林則和我形影不離，晚上也蜷縮在我腳邊睡覺。格林到了開闊的草原，山風一吹，體味頓時淡了，有時我枕著牠睡覺都聞不到什麼味道。牠除了自己舔毛洗澡，還喜歡迎風站立抖擻狼毛做一番風浴。

這天清晨，我拉開自己小帳篷的拉鏈門，格林率先鑽了出去，激動得在草地上蹦跳著，小狼天性見面熟，牠圍著扎西和他正在上鞍子的馬轉圈，儼然和扎西已成了老熟人。我鑽出帳篷一看，草地上白茫茫一眼望不到頭，所有的草莖和灌木上都凝結了一指粗的霜花，像一夜之間綻放了漫山遍野的白珊瑚，毛茸茸的霜花一碰就簌簌往下掉。我索性抓了一大把霜擦手、洗臉。霜露冰涼，沁人心脾。

扎西隔著老遠喊：「帳篷裏有熱水！」我拿出毛巾牙刷，這才發現我的小野營帳篷外面不知道什麼時候搭上了一層毛氈，還牽了繩子固定在地釘上。

扎西抱著格林走了過來：「阿媽昨天晚上給你搭的，這幾天晚上下霜了冷得很，你的帳篷太薄，霜一下就凍僵了。」

我心裏暖暖的：「阿媽真好。」我洗漱完，喝了早上現擠的犛牛奶。阿媽倚在帳篷前一臉慈祥地瞅著我，又拽起我的藏袍看了看，笑著說：「城裏買的藏袍好看是好看，但是在牧區不管用，太薄！天要冷了，阿媽給你一件厚的吧。」我又驚又喜連聲感激阿媽。

扎西的妻子是個勤勞的女人，每天起早貪黑地擠奶，放牧，打酥油茶。辛苦的傳統生活讓她的腰背微駝，我問她叫什麼名字，她總是羞澀地不說話，大概是語言不通吧。

在扎西牧場的日子裏，除了陪格林四處遊走之外，我總是樂於參與和體驗扎西一家的家務勞動：擠牛奶、打酥油、做優酪乳、炒青稞、磨青稞粉……最喜歡忙完一切後，喝著酥油茶和扎西一家聊天，把我對草原人好奇的問題一股腦問個夠：

「扎西，牛耳上穿紅繩是啥意思？」

「那是放生的標記，就是把本來要殺的牛羊放生，這是藏族的習俗，每年有很多人都會到郎木寺轉經朝佛之後放生動物。經濟條件不好的人家放一兩隻牛羊，條件好的能放一群呢。紅繩就是被放生的標誌，凡繫著紅繩的放生動物任何人不准宰殺，直到老死。藏族人都知道。」

原來如此，我點頭喝了口茶。扎西八歲的小兒子次仁趴在我身邊逗著格林。格林最容易和孩子們玩到一塊兒去。扎西的妻子坐在一旁攪拌著碗裏的酥油茶，笑吟吟地聽我們聊天。不知道我們的漢語她是否能聽懂。

聽著扎西的話，我心裏忽而冒起一絲若有若無的靈感：「扎西，你教我說這句藏語：『牠是寺院放生的。』」

扎西教了幾遍，我反覆念記著，扎西好奇道：「你學這句做什麼？」我撫摸著格林，心事重重地笑了笑沒回答，轉而追問道：「扎西，你們不討厭狼嗎？狼畢竟會吃羊的啊。」

其實這句話憋在我心裏好幾天了，一直以來，我都以爲牧民和狼之間水火不容，而今，我居然能帶著一隻小狼住進一個牧民的家裏，而且還有羊群相伴，這感覺不真實得讓我現在都像在做夢一樣。他們爲什麼就能接受狼呢？

扎西還沒回答，次仁一面給格林撓癢癢，一面咯咯笑著說：「這只是一隻小狼嘛，怕啥？而且羊倌是管羊的，狼是管羊倌的，只要你做好分內的事，狼就不會來找你麻煩。」

我心一顫，八歲的孩子竟說出這富有草原哲理的話，讓我這個城裏人大爲吃驚。

扎西抱出一罐青稞酒笑著說：「你別奇怪，那是他爺爺教他的，其實從前草原牧民對狼多少都有點敬畏，只是現在已經很難看到狼了，小孩兒家沒領教過狼，所以也怕不起來。」

「那你領教過狼嗎？」

「當然，我小的時候這裏的狼還多得很呢。」扎西打開酒罐，看我立刻豎起耳朵向他跟前湊過來的樣子，笑著講道，「聽我阿爸講，我家從前有隻母狗，特別聰明健壯，遠近的牧民們都想要她下的狗崽兒。有一年，那母狗終於生了頭窩小狗崽，但是頭窩崽子下得少，還沒等斷奶，牧民們就爭著把狗崽給抱走了。這母狗脹著乳頭跑出家去到處找她的狗崽，叫得淒淒慘慘。阿爸沒管她，心想過幾天就好了。沒幾天，我阿爸突然發現這隻母狗在領地狗群裏分吃的，身邊還跟著一匹大公狼，不停地繞著母狗轉圈。阿爸趕跑了公狼，母狗竟也跟著狼跑了。第二天母狗回家，乳頭癟了，肚子上面全是抓痕和牙印。阿爸恨這母狗跟狼混在一起，把母狗打了一頓，拿鏈子拴在羊圈外面。

當天晚上，阿爸發現那公狼偷跑進牧場咬母狗的鐵鏈子，阿爸抄傢伙把狼嚇跑，把母狗也關進了屋子。事情還不算完，第二天傍晚，那公狼硬是帶了一群狼來搶母狗，一些狼跟看家狗死掐，一些狼在牆根兒下面可著勁兒地刨洞。早些年的土房子禁不起狼刨，狼在外面吼，母狗在屋裏叫，人哪見過這麼不要命的狼啊，誰都不敢出去，在屋裏敲盆子吆喝也嚇不走狼群，虧得那時家裏還有一桿老獵槍，阿爸開槍打死了一匹狼，狼群才散了。

想不到剛入夜，狼群又摸進牧場裏咬羊，刨牆根兒。開槍也嚇不走了！一家人又恨又怕不得安寧。那時通訊落後，沒法求救，阿爸看那隻母狗也在屋裏上躥下跳撞窗戶，心想這母狗肯定養不家（**注：在家裏養不下去，怎麼養都不貼家了的動物。**）了，既然狼群是衝著這隻母狗來的，一隻母狗換一張狼皮也值了。就開窗放了母狗，狼群得到母狗以後，二話不說就撤退了。」

我托著下巴，聽得有點迷糊：「狼群爲啥拼命搶一隻狗呢？」隨即眼珠一轉，笑得甜蜜又陶醉，「難道公狼愛上這母狗了嗎？」

「女人啊，盡想浪漫的！」扎西嘿嘿一笑，指著我面前的酒碗說，「嘗嘗我自己釀的青稞酒。」

「我的天啊，」我急道，「你倒是快點講啊！」

我越急，扎西笑得越得意，吊足了我的胃口才終於揭秘：「聽我阿爸說，那陣子山那邊打狼滅狼，有人打死了一匹吊著奶子的母狼，等他們搜到狼窩時，一窩狼崽子已經被狼群叼走了，算算日子，正是那些狼來搶母狗的時候，那狗日的公狼居然把我家的母狗劫去當奶媽了！」扎西講完，看著我一臉不可思議的表情，哈哈大笑起來。

「那……那後來沒人找狼群報仇嗎？」

「有什麼仇啊，狼不也是被逼到那份兒上了嗎？阿爸本來就不贊成對狼趕盡殺絕。正好那年我出生了，阿爸抱著我心腸就特別軟，說那公狼肯爲崽子拼命，也不愧是一個好狼爸。而且從那以後，狼群再也沒來叼過我家的羊，給了一個狗奶媽，狼沒有忘恩負義。所以我阿爸老念叨著狼不犯我，我不犯狼……凡事都給草原上的動物留條活路。」扎西瞅瞅跟格林玩得正起勁的小次仁，輕輕搖了搖頭，「可惜啊，到我兒子這一輩已經看不見野狼了。」扎西乾笑了兩聲，捧起酒碗和我碰了碰：「乾！」

我一飲而盡，微酸的美酒散發著一股屬於青澀植物的香味，剎那間向我舒展了整個草原夏季的芬芳。厚重、濃烈、微苦、回甘……彷彿是草原傳統生活的真實寫照。扎西的狼故事和他的青稞酒一樣令人暢快而又心生酸楚。

幾天後，我騎馬跟著小次仁一起去放牧，格林邊溜達邊和鼠兔兜圈子。

次仁有我陪他放牧很是高興，呱呱不停地說著話：「我爺爺說，以前這裏是沒有柵欄的，現在人多了，牛羊也多了，大家的牧場都連在一起，只能圍起來了。」

次仁勒馬慢慢走著，手裏的烏朵（注：藏族牧民驅趕牛羊所用的投石繩。用羊毛線編製，分為三段，中間為棗核形，一端頂部有套環，另一端末為鞭梢。使用時，將石子放在中間棗核形織物中，右手中指摳住套環，抓住鞭梢，逆時針方向掄甩幾圈，瞄準領頭羊的角後放鬆鞭梢，拋出石子可達百米以上，以管理羊群。）揚得嗚兒嗚兒直響。牧民的孩子從小在馬背上長大，生來一種不需掩飾的灑脫氣質，懂事很早，七八歲就能幫家人騎馬放牧，和城裏騎著搖搖馬扔著玩具還嬌滴滴跟父母使橫的孩子完全不同。

「這裏的柵欄壞了哦？」我注意到圍欄的一處豁口。

「不是壞的，爺爺讓弄開的，四邊都留著洞的。」次仁說，「這是給那些過路的野生動物一條生路。」看來爺爺的話對次仁影響頗深，當聽說次仁的爺爺去年已經去世，我心裏有些淡淡的傷感。

次仁一路講著很多牧場上的故事。只是當我問起牧場上的一條溝槽的由來時，次仁笑著不好意思說。

我更好奇了，仔細琢磨那條長長的溝槽，寬度不到三尺，深兩尺有餘，筆直地橫穿過牧場，有二三十米長，顯然是人挖的。但讓我奇怪的是，這條單獨的溝槽前不著村後不著店，既不是修房子的地基，也不是用來引水的，費這麼大工夫挖這條溝槽幹什麼用呢？我一個勁兒追問次仁：「這條溝也是爺爺讓挖的嗎？」

「不是，那是阿爸的點子。」小次仁雪白的牙齒笑起來特別明顯，這才邊笑邊給我講了這個溝槽的由來——那是扎西三年前挖的，爲了鍛煉牧場上的羊。因爲扎西一直覺得這麼多年來，羊的體質越來越弱，凍死的病死的一年比一年多，羊肉也不好吃了。於是扎西就在這兩個草場之間挖了一條溝槽，羊想吃對面的草就得「跳槽」，跳過槽的是好羊，跳不過的是差羊，這對羊是個鍛煉也是個篩選，好羊就能吃到更多的牧草。

這看起來是個好主意，可氣的是那些羊並不合作，寧願只吃這邊的賴草也懶得去跳槽，因爲對羊來說，那條溝槽說寬不寬說窄不窄，跳過去必須費點力氣，如果跳不過去掉在溝中間還得費半天勁兒爬上來，羊可不樂意。扎西只好每次趕羊跳槽，開始幾次，羊被驅趕著還去奮力跳一跳，後來乾脆也不跳了，反正被人趕上了也不會把牠們怎麼樣。有些羊看見人追上來，索性往地上一趴，趕就趕唄，反正我不跳，難道你還能把我扛過去？扎西沒辦法，又重新在羊圈門口挖了一條溝槽，心想著羊總得出圈吧，出圈就必須跳過去。哪知道仍舊有很多的羊懶得跳出去，待在羊圈裏餓得直叫喚。

扎西的妻子怕羊餓壞了，抱來飼料和乾草餵羊。羊也是很聰明的動物，這麼一來二去，很快就明白了即使待在羊圈裏不出去也餓不死，越來越多的羊學「聰明」了，堅決不出圈，吃喝拉撒都在圈裏，甚至有些羊因爲長期臥圈，得了腐蹄病。羊圈門口的那道深溝反而給人製造了麻煩，於是扎西就把圈門口那道溝給填平了，而牧場上的這道溝太長，填起來太費事，也就任它擺在那兒了。

原來這條溝是羊群的健身設施啊。聽了次仁的解釋，我聯想到了另一個東西——曾經在朋友家裏看見過的「狗跑步機」，那是給城市裏養尊處優的狗狗們鍛煉身體的工具。狗跑步機已經有了，羊跑步機還會遠嗎？

我當笑話似的給次仁講起狗跑步機這東西，孩子新奇地喊：「我一定要告訴阿爸！」

晚飯時候，阿媽做了手把羊肉，一家人圍在爐邊啃著肉，還給了格林一大份生肉，扎西家的兩隻藏狗有主人的命令在先，不去追咬格林，這些日子混熟了，對格林也就視而不見了。次

仁興高采烈地跟扎西說起「狗跑步機」的事情，扎西一家都不明白是什麼東西。我有點尷尬，本來是開玩笑的話，沒想到會讓這一家人這麼認真。我只好硬著頭皮給他們詳細描繪了一番。

扎西聽完哈哈大笑，知道次仁肯定把他挖溝的事兒跟我說了，笑道：「不行啊，羊懶了，就算有跑步機也不會跑的。而且動得多吃得多，我只分了三千畝的草場，不夠這些健美羊吃。」

「三千畝，那很大了呀！」在我這個寸土寸金的城市人眼裏，這已經是一塊非常廣闊的天地了。

「草已經不行了……」扎西割下一塊血腸，放進嘴裏嚼著，「我給你算算，從前一隻羊一年要二十畝地的好草才能養得肥，我這裏三百隻羊就得六千畝的好草，三千畝的草連羊都不夠吃，我還有兩百多頭犛牛靠邊兒站著呢！」他說著有些鬱悶起來，「過去我家的草場是最好的，密密麻麻全是草，小時候阿媽帶我出去還要給我拴根繩子，怕我淹沒在高草裏找不著了。可現在……」扎西指著帳篷外不足一巴掌高的草皮說：「草場一年比一年差，光啃這些貼地草，六十畝也不見得能養肥一隻羊，我現在養的牛羊如果放在當年我阿爸眼裏，就全是不合格的處理牛羊！等明年開春，羊羔牛犢一下，又是一大堆，越生越愁，我只有去租草場放牧，可沒人的牧場難找啊。明年的牧草還不知道在哪兒呢。」

「為什麼不賣掉呢？」

「牛羊品質差，誰買？」扎西苦笑一聲，「若爾蓋濕地退化得很厲害……如果禁牧五年，肯定能恢復到原來的樣子。可現實的邏輯是——載畜量過重，草場沙化，牛羊品質差銷不出去，病死、餓死、凍死！死掉的越多，這裏的牧民就越多地增加牲畜彌補自己的損失，於是草場更退化！我已經不想多養了，可我的牛羊還在以每年七八十隻的速度增長……」

聽著扎西的訴說，我的心情沉甸甸的。沒想到表面美麗輝煌的大草原實際上卻早已病入膏肓。爲什麼會造成這樣的惡性循環，或許我也很難理解其中的來龍去脈。

過了兩天，我又和次仁去放牧，扎西閒來無事也陪著我們一起轉轉草場。格林遠遠地跟在我們後面，這小傢伙對這牧場熟悉了以後，膽子又開始大起來。

到了傍晚，吃了一天牧草的羊群顯得懶散而悠閒，黃昏的光線把羊的身影拉得長長的，草原上一片安寧。我和扎西、次仁坐在草地上閒聊。

正聊著，地面一陣抖動，前方亂作一團，羊炸群了！一百多隻羊陡然狂奔亂跑起來，羊蹄子跺得地面登登亂響。我們急忙站起來一看，格林不知何時衝入了羊群，張牙舞爪地衝著羊群一陣猛追。羊咩咩大叫著向我們奔來。一邊的牛群則迅速圍成了一圈，牛角向外，嚴陣以待地觀望。

次仁揚起了烏朵大聲吆喝，扎西迅速跨上馬背跑過去攏羊群，我一邊呼喊著格林，一邊也想跨上馬跑過去，卻手忙腳亂地怎麼也踩不到馬鐙子上。正在這時，突聽扎西大喊了幾聲，我抬頭一看，羊群已經跑到牧場中間那道溝槽前面，飛身一躍就跳過溝來！嘿，羊集體跳槽還挺壯觀的。有些羊跑到溝槽前還猶豫著想繞道，回頭一看狼牙都快咬到腿上了，哪容多想，跳槽！凡是跳過槽的羊，腳步頓時悠閒下來，能不跑則不跑了。

扎西停止了吆喝，勒馬在溝邊看著狼追羊逃，笑顏逐開。跳過溝來的羊越來越多，格林也越逼越近。突然，格林也跑到了溝邊，突然出現的溝槽讓牠有點措手不及。牠連忙騰身一躍！哎呀，差一點，前爪子過了，後爪子沒爬上溝，「噗」的一聲掉進了溝槽裏。格林使勁扒抓了幾下溝沿，爬不上來。羊群停了，喘著粗氣輪番到溝前瞅了一眼，幸災樂禍地跺跺蹄子，繼續吃草。

小格林在正面上不來，望了望長長的溝槽，突然橫向跑了起來，沿著溝槽助跑，看準合適的地方一衝就跳出溝來！

這邊，我已經騎上馬趕到了扎西旁邊，他連忙衝我擺手，讓我不要打擾這場遊戲：「我平時怎麼趕羊都趕不過去，狼一追羊就跳了！」我看扎西饒有興致的樣子，想想格林還小沒什麼殺傷力，追羊也只是好奇而已，於是勒馬觀望。

羊群一看狼跳出來了，又是一陣炸群亂跑。羊群繞來繞去擺脫不了格林，最後又跑到溝槽邊再往回跳。羊也許看出了溝槽能阻止格林，只要自己跳過去就能暫時安全。如此來回跳了幾次，終於有一隻老羊實在跳不過去掉進溝裏了，老羊哆嗦著與跳進溝來的格林對峙，咩咩叫著高聲求救。老羊的求救聲一傳出，羊群突然就不跑了，兩邊的羊迅速向溝槽聚攏。

「牠們要來救同伴了！」我想，心裏有點感動，也擔心格林會不會吃虧。

然而走到溝邊的羊只是探頭張望，沒有一隻羊表現出亮角或者跺蹄子的憤怒狀，只是沿著溝邊排成兩行看熱鬧。有的羊還順帶著啃起了溝邊的草，邊吃邊看。有的羊在後面看不到溝裏的動靜，就不住地往前擠，把前排的兩隻羊差點擠到溝裏去。兩隻前羊憤怒回身，猛跳起來用盡渾身力氣向後羊頂撞過去！三羊開打，擁擠的羊群頓時騷亂起來，有些羊瞅準空檔擠到前排去，有些被頂撞到的羊乾脆加入了戰鬥，你頂我我頂你，亂戰一氣！草皮橫飛煙塵四起，羊角撞擊的「咯咯」聲聽得我心裏一陣陣發緊，這羊角要是頂在小格林身上，恐怕不需三兩下就被頂死了。

再看看溝裏的格林，牠總算追到了一隻老羊，興奮地站在溝裏，好奇地張望著老羊，但下一步該幹什麼，牠也不知道。小格林伸鼻子想湊近聞聞，老羊驚悚地咩叫著退後。格林再湊上去……老羊一直退到溝槽的盡頭，圍觀的羊也緩步跟進，繼續佔領最佳觀眾席……

我突然明白了這些羊在狼的追逐下不反抗、不繞道，反而選擇不斷跳溝的含意——讓犧牲者儘快產生。而且，很多羊在逃跑的時候也並不跑太快，似乎所有羊抱定的一個觀念就是：我不需要衝第一，只需要比最後一個倒楣蛋快一點就行了；我不需要用抵抗證明自己強大，只需要在關鍵時候跳過溝就輪不到我死了。這或許就是羊性法則。一旦犧牲者產生就意味著沒自己什麼事了，剩下的則是吃草看好戲。我覺得心裏有點堵得慌，這隻老羊在羊群中一定有很多的子女兄弟，然而……

老羊的屁股已經抵到了溝槽的盡頭，退無可退了。「吐嚕嚕！」老羊突然大噴了一口氣，渾濁的老眼迸出火星！牠猛地低頭亮起了羊角，對著眼前這個小天敵。

格林一愣，站住不動了，本能告訴牠：「危險！別招惹了！」老羊開始踩蹄子，擺出拼老命的架勢。在這狹窄的溝槽裏，老羊如果橫角一衝，格林哪裡有躲藏的地方啊？小次仁趕緊掄起烏朵，「啪！」一塊飛石打在老羊的鼻子上；扎西騎馬過去轟開羊群，甩起繩子套老羊；我連忙跳下溝去，抱回了格林。

次仁趕羊回圈。我抱著格林牽著馬，和扎西一起往回走。扎西這時才想起什麼來，惱火地說：「牧羊狗哪兒去了？」

扎西扯著嗓子喊了好一陣，才遠遠地看到兩隻狗溜達著回來了。牧羊狗的作用無非是驅狼攏羊，而現在狼越來越少，羊又有鐵絲網圍著，牧羊犬也是「狗浮於事」，估計就「喝茶遛彎兒泡母狗」去了吧。

格林的出現，在羊群中掀起了一陣「跳槽運動」。雖然是小狼，但是對羊群來說，牠們久違的天敵來了，牠們有壓迫感了。我隱隱感覺到了狼在生物鏈中的作用。

扎西說：「以後隔幾天就讓小狼去趕一次羊。」

我猶豫著：「要是格林真下口咬了怎麼辦？」

扎西回答：「被狼咬過的羊，傷好以後免疫力會增強，很少生病。」

這話我是第一次聽說，但扎西說這是祖輩們流傳下來的說法，不知道是不是真有道理。不過在狼追羊跳的角逐中，格林的確在有些羊的屁股上抓咬出了血口子。我看見有一隻羊的傷口一直流血，害怕感染，忙把傷羊牽回圈裏擦藥。扎西似乎對羊的小傷小碰毫不在乎，但他對我手裏拇指般大的小藥瓶卻很感興趣：「你這是啥？」

「雲南白藥，止血的。」我拽下一點羊絨毛充當藥棉，蘸著藥粉往羊的傷口上擦。

扎西看了一會兒，笑道：「這點小傷根本不用管的，再說，你這點藥擦一個傷口都不夠，你等著。」他翻身上馬就向牧場跑去，邊跑邊沿路看地，俯身撿起一樣東西，很快就跑了回來扔給我，是個蘋果大小的「蘑菇」。

扎西自豪地抬抬下巴：「用我們草原人的東西吧。」

扎西教我掰開「蘑菇」，裏面迸出一些煙塵狀的黃褐色粉末，他把這些粉末塗抹在羊的傷口上，血很快就止住了。

我驚嘆一聲：「這是什麼呀？」

「馬蹄包（**注：醫用名為馬勃，一種腐生真菌**），現成的止血藥，草原上多的是。草原狼有時候傷得重了也會找到這種馬蹄包，把它的粉末蹭在傷口上，很快就好了。」扎西解釋道。

我長見識了，又問：「扎西，你不是很少見到狼嗎？你怎麼觀察到的？」

扎西呵呵一笑：「我阿爸教的。」

看來，狼對草原人的影響還真夠深的，不僅在智慧、生存、軍事、環境，甚至醫學上都有貢獻。扎西自信的眼裏流露出一種原生態的草原智慧，讓我對草原先民的訓導發自心底地信服起來，不知祖輩們還有多少令我們望塵莫及的生存之道。以狼爲師，以草原生靈爲師的草原人，他們的傳統、信仰和文化，他們的勤勞與睿智，他們的藝術氣息都根植於這片草原中，他們才是草原真正的一分子。

然而，狼快沒了，其他野生生靈也快沒了。最令人痛惜的是，一種動物的消失還是一種草原傳統的終結？

18 第一次捕獵的代價

自食其力並承受危險是追求自由的必然代價！如果有一天，這代價是格林的生命，我還捨得讓牠走這條路嗎？

我穿著阿媽給我的藏袍，告別了打擾一個月的扎西一家，收拾帳篷帶著格林回獒場。我剛說出「皇帝、森格」，格林立刻明白要去哪兒了，興沖沖地跑在我前面，牠又可以見到牠的獒朋狗友了。

皇帝是第一個迎接格林的，看著格林又長大了許多，皇帝樂呵呵地嗅著牠的鼻子，伏下身來享受格林的攀爬與舔吻，母獒們紛紛圍了上來，親切地搖著尾巴，畢竟是一段時間以來打鬧著成長的玩伴。黑虎默默地過來嗅著格林身上來自外界的氣息，破例主動和格林碰了碰鼻子，嬉鬧中，森格也情不自禁地加入了遊戲的行列。

這時的格林已經快四個月大了，該學習從自然界中獲取食物了，單靠投食活物和野外盲目的追逐遊戲是不夠的，母狼也會帶回一些沒殺死的獵物讓幼狼們練習捕獵技藝。有沒有自己獵食的能力，直接決定著格林今後能不能放歸。然而，我也只是從資料上看過狼捕獵的記錄，一鱗半爪，缺乏實踐經驗，能否教會格林獵食，心裏根本就沒有底。

離別一個月後，玩伴們親切地搖著尾巴迎接格林歸來。

在草原上能生存下來的生物必定都是精品，例如高原鼠兔。這種鼠兔恍眼看像老鼠，卻沒有尾巴，仔細看像灰兔子，但耳朵又是圓的。大的鼠兔有八九兩重，小的一二兩。很多人把鼠兔一概稱爲耗子或老鼠，其實牠們跟兔類更爲接近。鼠兔是草原狼鍾愛的主食之一，這些年來，鼠兔缺少天敵，更是繁衍旺盛，個個肥美多肉，據說今年已有兩次氾濫成災。然而鼠兔生性機敏狡猾，靈活警惕，一般出沒都離洞口不遠，一有動靜扭頭就回洞，靠近點觀察都不能，要捉到鼠兔談何容易。

我爲抓到鼠兔煞費腦筋，騎著老肖給我找的馬巡視了好幾天，草場上平均一兩米就有一個鼠兔洞，探頭的鼠兔此起彼伏，像遊樂園裏「打地鼠」的遊戲一樣，我一接近牠就縮頭，我一走開，牠照舊出來啃草。鼠兔吃飽以後，還把咬下的草莖、草根和草籽都晾曬好，搬進窩裏，以備對抗嚴酷的冬天。

放哨的鼠兔一發現周邊有危險就發出尖細短促的叫聲，互相通風報信。在這跑上幾百步就頭暈目眩的草原，沒有小李飛刀的絕技和草上飛的功夫，要捉到牠們很難，我打算回獒場找點適合的工具。

第二天清晨，我找老肖借了個鐵鏨子，和格林一起到草場上尋找獵物。很快，我就瞄上一隻露頭出來的肥鼠兔，飛快跑過去。鼠兔經驗老到，在我離牠還有五六米的時候一扭頭從容回洞。但我看準了這個鼠洞，抄起鏨子用力挖掘起來。

格林興奮地跟過來，牠也聞到了洞裏的肉味，牠學著我的樣子，用爪子加勁兒地刨。我生怕鏨子扎傷牠，牠刨我就歇會兒，牠停我就換工。刨了好大一會兒才發現鼠洞又深又長，而且

四通八達。這些傢伙真是地道戰高手。我頹然跌坐，不挖了。格林仍舊像個新教徒一樣滿懷敬仰地望著我，再探探洞口，等我教牠下文。我有點內疚，真是「誤狼子弟」啊。

太陽烘得草面冒煙，蚊子越來越多。我站起身來：「格林，回去吧，改天再想辦法一定給你捉一隻！」

格林失望地哼哼唧唧起來，就是不肯走，還打滾耍賴，把身上都滾滿洞口的鼠屎和泥巴。我眉頭一皺不理牠了，轉身回獒場。格林撒潑怪叫著，死死抱定我一條腿就是不准走！還張嘴像老虎鉗一樣夾我的腿肚子，整個兒一混不吝。

牠倔我也倔，任牠抱著我一條腿，硬是一腳淺一腳重，拖回了獒場，腳一蹬，把牠甩落在草地上。格林翻身抖毛，滿臉失落，轉了個圈就到我窗下刨坑洩憤，像逛完遊樂場卻沒有得到玩具的孩子！

我在紀錄片裏看過一些狼或者狐狸捉地下活動的鼠類，都是先踩點，然後豎起耳朵在洞口側耳細聽，聽準位置猛扎下去，直沒進半個身子，一口把大鼠叼個正著，然後拔出身子，幾口嚼來吃掉。獵技好的草原狼一天能捉到一二十隻。然而，我沒有狼那麼好的耳朵，能聽到地下的聲音，我也沒有尖嘴利牙去扎土，這法子人學不了。如果用籠子或者老鼠夾倒是容易了，可這法子格林又學不了。

我在場子裏正煩著呢，阿姐出了個主意：「你想帶牠抓耗子（鼠兔）啊？我們後場子多的是，打得滿地都是耗子洞，藏獒踩到洞裏就崴腳，可討厭了，牠要能抓到，我給牠記一功！」

我一聽頓時眉開眼笑。

第三天，我就帶格林來到了老阿姐獒場的後場，那裏的鼠兔果然多！封閉起來的草場沒有馬匹和犛牛跟牠們搶草吃，這裏簡直成了鼠兔的伊甸園，繁殖得一窩連一窩！真是個大顯身手的好地方，在這裏，我一點不用擔心河邊的領地狗搗亂，前幾天回來的時候，那些領地狗還衝格林汪汪呢。

今天我就有了充裕的時間，坐在草地上安靜觀察，格林懶眉懶眼地趴著看我表演。這傢伙有情緒，昨天沒抓到獵物，牠就恨得在我窗下刨了一個大坑，害得我翻窗過去的時候差點被坑崴了腳。人不能讓狼看扁了，今天說什麼也要逮一隻來。

徒手抓一隻敏捷的鼠兔還真有點考手藝。思來想去，我有了獵捕方案。我觀察一隻鼠兔，看牠從哪幾個洞口進進出出，這幾個洞口肯定是連通的。確定好了，我上前堵住看好的幾個洞，只留一個出口，然後蹲在洞口上方，伸出一隻手一動不動做好伏擊準備，鼠兔很狡猾，出洞前先只露半個頭探看幾次，確定沒動靜才會完全出來。

出來了！我猛一手插下去，截斷鼠兔退路，鼠兔蹦起來一尺多高，牠一落地，立刻閃向另一個洞口，哪知道那個洞口被我給堵了，沒等鼠兔再逃，我已追到洞前，一腳踩下去，大喊：「格林！快來！」我伸手壓住洞口，挪開腳來，撥開亂草，嚇昏了的鼠兔就卡在草莖和封洞的泥巴之間，活的！我兩個指頭拈住鼠兔後脖子把牠拎起來，從頭到腳有一條鯽魚那麼大，雖然不是我看上的那隻肥傢伙，但還是把我樂壞了，這可是徒手抓的呀！

格林更興奮，跑過來圍著我崇拜地打轉，飛身一口就把勝利果實搶了去！這下格林開胃了，還纏著要，搜身似的把我聞了個遍。我把牠趕開，英雄般向遍地鼠洞一指：「自己去。」

格林是何其聰明的傢伙，剛才觀察了半天早領悟了其中奧妙，也學著我的樣子探察起洞口來。牠有著先天靈敏的鼻子，不需要像我那樣觀察半天來猜測確定，只需要聞聞就知道哪幾個洞口是一家子的味兒。很快，格林刨土堵了五個洞，然後回到最大的一個洞口去，站在洞口斜上方蹲點。我撇撇嘴，暗想這傢伙還是沒學到家，我可是站在洞頂正上方的呀，這樣鼠兔出洞才看不見背後的埋伏。得，練習而已，反正我是兌現了抓一隻給牠的承諾的。

我點上一支蚊煙，靜觀格林的表現，五分鐘，十分鐘……牠還在那裏一動不動地守著。這時，我才偶然注意到蚊煙飄動的方向，這狡猾的傢伙竟然是選擇逆風埋伏，牠站在洞口斜上方，氣息恰恰飄在身後，看來竟是我幼稚了，我選擇的位置看似隱蔽，我的氣息卻正好飄向洞口，難怪我捉到的只是個沒經驗的幼鼠兔，僥倖啊。

格林開始有動作了，牠悄無聲息地抬起了一隻前爪，身子像定在那裏一樣，低垂著腦袋輕輕地偏來側去，耳朵像雷達一樣收集著來自地下的聲音，我伸長脖子，地面上看不見什麼動靜，顯然格林優先獲取了地底的資訊，捕獵中，牠的耳朵比我占絕對的優勢。格林的動作更加輕微

狡猾的格林逆風埋伏在鼠兔洞口，全神貫注，這是一場耐心和計謀的PK。

了，因爲鼠兔也有著靈敏的聽覺和嗅覺，格林全神貫注，這是一場耐心和計謀的ＰＫ。

鼠兔露頭了，格林迅速一腳踩塌了鼠兔身後薄薄的洞頂土層，瞬間退無可退的鼠兔奪路往其他洞口衝，遠遠看見不能進洞，立刻急轉左突右閃地逃命，靈敏至極。格林緊隨其後，幾個轉彎都沒撲到，眼看鼠兔就要逃進遠處另外一個洞了，格林爪子一掃，向鼠兔逃竄的右方掃起一撥泥土和亂草，自己卻往左邊跑去，鼠兔被泥草一驚，也看不清是啥，本能地轉向而逃，正好逃進格林的大嘴裏。在鼠兔絕望的嘰嘰叫聲中，戰鬥結束了。格林叼著兀自在牠嘴底下晃蕩的鼠兔，這是個大傢伙，應該有七八兩重，格林抬起頭來看我，得意極了。

我興奮得手舞足蹈，見人就誇：「我的格林抓到鼠兔了！」看著格林吃自己獵獲的肉食，那種快慰就像自己的孩子考上了第一志願！雖然我教的跟狼媽媽不一樣，但只要行得通，吃到嘴才是硬道理！關鍵在於這勝利的滋味會更大地鼓舞格林的獵食欲望。青出於藍的傢伙，牠是天生的獵手！

自從抓到第一隻鼠兔，格林就上癮了，有時候一天能抓五六隻，把自己餵得飽飽的，吃不完的就帶回自家獒場刨個坑埋起來。老阿姐後場子裏「四世同堂」的鼠兔們大禍臨頭，短短四天時間，被格林吃的吃，嚇的嚇，餘黨連夜搬家，第五天就再也尋不到鼠兔的蹤跡了。老阿姐樂壞了，格林卻「失業」了，牠巡視著冷冷清清的草場東遊西蕩，搜查「漏網之魚」。

沒兩天，老肖興沖沖地跑來找我，想讓格林上他那邊的獒場去抓鼠兔，他場子裏鼠兔刨出的洞經常讓狂鬧追逐的藏獒們崴著腳，那些藏獒們身形笨重，一踜跌下去折了腿是常有的事

兒。老肖說，只要格林替他除了這鼠害，下次宰牛的時候，把牛骨頭和心肝肺都給格林。心肝肺那可是狼的最愛，我替格林答應了。

老肖把自家場子裏的藏獒關進了籠子，格林進場果然不負眾望，抓了兩隻鼠兔飽餐了一頓，舔完爪子洗完臉，回我窗根底下消食睡覺去了。我心裏美滋滋的，格林學會這捕鼠的本領，如果真有回歸自然的一天，至少夏秋兩季是不會挨餓了。

晚飯後，我遇見老肖。他一看見我就豎起大拇指：「這狼真是不賴，抓起耗子來比貓還能幹，這下我可省心了。」

我有點擔憂地說：「老肖，今天去你場子裏，那些藏獒叫得可厲害了，特別是最外面那隻金色的，看我的眼神特兇狠！」

「哦，是牠啊，牠叫暴龍，你可別惹牠，牠六親不認，瞧瞧仨月前給我咬的，我躺了一個月呢。」老肖撩起褲腿亮出小腿上那恐怖的咬痕。配著二十來針粗枝大葉的縫線像兩條蜈蚣爬在腿骨上。我倒吸了一口涼氣。

「暴龍……」我重複著這個名字，「是不是我剛來獒場的時候衝出廚房咬卓瑪的那個？」

「對，就是牠，那暴龍是我們這三個場子裏的頭號狂獒，公的，誰也惹不起，發起狂來連飼養員都不認。我是第二個飼養員了，頭一個飼養員在成都那邊，你見過，還記得那個老孫頭嗎？」

「哪個老孫頭？」

「就是狼狗訓育場那個爛脖子瘸腿的老頭。」

我猛地記了起來，對，是有這麼一個人，在成都的時候，我和亦風曾經跟著老林去狼狗訓育中心借小狼狗來冒充格林，當時是看到有一個看門的老頭。那老頭脖子上可怕的傷口一直延伸到左邊肩胛，鎖骨都是變形的，他的左邊臉也在傷口的拉扯下怪異地扭曲著。

我又奇道：「你怎麼知道我見過他？」

「哈哈，老林說的，他說你看都不敢看那老頭兒。」

我笑了笑：「出於禮貌嘛，誰樂意別人老盯著自己傷口看啊。」

老肖眉毛一挑，說：「那就是暴龍咬的，那個孫老頭餵了暴龍兩年。」

我背脊一陣寒意：「連自己的飼養員也咬？爲什麼呀？」在我心目中，藏獒可是最忠誠的象徵啊。

「爲了配種唄。」老肖撇了撇嘴，講起了養獒人老孫頭的那段故事。

幾年前，老孫頭牽了隻母獒關進屋裏跟暴龍配種，母獒是第一次配種的子狗，半天配不上，兩隻獒都不想成這門兒親。老孫頭驅趕了半天沒用，就乾脆進屋硬要上去幫忙。他埋頭下去剛摸到暴龍的命根子，暴龍火冒三丈，一口就咬住老孫頭的脖子和鎖骨，把人掀翻，咬住就不放！老孫頭大喊救命，可窗子外面看的人全都嚇蒙了，沒一個敢進屋救人，老孫頭在暴龍嘴裏殺豬一樣號。暴龍一甩腦袋，喀嚓一聲響，人就沒音兒了。這時候外面的人才反應過來，有懂的人拿起事先就準備好的高壓水龍頭朝屋子裏沖水！小母獒被水沖到一邊不吭氣兒，暴龍被沖得睜不開眼睛，丟開老孫頭，兇神惡煞地撲咬高壓水柱，那高壓水柱就一股一股地往牠肚子

裏灌。老孫已經躺在地上不動了，身上的血被水沖得到處都是，有人拿了一根竹竿子去捅老孫，喊他的名字。人們喊了十多聲，老孫頭才喘了口氣兒，喊了聲「媽呀」，也不知哪兒來的力氣，哆哆嗦嗦爬起來，筋斗撲爬地往窗口爬，渾身血水，兩隻眼睛在鮮血爛肉後面瞪得滾圓，沒見過那麼嚇人的臉，身上的血跟著濕衣服往下淌，爬一路，背後就拖出一條血河，像十八層地獄爬出來的鬼魂一樣……

我聽得後脊梁都快結冰了：「後來呢？」

老肖對那恐怖時刻彷彿記憶猶新：「後來老孫頭爬到窗口，大家伸手進去硬拖他出來。暴龍一看，人又活過來了，撲上來又咬住老孫頭一條腿，暴龍殺紅了眼，高壓水龍頭都壓不住牠，牠扯起老孫頭的腿就往後拖，老孫頭號了兩聲，人就綿了。外面的人又噴高壓水又用木棒打，好不容易轟退暴龍搶出老孫頭放在地上，氣兒都快沒了，兩個人按住老孫脖子上一股股冒血的傷口，一鬆手血就往外噴。他胸口的爛肉翻得跟開花似的，暴龍就差沒把他的心肝挖出來。還好老孫頭搶救及時，命是撿回來了，但是腿瘸了，鎖骨也斷了，整張臉看不出人樣，從此不敢進獒場，只能在獒場外面的狼犬訓育場看大門。」

「他還敢在場外看門，也是有膽量了，爲啥不回去休養啊？」

「啥膽量啊，還不是爲了生活，既然沒死總得掙嚼穀啊，廢人一個了，還能換工作不成？鄉下人命賤，獒場主跟他私了算完事兒。」

我沉吟著不便多問，轉而又說：「老肖，現在這暴龍你養著，場子裏還有那麼些個猛獒，你就不怕出事兒？」

老肖嘴角苦澀地一挑：「我無牽無掛，媳婦也跑了，掙點錢給我閨女兒讀書呀。」

我心裏沉甸甸的，平日裏很少接觸過養獒工人的生活，爲了生存，人人有本難念的經。老肖是最疼他閨女的，看見我的電腦能夠無線上網，經常央著我教他用QQ，每次在視頻裏看見他遠在東北的女兒，四十多歲的男人又哭又笑像個孩子。每個人內心都有最柔軟的一塊兒。

第二天一早，老肖又來找我：「我把獒都餵完關起來了，你一會兒帶狼進去吧。我這會兒進城去買牛！」他衝我眨眨眼睛，意思是牛心肝歸格林他記得。我點點頭。

少時，老肖打開了後場子，交代了幾句就和大夥兒搭車進城採購去了。我帶格林進了老肖的獒場。卓瑪也跟我進場子看格林捉鼠。我們穿過關著十隻藏獒的大籠子，藏獒頓時沸騰般狂叫起來，吵得我心煩意亂，捂著耳朵穿過獒籠走入後場子。

八月剛至，草已經枯萎很多，密集的鼠洞變得更加明顯。但是我帶格林一進場，老肖家的藏獒們就一直叫個不停，加上昨天晚上格林獵殺了兩隻鼠兔的經歷，所有的鼠兔就像得到報信兒一樣，一隻都不出來。卓瑪有些失望，無聊地玩著乾草陪我坐在犬舍外的陰涼處，兩人輕聲聊著天。

接近十點，太陽比較毒了，格林一無所獲，我看看時間打算帶牠回去了。我和卓瑪邊說話邊走在前面，格林尾隨在後，穿過關藏獒的犬舍，我回頭一看不見格林出來，叫了幾聲也不見答應，一種不祥的感覺猛然襲來。

卓瑪說：「會不會鑽進獒籠裏去了？」話未落音，格林的尖叫聲就乍然響起，我倆叫聲不好，直衝回獒場。

眼前的景象嚇得我魂飛魄散，在兩個獒籠之間，曾經咬傷過老肖的那隻金色大獒暴龍，死死咬住格林的腦袋，往牠的籠子裏狠命拖，而格林身後的黑色大獒也隔著籠子伸出爪子和嘴來抓咬格林的後腿和尾巴，往自己籠子裏撕扯，格林被兩隻大獒扯在中間凄聲慘叫。

原來，格林早上抓鼠一無所獲，肚子正餓得慌，經過獒籠的時候，恰好看見暴龍的食盆子裏還剩著小半盆狗糧，便習慣性地伸頭進籠子裏搶食。暴龍平素就狂猛暴戾，看見我帶著一隻狼進牠的領地本來就恨得牙癢癢，現在格林居然還敢伸頭吃牠的盆中之食，來得正好！暴龍撲上前去，一口就把格林的頭咬在嘴裏，活生生要把牠拖進籠子裏撕成碎片！格林劇痛慘叫，用前爪使勁抵住鐵籠，後腿狂亂地扒地死撐著往後退，格林痛得尾巴也平舉起來，哪知後面籠子裏的黑色藏獒也趁機咬住牠的尾巴，兩隻獒撕扯著格林拔起河來，簡直是在兩獒分屍。

我瘋了似的急衝上前連吼帶打，掰開了撕咬格林尾巴的黑獒。這邊剛一鬆勁，暴龍順勢將格林往自己籠子裏扯，我忙拖住格林不讓牠被拽進去，這一拽格林更痛了，脆弱的狼脖子幾乎被扭斷，牠聲嘶力竭地叫起來，像一個被捲入了攪拌機的孩子眼看將被吞噬！

猛然間，格林拚盡全力一口咬住暴龍的頸側，死死不放！我心急如焚，勇氣暴漲，伸進一隻手到籠子裏，使勁地捶打著暴龍的頭，狂叫：「放開！快放開！」

暴龍不爲所動，喉嚨裏「嗚噢嗚噢」的恫嚇聲不斷，嘴裏絲毫不放鬆，這時候，哪怕是主人都難以讓牠鬆口。卓瑪不知道從哪裡找了塊鐵板，她拿鐵板使勁敲打籠子想引開暴龍的注意，徒勞！身後那隻黑獒的巨爪搭上了我的肩頭，狂吼的氣息就在頸後，若沒有籠子隔著，我的腦袋估計已經被牠咬牢了，寒意如冰凌般凝固著我的整個脊梁。犬舍裏藏獒的叫聲此起彼伏，而格林的尖叫越過狂野粗悶的犬吠，越發淒慘，聲聲如刀子扎在我心上！

豁出去了！我也不管暴龍的口有多快多狠，整個右臂伸進籠子抓住暴龍的耳後頸毛，用盡力氣向自己面前抓過來。我的手就暴露在暴龍嘴前，暴龍隨時可以一口把我的手臂咬斷，但我不肯放手，死命地把暴龍的頭抱住，用盡渾身力氣往鐵籠柱前拽！

暴龍圓睜火炭般通紅的眼睛瞪著我，我完全能感覺到那份令人窒息的殺氣，但暴龍卻死死不肯丟開格林來咬我，因爲對狼的仇恨遠遠比對人的仇恨來得更深！

我用腳抵住籠子再使出爆發力，終於把暴龍咬住格林的大嘴巴牢牢卡在了兩根鐵籠柱中間，使牠無法再把格林往籠子裏拖拽。

卓瑪趕過來，用鐵板擋開我身後的黑獒。我心裏稍定，但是藏獒是打生死仗的，一旦咬住就是往死裏咬，絕沒有鬆口的可能，看著暴龍嗜血索命的眼神，我心膽俱裂，心下一橫「兒子你忍著」，就狠抓住暴龍的頭皮，掐住牠耳朵，把牠的巨嘴往鐵籠柱中間使勁卡，借助籠柱的剛性減輕暴龍的咬合力，終於把獒嘴卡出一條縫隙，像虎口拔牙一樣，把格林硬生生地從暴龍口中拔了出來！肉筋斷裂聲、皮毛撕裂聲、格林慘痛的嘶叫聲，聲聲分明，聲聲錐心刺骨，痛徹心扉。

剛搶出格林，我猛然抽回右手，避開暴龍的回頭一大口，牠冰冷的鼻子擦過我的手腕，我的指尖觸碰到了牠的獠牙，險！我的手還在！我緊緊抱著搶回懷裏發抖哀嚎的格林，血柱從格林嘴裏、臉上湧出。

暴龍大喘著氣，吐出一嘴狼毛，餘恨未消地瞪著我們狂吼，我急急看了看格林，牠牙關

緊咬，腦袋上一片血肉模糊，右眼已經被擋在一片血污之後，我連忙抱著格林快步跑回房裏找藥。

我和卓瑪仔細檢視格林的傷口，左邊臉上三個深深的齒洞，其中一個咬穿了嘴，上藥的時候，棉簽一探直透到牙齒，雖然恐怖，但最幸運的是眼睛耳朵都沒事。來草原短短一個多月就幾次死裏逃生，讓人害怕再加害怕！我突然聞到一股臭味，走了一趟鬼門關的格林嚇得大小便都失禁了。也難爲牠了，才不到四個月大就跟兩個巨獒交手。

我一面哆嗦著給格林上藥，一面強作鎮定跟格林開著「劫後餘生」的玩笑：

「小臭狼，你真是命大，沒咬著要害，沒事，狼臉上帶點疤才酷，幸虧你還沒被咬成獨眼狼或者一隻耳……臭傢伙，給你上藥你要乖，不合作我就按你的臉了啊！」

格林的狼臉漸漸腫了起來，牠從沒經歷過這麼痛的遭遇，上藥時，棉簽探進傷口牠掙扎著，痛得眼珠子都快瞪出來了。我再多的安慰也沒法止痛。

爲了方便上藥，我和卓瑪費半天勁才把格林捆起來，讓牠保持鎮定。這時我才發現牠的後臉靠近脖子的地方還有一個更大的血洞，稍微一碰就呼嚕呼嚕直冒血泡，狼臉和狼脖子皮肉撕裂，肌腱爆開，要扒開狼側臉濃密的毛才看得見。分開格林唇吻再看，牠左邊下面的犬牙也斷了半截，剩下半截齒樁汩汩地往外冒血，染紅了舌頭，整個嘴裏都是血泡泡，從每個牙縫裏往外滲。

我才放下的心又開始絞痛起來，趕忙用棉簽蘸了藥粉，邊勸邊掰格林的嘴，牠反而咬得更緊，牙縫裏血也流得更多了。

「格林乖，嘴張開，聽話……」沒用。我乾脆跪在格林腦袋邊，把狼頭在雙膝間夾緊，一手掰住上顎，一手摳緊下顎，使勁用力……終於分開一條縫，狼嘴裏似乎有東西，我使勁再掰開一點狼嘴！再掰開一點！我叫卓瑪趕緊塞了一塊乾棒骨橫在狼牙間抵住，我的手臂已經完全瘓軟無力。定了定神才小心翼翼地揪住格林獠牙間一點像血絲毛團狀的東西，慢慢往外拉扯……更多的毛團被拉出……金毛！皮！血肉！

我心裏一驚，明白格林的牙齒斷在哪裡了。這傢伙就是死也要撕下對方一塊肉來！這是我可以親手觸摸到的狼性、血性和烈性！

給格林治療後，下午放牠在中場活動，牠老實多了，在我窗外蜷成一團躺著，也不跟藏獒們狂鬧了，很沉默。反而是這幾隻從小一起長大的藏獒一個個走到面前去嗅聞牠的傷口，輕輕地碰牠，風雪幫牠舔傷口，皇帝更是跟前跟後地安撫牠。

然而，身受重傷的格林一如既往地堅強，搶肉護食依舊狼性十足，大口大口的肉食和著自己的血往狼肚子裏吞。

我看在眼裏，糾結在心裏：狼牙是狼的標誌和驕傲，斷牙會不會影響咀嚼和撕咬？會不會影響格林的心理？這樣的狼獒之戰還會不會發生？我帶格林來獒場到底是對是錯？爲什麼步步小心卻仍步步凶險？狼的成長歷程爲什麼不能像狗那樣平平順順呢？

是了，狗可以不要自由，犧牲自由可以換來太多東西，而我們卻不惜一切去換取自由。自食其力並承受危險是追求自由的必然代價！如果有一天，這代價是格林的生命，我還捨得讓牠

19 狂獒血戰

接連一個星期，格林哪裡也不去，牠固執地守在黑虎身邊舔傷，陪伴，陪伴，舔傷……格林的那份溫存細緻，讓我無法相信牠是人們傳說中殘暴野烈冷血無情的狼。

格林的左邊臉雖然腫得跟蠟筆小新似的，但是第二天傷口就開始結痂，不到一個星期，格林的傷就痊癒了，狼的恢復能力的確厲害。暴龍的頸側少了一塊肉，潰爛得越來越重，老肖仔細檢查以後，從暴龍頸部的傷口裏掏出半截斷裂的狼牙，心疼地給暴龍又是打針又是清洗傷口又是餵藥，精心伺候了很久才逐漸好轉。大半個月以後，老肖檢查暴龍癒合的傷口，輕輕一按，暴龍仍舊痛得轉頭咬人。

「狼咬的傷口怎就那麼難癒合啊？」老肖對此很鬱悶。

「狼的唾液裏有大量細菌和消化液。」我挽起袖口，露出一道淺紅色腐蝕狀的特殊疤痕，「這是格林兩個多月大的時候，我不小心被牠的小狼牙給刮的，現在格林都四個月大了，這傷口的紅癢還沒完全消退呢。」

老肖看著傷口頭皮發麻：「你可得打預防針哦。」

「放心，我早打了，格林也是打完全套疫苗才帶過來的。」

老肖給暴龍的狗糧裡加了一點消炎藥，攪拌著說：「狼跟狗是不一樣，自己的傷轉眼就好了，咬別人的傷口卻老也好不了。」

我笑了。大自然賦予了狼很多特殊的本領，富含細菌和消化液的唾液也在獵食中發揮著特殊的作用，在獵捕大型獵物的過程中，獨狼往往會在獵物腿部或者肩胛這些看似並不致命的地方狠咬一口，然後就展開長達幾天幾夜陰魂不散的跟蹤，直到獵物的傷口腐爛化膿，被傷痛折磨得喪失反抗能力後才一舉殺之。

四個月的格林體態逐漸勻稱，身形的成長奮起直追，原本大得不協調的頭和腳爪也漸漸與身材比例和諧統一起來。格林的尾巴長出了蓬鬆的長毛，像雞毛撣子一般粗粗大大的。牠開始換毛了，牠喜歡在草地上磨來磨去蹭掉一身的胎毛，換上硬朗厚密的狼毛，牠每次跟我親近以後，我的衣服上總是沾滿一片一片脫落的狼毛。而格林一直讓我擔心的半截斷牙不知何時已經脫落了，上下四顆新的獠牙如春筍般冒了出來。新牙不再像乳牙那麼尖利透亮，卻粗壯有力，牙根部渾圓堅韌。其他的牙齒也羞羞赧赧地往外生長，這是狼一生唯一的一次換牙，這小子運氣太好了，獠牙正好斷在換牙之前。

格林對我還有著強烈的依賴。牠每天都會守在那扇泛著微光的窗子前，一對狼眼興趣不減地看我的一切動作，等我帶著他一起去曠野奔跑撒歡，這份狂放的自由是那些名貴的藏獒永遠也享受不到的。格林生於荒野，牠沒有人類價值觀的肆意炒作，牠不會想像自己某天會被身價上百萬地賣掉，如同藏獒一樣，為了迎合人類的審美價值要像健美先生那樣保養、健身、美體和補充激素營養，為了避免危險和免遭外來病毒的侵擾，一輩子不能走出獒場。格林寧可一錢不值地自由流浪，也不願意身價不菲地被高貴囚禁。

只要天氣允許，黃昏時，我常會帶上筆記本到河邊記錄下格林的點點滴滴，並寫上今天的心情和經歷，這是我在草原上除開與格林相處外最大的享受。

河邊也是很多動物遠道取水或者鳥兒捕魚的地方，越冬的麻雀把自己填滿草籽，吃得像個大絨球，偶爾能看見一種叫做戴勝的鳥兒在草叢中尋找蟲子，魚狗和大水鳥們常常掠過水面。

格林每次見到鳥都會勃然大怒，牠永遠忘不了小時候被渡鴉啄鼻子的痛和被金雕追捕的驚恐。

格林的報復心超強，牠跟會飛的東西似乎結下了永遠的梁子，只要見到個頭兒比牠小的鳥，牠就一定要兇猛地衝上前，再朝著四散飛竄的鳥兒齜牙咆哮。後來牠慢慢觀察鳥兒的習性，總結經驗，學會埋伏起來，趁鳥兒不注意，猛撲上去一爪子壓住某隻大意的傻鳥，然後很快咬進嘴裏。於是牠得出了更加準確的結論——鳥兒不光可恨還非常可口。

有時候，格林還會利用我的走動繞到我前方埋伏，迎面撲擊那些被我驚飛起來的小鳥。而格林只要見到大鳥總會縮進灌木叢中，或者迅速地躲到我身後，把尖溜溜的腦袋往我兩腳間一拱，像躲在母雞翅膀下的小雞崽，心有餘悸地死盯著空中大鳥的黑影，直到鳥影完全消失才鑽出來。

鳥兒的收穫是小魚和草籽，格林的收穫是鳥兒，而我的收穫就在與格林相處的日日夜夜中。

在獒場的這些日子裏，經常引起我注意的，就是那隻叫做黑虎的藏獒。黑虎一向很沉默，但給我的直覺，牠其實是個內心世界非常豐富的藏獒，或許祖先狂野自由的血液在牠的體內保存得最多。每次格林回到獒場躺在草地上休息時，黑虎都會裝作毫不經意地走到格林附近不遠的地方躺下瞇著眼睛曬太陽，鼻子卻深深嗅著從格林身上飄來的外面的氣息，這些氣息能給牠無限的遐思和嚮往，河邊濕潤泥土的味道、兔子和野物的味道、新鮮嫩草汁液的味道……牠能感受到格林都去過哪些地方，那些牠夢裏都想接觸的味道。然後牠的心臟就會在牠沉默的胸腔裏狂野跳動，儘管這是一份上帝才能觸摸到的心跳。迎著風飄來的這些味道會幻化爲黑虎夢境中最絢爛的場景，牠的眼神會因此變得溫柔而迷濛。

什麼時候悄然變化的也無從可考了，黑虎開始目送著格林每天拍開窗戶歡跳著躍進我的懷裏，然後和我一起消失在牠目力所及的範圍，到傍晚的時候，格林心滿意足地回來，帶著一身牠所迷戀的味道。然後牠再孤傲地、漫不經心地走到格林身旁，躺在下風處蹭一絲自由之息。這是牠內心的一個秘密。

格林和藏獒們相處久了，一天比一天親近起來，很多習慣也承繼了藏獒的特點，最明顯的改變就是叫聲。沒有了母語的引導，我發現牠以往從電視裏學來的那點狼語逐漸變調，從「噢嗚……噢嗚……」繼而「噢！噢！」終於發出了「噢！黃！花！花！」似狗非狗的叫聲。像從小漂流海外的孩子漸漸淡忘了自己的母語，而牠還模仿得不亦樂乎。我心裏焦急起來，可在這沒有電視沒有錄音的草原，我怎麼才能教牠拾回自己的語言呢？我後悔沒帶複讀機之類的東西來。如果什麼地方有狼語教材，我鐵定第一個買！

「嗷噢——」我試探著衝牠長嗥，格林凝神聽了一會兒，啪嗒啪嗒地甩甩耳朵仍然固執地轉回狗的音調：「黃！花！黃花！」格林專心致志地學著，聽得我垂頭喪氣，格林啊，等你學會狗語，「黃花」菜都涼了。

每當藏獒兄弟們叫的時候，格林就跑來跑去觀察牠們的嘴型，然後就「噢嗚——黃！花！」一派狼腔狗調地胡言亂語，聽得黑虎和森格一愣一愣的，不知道牠要說什麼。

最樂的就是北面隔壁老肖場子裏的藏獒了。格林一叫，牠們便也跟著陰陽怪氣地學起來，彷彿聽到了天底下最大的笑話。仗著二十多隻雄壯大藏獒的氣勢，聲浪一波接一波，把格林的

叫聲淹沒在下面，偶爾牠們還夾雜著一些怪裏怪氣的狼嗥，極盡諷刺嘲笑之能。

面對這些挖苦，格林還在像個執著的小傻瓜一樣，不明就裡地仔細揣測和學習著。風雪、小不點、森格、黑虎和皇帝終於壓制不住怒火中燒，隔著鐵板牆與老肖家的藏獒展開了叫嗥戰！此起彼伏的叫嗥吼聲沸騰了整個獒場，養獒的工人喝止不住乾脆掩耳走避，關起門來躲個清淨。

「黃花！黃花！」

「汪汪！汪汪汪！」「吼吼！吼！」「嗷嗚！……汪汪！」南面老阿姐的十多隻藏獒也加入了起鬨的行列，三個場子裏的藏獒們一面叫囂，一面向鐵皮牆上狂撞猛撲，撞牆的聲聲巨響如同戰鼓擂動更壯聲威。

聲戰和撞擊持續了半個小時，鐵皮牆的幾個焊接處終於禁不住幾十隻藏獒的強力衝撞，裂開一道大豁口。老林的藏獒們與這邊的獒隔著豁口見面了。

仇獒相見分外眼紅，平時就飛揚跋扈的老肖家的藏獒均是身強力壯的成年大獒，以頭獒暴龍爲首，群起而圍住斷牆。藏獒戰鬥從不知道懼怕，哪怕以命相搏也沒有退縮的可能。仇敵近在咫尺，羞辱吠叫仍像潮水一樣往耳朵裏灌輸。黑虎怒火更盛，咆哮著撲向鐵牆豁口。然而堅實的鐵牆畢竟只裂開了一個不大的豁口，一個比人還重的藏獒要穿過去很艱難，黑虎的上半身衝了過去，而胯骨部分卻被卡在鐵牆裂縫間。

暴龍等藏獒一見對方膽敢越境出擊又被困在裂縫中，頓時落井下石地湧上前來。暴龍「趁狗之危」張開血口往黑虎咬去，森森白牙直取咽喉！黑虎頭一偏避過咽喉要害，耳朵卻被暴龍一口咬中，劇烈疼痛之下，黑虎猛力掙扎下半身，不顧耳朵被咬反口回攻，暴龍死死咬住黑虎的耳朵不放。直取咽喉和死咬不放是藏獒撲咬的兩大特點。其餘藏獒趁勢上前，你一口我一口都是狠狠咬住堅決不鬆口，黑虎孤軍深入九死一生。

森格、皇帝這些平時極爲要好的兄弟被堵在鐵牆這頭，眼看著黑虎受難，跳不過去更助不了戰心急如焚，怒吼著用龐大的身軀夯向鐵牆，格林則拼命朝牆頭上跳，想越牆而過！

哐噹！在森格和皇帝等藏獒猛烈的撞擊之下，鐵牆粗如兒臂的鋼管柱終於被撞彎，裂隙猛地增大，黑虎下半身一鬆立時被解救，牠頭一甩，壯士斷腕般任由暴龍生生撕掉自己的耳朵！黑虎雖然少有戰鬥經驗，但是牠勇猛非常，而且在老林精心的飼養下，體格健壯不比暴龍差，黑虎奮起撲向眼前的一大群藏獒！頃刻間混戰爆發！

老阿姐聽見獒群由最初司空見慣的罵陣到驚天動地的撕咬狂嘯，驚覺動靜不對，大聲呼救，眾人驚奔向老肖的獒場。可面對藏獒群的混戰，誰也不敢進場子。有的人趴在牆頭大喊著各自藏獒的名字，有的人隔著窗子扔石頭、大棒、掃把，甚至不知道誰的鞋子都丟了過去！老肖和尼瑪急得直跺腳！狂獒之戰誰敢應對？

黑虎的耳朵被撕成彩條，身上傷口無數，鮮血淋漓！

「投食把牠們引開吧！」卓瑪嚇得魂不守舍。

「開玩笑！搶起食來打得更兇！」

「只有各人拉開各人的獒！」藏獒打起仗來，主人都不一定招呼得了。老肖說了一個幾乎不可能實施的辦法。但此刻兩家的藏獒都有，誰家的人過去都是對方藏獒的攻擊對象！況且幾

十隻早已殺紅了眼的藏獒開戰，誰敢衝入獒陣，恐怕連屍骨都搶不回來！

尼瑪渾身篩糠似的發抖，豆大的汗珠掛了滿臉，他不過是養獒拿工資的飼養員，雖說老闆的藏獒價值不菲，但借他十個膽子也不敢越雷池半步，更不敢賠上身家性命衝入獒群中拼搶。藏獒混戰更猛，老阿姐的十餘隻藏獒也瘋狂地撞擊鐵牆，大有參戰的意圖！阿姐急忙回自己場子關獒，以免新的混戰發生。

皇帝、森格已借著裂隙翻過鐵牆加入了混戰，只要是不認識的藏獒見面就是一通猛咬，白牙翻飛，殺聲震天，鮮血四濺，狗毛亂舞，沒有任何戰法可言，沒有任何道理可講！除了金黃的暴龍和另外幾隻或金色或雜色的藏獒外，所有藏獒都是黑毛，混戰中很難看清哪個是哪家的，一眼望去那簡直是黑壓壓一片地獄屠戮的景象。獒血飛濺上四周的牆面和我們觀望的玻璃窗戶，視線立刻紅彤彤一片，再不阻止勢必血流成河。

尼瑪這時才反應過來應該先堵住缺口。他急忙趕上去使勁拉住鐵牆，擋開自己這邊還想繼續往隔壁衝的風雪和小不點，我們趕緊幫忙，一人抓住一隻藏獒的頸毛，拼命往籠子裏拖，一隻隻關起來。我一手扯住正從裂隙中翻騰越界已經擠過去一半身子的格林，強拖回來關在最近的鐵籠子裏，隨牠怎麼反抗撞擊籠壁，鎖上鐵柵欄匆匆返身趕回戰場幫忙。

「嗷哦……嗚……」關在鐵籠裏無望掙扎的格林眼睜睜地看著我要離開，忽然爆發出一聲淒厲狼嗥，高亢悠遠！拉長的聲線裏儘是憤恨、惱怒、絕望與甘願赴死的悲壯，這長聲狼嗥像利箭像鋼針穿透鼓膜，直刺入每個人的腦海，如同暗夜裏淒厲鬼哭或戰火之後飄過累累屍骨的漫漫號角。

高亢嗥聲極盡之處忽而低沉下來拖著顫音往下落，滿含著無法掩飾的哀怨、彷徨、痛心疾首卻無法化解的悔恨。這久違的狼嗥讓我腦袋霎時一片空白，心裏猛烈震顫起來！難道牠雖然緘默，卻一直沒有忘記屬於自己的聲音？還是在這大戰來臨之際，野性的萌動與投身群體作戰的強烈願望又激發出了牠最古老的心聲呢？

狂熱戰鬥中的藏獒乍聞狼嗥也爲之一怵。但這短暫的停留並未阻止戰爭的繼續惡化，老肖的藏獒們出於對狼這宿敵的刻骨仇恨，轉而毫不留情地朝著狼嗥聲方向狂吠衝撲。聲戰再起！這也分散了一部分藏獒攻擊皇帝和森格等藏獒的注意力。

我猛然回頭，只見隔著鐵籠的格林頸毛根根直立，耳朵一刻不停地向著戰鬥聲音的方向轉動，眼睛裏透出殺戮之前的綠光和與此極不相稱的痛苦、絕望、羞憤與淒然決絕！爲我剝奪了一匹狼爲群體與戰友並肩戰鬥的權利和尊嚴而控訴憤恨！牠逼視著我，狼牙咬得咯咯響，用牠最擅長的眼神攻勢等待著我給牠最後的機會。

我拿著鑰匙的手激烈顫抖起來，但我絕不能眼看著格林在這場混戰當中白白送死。牠畢竟只有四個月大，我怎麼能放任牠去犯死？我咬牙轉身離

大戰來臨之際，關在鐵籠裡無望掙扎的格林忽然爆發出一聲淒厲狼嗥。

開。

「噹！噹！！噹！！！」鐵籠在身後被猛烈撞擊著！堅硬的狼頭在鐵欄杆上的每一聲碰撞都如同砸在我心裏！格林，你要怪就怪吧！我絕不能放你！我掩上耳朵逃回獒群戰場。

此時的黑虎早已被五個大公獒團團圍住，滿身血污，藏獒在鮮血的刺激下更加瘋狂，「嗷嗚」一聲暴吼，黑虎的一條腿已落入了敵獒口中，撕咬之下，白森森的腿骨被活活扯了出來，黑虎轟然倒地卻仍舊勇猛異常，牠咬住另一隻金色大獒的腿死死不放。所有得口的藏獒都在拼命撕扯。森格、皇帝被敵獒團團圍住不得脫身。也許對另一個群體的藏獒而言，狼可恨，親狼之獒更可恨！！

「再不拉開就要咬死了！」卓瑪猛喊著藏獒的名字哇哇大哭，除了哭，她沒有任何辦法。

老肖奮力從窗戶潑出幾桶水，想讓藏獒冷靜下來。然而草原上沒有高壓水龍頭，此刻區區幾桶水哪裡能夠熄滅戰火？反而讓奮戰的藏獒們裹在泥漿裏像野獸一樣翻滾，通紅著兩眼，重拾野性般越戰越慘烈。

「快拉開啊！」卓瑪除了號哭，啥也做不了。

老肖臉如死灰，看看對方的藏獒被團團圍困顧不過來咬他，橫下心來，騰身一躍翻出窗戶，一隻一隻揪住自己場子裏的藏獒頭皮往獒籠裏奮力拖拽，被制止的藏獒殺紅了眼，哪裡肯聽主人的？有的拼命掙扎不回，有的乾脆朝老肖撲咬。老肖躲閃著獒嘴，強行關押藏獒。外面一干人等捏了一把汗都無從幫忙，誰都知道那幫兇猛藏獒除了天天養牠們的老肖有可能制伏外，其餘任何人根本不可能取得牠們獠牙的豁免權，陌生人進場只會火上澆油。

連鬬了十幾隻藏獒，老肖已是累得快虛脫了，邊拖著強力分開的藏獒，邊聲嘶力竭地喊著尼瑪：「幫忙！」

老肖都豁出命打頭陣了，身爲這邊的飼養員再不能坐視不管。尼瑪硬著頭皮躲避著暴龍黑虎等一干仍在死掐狠咬的藏獒，把森格和皇帝一一拉回自己場子，肅清戰場！

最後也是最危險的就是分開黑虎和暴龍了。

黑虎的前腿被暴龍死死咬住，骨頭裸露，暴龍的牙齒已深深鑿進牠粗壯的腿骨中，黑虎的一隻耳朵已不知去向，鮮血和泥漿混雜在一起，腥味四散。暴龍被黑虎緊咬住了胸骨，面前血泥模糊，咽喉撲哧撲哧地冒著血泡。牠們各自死咬著對方，呼呼喝喝地狂吼著誰也不鬆口，此刻就是要牠們鬆口也難。

老肖和尼瑪小心翼翼地靠近，數著一二三，一起撲上前武松打虎般跨在兩隻藏獒身上，從藏獒嘴角摳住兩個腮幫子向後抓緊頭皮耳根，咧開藏獒的大嘴，各自控制住己方藏獒的頭，避免藏獒盛怒之下反口咬人。一干人等這才敢上前來幫忙。抓頭皮的、壓身子的、綁鐵鏈的……把兩隻獒扳倒在地綁了個結結實實，準備分開後合力往後拖，老肖和尼瑪各自拿起手裏的鐵棍，一點點努力撬開藏獒的牙齒，直撬得滿嘴血肉模糊，才終於分開了這對幾乎要同歸於盡的仇敵。

直到將所有藏獒都關回籠子裏以後，才算平息了這場暴亂，大家都虛脫了。老肖翻窗子回去的力氣都沒有，一屁股坐在泥漿裏大口大口地喘著粗氣。一夥人也癱軟在窗根下，滿身血跡泥漿，身上淤青的、掛彩的傷口數不勝數，每個人都渾身胡亂哆嗦著一句話也說不出來！

或許這隻狼的心有一半是屬於藏獒的，直到長大後，格林額頭上仍然有這塊醒目的疤痕。

一直到夜幕降臨，我才把冷靜後的格林放出來，牠埋著頭走出鐵籠，在我腿邊略作停留便擦肩而過，默默地向關著藏獒的犬舍走去。我留心到牠的鼻子有擦破的血痕，額頭正中一塊醒目的傷口像二郎神的天眼，血線從「天眼」順鼻側淌下，把左邊的狼眼浸染得如同獒眼一樣血紅，或許這隻狼的心有一半是屬於藏獒的。鐵籠子裏幾根彎曲的籠柱上面沾著斑斑血跡，在初升的月光下泛著冷冷清清的黑色光芒……

第二天早上，格林沒有來叫我，我知道牠一時難以原諒我。我自己起來找件沒有血污的乾淨衣服穿上，帶著格林最愛吃的巧克力球輕手輕腳地走進犬舍，沒有驚醒所有疲憊的藏獒。但是格林醒了，趴在黑虎的籠子裏抬頭警覺地看著門口，見是我進來，牠一聲不吭，默默把頭繼續埋在兩隻前爪上，垂眼看著地面，目光淒迷而憂傷。

我走近幾步，藏獒們紛紛醒來，在各自的籠中衝我搖著尾巴。我打開黑虎的籠子走到格林跟前，牠淡然轉頭對著黑虎，顯然牠一夜都守在這位藏獒兄弟身邊，我心裏一痛，輕喚了一聲：「黑虎……」

黑虎睜開眼睛，有氣無力地喘息，被咬斷的右前腿瑟縮在胸前不斷顫抖著。右耳已經沒了，頭皮上的血混和著昨天上的藥還在間或往下滴。

「你來得正好，我要給黑虎上藥，你的狼死活不讓我們靠近，誰也不敢惹牠。」尼瑪抱怨著，進來打掃著藏獒糞便。

「藥放在哪裏，我來給牠上吧。」我說著，低頭看見籠外地上一坨巴掌大的黑毛塊，問，「這是什麼？」

尼瑪哈哈一笑，漫不經心地踱過來：「昨天打仗撕掉的狗耳朵啊，黑虎的，早上我想拿這個把狼引出來，牠不但不出來還咬人！」尼瑪又走近了些，格林頓時皺起鼻翼，吼吼做聲，兇相畢露。

「看嘛看嘛，牠還想咬我！」尼瑪立刻告狀。

我眉頭一皺，心裏騰起一陣厭惡：「你出去吧，這兒交給我了。」

「你不是說，只要是肉，狼都吃嗎？」尼瑪兀自感覺不到我的反感，「這狗耳朵牠怎不吃？你說狼和藏獒哪個兇點兒？說真的，養獒那麼久，這麼豪華的打架陣容我還是頭一次見！」

「你也不怕你老闆說你，」我強壓怒火，「如果狼吃了藏獒肉，往後打起架來，對你有什麼好處？」

尼瑪嘿嘿一笑，用掃把掃起地上的狗耳朵，然後踱出犬舍去了。

我從懷裏摸出巧克力球，剝開糖紙攤在手心，蹲下身來遞到格林鼻子前，柔聲說：「喏，你最喜歡吃的。」

格林不動，鼻子微微聳動著。

我不知道該對牠說什麼，看看黑虎的傷，眼淚吧嗒一滴掉在了地上。

格林的尾巴微微擺動了一下，慢慢伸過嘴來，用牙尖輕輕咬過巧克力吃了，牠從來沒有這麼斯文地吃過東西。吃完巧克力，格林站起來走過幾步，把腦袋埋進我懷裏，頭頂輕輕推了推我的肩膀。我的心像絞索一樣擰了起來，撫摸著格林額頭上的血口子：「對不起！」格林的尾巴輕微地搖了搖。

我找到尼瑪留下的藥給牠倆治傷。

給格林擦藥牠很合作，但重傷的黑虎卻很暴戾，對加劇疼痛的消炎藥很排斥，我托起牠的傷腿檢查時，牠痙攣痛吼著反口咬過來，格林趕忙湊到中間和黑虎碰著鼻子像在安慰牠。黑虎右前腿自腿彎處的一圈皮肉已被撕斷，露出一指長的一截白骨，骨頭表面已風凍乾了，貼著骨頭一根乾枯的血管泛著青黑色，不知這腿還有沒有救。黑虎頭上的傷就更嚴重了，被撕掉耳朵的頭皮部分經寒夜霜凍，感染得很厲害，加之白天的蚊蟲叮咬，發炎惡化，一碰膿血就往外流淌，再到夜晚，膿血又會結成冰坨子掛在頭皮的傷口上。

我小心翼翼地給黑虎去掉頭皮上的血冰，抹著消炎粉和白藥，牠焦躁地甩頭避痛，血又加劇流淌，失血過多的黑虎疼得直翻白眼。也許只有格林對這種劇痛感同身受，牠著急地嗚嗚叫著爬到黑虎身上，抱著黑虎的頭用暖暖的舌頭一遍一遍溫柔地爲牠清舔著傷口，舔化上面的冰粒。我的眼前頓時模糊成一片……

含淚處理完黑虎頭頂的傷口，我找了根縫衣針燒紅、壓彎、消毒，讓黑虎側躺在冰冷的地上。我半跪下來，閉眼深吸一口氣，狠下心來硬把黑虎傷腿上下的皮肉拽攏，勉強縫合……荒原手術，沒有麻醉劑，唯有狼吻鎮痛。黑虎渾身震顫，卻咬緊鋼牙一聲不吭。

整整七天過去了，這七天裏，格林只要一醒就爬到黑虎背上，輕攬獒頭，舔傷除冰。接連一個星期，格林哪裡也不去，牠固執地守在黑虎身邊舔傷，陪伴，陪伴，舔傷……格林的那份溫存細緻，讓我無法相信牠是人們傳說中殘暴野烈冷血無情的狼。而黑虎忍痛的堅毅與刮骨療傷的英雄又有何異？我心懷敬仰地用相機留下了這些珍貴瞬間。

狼和藏獒本不是「天敵」，卻被人爲造就成了「宿敵」。我當初帶著城市裏無處藏身的格林來到草原，不得已將狼放入獒群中，我一直擔心的是格林會被森格黑虎這些龐然大獒咬死，而今我才發現我錯了。獒是忠誠耿直護家的動物，狼是群體觀念極強的動物，牠們有一個共同點——重情重義！獒以牠們的憨厚寬容接納了格林，格林以牠的堅韌智慧取得了群中一席之地。當這個群體一旦接納了格林，格林就是家族成員，關上門來，狼獒怎麼打鬧折騰那都是家務事，外人想要欺上門來那絕對不行，所有的藏獒都會奮起維護這個小兄弟，哪怕以命相搏，絕不會因爲被欺負的成員地位低下而置之不理，這才是團隊！或許天狗和龍狗真的是可以並肩作戰的一對戰神，如果有一天牠們各自分道揚鑣，這種狼獒兄弟情不知幾時能再看見。

尼瑪說：「這一仗打得慘，兩家藏獒傷的傷，殘的殘。黑虎的腿也瘸了，耳朵也缺了，本來能賣個好價錢，這下不值錢了，誰還來買牠啊？除非拿來配種。」

對有些人而言，飼養的動物就是一個商品，只要榨乾動物能帶給人的所有利益，何須在意牠的感情和思想?這就是牠們的命運。我面無表情地聽著，也無須對這些人的價值取向進行辯駁，這不是我高談闊論所能改變的。但我知道在人們的價值天平發生重大傾斜之後，拋卻血統、品相、價格與市場的干擾，有些真正的內在價值才彌足珍貴。黑虎依舊是黑虎，不同的是，牠在我和格林心中的地位更勝以往，這高貴的囚徒——牠善良、勇敢、強悍、仗義，有一顆充滿野性嚮往與孤傲不屈的心。牠維護自己群體尊嚴的勇猛無畏給格林幼小的心靈強烈的衝擊!牠是狼的渡魂者，當之無愧的——藏獒!

20 狼情密意

格林的不安終於應驗了，牠驚慌地咬著我的袖口，怎麼也不肯放。「走」字牠是聽得懂的，「等」牠也是明白的，可這一走之後，要等多久呢？牠不想讓我走，無論如何也不想讓我走，面對病中的分離牠從未體驗過如此驚恐和無助。

前些日子，我淋了一場冰雹。這幾天頭痛欲裂，咳嗽不斷，我感冒了。

每當聽見我咳嗽的聲音響起，格林就關切地趴在窗口引頸相探，牠再沒心思和藏獒們玩鬧了，寧願一直守在窗外觀望。我坐在小桌前寫日記，格林就站起身來，把前爪搭在窗臺上看看電腦又看看我；我吃過藥躺下休息，格林就在窗口歪著腦袋看我睡覺，站累了，就回到正對窗戶的草地上像獅身人面像一樣守望著。牠再不硬拖我出去，也不裝病騙我陪牠了，我常常叫牠自己出去玩或是跟藏獒們爲伴，牠卻從不捨得離開。

一天，幾聲炸雷把我驚醒，草原上下起了傾盆大雨，我急忙起身看窗外，藏獒們紛紛躲進了犬舍避雨，而格林仍舊執著地站在老地方，淋著雨守在窗前，一雙狼眼被雨水打得幾乎睜不開。我趕緊穿上衣服，衝出去把格林抱進屋來。格林一連串地打著噴嚏，吸吸鼻子乖巧地蜷縮在我懷裏，兩眼直勾勾地盯著我看，好像能把我的病看好似的。

我嘆息著，拉過衣服爲牠擦乾毛髮。此情此景，我不由得記起小時候牠第一次掉進睡蓮池，我也是這樣把牠抱在懷裏擦乾的，轉眼間，格林已經五個月大了，不知道牠是否也會記起那些快樂無憂的童年時光。

我連日來一直死撐硬扛，結果病情趨於惡化。這兩天咳嗽起來，肺部像裝了一包水似的呼嚕呼嚕直響，間或吐些淡紅色血泡泡，在床上躺了兩天，也沒吃東西，晚上的時候不敢入睡，半坐起來才能勉強呼吸順暢些，喘氣越來越難受。隨身帶的感冒藥似乎不管用了，我無處求醫，用手機上網留了個言，大概描述了一下病徵，想求助懂醫藥的朋友。

晚上亦風打過電話來，語氣異常焦急嚴肅：「那是肺水腫，你必須馬上回成都！」

「我回去了，格林怎麼辦？我抗造（**編按：指身體結實**），你給我寄點藥過來就行！」

「命都不要了嗎？」亦風火了，「在高原肺水腫要死人的你知道不！」

我腦袋嗡嗡亂響，怎麼掛的電話都忘記了，迷迷糊糊睡了過去。

格林越來越不安，在我窗前來回徘徊，嗚嗚咽咽，日夜翹首以待。從前，格林每到夜裏總喜歡到處溜達閒逛，或是跟藏獒們擠在一起暖暖和和地睡覺。而現在不一樣了，牠的心裏積澱了一種感情，幼小時候的依賴漸漸被愛所取代，這種愛與日俱增，像沉重的鉛墜一樣落到了牠心底深處，一日不見我出現，牠心裏就會沉甸甸的，而多日不見，這份牽掛就越發強烈起來。

狼能聞到死亡的氣息，也或許我的呼吸帶有肺血的味道，格林隱約有了一種不祥的預感，牠寢食難安，甚至在夜裏、在夢裏，牠都會被這種驚恐和牽掛所困擾，於是牠抖抖狼鬃驅散睡意，冒著寒冷悄悄來到我的窗下，站在那裏靜靜地聆聽我的呼吸和間斷爆發的咳嗽聲⋯⋯

好幾次我在半夜裏倒水吃藥的時候感覺異樣，猛然抬頭發現格林就趴在窗上，一雙綠瑩瑩的眼睛哀傷而關切地注視著我，看得我的心也不由自主地酸痛起來。

無論白天黑夜，為了守候我，格林寧願選擇不適和困苦，牠不再四處閒逛覓食，也不再鑽回溫暖的獒籠中睡覺，而是堅定地臥在窗戶前等上幾個小時，就是為了見我一面，只要我靠近窗戶，牠就飛奔上來趴在窗上感受一下我的親切撫摸。

然而隨著病情的加重，我掙扎起來的次數更少了，格林越發坐臥不安，牠來回跑動著，爬上窗戶隔著玻璃看我好幾次，探著大腦袋仔細端詳我。我費力地睜開眼睛看看牠，牠焦急的眼神就在我面前閃動，漸漸地，格林的影子又迷離起來，那一雙轉動的耳朵時而變成四隻，時而

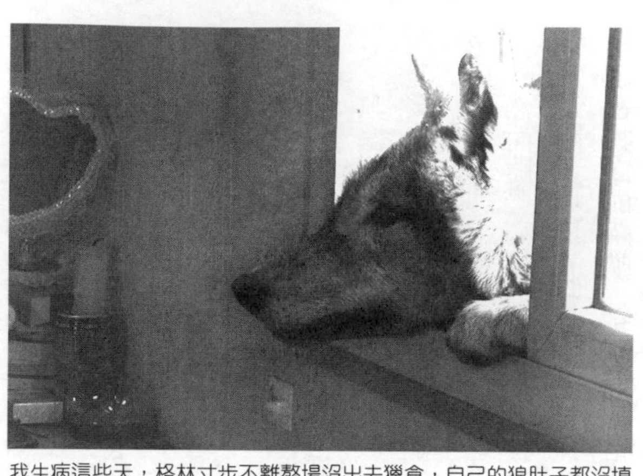
我生病這些天，格林寸步不離獒場沒出去獵食，自己的狼肚子都沒填飽，卻把好不容易得來的存糧給了我。

還原成兩隻，窗戶搖來晃去天旋地轉。

我頭痛欲裂，迷迷糊糊安慰了格林幾句，繼續昏睡。恍惚中，窗外突然傳來低沉的、半啜泣的嗚嗚聲，然後又是一陣探尋的嗅鼻聲，接著，格林發出極其痛苦的長聲哀嚎，長長的狼嗥悲傷地顫抖著消失，不一會兒，長嗥再次響起，充滿了痛苦與淒涼，六隻藏獒也隨著狼嗥此起彼伏地幽咽。

我合上眼睛，淚滑到了枕邊……

也不知睡了多久，忽聽窗口又有動靜，睜眼一看，格林跳躍著用堅硬的狼頭撞擊著玻璃，一點一點推擠開了窗戶，把腦袋伸進屋來。朦朧中，格林的眼神焦急而關切，嘴裏含含糊糊叼著什麼東西往屋裏扔。這孩子又想扔石頭了嗎？但今天這種叫醒服務似乎無法奏效了。

「噗」，沉悶的落地聲，不像石頭，黑糊糊軟綿綿的一樣東西。我掙扎著撐起身來仔細一看，竟然是半隻野兔！也不知是格林什麼時候獵捕的，野兔前半截已經被吃掉了，剩下最肥美的後半截扔了進來，落在我床前。格林咂著嘴，在窗戶上探著腦袋嗚嗚叫著。看到我終於醒來說話，牠耷拉下了耳朵，舌頭舔著鼻子溫情地看著我。我深吸一口氣，彌補缺氧的眩暈感覺後坐起身來。

我坐在床邊定了定神，才俯身細看那珍貴的「禮物」：半隻兔子上面裹著很多的泥土，是新從地下刨出來的，那顯然是格林的存糧，埋起來以備不時之需的私房肉。這些天來，格林寸步不離獒場沒出去獵食，自己的狼肚子都沒塡飽，好不容易得來的野兔存著正是用來度過難關的，而牠卻將這口存糧給了我，我的鼻子酸楚起來，淚水剎那間湧出了眼眶。

我咳嗽著扶在窗口站穩。格林趴在窗臺上仰頭望著我的臉，牠的喉嚨痙攣地抖動著，卻沒發出聲音，牠用頭頂使勁迎合我的掌心，似乎極力想要表達什麼，卻不知如何表達。突然，牠把脖子一伸，鼻子一拱，整個狼頭埋進了我的腋下腰間，然後一聲不吭地輕輕推動著腦袋，就這樣緊貼在我懷裏。

我放聲大哭，使勁撫摸著狼頭，眼淚滾落在格林耳朵上、額頭上。格林連忙伸長了脖子舔我下巴上的淚滴，嗚嗚慰藉地叫著，牠從小就最怕看我掉淚。我知道格林對我有感情，可我萬萬沒想到五個月大的格林竟然還會爲病中的我叼來存糧。在牠的狼性概念裏，「食物」和「活力」是緊緊聯繫在一起的，只要能吃就能活！平時拼命搶食護食的狼，真正到了自己親人危難的時刻，牠卻毫不猶豫地忍饑挨餓，把自己的救命糧獻出來。格林長大了，像一個懂事的孩子學會關心媽媽了。

牠的關切、牠的鼓勵、牠的信心傳遞、牠的情感……都無法對我言語，然而牠什麼都向我表達了。懷抱著格林，我第一次感受到了狼的愛——熾烈、純粹、捨身忘我、不離不棄，即使並非同類，我也能清楚感覺到牠哀傷的呼吸、碎痛的心跳……這來自人類之外的愛、不帶一絲雜質與污染，它像露珠一樣細膩透明，像草原一樣博大。狼臉摩挲著我的臉頰，狼吻親舔著我的鼻尖額頭，在這狼之愛面前，我竟然湧起一種虔誠膜拜的衝動，我覺得為格林做什麼都是值得的。

「隔壁獒場正好有運藏獒的車要回成都，你可以搭他們的車，你這病拖下去很危險。小狼留在這裏讓老肖幫你餵牠，有藏獒陪著牠也不會寂寞……」在卓瑪和老阿姐的一再勸說下，我終於決定搭車回成都治病。我想把格林也帶回成都，然而車上載著別家獒場的藏獒，大家都怕路上出事。況且沿路那麼多檢查站，格林已經長成大狼的模樣，根本瞞不住人，萬一查出來偷運野生動物，大家都脫不了干係，格林也會被收繳，無論怎麼解釋，法不容情。

我憂心忡忡地收拾了幾件行李，格林還在窗外老地方固執地守著，看見我到窗邊來了，蹦跳著想翻進屋來看我。牠疑惑地打量著屋子裏我收拾好的行李——在牠幼小的記憶中，我曾經收拾過一次行李，而那之後，就是各自在飛機上長達六個小時的分離。在牠的概念裏，收拾行李意味著分離和遠行，格林一陣惶恐地嗚嗚叫著，睜大了眼睛望著我。

「我走了，你乖乖待在這裏，等我回來。」我摸著格林的鼻子小聲囑咐。

格林的不安終於應驗了，牠驚慌地咬著我的袖口，怎麼也不肯放。「走」字牠是聽得懂的，「等」牠也是明白的，可這一走之後，要等多久呢？牠不想讓我走，無論如何也不想讓我走，面對病中的分離牠從未體驗過如此驚恐和無助。牠舔我的手，拼命地舔，掙扎著表達牠的挽留與擔憂。

眾人送我到獒場門口。我抱了抱格林，給牠繫上鐵鏈，將牠託付給尼瑪，我懇求尼瑪和老肖一定照顧好格林。並告訴老肖我留下了足夠的羊肉，每天足量給格林吃。

「格林乖，我很快就回來，你一定等著我。」我把行李放到了車上，格林嗚嗚叫著跟上來想追著我去，尼瑪拽住了鐵鏈。格林一面猛咬鐵鏈一面央求地望著我，我柔腸百轉，幾乎又想帶著格林走，可是病中的我根本無法照顧牠，一時捨不得會害他一輩子。

格林像石像一樣立在原地，默不做聲地注視著我的一舉一動。

我深深嘆口氣上了車，格林渾身劇烈地顫抖著，頸毛根根緊張地豎立起來，眼圈發紅，牙齒因激動而碰撞得咯咯直響。

車開了，隨著距離拉遠，我的心彷彿被越拉越疼，一種長期依偎的情感眼睜睜地被撕裂開來……

「莫嗷嗷——」格林迸發出撕心裂肺的長嗥，混著尼瑪的大聲吆喝。

「狼跑了，牠在追車！」眾人驚叫起來。

我心靈激震，急忙回望——格林在公路上發瘋似的飛奔，窮追不捨，長長的鐵鏈在陽光下像一條狂舞的銀蛇緊隨其後。尼瑪被瞬間掙脫鐵鏈的格林拖摔得狼狽不堪。

「停車！快停車！」我尖叫著。

車戛然停在路中間，我一開門就滾下車去，格林急速奔來，一頭撞進我懷裏，大口呼著氣，我緊緊抱著牠淚如雨下。

好一會兒，我才強打精神帶著牠慢慢回到獒場裏，除去格林脖子上的鐵鏈，把牠送到藏

獒皇帝的籠中。皇帝憂鬱的眼睛看著我，低頭舔舐著格林，這是素來注重威嚴的皇帝少有的動作。格林漸漸平靜下來。

我又安慰了很久，直到獒場外的車響起催促的喇叭聲，我才再次起身合上犬舍的門，昏昏沉沉，悄悄離去……

21 越獄疑雲

格林從小沒見過同類，牠誤以為雄壯的獒群就是牠的群體和歸宿，下意識地把獒的行為作為學習目標，沾染了些非狗非狼的怪異習慣與秉性。這種變化或許從格林第一聲學狗叫就開始了，格林像一個患了失憶症的孩子，帶著狼的本質卻在想方設法融入獒的世界。

我沒想到這一分開就是整整十五天。雖然每天總在電話裏細細詢問格林的消息，可每到夜晚我還是輾轉難眠，總感覺格林嗚嗚咽咽的聲音就在我耳邊，牠的影子就在屋子的每個角落徘徊……時時刻刻、分分秒秒、經意不經意之間都牽掛著一個孩子的感覺，將我的心海裏灌滿了甜蜜的酸楚，格林在做什麼？牠是不是也一樣想我？

病剛治好，我就迫不及待地趕回了草原。

隔著大巴的車窗向外望去，若爾蓋已經進入了秋季，草轉黃了，高原愈加缺氧，緊隨而來的冬天定會更爲嚴苛。然而這裏有陽光、金草、蒼原、雪山和苦苦等待我的格林……那份親切比起回家的感覺尤勝三分。我摸著兜裏專門爲格林帶來的巧克力，一個人情不自禁地微笑，抑制不住再見狼兒的喜悅……

下午六點左右，終於到了獒場附近，我翻身跳下車就向獒場跑去。

「莫嗷嚦——」忽然間，獒場上空騰起一個熟悉的聲音。

格林?!我又驚又喜，這聲音不再是幻覺了，那是我第一次教牠嗥叫的狼語「我在這兒，我在這兒」，那是我們最熟悉的暗號。我對狼的嗅覺佩服得五體投地，我下車以後還一聲未吭，而牠早已順風聞到我的氣息了。我心跳加速，攏著嘴巴高聲回應：

「格林——我回來了——」

「嗷嚦——」

我快步如飛，正跑著，前方像一陣旋風般衝來一個身影，定睛一看，正是我魂牽夢縈的格林。我歡叫一聲，心臟咚咚狂跳，還未及作出反應，激動的格林已經像一個大皮球般貼著地滾到我跟前，馬上翻身把肚子亮出來，吱吱撒嬌地叫喚著，抱著我的手讓我摸牠。

我被這從天而降的驚喜轟炸得措手不及，剛把手放上格林的肚皮，牠就急不可耐地翻身直撲我的懷抱，將我掀翻在地，劈頭蓋臉就是一陣狂吻。我還沒來得及說出「想你」兩個字，臉頰和下巴就被舔滿了狼口水，親得我眼睛都睜不開，更沒有張嘴的機會了！片刻間，我整個人像掉進了棉花堆裏，軟綿綿、輕飄飄、暈乎乎的幸福感立刻將我包圍……哦，格林，想你！想你！想你！十五天了，從你睜眼到現在，我們從未分開過這麼久，我做夢都想抱緊你啊！

摟摟脖頸，蹭蹭臉頰，碰碰鼻子，摸摸牠額頭上熟悉的傷疤……無論離開多久我們彼此都不會忘記。

好不容易親夠了，也抱夠了，我抹了一大把喜淚，分開格林仔細端詳——半個月時間，格林瘦了，但長大了很多，比以前長出了大半個頭，現在抱抱牠感覺有五十斤左右，牠的胎毛早已褪盡，脊背上開始長出根部白色、中間棕色、尾部黑色的長長的狼鬃，英姿颯爽的鬃毛在牠背上勾勒出漂亮的肩骨輪廓。這厚密的冬季皮毛就像戰袍一

無論分開多久，我們彼此都不會忘記，我做夢都想抱緊你啊！

般威武。好一個英俊少年狼！

看著看著，我突然發現格林薄薄的肚皮上和腿上有幾絲紅印子，仔細一看是幾道新劃的傷痕，此刻已隱約滲出血珠來。我又驚又疑又心疼，猛地想起一個問題：「你是怎麼出來的？」格林深情款款地舔著我的臉頰。我順著牠剛才奔來的路線看去——獒場兩米多高的後牆，牆頭上參差不齊鑲嵌著的玻璃渣子在夕陽下閃著鋒利的光芒。

「傻瓜，要是蹦得再低一點，狼肚子不就剖開了嗎？」摸著格林的傷口，我的眼淚簌簌滴落在剛才嬉戲的草地上。

格林卻似乎毫不在意這些小傷小痛，牠聳動幾下濕漉漉的鼻子，耳朵提溜一豎，眼裏忽然閃出驚喜的光芒。牠把尖嘴巴猛扎進我的衣兜，搜出巧克力大嚼起來。

「壞傢伙！鼻子還真靈！」我破涕爲笑，領著牠回獒場。這傢伙黏糊極了，貼著我走路，走兩步就抱抱我的腿，走兩步又舔舔我的胳膊。

養獒的老阿姐和老肖已經開了獒場的門，伸頭向外望：「我們說這狼怎嗥著嗥著就蹦出去了，原來是你回來啦。你走了，牠每天都在你窗戶上望啊望的，唉……」

「可不咋地，」老肖接口，「你剛走的時候，這狼鬱悶得很，接連四五天說啥也不吃東西，一天到晚哀嚎。」

我的心一陣絞痛：「尼瑪電話裏怎麼沒跟我說過？」

老肖自覺失言，尷尬地看了老阿姐一眼，止住了話頭。

我心裏有些不悅卻不便發作，問：「後來呢？」

「哦，」老肖想了想說，「後來森格跟前跟後地和牠玩，安慰牠嘛，還跟牠分吃狗糧。」

「森格？」我回憶了一下以前老欺負格林的那隻大藏獒，「皇帝沒跟格林玩嗎？」

「皇帝被賣了，」老阿姐說，「你走的第二天就賣了。」

「啊?!」我又驚訝又失落，我走的時候可是指望皇帝能陪伴格林的，要沒有皇帝，我還真難放心回城，沒想到我剛走，皇帝就被賣掉了，那麼格林這些日子是怎麼過的？我又想起了和格林有過命交情的黑虎，連忙追問：「那黑虎……？」

「賣了，皇帝、黑虎、小不點都賣了，是一個買主包下的，皇帝和小不點的價錢賣得不錯，黑虎是殘廢，搭著牠倆半賣半送給處理掉的。現在你們場子的藏獒只剩三隻了。」

我鼻子一酸，悵然若失，不知道皇帝、黑虎、小不點到了新主人那裏會是什麼境遇。而格林兒時的玩伴只剩下森格、風雪和紅眼睛了。

我長嘆一口氣，心一跳一跳地疼，我連忙進場看望剩下的藏獒們，抱緊牠們的大腦袋，額頭蹭著獒鼻子，連聲叫喚牠們的名字，三條獒尾搖得塵土飛揚。我真想找老林要那買主的地址，再去看看可憐可敬的黑虎，看看牠的傷好了沒有……還有皇帝，沒想到臨走將格林送進皇帝籠子裏時，就是見到這大獒的最後一面了。這外表剛猛、內心柔善的頭獒啊，想當初每天清晨趴在我窗前期待愛撫，我多麼遺憾那時候甚至沒有好好抱過牠。

第二天一早，格林親切的小石頭就扔進窗來。我照舊收藏起沾著狼口水的石塊，隔窗撫摸著格林。

窗外，再沒有了皇帝魁偉的身形，也沒有了黑虎獨行俠一樣的影子。風雪和紅眼睛兩隻母獒據說剛配完種，要關在籠子裏靜養觀察，因此很少放出來活動了。冷冷清清的中場院裏有點沒落大觀園的蕭條感覺，大家走的走、散的散、關的關，物是人非，再找不到當初打鬧追逐的熱鬧光景……陪伴在格林身邊的只有森格了，這一對最初的損友現在反而成了難兄難弟，互相慰藉著孤獨。

幾天後，獒場來了些建築工人，運來成噸的水泥沙磚，各家獒場開始在中場裏修建產房，準備迎接冬末春初降生的小藏獒。每當修產房的工人來到獒場施工，各家都會把藏獒關在籠子裏，以免發生意外，格林也同樣被關進了籠子。藏獒們聞到陌生人的味道，在籠子裏狂吠威懾，格林居然也煞有介事地跟著藏獒們亂吠一氣。

這天，老林的中場裏，工人們正在往挖好的地基裏碼放石料。突然一陣紛亂，有人叫了一聲：「狗跑出來了！」我隔窗一看，格林溜出了犬舍，站在中場，擺出看家護院的氣勢，虎視眈眈地看著眼前的陌生工人。工人們紛紛跳過地基石堆，揮舞著鐵鍬嚇唬格林。

面對手持武器的闖入者，格林齜著牙「花花花」惡狠狠地咆哮起來，關在籠子裏的森格和其他場子的藏獒也吠叫聲援。我忙喊住格林，把牠重新關進犬舍的籠子裏。

我很納悶，格林已經比剛來獒場時長大了兩三倍，憑牠現在的體形斷然鑽不出籠子了，牠是怎麼出來的？

尼瑪也聞聲跟進了犬舍，看見掉在地上的掛鎖，很不高興地撿起鎖嘟囔著：「準是那些工人開的！」而那些好事的工人還圍在犬舍外面看熱鬧，不知厲害。

「哪個把牠放出來的？」尼瑪一面發著牢騷，一面把掛鎖重新掛在籠門上。那鎖是老式的鐵將軍掛鎖，尼瑪把鎖掛在籠門上以後，轉動鎖體歸位，虛掛著不扣死。尼瑪認定是工人好奇去逗藏獒，可工人們誰也不承認自己去開過籠子。尼瑪只好憤憤地說：「你們就逗嘛，被咬了我們可不負責！」的確，藏獒和狼跑出來與陌生人對峙，那絕不是好玩的，弄不好會出人命。

我看著虛扣的掛鎖，心裏很不踏實，問尼瑪：「你爲啥不直接鎖死啊？省得出麻煩。」

「鎖死了才麻煩，」尼瑪說，「天冷了，這種鐵鎖容易被凍住打不開，而且現在鑰匙也找不到了。」

尼瑪反反覆覆跟工人說藏獒如何厲害，往死裏咬人，千萬別去招惹的話。工人嬉笑著說：「不就是大狗嘛，哪兒有那麼兇哦，說來豁我們嗦。」遇到不信邪的人，還真沒法跟他們講道理。

我和尼瑪回到廚房，剛坐下說了一會兒話，就聽中場又炸了窩。

「藏獒跑出來了！藏獒跑出來了！」一個工人剛吼完，其他工人爬窗的、翻牆的，甚至還有一個鑽進了剛做好的藏獒展示籠裏。這次是格林和森格一前一後從犬舍衝了出來，張牙舞爪邊衝邊咆哮，聲勢奪人。在場的工人們，信邪的不信邪的，看見那麼大的藏獒氣勢洶洶地衝出來，沒有一個Hold得住的，頃刻間一哄而散。

格林和森格見這群陌生人都跑得沒影了，就把工人丟在中場的衣服草帽什麼的全部撕咬得稀爛，然後叼著破衣爛帽在中場耀武揚威地跑來跑去。

我和尼瑪驚出一身冷汗，衝進中獒場，揪住狼和獒的頭皮，好不容易才把格林和森格又關

回了犬舍的籠子裏。

尼瑪火冒三丈，指著工人大罵：「狗日的，招呼不聽啊！哪個放的嘛？不要命了嗎?!」工人指天發誓說沒人去放狗。

我撿起地上的掛鎖，摸到鎖體上面一些黏黏的水跡，心裏更加起疑。我把尼瑪拉到一邊說：「你別罵工人，他們雖然好奇點，卻絕不至於敢放藏獒出來。工人手上全是土灰，而這鎖上卻沾的是水，這事兒恐怕另有蹊蹺。」

我和尼瑪將工人都請出中場，照舊關好格林和森格，把鎖掛在籠門上，然後悄悄躲在犬舍外面，從牆縫向裏窺探。

不多時，格林靠近籠門，從鐵籠裏伸出鼻子，不斷地觸碰掛鎖，直到把鎖的開口調整到正對自己的方向。牠埋低肩膀，抬起頭來，尖尖的狼嘴從下往上叼住鎖體，然後從左至右地扭頭，鎖體就和鎖扣扭轉開來。之後，格林張嘴放鎖，又把鼻子伸到掛鎖下方，不住地把掛鎖往上頂。頂了十來下，掛鎖就「啪」地掉地上了。

竟然是牠開的鎖！我和尼瑪驚得瞪大了眼睛。我雖然一直知道格林鬼精鬼精的，但絕沒想到牠會用嘴鼻打開虛掛鎖，對人的工具也觀察出了竅門。我不由得想起了很多紀錄片中狼叼來樹枝石塊觸發破壞狼夾子的鏡頭，狼的分析和觀察能力確實超乎人的想像。

「真他媽活見鬼了！」尼瑪一迭聲地說，「狼精，簡直是狼精！」

格林用腦袋推開籠門走了出來，站在籠門口特工一樣張望著。我趕緊制止尼瑪，讓他先別出聲。格林豎著耳朵又聽了一下，沒什麼動靜了，牠迅速跑到森格的籠子前面故技重施。牠熟練地用嘴扭轉了掛在森格籠門上的掛鎖，讓我們更驚訝的事情發生了，森格居然立刻把鼻子伸出籠子來，穩穩地墊在鎖體下面，像格林剛才所做的那樣把掛鎖往上頂，只兩下就把鎖頂掉在地上，配合開鎖的動作更加乾淨俐落。

開鎖過程中，狼獒各有千秋：狼嘴尖細，像尖嘴鉗一樣方便伸出籠子咬鎖，且有扭轉的餘地，但是狼鼻梁比較窄，頂掛鎖的時候容易從鼻側滑脫，要嘗試多次碰運氣才能把鎖頂掉；獒嘴粗大，不能像狼嘴那樣靈活地伸出籠子去擰鎖，但是獒鼻梁寬厚，能夠穩穩當當地托起掛鎖往上頂。兩張嘴一旦配合，立刻取長補短相得益彰。這兩兄弟是怎麼配合出這種默契的呢？簡直令人驚嘆。

森格也成功越獄，隔壁籠中的風雪呼地站了起來，期盼地搖著尾巴，格林馬上去叼風雪籠門上的掛鎖，森格也湊上去大概想幫個忙，可是格林扭了好幾次也沒扭開鎖。

「那個鎖是鎖死的。風雪懷孕了，沒打算放她出來。」尼瑪小聲說。

格林還在一心一意扭鎖，森格卻已聽到了尼瑪的說話聲，溜到犬舍門邊一探頭，就發現我和尼瑪正躲在犬舍外。牠頓時呆傻了，像正在偷糖果的小孩被大人逮了個正著。

我和尼瑪見已經被發現，就索性走進犬舍去緝拿這兩個「逃犯」。森格夾著尾巴認罪低頭，原地不動，任由尼瑪擰著耳朵拽著頭皮拖回了籠子。格林哪裡肯束手就擒，一見我進犬舍來抓牠，牠撒腿就跑，在各個籠子之間繞來繞去跟我躲貓貓，堅決不回籠子，甚至跑到後場「狼急跳牆」！然而幾天前牠在迎接我的激奮的心情之下能跳出這兩米多的高牆，現在卻怎麼也跳不出去了，牠急得直叫喚。

我心裏有點難過，想起從前在城市裏，由於種種束縛讓牠的成長空間越來越小，現在到了草原還要限制牠的自由就實在不近情理了。我和尼瑪商量，白天工人來施工的時候，我就帶格林出去，晚上等工人走了，我再帶格林回來。

我不再抓格林了，對牠一招手：「走吧，咱們去外面！」

格林一來到草原上，就連走路都是一蹦一跳的。打滾、蹭味兒、刨坑、追鳥、撵鼠兔……整個精神狀態都亢奮不已，讓我也爲這些天沒帶牠出來而感到內疚了。狼不能被關起來，哪怕所有藏獒都給牠示範乖乖聽主人的話待在籠子裏，格林也會想盡辦法自我解放。

對了，我離開了十五天，格林好久都沒有練習狩獵了。明天再帶格林走深走遠一點，尋找獵物，牠該繼續牠的狩獵課程了。

天氣好的時候，出來活動的小動物是最多的。格林一見到滿地的鼠兔就興奮地追撵著，邊撵邊威風八面地「花花」大叫，我樂呵呵地看著格林，瞧牠今天能逮到幾隻鼠兔。

格林彷彿有使不完的精力，追完這隻追那隻，把每隻鼠兔都撵進了洞去，牠跑累了就到小水溝邊喝點水，然後再撵。可是追來追去，直到下午也沒見牠抓到一隻戰利品。每次鼠兔一露頭，牠就迫不及待地大叫著撲過去，回回都撲空。格林頗爲沮喪地回到我身邊，俗話說三天不練手生，這傢伙半個多月都沒練習狩獵，技術退步得厲害呢。我拍拍牠的脊背安慰牠：「沒事，多練練就好了。」

晚上回獒場，忙活了一天的格林頃刻間把自己食盆裏的食物吃個乾乾淨淨，還把風雪吃剩下的狗糧也吃得一點兒不剩。

第二天，我們進入更深的草場，我突然發現前面不遠處竟然有隻麻灰色的大野兔！我喜不自勝，急忙蹲下身來埋伏。還沒等我進入狀態，格林就雄赳赳地跳出草叢，昂首挺胸大吼一聲「花」之後，立刻向野兔衝撲過去。然而野兔的反應速度奇快，一聽見格林跳出大吼大叫，兔子撒腿就躥回洞去。等格林追到洞口，只撲到一鼻子灰。

到口的肥兔溜了，格林氣咻咻地望著兔洞狠狠地咆哮起來，接著一陣歇斯底里的猛挖亂刨，一副想把兔子活埋的架勢。

我狩獵的興奮勁兒還沒消退呢，雖然對驚走獵物也很失望，不過守著兔子洞，還怕兔子不出窩嗎？我鼓勵格林：「別慌，你得沉住氣，別出聲……」格林又把洞口使勁踩了兩下，嗅著地面，很快找到了附近其他的幾個兔洞出口，格林又開始堵洞，呵呵，牠想舉一反三，用抓鼠兔的法子試試。

格林揚起鼻子測了測風向，選了個下風處的草叢埋伏起來，目不轉睛地盯著洞口。我也輕手輕腳地挪到下風位趴好，不打擾格林捕獵。可是，兔子彷彿意識到危險，乾脆不出來了。時間變得越來越難熬，我的胳膊腿腳都趴得

守著兔子洞，還怕兔子不出窩嗎？我的胳膊腿腳都趴得麻木了，格林仍堅持著一動不動。

麻木了，格林仍堅持著一動不動。

也不知趴了多久，兔子洞窸窸窣窣有了動靜。我隔著草叢向格林埋伏的地方看去，格林舔著鼻尖，一雙尖耳朵興奮得亂顫，牠緊盯著洞口蓄勢待發！

終於，兔子溜出了洞口立起身子，挺直了長耳朵左搖右擺地收集可疑聲響。我和格林不約而同地把頭埋低下來，沉住氣，必須等兔子離洞口再遠一點才有機會追擊。野兔且走且聽且觀望，終於離開洞口有好幾步遠了，牠開始嗅著草叢覓食，漸漸把兔背轉向了格林埋伏的方向。我的心激動得快跳出腔子了，千載難逢的機會啊！

格林呼地一下站了起來，繃直後腿豎起狼毛大吼一聲：「花！」

我一呆，搞什麼鬼？我愣神間，格林已經向野兔發動突襲！可是這還能叫突襲嗎？剛跨出一步就宣戰似的大呼小叫，暴露目標，野兔一聽早就逃之夭夭了。

我一拳砸在地上：「哎呀，可惜！」這才感覺渾身痠痛得像散了架，麻木的四肢蜂蜇般脹痛難忍。

埋伏了半天，我們一無所獲。格林氣不打一處來，牠撲騰翻滾撕扯噬咬，把兔子的窩邊草拔了個精光，又像發洩殺戮衝動一樣猛掏兔洞，掏著掏著，牠號啕大哭般仰脖子長嗥，過了一會兒，牠又突然躬下身來，把尖嘴巴往兔洞裏猛塞猛撞！還拿前爪懊惱地抓撓嘴巴，似乎在懲罰嘴巴，後悔自己爲啥要叫，眼睜睜地嚇跑了到嘴的美味！

我緩解著全身的麻木，慢慢坐起來，清理身上沾著的草籽泥沙，看著眼前的格林，心裏隱約沉重起來，感覺好像有什麼事情不對勁。雖然狩獵失敗是很正常的事，我也並不想責怪牠，可我搞不懂牠為啥要叫，從前出獵沒這德行啊。

格林「號啕」了一通之後，沮喪地走近我，往我的背包裏嗅聞找食，牠嗅了一會兒沒發現什麼好吃的以後，垂頭喪氣地向獒場走去。從前可是要我千呼萬喚才肯回獒場的啊，我心弦一繃——果然不妙了！

威懾罵陣，虛張聲勢，這是狗才用的方式，因為狗的目的在於震懾驅逐而非獵殺。格林卻把這威風大吼在狩獵中「發揚光大」了。想到這裏，我頓時哭笑不得，雖然從前格林在成都的時候，小狗「狐狸」也是這大呼小叫的德行，但是一隻小狗對格林的影響並不大，哪裡能跟藏獒群的強大氣場相比呢。格林在接受能力和模仿能力最強的時期，生活在藏獒群中，耳濡目染的皆為狗的行為習性，很容易效仿。榜樣的力量是可怕的！格林從小沒見過同類，牠誤以為雄壯的獒群就是牠的群體和歸宿，下意識地把獒的行為作為學習目標，沾染了些非狗非狼的怪異習慣與秉性。這種變化或許從格林第一聲學狗叫就開始了，格林像一個患了失憶症的孩子，帶著狼的本質卻在想方設法融入獒的世界。

連續數天的失敗，格林對這種獵食遊戲興趣越來越淡，遠遠望見鼠兔，不再兩眼放光、耳朵顫動、尾巴尖像泥鰍似的亂跳，而是平平淡淡地眺望，或者「花」地吼叫一聲把鼠兔嚇進洞裏就完事。有時牠象徵性地追幾步，一旦獵物撒腿逃跑，牠就不再追了。省點兒力氣吧，那玩意兒逮不著。

短短的十五天，幼時的那些獵性、勇猛、激越都到哪裡去了？我總以為格林返回草原的最大障礙是沒有真狼教會牠如何打獵，其實不然，格林最大的問題是不懂得生活的甘苦，沒真

真正正、結結實實地挨過餓。許多日子以來，我和牠一樣散漫，獵到了就興高采烈地加餐打牙祭，獵不到無非是回獒場吃狗糧牛肉而已。就這樣三天打獵兩天剔牙，我們都沒有把狩獵當成維持生存的必須，沒有面臨一旦狩獵失敗就會對自己生命造成災難性後果的壓力。格林把追逐獵物當成刺激過癮的遊戲，成功了當然好，不成功也無所謂。這就是所有被豢養動物的癥結所在。

環境造就人，環境也造就狼，一切生物的秉性都來源於他所處的環境。

養在獒群中的格林對自己的身分定位是模糊的。狼具有天才的學習和適應環境的本領，小格林學了，學歪了；適應了，但適應的不是牠最終應該面對的環境！格林正站在從幼年跨入成年的門檻上，這是一個塑造狼性格的關鍵狼齡，雖然格林在獒群中學會了與猛獸巨獸鬥智鬥勇，學會了如何與之打交道，並被獒群接受，這對格林將來重返狼群，並被狼群接納至關重要。但是，格林倘若這個時期繼續留在已經沒有了等級和競爭的獒群中，就會造成永遠無法補救的性格缺陷。那樣就再難返回狼群了。

現在，必須下狠心真正脫離人群脫離獒群，陪牠進入嚴酷的草原，共同承擔生存壓力，接受大自然的篩選。沒有被放逐的痛苦，就沒有勇闖天涯的膽氣，沒有用生命做抵押的拼搏，就不具備自強獨立的狼性。

恨崽不成狼！可是狼族的生存之道不是人和獒能夠教牠的，我心裏突然爆發出一個大膽亡命的想法——去找狼群！格林只有見到牠真正的同胞，牠的一切身世疑問，一切成長迷茫才會迎刃而解。但是一個人找狼群會有什麼結果呢？第一種可能，根本找不到狼群；第二種可能，我找到了狼群，並爲牠們提供自助餐，我是「主菜」。格林遇到狼群也有兩種可能：被接受或者被驅逐，也有可能遭遇不幸。如果想讓狼群接受格林的可能性大一點，除非找到格林的本來家族。

英雄不怕死，我當然不是英雄，光是冒出這個想法就怕得我暖手的水杯都拿不穩。雖然少女時候有過與狼群近距離接觸的經歷，可那時是無知者無畏，而這次卻是「孤身攜子投狼群」，不怕才怪！

然而，當我再次將目光投向「花花」學語的愛子格林時，我承認某些力量可以超越膽怯和懦弱。

賭命尋找一個接納你的狼群，格林，你準備好了嗎？

22 格林，咱們走吧！

不敢想像一隻狼在眾目睽睽中斗膽闖入這裏的天葬場，出現在一群神鷹遮天蔽日的恢弘羽翼之下是喜是憂？在虔誠的天葬者眼中是神聖的象徵還是邪惡的入侵？更遑論狼後面還跟著一個失魂落魄尋狼的女子。

若爾蓋的嚴寒已經步步逼近，要想孤身一人長時間在野外生存，不是僅憑一腔熱情和膽大就能辦到的事，必須有周密的計畫，我儘量把我能考慮到的一切細節都寫在紙上，爭取爲我這一冒險之舉做好充分的準備。有時候，細節決定生死。

國慶日那天，老肖他們喜歡湊熱鬧進城去趕集，我就拜託他買了張地圖回來開始仔細研究起來，努力從記憶深處挖掘，比對當初尋找到小格林所經過的地方名字，凡是覺得似曾相識的地名就圈點標注一下。

晚上，獒場裏幾個買藏獒的人又來了，探頭探腦隔窗看獒，在屋裏咋咋呼呼地說笑著。一個司機模樣的黑瘦子看見我在地圖上標記路線，大著嗓門問：「喂，那隻狼是你的吧？」

「嗯。」我瞄了他一眼頭也不抬，我實在不太喜歡這個人。前些天有隻羊在場子附近散步，被他一把青菜引進場子裏捆了起來，磨刀霍霍。老阿姐急忙阻止。他理直氣壯地說：「就牠一隻羊在那裏瞎轉悠，我都問遍了，誰家的都不是。」

阿姐解釋說：「沒看見耳朵上繫著紅繩嗎？這是一隻放生羊，誰都不能殺！只能老死！」

黑瘦子撥弄撥弄羊耳朵：「怎麼死不是死啊？既然放生了就是無主的了，無主還怕個啥？這麼肥的羊拿來放生也太可惜了點兒。」

我最痛恨這種到別人家還不尊重別人習俗的蝗蟲似的人，我可沒老阿姐那麼好的耐心去解釋，厲聲說道：「無論如何，這羊不是你的，你要真想吃羊肉，城裏菜市場多的是，你要買一隻羊來殺也沒人攔你，何必跟這放生羊較勁？」我嘩地拉開院子鐵門：「放了牠！」

有些城裏人其實並不缺吃喝，可一到了鄉下，就總想把一些無人看管的東西據爲己有，理由當然很簡單：沒人要的東西我為什麼不能要？到後來發展為沒人看管的東西我也可以要。哪怕就是棵蘿蔔白菜他看著都眼饞。他們居住的城市生活空間太過狹小，什麼東西都是有人佔據著的，到處都是防備的眼睛和嚴格的約束規則。一旦到了廣闊的三不管空間，他們長期壓抑的佔有欲就像壓縮毛巾見了水一樣迅速膨脹。他們需要一個地方來發洩原始的佔有欲望，無怪網路偷菜風靡一時，正是迎合了這種「偷盜」的心理，原本不齒於人的「偷」字陡然間變得理所應當而且充滿情趣了。

「尊重民族信仰啊，別在這兒惹事。」同行的一個戴眼鏡的中年人也出言相勸了。黑瘦子孤掌難鳴，終於很不情願地放了羊。臨了還嘟嘟囔囔的：「你們平時不也殺羊吃羊嗎？我自己套來的羊又沒吃你們的。」

後來，聽說這黑瘦子還是約了兩個哥們兒在無人的小河邊把那隻羊套來解決了，結果烤羊肉烤到一半兒，白臉那幫領地狗就被肉香招來，不但搶了烤羊，還把他們團團圍住追得滿河跑。

此時黑瘦子滿身羊膻味還在問我：「那個狼養來吃的還是剝皮的啊？狼牙送給哥們兒，行不？」

我拿鉛筆的手攥緊了一下又緩緩放鬆開來，我哼了一聲懶得理他。

一群人看完藏獒，關上窗子在爐邊坐下休息，拿出水果來削著吃。上次那個出言阻止殺羊的文質彬彬的中年男人扶了扶眼鏡，遞過來一個蘋果：「休息一下吧，看你忙半天了。」

我抬眼看看他正要推辭，他已把蘋果塞到我手裏：「吃吧，草原上就是不好找水果，長期

缺乏維生素嘴唇會裂口的。」他指指我乾裂的嘴皮。我淡淡一笑：「你觀察很細緻。」

「職業習慣，我是醫生。」他斯文地遞過水果刀來。

「哦，那就難怪了。」我客氣地接過水果刀把蘋果切成了兩半，起身推開窗戶，「格林，過來！」格林飛跑過來，一躍跳上窗戶，叼過我手裏的半個蘋果兩口就吞嚼下去，像豬八戒吃人參果一樣，根本不在乎什麼滋味。我關上窗戶坐下來慢慢吃著剩下的一半。

黑瘦子和幾個好事兒的人新奇地叫嚷著：「嘿，范醫生你看見沒有，狼還吃蘋果呢！」

被稱作范醫生的給我蘋果的中年人笑著說：「你還挺心疼那狼的，啥都想著牠，我聽老肖他們說起過狼的事了，都養了五個多月了吧？叫什麼林來著？」

「格林。」至少我對這個范醫生並不反感。

范醫生看看我手裏的地圖：「看你的樣子打算出遠門啊，去哪兒呢？」

我看看圈點得最多的地方：「瑪曲一帶吧。」

「你怎麼去啊？」

「走路。」

「呵呵，走路？那很遠的哦，為什麼不坐車呢？」范醫生頗感意外地笑著。

「帶著狼沒法坐車的。」我邊畫著路線邊回答。

「呵呵，好辦。我們明天要往甘南那邊去玩，順帶捎你一段？反正車子也有空位。」繼而一笑，「其實我挺喜歡動物的，有隻狼做伴也挺有意思，前些天的事兒不好意思，這幫傢伙不懂草原規矩，我慢慢跟他們說。」

我看著地圖上近八十公里的距離，仔細想了想，點點頭，黑瘦子那幾個傢伙除了粗野一點，倒也不是什麼壞人。

第二天，我們兩輛車七個人一隻狼就結伴出發了，一路上走走停停、看看風景拍拍照片倒也輕鬆自在。我這才知道范醫生自己開了家小診所，黑瘦子是他的司機，也是他的小舅子，另一個沉默寡言的中年人老宋是個攝影愛好者，經常往草原深處跑。另一車人是范醫生的朋友，做藏獒生意的，帶了兩個跟班兒，過來看看藏獒的品相準備冬天配種。前兩天跟著黑瘦子在河邊套羊被狗追的兩個人就是那倆跟班，據說其中一個還曾經是拿了證的國家二級廚師，我乾脆就管他叫「二廚」。

現在坐車已經抱不了格林了，牠已從淘氣的小狼長成了魁梧的大狼。

由黑河而上，草原上的公路平坦寬直，兩邊已成金色的牧場鋪向遠山，一群群棉白的羊群散佈其間。忽而又一彎泛銀的小溪在草原上迂迴延伸，曠野中不時有幾頂氈房上飄起嫋嫋炊煙……未被污染的空氣、藍天碧水、白雲雪峰、黑色的犛牛，還有那些截然不同於南方的地貌與民居……都不時地引起滿車人的讚嘆與感慨！

一路上黑瘦子的嘴就沒閒著，似乎他開車不說話就會打瞌睡一樣，我們也就聽由他絮叨：「這些羊湊在馬路中間舔地面，地面有啥好舔的呢？」黑瘦子把車停在路中間使勁按著喇叭。

「有礦物鹽，」我淡淡地回答，畢竟一路同行，我儘量不去討厭他，「別按喇叭，牠們自己會散開的。」

「嘿嘿，這些羊沒人管啊，撞死兩隻拖回去也沒人知道。」黑瘦子還在念念不忘沒吃到嘴的肥羊肉。真是賊心不改，無可救藥！我笑著故意圈他：「聽說前幾天你們在河邊烤羊了？」

「嘿嘿，那個羊啊，沒吃。」

「哦？爲什麼沒吃啊？良心發現啦？」我繼續笑著損他，裝作啥也不知道。

「剛烤好就遭狗搶了，」黑瘦子也毫不掩飾羞恥，「我的褲子都被咬破了，可惜！」

馬路上的羊散開了，黑瘦子踩一腳油門繼續上路。

「哦，這樣啊，你們多小心哦。」我關切了一句，暗地裏肚子都快笑破了。

一直沉默的老宋終於開口說了一句：「跟你說了是放生羊，吃了遭報應，有些東西還是信邪的比較好。」

「嘿嘿，問題是我還沒吃到。」黑瘦子從遮光板上取下一副滑稽的墨鏡戴上，「那幫狗太兇了，三十多隻圍上來攆得我們雞飛狗跳，我六百多塊錢的墨鏡都跑掉了，才進城買了個這玩意兒代替。嘿，遲早回去跟牠們算賬，老子偏不信這個邪！」他從後視鏡裏看了我一眼，「聽說你那個狼想放生？太可惜了吧，不如送給我算了。」又拍拍老宋的胳膊說，「現在狼皮值得了多少錢？」

我臉色陡變，摟著格林的脖子緊張地向懷裏抱了抱：「你少打牠的主意。」

黑瘦子哈哈一笑：「說真的，你這個狼那麼通人性，賣到馬戲團也能成明星啊……格林，牠為啥姓『格』呢？」

范醫生衝黑瘦子發話了：「少說廢話，開你的車吧！」

黑瘦子嬉皮笑臉地東張西望，我坐在後排看著他光禿禿的後腦勺在我眼前晃來晃去，望之很有幾分流氓模樣，真想讓格林在他禿腦殼上舔一舔，或者乾脆來一口幫他腦袋開幾個竅。

車行至花湖景點，一車人下車稍作停留。黑瘦子自然而然地跟那輛車上的兩個跟班兒湊在了一塊兒。看著不遠處又是成群結隊的野狗優哉遊哉地散著步，黑瘦子低著頭招過兩個腦袋，一雙賊溜溜的眼睛從墨鏡上方露了出來，壓低了嗓門說：「咱套幾隻狗燉燉怎麼樣？」兩個跟班兒齊聲附和，畢竟都吃過狗的虧，又能報仇又能解饞何樂而不為？

這番話正好被我和范醫生聽見。范醫生連連擺手：「不行，不行，這太危險了。」

「有啥危險的，抄傢伙專揀那落單的打，這種山野狗比家狗香多了。」二廚把握十足。

給范醫生幾分面子，我不再硬碰硬地跟他們較勁，改用迂迴嚇唬的辦法：「那你們猜猜，這些野狗又沒人餵，牠們平時吃啥？」

「吃啥？」

「老鼠啊，腐肉啊……鼠疫是高原多發病，沒家的野狗就以捉老鼠活命，如果吃了帶病毒的狗肉，染上鼠疫的可能性還是很大的。你不怕鼠疫夠膽兒就吃吧。」我漫不經心地說。

「真的假的？」三個人第一次聽說，將信將疑，老宋抿嘴一笑。

「愛信不信啊！」我故作神秘，「哦，還有腐肉，運氣好碰到病死的動物也撿來吃，呵呵，甚至還吃點別的……」我喝口水不說了。

「還吃啥？」黑瘦子沉不住氣地追問。

我微微一笑：「我有一個朋友在這裏做考察的時候，一隻野狗乾脆叼了個死人腦袋跑過來啃，你說牠們還吃什麼？」

兩個跟班兒張著嘴說不出話來，黑瘦子光禿的腦殼上似乎在瞬間躥出幾根頭髮，極力想爲他製造毛骨悚然的表情效果。我蓋上保溫水壺慢條斯理地補充：

「要知道在藏區，凡是死於天花啊瘋瘋啊這些傳染疾病的都是土葬，你們自己想去吧。」

三個陰謀者面面相覷又都把眼光轉向范醫生，似乎自己人的話更可信一點。范醫生點點頭：「是這樣的，野狗都沒打過狂犬疫苗，不過……你們也可以碰碰運氣。」

這叫欲擒故縱，誰還敢真去碰這個運氣？連烤個羊肉都會被狗咬的人。多半運氣也好不到哪兒去。二廚下意識地摸摸自己牛仔褲上用賓館的粗針大線縫起來的口子，努力回想那天有沒有被咬破皮肉。

套狗的事就此不了了之。

花湖遊人太多，我在車上等候他們出來。格林在車上一直很安靜，只要我在一旁，牠還是很踏實安心的。我輕輕捋著格林的耳朵毛，看著牠耳朵舒服地輕微抖動，想起小時候坐車還能蜷在我懷裏，而現在都抱不下了，需單獨坐一個位子，時間過得真快。格林已從淘氣的小狼長成了魁梧的大狼。

從花湖回來，一行人就沉默了許多，也許實在是玩得累了，連囉唆不停的黑瘦子也不怎麼說話了。

晚飯時分，我們到了郎木鄉，大家要在這裏住宿，我可不能帶著一隻狼大搖大擺地走在街上，更何況住旅店了。我找了一處冷清地點就下了車，背上行李帳篷帶上格林，告別大家向山裏走去。

郎木鄉位於甘肅、青海、四川三省的交界處，其最著名的郎木寺是一座藏佛寺。「郎木」爲藏語仙山之意，傳說其中一座山上有一處石岩酷似婷婷玉女，人們說它是仙女的化身，因此叫這裏「仙山」。郎木寺的地貌和若爾蓋廣袤平坦的大草原有著很大不同，這裏樹木叢生，有了一些承載著高大喬木巍峨險峻的高山。據說在林蔭深處還有一個虎穴，稱「德合倉」，所以這地方的全名叫「德合倉郎木」，譯爲「虎穴中的仙女」。

天色逐漸轉暗，太陽的餘光即將消失在高峻挺拔的阿尼瑪聊雪山之後。我借助地圖和指南針簡單判別了一下方向，想選一處離寺廟不太遠又人跡罕至的地方紮營。格林卻不等我帶路就迫不及待往郎木寺後的一處大峽谷走去，我幾番招呼牠不回來，我也只好加快腳步跟著牠走，估計這傢伙在車上待久了，牠急切需要活動活動。

也不知走了多久，天就全暗了下來，接著月色逐漸清明起來。格林顯得異常興奮，我卻暗自後悔沒有趁著天亮的時候紮營，不過現在就著營地燈和幽白的月光，我也能搭起帳篷。防水溝是不用挖的，這裏雨水稀少，土地都很乾燥。

我遞給格林一塊風乾肉，自己啃完一點乾糧，關掉營地燈，開始享受這無人打擾的峽谷之夜。蒼松翠柏的山麓在月色前呈現出一道美麗的剪影，晚風刮過遠遠的幾株老松，襯著烏鴉的叫聲，有點「枯藤老樹昏鴉」的蒼涼意味。漸漸地風聲也息了，鳥聲也倦了，夜，靜得出奇。

格林早已習慣了夜深人靜陪伴在我左右，這一夜，牠顯得特別提神。幼時的格林晚上喜歡擠在我身邊睡大覺，這段時間牠逐漸愛上了夜晚，喜歡在黃昏和黑夜的時候興奮地走來走去，狼本來就是夜行動物。格林的眼睛下方長有兩塊白斑，那是夜行掠食動物的標誌，眼下的白斑可以幫助牠在夜晚的時候收集更多的光線。而在光線很強的地區出沒的日行掠食動物，例如非洲獅，牠們的眼睛下方往往是黑色的斑紋，用以吸收過強的光線，避免對眼睛的傷害。我特別喜歡格林在夜晚時分眼睛裏閃現的幽幽綠光，像比翼雙飛的螢火蟲。

夜的腳步漸漸加深，氣溫開始降到攝氏零度以下，格林還沒有絲毫睡意，我卻早已眼皮打架。拉上帳篷的拉鏈門，只給格林留下一道可以出入的縫隙。我鑽進睡袋裏慢慢地進入了夢鄉。夢中還聽見格林悠遠的叫聲在峽谷中久久回蕩——這是牠每到一處新地方的例行公事。每聲嗥叫完以後，總要側耳認真傾聽有沒有同伴的回應。但山谷裏冷冷清清，除了偶爾驚飛的烏鴉嘶啞地叫喚著從月色前掠過，帶來幾分夜的神秘之外沒有更多的回音。

這一夜似乎做了很多夢，恍惚中，一張張老人慈祥的面容滿含笑意地看著我，遞給我糌粑和暖暖的酥油茶，又貼在我耳邊對我輕聲耳語，我卻一句都聽不懂。

清晨，我就被一陣嘈雜聲驚醒，撩開帳篷一看，格林正和幾隻烏鴉撲騰較勁。牠只要看見黑鳥就鬼火起，牠永遠記得小時候的啄鼻之仇！雖然當初啄牠的仇鳥是比烏鴉還大些的渡鴉，但是管它呢，牠就是討厭這些長著尖嘴的黑傢伙！現在格林長大了，牠當然認為這些仇鳥變小了。我饒有興致地看著，也不打擾牠們。

那些烏鴉似乎一點也不怕人，偶爾還靠近啄食我昨晚掉在地上的乾糧碎末。仔細看來，其實烏鴉還挺漂亮，一身油亮的黑羽毛在晨光中泛著金屬般藍色和紫色的光澤。過了一會兒，烏鴉突然呼啦一下散去，像陡然間得到什麼命令似的向前方飛去。格林餘怒未消地看著牠們飛遠，這才過來跟我「早請安」。我搓著冰涼的手放在格林腋下取了一會兒暖，又哈著氣搓熱了，才收拾帳篷準備離開。

太陽還沒掙扎出地平線，但它的光芒已漸漸染紅了雲彩，絢爛的光輝下，這地方細看起來似乎又有點荒寂，透著幾分神秘肅殺的氣息，天空中，兀鷲開始低低盤旋集聚起來，竟然聚了有幾十隻之多，蔚為壯觀。格林低垂著腦袋認真嗅著每一寸地面輕快地走著，像受到某種神秘的召喚與指引，毫不猶豫地向前越走越快。每當一陣風吹過，牠就站直身子仔細辨識風中的味道，繼而再走。我有點跟不上，遠遠地落在後面。突然，格林快速跑到一處岩石後面激動地翻找起來，只留下一截粗大的狼尾巴在石頭後面興奮地抖動著。

牠發現什麼了？我深深喘口氣正要叫牠，猛然間我閉嘴了，又抬頭仔細將迎面而來的風嗅聞了幾下——空氣中似乎裹挾著一點點奇怪的味道，像是在焚燒麥稈，又彷彿透著一點點腥腐味。寺院方向的烏鴉陡然飛起越過頭頂向前方飛去，帶來令人眩暈的逼迫感。一陣莫名的疑懼讓我停下了腳步。我緊張地抓緊背包帶環顧四周，不安感像草原上的雲影一般慢慢爬上心頭。

遠處有隱約的人聲傳來，我迅速轉身警惕地回頭望去，心提到了嗓子眼兒！聲音挺熟悉，

五個人自遠而近走過來，老遠就聽見那黑瘦子咋咋呼呼的聲音在吼：「瞧瞧嘿，還有人比我們來得更早！」

原來是他們啊，見到熟人，我鬆了口氣，心裏稍稍安定下來，適才的恐慌感也雲開霧散。范醫生已走到近處，他看見我很意外：「你怎麼一個人在這裏？你的格林呢？」

「在前面。」我偏頭看看石頭背後，這格林不知道又溜達到哪裡去了。我也沒太在意，奇怪地問范醫生：「你們怎麼也來了？」

「來看天葬啊，你不是嗎？」黑瘦子搶著回答。

「天葬？」我一愣，「這裏有天葬?!」我腦中所有的不安元素頓時聚集起來像一道閃電瞬間擊穿我的天靈蓋，差點驚厥得心臟停止跳動！糟了！我腦子裏頓時呈現出格林闖入天葬儀式的畫面。

「你不知道這裏是天葬場?!」黑瘦子指指峽谷上方的山崖。

「格林！」我根本無心回答黑瘦子，嘶啞著嗓子低喊了一聲，拼命壓制住慌亂，不敢在這聖地高聲喧嘩。我急忙四處搜尋失蹤的格林。范醫生、黑瘦子等五人一看我剎那間驚得臉色慘白的樣子也立刻意識到不妥，趕緊分頭幫忙尋找。

這是我記憶中與格林最恐怖的一次分離，比金雕的掠食、藏獒的襲擊更令我眩暈而不知所措，我生怕走錯一步路，生怕碰見一個人！更怕我想也不敢想的場景就血淋淋地出現在我面前。

我早就聽說過天葬是藏族人認爲的最神聖的回歸。他們的宗教告訴他們「人生就是轉世輪迴，人活著就是來贖罪的，死才是真正的解脫」。所以藏族人從不畏懼死亡，死了就大大方方地把屍體肢解成碎塊，去餵神鷹，貢獻作為人最後的價值……借助他們心目中的神鷹兀鷲就可以把自己的軀體帶上天堂。所以一般人死而未僵時就被彎曲成弓形的胎兒狀，如同生命的最初，用白布包裹，天剛亮就運上天葬台，然後所有的人離去，由天葬師處理。

天葬師沉默寡言，地位極高。他們把包裹打開，將屍體綁到經幡處，開膛破肚，此時兀鷲便會蜂擁而下，頃刻間將軀體啄食乾淨，這就說明死者很有造化。若兀鷲不來吃，家屬就很著急，趕緊焚燒衣物祈禱上蒼。然後天葬師便將屍體熟練地肢解開來混以糌粑獻給神鷹。

一直以來，我對天葬充滿著敬畏和欽佩之情，卻從未想過要去好奇地窺探個究竟，沒想到我竟然陰差陽錯被一隻狼帶到天葬台下安穩地睡了一夜，此番經歷讓人不寒而慄！有時候我不得不承認狼身上的確是裹著一團陰森森的鬼氣，連格林也不例外，難怪諸多的恐怖片裏總是不乏狼的角色出現。

我腦袋裏如有一群馬蜂嗡嗡亂飛，整個世界都變得搖晃起來，我知道我的腳步一定是慌亂而跌跌撞撞的。雖然某些以狼為圖騰的民族也將狼作為天葬的執行者，但是各個民族信仰不同。不敢想像一隻狼在眾目睽睽中斗膽闖入這裏的天葬場，出現在一群神鷹遮天蔽日的恢弘羽翼之下是喜是憂？在虔誠的天葬者眼中是神聖的象徵還是邪惡的入侵？更遑論狼後面還跟著一個失魂落魄尋狼的女子。

「在那兒！在那兒！」黑瘦子壓低了聲音喊，還是他最先發現了狼的蹤跡。我像黑洞中摸索的人終於見到了一絲光亮。我慌忙跑過去。范醫生等人也紛紛聞聲趕來。

眼前的草叢裏，格林叼著一大塊帶血的骨頭正在狼吞虎嚥，齜著獠牙恐嚇著來人不許靠近，一雙貪婪的狼眼翻起防備而殘忍的眼神看著面前的人。

「格林啊……」我嘶啞地叫了他一聲就再也說不出話來，腿軟得幾乎要跪在地上。不一樣了，記憶中親切可愛的格林瞬間變得陌生而遙遠。壓抑的峽谷彷彿幻化成一雙巨手，將我和格林拉到了遙不可及的世界兩端。

我、范醫生、黑瘦子、老宋、兩個跟班兒，六個人像中了定身術一樣定在原地，彷彿看到了世界上最可怖的立體驚悚片。誰也不敢亂動半步，更不用說斗膽上前抓狼了。這五個大男人或許並不太怕天葬——至少他們嘴裏這麼說，不然不會一大早結群專門來天葬場看。客觀地說來，他們也並不應該懼怕格林——昨天還在跟他們形容爲小狗般溫順的格林一起嬉戲，放心大膽地讓牠坐在後排一路同行。但是此時此刻，天葬場、帶血的骨頭、貪婪啃食的狼這三個元素一旦結合起來，展現在面前就成了……

「你說牠啃的是什麼？」黑瘦子底氣不足地問出了第一句話。此情此景似乎根本不需要回答，也沒人敢回答，大家都心照不宣地起了一層雞皮疙瘩，毛骨悚然。

「格林，是我。」我顫聲說出了第二句。我不知道爲什麼會傻到對著直視的狼眼睛冒出這句廢話。但彷彿格林和那根骨頭相聯繫之後，我們之間的關係將發生翻天覆地的轉變，那種熟識的親情也將不復存在。牠小時候第一次嗜血的鏡頭不斷在腦袋裏重現，從未有過的畏懼感混雜在格林似乎已經陌生的眼神裏向我逼近。

「不是人骨頭。」這是第三句話，也是最有用的一句，范醫生扶了扶眼鏡辨認了一下，繼續確認，「人身上最粗的大腿骨也沒這麼大，這肯定是牛骨頭。」

范醫生的眼睛具有職業醫生的犀利。我仔細一看，沒錯，那的確是草原上的人司空見慣的牛腿骨。

這一結論似乎給我壯起了莫大的膽子和信心，立刻幫我尋回了我所認識的小狼格林，仔細辨認，牠的眼光也彷彿依舊正常。有時候在一個特殊的環境裏，心理暗示真的可以主宰一切思維。

我如釋重負地舒了一口氣，儘管還是停不住一陣陣地哆嗦，我還是試探著上前摸牠的頭頸。格林微微晃晃尾巴，沒有攻擊我的意思，但是很不樂意我打擾牠進食，牠牢牢地咬著骨頭不放，「這骨頭是我找到的」，如果平時牠進食，我當然不會這樣強抓牠，但是在這裏不一樣。每個人心裏都陣陣發虛。

「你小心點！」五個男人敬而遠之地看著。

我突然想起了背包裏格林的最愛——巧克力。我連忙摸出來，又想了想，把速食麵袋子中的調味鹽全撒在上面，再把裹著濃鹽的巧克力遞到格林面前。果然奏效，格林想都不多想就放開骨頭搶

「老媽，你把我渴壞了！」「小子，你把我嚇壞了！」

過巧克力吞了下去，用舌頭捲著嘴唇邊殘餘的鹽粒兒。

牠對我沒有任何的防範和不信任，儘管在眾人目瞪口呆的注視下，牠依舊是那個淘氣親切的格林。

我摸摸牠的大腦袋起身退出草叢，拿出礦泉水在牠面前嘩啦嘩啦地晃蕩，逗引著吃夠了鹽和糖的格林。格林立刻跳出草叢，歡天喜地地跟了過來要水喝。眾人「嘩啦」一聲作鳥獸散，閃得遠遠的打量著格林沉甸甸的肚子。格林離開我們的一會兒工夫，不知狂吞下了多少東西，肚子已經填得脹鼓鼓的了。

老宋這才慢慢回過神：「趕緊把牠帶走，被天葬的人看見就麻煩了。」

范醫生帶領著我一直把格林引到停車的地方。確認不再有干擾，我才把水倒在手心，格林吧嗒吧嗒地用舌頭捲起水來喝著，在這四處都缺少水源的乾燥地方又加上鹽糖的催化，牠早渴壞了。

「嚇壞了吧？」范醫生其實也驚魂未定，雖然做醫生的人對生死要淡定得多，但是面對從天葬場走出來的狼還是覺得怕得慌。

才上車休息了一會兒，其餘四個人就出來了，據老宋說，他拍了兩張風景照，卻沒上去，而黑瘦子他們仨膽兒大的就沿著小山坡還在往天葬台爬。

不多時，黑瘦子面如土色地回來，綿手綿腳地爬上駕駛台，故作輕鬆地打著哈哈，據二廚說，就黑瘦子一個人爬上了天葬台。

「你看見什麼了？今天有天葬嗎？」大家問。

「嘿，看……看到……」黑瘦子夢遊似的自說自話，模稜兩可。

「你到底上去沒有啊？」

「我車鑰匙放哪兒了？」黑瘦子滿腰包找鑰匙。

「你剛才不是插上了嗎。」老宋指著鑰匙孔。

黑瘦子發動了汽車，忽然又強烈要求把格林換到副駕駛座的後面，理由是格林的耳朵太尖，擋住他的後視鏡影響駕駛。大家七嘴八舌問了半天也問不出個所以然，也就各補各的瞌睡去了。一路上安安靜靜沒人再說話。

到一處分岔路口，范醫生說：「注意前面左轉哦。」他邊提醒，邊伸手拍了拍黑瘦子的肩膀。那知道黑瘦子「呀」地尖叫起來，手一抖，方向也打偏了，「吱呀」一腳猛剎車，狼狽地停在路邊。沒想到他反應這麼大，一車人全被驚醒過來，剛定住神就哄堂大笑起來：

「熊樣兒！」

「那點兒出息！」

「就你那膽兒還上天葬台?!」

醒了也就醒了，我挪挪驚醒的格林，把牠身子放平一點，展開地圖鋪在格林背上查看起來。當初尋找到小格林的時候還是四月裏，那時碧草連天，現在早已換之以一片金黃，牧場被圍欄分割成一塊塊的深淺不一的黃。何況草原的地勢風景幾乎一致，過了這座山還是一樣的另一座山，很難回憶起當初的路。我依稀記得前面幾處氈房似乎見過但也不敢肯定，看看地圖路標大致位置就在這裏，索性碰碰運氣找找吧。

「前面，就那處小山坳裏，我就在那兒下吧。」爲避免第二次急刹車，我絕不去拍黑瘦子的肩膀。

第二次深深致謝，我帶著格林告別大家開始了步行。我的目的地是當初和小格林相遇的那家帳篷，要向他們打聽那裏的狼的情況。在遼闊的草原上尋找一戶游牧人家不是件容易的事，趁著天色還早，我避開大路憑著依稀的記憶邊走邊觀望。

格林走得很輕快，相對於坐車來說，牠當然更喜歡步行。四野茫茫，腳踏著大地的感覺比什麼都好。

格林，咱們走吧！

23 天敵

空中鷹為王，地面狼稱霸，這倆傢伙不是東風壓倒西風，就是西風壓倒東風，最好是凶禽猛獸井水不犯河水。等格林再長大一些，將不再有天敵覬覦牠……除了人。

經歷了天葬場的驚魂一幕後，遠行野外的格林獵食什麼、怎樣獵食，成了擺在面前的一個關乎生存的大問題。摸摸背包裏不算太多的風乾肉和奶糖，我望著原野開始琢磨起來。

若爾蓋的秋季已經開始降臨，當清霜洗淨了草葉上最後一點綠色，風沙就更加肆無忌憚地刮過寸草不生的沙化之地橫穿原野，直吹得滿頭滿臉都是黃塵。秋天枯黃的原野上除了鼠兔和躲在地下從不露頭的鼢鼠，還真難發現什麼可吃的獵物。好在早上格林吃了一肚子的東西，撐個三兩天是沒問題的。

爲避免再次於黑燈瞎火中，被格林帶到不知名的地方，我早早地就察看好了四周的環境，遠遠地還能望見一戶人家，但我當然不能冒昧地帶著一隻狼去投宿，還是一個人紮營的好。我確認四周安全正常才動手紮起帳篷來，喝點水保存體力絕不做無謂的浪費。

在草原已經待了數月的我，深深意識到在草原獨自生活的嚴酷。我早已收起滿腔浪漫情懷，嚴謹地規劃我的每一步，再不像當初那樣採花漫步，毫無目的地亂走閒逛。在草原上，我不用擔心格林會走丟，因爲牠絕不會讓我離開牠的視線太遠。

格林的活動距離是逐漸增長的：格林從小到一個月大左右是在離我五米距離內活動，如果我突然不見了，牠就會迅速躲藏起來等待我再次出現找到牠。兩三個月大的格林，其活動範圍擴大到一百米以內，我試過很多次在牠埋頭啃骨頭的時候悄悄躲起來，牠啃著啃著發現我不見了，就不再被動地等待，而是毫不猶豫地丟下骨頭，焦急地用鬼哭狼嚎的腔調悲鳴著到處尋找，那樣子比街頭走失的幼兒盼望親人的神情還令人揪心！不過，牠每次哀嚎之後，都能準確地聳著小鼻子沿著我走過的路線找到我的藏身之處。

有一次在郊外，亦風蒙住格林的眼睛背過身去，讓我特意繞了兩個大圈再藏起來，放開格林後，格林迅速嗅著地面，也依樣畫葫蘆地繞了兩個圈把我「捉拿歸案」。事實證明，牠很多時候的追蹤的確是依靠嗅覺指引。四個月以後在草原上，格林總是在不超過五百米的範圍內活動，遠了或突然看不見我了，牠就會嗅著氣味聽著我呼喚的聲音找回來。

現在格林半歲了，身形已經有了大狼模樣，嗅覺也更加成熟。昂首而立，風中傳來的味道足以告訴牠很多不為人知的秘密。牠再也不擔心我會甩掉牠，因為憑著牠超越普通狗百倍的敏銳嗅覺，我休想再從牠鼻子底下逃走。如果我再繞來繞去地躲在灌木叢後面，牠會直接走到我面前看著我小兒科似的鬼把戲，或者乾脆翹起尾巴蹲好馬步，在我躲藏的樹叢前面拉泡屎——「我讓你躲！」新鮮狼糞近在咫尺的惡臭真是驚天地泣鬼神！我很快就狼狽地鑽出來，放棄了這種低智商的躲貓貓。

格林的快速成長是令人欣慰的，但成長也會帶來煩惱——小時候一兩隻鼠兔就可以填飽格林的肚子，一塊風乾肉也可以讓牠小小地滿足一番，可現在的牠，一頓至少可以吃下五六斤純肉。這麼大的胃口要填滿真不是件容易的事。記憶中，我幾乎每天都在想方設法給狼兒子找肉，存肉，再找，再存……難以想像一個狼媽媽要養活一窩小狼是多麼艱難的事。

第二天一早醒來，我和格林就開始了捕獵。忙活一天，除了一隻鼠兔，格林幾乎一無所獲。為避免影響格林，我離牠遠遠地跟著，用望遠鏡看牠捕獵。時近黃昏，格林陡然興奮起來，撒腿狂追。我抬眼一看，金黃的草場上飛竄著一隻白色的兔子，格外顯眼！太好了，格林加油！

可是那隻兔子卻一躍而起，在我們的瞠目結舌中飛上了半空……

「兔神啊?!」我用望遠鏡套住一看，滿腔希望化成了泡影──那是一隻飄飛的塑膠袋。

格林還是第一次遇見這麼令牠費解的「兔子」，牠望著天空出神。我向牠走過去，想安慰安慰牠。牠卻仍站在原地死盯著天上看，一直看……那神情有點不對勁呢？我順著牠的目光向天上望去，太陽的光輝中隱隱約約有個影子閃動。媽呀，又是金雕！真是螳螂捕蟬黃雀在後。

格林撒腿就跑！

「躲起來！躲起來！」我驚呼，哪怕躲進灌木叢也好，可是這附近哪來的灌木叢啊？「快回來！到我這兒來！」我邊喊邊跑邊摸傢伙去搭救格林！

格林像沒聽見一樣，不但沒跑過來，反而飛也似的朝一處開闊的緩坡下衝，金雕在半空中緊隨其後。我揮舞著望遠鏡急衝……撲通！我一腳踏進鼠兔洞裏，悶頭一跤摔得眼冒金星。一抽腳，拔不出來！完了，完了！來不及了！我絕望地瞪大了眼睛，扯著嗓子喊叫，企圖嚇跑金雕！

坡下，格林就像放風箏一樣「牽著」金雕飛跑。近了！更近了！我彷彿聽到了金雕扇動羽翼的聲音，「呼──呼──」每扇一下都彷彿抽在我心尖上。金雕算準了撲擊角度，快速俯衝下來，我「啊」的一聲，熱血沖頭，再也喊不出聲！眼看金雕離格林的頭頂只有兩三米高了！整個世界瞬間沒了聲息。我幾乎預見格林被掠上天空的死亡時刻。

突然間，格林猛一剎車，急掉狼頭，反向跑了幾步，伏低身子，亮出獠牙，正對著金雕撲來的方向。眼看就要得手的金雕萬萬沒料到格林會突然停下「倒車」，金雕不敢正對著極具攻擊力的狼頭衝撲，伸長鷹爪也搆不著狼背。正如所有的飛機都沒有飛行倒檔一樣，俯衝的金雕哪裡有急速倒飛的餘地?!

呼——噗……金雕衝出好幾米才狼狽「墜機」，撲起一地的煙塵草屑……

啊，牠居然脫險了！「格林，快回來!快回來！」我扯著嗓子高喊。

格林不回來。牠早就憋了一肚子的氣，緊抓時機繞到金雕背後，一腳踩住金雕的尾羽，另一爪子瞅準機會左一爪子，右一耳光，「讓你再敢惹我！」真是落地的鳥王不如雞！墜機的空軍被狼欺!金雕粗短的腳爪行走能力遠不如雞鴨靈活。金雕拖拉著翅膀撲扇地面，掙脫尾巴，轉身啄狼。格林後跳幾步，繞開牠的爪喙，又去叼咬牠的翅膀尖，叼住就扯，咬緊就甩!

儘管金雕撲打著翅膀尖叫威嚇，卻仍像被當街狠揍的毛賊，一點討不了好去。眼看格林又要上來抓尾羽咬翅膀，金雕慌忙撲打著翅膀急跳幾步，收拾羽翼振翅飛逃。格林見好就收，一旦金雕升空就絕不再挑釁了，只齜著牙望天防備，牠清楚敵人的優勢。

這小滑頭還有這手?!我急忙脫鞋，從鼠兔洞裏拔出腳來，光著一隻腳丫趕到格林身邊。金雕已經消失在太陽的光暈裏。只有地上幾根折斷的羽毛還在風塵裏搖晃。

我一把攬過格林，眼睛鼻子耳朵，一個零件不少!倒著毛捋了幾把，沒傷！「你還真能耐?!」我驚喜交加，在牠腦門上使勁親了一口，長長鬆了口氣。低頭瞅見地上的羽毛撿起來細看，羽根到羽梢約尺餘長，羽根透明，羽管有鉛筆般粗細，羽片凌亂不堪，上面沾著格林的唾沫，兩根羽尖楔形的應是飛羽，略微平整的一根大約是尾羽吧。我把羽根放在鼻下一嗅，有淡

淡的猛禽腥味。格林還在緊盯著天空，直到被陽光晃得一個勁兒打噴嚏，牠才慢慢放鬆下來。然後，牠一口搶過我手裏的羽毛，撲在地上，嘴爪並用一陣撕扯，彷彿餘恨未消。

扯著扯著，牠「嗷」地叫了一聲，轉頭照著自己的尾巴猛咬一氣，又倒頭在鬥雕的地方來回打滾，彷彿做了件令牠極度懊惱的事情。我也突然反應過來，牠剛才光顧著鬥雕報仇了，竟忘了那金雕雖是天敵，卻也是一大坨肉啊。適才格林完全可以從背後一口咬斷金雕的脖子，牠卻錯失良機。唉，或許這小笨蛋畢竟年幼，對金雕的尖爪利喙還有所顧忌吧。格林扭著身子在金雕羽毛上蹭來蹭去，似乎要永遠記住這個味道！

嘿，你打贏了，該像英雄一樣引頸長嘯了吧……牠不，牠起身抬起下巴，掉過屁股，後爪子在草地上一陣扒抓……扭頭瞄了一眼被牠埋起來的金雕羽毛，走了。

放跑了金雕，格林失望之餘還算安心，畢竟昨天的飽餐還夠牠消耗一下。想起昨天群鳥聚集的天葬場那頓美美的大餐，格林的眼睛放出希冀的光輝，狼舌頭掛出了嘴邊。牠回頭望去，依稀還能望見來時的公路，牠樂呵呵地轉身開路。

「你想都別想！」我一把揪住狼尾巴，「我可不會陪你回去！」相處久了，這傢伙肚子裏打什麼主意我一清二楚。說話間，我覺得嘴角有點鹹鹹的，伸手一抹——鼻血，但是今天這一跤摔得真值！我看到格林已不再是當初的小狼崽，牠不再一味尋求我的保護，牠可以驕傲地站在藍天下草場上，牠不怕了！牠有這個智慧和膽量把握自己的命運。雖然牠和金雕纏鬥的時候，我也爲牠狠捏了一把汗，不過我相信，如果往後還有不死心的猛禽想要打牠的主意，牠一定會有更從容不迫的應對方式。經歷就是一種財富！

空中鷹爲王，地面狼稱霸，這倆傢伙不是東風壓倒西風，就是西風壓倒東風，最好是凶禽猛獸井水不犯河水。等格林再長大一些，將不再有天敵覬覦牠……除了人。

24 錚錚狼骨

我理解了為什麼中毒的母狼臨死都要撕碎皮毛，不讓自己的皮再落入人的手裏，用亡夫的味道去引誘她怎不叫她痛徹心扉？

時間總是惡作劇似的和腸胃的消化賽跑。

打了一天獵，白費體力卻幾乎一無所獲，我們終於放棄了在這個貧瘠的牧場上狩獵。我拆下帳篷打包背上，向昨天看到的那戶人家走去。格林的步伐輕快省力，而我要背著背包走就上氣不接下氣了。格林走走停停「狼顧而行」地等著我，有時候還轉到後面拱拱沉重的背包，看似幫忙，實則添亂。

「在這兒等我。」離帳篷不太遠了，我衝格林比了個停止手勢。狼天生睿智，牠是獵人，從同伴的肢體語言、表情甚至眼神去讀懂對方的意圖是群體合作的基礎課程。格林能在第一時間領會我的意思，而不需要像馴狗一樣教牠。

我走到帳篷前伸脖子望望，好像沒人，我再走近兩步叫了一聲：「有人嗎？」

帳篷後窸窸窣窣有了響動，接著「汪汪」狂叫聲乍響，躥出一條大黑藏狗，橫在我面前齜牙咧嘴地吼起來。這家人的狗沒拴！我嚇了一跳，緩緩後退幾步盼望著主人快出來。突然覺得脖子後面森森冒涼氣，也不敢轉身，機械地旋轉著脖子往後看了一眼，這一看不要緊，殘存體內的勇氣頓消——身後十幾米處，不知道從哪裡冒出來的兩隻金白色大藏狗，一邊一隻無聲無息地包抄上來，兩雙惡狠狠的眼睛像剛從十八層煉獄新鮮出爐的火炭，閃著令人喪膽的紅光。

天啊，來的時候怎麼沒注意到牠們藏身的狗洞？咬人的狗是不叫的，越不叫越可怕！你根本無法猜測牠想的是什麼，牠會從哪邊攻擊。

「見了狗千萬不能跑！」從小前輩們就教過我，況且《孫子兵法》云：「敵不動，我不動！」我手無寸鐵地被包圍在三條大狗中間緊張地咽著唾沫，硬著頭皮不敢動。這家主人怎麼還沒出來啊？我又補叫了一聲：「有……人……嗎？」這聲音顫抖得像從墳墓裏爬出來的冤魂叫喚。

屋裏還是沒反應，金白藏狗開始獰笑著顯露出牙齒來，包圍圈逐漸縮小。我再也穩不住了，那些前輩有沒有體驗過藏狗的厲害？不跑方便狗咬嗎？眼前這些藏狗也不知道有沒有讀過《孫子兵法》，沒法兒多想了，大敵當前，「孫子」才不動！我撒丫子奪路而逃，三條狗立刻狂追起來，我嚇得魂飛魄散：「救命啊！救命啊！」

「汪！」草叢中潛伏的格林突然跳將出來暴喝一聲，向狗群猛衝，阻斷追兵。三條狗一愣之下緊急剎車，轉而將格林團團圍住，迅速對這個吼著狗語的怪物進行遺傳學上的分類。那隻大叫大嚷的黑藏狗轉到格林後面去嗅牠的屁股——嗯……有點似是而非的狗味兒。

「汪！汪汪！汪汪汪！！」那兩隻沉默攻擊的金白藏狗開口了，瞪著火眼金睛，吼聲中充滿威脅和試探，似乎在問：「你到底是什麼？如果是狗對個暗號，如果是別的，休怪我不客氣。」

格林學著牠們的樣子繃直後腿，豎起頸毛，露出一點點牙齒，準備動作完畢，張開大嘴搜腸刮肚地尋找那個狗叫的標準音，但剛才情急之下吼出的那兩聲卻怎麼也尋不回來。格林喉嚨嗚裏嗚嚕憋了好一會兒，終於在眾狗的聲聲催促下迸出兩個字：「黃花！」

完了，徹底穿幫！三隻狗氣得幾乎當場暈厥，這入侵者竟敢冒充同類戲弄牠們！狗們狂吼大叫著向格林衝來。

「快跑！」我大叫著抓起地上的一個個乾牛糞向狗打去，但那些不痛不癢的牛糞除了嚇狗

們一跳，讓牠們轉過頭來吼我兩聲之外，幾乎沒什麼作用，狗對同類的仇恨遠比對陌生人的仇恨來得急迫。牠們撇下我，一心想抓住那個學狗叫的怪物，扒牠的皮！撕牠的肉！喝牠的血！斷牠的喉！

格林奔跑的速度奇快，但是動作上卻非常省力而協調，牠明明以四十碼的速度在行進，可看起來卻給人有閒庭信步的感覺，讓人不由得想到《天龍八部》裏的輕功絕學「凌波微步」，只有從後面拚了老命追趕的狗的動作上才知道那速度之快。

三隻狗在後面歇斯底里地追趕著，使出了渾身解數，看得出牠們每跑一步都付出極大努力。而格林卻總能悄悄地溜走，毫不費力，就像一個幽靈一樣在前面穿行。狗想追上狼談何容易，眼見掃把似的狼尾巴就在面前咫尺之遙，張大狗嘴就是咬不到。然而敵眾狼寡，格林想要甩掉三隻狗卻也很麻煩，始終處於被追擊的狀態。其中幾次，格林想停下來做好迎戰的準備動作——繃後腿、豎頸毛、吼叫、齜牙！但往往一套動作還沒完成，狗就已經追到牠身後猛撕猛咬！格林寡不敵眾，擋住了前面的狗嘴，防不了後面的偷襲！一會兒工夫，格林的唇吻、肩胛、脊背和後胯就被狗牙咬破，鮮血直流，連連吃虧轉身逃跑。三隻狗乘勝追擊，像蒼蠅似的黏在牠屁股後面，還大有呈扇形包抄的趨勢。

我追不上牠們，連忙朝人影晃動的帳篷跑去，急急喊人救命。好半天鑽出來一個八九歲的小男孩，語言不通，我傻眼了，急忙指著狗和狼手忙腳亂地比劃著。

突然格林轉變了方向，像受到某種神秘的指點一樣，牠放棄了平原的路線，轉而往一處陡坡衝去。牠逃跑的路線選擇很是狡猾，急奔上坡再急衝下坎兒！狼族千百年來由於經常要捕捉

危急時刻，狼族千百年來遺傳的先天優勢在格林身上靈光乍現。

岩羊、山羊、斑羚之類善於在懸崖峭壁上攀援行走的動物，因此練就了過硬的上陡坡下陡坎兒的本領，能輕盈地從八九米高的陡坎上跳下去，穩穩當當地落在下一級的岩石上又不停頓地往下跳。柔軟的腰肢讓狼極富彈跳能力和應變能力，狼爪子生就寬大，抓地極其穩當。格林也許並不知道祖輩們如何練就這一本領的，但牠繼承了這份先天優勢，並在關鍵時刻靈光乍現般用了起來。

差距立時顯現：上坡時，狗只有爆發力卻沒有狼持久的速度和耐力，在陡坡面前畏縮不前，左顧右盼挑選容易落腳的地段。格林輕快地跑上坡，狗們笨拙地爬上坡。再急衝下坡時，狗爪子比狼爪子小得多，如同高跟鞋和登山鞋的天壤之別，在乾燥的沙石坡上狗們連連打滑，捲起一路塵沙。金白藏狗還好一點，只會狂叫不休的黑藏狗就遠遠落在後面了。

在狗們連腳跟兒都站不穩的下坡時分，格林猛地轉身猝不及防地殺了個回馬槍，向最先追上來的金白藏狗咬去。金白藏狗一愣，萬萬沒料到格林能在高速

奔跑中猛然轉身回擊，狠狠一口正中肩頭，金白藏狗慘叫一聲滾下坡去。餘下兩隻狗頓時腿軟了，連滾帶爬地滑下斜坡，在一片塵灰裏衝著斜坡上穩穩站立的格林憤怒地嚷嚷。

初戰告捷，格林及時悟到了突襲的重要性，牠靜靜地站在坡上不再威脅嗥叫，也不再齜牙，牠學會了讓自己的進攻意圖深藏不露。

聽到狗的慘叫狂吠，加上我半天的比劃，小男孩終於明白了我的意思，大聲叫回了他家的狗。三隻藏狗雖然跌得狼狽，可畢竟把狼趕到了離家很遠的地方，牠們把尾巴搖得像紡車一樣，帶著勝利者的驕傲回小主人身邊邀功了。

格林這才從斜坡上下到草地，站在遠遠的地方看著我，彎下身來舔後胯和爪子，我知道牠受傷了。狗追趕我的時候，格林完全可以自行逃命或者遠遠看著一聲不吭，可牠卻勇猛地衝出來了。這次戰役中，牠咬了藏狗一口，藏狗咬了牠N口！雖然並沒像傳說中的英雄那樣打敗敵人，可是，牠就是我的英雄！

孩子用鐵鏈把狗們拴了起來，我才回到格林身邊把牠抱回了帳篷。其實牠沒受太大的傷，也完全能走，只是此時此刻我就是想抱牠——像小時候一樣抱抱牠。

懷裏，大狼格林蝸牛般滑稽地蜷縮成一團，牠的腰肢天生柔軟，兩隻後爪子都翻過肚子蜷到了臉旁邊，尾巴就搭在鼻子前面一掃一掃像羞澀的面紗。

我給格林各處傷口撒上白藥，除了後胯部的傷口略深之外無甚大礙。這些傷在狗身上或許得休養半個月，但以狼的恢復能力，幾天就癒合了。格林嬰兒般乖巧地躺在我懷抱裏哼哼唧唧地舔著唇吻，用絲綢般滑膩濕潤的鼻尖碰我的脖子，目光刻意的溫柔而諂媚，脈脈含情，一波接一波地向我放電。

「少來了，你已經長大到可以保護我了，還發嗲呢。」我笑罵道。但我終究還是受不了牠肉麻的眼神攻勢，給了牠一塊大大的風乾肉。格林把乾肉叼在嘴裏，特意從拴住的三條藏狗面前繞了一圈，再回到帳篷前面大口大口地嚼得吧嗒作響，恨得狗們上躥下跳地狂叫，把鐵鏈扯得嘩嘩響。

小主人生氣了，呵斥著撿起小樹枝夾頭夾腦地向狗頭一頓好抽。格林過癮地嚼一口肉看一眼狗，耳朵無限享受地豎得筆直，就著敵人的慘叫聲吃肉。狗們挨了主人暴打訓斥，氣得狗眼噴火，乾瞪著殺千刀的狼卻再也不敢出聲。

大草原的孩子其實並不怕狼的，因爲真實的狼就生活在他們身邊相安無事，絕非城市裏嬌滴滴寶貝兒們從來沒見過狼卻對狼怕得要命。從抱著格林進帳篷開始，孩子好奇的目光始終沒有離開我們倆。我很想問問關於小格林身世的線索，由於語言不通無從問起，只是相對傻笑。唉……再往草原深處走，語言關確實是個問題。

深深的失落和遺憾中，我突然想起了畫畫，就像掉下懸崖的鳥兒猛然想起自己還會飛！我趕緊拿出紙筆畫上幾個方框，一格格連環畫式的畫起了格林小時候的故事，孩子饒有興致地看著擠到我身邊，伸著小腦袋往畫紙上湊，幾次被舞動的鉛筆戳到鼻孔，嘻嘻哈哈地笑起來。他長著兩顆挺逗的虎牙，笑起來超可愛。

一會兒工夫，數月前撿到小狼的過程就畫在一格格畫面裏。我指指畫格裏的小狼崽再指指格林，孩子認真地點點頭。

「我找他們。」我指指畫裏的帳篷和老人，把手掌遮在眉毛上，做了個孫悟空似的瞭望尋找的動作。

孩子頓悟，眼睛明亮起來，嘰哩咕嚕地說了很多話，拉著我的手跑到帳篷外面，指著夕陽下山的方向興奮地比劃著。話雖聽不懂，方向卻有了。

黃昏時候，這家的大人回來了，同樣是語言不通，但他們很熱情。雖然見一隻狼在家裏很有點意外，但看格林親近人的樣子，又聽小孩拿著畫紙興奮地講述，他們很快就接受了眼前的客人和「客狼」。

孩子的阿爸也僅僅會幾句似是而非的生硬漢語，他指著畫裏發現小狼崽的帳篷：「南卡。」

我指指帳篷外的藍天：「南卡？」我粗陋的藏語基礎只略略知道「南卡」是天空的意思。

孩子的阿爸搖搖頭指著自己：「巴桑」，又指著我，「微滿」，再指著畫裏的老人，「南卡！」

我恍然大悟：「你叫巴桑。這個帳篷是南卡的家？」

「喔呀（是的）！」巴桑如釋重負地完成了第一步溝通，很是高興，用藏語對女主人吩咐著什麼，又對我說，「明天，找人帶你去！遠！」

我欣喜若狂，沒想到這麼容易就找到了線索，看來格林那頓狗咬真沒白挨。

孩子還在拿著我畫的小狼連環畫顛來倒去地看，愛不釋手。我索性提起筆來給他畫了一幅肖像送給他，他如獲至寶地揚著畫紙找他的阿媽去了。

傍晚時分，主人家熱情地留住我吃飯。奶茶、糌粑、血腸、手抓羊肉，主人似乎把家裏最好的東西都拿出來了。格林作爲另類的客人在帳篷外也沒少吃，牠照例在敢怒不敢言的狗面前大快朵頤，不過飯後，狗們也得到了主人公平的犒賞。

燦爛的夕陽下，男女主人一臉紅光，透著善良和憨厚。語言上的障礙似乎並沒有阻隔快樂的傳遞，男主人喝過幾碗青稞酒，就豪放地對著帳篷外的格林豎起大拇指：「狼！好！」轉而又對著我，「你！好！」一屋子人笑顏如花。我如若不是第二天清晨就要帶格林早起趕路，真願意和他們多喝幾碗，一醉方休。

流浪一般的游牧生活和物質上的艱苦，並沒有使他們愁眉苦臉。在廣闊的草原上，在同大自然融洽地相處中，他們活得那麼愜意和樂觀，特別在心理上遠比我們這些城市人要健康寬容。高寒和貧瘠，造就了生命的堅韌與剛毅，也演化爲最動人最本質最純善的美。

晚上，爲了看護牛羊群照例是要放狗的，爲了不再發生狗狼糾紛，我把格林拉進我的小帳篷，實行宵禁。格林連續兩天都吃得飽飽的，正犯著懶呢，牠老實地待在我旁邊消食，也沒打算出去惹是生非。

我把一條粗大的鐵鏈子放進包裏收好，這是白天的時候男主人送給我的，男主人在頭頂做了個揮舞鐵鏈的動作，對我說：「狗多，防身！」又指指格林，「狗咬牠！」他提醒得對，草原上看護著羊群的狗與吃羊的狼當然是不共戴天的仇敵，我一路沿牧場尋過去，這樣的意外肯定會頻頻發生。一個女子一匹狼，所到之處人見人怪，狗見狗驚！如果格林是條狗就好了，大搖大擺地帶著走上公路也不會引人注意。

我趴在睡袋上，枕著一隻手看格林睡眼朦朧的懶樣，百無聊賴地玩著牠的大尾巴自言自語：「誰叫你是夾尾巴狼呢？扎眼啊。」格林抖抖尾巴，打了個大大的哈欠繼續睡覺。

一種只屬於蒙娜麗莎專利的微笑突然在我嘴角洋溢開來，我摸摸口袋裏的透明小橡皮筋，趁著酒意蒸騰，一種搞怪的想法撓得我心癢癢。我馬上翻身坐起來，開亮手電筒，捧起格林的大尾巴仔細研究起來。拎出尾巴尖幾撮不顯眼的毛開始細心編結。

格林清醒過來，扭過頭想看看我到底在牠尾巴上瞎折騰啥？我屈起指頭在牠鼻子上輕輕一彈：「躺下，不許動！放心，你老媽雖然剪毛技術蹩腳，編辮子卻是拿手好戲！等著瞧吧。」格林乖乖地躺下了——其實牠是懶得理我了。

我在牠尾巴尖編出幾根牙籤粗細的小辮子，又在尾巴根部也挑出幾撮長毛編成同樣的細辮子。我略略喘口氣，舒緩一下編得發麻的手指，最後把狼尾巴向上翻捲起來，把事先編好的三組細辮子又編結在一起，用透明小橡皮筋紮穩……

易容術歷時一個半小時終於大功告成，我興奮地整理著格林向背部捲曲起來的蓬鬆的翹尾巴，以藝術的眼光左瞧右看。俗話不是說「翹尾巴狗夾尾巴狼」嗎？今天狼尾巴也翹得跟朵花兒似的了，看牠們怎麼分辨？這下可以魚目混珠招搖過市了。拍拍手上殘餘的幾根狼毛，摸摸被青稞酒熏得緋紅的臉頰，我得意非凡，夢裏摸著格林的尾巴都咯咯笑醒好幾次。

轉天一早，格林就迫不及待地鑽出帳篷，先奔去拽著小男孩的褲腰打了個招呼。男孩轉頭一看牠的尾巴頓時樂壞了，摸著大狼頭哈哈笑著連聲叫阿媽來看，母子倆笑成了一團。

格林從帳篷出來時也發現自己似乎有點變化，雖然擺尾巴的時候有點一拽一拽的很彆扭，但是當牠翹著捲尾巴趾高氣揚地走過三隻藏狗面前時，狗們都搞不懂了。三隻狗面面相覷：怎麼昨天明明白白一隻夾尾巴狼，今天搖身一變成翹尾巴狗了？而主人還在笑呵呵地撫摸牠，這世界到底怎麼了？

三隻狗跑上來，前前後後地嗅了一通汪汪大叫：「僞狗！你瞞得過主人可瞞不過我們。」主人笑得更歡了，雖然狗們很不服氣地齜牙咧嘴，但牠們有主人的命令在先，還是不敢斗膽下嘴，誰也不想率先找抽。

我笑著鑽出帳篷來，孩子見了我很親熱，蹦跳著過來牽我的手。女主人笑著說了好些聽不懂的話，指指帳篷裏，做了個喝酒的動作，再雙手合十放在臉側做個睡覺的姿勢。肢體語言真是放之四海而皆準的語言，我立刻明白了，豪爽的男主人昨天喝得高興，今天是斷然起不來了。

臨近中午，馬蹄聲響，一個黑黝黝的年輕人來到了帳篷前，看年紀約莫十八九歲。他瀟灑地下馬拴韁繩，三條狗都搖著尾巴迎了上去，顯然是熟識的客人。女主人迎上去，似乎等那人很久了，並轉頭連聲招呼我過去，小男孩也雀躍著衝我招手，哦，這可能就是帶路的人了吧。我趕忙走過去，一面掏出速寫本和畫筆準備新一輪的溝通。

年輕人瞅了一眼跟在我身後的「狼狗」格林，愣了一下，隨即笑顏逐開：「你就是那個找南卡阿爸的人？」

「啊?!」年輕人一口流利的漢語讓我如遇知音，準備好的速寫本也用不上了，「是的，是我。」我高興極了。

年輕人爽朗地笑笑：「多吉曲丹，叫我多吉就可以了。巴桑讓我帶你去。」

我感激地點頭介紹：「我叫李微漪，這是格林。」

多吉指指格林：「這個是……狼嗎？」他有點吃不準：「這個尾巴……？」

我笑得眼睛瞇成了一條縫：「我把牠的尾巴給捲起來了，不然帶著狼走太扎眼，怕嚇著人。」

我撩起被長毛遮住的狼尾巴根部給他看。多吉一陣興奮地伸出手來想摸狼背，格林忽地一轉頭，他急忙縮回了手，緊張得交替搓著手背，任格林嗅嗅他的袍子：「這真是狼。」

他定睛看了看狼尾巴大笑起來：「給狼紮尾巴，虧你想得出來。」他樂得直不起腰：「你別說，就這麼一看還真像條狼狗，草原上的人打老遠判斷狼和狗就是看尾巴，這能唬弄人！絕對！」

女主人和孩子雖然聽不懂我們的漢語，但看表情動作也猜出我們在說什麼，呵呵地跟著笑。格林則不斷反身扭頭去追牠彆扭的尾巴。

多吉又和女主人用藏語交流了一會兒，轉身牽了兩匹馬過來說：「走吧。」

「好！」我背起早就收好的帳篷，跟主人家告別，女主人拉拉我的手示意我等等，少時從帳篷裏扛出一個大麻袋來，熱情地說著話。格林早迎上去蹦跳著咬麻袋。

多吉翻譯說：「她說送你兩隻羊腿，路上你們都可以吃。」

難怪格林那麼激動，我拽住格林的狼鬃不許牠亂搶，再三謝過女主人，摸摸身上卻沒有什麼好東西可以回贈，心裏著實過意不去。我摘下脖子上的項鏈送給女主人，她笑著連連擺手，指指已經掛在帳篷裏的那張小男孩肖像，翹起拇指說著藏語。

「她說，不用客氣，你昨天的畫就是最好的禮物了，他們很喜歡。」多吉翻譯著。草原深處的人們確實淳樸而重情，金銀對他們而言只是身外之物，況且這種柔弱細緻的項鏈並不符合他們豪放的性格。這種慷慨的情誼在萍水相逢的城市人中已很稀有了。我在帳篷外為他們拍下很多照片：「下次我過來的時候一定帶給你們。」女主人很高興幫我把背包麻袋都在馬背上捆好，揮手告別。

策馬揚鞭向西面的山麓進發，格林對麻袋裏的羊腿念念不忘，一路緊隨。馬兒當然不樂意後面跟著一匹饞涎欲滴的狼，牠翹尾巴的偽裝瞞得過人卻瞞不過動物的慧眼，只要格林一靠近，馬兒就長嘶一聲，抬起後腿尥牠一蹶子，警告牠「離我遠點兒！」，格林不敢輕舉妄動，展開凌波微步跟在後面，反正馬也甩不掉牠。

我聽說多吉在成都讀大學，也是碰巧國慶回家來，頓時有了半個老鄉的感覺，親切了很多。他的嗓音很好，高興起來了就朗聲唱上幾句，看來小夥子心情不錯。

「多吉，你討厭狼嗎？」我問。

「不，」多吉瞅了一眼跟在身後的格林，笑答，「我喜歡狼，我覺得牠們聰明，很團結，只要是狼群的一員，誰都不會丟下。」

「哦？」我覺得多吉的回答裏有故事。

多吉勒慢了轡繩，望著天上飄遠的一朵雲彩，回憶也像雲一樣悠緩：

我小時候見過狼。有一年冬天，雪下得特別大，正是狼最找不到食物的時候。我跟著我阿爸和四個阿叔從縣城騎摩托車回自家牧場，路過一處垃圾填埋場，遠遠看見雪地上有像狗一樣的動物在動。一幫人就騎著摩托車，停在一處地勢較高的路段細看——是狼，兩隻大狼、三隻七八個月的半大小狼。

這五隻狼趴在一個挖土機挖出來的填埋坑邊，排成縱隊，兩隻大狼在一頭一尾，三隻小狼在中間，每隻狼都叼咬著前面一隻狼的尾巴，像猴子撈月似的牽成一串，每隻狼都用腳爪死死摳抓住雪地站穩，最後面那隻大狼則背對深坑趴下，把尾巴垂掛到坑裏。而坑裏面似乎有什麼東西一直在往上蹦躂。阿爸看得最真切：有隻半大小狼掉坑裏去了！估計這一家子狼冬天找不到吃的，公狼母狼就帶四隻小狼上垃圾場碰碰運氣，哪知道一隻小狼失足掉進了深坑裏。三米多深、四五米見方的坑洞邊緣儘是滑不留爪的冰雪，小狼根本爬不出來。

幾個阿叔樂壞了，這正是天上掉狼皮的事。他們有的拔刀、有的抄著修車的扳手、有的掄著鎖車的鐵鏈，一路猛踩摩托車的油門衝過去，大聲吆喝著趕狼！狼群急了，個個衝人齜牙，最前面的那隻大公狼公然迎著鐵鏈往摩托車上撲，一副掩護家人的樣子。趴在坑邊救援的母狼一個勁兒地擺著尾巴嗚嗚催促，坑底下的小狼更著急了，拼了死命地往上跳，卻總是叼不住母狼的尾巴。

五個大男人越衝越近，三隻小狼也耐不住了，紛紛鬆嘴放開同伴的尾巴，跟著公狼齜牙抵抗。對峙中，一隻小狼被鐵鏈甩打在後腿上，大概當時腿就打折了，牠疼得翻來滾去地叫喚。

母狼立刻就衝上來拼命護崽。大人們眼看得手，吼喊得更厲害，騎車甩著鐵鏈上前圍剿。這時候，公狼發出一連串奇怪的吼聲，所有狼像得了命令似的，立刻後撤，跑得遠遠的，鑽過了圍欄才回頭望。

阿爸當時大喊可惜，他說要不是牧民的槍支都上繳了，這群狼一個都跑不掉！

大狼在山坡上嗥叫了幾聲，坑裏面剩下的小狼就安靜下來不叫也不跳了，死死盯著圍攏在坑上面的人。這時大家才發現這個坑太滑太陡，就是人也不好上下。大人們用鐵鏈試著抽打了幾下，小狼低頭躲閃著，根本打不著！刀和扳手就更派不上用場了！半大的狼已經極具攻擊性了，人不敢輕易下坑。

不一會兒，天就暗下來，開始刮起了白毛風。我凍得直喊著要回家，大人們看雪下得緊了，只好先回去，約好明天一大早帶根長大棒和繩索來打狼。

第二天一早風雪停了，地面積了厚厚一層雪。大人們全副武裝再去打狼的時候，誰知坑裏的小狼已經不見了。坑邊幾米範圍內只有一層薄薄的新雪，新雪下全是狼的刨抓痕跡。坑裏堆了半坑的積雪，呈一個斜面集中堆在坑的一邊，坑裏的雪上踩著一圈圈的狼足跡和刨痕。大人們很失望，懂行的人勘察著現場說：這群狼太狡猾了，算好了我們沒趁手工具也抓不住牠們的狼崽，先保存實力不跟人硬拼，趁著下雪天把小狼給救了。

怎麼救的呢？這就像一個填雪的工程，上面的狼群把坑口的所有積雪全部推下坑去，坑裏的小狼則把雪全部堆刨在一個角落，不斷踩實壓緊，填積成一個斜坡，然後一圈圈助跑，順著堆積的雪坡衝出坑去。阿爸順著斜坡下到坑裏又指著一些大狼爪印說：大狼也跳下來幫忙了，沒準兒還給小狼做了堆雪示範呢。

「你說這草原上還有哪種動物比狼更聰明？」多吉講著這故事竟然露出自豪的笑容，彷彿那是他的智慧壯舉。「我就是喜歡狼！這群狼是又可敬又可嘆又可憐……我的網名就叫雪狼。」他對我說，更像是在對自己說。

是啊，狼在狩獵中、領地爭奪中、捍衛家族成員的鬥爭中，個個都是足智多謀且能慷慨赴死的狼勇士。格林爲了我，即使敵眾我寡，也毫不畏懼，錚錚狼骨，寧折不屈。

「對了，拉登是你什麼人？」多吉冷不丁兒地問道。

「啊？」我還沉浸在多吉的狼故事裏呢，乍逢此問很是摸不著頭腦，「什麼人都不是啊。怎麼了？」

「哦，沒什麼。」多吉微微一笑，「我也知道這隻小狼的事兒，但沒想到牠還能回來。而且長這麼大了。」多吉感慨地說。

「哦？你怎麼知道的？」我一直以來對格林童年的遭遇耿耿於懷。

「狼找不到吃的，不掏羊怎活？我們這裏的人已經很久都沒看見狼了，以前盜獵猖獗，狼都快被打絕了，有人還剝了狼皮賣。草原沒狼還叫什麼草原啊。」多吉騎在馬背上望著莽莽蒼原有點傷感，又接著說，「那時候能看見一隻狼，南卡阿爸很高興，逢人就說起狼來過的事，結果小道消息傳得快，沒幾天又被一些盜獵的人知道了，就在南卡阿爸牧場外面偷偷下了夾子，把公狼給打了。我還看見過那狼夾子上有好大一隻被咬斷的狼爪。」

我低頭看看格林，黯然神傷。唉……格林，那是你的父親。

「那隻母狼和一窩小狼的死就更讓人惋惜了。那幾天，南卡阿爸不在，偷獵的人就打著除害的名義上山投毒，完事後，用公狼的皮去掃清地上的痕跡抹掉人味。母狼能聞不出來嗎？阿爸回來知道後，帶著牧民上山去，差點跟偷獵的人打起來！」

「哦？」我不知道竟然還有這事，當初阿爸卻隻字不提。我頓時理解爲什麼中毒的母狼臨死都要撕碎皮毛，不讓自己的皮再落入人的手裏，用亡夫的味道去引誘她，怎不叫她痛徹心扉？

「阿爸堅持說不能在神山上殺狼，硬把活著的小狼帶了回來，但是那些小狼都吃過奶了，接二連三地死，只有一隻被母狼壓在身子下面的小狼估計沒吃到奶，阿爸說這隻狼崽能活下來就是天意。阿爸信佛，因爲這件事情，他一直耿耿於懷，他覺得當初他不到處說起狼偷羊的事情，就不會給這窩狼帶來災難了。」多吉一口氣講完，策馬前行。

難怪那時候南卡阿爸寡言少語，問他多次總是不願細說，對我這陌生人也有些戒心。我這時才明白了臨走時阿爸對我說過的話：「……如果能救牠一命，也算我對母狼贖罪了。人和狼都是不得已啊。」

我夾緊馬肚趕上幾步：「那些偷獵的人到底是哪裡來的？是藏族人還是漢人？」我話一問出口立刻就後悔起來，如果我們是同一個民族倒也罷了，如今我作爲漢人對一個藏族小夥兒如此一問，無論如何答覆都將是一個難堪的答案。

「這些年來，草原上來來往往的人太多了，誘惑也太多，在經濟利益驅動下，都看著眼前的好處，誰又能保證自己的民族一個敗類都沒有呢？」多吉的回答很客觀，並沒介意我的無心

之失。我趕緊岔開話題：「這麼說，那些小狼可能是喝了奶水中毒死的？」

「估計是。」多吉回答：「唯一活著的那隻，被一個叫拉登的女孩子帶走了。」

「拉登？」我摳著腦袋，怎麼對不上號？難道找了半天又錯了？

「對啊，拉登，奇怪的名字，阿爸說，那個女孩兒辮子特別長，本地都很少見。欸，你要不認識她，那這狼哪兒來的？」

長辮子又對上號了，我咬著嘴唇心裏直犯迷糊……

猛然間我想起了一件事，我留在草原照顧小狼崽的日子裏，有一天傍晚，我坐在帳篷外梳頭，沉默的老阿爸第一次開口說話了：「藏族人晚上是不能梳頭的。」

我趕緊收起梳子：「阿爸，我不是藏族人呢。」

「哦。」老阿爸點點頭，「像我們草原人。」

我呵呵一笑：「那阿爸就給我一個藏族名字吧。」

老阿爸認真地思索半晌說：「拉澤（美麗的）或者洛登（智慧的）都是好名字，你選吧。」

「呵呵，懶得選了，」我調皮地笑著：「我都想要，乾脆各取一個字叫我拉登好了。」

……

憶到這裏我恍然大悟，沒想到當初一句不經意的玩笑，認真的老阿爸卻一直記在心裏。我慨然感嘆一聲，拔掉簪子瀉下一頭長髮，回馬而立：「我就是拉登。」說這話的造型和感覺特神氣特怪異，話一落音我就笑出聲來。

「啥？」多吉不明白。我忙把來龍去脈告訴了多吉。多吉笑開了：「哈哈，我說姑娘家怎麼叫這個如雷貫耳的名字，原來是這麼回事啊。不過，也虧得這名字太好記了，我才能記到現在。」多吉高興地喊了兩嗓子，又想起什麼，轉頭對我說：「你知道我是怎麼知道你的嗎？」

「不是南卡阿爸說的嗎？」

「對啊，可是他本來什麼都不肯說的，但是我五一去看望他的時候，他拿給我一個手機，非要叫我幫他給拉登打電話，」多吉忍不住又笑了起來，「等我充好電一看，那是個空手機，什麼號碼都沒有，名字又古怪，我說阿爸被糊弄了，他卻堅持說他看人不會錯。」

「哦，是個紅色的手機嗎？」我忙問。

「對！」

「那是我的，我把卡抽出來了，哦……」我剎那間明白了，當初我原想用什麼東西去交換格林，阿爸卻這也不要那也不要，只拿著手機看了看，我自然以為他喜歡的是手機，就取出了自己的卡刪除了記錄，送給了他，這才心安理得地帶著格林走了。沒想到這位質樸的老人卻拿著這空手機在莽莽草原上一直等待著我的來電。我彷彿看見老阿爸的身影，在帳篷前遙望神山，口念經文、手搖經筒、懷著虔誠與期盼的心情日夜守望著平安的消息。

我暗暗後悔，那時候在我的概念當中，一物換一物這是城市人理所應當的做法，可在老人的心裏卻是一份難以用價值交換的生命的囑託。此時想再見老阿爸的心情更加迫切，我要回饋他的信任，我要讓他看到他託付給我的小狼格林——這遲到了半年的平安消息。

一位哲人說：「我們走得太快，是該停下來等等自己的靈魂了。」這是對生命最初的審

視。什麼時候人們開始行色匆匆，忙到不再去理解與思索，忙到不再留意身邊的點滴真情……很多人嘆道：要讓現代人感動太難了，或許感動本身已經很難了。在這拜金主義浪潮的衝擊下，很多東西都變了味。人們開始麻木，開始懷疑，有了欺騙與利用，有了隔閡與交換，甚至感情與生命也不能在交換中倖免。

在草原——遠離塵囂的草原，蠻荒的大地，我找回了一件人們或失落已久的東西——生命中最單純的感動與真誠。

25 陷阱！

我挑起捕獸夾送到格林眼前。格林，我要你永遠記住這一刻！記住今天擺在你眼前的冰冷鐵器！記住那震驚四野的聲響！！記住你今生最大的天敵——人！

曾經有感於一位女作家十餘年前的一篇名爲《草原之路》的散文，她寫道：

「草原深處其實沒有路，因爲草原上根本就不需要路。在草原上行走，只需要方向。方向便是草原的路。平坦而遼闊的草原，手隨便往哪兒一指，就是路了；你往哪兒走會走不過去呢？無論是夏天還是冬季，路在草原根本就不是個話題，路在草原那地方，是一種隨著你的腳步而無限延長的地毯。……草原之路是隨時可以被修改被矯正的呵，那是世上最古老最原始的路的形式，草原的自由是被草原自由的路所決定的……如果有一天，草原上的路被筆直堅固而不可隨意更改的高速公路所取代，那麼我們將不再擁有自由的草原。」

我小時候對草原的認識停留在教科書中紅軍過草地的描述裏，到處是泥濘的濕地，到處是陷人的沼澤。那時候想，如果有一條路能安全地通過草地那該多好，沒想到僅十年時間，這條安全之路就「美夢成真」，隨路而來的卻是席捲草原的社會變遷，這時候我才分明感受到了一種可怕的人爲之力。

騎馬走在草原上，無論走得多遠，都能夠隱隱約約看見那道高速公路刺眼地躺在視野中，像草原腹地的一道刀痕。從前可以隨意被矯正的像一條條柔韌血管一樣的草原之路已經僵化，外來文明和一批批遊客像病菌一樣順著硬化的動脈蠶食著草原老人的器官。

僅從規矩的路就已經讓我感覺草原的自由在喪失，而現在我與一隻野狼結伴同行更是無路可尋。我儘量遠離公路，撿拾殘存的自由感覺，但是走著走著，這些小小的自由之路就被無處不至的圍欄割斷。雖然，我憑著一種熱情和執著帶格林來到了草原，但是狼群在哪裡？牠的家在哪裡？我們的路在哪裡？

我和多吉騎著馬有說有聊地走著，不久後，望不到頭的圍欄就擋住了去路，馬過不去了，眼前是一座高山。

「我就送你到這裏吧，翻過這座山就可以看到一條小路一直通向南卡阿爸的家，雖然險一點，但這是最近的路，你要抓緊時間，現在快入冬了，很多牧民都轉到冬季草場去了，還有的搬回了定居點，你只有碰碰運氣看了。」多吉勒住馬回身說。

我看看眼前還有積雪的高山有些猶豫，便往山側面望去。多吉看明白我的爲難：「如果繞路走就算騎馬都還要兩天，而且圍欄更多馬過不去，更重要的是狗更多。小狼的傷還沒好呢。」

我看看一路默默跟隨的格林。的確，雖然牠恢復能力強，畢竟還是需要幾天時間休養，如果再遇到狗的圍攻，估計凶多吉少。回想一下當初尋找格林的時候，的確花費了三天多的時間，若不是在路上耽誤了太多時間，格林的兄弟姐妹說不定還能多救活幾隻。時間太重要了。我咬咬牙，翻山！

狼群在哪裡？牠的家在哪裡？我們的路在哪裡？

多吉幫我從馬背上卸下沉重的背包遞到圍欄那頭，我取下麻袋背上，從圍欄的一個洞裏鑽過去。走了一天的格林終於逮到一個機會，趁著我側身低頭鑽柵欄的時候猛咬住麻袋，刺啦撕開一個洞，洞裏露出一截羊蹄來，牠立刻咬住羊蹄死拉硬拽起來。

「壞傢伙！」我被拖住卡在圍欄的洞裏進不去出不來很生氣，「我數到三，再不放開打你啦！三！」

「啪！」我揚手一巴掌就打在狼屁股上。格林「嗷」地叫了一聲，放開羊腿齜起了牙，我趁機鑽了過去。格林彎扭的尾巴想夾進肚子下面，又被辮子捲曲著夾不下去，我才想起剛才那一巴掌可能剛好打在牠後胯的傷口上，急忙隔著圍欄撫著牠的頭道歉。格林這才收起獠牙盯著我：「就是嘛，昨天還在爲你拼死戰鬥，今天爲了一條羊腿就打我一巴掌，什麼世道？」

多吉哈哈一笑：「你看看牠，很會找機會呢。」

我笑著塞回破洞裏的羊蹄子說：「牠是機會主義者。」

我把麻袋揪起來挽個疙瘩重新背好，跟多吉告別。小夥子牽過我那匹馬關照說：「我給你留個電話，如果有什麼事還可以找我。」想了想，解下一個小巧的佩刀，「這個給你留個紀念吧。」我微笑著接過佩刀。

多吉終於忍不住說：「我能抱抱牠嗎？一路上都沒敢摸。」

我呵呵一笑，隔著圍欄接過多吉手裏的韁繩，幫他牽住馬。多吉惴惴不安地向格林走近，半蹲下身。格林目光如炬地盯著多吉，頸毛奓了起來，用鼻子嗅著多吉的衣襟，狼嘴離多吉的脖子近在咫尺。多吉擔心地看了我一眼，我鼓勵著：「放心，牠懂你。」

正在這時，格林突然用冰涼的狼鼻子在多吉緊綳的臉頰上杵了一下，彷彿在戲謔：「緊張不？」多吉「哎喲」一聲，隨即明白了格林的惡作劇，如釋重負地伸出雙臂抱住了狼脖子，人和狼的臉輕輕一貼。

多吉激動地站起來牽回韁繩說：「這是我生平第一次抱狼！我會記一輩子！」

我目送多吉騎馬牽馬，漸漸跑遠。愛狼的小夥子，來日有緣，成都再見。

格林鑽過了圍欄，我拍拍牠的脖子，吸氣提神，開始爬山。

山上很荒涼，除了偶爾幾株灌木叢，幾乎沒有什麼特別大的樹，還有就是大片的沙石斜坡讓負重的我連連打滑。更糟糕的是，天氣也來湊熱鬧了，剛才還陽光普照，突然就烏雲密佈起來，風呼呼地刮著，陡坡上可無法紮營，如果下雪連躲的地方都沒有。我東張西望無計可施。

格林站在山腰上嗅嗅空氣深深地看了我一眼，轉身向山側的幾塊岩石走去。直覺和格林的眼神告訴我這次跟著牠走沒錯。

很快轉過幾堆岩石，一個不太深的大山洞出現在眼前，足夠我躲避風雪。我欣喜若狂，連忙趁著天還沒黑，在附近收集一些牛糞灌木枯枝想辦法生火。雪紛紛揚揚地下了起來，溫度陡降，再冒雪翻山是不可能了。山上的牛糞不多，羊糞又細又小太難撿，我看看遠處還有一叢乾枯的灌木，拔出佩刀準備上前割一點回來生火。

猛然間，我猶豫了，心裏升起了一種異樣的感覺，這種感覺讓我反射動作地停了下來。

我警惕地用目光搜尋了一下格林。格林也停止了四處巡查，此時正一聲不響地站在一塊岩石旁邊，頭頸向前緊張地伸出，輕輕聳著鼻子分析空氣中的每一絲味道，耳廓轉來轉去收集響動。牠的專注反應告訴我「我的感覺沒有錯」，野生動物對不明瞭的狀況總是明智地害怕，這點讓人類自愧不如。我感覺自己似乎在被盯梢。其實這種感覺上山的時候就有，有那麼一兩次，我甚至覺得自己從後背到後腦勺的每根毛髮都在被莫名的東西滿懷惡意地嗅聞著。

我幾次停下來朝四周看，因爲對自己的視力絕對自信，所以在沒有看到什麼危險之後，我放心地繼續上山。那時候我覺得，「被盯梢」的感覺可能是路途過於勞累加上登山缺氧的眩暈感覺造成的，甚至還歸咎於昨晚的青稞酒。但此時這種感覺又出現了，而且尤其強烈。

我握緊了佩刀，雖然看不見任何東西來證實這種不安，但我很重視自己的第六感。和狼一起野外生活的種種經歷告訴我：忽略任何一種警告都是荒野生存中所忌諱的。我感到一陣害怕，有一道充滿敵意的，冰冷尖銳的目光穿透了厚厚的衝鋒衣直抵後脊梁。

格林像化石一樣紋絲不動，警惕而不緊張，牠的目光轉向了我剛才即將前往的灌木叢，似乎那是味道的來源。我埋低了身子，慢慢挪動到附近的岩石後面大氣也不敢出，就這樣僵持著。

天色逐漸轉暗，灌木叢前似乎有一些晃動，我掰了一塊手裏的牛糞輕輕扔了過去，沒有動靜，除了晚風輕輕地吹動了灌木一下，它重重疊疊的陰影在最後一絲詭異的光線中一動不動，那個我一直凝視或想像出來的東西像霧一樣消失了。格林已放鬆了警戒，開始舔牠昨天被狗咬的傷口。爲了消除疑惑，我特意跑到灌木叢後面看了一眼，的確很正常。

我繼續收集乾樹枝，居然還撿到幾根比較大的乾燥木棒，大概是哪個經過這裏的牛倌兒或羊倌兒遺落下來的吧？這個頂事兒，我高興地抱柴回山洞。格林正在洞口嚼口香糖似的嚼著一隻鼠兔，呵呵，看來牠也小有收穫。我解下捆在身上的麻袋——為防格林偷吃羊腿，收集柴火的時候我一直把麻袋背在身上。

從格林出生一個多月時跟我爭奪地位，到以後多次的試探與較量，我和格林之間早已建立了一種明確的等級關係，這和狼群中的等級關係類似，如果群體沒有面臨生存和繁衍的危機，這種關係基本不變。維護住這種等級關係在狼群中是至關重要的。也是出於這種等級規則，格林不敢公然以下犯上來搶奪屬於我的肉食。

我和格林這對另類母子的情況比較特殊，雖然也有著等級的感覺，但更多的是一種莫名的親情和平等的夥伴關係，牠從小就會利用這種親情和疼愛軟纏硬磨地達到牠索要食物的目的。有時候也會反過來給我一些食物，比如牠吃東西的時候往往剩一點給我，或者興沖沖地把從垃圾堆裏找到的骨頭給我叼回來，當然，我無法享用牠的慷慨。基於狼崇尚智慧和力量的天性，時時向牠展示覓食能力和領導能力是非常必要的。牠會像一個新教徒一樣用崇拜的目光觀察、學習。當然，隨著牠年齡的增長，牠的獵食能力和危險感知能力已經遠遠超過我了，兒大不由娘，當小公狼長到七八個月時，母狼也往往會將牠趕走讓牠自食其力。不知道格林離開我時會是什麼樣。

火苗終於躥上來了，當第一縷煙飄到洞外時，格林趕緊站得遠遠的，看著騰騰冒起的紅光，牠的眼睛被映照得閃閃發光。自從第一次認識了火，牠就對這個曾經灼傷牠的東西敬而遠之。烤了一會兒火，天就黑了。我拿出一根羊腿削下一大一小兩塊肉，先把大塊的扔給格林，

然後用佩刀挑著剩下的那小塊肉在火上慢慢炙烤，算是我的晚餐。

肉香四溢，可惜最後一包調味鹽在天葬台的時候撒在格林的巧克力上了，沒鹽的羊肉嘗了一口也不錯。吹著還燙嘴的烤羊肉，那種被監視的感覺又襲上心頭。我摘下羊肉，把佩刀握緊在手中，把火加得高了一點，這種同樣的感覺頻頻出現讓我深感不安。

我下意識地朝格林那裏看去，羊肉早吃完了，格林卻不知去向。孤獨使這種不安更加強烈起來，我伸手擋在眼旁避開火光對視力的影響，借著清幽的月色向洞外張望。

要是在白天，我不會害怕，太陽能給人壯膽，我還是第一次在荒山山洞裏過夜，想不到白天看起來那麼輝煌壯闊的草原，在夜裏會變得這樣陰森恐怖，連迎面刮來的風都帶著一股使人心驚膽寒的陰氣，夜的草原是野獸的世界。

山洞外的斜坡下遠遠有個黑影子在晃動，我心跳加劇，摸出望遠鏡仔細辨認。依稀能看出是個毛茸茸的大動物正在地上狂抓亂撓，但黑暗之中無法分辨，只感覺那怪物好像分不清頭尾。突然，那個怪物停了下來，兩道犀利的目光穿透望遠鏡直向我看來。我心裏一驚，取下望遠鏡定睛再看。沒錯！即使不用望遠鏡都能看見那對燈泡似的眼珠子在月色下閃著幽光。這黑影顯然注意到我在看牠，牠並沒有因爲被發現而隱藏起來，反而用一種怪異的步伐一高一低鬼魅般向我住的山洞蹦跳過來，那種跳躍的步伐頓時讓我想到中國的殭屍、美國的異形、埃及的木乃伊！

我張大了嘴卻一聲也喊不出來，就是喊了也沒用，在這荒無人煙的地方只有超人和奧特曼（Ultraman）才能來救我。

一種前所未有的後悔和惶恐掌控了我所有的神經，我邊發抖邊冒汗，哆嗦著掏出手機給亦風打電話——這恐怕是城市女人在危險來臨前的反射動作。然而手機沒信號，更深的絕望和害怕襲來，我深深後悔自己孤身來草原的冒失，這大半夜遇上的東西一定來者不善！不管是來自動物的威脅還是人的威脅，如果今天死在這荒原野外，恐怕幾個月都不會有人發現我。

黑影越跳越近，那鬼火一樣的目光隨著跳動的身形拉出長長的光帶，我啥也不怕就是怕鬼！我不敢再看，拼命向火堆後面躲！腳步近了，更近了，就在洞口了……我一手抓緊了佩刀，一手拉出鐵鏈準備拼死一搏！所有的神經都繃緊了，心提到了嗓子眼兒！

那讓我緊張的東西終於出現了，像從地平線上冒出來一樣現身洞口，幽幽地站在火光背後一動不動，我瞇著眼睛透過火光看去——這不是格林嗎？這分不清頭尾的怪物竟然是被我捲起了尾巴來的格林。

這種捲尾巴狼的造型我自己看著都不適應，真是自作自受，我整個人像散了架一樣放鬆下來，鐵鏈嘩啦掉在地上：「你嚇死我了……裝神弄鬼！」我長長地吐了一口氣，這才發現自己一身冷汗把內層衣衫都弄濕了，料峭的山風刮來，冷得我瑟瑟發抖。我沒有狼那種多年在血腥生涯中磨煉出來的膽魄，突然很想回家。

格林柔和的目光看看我，並沒介意我的緊張，而是定定地望著火光出神。

「你怎麼了？」我覺得牠今天有點異樣。格林對我的問話無動於衷，牠沮喪地低頭舔舔爪子又似乎看了看麻袋，彷彿在下著莫大的決心。牠是想進洞來又怕火吧？我心裏納悶。

然而格林待了不到一分鐘，好像豁然開朗似的一扭頭又走入了黑暗中。這小子到底要幹

什麼？我爬到洞口極目望去，牠照舊高一腳低一腳地走到剛才黑影的位置，之後一陣輕微的響動。格林繼續在那裏裝神弄鬼地折騰著。

反正也看不清楚，只要不是鬼就行。我重新聚攏膽氣，撿起防潮墊子上早已冷透的羊肉烤熱吃起來。

一塊羊肉下肚，增添了一分暖意。儘管我產生了一些非理性的模模糊糊的預感，但隨著剛才被格林嚇出的冷汗，似乎害怕的感覺都流失了很多。我睡意漸濃，在天葬場都能睡下，在這裏還能更恐怖嗎？我腦袋發沉，洶湧的睡意在冰冷的空氣中難以抗拒，但我沒有鑽進溫暖卻束縛行動的睡袋，而是坐在山洞最裏面裹上最厚的衣服，靠在洞壁上睡覺，最後乾脆把睡袋也打開裹在了身上，手裏捏著佩刀，這樣如果真有危險，隨時可以跳起來拔刀自衛。

夜，靜極了，篝火吐出最後一絲無奈的青煙，滅了。朦朧中，格林暖暖的身子靠了進來依偎在我懷裏，爲我瑟縮的身體添加了一片溫暖。

清晨，紫黛色的山峰上露出半個太陽，霞光驅趕著殘夜的陰暗。格林的大腦袋還搭在我腿上懶洋洋地瞇著眼，牠半邊身子沐在晨光中，半邊身子沉浸在山洞的陰影裏。狼喜歡晝伏夜出，早上犯懶倒也正常，不過我們該趕路了。我推醒格林，起身收拾行李。格林不情願地站起來，打著哈欠，用狼的方式翹起屁股蹬直前腿放鬆筋骨，再繃直後腿俯臥撐似的伸個懶腰，一瘸一拐地向洞口走去。

「你給我站住！怎麼搞的？」我很納悶，一夜工夫成瘸子了？我趕緊把格林拉回來檢查牠的腳爪，爪子上有幾個深深的血洞，還扎了根大刺，幾乎穿透牠厚厚的腳掌。我忙把刺拔出來，給牠擦擦傷口，上了點白藥。

看看那根蹊蹺的刺，我想起昨晚的情景來。為了釋疑，我跑下山坡來到昨晚發現鬼影的地方仔細查看。一塊奇怪的新鮮殘骸靜靜地躺在地上，確切地說，那是一張帶刺的背皮，可能是刺蝟的背皮，上面隱約一點血跡已經在一夜的風露中結了淺淺一層霜。

聯繫昨晚的怪異情景，我猜測著：沒吃飽的格林四處夜遊，不知怎麼就遇見了這個倒楣的刺蝟。但刺蝟也不是好惹的，遇到危險馬上蜷縮成一團，把柔軟的腹部裹在尖刺的防衛中寧死不張開。格林連連受挫也奈何不了這個刺球，狼爪子反被那些尖刺扎了個透，這才有昨晚牠一瘸一拐跳回山洞時給我的一場虛驚。

這小子本來長得就鬼鬼祟祟，又編起了捲尾巴，一跳一跳地蹦上來，黑燈瞎火的誰知道是個啥？可牠後來是想到什麼辦法最終搞定這份帶刺兒的宵夜的呢，這對我始終是個謎。眼前的刺蝟已被啃得乾乾淨淨，如若不是難以下嚥的刺皮還剩在沙地裏，我恐怕永遠都不會知道昨晚發生了什麼事。唉，可憐的格林，辛苦半天刺蝟能有多少肉啊。

我突然又想到昨天被人盯梢的感覺，難道是灌木叢中一隻小刺蝟就讓我如此神經過敏嗎？畢竟被暗處的目光注視總是一種很不舒服的體驗，前思後想，我決定回去把背包裏一件灰黃色的外套換上，與環境的顏色相融，像一個荒野動物一樣把自己隱蔽起來。

我爬回山洞邊一看，格林趁我不在，正使勁偷吃麻袋裏的肥羊腿，此刻見我回來就翻起眼睛，齜著牙將兩隻羊腿一起緊緊摟在懷裏，唯恐被人搶去似的，大口撕下羊大腿的精肉猛吞。

唉，我一路帶著香噴噴的羊腿始終對牠是個引誘，川諺道：「砍了樹子免得老鴉叫。」也

罷，你要吃就吃吧，吃飽好趕路，我也省得再背那死重死重的麻袋了。

我邊穿衣服邊等著格林進食。格林敞開了肚子狠狠地吃起來，似乎牠也感覺到吃了這頓，下一頓不知道是什麼時候了，牠啃得很狡猾，不照著一隻腿啃，而是這個一口那個一口淨揀好肉吃。

五六分鐘後，格林的肚子就脹得翻了起來，牠不得不趴下來克服地心對牠肚子的引力，繼續勉強自己再吃一點，但速度明顯慢了下來。不一會兒，一隻羊腿啃得只剩白森森的骨頭，另一隻還有一些掛在骨頭上的碎肉，牠這才心滿意足地仰躺在地上，把沾在臉上的肉屑與血絲舔得乾乾淨淨，用後爪把還有些肉的羊腿蹬到了我面前。

「你都啃成這樣了還給我幹啥？」我哭笑不得，「休息一下準備走吧。」

格林見我不領情，慢吞吞地翻身叼著羊腿出去了，過了一會兒又回來，叼起剩下的那根啃得只剩骨頭的羊腿又往外走，我知道牠又藏肉去了，這傢伙一點兒也不會浪費。我耐心等待格林埋藏完，這才招呼牠上路。

我在前面大步流星地走著，半天不見格林跟上來，回頭一看，牠挺著大肚子像喝醉酒一樣軟綿綿地走了幾步，就乾脆躺倒在地上懶洋洋地望著我，媚眼如絲。真要命！我怎麼把這事給忘了，狼進食的時候簡直可以用瘋狂與亡命來形容，可這大量的食物一旦吃進肚子裏，狼就像虛脫了一樣沒精神，必須休息消食，何況牠爪子上身上都還帶傷，牠願意勉強走上幾步就不錯了。

我連哄帶拖勸不動，只好抓住牠兩隻前腿搭在雙肩上，讓牠趴在背包上面，托著狼屁股把牠背了起來，繼續趕路。

爬過山頂已經中午了，背上的格林扭動起來掙扎著要下地，我如釋重負地放下牠，坐在大石頭上休息。但很快，我覺得格林神情不對，我趕緊俯下身來躲在岩石背後，順著格林的眼光看去，遠遠的好像有幾個人在山腳下掄著鋤頭挖地，附近還停著一輛皮卡。

「原來是發現了人啊。有人就可以問路了，呵呵，格林編起來的捲尾巴還沒解開，說不定冒充狼狗還能搭一截車呢。」我美美地琢磨著，拿起了望遠鏡。

很快我就放棄了搭車的想法，因為這輛車沒有車牌，這是搭順風車的大忌。隨後我發覺那些人的舉動很是詭異，既不像牧民又不像遊客，開著無牌的車到這深山裏鬼鬼祟祟地挖地也是讓人費解的事，我不由得想起了自從上山後的不安感覺。

在草原行走的這些日子裏，我始終陷於一種矛盾中——既盼望遇到人，又害怕遇到人，這是一種源自本能的盼望和懼怕，因為我永遠也不知道自己會遇見什麼樣的人。從格林的表現來看也很異常，牠一直以來是不怕人的，然而這次牠選擇了沉默、潛伏，牠的眼神惴惴不安，流露出一種我從未見過的畏懼和仇視。

跟著感覺走是相當重要的一課，我相信我的感覺，更相信格林的感覺。我拉上灰黃色的外套帽子，讓自己和面前的岩石色彩更加和諧，繼續從望遠鏡裏仔細觀察這些人。

皮卡車上，一個司機正在抽著煙東張西望，一個身穿灰色外套的男人戴著厚手套，用一個紅色的鐵罐子往一個顯眼的旱獺洞裏倒進了一些白色顆粒狀的東西。另一個高個子，也就是剛才拿著鋤頭挖地的人，隨即抱來一塊石頭堵住旱獺洞口，然後用挖起的泥土蓋在石頭上把洞封死、踩實。一個身材相對矮小的男人（我姑且稱之為矮個子）正拿著望遠鏡在山上搜尋，當望遠鏡投向我這邊的時候，我的心臟狂跳起來，趕緊埋下頭縮回岩石後，同時一把按下格林還在觀望的腦袋。

我調整了一下呼吸，悄悄拿出鐵鏈套在格林脖子上，我已經隱約感覺到這次遇到的絕非善類。格林畢竟經歷的人太少了，牠是一隻對人沒有戒心的狼。

平靜了幾分鐘，估計矮個子的望遠鏡已經移開，我才抱住格林的脖子輕輕地探出頭去。格林的身體有點哆嗦，牠很少這樣緊張，但我此時無法照顧牠的情緒，扣緊了鐵鏈不讓牠輕舉妄動。

山頂的視野相當好，又沒有大樹木的遮擋，那些人的一舉一動盡收眼底。此刻他們在矮個子的指引下離開剛才堵住的旱獺洞，步行到更遠的一處淺草裏折騰，無法看清他們在弄什麼，但是高個子從車裏抖出了一樣讓我血脈賁張的東西——狼皮！我明白格林的仇視與懼意從何而來了，這是一幫盜獵者！

灰外套戴著手套的手小心翼翼地接過狼皮，在淺草周邊不規則地拖動，一直把人經過的痕跡都撫平，留下屬於狼的味道，又仔細檢查了一下四周，看樣子很滿意。他打個手勢，幾個人一言不發地退回停車處，捲起狼皮收進布袋子裏，把工具收好放在後面的車箱裏，蓋上一塊舊氈子，又凌亂地堆了些雜物在上面，收拾停當就開車走了。

我摸出指南針對了一下剛才的淺草位置，看好附近的石塊灌木叢和其他顯著一點的標誌，因為從一目瞭然的山上盲目下到四處都差不多的草場上再尋找，很容易迷失方向。在山上看來很近的距離，可能步行起來卻需幾小時。

皮卡車開遠了，最終消失在視野裏。我腦子裏嗡嗡的一片眩暈，心跳始終無法平息，我不知道他們會不會再返回來查看，但是要破壞盜獵陷阱的願望如此激烈，讓我整個手都因衝動而顫抖。格林也在抖，牠的每一根毛髮都透露著心底的惶恐與怨憤。

我大約在岩石後待了有一個小時，四周再無動靜，身體也已經發麻，才牽著格林站了起來。眩暈略定，我的思路開始慢慢清晰，用指南針確認了一下方向，才向山下走去。先去尋找那個被堵住的旱獺洞，那是我目力所及最顯眼的地方，在一個隆起的土堆上，那是每個旱獺洞都會有的瞭望台，但此刻看起來更像是一座死氣沉沉的墳墓。

旱獺，也就是土撥鼠，當地人叫他「雪豬」，是草原上常見的像森林熊一樣靠脂肪越冬的冬眠動物。春天到秋天常三三兩兩地在牠們修築的瞭望台上時而抱著爪子直立觀望，時而嬉戲吃草，圓滾滾的憨態可掬。到了冬季，牠們就往地下打十幾米甚至更深的洞蟄伏起來，餓了就靠舔舐爪子上的脂肪維持生命。旱獺是草原狼的主食之一。早些年若爾蓋草原上的旱獺很多，人們曾經把旱獺和老鼠、野兔等並歸爲草原之害進行滅殺。但很快人們就發現旱獺是個好東西，獺油可以袪風除濕，爪子泡酒藥用堪比熊掌，獺皮可保暖，獺肉鮮美，於是不少好野味的人競相購買品嘗，藥材商、皮貨商也大量收購，這給昌盛一時的動物帶來了滅頂之災。現在草原上的旱獺已少之又少，只有少數高山上才可以看到，如今已被列爲保護動物。當下正是秋天草枯的時候，旱獺專吃草籽積累一身的肥膘準備越冬，很多食客當然對旱獺饞涎欲滴。而此時旱獺冬季夾絨的皮毛也已經換好，正是毛皮商人競相購買的上等貨色。

聽扎西說過，在老一輩牧民的心目中，旱獺是他們監測草場的地菩薩，當草質不再好時，旱獺會舉家搬遷。他還說，一些盜獵者會用一種叫做「磷化鋁」的揮發性毒藥毒殺旱獺，只要把藥丟進旱獺洞裏，再把洞口用土塊石頭壓實了，毒藥一揮發，旱獺洞就成了毒氣室。旱獺們被熏得受不了了，就拼命往洞口挖土想出來，但洞口被沉重的大石頭壓著，憑旱獺再能打洞，一時半會兒也挖不通出路來，就被活活熏死在洞口。有多個洞口逃生的旱獺還可倖免於難，只有一個出口或是出口全被堵死的旱獺就無處可逃了。這種盜獵方式悄無聲息，既不容易被人發現又省時高效。頭天下午偷偷摸摸下藥堵洞，第二天瞅個沒人的機會不緊不慢挖洞收獺子就行了。還有那些狼夾子，無論夾住狼或是狐狸，那珍貴的皮毛對他們都是不小的收穫。

扎西說他發現了幾次這樣的盜獵現象，但我從未親見。今天我孤身一人，還帶著一個偷獵者們人人覬覦的狼在這荒涼高山遠遠遭遇，我心裏既憤慨又緊張。格林捲尾巴的狼狗偽裝只能瞞過不相干的人，卻絕瞞不過賊眼尖利的盜獵者，而且即使格林就是狼狗，盜獵者們也毫不在乎，因爲牠的皮照樣像狼皮。畢竟現在真正的野生動物少了，有些無家的野狗遇上這些人也會被悄悄打死扒皮，然後把毛皮染色冒充野生動物皮賣。扎西曾經跟隨十幾隻兀鷲的指引，在河邊上看見了一堆被扒皮後丟棄的野狗屍體，蒼蠅紛飛惡臭難當。信仰佛教的藏族人是不殺狗、馬、鳥、魚這些對他們有特殊意義的動物的，但如果面對信仰金錢的人就毫無辦法了。

旱獺的「墳墓」已遙遙在望，格林顯得比我還激動，繃緊了鐵鏈拼命往前拉，鐵鏈勒得牠舌頭都伸了出來，還是不顧一切地往前掙，牠此刻的力氣已完全可以和我較勁。我生怕還有其他陷阱威脅，扣緊鐵鏈不放鬆，仔細看著路走到旱獺洞前。格林抓刨著新蓋的泥土，我使勁把牠拉到身後，用腳踢開泥，翻起壓洞的石頭，深深的洞裏冒出一股淡淡的臭味，格林大口噴著鼻息連連後退。

「害怕就對了，你一定要記住這個味道。」

格林猶豫地後退著，對不瞭解的東西明智的害怕是野生動物最具保護力的本領。一瞬間牠忘記了鐵鏈的存在，撒腿就往有著狼皮味道的那片淺草方向跑去。我冷不防被牠拖得摔了一跤，鐵鏈差點脫手，我趕緊扣緊鏈子爬起來拉住牠，我理解牠對同類氣息的渴望，但這裏由不得牠亂跑！

我四處看看想找個木棍之類的東西，但荒野莽莽連大樹都沒有，哪裡找尋木棍啊？況且在這盜獵者光顧過的地方豈敢亂走半步？誰知道還有沒有別的致命陷阱。

格林還在掙扎著，為防止牠再次從手中掙脫，我把鐵鏈的另一端死死地捆在腰上扣牢，本來就不長的鏈子環腰一周後，將我和格林拉住緊貼在一起並步而行，堅固的鐵鏈將我們的命運也緊緊連接在一起。我解下捆紮在背包上的相機腳架，把它拉長暫且充當探路棍，對照著指南針像工兵掃雷一樣且探且走。

走著走著，格林的頭突然埋低下來嗅著地面。應該近了，我舉目四望，沒錯，剛才記住作為方向標記的岩石就在左面不遠處，從山上看那似乎是些小石塊，走到面前才發現是一大堆雜亂的岩石，若不是格林警醒，我差點錯過。我更加小心翼翼地邊探邊走，格林不再向前狂掙，而是仔細地嗅著味道……

都快走到岩石前面了，我似乎有點迷糊，明知道狼夾子就近在咫尺，觀察地面卻難以發現，用相機腳架偵測也一直沒有觸發。我手心開始冒汗，如果踩上去，這鋼鐵的獸夾也完全可以把我的腿骨夾斷，我害怕了，左顧右盼後想撤。

緊張中，那種被注視的感覺又出現在背後。難道盜獵者並沒有真正離開，而是繞了一周以後又回來躲在一個幽暗的地方觀察嗎？此刻難道他們正以嘲弄的目光默默地等待著格林一步步走入陷阱嗎？難道矮個子的望遠鏡早就發現了躲在山頂岩石後面的我和格林，故意當著我的面設下這個陷阱嗎？那我豈不是正在引導格林走上一條死路嗎？如果真是這樣，一個女子是無論如何鬥不過四個盜獵者的，只等著那陷阱鏗然觸發，唯一具有攻擊力的格林將被完全卸除武裝，而我和格林將無一倖免。

我汗流浹背，猛然回頭向四周所有能隱蔽敵人的地方張望，努力讓自己安靜再安靜收集周邊所有的聲音。我的手向佩刀摸去，儘管這短刀對遠遠潛藏的敵人毫無用處。我彷彿是一個進入了鬥獸場的角鬥士在眾目睽睽之下等待著死亡來襲的一刻。我第一次聽見了那呼呼的草原脈搏聲，我努力讓自己在深重的懷疑與惶惑中相信那是我聽得過於專注時自己的血液循環聲。

我感覺到緊貼著我的格林有了動作，牠把頭轉向了右邊，緊繫的鐵鏈讓牠無法前行，但牠冷峻地看著右邊四五米外的雜草地面，難掩的激動與疑惑在眼神中不斷糾結，鼻孔緩緩張合深嗅。

我順著格林的目光觀察右面的草叢，似乎沒有太大的特別之處，但我相信格林不會沒來由地注視一個地方。我緩緩蹲下，抱住格林的頸項安撫牠，摸到腳邊一塊牛糞撿起來朝那地方扔去……沒有動靜，牛糞太輕了。

我看看身邊沒有可撿拾的石頭，摸出懷裏的佩刀又扔了過去，佩刀撲哧一下扎入了土裏，刀柄微微顫動，也沒有觸發什麼機關。但是，這塊土地肯定不正常——在這十月剛過的草原，嚴寒已悄然逼近，零度以下的低溫早就讓枯草下凝結成了凍土，一個輕輕拋擲的佩刀沒理由能輕易扎入堅實的凍土，那地方肯定被擾動過。我仔細看看上面的枯草都沒有根，是被撒在上面的，那狀態很像是格林平時埋藏剩餘肉食的情形。

我拿起相機腳架點擊地面，抱緊了格林一步一步地試探著挪過去，同時注意周圍還有沒有類似的僞裝。我用腳架輕輕撥開地面上的枯草僞裝，露出鬆鬆的浮土，是這裏！我拿腳架用力戳去……

「噹！」尖厲的鐵器碰撞聲在寂靜的草原上霹靂般炸響，掩埋夾子的浮土像節日焰火一樣被彈起來老高，一個沉重的捕獸夾已把金屬的相機腳架咬合得嚴嚴實實。

格林被驚得像蚱蜢一樣跳起來，直往我腿間躲。鐵鏈勒得牠眼突舌伸。我極力緩解鐵鏈的纏繞，再一看狼夾子，把我驚得頭皮竄麻——金屬的相機腳架已被狼夾子打彎。我用力挑起腳架，帶出埋在淺土中大約六十釐米長的鐵鏈，鐵鏈下方是一個類似武俠小說中飛賊爬牆用的那種倒鉤似的鐵爪。

我倒吸一口冷氣，我知道有一些捕獸夾鐵鏈的另一端是固定在一段樹樁、石頭或者其他無法挪動的東西上的，但是草原上沒有樹木，盜獵者顯然更熟悉在草原獵狼的方式，也更明白狼被捕時的做法：當狼被獸夾滯留原地感覺一點逃跑的希望也沒有的時候，會堅決斷腿逃生……而這種不固定的倒鉤既能讓狼拖夾逃跑，又能沿路鉤住一切障礙物阻止狼跑遠，利於追蹤。

這個陷阱誘餌的設計也非常狡猾，盜獵者將狼最愛的腐肉淺埋於地下，鋪土、蓋草、一路掃上狼的氣息……比那種放在地表面上讓狼望而生疑的誘餌高明得多。腐肉的味道足以誘狼，且埋在地下不會招來兀鷲、烏鴉這些不相干的動物叼食，破壞陷阱。陷阱的獵取目標明確針對嗅覺靈敏的狼和狐狸。在狼看來，那陷阱就像是一個同類的藏食點，即使不吃也會上前查看是哪個同伴留下的味道。盜獵者對狼的行爲方式的熟知程度讓我驚訝，他們的智慧與狡詐在對付動物上無所不用其極。

看著獸夾，格林狼眼圓睜，掙扎著後退，牠原本柔順的狼毛亂得一團糟，被鐵鏈纏過的地方還絞在一起，被狗咬的傷口綳裂出血，牠拼命地扒著枯草與沙石，腳掌上被刺蝟扎過的血洞破裂，踩出一個個觸目驚心的血爪印。

牠的狼毛不住抖動，大口地噴著鼻息，牠的鼻子因爲不停抽搐而變成了鋸齒狀，舌頭像紅蛇一樣伸出再縮回，耳朵聳立，眼放仇光！除了被火灼傷的那次，我從未見過牠如此驚恐的神情，而這驚恐背後包含了所有兇狠惡毒的詛咒與深深的仇視！

猛然間，牠大張開嘴，爆發出一聲長長的、心碎的哀嚎……牠的嗥叫聲中包含著自己的孤獨與恐懼，包含著對失去皮毛同伴的哀憫，包含著所有過去的憂傷與悲苦，包含著對將要到來的苦難和危險的擔憂——這是前所未有的悲音，在牠出生的草原上，牠扯開了嗓子拉長了怨音放聲大哭……這是牠有生以來第一次用祖先們的聲音、用流淌在血液中的，比牠短暫的生命更爲古老永恆的哭腔穿透茫茫天地，哭盡草原狼族們在這冷風吹拂的廣袤草原上悲涼的命運，那份蒼涼悽惶讓雪山上風捲雲湧，讓藍天下每個生物都爲之黯然神傷。

我挑起捕獸夾送到格林眼前。格林，我要你永遠記住這一刻！記住今天擺在你眼前的冰冷鐵器！記住那震驚四野的聲響！！記住你今生最大的天敵——人！

天色已晚，我不敢再逗留，好不容易從狼夾子中取出腳架，再用腳架撥出扎在誘餌上的佩刀，割下一小片內衣，把格林磨傷的前爪包紮了一下，我們就匆匆離開了那個地方，尋找多吉指引的通往南卡阿爸家的小路。

我帶著格林一路無語，格林平時輕快的步伐變得很沉重，不知是腳掌上的傷口疼痛還是心上的傷口難以彌合，或者……身心俱傷。

周圍的景色開始依稀熟悉起來，隨著草原上綿延的小路，南卡阿爸的家應該就在附近，但此刻我卻絲毫沒有了帶格林歸家的坦然。捕獸夾如同牢牢夾在我心上一般無法解除，夾得心一路淌血。

月色昏黑，四周暗沉沉的，我解開套在格林脖子上的鏈子，讓牠在安全的小路上輕鬆而行。

月亮閃爍在黑雲後，默默地看著我和格林匆匆趕路。我幾次回頭看格林，心疼牠受傷的身體和淌血的腳掌，但牠不再朝我撒嬌耍賴，也再不要我幫助，牠堅定不移地小跑著，不知疲倦，似乎牠就是為在曠野中奔跑而生的。牠有著祖輩們留給牠的鋼鐵般的身體和意志，即使傷痛、即使疲倦，那遺傳下來的堅韌品性也會給牠帶來無窮的力量。跑！向前跑！

……………

格林靜靜地把傷爪放在我的手心，用牠的傷撫慰我的傷，牠是我荒野裏生死相依的唯一夥伴。

星光閃爍，隱隱聽見河水聲了，記憶中，從南卡阿爸的帳篷再往前走就是一條湍急的大河灣，而河水的聲音如此之近，分明告訴我：「你已經走過了……」

我回頭四顧茫茫沒有一點燈火，也沒有任何帳篷的影子，一種難以排解的孤獨感鉛壓心頭，壓抑得我說不出話來。翻山越嶺走了整整兩天的路，阿爸的牧場上卻人跡杳然。

已經深夜一點了，拖著疲憊的身體遊走在黑暗中，我的滿腔希望如落進了冰窖，凍得我大腦都麻木了。我苦惱地抱著頭坐了下來，心情低落到了極點！管他什麼地方，管他任何的野營講究，此刻都沒有用了，環顧暗沉冰冷的荒野——東、南、西、北，往哪裡走？任何地方都一樣……

我突然什麼都不想做了，只想躺下，什麼都不想了，只想號啕大哭……我抱著頭啜泣著，任憑呼出的空氣在我睫毛上肆無忌憚地結成了霜花……在這荒無人煙的大草原上，地獄般的星空下，一個人號啕痛哭！

格林悶聲不吭地走過來趴下，把腦袋放在我腿上安靜地看著我，似乎那是對我最好的安慰。牠那隻傷爪上包紮的布條不知遺失在哪段路上了。我擦擦淚眼想看看牠的傷，於是伸出一隻手，格林也正好伸出那隻傷爪（至少我當時還以為是巧合），手爪相碰，一股暖流在詫異中傳遞過來，瞬間暖熱了我的心房。我沒有握住牠的「手」，我放平掌心，牠卻並沒有拿開，靜靜地把傷爪放在我的手心，用牠的傷撫慰我的傷，用牠那似乎能夠洞穿一切的眼神深沉而溫柔地看著我……我眼睛再度濕潤了。善解人意的格林啊，牠讀出了我心裏的悲哀與絕望。牠用牠能表達的方式給我鼓勵，牠是我荒野裏生死相依的唯一夥伴。

從此，每當我們挫折孤單時，每當我們落寞傷悲時，甚至每當我們終有收穫時，每當我們欣喜若狂時，拍手就成了我們心靈相通的暗語。

夜深，格林照舊對月長歌，但今天的歌聲中又多了幾分蒼涼……多乖的小狼，在城裏受盡憋屈，本想帶牠到了草原應該展開一個美麗的童話，哪知回歸夢落到了這般境地。

26 狼媽戰歌

喝完水的格林往往會站在河邊望著自己日漸成熟的影子發呆。而每當夕陽西下，我們就在河邊靜靜地守望黃昏。我可以坐在這裏，看河水潺潺流過，感覺自己融入其中，什麼都可以不想，也可以什麼都想……這就是人們嚮往的自由嗎？

我是被凍醒的。清晨第一縷陽光射穿我的帳篷，它絲毫沒有爲我帶來溫暖的感覺。帳篷外白茫茫亮得出奇，下雪了？我拉開帳篷一看，呀！整個無人的大地上鋪灑了一層素白的輕霜，宛若新娘的頭紗。起伏的山巒像用聖潔的百合與茉莉精心裝扮的教堂。銀霜覆蓋了成片的鼢鼠土丘，竟似無數的白鹿靜臥莽原，霜凌攀結的草莖枯枝成了美妙的鹿茸。昨晚幽暗的地獄一夜之間變成了最純淨的天國！

我踮起腳尖走上這世間最精美的地毯，這靜謐的天國裏只有我一個人踏入，哦，還有格林，那匹快樂的小狼，彷彿這繁霜淨化了牠一夜的傷悲與仇怨，又讓牠回到了童年的快樂時光。我從背包中拿出厚厚的藏袍裹上，只有這樣我才覺得自己是個草原人，才不破壞草原賜予的天堂美景，任何刺眼的野營裝束都是一種唐突。

我坦然接受呼嘯的寒風侵蝕我的臉龐，也感恩於夢幻般的景色帶我回歸生命的本源。我願和所有牧民一樣在草原的深處紮根，聆聽草原生生不息的心跳與脈動！

格林張大了嘴巴，在霜原上如醉如癡地急衝鋒，彷彿心都要從身體裏跳出來一樣，粉紅的

格林像刮過草原的風一樣一個縱身就跳入我懷中，彷彿要把胸中所有的激情與依戀全部傳遞給我！

舌頭快樂地垂在胸前。我剛把相機對準了格林，牠就發現了我，親熱地叫喚著，像刮過草原的風一樣帶著滿腔的愛意向我奔來，一路的霜花在牠身後化作迷濛的白色煙霧。牠一個縱身就跳入我懷中，把我撲倒在地，牠忘情地親舔著我的臉頰，瘋狂地咬著我的手指，彷彿要把胸中所有的激情與依戀全部傳遞給我！愛，如滿地繁花般傾情綻放！經歷了這麼多的事，格林仍能保持一顆純淨如霜原的童心，願牠永遠快樂無憂！

當太陽騰上地平線，清晨那如夢似幻的潔白仙境就化成了淡淡的記憶。傻鬧了一早上，此刻格林安靜地趴在旁邊看我收拾整理，其實我真不想再這樣每天拆裝帳篷，可是早上我看了一下周圍，確實沒有任何人家，這裏的草場也被牛羊啃得只剩草渣子和一些不能吃的剩草。原本以爲可以安定幾天的打算現在落空了。這裏的牧民已經搬遷去了冬季草場，我想起多吉跟我說過讓我抓緊時間的話，不過估計我早來一兩天也不見得能找到人。

我想到對面的山坡上望一眼，畢竟山坡上看得更遠一些，說不定能看見哪家沒遷走的帳篷還在。我是特別不願意走回頭路的，所以還是背上帳篷走的好。

平日裏我收帳篷，格林總喜歡湊上前來調皮搗亂，但是今天牠很安靜地趴著，頭放在兩隻前爪上若有所思。我在帳篷邊忙活，牠就把頭轉向右邊看我，我去河邊打水，牠就把頭轉向左邊看我，狼鼻尖像個指南針一樣忠實而準確地指著我的方向，始終不讓我離開牠的視線。自從被狗咬傷又見識過狼夾子以後，牠這樣的表情就時時出現。牠明白牠需要夥伴，牠像一隻單獨的眼睛，需要另一隻眼睛的幫助才能分辨事情的真相，而我也一樣。

終於收拾停當，我拿著藥瓶走到格林面前給牠的傷口再檢查一下。剛翻開一隻腳爪，格林就猛烈地掙扎，把腳爪抽出來，我以爲我弄疼牠了，但是格林跑了起來，向左面的山麓衝去！山梁上迅速閃過一道影子消失在山背後，一叢灌木在無風的山梁上不規則地抖動著——剛才似乎是一匹狼，幾天以來一直被跟蹤注視的感覺得到了證實。一旦知道了是一匹狼，我反而沒有了恐懼感。我知道獨狼是不會輕易襲擊人的。我只有一個念頭——追！

我背起背包，跟著格林奔跑的方向爬向山梁。這個山沒有來時的高，山上積雪不多。兩小時後，我好不容易爬上山梁，向山背後一望，我被眼前的景致驚呆了！

一直以來，草原就沒斷過給我的驚奇，然而這般壯麗的景象仍然讓我目瞪口呆：一道綿延近百米寬的厚重冰河從弧形的山脈中間破壁而出。它並不是平時所見的那種平平展展躺在地面的河道，而是由山脈中日復一日滲出的冰雪層層澆築而成的冰瀑。在這山窪裏，太陽難得消融冰雪，這寧靜的冰瀑便以一種流動的姿態積聚成隆起的河川，像一條巨大的蒼龍在四面金草的群山間沉睡，它延伸的尾端被霧包裹著。弧形山脈形成的回彎中瀰散著融霜的味道，那氣息讓人彷佛置身雲端。少頃，太陽無垠的光輝鋪瀉開來，薄霧漸漸散去，空氣如同浸泡在溶液中的鑽石，奇蹟般澄澈。

格林已經踏著貓一樣鬼魅的步伐滑行到了冰河對面的山頭朝我張望，這小子跑得可真夠快的，這距離夠我背著包爬一個小時的了。我欣賞著冰河的壯麗景觀，且走且停地繞過冰河沿著山脊前行。格林一刻不停地來回巡山。

當我終於氣喘吁吁地走完這道山脊，太陽已經很高了。格林在山腰上的一處灌木叢中激動地躥進躥出像有所發現。我小心翼翼地沿著四十五度左右的陡坡慢慢滑下山腰，靠近灌木叢觀看。

格林的面前，呈半包圍狀的灌木叢中，隱約現出一個凹洞，還未照射到陽光的積雪封堵了大半個洞口，正在艱難地消融，積雪上沒有動物擾動過的痕跡。

格林激動地把大腦袋湊上來舔舔我的臉頰，又掉頭撅屁股、翹尾巴使勁扒著洞口的殘雪，似乎想清理出一條進洞的路。是洞裏有什麼東西嗎？我安靜地等待著，格林忘乎所以地挖著積雪，牠半個身子都鑽了進去，拼命地刨雪挖洞，雪片四濺。

刨了一會兒，格林退出身子休息一下，看著我喘口氣，眼睛裏儘是興奮難抑的光輝，這和牠刨坑抓獵物的神情完全不同！牠用前爪摟住洞口的積雪往山下扒拉，似乎嫌那些雪堆在身後太礙事阻擋了牠的工程。牠又鑽進洞口，越挖越快樂，越挖越瘋狂，到最後簡直無法停歇了！積雪很鬆軟，應該是山風吹進來積累在這裏的，洞口越挖越大，我也越來越驚訝——這是狼洞啊！我立刻加入了格林的行動，幫牠把身後刨出來的積雪一個勁兒地往山下拋撒！

不一會兒，我驚呆了——清理出來的洞口大得足以鑽進一頭小豹子，洞口推出來的沙土平臺有一張雙人床那麼大，趴在平臺上向裏張望，半尺之內洞道迅速收緊變窄，洞內幽深結實，溢出一股被雪水潤濕後的淡淡土腥味，伸進洞裏的灌木樹根下，像門簾一樣結著老舊的蛛網。一張不知何時、不知何處飄進去的龍達（藏語，一種兩寸見方的紙片，藏民「撒龍達」以祈禱平安祝福安康。）紙片悄悄停歇在洞中蛛網上，告訴我這個洞已經很久沒有主人進出了。洞口邊上還有一些被推到一邊用沙土掩蓋起來的不知多久以前的狼糞，在這凍土堅實的高山上，這是一個要歷經多少年才能挖成的大狼洞。

格林推出最後一堆雪，歡叫一聲，一頭就扎進洞去，很快，牠又被什麼東西抓住一樣尖叫掙扎起來，原來是伸進洞口的灌木樹根鉤住了牠編結起來的翹尾巴，牽絆了牠進洞的路。格林氣急敗壞地退出來，怨恨地蜷起身子追著尾巴猛咬，我趕緊手忙腳亂地幫牠解辮子。此刻的格林焦急煩躁得好像要把心都挖出來一樣，牠猛然轉過頭咬住尾巴狠狠一扯，我驚叫一聲，那三股辮子立刻迸著血花，生生地從牠尾根扯斷，翹起了幾天的狼尾終於垂掛下來！我還沒從驚痛中回過神，格林已迫不及待地再次鑽進洞去！牠一刻也不能等待，洞裏只剩下一條平直抖動的狼尾，很快，那條尾巴也消失在黑暗中，就此沒了動靜。

我呆呆地坐在洞口，是什麼讓格林如此激動而迫不及待，這裏難道是牠曾經的家園？我回憶著多吉對我說的每一個細節，回想著這狼洞到南卡阿爸牧場的距離，越想越像，到後來幾乎肯定了自己的猜測。

我爲這一猜測而震驚，我一直以爲格林像所有人類的小孩一樣對幼年記憶是模糊的，況且那時候牠還沒有睜眼。然而狼的嗅覺與聽覺比視覺醒得早得多，小狼崽能夠在未睜眼的時候就分辨出是母親回巢或是天敵來襲，知道自己應該迎接乞食還是妥善隱蔽。我第一次見到小狼時，牠也是在所有讓牠不安的氣息和聲音中保持著本能的警覺和裝死，可見牠對味道和聲音的感知何其敏銳，直到聽見我呼喚的時候才向我撲來，從此記住了我的味道。那麼牠能夠循著自己曾經熟識的味道找到失落的家園也就不足爲怪了。

我不知道洞有多深，格林還在洞裏無聲無息。

爲了證實這一猜測，我用很久都沒用過的母狼喚子的聲音趴在洞口呼喚：「嗚……嗚……嗚……」剎那間，洞裏騷動起來，格林像箭一樣射出洞來，牠的動作快得超乎想像，兩隻狼眼放出無比燦爛的光，那種光只在我生病歸來與牠重逢時看到過，但此時這雙狼眼更加熾熱，彷彿爲此刻牠已等了幾個世紀，牠亢奮地豎起了耳朵追逐母狼聲音的來源，牠每一根狼鬃都激動得抖了起來，牠激情澎湃，做好了一切迎接久別親人的姿態……

然而，格林立刻發現了發出呼喚的是我！頓時，牠脖子和肩膀上的毛都豎直起來，被戲弄的感覺讓狼眼噴火！一股難以遏制的狂怒和絕望湧遍全身，牠也許沒有意識到自己在咆哮，但那異常兇猛的狂烈咆哮聲已響徹山谷，一個暴怒的生命像颶風一樣攜著摧毀一切的憤怒向著我、向著山谷、向著山前綿延數百里的草原、向著破碎的家園怒吼狂嘯！

吼聲越過冰河，似乎將那隻沉睡山間的冰龍都要驚醒！這是牠唯一的一次失去理智般地衝我咆哮……緊接著，那嘯聲由怒吼轉爲了哀嚎，牠揚起口鼻對著藍天，對著山頂獵獵飄揚的經幡，對著空蕩蕩陰冷冷

格林像一個在戰亂中流離失所的孤兒，懂事後重返故里尋找失散的親人。然而家園安在？親人安在？

的狼洞聲聲哀嚎。牠閉上了眼睛，一任這哭腔拖曳著長長的尾音在山谷中久久回蕩……直哭到肝腸寸斷……直哭到聲嘶力竭……

格林終於筋疲力盡，狼吻顫抖著再也發不出聲音，像失去了所有精神支柱般頹然跌臥，狼眼中的火光熄滅了，露珠般清涼的眼睛蒙上了一層重重的灰色，淚水漲潮一樣漫上來，那悲涼失望的眼神讓我的心絞痛無比。牠像一個在戰亂中流離失所的孤兒，懂事後重返故里尋找失散的親人。然而家園安在？親人安在？

我深深後悔起來，此時此刻在荒涼廢棄的狼洞前，我的那幾聲呼喚是如此的殘酷。牠還是一隻未成年的半大小狼，對他來說，無論是荒野的呼喚還是人類的呼喚都敵不過母親的呼喚，狼子歸來，而牠真正的母親卻永遠不會呼喚牠了。

格林軟綿綿地趴在狼洞前一動不動、目光呆滯，我也坐在洞前的平臺上，默然無語，不知道該怎樣去安慰這個狼世界的遺孤……

我放棄了再尋找南卡阿爸的念頭，格林已經捨不得離開那座故居的山脈，對牠而言，家已找到，儘管空無一狼。對我而言，尋找格林的親人比尋找任何人都重要。我決定留下來陪著牠，在山坳對面紮營，每天陪牠上山巡視、打獵，或是坐在狼洞前幽思。格林儼然把這裏視作了牠的領地，每天都會四處巡查，在一些灌木叢旁邊留下尿跡。但是牠現在還是屈著後腿尿尿，不像大公狼那樣翹起一條後腿來做記號，或許還要再大一些的時候吧。

爲了飲水，我常常會提著小帆布桶下山來到大河灣邊上，喝完水的格林往往會站在河邊望著自己日漸成熟的影子發呆。而每當夕陽西下，我們就在河邊靜靜地守望黃昏。我可以坐在這裏，看河水潺潺流過，感覺自己融入其中，什麼都可以不想，也可以什麼都想……這就是人們嚮往的自由嗎？有人說拆開「盲」這個字，就是目和亡，眼睛死了，所以看不見，如此想來，拆開「忙」莫非是心死了？可是眼下人們都在忙，為名，為利，卻很少停下來聆聽自由。不敢想如果人心已死，奔波又有何意義？聰明的古人把很多哲理和秘密都嵌在了文字裏，等著我們去破譯。

從黃昏一直到夜晚，我就這樣陪著格林。喜歡低頭嗅著地面走的格林突然發現了新大陸——在一處寬闊的河灣中，水流較為緩慢，一輪朗月映在水面，清晰明亮。格林渾身巨震，像中了魔法一樣愣在河邊緊緊盯著水裏的月亮，狼眼發出奇異的光亮。那神情就像牠第一次見到火的驚異和迷戀，甚至比那還要著魔千百倍。

牠全神貫注地盯著河水中的月影，像夢遊一樣走了過去，剛走幾步就踏入了水中，冰水把夢幻中的格林一驚，牠連忙抬起爪子抖抖水珠後退幾步，仍舊死死地盯著月影發呆。水中的月亮隨著波浪不規則地扭動著，時而破碎成萬千碎鑽，時而聚合成亮晶晶的一團，分分合合，光怪陸離。

夜風吹，月影亂，格林顯得焦急異常，又不敢下水，牠急忙沿著河往上跑，唯恐那團光影消失不見一般。牠歪著頭看著河面，腳步匆匆，但無論牠跑快還是跑慢，水中那一輪月亮卻始終在牠前方，追趕不上也無從接近。當牠跑到河流湍急的地段看到月影支離破碎時，牠就會急躁地在河邊直跺腳。當牠跑到水流較平靜的河段，月影恢復完整時，牠就會放慢腳步在河邊徘徊，時而嗅嗅水面，時而張開嘴巴發出「嗚嗚」的幾聲幽咽。

格林終於尋找到了一處風平浪靜的河面，那玉璧般的滿月靜躺在水中。「嗷——嗷——嗷——嗷——」格林湧起一陣原始的衝動，牠迷醉地嗥叫了起來，鼻尖愜意地指向了天空。突然，牠的嗥聲戛然而止，牠發現自己追逐的月亮竟然在天空中也有一個。牠詫異地看天，看水，再看天，再看水。牠伸爪子碰了碰水面，光迷影亂；牠人立起來，向空中蹦躂了幾下，天空的月亮觸不到、碰不碎，哪一個才是真實的本質呢？格林迷茫著，坐在水邊上看下看，若有所思。這是牠第一次對月亮如此認真。

月色下，草尖上懸掛的每一滴露珠都反射著月光，成片的晶瑩隨草亮天涯。一陣潤風拂過，彷彿能聽到玲瓏叮咚的滴水聲。格林的身形坐得挺直，牠的輪廓也被月色勾勒得清晰明亮，狼鬃像銀針一樣在身側顫動。月光、流水、狼歌……亙古不變的原始浪漫。狼和牠所癡迷的月亮之間，是不是真有著某種神秘的聯繫呢？

格林還在陶醉放歌，我還沉浸在隨意遊走的遐想與文字中，看著月色狼影，我的精神突然一提：坐立在水月邊唯美的狼身剪影，夜風中飄飛的銀色狼鬃，拖在身後粗大的狼尾巴，是那麼強烈地讓我聯想起了一個字：「龍」！一匹「立」於「月」邊長嗥之狼的真實描摹。左邊「立月」會意，右邊象形——張口仰望的尖耳狼頭、橫飛的狼鬃、拖曳的狼尾無一不具。這是古人藏在文字裏的又一個秘密嗎？這最初的「龍」字究竟是怎麼來的呢？「龍」和「狼」在遠古的文化變遷中有聯繫嗎？

日子像夢一樣飄過，我漸漸發現狼山位置的絕佳之處。這是附近山脈中最高的一座山，與我來南卡阿爸牧場時翻過的那座山相連，綿延望不到頭的山脈都可以作爲狼的領地。山上沒有圍欄，山頂一處莊嚴的經幡昭示著這是藏族人心目中的神山，除了見過一個僧人虔誠地登上山頂，在經幡下壘上一小塊刻著真言的石碑之外，我再沒見過有其他人來。人們對這神山都滿懷敬畏，也正是這種宗教信仰才留給了狼最後一片領地。

站在狼山之巔極目遠眺，數百公里的廣闊草場盡收眼底，牛羊在金黃的冬季草場上悠閒吃草。山前是一片淺灘，上面積著一層薄薄的冰雪，十幾隻早早飛來越冬的大天鵝在雪中時而整理著潔白的羽翼，時而將優美的頭頸埋在翅膀下休息。輕巧的天鵝在薄冰中並不擔心格林的打擾，而格林也從不去涉水冒犯這些雪中仙子，自然的相處是那麼和諧而美妙。當來年山坳裏沉睡的冰龍在春季悄然融化，那雪水將使這片淺灘變成水草豐茂的濕地，每次看見格林曲曲彎彎渡過薄冰暗結的淺灘，映襯著遠處飛渡的天鵝，我都覺得像奇幻舞蹈般唯美。我把這一大片淺灘濕地叫做「狼渡灘」。

狼渡灘沿線山腰上大大小小的旱獺洞、野兔洞數不勝數。如果這些洞都有旱獺、野兔，那麼足夠狼家族享用不盡。豐富的獵物、臨近的水源，這是最理想的狼窩之地。可一直以來我也很困惑，狼山附近這麼多的旱獺，春季一出頭可都是狼的美食，爲什麼格林的父親還要無視眼前的美食長途跋涉到山那邊，在狼妻育子的關鍵時刻捨身犯險呢？

現實很快就告訴了我答案……

一天清晨，我跟著格林沿著狼渡灘外緣的山梁巡山時，牠突然嗅著地面，跑到一處旱獺的

瞭望臺上刨土，我近前一看，渾身血液倒流。旱獺洞被新土塡得嚴嚴實實，那是顯然的人爲痕跡，與數天前盜獵者的做法一模一樣，看新土上結的霜花，這應該是昨晚動的手腳了。我生怕其中冒出殘餘毒氣，趕緊推開格林，捂著鼻子小心翼翼地扒開壓洞的石塊，清掉浮土向洞裏看去：旱獺的每個地洞都是下落洞，幾乎垂直下落的洞道設計是爲了快速地逃脫，而此刻洞口一個灰撲撲的頭鑲嵌著上下四顆大門牙在浮土的陰暗處顯露了出來，但沒有任何聲息，洞裏還殘留著一股難聞的臭味。

我趴下身子努力伸手進去摸索，摳住那幾顆大門牙用力拖拽。一個胖乎乎的灰棕色旱獺被我拖了出來，了無生氣地躺在洞口，肚子脹得鼓鼓的，雌性，大約有十斤。一般情況下，旱獺是雌雄分居，若是雌性旱獺，洞裏應該還有小旱獺，我向裏看去，獺洞很深我搆不著了。格林一番嗅聞探視，竟繞過我的阻攔匍匐鑽進洞去，少時，拖出一隻小旱獺。格林深吸一口氣像潛水一樣再鑽進洞去，這傢伙竟然知道憋氣?!

一會兒，兩隻小旱獺也擺在了洞口，有七八斤，應該是去年生的小獺子。小旱獺緊閉著眼睛，爪子蜷縮著躺在旱獺媽媽身旁，一家三口，身體已僵硬卻還保持著向外挖掘的姿態，覆巢之下安有完卵。我不由得想起了電影《辛德勒名單》裏的場景，這種毒氣熏殺的方式的確省事高效。我抬眼望見山腰裏十多個獺洞都遭遇了同樣的劫難，如此高效的獵殺，來年哪裡還能剩下旱獺呢？

我懊惱地奔上山腰，沿路破壞被封堵的洞口，格林則鑽進洞去掏獺子，我一口氣把所有的洞全部翻開。突然，格林尖聲慘叫起來，糟，難道還有狼夾子?!我急忙趕過去，格林正拼命地從一個獺洞退出來，而牠的鼻子上緊緊咬著一隻大公旱獺，格林痛得又蹦又跳。我趕緊掐住旱獺的頭使勁掰開牠緊咬的牙齒，格林終於解脫出來，牠的狼吻已鮮血直流，痛得在地上拼命打滾，狼爪抱著鼻子慘叫連連。旱獺在我手中卻並沒有掙扎，我小心地鬆開牠，旱獺軟綿綿地爬了兩步就再不動彈，兔子一樣的眼睛裏漸漸褪去了最後一點光芒。

或許這個洞是最後被盜獵者下藥的，也或許剩下的藥量不足，而這隻雄壯的公旱獺在滿洞毒氣中頑強堅持到了天亮。當洞口翻開，格林毫無防備地屏息進洞時，旱獺奮起生命中最後一點力量給入侵者狠命一咬，牠誓死捍衛著自己的家園。我嘆了口氣，捧起了這隻英勇的公旱獺，我不會因爲牠傷害了格林而怨恨牠，更不會因爲旱獺是狼的獵物而拋棄對牠們的敬重——每個頑強的生命都有他值得讚嘆之處。

我安撫著疼痛稍定的格林，檢查了一下牠的鼻子。我估計盜獵者很快就會回來收取獵獲，此地不宜久留，我快速集中起格林拖出來的六隻旱獺，解下一根鞋帶，穿過所有旱獺緊咬的牙齒，綁成一串扛在背上，迅速向狼渡灘撤離。只要進了那片軟泥薄冰濕地，盜獵者的車是絕不敢深入的。

我片刻不敢停留，一口氣跑回紮營的山坳，那是個隱蔽的地方，除非穿過狼渡灘，否則絕對看不到我的營地。這裏不會有人來，我可以放心大膽地留下帳篷和沉重的負擔，陪格林輕裝巡視領地。但是今天營地似乎有點不同，開始我只是隱隱感覺異樣——我發現用於充電的太陽能板被扣了過來，但以爲是風大沒太在意，因爲急速逃跑的激動還沒平息。

我坐下來喝水休息，解下佩刀動手剖旱獺。格林不住地舔著流血的鼻子，並沒有急於上來搶吃旱獺，經過上次的認識，牠記住了這個異常的味道。我把旱獺的皮扒掉，掏出肺部和腸胃，集中起來準備深挖填埋這些可能有毒的部分，剩下的肉和心肝可以留給格林食用，這也算是還給自然了。

把一隻旱獺清理乾淨，我立刻扔給了格林，但牠似乎心不在焉，而是東張西望地聳著鼻子深吸空氣，我以為是牠鼻子受傷的緣故或者是因為旱獺太臭。旱獺肉的確惡臭難當，特別是內臟和腋下的腺體奇臭無比。當我從背包裏找袋子裝廢棄物，順便給格林找白藥抹鼻子上的傷口時，我猛然發現營地裏嚴重不對了——我的背包是撕開的，裏面所有留作備用的風乾肉全部不翼而飛，乾糧也所剩無幾，只留下一些殘渣散落在包裏，背包上的咬痕與格林相似。

有狼來過！憑著對動物行為的瞭解和在草原獨自生活數月的經驗，感覺就是那匹跟蹤我的狼，而且牠還在附近。

我不動聲色也不抬頭，既然大家都好奇，就認識一下吧。我沉住氣摸到相機，攏在背包裏揭開鏡頭蓋，做好隨時拿出來抓拍的準備，然後慢慢坐下來斜著眼睛瞟格林的神態，牠是我最準確的情報員，這次我要一抓一個準兒！

格林專注的目光直直地盯著對面山頭夕陽照射的方向。方位鎖定！我迅速掏出相機朝著那山頭一陣連拍！狼影一閃，像往常一樣消失了。

我重播照片，放大搜尋……在這兒！就是牠！一隻鬼魅大狼的影像已明明白白定格在畫面中。我狂喜得「呀」一聲叫，蹦起老高！抓到你了，大灰狼！

我手舞足蹈，抱起格林飛旋了好幾圈！野狼啊野狼，我滿草原找你呢，你卻送上門來了，真是狼魂保佑，我彷彿看到了送格林「回家」的希望，這叫天隨狼願啊！看來帶著狼找狼太對了。自從告別多吉帶著格林翻山開始，這野狼一定是沿路跟蹤著格林這「狼不狼、狗不狗」並且違背常理和人親近的同胞，這人狼伴侶讓野狼大惑不解。最初牠可能對踏入領地的入侵者有些敵意，但隨著對格林同類氣味的認識和對我的觀察，牠的敵意慢慢減退。畢竟格林還沒到競爭領地的年齡，屬於半大小狼，格林的尿跡會清楚地告訴牠這一信息。狼天生愛幼崽，一旦消除了敵意，剩下的就是好奇與困惑。我想起在解除狼夾子的那天，山麓上凝視我的目光或許就是牠吧。

狼，這曾經在荒野叱吒風雲的頂級掠食者在人面前卻是謹小慎微的。牠怕人，因爲人是狼最可怖的噩夢。

一番興奮完，格林試探著嗅聞了一下旱獺，用疑惑的目光看著我。我點點頭，牠立刻大嚼起來。只要是我給牠的一定是安全的，牠對我絕對信任。

我又連續剖了五隻旱獺，累得腰也直不起來了。太陽轉斜，山風漸冷，弧形的地平線延伸得很長很長。那匹狼好奇盯梢的目光又若隱若現了，濃重的旱獺味對牠怎不是個強大誘惑？牠連我的營地都斗膽窺探，看來是很餓了。我會心一笑，留下一隻清理乾淨的大旱獺扔在營地外幾十米處，想了想，又摸出一塊大白兔奶糖放在旱獺身邊作爲見面禮，那是我預防低血糖救急的東西，也是格林的心愛零食，這大狼應該從來沒有嘗過奶糖的滋味吧。

入夜，格林長久以來的對月高歌終於有了回應：遠方的山梁上突然傳來了一聲嗥叫，空靈、悅耳，穿過無數的朦朧與悠遠，拖曳著的回音飄蕩在山谷。格林激動的聲音更加高亢纏綿，充滿無邊的嚮往與喜悅，彷彿這珍貴的回答為牠生命重新注入了新的希冀。

我坐在帳篷邊熄滅所有的燈火靜心傾聽，牠們的聲音穿過荒野回蕩在耳邊，那就是最美的音樂……

還剩下四隻旱獺，一天給格林一隻，我也能過幾天悠閒的日子。但狼的口糧是有了，我的口糧卻沒了。站在山頂打望，離大河灣對面不遠有一條公路，我能看見最近的一戶人家就在河與公路之間，他們的犛牛也散放在河邊，我需要找他們買一些吃的。

繞過很遠的一座橋往大河灣對面走，格林在雪地上踏著像霹靂舞一樣輕巧的滑步跟在我後面，牠很少走入有人居住的地方。牠遠遠地繞過犛牛群，吃飽了旱獺的格林無意與犛牛為敵，然而，牠突然發現了兩隻肥大的野兔，格林見了兔子，天生的獵捕本性難以控制，牠立刻追逐起來。但是追了十多次都空手而歸，兩隻兔子從各個洞口此起彼伏地露頭，把沒經驗的格林調戲得摸不著頭腦，格林氣得繞著兔子洞團團轉，樂得我咯咯笑，想起了那首兒歌：「小兔子乖乖，把門兒開開……」最讓我高興的是，格林又有了抓兔子的興趣和信心，而且這次牠沒發出半聲狗叫，看來我帶牠離開獒場是對的。

任格林跟野兔子周旋，我離開牠去牧民家找吃的。這家人很友好，我買了不少糌粑、油餅、血腸，以及一條羊腿、幾塊風乾肉、小半包鹽，還有一棵難得的大白菜。想到晚上能吃上蔬菜卷烤羊肉我高興極了。

我沿路撿了很多的乾牛糞，砍了些沙柳枯枝。晚上，在營地升起一小堆篝火，把砸來的冰塊圍在火堆邊，融化的冰塊會形成一個濕潤的水圈，可以預防火勢蔓延。我邊烤著羊肉邊把昨天在河邊洗的襪子掛在火邊烘烤。

說到洗這襪子的經歷真是不堪回首，冰冷刺骨的河水凍得雙手簡直沒了知覺，我簡單搓了兩把就扛不住了，趕緊跑回來把手摸在太陽能板上取暖，當我感覺到燙的時候，手已經像烤麵包一樣腫了起來，粗壯得嚇人，指頭都沒法彎曲。看到晾曬在帳篷外的襪子就更惱火了，我原以爲高原的太陽一會兒就能把它曬乾，到了晚上，我的手實在太痛，偷了個懶沒收，誰知道第二天襪子就凍得硬梆梆直挺挺的，像兩彎迴旋鏢。

那匹大狼也常常幽靈般遠遠出現在我的視野裏。牠從不輕易接近我們，可我感覺牠對我身邊的格林有著巨大的疑奇。牠不再刻意地躲開我的目光，雖然遠，我仍能感覺到牠劍一樣凌厲的注視。牠能長久地直勾勾地盯著我，直盯得我血液發冷，但是如果我拿起望遠鏡或者照相機，牠就會立刻消失，格林也追牠不上。

多疑是競爭性動物不可缺少的性格，狼更是如此，這裏的盜獵者那麼多，狼當然深深忌憚手拿儀器的人類。我一直懷疑大狼和格林之間是否也有著一定的血緣關係，這種血緣的氣息將牠們用彼此的好奇緊緊維繫在一起。

爲了不讓格林與這唯一可能的親人失之交臂，我不再用相機之類的器材去打擾這匹大狼對我們的探詢與偵察。在營地周圍、在狼渡灘、在沙石地，我發現過很多不屬於格林的新鮮爪印和狼糞，顯示這一帶還有不少狼出沒。我會收集這些狼糞，晾放在營地周圍，讓營地沾染一些野狼的氣息，也讓格林更加熟悉狼群的味道。格林喜歡在野狼的留痕上打滾做記號，當牠在灌木叢邊嗅到野狼的味道時，總是異常激動地四處尋找。

這一天終於等到了，我在營地縫補著被荊棘剮破的衣服，山梁上一陣騷動，我抬頭一看，一隻狐狸正和大鵟搶食。這可難得看到，我忙摸出相機拍了兩張，再一看位置，突然想起那是我幾天前埋下的旱獺內臟，不知道牠們怎麼找到的，我生怕旱獺內臟中的毒性未消，正想大聲吆喝驅趕，卻發現那隻大狼就站在山腰上冷冷地看著這場爭鬥。我知趣地收起相機，以最不具威脅的姿勢坐下，閉嘴觀察。

格林已悄然而迅速地跑了過去，狐狸和大鵟立刻丟下食物各奔東西。大狼轉過頭居高臨下威嚴地看著格林。大狼半蹲著身子，身體緊緊縮起，尾巴又硬又直微微上翹，腳步異常小心地落地，每個動作都表現出既威脅又友好的複雜心理，這是肉食猛獸相遇時所特有的帶著威脅性的僵持。

格林夾緊了尾巴，耳朵緊貼著後腦勺，放低了臀部，用牠作爲小狼所慣有的臣服姿態嗚嗚叫著，一點點向大狼湊過去。這一對照我才嚇了一跳，那隻狼的體型竟然足足比格林大一倍，再看牠翹起的狼尾，難道牠竟然是個狼王？可是牠的臣民在哪裡呢？爲什麼總是看牠形孤影單？我想起盜獵者們埋藏的狼夾子，想起牠每晚嗥叫聲中的困惑哀愁，想起牠探尋我的營地找尋食物，難道牠也曾痛失至親？難道連狼王的生活也如此艱難？

大狼轉動身體，始終不讓格林繞到牠的後方，牠皺起鼻翼挺立狼鬃，發出威脅的低聲咆哮，牙齒急速緊咬磕出啪啪聲響。我開始爲格林捏把汗，但我無法參與其中，這是狼族內部的事情。

格林更努力地表達牠渴望被接納的意願，牠嗚嗚的聲音更加柔和而真誠。牠埋低頭部，肚子貼著地，像鱷魚一樣爬行著湊到大狼跟前，像對父親般恭順，接著，格林把頭放偏，緩緩地側身亮出了整個肚腹。牠仰躺在大狼跟前，將脖子和脆弱的腹部呈現在大狼嘴下，用牠曾經受傷的那隻前爪輕柔地伸出去撫摸著大狼的唇吻。這是狼家族最爲臣服的肢體語言，大狼當然明白這一表達，牠謹慎地低垂著頭，用鼻子深深嗅聞這來自人類世界的狼孤，思考著要不要接受這帶人味的孩子，或是當成狼族的叛徒，張嘴一口咬斷牠的咽喉。大狼向我投來極富深意的目光。

時間一分一秒地流逝，我聽到自己緊張的心跳與格林嗚嗚殷切的呼喚聲合爲一體。

格林的真誠總算得到了回報。多日以來的試探和觀察，大狼似乎覺得我們並無惡意，牠猶豫著伸出一隻腳爪輕輕放在了格林的頭上。這彷佛是一種認可，格林高興極了，翻身起來嗅聞大狼的嘴巴，大狼禁不住格林如火般的熱情，終於和牠相互理解地碰了碰鼻子。牠們友好地交流著，有一點緊張、有一點不適應、有一點尷尬。大狼雖然認可了格林，但顯然還不習慣在一個人的面前放鬆自己的警惕，雖然格林圍著牠激動得又蹦又跳，又親又舔，但牠總是時不時地看我一眼，表示牠對我還有所戒備。

從大狼的動作和眼神中，我感覺我的存在和觀望始終讓牠覺得渾身不自在。過了一會兒，大狼不緊不慢地向山梁背後跑去，跑幾步又回過頭來看著格林：牠似乎是要去一個地方，而牠希望格林也跟著牠去。格林緊跟上前親切地叫著，圍著大狼打轉，轉上兩圈之後，向我的營地跑幾步也回頭看著大狼，格林竟然天真地希望大狼能夠跟牠一起留下。大狼愣住了，牠的表情由詫異迅速轉成了憤怒，狠盯了我一眼，陰沉著狼臉，掉頭就走。

格林失望極了，急忙追著大狼的背影翻過了山梁……兩個身影一消失，我不知道格林還回不回來，我心裏糾結起來，很想喊回格林！

突然，山梁背後傳來大狼的怒聲咆哮和格林的尖銳慘叫。糟糕！我拔腿就往山上追。跑了沒多遠，就望見山梁上冒出一對尖耳朵，格林小小的剪影出現在山脊線上。牠望著大狼離去的方向發了一會兒呆，然後默不做聲瘸拐著回來了。看著那去而復回的熟悉身影，我的淚終於落了下來。

大狼咬得很深，傷在格林的肩胛上，皮開肉綻。我用完剩下的所有白藥才給牠擦完傷口，一定很疼，格林沒有一點反應，眼神悲哀而惆悵。我痛心地抱過格林，把牠的頭枕在我的腿上，輕輕撫摸著牠粗壯的脖子、牠寬闊的額頭、牠挺直的鼻梁，還有牠身上那些大大小小的傷……看來回家的路還很漫長。格林啊，我可以撫平你的傷口，卻如何撫慰你的心靈？

「格林，我們是不一樣的。你終究要離開我，回到狼群中去……」我忍不住淚眼婆娑。話雖如此，可感情畢竟是自私的，我打心裏捨不得格林走，離別真的來臨了，又欲捨還留。

格林把爪子放在我手心，雙眼隨著我的撫摸傷感地閉上又睜開，漸漸模糊……

27 認親儀式

深秋以後，食物越來越匱乏，除了難抓的鼠兔，很難發現其他的東西，我不確定到了冬天是不是一點食物都找不到了。這種擔憂越來越重。

一星期過去了，旱獺早已吃完。我找牧民買來的乾糧被我分成一小份一小份的，每天計畫著吃，僅能保證最低生活需求。生存壓力之下，格林的覓食能力逐漸增強，牠不再耗費過多的精力用於玩耍嬉鬧，牠睜開眼睛的時間幾乎都在覓食、存食和巡視領地。給我的感覺就像窮人的孩子早當家一樣，沒有了固定的三餐，牠必須自食其力並且精打細算地維持生計。

我每天都遠遠地跟隨著格林，儘量不打擾牠作爲狼的正常生活。我記錄牠每天都有些什麼獵獲，有時牠一兩天都找不到獵物，就會挖出自己儲存的食物，如果牠自己的存糧都沒有了，我就把我省下的口糧分給牠。但深秋以後，食物越來越匱乏，除了難抓的鼠兔，很難發現其他的東西，我不確定到了冬天是不是一點食物都找不到了。這種擔憂越來越重。

格林明知我這裏有乾糧，但牠已極少像小時候那樣軟纏硬磨地向我索要，而寧可每天磨煉自己的獵食能力。彷彿牠也明白了「若想自由，必先自立」。牠在爲食物奔波和在忍饑挨餓中表現出來的韌性和頑強讓我折服。格林成了抓鼠兔的高手，運氣好的話，還能抓到一兩隻鳥，但即便如此，也遠遠不足以靠這些獵物過冬。格林常常望著牛羊群出神，可牠畢竟是一匹落單的小狼，沒有群體的幫助，牠不敢貿然捕獵大型動物。

有一天，格林發現了一隻低空盤旋的禿鷲。格林似乎將這種光腦袋的鳥與某些事物關聯了起來，牠順著禿鷲飛去的方向，張開鼻孔捕捉著空氣中的味道粒子，又像得到了某種啓示。牠加快腳步繞過狼渡灘，我怕格林再吃猛禽的虧，趕緊鐵鏈跟上……翻過一座小山，天空中聚集了大群的高山兀鷲、禿鷲和其他食肉鳥類。大鳥們紛紛在一片山腳下降落，黑壓壓的翅膀覆蓋著某種大東西。格林看看巨鳥群，又權衡了一下自己的力量，亮出狼牙，滿懷信心地衝了上去。猛禽們頓作鳥獸散，地上一具已被啃食了一半的犛牛殘骸從紛亂的翅膀下暴露出來，啊哈，格林中大獎了！

禿鷲們不甘心，不斷俯衝下來驅趕格林，烏鴉也見縫插針地躥上來，邊搶肉渣邊叼著狼尾巴往後拽。格林大吼著左右撲擊，趕走剩餘的大鳥，把威武的狼牙咬得啪啪直響。我也揮舞著鐵鏈上前吶喊助陣！直到大鳥們都逃回空中，格林才撲在犛牛殘骸上狼吞虎嚥起來。

對於已經餓了兩天的格林而言，這真是上天賜予的饗宴。空軍是不願意在地面與陸軍起衝突的，眼看美餐被餓狼霸佔，牠們只好靠邊站，漸漸飛散，最後兩隻兀鷲戀戀不捨地在上空盤旋。烏鴉卻是不死心的，牠們聒噪地圍在格林身邊，趁牠不注意偷啄一些碎肉殘屑。

這犛牛殘骸足夠格林飽餐半個月，牠懂得了一種叫做機遇的東西，牠牢牢捍衛著自己的食物，這半個月的時間裏，格林也不回我的帳篷了，牠就守在殘骸旁邊，吃飽了睡，睡夠了吃，過著「無餓不作」的日子。如果有別的動物妄圖分享牠的美餐，牠一定會怒吼著將牠們趕開或者咬死加菜！

我每天爬上山頭用望遠鏡觀察格林，或者走近去探望牠，邊畫速寫邊陪著牠。格林並不介意我靠近牠的食物，甚至拍下牠進食的樣子，牠會驕傲地站在骨架前，昂首藍天下，顯示著牠對獵物的絕對佔有權。有時牠吃飽了，也會踱步過來親暱地陪著我，或是煞有介事地看看我的畫，似乎要指點一番。

狼、兀鷲、烏鴉都是草原的殯葬工，格林能利用兀鷲指引找到腐肉充饑，這無疑又給我注入了莫大的信心。或許在動物園中經人類馴養幾代的狼野性會有所退化，但是格林是第一代的

原生狼，牠攜帶的野性潛能毫無褪色，加之牠也在草原的自由環境中磨礪長大，自食其力，我不太擔心牠的食物問題了。冬天是狼的季節，只要捨得跋涉尋找，必定有更多類似這樣過不了冬的弱羊病牛會成為牠的食物。

一個月時間轉瞬即逝，格林依舊夜夜跑上山梁呼喚著牠的同伴，但那晚驚喜的回答卻再也沒在山間響起過。只有一次格林巡山的時候，在狼渡灘邊牠常留記號的地方，找到一隻用狼的方式掩埋著的完整新鮮的小羊。周圍的軟泥上留言般地踩踏著一圈大狼的爪印。我試圖跟隨這些腳印，然而它時而沒入草叢，時而消失在光滑的冰面，時而前後相對地重疊在一起，我轉悠了半個狼渡灘，最後卻回到最初發現腳印的地方。

格林已經吃飽了肉，默默地走到一邊消食，牠似乎早已讀懂了「狼族留言」，並不再去做無謂的尋找。

又一個星期過去，小羊吃完了，連羊頭骨都被我砸開，取羊腦花和著最後一袋碎速食麵，像拌沙拉一樣做了格林最後一餐。

現在，格林已經三天沒有吃到像樣的食物了，牠的肚皮癟得像撒了氣的輪胎。而我也餓得渾身乏力，上次買食物的那家牧民不知道什麼時候也轉場了，我後悔沒有提前再到那牧民家多買些吃的來儲備。沒有了食物來源，我把背包最底下散落的餅乾渣滓都摳出來吃得乾乾淨淨。我急切地盼望著格林能有所獵獲。

這天，牠終於發現了獵物，當看到格林扭頭示意的眼神，我立刻停了下來，悄悄坐低看牠狩獵。這已經成了我們的默契。

上次格林伏擊野兔時，我看見牠專注的獵手神情，心裏騰起一股驕傲感，實在忍不住拿起相機抓拍了一張格林的伏獵照。單眼相機的快門聲驚動了野兔，格林迅速回頭齜牙，匆匆射來責備的目光，立馬衝出追擊野兔，但是已經晚了，就差那麼一點點，兔子逃匿得無影無蹤。狩獵失敗，格林轉回來以後無明火起，咆哮著衝撲過來把我掀翻，搶過相機一陣猛咬！

我內疚極了，冬季覓食艱難，一旦發現獵物，格林必定全力以赴奔襲擒拿。這不再是遊戲而是生死攸關的角逐，我再不能因爲貪圖一張珍貴照片就挫敗格林的獵捕。也是從那時起，格林極其討厭帶噪音的相機，只要有相機對著牠發出喀嚓聲，牠非搶過來咬碎不可！

格林對我齜著獠牙一番警告發洩後，稚氣未脫的狼臉上浮現出沮喪的表情。牠舉目眺望野兔遁逃的方向，情緒低落，步履沉重，走幾步就絕望地哀叫一聲，那惶恐驚悸的樣子，像遇到了滅頂之災。這和從前完全不同：在獒場「錦衣玉食」的日子裏，抓不到獵物對小格林的生活不會有任何實質性的影響，那時候沒有壓力也沒有動力，沒有饑荒也不懂苦楚。

從前總認爲狼的兇殘源於貪，走進孤獨的狼世界，我才深深體味到狼的甘苦：對現在的格林而言，一場狩獵的失敗，意味著饑餓與災難的陰影籠罩頭頂，意味著死神一步步逼近。當牠餓得眼睛發綠的時候，狩獵成功就抓住了一線生機，狩獵失敗就喪失了活下去的希望。獵手和殺手有著本質的不同，當我也像狼一樣想方設法捕獵的時候，我發現我行爲的驅使語言不是兇相畢露獰笑著的「我要殺」，而是乞望地禱告著「我想活」。我每一次看到格林獵捕的表情都是專注而虔誠，平靜而渴求，卻從沒有任何惡毒、陰森、兇悍、殘暴、滿懷惡意或者眼放仇光！狼或許比人更加感恩於牠得到的食物。

感謝上蒼！格林這次終於有所斬獲——是一隻鼠兔。食物雖少，但格林願意把牠與我分享，對待親人，狼性是無私的，在這荒野中，也只有母子相依才有共同存活的可能。格林是狼中之人，而我成了人中之狼。我學著分吃狼食，總是肚子痛，那是半生不熟的肉和虛弱的腸胃嚴重衝突的結果。然而即使多吃一口，對於草原上巨大的體力消耗，也是杯水車薪，饑餓的感覺從沒停止過。

相機、電腦、錢、銀行提款卡……我抱著這些貴重的身外之物號啕大哭一場後，把它們都留在了營地，除了可能救命的手機，我不再耗費體能，背負一丁點重量，當生命瀕臨困境的時候，很多平日裏異常珍貴的東西都失去了意義……

幾天前，我還抓到過兩隻鼠兔烤著吃了，現在是越餓越抓不到獵物，更幫不上格林的忙了。我知道憑我的能力，根本無法應付若爾蓋的冬天，人，進化了，也退化了。我試過在公路上攔車求助，可路上幾乎看不到車，也沒有哪一輛車會不明就裡地爲我停留。我絕望透了，捧著手機這唯一的希望，終於想到向遠在成都的亦風求援：「我在草原，我餓……」

超市、餐廳、火鍋、大排檔彷彿存在於另一個世界中，我奇怪那個世界的我曾經有過挑食和減肥的念頭。做人，真是太幸福了……

「風過草原，漪在哪裡？」亦風的信息從天外飛來。他竟然接到我的電話就連夜出發，第二天就趕到了草原，幾經周折終於找到了我。我又哭又笑地撲到他懷裏，好久沒見到人了！亦風剛拿出一隻燒雞，我一聞到味兒，搶過雞就開始撕啃！看著我一頭亂蓬蓬的頭髮沾滿花莖草籽兒，髒兮兮泛著高原紅的臉，一身的狼爪印和泥土，還有貪婪的吃相，亦風眼圈紅了：

「你們倆到底誰野化誰啊？……格林呢？」

我塞了滿嘴的雞肉，向狼山方向一指……

我們來到了狼渡灘。我長喚了一聲，格林猛然從山腰上抬起頭來凝神諦聽，我領著亦風繼續走近。亦風看著山腰上的大狼格林，驚訝道：「天哪，長這麼大了！牠還認得我嗎？」

「喊牠吧，牠肯定記得你！」

亦風走上前去深吸一口高原的空氣：「格——林——」期盼的長喚衝破草原的寧靜，山腰上格林的身影爲之一振。

「格——林——」亦風的呼喚再次響起，在山谷裏回蕩，疊加在第一波的聲浪中。

格林應聲衝下山來，以極瀟灑的動作飛奔向我們。

「狼來了！」亦風的聲音有點發顫，飽含了期待、嚮往、久別重逢的激動和一點點心虛的複雜情緒。畢竟迎面奔來的已經是一匹大狼，如果沒有過去親密的感情經歷、沒有我的鼓勵墊底，他幾乎有轉身就跑的念頭了。

亦風沒有勇氣再迎上前一步，卻更加捨不得退後半步，又喜又憂，又怵又盼，緊張地釘在原地。眼睜睜地看著格林跑近了！更近了……

越來越清晰的熱烈眼神頓時打消了亦風先前的顧慮。眼睛是心靈的窗戶，動物有沒有敵意從眼神就能感受出來，解讀眼神是每種動物的本能，人也毫不例外！轉瞬之間，格林已奔到亦風跟前，亦風大膽地伸出一隻手，撫摸了一下這熟悉而又陌生的大狼頭，連聲呼喚著格林的名字。

名字是對上號了的，基於這一點，格林略帶勉強地接受了這一記愛撫，但是先前的熱烈眼神中罩上了一層茫然。牠順嘴溜上去咬住亦風的羊皮手套，甩頭一撕就拽開了一道豁口。亦風連忙放開手，心底一涼：「牠忘了？」看著格林與他擦肩而過向幾十米後的我衝來，亦風悵然若失。饑餓的格林早就看見了我手裏的燒雞。

突然，格林眼神大變，前進的腳步明顯滯澀下來，好像有什麼東西從牠的腦海深處猛然浮現，這兒時記憶的砰然撞擊震得牠如夢初醒，渾身的狼毛都激動得奓開來。牠一個急刹車，燒雞也不搶了，掉轉狼頭就撲向亦風！錯愕中，格林直接撞入了亦風的懷裏，粗大的狼尾巴瘋狂地搖擺著掃起一地的枯草，迫不及待的熱情舔吻讓亦風幾乎透不過氣來！

格林每一根豎直的狼鬃都不顧一切地狂熱顫抖著，俯首貼耳，吱吱依戀的叫聲熱切地傳達著牠久別的思念！這還不過癮，格林乾脆一個翻身躺下來，撒嬌地使勁扭動腰肢翻滾著，兩隻前爪親暱地抱起亦風的手掌放在牠仰面朝天袒露的肚子上，如同兒時一般祈求他的愛撫。於狼而言，這是最頂級的歡迎儀式！

亦風感動極了，抬頭努力眨著蓄滿熱淚的眼睛，使勁撫摸這闊別已久的野孩子。嘴裏不斷重複著一句話：「牠還記得我！牠還記得我！」男兒有淚不輕彈，似乎也再沒有更好的語言能代替他此時的激動心情了。我見此情景，心裏也不禁顫抖起來，狼有著最豐富的肢體語言，這最單純的感情表達比任何華美詩詞都更具感染力。

是的，跨越物種的界限，穿越時間與空間，格林還清楚記得，在牠孱弱幼小時代人類中的親人，有時狼比人更記情。這份熾熱的狼情讓亦風也為許久不曾陪伴格林而歉疚起來。

亦風有哮喘，加上初到草原的高原反應，暫時不適合在野外過夜。一個多月的「野戰」告一段落，我和格林也急需休息。商量了一下，我們決定暫時回獒場休整一段時間。我本想把遇見野狼的事告訴亦風，又怕他多餘擔憂，就忍住了。

幫我收拾帳篷時，亦風還在回味重逢瞬間的情景：遠遠呼喚的那會兒，格林是隱約感到那聲音耳熟的，但牠離開亦風時，正值成都盛夏季節，亦風的穿著很單薄。如今亦風來到嚴寒的高原包裹得像粽子，兼且捂著帽子戴著手套，等到格林循聲跑近了，一時無法將這「粽子」與記憶中瘦削的亦風聯繫起來，所以神情漠然沒太大反應，等到擦肩跑過，那熟識的父味順風

跨越物種的界限，穿越時間與空間，格林還清楚記得，在牠孱弱幼小時代人類中的親人。

襲來，牠才驟然將亦風從記憶深處挖出來，趕緊回頭認親！

亦風長長地嘆口氣說：「其實別說是牠了，就是在我的記憶當中，格林仍舊是當初那個調皮搗蛋讓我一手就能握住嘴巴的小絨球，轉眼牠就長成大狼了，若不是你領著牠，若不是這名字的維繫，在草原上碰到，我絕不會認出牠就是咱們的小格林。」亦風用手比劃了一下：「當初就那麼小一坨，我把牠抱在懷裏翻開肚子揉來揉去，好像都還是前兩天的事情。」

我笑道：「你現在也可以把牠揉來揉去啊！」

「免了吧。」看著眼前把燒雞骨頭嚼得喀嚓脆響的大狼，亦風還是難以適應地搖搖頭。

我們把帳篷和所有東西都扛回了車裏，亦風抽出一長根香腸讓格林大吃特吃。這次他帶來半車的壓縮餅乾、速食麵、香腸、肉脯……亦風的到來讓我精神上爲之一鬆，疲憊感劈頭蓋腦地砸了過來。亦風開車把我和格林送回獒場的路上，我抱著格林睡著了。

開著開著，亦風突然把車停了下來推醒我：「快看，那是什麼在跑？」我定睛一看，好幾隻麻灰麻灰的野兔，如果不跑動還真不容易發現牠們。我拿出望遠鏡套住兔子細看，有一隻鑽進了兔洞！還有一隻在草地上跳來跳去啃草。我心裏一喜，先別打草驚兔，回獒場養足精神，明天就帶格林來。

剛回到獒場，格林就迫不及待地找森格和風雪去了。

第二天清晨，「嘩啦嘩啦」一陣爪子刨窗聲之後又是咚的一聲響，亦風煩躁地翻了個身，抓被子蒙上腦袋迷迷糊糊又睡過去，直睡到十點過，亦風才再次被一陣嬉鬧聲吵醒，他揉揉因爲高原反應而脹痛的太陽穴，起身向窗外望去：草地上，格林、我和三隻大藏獒正在一起翻來滾去地玩耍著。太陽照得藏獒黑亮的皮毛黝黝生輝。

格林興高采烈地張著大嘴蹦來跳去，舌頭快活地掛在嘴邊，牠蓬鬆厚實的冬季皮毛已完全長成，頸背的狼鬃在奔跑中極富動感。我在狼獒群中一會兒被風雪撲倒，一會兒又跟格林一起合力把森格掀翻在地，嘻嘻哈哈玩得不亦樂乎。亦風嘴角泛起笑意，他瞇起了眼睛，把窗簾拉開一點，欣賞眼前的美妙景致。

我伸腿跨過森格的後腰，趴伏在牠寬闊的後背上，雙臂輕輕環過森格的脖子，讓我的體重儘量均勻分佈在牠身上，然後小心翼翼地把雙腳抬離了地面。呵呵，森格馱起了我，但剛走了兩步就趴下耍賴了，這傢伙！我有點懷念從前的頭獒皇帝，牠能像匹小馬一樣馱著我走上一大圈呢。

這時候，森格發現了躲在窗子後面的陌生人亦風，一躍而起朝他狂吠起來，緊跟著，風雪和紅眼睛也餓虎搶食一樣撲向窗口。亦風手忙腳亂地關窗，藏獒

我在狼獒群中與牠們嘻嘻哈哈玩得不亦樂乎。

們通紅著眼睛，以排山倒海之勢撞得窗戶哐噹直響，搖搖欲墜，彷彿脆弱的小板房都要被牠們推翻一般。亦風連退幾步跌坐在床沿上，格林也擠在其中湊熱鬧，牠就喜歡瞎起鬨。

我拽著藏獒們的耳朵，把牠們巨大的腦袋推開，扒開窗戶笑道：「沒事兒，幾天就熟了，別看牠們個兒大，實誠著呢。」

看著狂叫不休的藏獒，亦風心有餘悸：「你快進來關上窗，格林我不怕，藏獒我還是怕得慌！」

我擠開擁上來搗亂的格林和藏獒，翻窗進了屋子，回身把探進來的大腦袋們一個個推出去，關上窗子笑嘻嘻地坐在亦風旁邊。亦風可不願意挨著我：「野丫頭，換衣服去，滿身的藏獒口水。」

「有牠們的味道，牠們才喜歡呢！」我翻開包袱找出棉袍，又順便掏出一小塊餅乾和一塊黑糊糊的東西遞給亦風。看他拿在手裏仔細端詳的樣子，我神秘地揚揚眉毛：「嘗嘗！是風乾肉！」

亦風用牙齒撕了一小塊肉條就著餅乾嚼了起來：「嗯，挺香，有點意思。」他突然想起什麼，嘴也不動了：「你還沒洗手吧！」

「呵呵，要嫌就別吃，這裏沒那麼多講究，缺水，你以後就知道了。」

「缺水?不可能吧。」亦風叼著肉嘀咕，他無論如何沒法把中國最美的濕地、黃河的源頭與「缺水」一詞聯繫起來。

「是的，缺水。缺少可用的水。你別看獒場外面就是河，那水之渾濁比你喝的咖啡還濃。

快吃吧，吃完咱們就出發。」我邊裹上棉袍邊說。

亦風點點頭，知道我要抓那窩兔子去了。他嚼下最後一口風乾肉和餅乾，拎起窗前地上的暖壺倒水喝，順腳踢踢暖壺旁邊的石塊：「哪兒來的石頭啊？」

我伸脖子一瞅，樂了：「那是格林的Morning Call，給你也來了一塊？」

「Morning Call？叫醒服務？」亦風越聽越迷糊，拿著電動刮鬍刀邊刮鬍子邊撿起石頭，順手拉開一條窗縫把石頭扔了出去。猛然間，一個大狼頭從窗底下跳將上來，一口叼住亦風的衣角，使勁往窗外拖。亦風「啊」的一聲旋即反應過來是格林，馬上調整記憶中格林的大小轉換情緒：「壞小子，嚇我一跳，在這裏埋伏著呢。」

「牠平時都愛守在窗外。這會兒想拉你陪牠玩。狼的玩性大著呢。」我笑著整理厚重的棉袍，拉下右邊袖子繫在腰間。

格林認同的眼光忽閃忽閃繼續「邀請」著，看著格林的大長嘴，亦風搞怪勁兒上來了：「小子，多久沒刮過鬍子啦？」伸手握住格林的狼嘴，拿剃鬚刀比劃著，格林嚇了一跳，趕緊退出窗外。亦風趁機關窗。格林失望地哼哼了兩聲，趴在玻璃外面看。

「你看牠像不像小時候被關在陽臺上的感覺？」亦風總是在和格林小時候做著對比。

「不一樣了，現在牠那一面擁有更廣闊的天地，我們才是被關起來的。」

「對了，我昨天就想問你，牠腦門兒上的疤是怎麼回事？跟二郎神似的。」亦風隔著玻璃仔細端詳格林。

「那是牠小時候撞鐵籠子留下的，以後慢慢跟你講。」我充滿懷念地笑望格林，「準備走

吧，讓牠留下跟森格敘敘舊。今天就咱倆去。」

亦風這才注意到我的裝束，笑道：「你還真像個藏族姑娘。」

28 自然法則

格林已經能夠更加殘忍地對待生命，在這弱肉強食的世界牠為自己戰鬥過了，牠的牙齒曾經咬進敵人的肉裏，牠的舌頭嘗到了敵人的熱血，牠變得更加大膽更加勇猛，牠藐視一切勁敵，牠不再一味退讓。別把小狼不當猛獸！

據說兔子的視力有個缺憾，牠們的眼睛長在兩側，中間隔了一個寬闊的鼻梁，就像人用一隻手掌覆蓋在鼻梁上產生的視覺感受一樣，前方正中是個盲區。所以兔子也必須偏頭側目才能看見正前方的東西。由此想來，《守株待兔》的故事或許就是由於疾跑中的兔子看不見正前方出現的樹椿而發生的「交通意外」。格林有一次抓住野兔，也是從正前方發動突襲，而那兔子還來不及側頭看就被格林一口拿下。不知道那次是不是巧合。

野兔的第一天敵是鷹，所以牠們每次出洞首先會站起來警惕空襲。野兔的第二天敵是狼和狐狸，牠們會豎起耳朵，並偏轉腦袋分析地面的風吹草動。隨後清理一條快速逃生的通道，野兔喜歡走牠們清理出來的老路。我看準野兔的必經之路，悄悄丟下一把新鮮菜葉。我並不停留，拉著亦風回到了車上。接連三天都如此，只丟菜葉不抓兔子，帶著望遠鏡，每天早中晚各去看一次，摸清野兔活動的時間規律。在這枯草季節，嫩綠菜葉對野兔的誘惑極大，雖然野兔狡黠機警，但幾天的食誘，足以讓牠們放鬆警惕。把菜葉扔得一天比一天離兔子洞遠，引誘兔子「出遠門」可以爲格林贏得更長的追擊時間。有我幫忙，格林的成功率會大得多。

第四天終於要下手逮兔子了，亦風從沒見過格林狩獵，很想把這過程記錄下來，並一再保證攝影機沒有快門聲，不會驚擾獵物。

我們和格林一起往野兔出沒地進發。我遠遠看見草叢中似乎有野兔動靜，就趕緊停下，轉而向左繞行到另一側下風處，輕聲囑咐亦風原地留下，不再跟隨我和格林，亦風看看四周幾乎紋絲不動的草葉，壓低聲音問：「你怎麼知道這裏是下風？」

我拉過亦風的食指吮了一下，再把吮濕的食指豎立在空氣中，悄聲說：「手指比較涼的一邊就是風來的方向。」

亦風略微驚訝：「你怎麼知道這些的？」

「饑餓教我的。」我噓了一聲，示意亦風閉嘴靜候。我埋低身子輕手輕腳跟著格林潛行。

我的前方，格林揚起鬍鬚，濕漉漉的鼻子一聳一聳地測著風向，悄無聲息地繞過灌木的枝枝蔓蔓，尋找雜草之間的空隙穿越，絲毫不去晃動長草，牠柔軟的腳掌避開那些容易折斷發出聲響的枯枝雜草，像魚一樣無聲無息地游向兔窩邊，很快找了一個潛伏的地點。我悄悄爬到格林身邊，這個位置真好，正對著野兔狹窄的逃路，那些菜葉子顯然已經被野兔光顧過了，好幾片啃得凹凸不平，或許正是我們剛才來的動靜打擾了野兔進食，要等野兔再次出洞，需要耐心。

草原安安靜靜，除了遠處一些不相干的牛羊偶爾平和地叫兩聲，幾乎沒有了其他動靜……

格林耳朵一挺，頭埋得更低了，我也埋下頭來，死死盯著洞口。洞裏窸窸窣窣有了聲音。一隻野兔出來了，站在洞口，支稜起耳朵，把腦袋偏來轉去地觀望，清理洞口的雜草。

又出來一隻！兩隻兔子一前一後順著老路繼續找牠們沒吃完的菜葉。當兔子放心地捧起菜葉啃食時，格林弩箭般朝兔子激射出去，一路上滾起一片褐黃色煙塵。兔子偏頭看的一秒鐘裏，格林已衝出了八九米！兔子尖厲的報警聲中，一隻火速穿過一道土丘憑空消失了，另一隻則在格林的追擊下慌忙尋找逃路。

糟，野兔想回洞！我馬上爬起來，邊叫著「格林」邊飛奔截斷兔子的退路。野兔沒料到還有一個伏兵，急忙轉向奔出幾十米！眨眼間格林已追了上去，吱吱幾聲慘叫，兔子便軟綿綿地懸掛在格林嘴下晃蕩了。格林慣性地前衝了好幾米才站定下來，牠叼著戰利品，邁著輕快的勝利步伐特意叼到我面前顯擺。

目睹格林日益精湛的追獵技巧，動作嫻熟俐落，咬點又狠又準，我喜不自勝。

突然，我注意到不遠處的草叢中，一個活物嗖然衝回另一個洞裏去了。格林顯然也注意到了，抬頭意味深長地觀察了一會兒，埋頭繼續享受牠的美味。

逃跑的是隻老兔子，牠驟然遇到險情，知道難以迅速逃回洞去，索性兵行險招，轉過土丘虛晃一槍就立刻隱藏在枯草裏，利用保護色一動不動。老兔子知道狼一旦抓住一個獵物就再沒心思找牠的麻煩。危險過後老兔子才火速撤離。我編著跑散的髮結暗暗佩服老兔子的機智。

亦風興高采烈地扛著攝影機過來誇道：「真是好樣兒的！」格林微微一搖尾巴表示對亦風的認同，繼而又發出恐嚇的聲音表示那兔子是牠的。

亦風呵呵一笑：「放心吃好了，我不會搶你的。」架起攝影機給牠留了個紀念，就在距離我們五米遠的地方坐下——這個距離大家都比較踏實。亦風摘下帽子理理頭髮重又戴上，說：「這傢伙，小時候就是這護食德行。」亦風的眼睛笑得瞇了起來：「其實只要留心觀察，相處久了，牠什麼都能讓你明白，狼的語言真的很豐富。」

亦風回味地看著天空飄浮的雲彩：「還記得牠和我相認的情景嗎？好纏綿熱烈的表達啊。我想如果一天牠能找到『夢中女狼』，那狼語一定能表達最動人的情話。」

格林很快吃飽了，整隻兔子一點毛都沒剩下，狼肚皮脹得把腰都墜彎了。牠在乾草上擦乾淨嘴巴，一步三搖地走到亦風旁邊「小心輕放」地躺下，亦風好久沒替牠揉肚子了。

最後一抹金紅滲入地平線，整個世界被浸沒在一片湛藍群青之中。沒有高樓、車聲和汽油味。露氣草香中深呼吸——整個肺透明了……躺在草甸子上仰望斗轉星移，有種不真實的漂浮感，分不清天與地的界限。遠處狼家族的呼喚聲奏響了星野的安眠曲。在世界的這個盡頭，我們享受著最純粹的生命之樂……

踏著星輝，我們慢慢散步回獒場，亦風戀戀不捨：「乾脆別回去了，就躺在這星空下睡覺，把格林的狼夥伴招一群來，哥兒幾個喝一盅再對著月亮唱狼歌，擠在一起又暖和，怎麼樣？」亦風有時候妄想起來浪漫得一塌糊塗，我笑著不置可否。

「這次你來，會耽誤生意吧？」最浪漫的時刻，我卻問了最不浪漫的話。

「呵呵，傻瓜，人如果沒了，掙錢來幹啥？」亦風展臂攬住了我的肩。

轉天清晨，亦風早早醒來靠在床頭上，死盯著窗戶等待格林的「飛石叫醒服務」。等到九點過了，藏獒在外面來回遊蕩，就是不見「服務生」。有藏獒在，亦風也不敢開窗戶，就敲敲小屋的泡沫隔板：

「喂，聽見嗎？」

亦風上次給格林揉肚子時，牠還只是毛茸茸的一小坨，現在已經不敢認了。

「聽見，啥事兒？」我在隔壁忙著泡速食麵。

「格林今早上怎麼不見呢？」亦風問。

我把窗戶拉開一條縫往外張望。森格、風雪、紅眼睛三隻藏獒一擁而上討要吃的，格林不在其中。我翻窗進場子找了一大圈還是沒見格林，心裏很納悶。這傢伙會到哪裡去呢？想了半天也琢磨不出來，只好和亦風在獒場等待。

直到晚上格林也沒回來，亦風急得坐立不安：「這裏離人居住的地方很近，不會被當成野狼打了吧？」

「牧民沒槍，光憑棍棒是很難打到牠的。」

「可是格林對人完全沒有戒心啊！」亦風更著急。

我咬著嘴唇看著窗外格林一貫守候的地方，一咬牙，套上厚外套，拿起電筒就往外走。亦風急問：「你去哪兒？」

「找牠！」

「不行，天黑危險，站住！」亦風連聲喊著。我已經走出門去，亦風急忙抱起外套，從門後抓上一根防身的打狗棒，緊跟著追了出來。

夜色漸沉，兩人徒勞地在荒野尋找著，呼喊著。

素來對藏獒和野狗心有所忌的亦風壯起膽子，提著打狗棒護衛在我身邊，驅趕著跑近狂吠的領地狗。我們冒著寒風一直尋找到大半夜也找不到格林。天空下起了紛紛揚揚的大雪，四野更加昏暗，手電筒的光也僅能投射到五米之外簌簌落地的雪片上，其餘就什麼也看不見了。寒冷的氣息不斷凝結，混沌中只聽見彼此拉風箱般缺氧的呼吸和領地狗的狂吠。心也和凍土結成一體。

「回去吧，我們在這周圍引來那麼多領地狗，就是格林回來了也不敢靠近啊。」亦風忍住心痛勸我。

「牠在沒人的草原上溜達，我不怕，可這裏離人太近了……」我急得掉淚。

亦風拽出內層衣袖擦掉我的眼淚，撥掉睫毛上的雪花，柔聲說：「放心吧，格林會沒事的。牠那麼聰明一定能躲過人。」亦風拉開外套把我裹住：「先回去吧，雪下大了。」

我腦袋裏的燈泡一下就亮了：「雪！太好了！有雪就有蹤跡！」

清晨，氣溫比頭幾天陡降了十多度。白雪鋪了一地，並不厚實卻足以蓋滿山野。朝霞把雪面渲染成淡淡的粉紅，晶瑩滾動的顆粒在積雪光潔的表面上閃閃爍爍，綴出滿地的銀沙。晨風捲起未落穩的雪粒，像輕煙薄紗般掠過曠野，又在背風的另一處墜落，將一片素白又勾勒出貝殼內層般柔和的肌理層次。偶爾幾株凋零得只剩至密枝幹的孤樹分割著太陽的光環，在這片暈紅而潔白的地面上投射出淡藍色的影子，這是冬雪後若爾蓋草原羞澀的面容。

鬆軟的積雪在腳下咯吱作響，我和亦風開始踏雪尋找格林的蹤跡。獒場周邊除了雪後覓食的嚙齒動物足跡、牛羊馬蹄印、領地狗爪印外一無所獲。

我們驅車幾十公里來到格林最有可能去的狼山領地。步行至狼山腳下，我們發現了零星的狼足印和新鮮的狼糞。但那些狼爪印卻不是格林的。格林小時候左前爪受過傷缺一小塊，牠的爪印我再熟悉不過。我伸出手掌認真地比量著爪印的大小，足有十一釐米長，比格林的爪印大得多，而且爪尖長而鋒利，應該是跟蹤過我的那隻大狼王！

我描述那隻大狼王比藏獒小不了多少，亦風有點毛骨悚然：「我們快點離開這裏吧？」

「放心，只有一行足印，獨狼是不會來攻擊兩個人的。」

「但是狼窩在上面啊，說不定那個狼窩是牠的，我們侵入了牠的領地！」

「現在不是產子季節，狼不進窩。而且大狼對我們挺友善的，牠很熟悉格林和我的味道。」我心中一暖，似乎看見的不是威脅，而是一個老夥伴的聯絡信號。我指指旁邊的一叢灌木，爪印經過處，幾點淡黃的尿痕凍結在雪面和灌木枝上，如桃膠那樣透明，我說：「格林也常在那裏做記號。我們在這裏住了很久了，還吃過一次大狼的留食，牠能接受我們。」

亦風稍稍放下心來：「可我還是第一次來呢。」亦風緊了緊手套，拾起一段狼糞掰開細看，裏面全是糾結一團的黑色長毛和骨鈣碎末。

「這是犛牛的毛。」我放眼雪原上的犛牛群，喃喃地道，「冬天到了，狼群要集結了。」

「格林會找牠們去嗎？」亦風滿懷希望。

「或許吧，但我們現在還沒發現格林的蹤跡呢。」我神情黯然。

「走！」亦風一拍手抓起背包背在背上，「我想起一個地方！」

「哪兒？」

「昨天的兔子洞！」亦風止不住興奮！我精神為之一振，趕緊起身跟上前去。亦風剛走了幾步突然停住腳步一笑：「我得給狼王簽個到。」亦風頑皮地眨眼向灌木叢狼尿冰滴走去。

我們開車找到兔子洞附近已經是傍晚了。昨晚下的雪已經化了大半，只有些沒被太陽直射的地方，積雪還東一片西一片慢吞吞地融化著，兔子洞陰暗處的積雪上，清晰地留著野兔只有出去沒有進來的爪印。

「這裏，這裏！你快來看！」亦風站在一個小土坡旁邊興奮地喊著，我連忙跑了過去。

在兔洞附近一個小土坡背風處的雪窩子裏，風刮過來的積雪仍堆了十多釐米厚的一大片，中間一團七十釐米左右的不規則橢圓形草窩子卻沒有一點積雪，草面已被壓塌，順順地貼伏在地上，草窩子前方清晰地留著一行彈射而出的狼爪印，正是格林的。

我看著乾燥無雪的草窩子皺起了眉頭：「這個痕跡好怪，只有從雪面跑出去的，沒有從雪面走進來的。除非牠在下雪之前就在這裏了。」

「難道牠在這兒冰鎮了一夜？受傷了嗎？」亦風問。

我皺著眉頭不說話，這痕跡實在令我費解，我需要更多的線索。但再往前積雪已化，只能從零星散佈的雪片上看到一些模糊的爪印。很快，幾滴凝結在殘雪堆上的新鮮血跡和紛亂的擦痕引起了我們的注意，順著血跡四面望去，亦風猛然發現一個拱形鐵器，驚呼一聲：

「捕獸夾?!」

「糟了！」我的心頓時被猛砍了一刀，長久以來的噩夢竟然成真了。我頭暈目眩地跑過去看：一個銹跡斑斑拱形彎曲的鐵器死氣沉沉地躺在草叢中，一小截鐵扣在旁邊若隱若現。我看得血液凝固，哆嗦著雙手東摸西找，尋來一截枯枝往捕獸夾中間試探——沉！枯枝一下折斷了。亦風連忙遞過他的打狗棒。我呼嚕著酸鼻子，拿打狗棒用力去挑捕獸夾。嘩啦一陣聲響，捕獸夾被全部挑起，形狀怪異兩邊拱形的夾口各自分開，似乎並未一觸即發，更奇怪的是，捕獸夾後面還拖著一片花裏胡哨的爛麻布和一段皮革，還有一小塊朽木連在上面搖搖欲墜，似乎這東西埋在這裏已經很久了。

我呆住了，腦袋裏的問號翻泡泡似的往上冒，我再仔細一看：「這不是爛馬鞍子嗎？」

「啊？是嗎？我也沒看清楚。」亦風一臉無辜。

我又氣又急，一把鼻涕一把淚，捏著拳頭把亦風一頓暴打：「沒弄清楚你瞎吼啥呀？嚇死我了！」

亦風抱頭連連申辯：「我也沒見過捕獸夾呀，看見血跡就產生聯想了，你不也沒看出來嗎？」他趕忙握住我揮舞的拳頭：「不是就好啊，哭啥？快找格林要緊。」

關心則亂！經適才一場虛驚，彼此的手都已經冰涼。趕緊趁著最後一點時間，兵分兩路，我沿著爪印的大致方向步行尋找。亦風開車遠遠跟著，用對講機彼此聯繫。

夕陽斜照，足跡的前方，獒場已遙遙在望。我心裏漾起一陣奇異的第六感，拿起對講機：「亦風，你快回獒場，格林鐵定回去了！」

「收到！」

不久，亦風快樂的聲音從對講機傳來：「別找了！牠真回來了！」

我如釋重負地奔回獒場，撲面而來的涼風也變得輕快起來！

亦風的車停在獒場後面大河邊的草場上，他笑咪咪地靠在車門邊，架著攝影機，鏡頭前赫然是流浪歸來的格林。

格林嘴裏叼著半隻麻灰色的野兔，左突右閃躲避一群迎上來搶食的領地狗。再一看趾高氣揚的狗頭領——又是「白臉」這傢伙！這群領地狗在獒場外橫行霸道慣了，找食兒的時候各自散去，找事兒的時候蜂擁而上。有時候還分成小幫派為搶母狗起點內訌，嚴重屬於有組織無紀律的「黑幫」。此刻，領地狗們看見格林居然又叼著一隻肥野兔從牠們眼前走過，一個個饞得口水直流，爭先恐後地撲搶著，飛起的狗唾沫濺了格林一身。

亦風一面專心致志地調著焦，一面對我說：「瞅見沒，敵眾我寡啊，看你兒子怎麼過關。」

「兔子哪兒來的？」我還沒從尋回格林的驚喜中回過神來。

「你猜呢？」亦風意味深長地一笑。我恍然大悟，接連兩天格林失蹤的線索頓時在腦子裏融會貫通，又問亦風：「你不怕狗了？」

亦風用腳尖磕了磕靠在車邊的木棍，又朝狗群抬了抬眉毛：「牠們還顧不上招呼我。真想咬我，我還可以往車裏一鑽，讓牠們啃輪胎去吧。」

我哧哧笑著，絕不說這幫狗還真會咬車胎，免得嚇著亦風。此刻，我們雖然看見格林被狗攔住，卻沒有太擔心，這幫狗不過是想要兔子而已，爭食奪肉那是動物之間的正常矛盾。而對於我們來說，畢竟把格林找到了，我倆心底的石頭總算落了地。

亦風道：「你看那些狗少說十多隻呢，可惜沒有章法，糾纏好一會兒了，都為著各自的利益拼搶，要是有點狼的合作精神，四面包抄起來何愁搶不到？」

「狼是狼，狗是狗，生存理念不同。」我順口說著，眼睛一刻不離開格林。這傻小子，逮到兔子幾口吃完不就得了？幹嘛還剩半隻叼回來惹事兒。

格林還在跟領地狗們周旋，現在的牠有使不完的精力、用不完的耐力和強大的肺活量，要躲開幾隻狗是小菜一碟。狼的這些先天優勢氣得狗們汪汪直叫，乾脆霸道地堵住牠的去路耍起了流氓：「不留下買路錢休想過去！」

格林不想跟這些鄰居打架，何況對方狗多勢眾，自己從小就沒有打贏過牠們。格林牢牢叼住自己的戰利品，耐著性子搖搖尾巴，領地狗們不讓！低頭繞道走？還是不讓！狼和狗就這樣僵持在了原地。領地狗們漸漸圍攏上來，格林的退讓並沒有取得牠們的通行證，反被認爲是軟弱可欺。從前被搶存糧倒也罷了，這次可是格林自己在雪中蹲守一天一夜的戰利品，豈能拱手相讓？

一陣高亢霸道的狗吠，白臉咬開幾個包圍的徒眾擠上前來。有幾隻狗捨不得放棄嘗鮮的機會，仍舊不知好歹地拱到前面來，白臉轉身就是一頓猛咬，那幾隻藏狗悻悻地退到一邊，舔著傷口咽著口水心不甘情不願地看著。白臉昂首上前一步展示著牠的土霸王地位，等候著格林「上貢」。格林萬般無奈地銜著兔子，扭頭向我們投來求援的目光，牠像一個在家門口受了莫大委屈與欺負的孩子。

「我去幫忙！」一看格林已經被包圍了，亦風收起攝影機扔回車裏，手開始去拿打狗棒，護子的勇敢勁兒上來了。

「不許幫！如果連自己的食物都護不住還是狼嗎？」我按住木棍不准亦風上去。半個多月前，狼山上的大狼臨走時的狠咬一直深刻印在我腦中，那是強烈憤恨——格林身爲一匹狼卻對人過度依賴。我不可能保護牠一輩子，要重回群體成爲真正的狼，格林還有太多東西要學。

「要是被咬傷了呢?!」亦風不能眼睜睜看著格林挨咬。

「回去擦藥！」我咬著牙不再說話，厲目回視格林，不接受牠的告狀求援。既然是狼，就不該幻想正常公平的生活秩序，狼是沒有保護神的，只有赤裸裸的弱肉強食。

白臉齜起了牙齒，繃直後腿，豎起頸毛發出最後的通牒，從小在狗群中長大的格林當然知道那是進攻前的準備動作。格林輕輕搖動的尾巴漸漸平息下來，放棄了最後的和談。對兩個不同物種來說，食物的競爭就是生存的競爭，水火不容！其他的藏狗們停留在七八米開外的地方散亂地圍著，也不前進也不退後，時不時地伸後腿撓撓癢癢等著看好戲。我的手悄悄地伸進懷內摸摸袍子裏的鐵鏈，汗從手心滲出。

白臉奇怪格林爲什麼還不繳「兔」投降，牠又向前了一步，與格林幾乎鼻子碰著鼻子了，交錯的犬牙就在格林的眼前晃動。格林靜靜地直視著牠，似乎沒有任何反應。白臉一頭霧水，「這小子嚇傻了吧？」眾狗一片譁然，爆發起譏嘲的吠叫聲，這是驕傲自大的催化劑。白臉看看木然不動的格林，抵不住鮮美的兔肉近在咫尺的誘惑，仗著狗群的擁護，理所當然地伸嘴就去接收「供奉」。

白臉一口咬住兔子往後搶奪，突然感覺嘴上一鬆，卯足了勁兒去搶的力量全坐了回來，踉蹌幾步，一個跟頭四腳朝天摔翻在地。

「怎麼這麼容易搶到？」白臉還沒反應過來怎麼回事，左後腿一陣鑽心劇痛，被驟然鬆開兔子的格林猛撲上來一口咬住，狼頭狠命一甩，白臉整個身體被甩飛起來，「喀嚓」聲中，狗腿已被生生咬斷。

格林快如閃電的突襲連一聲警告都沒有。白臉重重地摔在凍得結結實實的地面上，痛得牠發瘋般地狂叫起來，兔子也叼不牢了。離牠最近的藏狗黑皮瞅準機會，箭射上來奪取了牠的口中食。劇痛之下的白臉哪裡顧得上搶回兔子，牠翻捲過身來就朝格林咬去。而格林一咬即放絕不戀戰，此時已退到一邊冷冷地盯著牠的手下敗將，似乎剛才閃電般的攻擊根本沒有發生過。從上一次和巴桑家的三隻藏狗交戰以後，格林就太明白突襲的重要性了，如果一隻沒有防備意識的狗在還沒有明白發生什麼以前就被撕破了肩膀，或者耳朵被撕成彩條，那麼這隻狗就已經不戰而潰了。

白臉在地上撕心裂肺地嚎叫著，這戲劇性的結果令圍觀的狗群大出意料，一片鴉雀無聲後才從驚愕中猛醒，紛紛衝向黑皮搶奪兔肉，把牠們曾經的領袖甩在一邊任其淒聲慘叫，威風掃地。只有一隻黃色母狗駐留在原地看著白臉，兩腿瑟瑟驚魂未定。

格林邁著輕柔的步伐，像移動的影子一樣跟上狗群，瞬間就閃到了黑皮眼前。黑皮一個急剎車，差點兒就撞在狼身上，誘人的兔子仍在黑皮嘴下晃蕩。一群狗蜂擁而上地搶奪著，誰也無法停下來享用野兔。

格林氣定神閒地立在黑皮面前，黑皮躲閃著群狗的撲咬搶奪，牠從喉嚨中發出了含糊不清的威脅聲，但這勉強從兔肉後面發出的混著口水的恐嚇聲，早淹沒在紛亂的狗吠聲中。黑皮起初還指望狗弟兄能幫牠，可黑皮是自私的，其他的狗友們同樣如此。黑皮終於明白嘴裏這個兔肉是個禍根，張不開獠牙，吼不出聲，活活將自己置於眾狗的撕咬當中。黑皮自忖力量不及慘敗的白臉一半，在狼眼的逼視下，唯有逃跑。眼看身後已經被自己的同夥圍得沒有退路，黑皮咬緊兔肉橫下一條心，仗著自己速度上的優勢，旋風般繞過格林左側奔逃！

但為時已晚！比快，黑皮哪裡是格林的對手？兩道狼眼的綠光一閃，格林已經到了黑皮眼前，森森狼牙直取黑皮脆弱的咽喉！黑皮還以為格林跟狗一樣是衝著兔子來的，下意識地轉頭護住兔肉，右臉卻已整個暴露在狼牙之下。帶著白臉血腥味的狼牙瞬間割開黑皮的頭頂和臉頰，黑皮的眼前一紅，耳朵轟鳴聲響。

黑皮到底是衝出去了，但是自右邊頭皮往下帶著一隻耳朵連同半邊臉卻不見了，撕下來的頭皮被下巴上幾縷細毛搖搖欲墜地略作挽留後，就永遠告別了這張恐怖的臉，一兩秒鐘鮮血便洶湧而出，搶來的野兔掉落在草叢中。黑皮痛徹心扉地嗷嗷慘叫著跑開，像剛從地獄竄出來的惡獸，那淒厲的嚎叫讓人忍不住掩上快被尖叫刺穿鼓膜的雙耳。黑皮在牆根一堆殘餘的積雪上拼命打滾，用冰涼鎮住牠的劇痛。一時間漆黑的皮毛、鮮紅的熱血、慘白的雪堆拼疊出一幅刺目而慘烈的畫面。

我和亦風對視一眼心下凜然，雖然希望格林保住戰利品，可也從來沒想過牠竟下如此狠口。和狗比起來，狼的攻擊更迅速！更狡猾！更兇殘！充斥著最原始的血腥暴力與殘酷反擊！

餘下的一眾狗還在狂熱地爭搶落地的野兔，對同伴的慘狀絲毫不以為意。格林這才齜著牙，用剛才連傷兩狗的積威把野兔護在爪下，左咬一口右咬一口，快如閃電。受傷的領地狗們嗚嗚叫著，紛紛逃離戰場遠遠「叫罵」，沒吃到苦頭的狗還圍著格林周旋，敢叫不敢衝。

我掏出鐵鏈用藍布帶將鏈頭緊纏在手上。「上吧！」我把打狗棒遞給亦風，「小心！」

亦風手心冒汗，狂吼一聲，握緊了棍棒迎上前去驅趕潰不成軍的領地狗。我揚手把鐵鏈在頭頂掄得嘩嘩作響，大叫著向格林衝去。圍著格林的領地狗們一見格林有了幫手，而且鐵鏈來勢洶洶，夾著尾巴一哄而散。

格林護著野兔留在原地，狼牙狼臉上全是血跡。牠捲起舌頭，舔著獠牙和嘴唇上的血腥，狼鬃豎立，進攻的狀態還沒完全鬆懈下來，適才黑皮被咬掉的頭皮和耳朵就鮮血淋漓地擺在我面前腳下。格林的狼眼中迸射出殘暴而冷酷的光芒，我突然感到一陣陌生的畏懼。

在這弱肉強食的世界牠為自己戰鬥過了，牠贏了。

「牠是格林，我的格林。」我心裏對自己默念了三遍才緩緩收起鐵鏈，試探著叫了一聲格林的名字，聲音有點發顫。

「吱吱，嗚嗚，」格林從喘息未平的肚子裏擠壓出兩聲親暱的回答，眼睛裏放射著興奮難抑的光輝。牠溫和的目光讓我頓時釋然，隨即一種自豪感包裹了我的身心——牠贏了！我蹲下來抱著格林的脖子，牠的心臟還在狂跳不已，身子抖個不停。是因爲激戰後的情緒還是重逢的喜悅，抑或是終於捍衛了尊嚴和食糧的自豪？或許都有吧。對格林來說，現在的世界好像不同了，變得更加廣闊，牠也變得更加自信，有了一種英勇無畏的眼神，一股生命的豪情從體內湧起，這感覺在之前的日子裏從未有過。格林已經能夠更加殘忍地對待生命，在這弱肉強食的世界牠爲自己戰鬥過了，牠的牙齒曾經咬進敵人的肉裏，牠的舌頭嘗到了敵人的熱血，牠變得更加大膽更加勇猛，牠藐視一切勁敵，牠不再一味退讓。別把小狼不當猛獸！

格林嗅嗅面前滿是狗牙洞的半隻兔子，伸下巴輕輕舔了舔我的臉，溫柔而依戀。我心中既甜又酸：「謝謝你，格林，我先收著，留給你下頓吃吧。」我領受了這份狼的饋贈，解下手裏的藍布條拴著兔腿，拎在手裏沉甸甸的。艱難的日子裏，給相依爲命的老媽留食已經成了牠的習慣。狼的家庭觀念很重。

我忙著拴兔子的時候，格林卻愣愣地立在一邊，望著遠處發呆。順著牠的目光看去，在剛才戰敗的首領白臉身邊，那隻黃狗還守在一旁幫著牠艱難地站立起來，白臉的後腿已經斷了。自身的驕傲與可悲的團體讓牠一敗塗地，但是牠還沒有完全眾叛親離，黃狗溫柔地舔著牠的傷腿，用溫暖的鼻梁輕輕承托著牠的脖頸。黃狗的腹部微微隆起，似乎孕育著生命的訊息。

我突然有點心酸，如果沒有這場戰役，這對狗首領夫婦或許生兒育女享受著至高的榮譽，而今這些榮譽隨著白臉斷腿的遭遇將從此不再。雖然我曾經怕牠們追我咬我、恨牠們橫行霸道，知道從今往後這片地方也會清靜許多了，但此情此景，我無論如何也幸災樂禍不起來。

白臉還在艱難地挪動，努力保持著牠曾經的威嚴，黃狗用身軀作爲牠的依靠。格林呆望著牠們若有所思，眼神落寞而哀傷。我心裏一陣難過，捧起格林的臉，在牠寬大的狼頭上輕輕一吻，像牠小時候那樣，我似乎很久沒有這樣做了。我隱隱能感受到格林內心的寂寞和渴望，卻不知該如何彌補。

「走吧，格林，咱們回家。」我拎著兔子，格林跟在身後幾步一回頭地進了獒場。

月黑風高，獒場外偶爾傳來一兩聲領地狗淒涼的吠叫，不知道是不是白天戰敗的領地狗在哀嚎。我悄悄走到窗前貼著玻璃向外望去——格林在窗外老地方臥著，牠睡得很香，應該正做著勝利者的夢吧。

亦風躺在暖暖的爐火旁輾轉反側，喃喃地說：「牠能在雪窩子裏趴一天一夜等待伏擊，牠攻擊敵人快、準、狠！牠已經是一匹狼了。」我能理解亦風的感覺，畢竟牠記憶中的小狼突然變成眼前的大狼，又目睹格林驟然彰顯出的狼性一面，亦風的擔心不言而喻。

我回到爐旁坐下，心事重重地烤著火。荒野的確是孕育野性的溫床，這次帶格林遠行回來，牠變化很大。格林在我心目中一直是需要我保護的小狼形象，可忽然之間，我見識到了牠的另一面——深藏不露的殺傷力和臨敵時的烈性。下午，面對與狗群搏鬥後的格林，有那麼一瞬間，我感覺不認識牠，甚至有過片刻的驚恐畏懼。雖然格林看敵人和看我的眼神迥然不同，但這種畏懼來自我最原始的反應，畢竟我直觀地見識到了牠是一隻有能力殺死我的猛獸。我從前總看到格林對我溫柔有加的一面，卻忽視了牠擁有的野性力量，這種野性讓人不得不敬畏。

難怪千百年來狼的食肉秉性與牠的智慧和性格會引發人們對狼的感情走向兩個極端：要麼敬仰崇拜到極致，把狼神化；要麼切齒痛恨到極致，把狼妖魔化。因爲真實的狼的確是一種複雜的生物——既冷血狂野又熱烈溫柔，既貪婪自私又能慷慨奉獻，對仇者睚眥必報，對親者以命相愛，既多疑又多情。狼的愛不容易付出，一旦付出必是掏心掏肺的。

「格林找回野性不正是我們希望的嗎？」亦風說。

「是啊，狼最值得尊崇的是天性，如果一匹狼連狼性都泯滅了，那還是狼嗎？」

第二天覓食的時候，我們在河邊發現了黑皮的屍體。格林遠遠地看了看，淡然地走開了。生存競爭是殘酷的，生命本身就是一種搏鬥——爲自身繼續存在而搏鬥。格林已經懂得這一點，從今以後，牠只遵循弱肉強食的自然法則，這是誰都無法阻擋的。

狼，野性不必掩飾，貪婪無須僞裝，牠冷對人們的憎恨與詛咒，長歌聲中，獨步荒野……

我對亦風細講了遇見野狼的情形，我們下決心，再上狼山，一定要讓格林重返狼群。

29 誘惑

白臉護著妻子遠去的背影微微回頭，用極其複雜的眼神看了格林一眼，轉身走了。格林輕輕地嘆了口氣——雪後清冷的空氣中，那縷深重的白霧從格林的唇吻中長長呼出，我彷彿感覺到了格林內心的孤寂與感嘆。

一大早，亦風就幫老肖守在獒場門口，邊刮鬍子邊等著送水的車來。獒場的人從不喝河裏的水，送水就成了一件大事。

草原缺水？說來可悲。這裏是中國最美麗的濕地，而且我們就在黃河源頭的水邊住，按說是最純淨的高原風水寶地了，可是這裏的水質實在難以恭維，腐殖質含量極高。我曾與亦風沿著黑河走下去，河面上爛塑膠袋、速食麵盒、爛衣破襖、女士皮包、用廢的藥物、遊客的零食包裝……各種各樣的垃圾隨著流水浮浮沉沉地且停且漂，顯然河面污染早非一日之功。看得我們心裏堵得慌……

人真是最髒的！自然界任何動物都不會製造垃圾，動物們消耗資源都是取於自然，還於自然。例如狼捕食獵物，吃剩下的還有別的動物進一步消耗，最後被細菌完全分解，甚至狼的屍體也還給自然中別的生物，這個循環過程完善乾淨。唯獨人製造得出難以分解的垃圾，甚至連人類自己都成了自然界很難消化的負擔，死後只好付之一炬。

河水不能用，獒場的人們又打起了地下水的主意，費九牛二虎之力打了一口井，使水泵抽水上來用。那水完全像咖啡的顏色，而且許久都無法沉澱，用來洗手手裂口，洗衣服，衣服全染成黃色，水裏還漂著白色泡沫和死耗子之類的，洗東西都噁心，更別說拿來飲用了。

蓋好蓋兒的井水裏哪兒來的死耗子？我們分析了一下，草場上的鼠兔和鼢鼠實在太密集了，尤其在這一帶，平均一米見方的地上就有三四個鼠兔洞或者鼢鼠丘。這一口井打下去，有的直接打到鼢鼠的「家裏」去了；有的鼠兔在地道裏散著步，不知此路已斷，「咕咚」一掉水裏了；有的鼠兔或許往井的方向挖地道，施工過程中發生了透水事件……井水裏隔三差五有幾隻鼠輩遇難也就不足為奇了。這口井打得人也窩火，鼠也窩火。

獒場的人們只好遠距離地從外面買山泉水來喝，每次拉一車過來，幾家人各自用桶分裝了，存放在爐子邊暖和的地方避免結冰，幾大桶水用一個星期左右，尤為珍貴。至於洗澡，那簡直是奢侈的想法。我從前紮營的狼渡灘的小溪水算是好的了，但我仍需用紗巾疊成若干層，覆蓋在水桶面上過濾腐殖質，並且生火燒煮。然而在氣壓不足的高原，即使沸騰的水，也能伸手進去摸一摸，要完全消毒殺菌是做不到的，只能讓自己慢慢適應水土。

如果草原之水都被垃圾污染，這裡的動物又該上哪裡找水喝？

入冬以後，每晚零下二三十度的低溫早把獒場的水管凍破，水泵無法抽井水了，平時用剩下的水還得存著沖廁所，一點不敢浪費。有時候廁所沖不下去，窘得人無計可施，因為下水管道也封凍了，只好燒開水沖廁所。幾個留守獒場過冬的工人沒事就聚在一起，討論如何解決這個入冬以後每天都要面臨的「當務之急」。

有人說：「乾脆去野地解決算了。」

另一個說：「不成，上次在外面被野狗追，害我提著褲子滿山跑。」笑得大夥前仰後合。草原的生活是很具體的，冬天會給這裏的人增添很多的惡作劇，學會不去抱怨也是一種快樂。

烈日、狂風、雨雪、冰雹，無不考驗著這裏包括人在內的各種生命。嚴苛的草原上除了草啥也不長，除了牛羊，啥也不產，所以草原上的飲食是相對簡單而樸素的，過久了速食麵和醬油飯以及儲存的土豆（編按：馬鈴薯）爲主食的日子，大家一提到肉，口水流得要拿盆子接。老肖到處打聽，終於找到一個肯賣羊的羊倌兒，我找這羊倌兒買了一隻一百五十斤的大公羊，打算養一段時間，宰了給大夥兒打牙祭，也給格林儲備肉食。

老肖剛把大羊牽到後場子，那羊看見草地上丟著個死犛牛頭就發狂了，照著老肖屁股狠頂了一下，拖著繩子跑了。老肖只得捂著屁股關了後場門。

卻說那犛牛頭本是河邊的領地狗們不知道從哪個牧場裏拖出來的，一群狗分贓不均正圍著大吵大鬧，被格林循聲找去直接沒收了，領地狗們氣得吹鬍子瞪眼，可一個個都像在地上生了根，誰也不敢上前找格林的麻煩，只敢圍成一圈鼓眼瞪著格林乾號，我怕讓人看見招眼，就乾脆把牛頭撿了回來，扔進後場。格林搶那牛頭本來就是醉翁之意不在酒，借題跟領地狗們打堆鬧騰而已，我把牛頭撿回來給牠獨享，牠反而沒了興趣，光把牛舌頭掏來吃了就回森格的籠子邊睡覺去了。

先前老肖牽羊進院的動靜早激起了格林的好奇心，牠陰魂一般地尾隨老肖穿過犬舍，見老肖關門後，牠又從側牆的鐵柵欄破洞裏神不知鬼不覺地鑽進了後場院。格林很快發現了躲在牆角巷道裏的大羊，牠樂壞了，學著老肖的樣子，叼起地上的羊繩子牽羊。古話雖說「順手牽羊」，但羊也並非傻到被一匹狼「順嘴」也能牽走。格林牽來牽去牽不動，反而把大公羊給牽冒火了，公羊衝出巷道來大發羊威——頂、撞、踩、踏，招招攝魂奪魄！踢、蹬、尥、蹶，式式索命攻心！流星錘似的羊蹄不停地向格林身上招呼。格林討不了好去，乾脆打起了消耗戰，沒日沒夜地折騰著羊，不讓羊吃，不讓羊喝，甚至不讓羊躺下休息。只要被格林盯上的東西一定非牠莫屬，有的只是時間的問題。

格林跟羊耗上了……

大夥兒都勸我「把狼叫開，不許牠抓羊」。我苦笑一聲，狼不是狗，從古到今就沒有人能夠命令狼。即使對格林而言，我的命令也只是個參考，採不採納全看牠的心情。狼和羊屬於歷史遺留問題，誰拿著都沒轍。

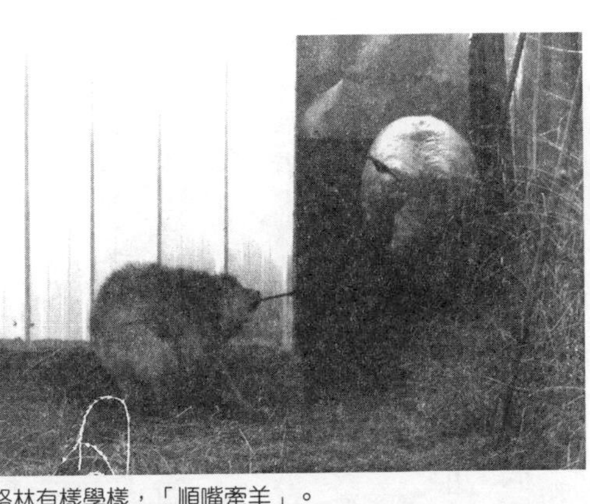
格林有樣學樣，「順嘴牽羊」。

入夜，月朗星稀。一聲清晰的狼嗥從後園場響起，聲音悠長而熱烈，焦急而期盼。我推窗細聽，果然是格林的叫聲，似乎在呼喚同伴尋求幫助，聲音中興奮的感覺更勝於焦急，透出一種勝券在握的成就感和亟待協作的綿長意味。一聲之後停頓了幾分鐘，只換回了遠遠幾聲狗叫。第二聲之中的邀請意味更加濃烈了，犬舍裏的藏獒們開始不安地吠叫起來。那一夜格林悠長的狼嗥聲時時響起，不忍打擾，睡夢中閉目靜聽，自從大狼拋下格林憤然離開，好久沒有聽過格林這樣縱情的呼喚了，那聲音在靜夜裏聽來如同天籟。召喚群體共同獵食這是格林原始本性的展露，這種本性比牠度過的歲月和呼吸過的空氣還要古老。這才是草原最純淨的聲音。

第二天早上，老肖爬上牆頭偷偷瞅一眼，回來說：「還守著呢，狼睡著，羊站著，羊身上落的全是白霜，估計這一夜沒合眼。」

第三天，老肖爬牆再看以後，回來直搖頭：「不行啊，羊這樣餓下去幾天就掉膘了。」

格林連著嗥了兩夜，藏獒們也跟著叫了兩夜，弄得大夥兒都睡不好了，大家一商量，這羊是買來吃的，遲早都是個死，早些宰了讓羊死個痛快，總比被格林耗死的好。要真是被狼咬得七零八落，人就吃不成了。主意一定，我便和尼瑪、老肖三個人分工去抓羊，經過兩天兩夜的饑渴和罰站，直立的羊腿都快被凍成冰棍兒了，大公羊再也不像第一天那麼雄勢，三個人加上一隻狼一起去圍追堵截那隻羊。

宰羊的時候，大家怕出事，讓亦風把格林關在後場子。眼看守了幾天的羊卻不讓牠參與最後的獵殺，格林氣得直蹦高，飛簷走壁地往牆頭上躥，急得亦風拽住狼尾巴大叫：「你們快點，這小子能蹦出去！」

我和老肖一人抓一隻羊角，尼瑪在前面拖繩子，才終於把這隻大羊拖到了河邊……

宰羊之後，大夥兒把格林應得的心肝內臟和大量碎肉先留在了河邊。亦風一打開緊閉的鐵門，格林早就等不及衝出來收拾戰場了。牠搶過心肝和剩肉這些最易吞噬的軟肉，嚼都不嚼就狼吞下肚，眨眼間狼肚子就鼓起了一大團，這些心肝內臟是羊的精華部分，格林對這一分配很是滿意。我把宰後的羊砍成兩半，一半給各家分了，一半作爲格林的存糧。

河邊的領地狗們看著格林狼吞虎嚥，個個饞涎欲滴。終於有兩隻狗大著膽子湊上來想拖一根羊腸子跑。正在進食的格林哪裡容得牠們放肆，悶聲不響地彈射出去，左右兩口快如閃電；

剎那間，左邊狗的背皮被活活撕下一塊來，鮮紅的狗肉在冷風中騰騰冒著熱氣，右邊狗的脖子鮮血直流；疼得兩隻狗嗷嗷慘叫著跑開了，血在身後滴了一路。格林大聲咆哮起來，狗群驚恐地散開再不敢放肆，站得遠遠地望著羊肉咽唾沫。

「格林開始樹立牠的威信了。」亦風這樣說。

「至少牠不要再受欺負就好，有些殘暴是逼出來的。」我微微一嘆。

格林大口吞食著羊排的動作突然停住了，發出了嚴正警告的威脅聲，因為又一隻膽大包天的狗出現在牠的食物面前，並一點點地湊了上來，猶豫地看著格林面前的羊內臟咽著唾沫。格林豎起了頸毛，齜著牙惡狠狠地盯著來狗：「還有一個不識好歹的傢伙？」

但是，格林止住了，狼性法則中雄性不與雌性鬥，面前出現的是一隻母狗，她是領地狗群曾經的驍勇領袖白臉的妻子。不同的是，她的腹部已不再隆起，取而代之的是掛在肚子下面兩排乾癟的乳房，她曾經光滑如緞的毛色已不再潤澤，搓衣板似的肋骨隨著她的走動若隱若現，那衣食無憂的日子已隨著白臉的敗落而不復存在。她現在是一窩小狗的母親，不能讓待哺小狗挨餓的母性本能驅使著她向前。她的腳步因害怕而微微顫抖，但是那些羊內臟像對她施了魔法一般，白臉遠遠的制止聲也似乎絲毫沒有傳進她的耳朵。

格林的頸毛慢慢平息下來，最後柔和地貼在了脖子上，狼牙收起了寒光，眼前的場景彷彿觸動了牠內心的隱痛。牠看了她一眼，不再恐嚇地低吼，緩緩地退開了兩步，讓濡滑的羊內臟暴露在牠倆中間。原本等待著格林殘酷的撕咬也要搶到一口食物的黃狗，眼裏閃現出難以置信的驚喜和深重的疑惑。白臉一瘸一拐艱難地邊走近邊衝格林齜著牙，但走到十餘米遠就再不敢向前了，格林的異常平靜也讓牠不敢輕舉妄動。牠比誰都明白，當初打不過格林，現在殘廢以後就更不是格林的對手了。但對愛侶的擔心和哺育幼子的強烈願望驅使牠拖著瘸腿嘶啞著聲音警告格林。

黃狗已經靠得很近了，她的眼睛一刻不離地死盯著格林的舉動，每一根神經都高度敏感，每一根毛髮都散發著無限疑慮。她小心翼翼地向羊內臟靠近，格林一個輕微的鼻息和眼睛的眨動都會讓她下意識地驚跳起來躲閃，生怕面前的暴狼又會毫無預兆地發動兇狠致命的突襲。當她的牙齒尖端終於搆著腥香的羊內臟，並把一大團羊肚羊肺拖到自己跟前時，她終於相信這是真實的了。她顧不上狂吞的衝動，拖著內臟就往白臉的方向跑，也許伴侶的身邊才是她認為最安全的地方吧。

饞極了的領地狗們眼看黃狗拖出一團羊內臟，便一哄而上地搶奪，白臉連連咬翻幾個跑在最前面的狗，護著自己的妻子回窩。眾狗不敢追撵，畢竟白臉以前的積威還在，牙口也依舊鋒利。狗群撵了幾步就轉回來，繼續望著格林面前的剩食流口水，期待格林也能對牠們小以佈施。

白臉護著妻子遠去的背影微微回頭，用極其複雜的眼神看了格林一眼，轉身走了。

格林輕輕地嘆了口氣——我原本不想這樣表述，因為我之前從來沒有看見過狼會嘆氣。但是在雪後清冷的空氣中，當那縷深重的白霧從格林的唇吻中長長呼出時，我彷彿感覺到了格林內心的孤寂與感嘆。

格林從剩餘的肉食中挑出一大塊羊排肉叼在嘴裏，走開了。留下身後一群領地狗歡呼著，亂哄哄地搶奪殘羹剩飯。

回到獒場，亦風興高采烈地晃悠著手裏的羊頭遞給格林：「小子，留著餓了的時候啃。」

我納悶極了：「格林都吃飽了，留給那些狗的東西，你還帶回來幹什麼？」

亦風神秘地說：「被狼收拾出來的羊頭骨可是一件有特殊意義的藝術品啊。過些天等牠啃乾淨了我要收藏的。」想了一下又有點遺憾，「好不容易宰隻羊不給格林存著吃，幹嘛便宜了那些領地狗？」

我嘆口氣在草地上坐下摸著格林鼓鼓的肚子說：「那也是格林的分配啊，那些狗再討厭總歸是牠的夥伴嘛。」

或許只有我能走入格林的內心世界，觸摸到牠深藏的那份孤獨。牠需要同類的陪伴，雖然這種陪伴充滿了敵意、威脅與貪婪，但那畢竟是一種陪伴，能滿足牠對群居的需求。隨著年齡長大，牠眼裏的孤寂和深沉越來越多，也只有和我們在一起的時候，牠的眼光才會變得像天使般澄澈透明、純真而頑皮。

吃飽喝足的格林顯得特別懶散，牠愜意地伸展著四條腿，慢悠悠地湊到我跟前趴下，我招呼牠：「睡過來點啊。」格林一點不想起身，懶眉懶眼地趴著，撅著屁股用後腿蹬地，像推土機一樣把身子推到我手跟前，用大腦袋來迎我的手心，我屈起指頭敲著牠的腦袋：「懶傢伙，走幾步會累死你啊?!」格林舒服地享受著我的笑罵，在牠的耳裏那是最動聽的蜜語。

冬日暖陽下，我倆依偎著，睡意漸漸爬上來。我枕著格林暖暖的肚子，聽著牠均勻起伏的

冬日暖陽下，我枕著格林暖暖的肚子，沉沉入夢。

呼吸沉沉入夢。格林兒時的情景似乎就在昨天，牠像個小絨球似的爬在我肚子上，咂吧著小嘴緊閉著雙眼做夢，小小的身子隨著我的呼吸在肚子上一起一伏……而今牠已長大，像個大狼的樣子了。隨著牠的成熟，我知道不可避免的分離即將到來，我突然是那麼盼望時間過得再慢一些，格林成長得再慢一些，多想就這樣陪著牠一直走下去……

轉眼亦風在嫯場待了有一個多星期了，逐漸適應了高原的氣候。他常開車回到狼山領地巡查。他在狼山斜對面的一處山坡上發現了一個約四米見方廢棄已久的破土房，不知是放牧人臨時的駐紮地還是上山挖蟲草的人過夜的地方。亦風高興壞了，他在郎木鄉附近收購來一些舟曲災後撤下的輕質建材，每天螞蟻搬家似的拖上去，又悄悄請縣城裏不相干的工人去修繕了那個小屋子，還裝了一扇彩鋼門和木頭框的玻璃窗。在屋子上方掏了一個洞，引一根煙囪下來，放了一個鐵爐子在小屋中央。

他秘密地弄完這一切，才帶我來看這個觀測點。我既興奮又詫異，小屋雖簡陋，卻比帳篷強多了，遮風避雨，走的時候還可以拆掉，沒污染。能不能抗雪壓不知道，不過亦風搞過建築設計，我相信他。推窗望去，對面的狼山和山下的草場一目了然。

他頗有成就感地調侃著說：「瞧瞧，咱有一所房子，面朝草原春暖花開，過兩天我適應了高原氣候，咱就和格林過來。」

可是，亦風的腸胃並不爭氣，仍舊不能適應這裏的河水，喝一次胃疼一次，晚上只能回到獒場休息吃飯喝水。高原上生病很難尋醫問藥，過不了水土這一關根本沒法野外生存。畢竟在草原深處的荒山上孤立無援的生活，是一件既誘人又嚇人的事情，食物？飲水？野獸？疾病？任何一個環節沒考慮到都可能致命，更遑論零下二十度的氣溫，一夜就可以把人凍成冰雕。去那裏，是需要勇氣和技術保障的。

那座草原小屋也成了我們又盼又怕的夢想之地……

30 再闖狼山！

如果錯過這個冬季，格林就只有兩條路——要麼成為孤狼遊走荒原，餓死！凍死！被人打死！要麼被我們帶回城市，囚禁籠中，生不如死。總之，這一輩子就毀了。

隨著幾場大雪的降臨，若爾蓋雪原越顯厚重。格林的覓食變得越發艱難，帶著牠走上幾天也找不到食物是常有的事。晚上一無所獲的格林回到獒場靠分吃些藏獒的狗糧過日子。冰雪封路，外面的補給漸漸跟不上了，有限的肉食留給了懷孕的母獒，狗糧的儲備也不多了。

我和亦風爲格林存下的羊肉早就吃完了，以前賣羊給我的羊倌兒也不知去向，其他問到的牧民又都不肯賣羊。我只好把我們的乾糧和速食麵餅都拆開來填補格林的肚子。幾公里外，人類的垃圾填埋場是格林自己找到並常去的地方。狼的肚子是爲肉而生的，但極端情況下，只要能找到的牠什麼都吃，哪怕那些東西的營養價值極低，牠也會用強力的胃液去榨乾它最後一滴養分。挑食不是狼的權利。

有時格林會在垃圾堆中驚喜地發現一些乾骨頭，便用強有力的牙齒嚼碎飽飽地吃一肚子，再興沖沖地叼一塊回來給森格。但吃慣狗糧的森格卻無法享受格林的慷慨，於是格林會在場子裏刨一個坑，埋骨存糧。幸運的話，格林也能在垃圾場捉到老鼠。

但是，狼的胃像是一個無底洞。狗糧、麵餅和垃圾對狼而言消化得太快，出外跑上半天肚子就癟下去了，餓得格林猛吃冰雪來安撫強烈抗議的腸胃。狗糧也不能像肉食

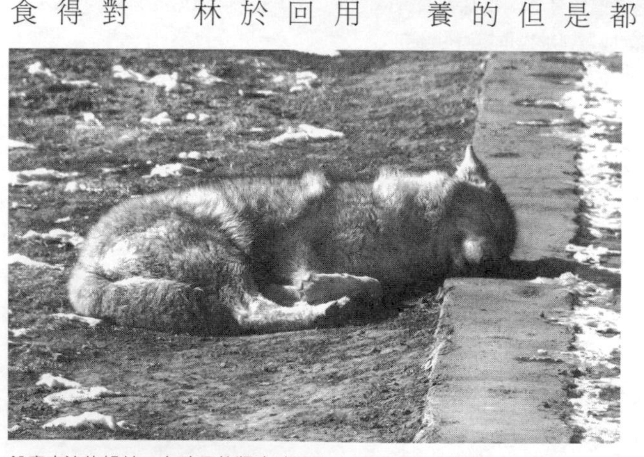

飢寒交迫的格林，有時只能猛吃冰雪來安撫強烈抗議的腸胃。

那樣提供足夠的熱量。到晚上氣溫驟降至零下二十幾度，地上的冰雪凍得格林牙齒打戰，牠交替著抬起兩隻前爪，捲起毛茸茸的尾巴覆蓋在冰冷的腳爪上。

看著長身體的格林溫飽都成了問題，我和亦風心急如焚，只好把格林留在獒場，冒著冰雪開車到縣城的市場去等著買肉。

在冬季的草原，非不得已我們不敢動用車，也是由於冰雪斷路，加油站的汽油接濟不上，車裏僅存的小半箱汽油顯得尤爲珍貴，原想留著帶格林回領地時用，現在也顧不到那麼多了。適應城市跑動的車在高寒和缺氧情況下，不是半天打不著火，就是開著開著在暗冰的路面上打著旋兒熄火趴窩，非常危險。開不動，又不能丟下車步行，原本便利的交通工具變成了最大的累贅，出行舉步維艱。在筆直荒涼的公路上一旦出狀況，即使等上半天也不見得能有一輛車出現，出現了也不一定能幫忙。兩個人凍得頭腦麻木，瑟縮在車裏避風。礦泉水凍成了冰坨子，在懷裏暖上半天才能勉強喝上一口。

由於早就過了旅遊旺季，少有遊客，若爾蓋的冬天顯得冷冷清清，縣城多數的店鋪都關張歇業，遠離縣城的草原就更看不到人了。我們走走停停好不容易挨到了縣城，等了很久終於等到殺牛人，買到一隻幾十斤重的粗壯牛腿，還採購了一麻袋土豆、一麻袋蘿蔔，又買光了一個小店裏的所有速食麵、肉乾和壓縮餅乾。我們歡天喜地地帶著口糧回獒場。

與格林從小一起長大的藏獒夥伴中，黑虎、皇帝、小不點早已被賣掉，剩下的三隻藏獒裏，風雪和紅眼睛懷孕了。養獒人怕母獒動了胎氣，特意修了帶暖氣的產房把她們關起來靜心養胎，再不讓出外活動。要知道如果能生下兩窩品相好的藏獒，那就是不小的收入。唯一剩下能陪伴格林的就只有森格了。

森格作為獒場的種狗，常常被工人牽出去跟千里迢迢送來的母藏獒配種。每當森格被冰冷的鐵鏈拽拉著消失在鐵門後，格林就焦急地繞著柵欄來回轉，朝著漸漸關閉的鐵門「黃！花！嗷——」一地猛叫著。從小一起長大的夥伴們一個個離開，這在格林心中形成了一種畏懼，牠總擔心自己這最後一個兄弟也像黑虎和皇帝那樣從牠的生活中永遠消失。當再也聽不到森格任何回音以後，格林失落地走到母獒「風雪」的產房外，嗅聞門縫裏那深重而寂寞的鼻息聲。之後牠默默地趴在門前的雪窩子裏，直到鼻尖上身上都落滿雪花，直到冰雪再次消融，空空的場子裏除了寂寞什麼也沒有。我們隔著窗子看著這一切搖頭嘆息，卻也毫無辦法。

我和亦風商量了一下，獒場的食物也不多了，狼的食量太大，與其坐等挨餓，還不如帶著格林再闖狼山。我把我的想法告訴了亦風：

第一，從季節來看，春夏季是狼分居帶崽的季節，各家狼護崽和地盤觀念特別重，不會接納陌生成員。唯獨冬季是狼群集結的時候，這個時候狼群的寬容度最大。牠們需要新生力量的加入，依靠集體合作獵食越冬。冬季入群，也最能歷練狩獵本領。

第二，從年齡來看，格林現在八個多月大，半大小狼不會跟大狼競爭地位，狼群樂於接受這種既能參與獵食又懂臣服的成員。一旦格林性成熟了，大公狼都會排斥牠。如果錯過這個最佳入群年齡，格林很可能成為一匹孤狼，而孤狼很難生存半年以上。

第三，從食物來看，夏季是食草動物的季節，看似「食物」多，但這些「食物」卻是一年中最具活力的時候，難以捕捉。並且夏季裏，熊和猛禽等肉食競爭者也多，腐肉難尋，孤狼反而容易挨餓。唯有冬季才是狼的季節，競爭者少，凍死的牲畜又爲狼提供了很多唾手可得的食物，無論集體打圍也好，尋找腐肉也罷，狼群的力量肯定比我們強。

第四，從生活習性來說，狼是喜歡群居的動物，而格林所有的夥伴都沒有了，牠急需找到屬於自己的種群，不能再在狗群和人群中迷失身分了。

第五，從外界干擾來看，春夏秋都是若爾蓋的旅遊旺季，人太多太雜了，人類活動對野生動物的干擾是複雜而不可預知的。格林不懂怕人，萬一牠接近遊客，後果將會如何？

亦風表情凝重地聽完我的分析，點頭道：「是這樣，如果錯過這個冬季，格林就只有兩條路——要麼成爲孤狼遊走荒原，餓死！凍死！被人打死！要麼被我們帶回城市，囚禁籠中，生不如死。總之，這一輩子就毀了。」

他沉默了一會兒，忽又神秘地笑著：「我再給你補充一個第六吧。你不是說公狼一年就可以性成熟嗎？這個，女朋友……可以有了，這傢伙前兩天抱我腿來著。」

我臉一紅：「該不是受森格的影響吧，這段時間藏獒不是老在配種麼，可能那氣味對牠也是種刺激吧。」

亦風笑得更神秘了，套著我耳朵悄悄說：「我看過了，還沒長熟呢，欠點兒火候。」

「討厭！」我通紅著臉一把推開亦風。

我們估計了一下亦風車裏剩餘的汽油，決定先到扎西的牧場，我們需要找扎西買羊，更需要向扎西這位原生牧民多學些草原生存技能。成敗就在這個冬季，再苦再冷再險，爲了格林重返狼群，咱們再闖狼山！

第二天一早，我們把收拾好的行裝放到車裏。我又想起一樣東西，從房後拎出一個鼓鼓囊囊的大狗糧袋子硬塞進了後備箱。亦風問我裏面裝的什麼，我不說。

森格被拴在了中場院的牆柱子邊。我拿出鏈子輕輕套在格林脖子上。格林睜大了眼睛看著我和森格，似乎瞬間感覺到這次離別將不再回來了，牠猛然掙脫鏈子跑回森格面前，從小相伴的一對兄弟默然無語，相互碰了碰鼻子……我走近牠倆，喉嚨像噎了鋼釘一樣疼痛。我慢慢跪下來，一手摟過格林，一手抱著已長得像雄獅般的森格，把牠們並在一塊兒，用額頭頂著牠倆的鼻頭輕輕摩挲——人、狼、獒今天能夠頭鼻相抵，今後卻會走向不同的命運，狼也許會回歸荒野，生死難料；我或許會回到城市，墜入紛忙；森格的未來又將如何？

我閉上眼睛喃喃地說：「這可能是我們三個最後一次抱在一起了吧……森格，我的憨大個兒，如果我們還能再見面，我一定記得我還欠你一塊巧克力……」

產房的門縫裏傳來深重的鼻息和嗚咽聲，風雪和紅眼睛關在產房裏，她們和格林連最後告別也不能夠了。我知道每年獒場都會處理掉一些品相不好的小藏獒，不知風雪和紅眼睛的孩子們能有幾個倖存得下來。我想起了河邊的領地狗，我隱約明白了爲什麼白臉要一而再、再而三地組織狗群圍咬獒場的人——幾個月前，白臉也將爲犬父，當牠目睹同類幼崽被拋屍河邊時，那種悲憤可想而知。

我深吸一口氣，重新拴上鐵鏈拽了拽格林：「走吧……」格林一步三回頭地跟我出了場門。森格形隻影單留在了中場院裏，飄飛的雪片漸漸模糊了牠的身形，寒風中傳來森格掙扎鐵鏈的嘩嘩聲和牠嬰兒般細弱的哀鳴……

狼和藏獒本來是草原文化中最經典的部分，在原始游牧時代，狼、獒、人相生相剋，相依相伴，狼保護草原，獒保護牧民和羊群。狼和藏獒本是同根生，這對傳說中的戰神，短短幾十年後卻各自走向了不同的命運：狼的悲劇是被人恨，滅種剿殺！藏獒的悲劇是被人愛，機器零件一樣地生產囚禁！人類的恨和愛都演化成了一場災難！我們能做什麼？到底什麼才是最重要的？一匹狼的生命？一隻獒的遭遇？還是一種草原傳統的消亡……

狼殺絕了，獒被囚了，人啊，還要怎麼做？

…………

我們終於到了扎西的牧場，扎西和老阿媽見到雪中來客非常高興，連忙拴起狗來，遠遠地走出帳篷迎接，牧民淳樸的熱情讓凝在我們心中的寒冰漸漸融解開來。

扎西看到蹦跳下車的格林驚喜得眉開眼笑：「呵！格林長這麼大了！」扎西趕緊拿出一大塊羊脖子舉得高高地衝格林喊：「這次可不許搶哦！」不搶才怪！格林騰空一躍撲倒扎西，搶過羊脖子來，叼得遠遠地大快朵頤。

扎西從地上爬起來，拍拍滿身雪花大笑著：「牠還是這德行！」

我笑著聲明：「至少這次沒踩到你嘴裏。」

扎西哈哈大笑起來，亦風一路烏雲密佈的面容也浮出了淡淡笑意，快樂真的是最富有感染力的東西。扎西和初次見面的亦風握著手，盛情邀請我們進帳，又抱出一大罐青稞酒，一定要跟亦風喝上幾碗。阿媽把酥油茶、糖、油餅、血腸、羊排擺了一桌子。扎西的妻子依舊羞澀少語。只是不見小次仁，一打聽才知道他去城裏讀書了。

我們圍著火爐喝著酒，吃著血腸，身上漸漸暖和起來。扎西問起我們此行的目的地，我們才舒展的眉毛不禁又凝成了一團，對扎西說起了格林的事情。

扎西看向帳篷外。格林吃完羊脖子，正在雪地上陶醉地擦嘴。扎西說：「把牠放到我的草場去吧，我不會打牠。牛羊我多的是。」

我和亦風很感動，但卻搖搖頭：「總不能因為你善良，就指著你的牛羊吃吧。」

「那有什麼啊！」扎西的臉被青稞酒熏得黑裏透紅，「就這麼定了，留下！過不了冬的弱羔子病羊老羊都給格林。」說罷硬是倒酒，一桌人喝了個痛快。

次日清晨，我鑽出帳篷，就看見格林繞著羊群優哉遊哉地散步，那閒散神態就像一個退休的老大爺在視察牠的菜園子。我遠遠地叫牠一聲，牠淡淡地回頭瞄了一眼也不理會我。清早出來吃草的羊當然不喜歡一隻狼在旁邊看牠們野餐，幾隻大公羊擺好架勢拿犄角對著牠：「夠膽放馬過來！給你點顏色瞧瞧！」格林也並不靠近，只要羊一發威，牠就夾著尾巴知趣地退到一邊，儼然一隻牧羊犬般趴在草叢裏打著哈欠。

羊群吃著草開始走動了，格林也慢悠悠地站起來，伸個懶腰遠遠跟著，再選一處草叢趴下休息，半瞇著眼睛看羊。起初一些羊吃著草還時不時警惕地抬頭看格林一眼，後來看格林一直無所事事地趴在雪地上曬著冬日暖陽，羊也就漸漸習慣了格林的存在。羊們抓緊時間扒開雪地埋頭吃草，畢竟冬天裏氣候嚴苛，白天吃草的時間很短，牧草太少太珍貴，營養價值又低，必須大量的進食才能勉強填飽肚子。

我又喊了好幾聲，格林還是充耳不聞，亦風問：「牠在幹啥呢？好像沒見過羊似的。」我不置可否，抬眼看見扎西騎上馬，忙問他：「你要去哪兒啊？」

「去城裏，給牛羊配針藥，順便想辦法給你們弄點汽油回來。」扎西回答，亦風連忙感謝。我一聽扎西要抓羊打針，立刻表示要幫忙，扎西大笑著不幹，理由很打擊我：「你不認識羊，也抓不準，要是讓你瞎抓一氣，你能給一隻羊打五針。」說完，用頭巾遮起笑臉，把腦袋包得嚴嚴實實只露出兩隻眼睛，勒緊韁繩一夾馬肚子，絕塵而去。

一直到下午，格林就像迷上了電腦的小孩子，一心一意守著羊群。亦風拿望遠鏡打望著：「你看格林多老實，只要牠吃飽了就和羊群相安無事，呵呵，牧羊狼。」

「牠上次吃過羊的虧，天知道牠在琢磨什麼。」我總覺得格林老實起來反而不正常。

時近黃昏，用鐵鏈拴在木樁子上的看家狗歡快地汪汪叫起來，扎西回來了。他提著小半桶汽油遞給亦風：「汽油少得很，就找到這些。」亦風連忙接過來致謝。

兩個現代人困在草原裏沒轍，還需要牧民騎馬去幫我們找汽油，亦風搖頭苦笑。

我們三人進帳喝茶，夕陽漸斜。

帳篷裏，數扎西的笑聲最爽朗：「你們呀，太依賴車啦，我也有摩托車，可我不愛用它，車這玩意兒看起來好像是你在駕駛它，實際上卻是它在奴役你。一旦趴了窩，啥辦法都沒有。我的馬兒能耐苦寒，懂感情，有靈性，這草原上哪兒都能去，關鍵時候還救過我一命，車能行嗎？上高原就趴窩的車太多了！車會用馬的名字，馬從來不屑用車的名字……」

「是啊，出自人手的東西的確不如出自自然之手的東西牢靠。」我咂了一口青稞酒，笑著打哈哈，但心裏卻覺得扎西的話頗有道理。

亦風笑著接話：「扎西，你說得沒錯，那的確是奴役的開始，但是我們已經沒救了，你還能蹦躂兩下，只要你們還只是走路、騎馬、游牧、靠天吃飯，你們就是自由的，等有一天你們也需要汽油、鈔票、房子和其他東西的時候……一切都結束了。呵呵！」

正聊著天，羊群突然像炸了鍋一樣狂奔起來。我們趕緊出外看，格林「狼入羊群」，衝得羊四散逃跑。牧場裏來了一隻敢公然殺羊的狼，羊群一片惶恐。扎西家的兩隻大狗眼睜睜地看著狼發動襲擊，狗瞪大了眼睛發狂地掙著鐵鏈，差點把鐵鏈那頭釘在地下半米深的木樁子連根拔出來。

短短十秒鐘的追逐，一隻中等個兒的羊已經被格林拖住後腿甩翻在地，羊掙扎著想翻身起來，格林從背後繞過羊角，照著咽喉準確地咬了下去。犧牲者已經產生，狂跑的羊們重新恢復了平靜，逐漸聚攏在一起，心有餘悸地望著掠食者，羊腿不停地發顫。我們連忙跑過去看，格林還死咬住羊脖子毫不放鬆，喉嚨裏咕嚕咕嚕大口吞咽著汩汩流出的羊血，牠翻起眼睛以勝利者的驕傲和護食的警惕盯著我們。

「這是那隻瘸羊！」扎西看看羊腿叫著，「牠可真會挑！」

果然，那羊的一隻後腿關節腫大，掙扎的時候腿都蹬不直，奔跑起來肯定影響速度。格林這傢伙白天跟著羊群那麼久，原來是在分析情況，觀察哪隻羊容易得手，然後耐心保存體力，等到傍晚羊都放鬆了戒備，走也走累了、吃也吃脹了的時候，才向牠早就看好的目標發動突襲，以最快的速度、最小的體力消耗瞬間解決戰鬥。

扎西掩飾不住興奮地說：「我還是第一次這麼近的距離看到狼殺羊的全過程。太厲害了！」

我對亦風使個眼色，亦風領悟，忙拿出一遝錢塞到扎西手裏。

「幹什麼？」扎西像摸到火炭一樣甩開亦風的手，表情從驚訝立刻轉成惱怒，「你也太小看我了，還當我是朋友嗎？」亦風尷尬地立在當地，我還欲說和幾句，一看扎西像受了莫大感情傷害的樣子，立刻閉嘴了。我知道扎西性格豪邁，沒有那麼多虛偽的推辭。

夜裏，守著戰利品，心滿意足的格林坐在牧場上，鼻尖指著星空，嘴巴捲成筒狀引吭高歌，天生的哭腔中多了一份成就感與自豪感——牠獵殺了第一隻羊。

亦風放下帳篷布簾，憂心忡忡地說：「這樣不行啊，這傢伙嘗到甜頭了，要真把這兒當大食堂就麻煩了。」

我點頭道：「這隻大羊足夠格林吃上一個星期的。我們抓緊這一個星期時間向扎西和阿媽多學習一些生存技能，爭取早日再上狼山。」

這一個星期大雪不斷，格林居然又找到了一頭早產的死羊羔，牠把羊羔拖到大羊殘骸旁邊，美滋滋地守著自己的冬糧，瞧把這小子樂的。不過我們該走了。我把羊羔和牠吃剩下的大羊骨頭打包裝車。亦風清點了一下物資——幾大箱壓縮餅乾、速食麵、礦泉水、牛肉乾之類。臨走時，阿媽又裝了一大背包的風乾肉和油餅，再三叮嚀保重。扎西硬捆了一隻大羊放在車子後備箱，說：「吃的不夠了就回來！」我們感激地握手告別。

再次驅車來到了領地附近的大河灣，我們驚喜地發現河面已經結冰。格林率先踏了上去，我們提心吊膽地試探了幾次也終於踏上了冰面，這才發現我們的擔心純粹是多餘的，冰面厚實得犛牛群都能通過！

對於在成都平原長大的我來說，何時見過這麼厚重壯觀的冰河啊？我跟格林在冰上撲來滾去傻鬧一氣。格林在結冰的河面輕快地滑行，一看到冰面上有東西就湊上去嗅聞撕扯，那是隨河漂浮的垃圾在冰面上停滯封凍。

「你快看格林的腳印！」我高興地指給亦風看。格林像幽靈一樣遊蕩在冰河面上，平坦的積雪把格林足跡的特徵存留得一清二楚。格林輕快小跑的時候，兩隻後爪能準確地落在前爪印上，排列成整齊的一路，像受過訓練的專業模特所走的貓步，動作極爲協調。由於格林抬腳幅度都不高，雪面被帶出一路拖痕連在腳印後方，像一串排好隊的小蝌蚪，只有在轉彎的時候小蝌蚪才偶爾分成兩行，這時格林前爪缺少一個指頭的痕跡就清晰可見。

亦風一路跟在格林後面仔細觀察，又對照另幾行我指給他看的狗爪印，嘖嘖稱奇：「嘿嘿，我現在也能分辨格林的足印了。狼爪印可比狗爪印大得多啊。格林的腳掌就像雪地靴一樣，非常適合雪面跑動。你看我的一隻腳印就陷下去十釐米深，而牠四隻腳落在同一個點才只陷下去五釐米深。腳掌寬度和體重的比例非常完美，壓力最小！如此看來，體重蹄兒小的牛羊陷在雪地裏跑不動的時候，對狼卻最有利。」

亦風又對照了一下格林和狗的兩種爪印，說：「都是犬科動物，爲什麼爪印的差別就那麼大呢？格林的爪印能排成一排，而狗的爪印卻是兩行散開，各走各的。」

「這要從骨骼結構來講了。」我好不容易逮到顯擺的機會，「狼的胸骨很狹窄，所以牠的腳步往往能並到一起，厚實的雪面下覆蓋著什麼永遠是未知的——可能會有荊棘或者空洞，狼跑動的時候踩踏同一個落點，每一步都能減少對陌生雪面的踩踏。跑動過程更安全。」

亦風嘿嘿笑著狡辯道：「那如果一個落點踩到一根刺，不是四個爪子都被扎了嗎？」

「你就知道貧嘴！」我笑著團了一大把雪向亦風扔去……

河面一旦封凍就節省了一個多小時的路程，但車子卻開不過河，我們只能下車步行。河對面就是狼山，雪後的狼山在陽光的照耀下顯得更加壯美，山前是開闊的狼渡灘，許許多多黑點散落其間，那是一群犛牛在吃草。

我們帶上睡袋、乾糧、相機、太陽能蓄電池和營地燈等裝備，其餘東西暫存車裏，需要時再來取。還有一隻狼和一隻羊，怎辦？如果不牽著走，必定發生流血事件。我們考慮再三，還是由我拽住格林，亦風牽著羊上山，兩個人分別控制住這對冤家。

離開扎西牧場時，格林雖然吃過了羊羔，但冬天裏的狼存糧意識很重，即使吃飽了，見到唾手可得的落單羊還是會忍不住獵殺，對牠而言，咬死擱在眼前就放心了，可海拔近四千米的高原上扛一隻一百多斤的大死羊上狼山，誰有這體力啊？

我們開始步行了，果不出我所料，格林腆著大肚子也忍不住繃直了鐵鏈朝羊那邊抓撓，牠拗不過脖子上的鏈子，乾脆人立起來，兩隻前爪像擂動戰鼓一樣拼命鼓搗。而羊也毫不含糊，

「春風吹，戰鼓擂，一隻小狼誰怕誰？」羊低頭亮角一遍一遍地朝狼頂過來，「來啊，羊爺爺戳你兩個透明窟窿！」我和亦風只好卯足了勁兒，一路勸架一路進入狼渡灘。

剛走上狼渡灘，眼尖的亦風就發現了幾行新鮮狼足跡，那當然不是格林的。

「看來真有狼來過。」亦風摸了摸腰間的相機，發現狼跡的興奮已經讓他忘記了應有的懼怕。

我立刻站住不走了，一臉嚴肅地對亦風說：「你別太高興，這野狼可不是你養的格林，而且牠們接不接受格林還是一回事，更不會對我們夾道歡迎，一定要保持警惕才行。進了狼的領地，絕對不能大呼小叫，因爲狼的聽覺超級靈敏。」

「好。」亦風立刻壓低了聲音。

我見亦風能夠接受我的「教育」，又和他約定了好幾點注意事項：不再過多呼喚格林的名字了，讓牠漸漸淡忘人的召喚；不冒失地拍攝野狼，以免被狼誤認爲我們手持武器；我們在領地停留期間如果生病受傷，必須馬上撤離，避免引發潛在的危險，因爲狼有攻擊弱者的天性。

從進入狼渡灘範圍，嗅到同類的味道，格林就停止了跟羊的較勁，埋頭嗅著地面一路向領地方向猛拽鐵鏈。我看見格林轉移了興趣，就放開鏈子任牠在狼渡灘巡視。

一路上，我和亦風再沒說話，在高原行走相當於平地負重四十斤，況且亦風和我還各自背著不下四十斤的沉重背包，又牽著一隻羊，這簡直是高強度的體力活兒。兩人悶聲不響地行路，能把氣息順勻就不錯了。

我們埋頭苦行了很長時間，亦風就地坐下休息，大口喘著粗氣，剛抬起頭來望著前方就傻眼了：「呃？」

我也愣住了，剛才光顧著走路，竟沒注意到一條嶄新的鐵絲圍欄橫穿狼渡灘，向左直達狼山，向右一直綿延到目不可及的遠山！我倒吸一口涼氣，才離開半個多月的時間，狼渡灘這最後的清淨地也被圍上了圍欄！我們驚訝地沿著圍欄一直往狼山方向走。

走了一個多小時後，鐵絲網仍舊一眼望不到頭，圍欄還漸漸多了起來，還有一處磚砌的牲畜圍場。我和亦風沒法指望繞行了，不得已兩個人抬起一百多斤的羊，翻過圍欄，往狼山領地繼續走，心情瞬間變得沉重起來。

鐵絲圍欄跨過狼山山頂，從神聖的經幡旁邊穿過，標誌著這座神山也終於變成了人山。站在領地，悠閒吃草的牛羊近在幾十米外，蜿蜒於狼山之間的壯觀「冰龍」上，全是滑稽溜冰的綿羊和星羅棋布的牛羊糞，美麗的狼渡灘中安靜越冬的天鵝已不知去向。牛羊踏碎薄冰踩在原本清澈的淺淺雪水中，攪和起一灘灘爛泥。天堂變成了澡堂，仙境化作了險境。

我們目瞪口呆，我不相信原以為最荒無人煙的草原深處會變得如此「繁華」，狼最安全的庇護所變成了最危險的禁地。格林原本隱秘的狼洞與最近的圍欄相距不過一百米，遮蔽狼洞的灌木叢在牛羊擁擠踩踏中早已東倒西歪，這個幾十年的老狼洞洞頂已被踩塌一大半。滿地的牛羊糞便和蹄印下狼蹤全無，狼最後的領地也喪失了。

格林徘徊在狼洞前久久不願離去，牠嗚嗚悲鳴著，一個勁兒地刨開塌陷的洞土，一次次往洞裏試探張望，那神情就像大地震後在廢墟中拼命挖掘親人的孤兒一樣。家園破碎，格林不顧一切狂舞的爪子在污濁的泥雪紛飛中挖出了一道道血跡。我無法相勸更不忍再看，轉臉靠在

亦風肩上，淚濕衣襟。在這人類割據的領地，我們再也沒有了歸家的坦然。我的大腦一片空白……格林，我們還能去哪裡呢？

良久，我和亦風才垂頭喪氣地回到狼山對面亦風搭建的觀測點前。觀測點的小屋門上被人用牛糞和土塊畫了一個大叉，這可能是驅逐令吧，但我們已無心理會這些。

「擴張得太快了，跟半個多月前我來的時候完全不一樣，看來這裏已經被人作爲冬季牧場了。」亦風說著，把羊拴進屋裏，回來陪我坐在房前雪地上。他看著對面山腰上還在狼洞前固守的格林，問我：「你覺得狼群還會來嗎？」

我失望地搖搖頭，心頭竟然有種無家可歸的淒涼：「我不知道了，這是我和格林找到最荒涼、狼蹤跡最多的領地，也是我寄希望最大的地方，最後的安全地帶都失去，我不知道狼還能去哪兒。」

「真是無處不到，光禿禿的狼山能有多點兒草啊？連這裏都要放牛羊，人快把草原給壓垮了。」亦風連呼吸都沉重起來。

在這種高寒草甸上，只有牧草一種初級生物，這是一切的命根。草原最主要的三級生物鏈中，初級的牧草、次級的食草動物、高級的掠食動物，哪一個環節缺失了都是致命的。而眼下的草原生物鏈，初級和高級兩個生態環節都在缺失，次級的野生食草動物也不見蹤影，唯有牛羊牲畜漫山遍野。當人們陶醉於牛羊成群的幸福感中時，是否想過任何人工飼養的動物都只具物的外形而喪失物的本質與精髓，人工飼養的數量再多，也不能說明這個物種繁榮興旺。自然是競爭的自然，而這種競爭法則被人類篡改了。

人類總是繁殖對自己有利的生物，消滅自己討厭的生物，卻忽視了自然是不會輕易地創造任何一個生命的——

狼，獵食老弱病殘的牛羊和繁殖過快的食草動物，完成自然法則中對物種優勝劣汰的篩選，保證最優質基因的延續，避免物種退化；

狼，嚴格控制鼠類、旱獺、兔類等動物的過快繁殖對草場的危害；

狼，清理消化散佈各處的腐肉和生物垃圾，避免疾病和瘟疫爆發；

狼群，在冬季共同圍捕的大型獵物，其剩餘狼食可幫助鷹、兀鷲、狐狸、熊等肉食動物熬過食物匱乏的嚴冬。狼是草原掠食動物中的當家人，所有動物都不同程度地依賴於狼。

狼，不是草原的害獸，自然界最可怕的不是「獸行」，而是「人爲」！過度放牧、鼠蟲肆虐、氣候變化、開溝排水，造成草原沙化的四大原因中，哪一個不是人爲之災？

格林靜靜地站在我眼前，目不轉睛地看著我。狼瞳人裏棕黃色的絲絲縷縷糾結成一團枯草，在狼洞守了一下午，格林終於回來了。我們相對無語，耳邊只有呼呼的風聲和雪砂滾動的細碎聲響。

呆立半晌，格林默默地走過來，把頭一低，埋在了我腋下。我嘆口氣，拍著牠的脊背，輕柔地說：「我知道你難受，回來就好，我們共渡難關吧。」

「對！」亦風鼓勵道，「以後再給你找個狼洞！」

夕陽沉沒在遠山後，兩個人一隻狼坐在若爾蓋草原的無邊星空下，傾聽草原的心跳……草

原是有生命的，狼的存在是草原自然循環中對過度放牧唯一的自我修復和抵抗，如果連這點自身的抵抗能力都沒有了，草原的生命也將燈枯油盡。可是眼前的草原畜牧氾濫、盜獵猖獗，在人類的貪欲和佔有欲下，還有誰能尊重自然的安排，給狼留下生存的餘地呢？

「若爾蓋」的意思是「犛牛喜歡的地方」，可是光禿禿的草原還稱得上「若爾蓋」嗎？狼群還會回到這狼山上來嗎？

31 狼山上的日子

羊抽搐著跪在了血泊中，牠的肚腸緊緊地纏在前蹄上，絆住了復仇之路。格林連滾帶爬地站起來，餘悸未消，小心翼翼地繞到跪著的羊背後，看準羊脖子，謹慎地咬了下去……

亦風在觀測點小屋的第一夜是最難熬的……

第二天太陽還沒出來，亦風就鑽出他的睡袋，逃命似的衝出小房子，對著草原大口大口地做著深呼吸。格林立刻迎上前去蹭蹭他的腿，繼而朝拴在屋裏的羊探頭探腦地張望。

「你沒事吧？」我急忙跟出屋去，順手帶上房門，免得格林乘虛而入。

亦風閉上眼睛深呼吸：「我做夢都沒想過要跟羊睡在一個屋裏，太臭了，這一夜憋死我了。」亦風捶著胸口吐氣，巴不得把肺泡裏最後那點壓底兒的羶味也敲出來。可是沒有辦法，只有一間屋子，狼和羊必須分開，羊沒有狼那麼抗凍，所以只好把羊關在屋裏了。

我有過在這一帶宿營的經歷，雖然太陽穴也像要爆炸一樣疼，乾燥的鼻腔每吸進一口冷空氣都火辣辣的，但我還能堅持下來，有時候女人的適應能力往往要強一點。可亦風是第一次在高原野外過夜，加之他有輕度哮喘，這一夜夠他受的。窒息！頭痛！心發慌！新爐子第一次不好使，後半夜火就熄滅了，屋子裏迅速降溫。亦風像烙烙餅一樣翻來覆去，他口乾舌燥，想起背包旁邊還剩了半杯水，他摸黑端起水來，仰脖子一倒，誰知那半杯水早已結成了冰坨子，硬梆梆地砸在亦風的鼻子上，鮮血直流。這會兒，亦風的鼻子已經腫得油亮油亮的了，我也沒法給他擦藥。

「我們真要在這兒待下去嗎？」亦風呼出的氣息全部在眉毛和前額的頭髮上凝結成白霜，似乎一夜之間蒼老了許多，估計我也一樣。冬天的狼山真不是活人的地方。

「這才只是個開始。」我說。

亦風拍拍頭髮上的霜，爲彼此鼓勁兒：「行，那就好好生活吧。」

狼山上夜晚寒冷荒寂，晝夜溫差甚至可以達到二十五度，但是白天陽光充足。太陽能板的發電功率並不大，必須先滿足營地燈的充電照明，多餘電量省著用，很難爲所有器材充電。而且由於海拔高、溫度低，一些器材的電池無法正常工作。還有很多現實問題陸續出現。

溫暖是第一個要解決的難題。在城市中，這是很容易滿足的事情，可在狼山上就成了一種奢望。我們開始了最原始的野居生活。亦風按照扎西教的方法，收集了許多泥草，調水混合著牛糞，仔仔細細地把小屋每個透風的縫隙都填補上。我們帶的炭有限，我每天撿拾乾牛糞儲存起來做爐火的燃料，夜裏入睡前再用炭渣爲爐子封火，這是個技術活，不能讓爐火燒旺燃盡，更不能讓它在夜裏熄滅。扎西對我說過一種叫做沙柳的植物，這種植物生存能力強，能固沙保水，但是每三年必須整地一次，否則會死掉。狼渡灘周邊便有不少這樣乾枯的沙柳，我時常下山砍一些沙柳枯枝用作在室外燒烤肉食的柴火。

水，是生存的必須，下雪的時候我們收集乾淨雪水，如果沒有積雪，就只能到河裏取冰雪，在爐子上融化以後再沉澱、過濾、燒開。開始，亦風還總是水土不服，每天喊胃痛氣喘，到後來竟然慢慢適應了，抓把冰雪就著油餅都能糊弄肚子。只是亦風的鬍子越來越長，他的電動刮鬍刀不知是凍壞了還是沒電了。我把佩刀抽出來，三下五除二磨得寒光閃閃，掰過他的臉來要幫他刮鬍子，他瞪大了眼睛連連擺手：「不要不要，鬍子留著可以保暖，不然容易凍掉下巴！」他說的是真的假的？

小屋裏的佈局非常簡單，窗戶向東，門向北，屋子正中是火爐，東南角堆放行李、器材和食物等，西南角放水和柴火，羊拴在西北角的門後面，東北角窗下先鋪了兩層防潮墊，又在防

潮墊上擺放充氣床墊。可是，當第一天亦風正猛踩著充氣泵為床墊充氣的時候，格林看見憑空脹起來一個大墊子，新奇得很，就衝上去又蹦又跳又打滾，像玩蹦床。我和亦風看得正樂呢，誰知格林玩著玩著突然狂性大發，張開狼爪照著床墊一陣猛抓猛咬，在充氣墊上掏洞，我趕緊把這搗蛋鬼拉開，幸好沒咬破。

為防止牠再抓咬氣墊，亦風抽了下面的一層防潮墊，轉而鋪在了床墊的上面。有了避風的小屋，有了融融的爐火，更重要的是有了亦風的陪伴和分擔，比當初我孤身帶格林上狼山的時候好過多了。草原小屋雖然簡陋，卻像個家了。

最初，我們有扎西給的風乾肉和油餅，還有蘿蔔和土豆。暫時沒有為食物發愁。我曾經有過被狼探營，吃光所有乾糧的經歷，因此我把一部分食物和幾箱壓縮餅乾留在車裏不動，以防萬一，亦風同意，說：「那些東西最抗餓，當我們開始吃壓縮餅乾時，就表示存糧開始亮紅燈了，得想辦法找吃的。」

我搖頭道：「現在就得找吃的，到了食物短缺的時候再想辦法就已經晚了。」

我和亦風分工，我當狼倌兒，他當羊倌兒，分開放。雖然只有一隻羊，亦風也做起了牧民。

這天，奔走了一天的格林幾乎一無所獲，我和格林都餓壞了。我沿路撿著牛糞有氣無力地返回觀測點，路上哪怕繞幾步都能撿到的牛糞，我都覺得沒力氣去多走那麼幾步。格林也沒精打采地跟在我後面。

我好不容易爬上山，喘口氣一看：觀測點小屋不遠，羊在半山坡上啃著草皮，亦風捧著一本書，盤著一條腿半靠著坐在旁邊，羊繩子接長了好幾截拴在他的腳腕兒上，太陽曬得他的鬍子渣都是金燦燦的。我哼了一聲，這傢伙真會想招兒。我陪狼跑了一整天也沒找到食，他倒好，家門口就能放羊。

亦風嘴裏叼著一根兒細草莖，半眯著眼睛看見我一個人上來了，老遠就問：「收穫如何？」我頹喪地搖著頭，回答的力氣都沒有了。

亦風笑道：「我比你好得多！」說著很得意地拽起繩子顯擺他的智慧，「這截兒是牽帳篷的，這兩截兒是你的鞋帶兒，這截兒是背包兒上的……你看，拴我腳腕子上，羊吃完了這塊草我站起來走幾步，再往地上一躺，高原缺氧消耗大，節省力氣就是節省糧食。」

「淨是餿點子！」我瞪了他一眼，扔下撿來的牛糞和枯枝，坐在草地上揉捏著痠痛的腿，抬頭四面張望，到處不見狼影。

我支嘴道：「快找點吃的，我和格林都餓慘了。」亦風剛站起身，突聽羊大聲驚叫起來，我倆回頭一看，格林不知從什麼地方猛然跳出來，照著羊脖子就要下口。羊大吃一驚，轉身就逃。亦風的腳腕被羊繩子一拖，頓時拉了個大劈叉，他急叫：「快抓住格林！快！」

羊剛躲過了格林當脖子的一口，羊頭又猛地後仰，被亦風的繩子牢牢牽住，羊當然拖不動這老爺們兒，於是圍著亦風繞圈躲避，低頭亮角，威脅格林！我驚呼阻止，上前就抓狼，可獵物當前哪裡喊得住！

羊被拴住很是被動，格林不會錯過這個機會，牠故意撲上去，引逗羊來頂牠，羊往前一衝，羊頭就被繩子拽住，羊脖子一仰，門戶大開！格林乘虛而上，張口就咬向羊的咽喉。我驚得手足無措：這邊狼羊在激戰，那邊亦風被羊繩子捆絆。我生怕羊繩勒住亦風脖子，嚇得心驚肉跳！眼看繩圈越來越小，我撲上去，拽住兩條騰空的狼腿，硬把將要咬上羊脖子的格林給拽了下來。

格林眼看好事被阻，咆哮著一百八十度回腰，張嘴就向搗亂者咬來！我立刻抬起手臂擋臉，另一隻手仍舊拽住狼腿不放。說時遲那時快，一陣鑽心劇痛，手臂已被格林狠狠咬住，雖然隔著厚厚的冬衣，仍舊擋不住狼牙的強力穿透！痛得我大喊：「格林放開！是我！」

聽到這聲音，格林一愣，誤傷?!我手臂上的疼頓時鬆下來，但牠馬上又狂扭身體，吱吱尖叫地抗議起來，好像說：「大戰當前，你拖我後腿?!」格林邊掙扎抽腿，邊叼著我衣袖就往一邊扯，但力道明顯輕多了，再不是先前殺傷性地狠咬。

格林扭頭齜牙，對我怒目而視，又是氣憤又是不解。掙扎間，亦風已掙斷羊繩子上來幫忙。羊突然覺得頭頂的繩子一鬆，欣喜若狂，奮起羊蹄向格林衝過來，亦風慌忙撲上前，又死拖住羊繩子。羊眼看就要衝到仇敵面前了，突然頭頂一緊，又被拖住，羊身在慣性下橫飛起來，甩得瞬間掉了個頭，後蹄差點踩在狼頭上。格林驚叫一聲，更瘋狂地反抗，拼命蹬腿，衝我咆哮起來，似乎在怒斥：「差點被羊欺到頭上，這就是你拖我的後果！」

這邊，羊也發威了，挺起羊角，直接朝亦風狂衝過來，亦風急忙跳到一邊，躲開羊角，收緊繩子，嘴裏大喊：「你沒事吧?!」

「快，快把羊關進屋！」我死死拽住狼腿。亦風迅速收攏繩子，抓住狂暴的羊角，把羊拽進屋，牢牢拴住，跑來幫我。我這才鬆了手，格林一個翻身爬起來，氣得直哆嗦，兩眼直勾勾地盯著我，彷彿質問：「你倒是給我一個解釋先?!」

「你給我記到……」我上氣不接下氣，「休想對這羊起打貓心腸（方言：起歹心）！等你娃斷了糧就曉得了！」

「咱們也真是，非養一對冤家較勁。」亦風同樣喘不過氣來，「羊本來就是狼的菜！幹嘛不讓牠吃？」

我躺在草地上，完全散架了：「現在還不行，格林有現成的吃就不努力打獵了，趁現在還能抓到鼠兔，必須讓牠靠自己！不到山窮水盡不能動這羊！這是救急的！」

「可憐的傢伙，快過來。」亦風衝格林招招手，「你媽說得對，以後誰給你現成的羊吃？」

格林氣憤地別過狼頭，絲毫不領亦風的情。

我覺得手臂痛得發麻，撩起厚重的衣袖一看，手臂已經一大片淤青紫脹，亦風嚇了一跳：「怎麼咬成這樣？」

我轉了轉手臂前後看了一下：「這算好的了，虧得是我，要是換了別人，骨頭都咬斷了。」我虎著臉喊格林：「你給我過來！」

格林高昂狼頭，大步走開，背對著我坐了下來，狼鼻子噴著氣呼呼的鼻息。

我忽地站起身，捋著袖子走到牠面前，整條烏青的手臂亮了出來：「這誰幹的？」格林愣了一下，伸鼻子嗅嗅，高高豎起的耳朵轉動了幾下，慢慢向腦後收攏終於服貼下來，牠緩緩低下頭去，歉意而委屈地翻起眼睛望著我。我繼續攤著傷臂，一臉陰沉地看著牠。少時，格林輕輕挪動身子，夾著尾巴向我湊了過來，喉嚨裏嗚嗚哼唧著，像個犯了錯的孩子。

「一定要教育！」亦風心疼極了，「敢咬家裏人了，這還了得！」

格林更謙卑了，俯首貼耳地湊過嘴來，舔舔我的傷臂，嗚嗚吱吱越叫越可憐，乾脆翻過肚子躺在我腳下，歪著腦袋乞憐地看著我。我狠不起來了，慢慢蹲下。格林扭來扭去地展現著牠可愛的一面，博取我的諒解。

「撒嬌就算啦？絕不能手軟！」亦風不吃這套。

我咬著牙伸手欲打，突然，格林伸出爪子牢牢地印在我落下的手掌上。我一呆，心猛地顫抖起來。順從的格林溫柔地望著我，眼睛清澈得像藍天下的兩滴露珠，這拍手的記憶讓所有的溫情經歷潮水一般湧上我心田。我嘆口氣，輕輕握住格林肉嘟嘟的大狼爪揉捏著，無奈地抬眼看看亦風，搖了搖頭。亦風苦笑一聲，心裏也軟了：「牠能看穿你的心。」

我們仨分吃了一些油餅和風乾肉簡單對付完肚子，坐在屋前休息，太陽漸漸斜了下來。亦風想到我手臂的淤青，還心有餘悸：「你這袖子起碼也有三釐米厚，上下就六釐米，這樣的緩衝下來怎麼還能咬得那麼重？如果是狗，塞一嘴的衣服根本咬不動了。瞧這傷得，簡直像液壓鉗夾過的！」

「狗能跟狼比嗎？」我笑著拍拍格林的脊背，「差別大了。這還只是剛開始就被我及時喝止了的力量，你想想狼發動攻擊時，瞬間咬合的力量該有多大？如果這力量再加上衝擊力和狼甩頭的力量又是多大？成年狼的咬力至少是家犬的兩到三倍，如果拋開體型差異，單比咬力，藏獒都不是狼的對手。這小子才半歲的時候，跳起來跟我搶一根犛牛腿，我沒讓牠得逞。後來我把牛腿扛回屋裏老覺得軟綿綿的，剖開一看，中間的腿骨已經斷成三截，而牛肉上只有兩處咬痕。狼啊，是進化完美的掠殺機器。」

亦風感嘆著，摸狼頭的手頓時多了幾分敬畏，看著格林的牙，突然讓我們想起了狼牙棒，兇猛的野獸多的是，為啥不叫虎牙棒、豹牙棒、獅牙棒，偏偏要叫狼牙棒？可見狼牙的兇狠和殺傷力在古人心目中是佔有特殊地位的，尤其對游牧民族而言，狼更是戰神一般的角色。而狼牙棒最早就是由北方游牧民族傳入中原的。

就這樣，一個人放羊一個人放狼，同時到處查探野狼的蹤跡。不知不覺半個月的時間過去了。我原以為，只要格林一來，留下狼的氣息或者半夜裏一嗥叫，不出幾日野狼就會像當初那樣現身。然而我們期盼的野狼卻一直沒有出現。我和亦風越來越不安，不知道牠們還會不會來，什麼時候來。在這樣嚴酷的環境下，我們能堅守多久？我們更嚴格地計畫起食物來，把所有剩餘的肉食集中起來分成若干小份，每次一小份肉拌上乾糧，作為格林打不到獵物時候的「低保」。到了萬不得已的時候，我們還有一頭羊。

隨著天氣越來越寒冷，旱獺冬眠、野兔難尋。山上是別指望有獵物的了，我遠遠跟著格林一直走到大河灣的空曠地才見到鼠兔的蹤跡。鼠兔沒有在雪下活動的能力，積雪覆蓋的時候，就待在洞裏吃儲存的乾草，偶爾幾隻耐不住的鼠兔跑出來，在雪地上特別明顯，但這些傢伙離開窩邊從不超過五米。格林獵捕時也越來越注重細節，有時牠甚至會把鼻子輕輕插進雪裏冷卻鼻息，以免呼出的白氣驚擾獵物。

我跟蹤記錄了格林的大多數狩獵情況。剛來的第一天，格林捕獲了兩隻鼠兔；第二天格林捉到了三隻鼠兔；第三天，無收穫；第四天，捉到一隻大野兔；第五天從兀鷲那裏搶到一塊死牛殘骸，守著飽食了三天。第八天，想打自家羊的主意，被我趕出家後，狠刨一處鼠兔洞，令我意外的是，牠從洞中捉出來的不是鼠兔，而是一隻淺棕色的小鳥，還沒撲騰幾下就被格林吞吃掉了，沒看清楚那到底是什麼鳥，根據一片殘羽猜測像是褐背擬地鴉。第九天至第十二天，在狼渡灘邊緣地帶獵獲十餘隻鼠兔，第十三到第十六天，無獵獲……

每當格林有獵獲時，我們都爲格林感到驕傲。雖然牠常常挨餓，但已能夠脫離我的協助獨立捕獵了。我們急切盼望著狼群的到來。然而日漸稀少的鼠兔塡不飽狼肚子了，格林老是斜眼兒瞟著不遠處的牛群，舔著嘴唇找機會躍躍欲試。犛牛群一看狼來了，可不像羊群那樣潰散逃跑，立馬圍成一圈把小牛犢護在中間，牛角一致衝外，擺好牛陣！格林繞了兩圈實在瞅不到機會，只好灰溜溜地走開，繼續搜尋鼠兔。

隨著積雪覆蓋，冬草枯敗，牧民原本在山頭啃草的牛羊也像飛蝗一般漸行漸遠。狼山更加荒蕪。格林每次狩獵無果

獨狼對峙群牛陣。

回來，就死盯著羊琢磨，餓得直呑清口水，再眼睜睜看著我們把羊安全地關回屋子。

亦風終於耐不住性子了：「這都半個多月了，狼還來不來，是不是早就轉移了？」亦風提出乾脆去主動尋狼，我堅決不同意，極力說服亦風：我們人單力薄，既沒有追蹤設備，又沒有後援補給，如果再脫離了小屋這個立足點，冬季在草原瞎撞一氣，危險性實在太大；當初我們剛來狼渡灘就發現過狼群足跡，證明牠們仍舊在這一帶出沒，只是不肯露面。在相互並不十分瞭解和信任的情況下，我們在明牠們在暗，越找越找不著，反而加深狼群的懷疑和防範。可能會干擾到狼群冬季的正常集結，甚至讓狼群感覺到有威脅存在，引發牠們的攻擊行爲。我們既然已經駐紮在狼的領地之內了，能做到的就是盡力正常化的生活，安全地堅守狼山，只要消除了狼的安全顧慮，牠們遲早會現身打探的，因爲有格林在這裏。說不定我們在商量找狼的時候，狼群就在某處盯著我們呢。

我一番分析說得亦風汗毛直立，他瞪大眼睛向四周掃射了一圈：

「照你這麼說，合著我每天是在一群狼的眼皮子底下，就我一個人放著一隻羊?!要是哪天牠們圍上我了，主菜配菜都齊了?!」

我不再回答，看著亦風緊張地摸出一支煙來，點煙的手有點顫抖，然後是長時間的沉默。自從上了高原，他很少抽煙，我知道直至這一刻，亦風才初次體會到了上狼山來的恐懼感。我靜待著他對我說出撤退的話，我一點都不會爲此感到意外和怨憤，我也暗自下定了再次獨自留守的決心……

然而，抽完四支煙以後，亦風緩緩用手指在地上摳了個小坑，把煙蒂都塞埋進去。他盯著我的眼睛看了好一會兒：「你不走，我不走！」說完，他喚過格林使勁抱著，任牠舔著下巴和手背，刻意在自己身上蹭留了更多的狼味。我喉嚨發緊，眼眶泛潮，很想說聲謝謝，可我說不出來，也不必多說了。

隔天一早，亦風就從車裏找來工具，圍著小屋檢查，把所有他認爲不牢靠的地方又統統加固了一遍，此後每天，亦風照舊鑽出屋子大口換氣，格林照舊向屋裏探頭探腦看羊，羊在屋裏照舊跺著蹄子亮角威脅格林。之後，我照舊放狼，亦風照舊放羊，所不同的是，亦風再也不把羊繩拴在腳腕上了，放羊也再不走太遠，他隨時帶著望遠鏡四處張望，他總是把對講機優先充電，每次我出去的時候，囑咐我一定帶上。每天傍晚回來，格林和羊照舊水火不容，我倆照舊勸架調停，只是再沒有像那天一樣激烈的戰鬥了。

狼山上的日子固然艱苦，但有了格林就充滿了期盼。有時我也背著畫板陪著格林東遊西蕩，畫牠吃食的樣子，畫草原純淨的雪景。如果發現有止血的真菌「馬蹄包」，就會收集起來，以備不時之需。格林總會陪伴在我身邊，舔舔我的手背，嗅嗅我的畫板，彷彿也很珍惜這相伴的日子。有時格林會待不住又不願意獨自巡山，就軟纏硬磨地咬著我的畫板非要拉我跟牠走。我踏著濕滑的雪坡上山，若是走得慢了點，格林就繞到我背後，拱我推我催促前行。

亦風說他放羊的時候，從望遠鏡裏依稀看見沿河一直向下似乎有人家。我有一次站在山梁上，遙望雪白的冰河面上有人在鑿冰取水，還有一次我和格林抓野兔追到河邊時，突然發現河對岸有人在遠遠觀望。我急忙帶著格林迅速撤離，因爲難以預料牧民對狼是什麼態度，所以實在不敢輕易接觸他們。

格林是自由慣了的，一到晚上就特別精神，四處遊走，牠越來越展露出夜行動物的特徵了。只要能吃飽，牠比我們耐寒得多，半夜溜達完回來，自己扒個雪窩子鑽進去就暖和了，每次牠的雪窩子都選擇在背風的地方。夜裏格林的獵獲似乎比白天多一點，我偶爾能看見格林在小屋不遠的一個雪窩子裏埋下牠夜晚捕捉來的存糧。

幾日後的一天下午，格林憑著敏銳的嗅覺，在大河灣的堅冰下找到一頭凍結在冰塊深處的死豬殘骸。殘骸旁邊有許多動物光顧過的痕跡，其中居然還有不少新鮮的狼爪印，我心裏一陣狂喜！急忙在對講機裏喊叫亦風，亦風匆忙把羊拴進屋，扛著攝影機飛奔到大河灣。兩人趴在冰面上拍攝分析比對狼爪——至少有三隻以上的大狼，兩隻略小一點的狼，最大的狼爪印僅略小於成年人的巴掌。冰面上留有新鮮狼糞和狼打過滾的痕跡。看情形，牠們的狀態很放鬆，狼只會在自己認為安全的地方打滾。

格林努力地掏啃著冰下的凍豬，把能挖得動的內臟冰塊摳出一些來，嚼得咯吱脆響。之後牠反覆嗅聞同伴的爪印，也在那些狼打滾的地方蹭擦滾動，顯得很開心。

我和亦風握緊了彼此的手，狼群的確還在，格林還有希望！我們多日來的堅守終於有了意義。我們沿著狼跡去向開始追蹤，然而上岸後摸到草叢中，足跡就詭異地消失了。我們返回河冰上，看見狼爪印旁邊兀自隨風滾動的雪砂，不肯放棄這次機會，但心裏明白，再度追蹤只能使狼群跑遠，不如留下格林，讓格林去追尋同伴的指引。

我們一步三望地回了小屋，從爐膛裏掏出兩個早已烘烤熟的土豆，碰了碰「豆」，要是有酒，真想痛飲一通，慶祝這最令人振奮的一天！

格林直到第二天凌晨才回到小屋旁。我們繼續關注狼群動靜，但是狼群再沒有出現，死豬殘骸周圍的狼足印也漸漸被雪覆蓋了。

嚴冬的腳步加深，鼠兔越來越難找了，格林沒日沒夜地尋食，一兩天找不到吃的也是常有的事，實在餓壞了，就回來和我們分吃乾糧。長期單調的食物吃得亦風聽見「乾糧」兩個字就反胃，常常以給格林留著爲藉口，啃兩下就不吃了，想念成都的火鍋是他每天飯後的主要話題。白天裏，紫外線依舊很烈，拾柴打獵時，我的臉既被風雪凍紅，又被太陽曬痛，冰火兩重天。烈日和風霜給了我兩抹高原紅。

羊還是半饑半飽，格林也半饑半飽，回家以後，牠們連掐架的精神都沒了，形式化地走了一圈就各自散開。到了晚上，格林和羊的夜半歌聲也照舊：狼在外面唱「我餓……」，羊在裏面和「楣……」，聽得我倆直搖頭。我摸摸包裹，抖出最後幾塊風乾肉，從窗戶裏扔給格林。

早上，一片金色陽光，沒有格林的Morning Call，我開窗一看，牠不在……雖然平時格林也經常早起外出，可是今天我心裏湧起一陣緊張和失落，牠走了嗎？

羊頂著門要出去吃草，羊倌兒亦風匆忙戴上帽子手套就開門放羊。

突然，門外羊叫人喊，亂作一團，我趕緊往門口跑去。

「格林在門口打埋伏！」亦風衝我大叫。只見羊拖著半截羊繩，踢蹬著後腿狂奔起來，格林緊隨其後，一場追逐戰開始了。羊的一條後腿顯然已被咬傷。

從格林的眼神裡就能看出來，羊肯定是保不住了，但我們可以吃狼食了。

「牠怎知道我要放羊呢？」亦風很鬱悶。

「羊遲早要出來，說不定牠埋伏不是一會兒了。」我心裏一喜——牠還在。

「勸不勸架？」亦風問。

「勸不了了，格林已經餓了很久，今天這隻羊牠是志在必得了。」我看著格林追羊的身影，心裏更多的卻是一種莫名回蕩的甜蜜，彷彿只要孩子在身邊，怎麼折騰都是好的。

羊腿已經受傷了，怎麼對付這隻羊，格林心裏有數。格林很清楚這隻大羊跟牠以前遇到過的頭羊有得一拼，正面攻擊牠根本不是對手。於是牠一早就埋伏在門後，羊剛出門還沒回過神，格林就發動突襲咬傷一條羊腿，現在不快不慢地驅趕著羊滿山跑。羊腿流著血終究支撐不住，這頓飯遲早是牠的。這一口也是一箭雙雕！格林知道我們護著羊，先咬了那口，傷羊過不了冬，我們也沒法再攔牠了。

我索性坐了下來：「羊是肯定保不住了，但今晚可以吃狼食了。」

我和亦風坐在山頭上看格林折騰，從這山到那山，從那山又回到這山，羊跑不出去的圍欄倒是幫了格林不少的忙。來回跑了一個多小時，羊終於支撐不住了，腳步明顯慢下來，羊舌頭伸得老長，大口喘著粗氣。格林從背後迅速繞到羊側面，看準位置，跳撲上去，像個大郵包一樣掛在羊側腹部，張嘴就咬！

我和亦風「啊」的一聲喊，畢竟養了那麼久的羊，還是於心不忍，突然又希望羊能脫逃，就像平常招架一樣，有驚無險。

羊劇痛之下，飛起一腳踢在狼腿上。格林從羊身上掉了下來，就地滾了一圈，吐著滿嘴羊毛一瘸一拐地站了起來。我們的心揪得更緊了，狩獵是有危險的，我們更不想格林受傷。

格林瘸行了一會兒，步伐漸穩，看來沒受什麼傷。牠並不急於再上前噬咬，抖抖狼毛跟了上來。羊還在跑，身上漸漸抖出幾條繩子，越掛越低……

「怎麼那麼多羊繩？」我納悶。

亦風抓起望遠鏡一看，叫道：「不是羊繩，是羊腸子！」

我一驚，再仔細看去，羊的左側腹竟然被狼牙豁開一個大窟窿，血和著熱腸子一路往下掉，很快就纏在奔跑的羊腿上，幾個踢絆，羊就跌倒在地。顛簸之下，羊肚子上的破口一發不可收拾，內臟一湧而出。我雖然知道狼弒殺之血腥，但親眼看見格林在我面前豁開奔跑中的羊肚子，讓羊自己踩出自己的內臟，還是覺得心裏直發毛。

羊像一個大棉包一樣倒在了地上，鮮血染紅了雪地。格林跑上前查看，圍著羊順時針繞了兩圈，又反時針繞了一圈。獨自殺掉了比自己重三倍的獵物，格林亢奮而驕傲，這種驕傲讓牠一改平時先破喉嗜血的作風，面對這個曾經威脅牠多次的對手，牠要在羊活著的時候將牠生吞活剝。牠繞到羊腦後，一口咬住羊耳朵準備生撕下來……這一舉動大錯特錯！任何生命都不容輕視！垂死的羊借著餓狼撕耳的力道猛地站了起來，拼盡最後的力量，踩踏著自己的心肝向狼頂了過去！要與狼同歸於盡！

格林萬萬沒想到腸肚流了一地的羊還能站起來，牠大吃一驚，躲閃不及，被羊結結實實頂了一下，這一下頂得牠仰面朝天，最脆弱的狼肚子亮了出來。眼見羊角又朝著格林肚腹衝了過去，格林驚叫著來不及翻身。我驚恐地蒙上了眼睛。

「咚！」一聲悶響，沒了動靜，我驚訝抬頭，亦風張大嘴巴，伸手把我的臉撥轉過去——羊抽搐著跪在了血泊中，牠的肚腸緊緊地纏在前蹄上，絆住了這復仇之路。羊角離正在掙扎而起的格林僅差毫釐。

格林連滾帶爬地站起來，餘悸未消，再不敢大意輕敵。牠小心翼翼地繞到跪著的羊背後，看準羊脖子，謹慎地咬了下去……

「這羊真是好樣的！堅強！」亦風邊烤著羊腿邊稱讚。我瞄了一眼他烤得正帶勁兒的「羊堅強」的腿，一聲不吭，亦風卻還在自顧自地嘀咕：「其實羊並不弱呀！」

是啊，白天的場景也給我留下了深刻的印象。如果狼和羊一對一地ＰＫ：狼有牙，羊有角；狼有爪，羊有蹄，勢均力敵，羊決不比狼弱！羊是狼的菜？司馬遷在史記中寫道「猛如虎，狠如羊，貪如狼」，把虎、羊、狼這三者相提並論，從而有了「羊狠狼貪」的成語，可見羊也不是什麼省油的燈。從格林見識過的兩隻獨羊來看，一隻羊可以很猛，連格林都屢屢吃虧，可是一群羊就不想戰鬥，只想逃跑，誰跑最後誰倒楣。一旦狼殺死一隻羊，其他羊便繼續吃草，他羊的生死與己無關。羊從小生在牧場上，長在皮鞭下，忘了還有自由拼搏這回事，忘了鋒利的羊角還可以對付敵人，只在交配的時候才與同胞打得不可開交，外戰外行，內戰內行。相比之下，一匹狼成不了多大的事兒，而一群狼卻勢如破竹。爲什麼？

夜深了，北風透過門縫窗縫鑽進來嗚嗚呼嘯著，氣溫始終在冰點以下徘徊。

「醒醒，喂，醒醒！」亦風整個人裹在睡袋裏，像條大毛毛蟲一樣從防潮墊上爬過來，用嘴往我臉上吹氣，「快醒醒……你聽……格林今晚的聲音好像不一樣……」

我側耳細聽，格林在近處嗥叫，聲音漸低時，遠遠似乎有回應，不像是山谷回聲。我翻身就跳起來，掙出睡袋，推開窗戶再聽。果然，北風中連續幾聲清晰的狼嗥從遠山傳來。我立時想起了幾天前在冰面上發現的狼足跡。狼群回來啦?!我們在這裏守了二十多天了，終於等到了第一聲野狼嗥，格林的呼喚終於有了回應，有野狼，格林就能重返狼群！但這遠遠的狼嗥可能來自幾十公里外，牠們是格林的血親嗎?牠們會來帶走格林嗎?

亦風也鑽出了睡袋，披衣走到窗前。我一笑：「你不怕了?」亦風把窗戶略關小了一點：「還好。」

這一夜，我們興奮得再也睡不著，也不敢打擾格林的嗥叫，希望那狼家族的回聲多一點，再多一點，這裏有你們的小狼啊……我裹著厚衣服坐在窗邊，和亦風背靠背靜靜地傾聽若有若無的曠野狼歌，那是野性的荒原上最美妙的音樂。

32　狼煙

我圍著火堆轉圈，把火堆之外引燃的草統統踩滅扒開！像巫婆跳神一樣不停地祈禱：狼煙快出來吧……直到火堆燃盡，才看見格林慢條斯理地出遊歸來。牠嗅嗅狼糞灰燼，又看看我們，搞不懂這些人到底在想啥。

一大早，我和亦風把昨天烤好的羊腿和一塊羊排分份、包好，每天取一小塊夾著壓縮餅乾吃。格林等不到我們，就獨自出巡去了，似乎有我們守著那頭死羊牠很放心，也或許牠還有別的事情要做。

我和亦風分好了食物，就在山頭上坐著，你望我我望你，沒有羊放了，也暫時不擔心吃的了，野狼那邊也沒什麼動靜，這時候哪怕有個事兒做也好啊，人就是這樣，一旦吃飽就開始無聊起來。我看見昨天撿來的柴薪牛糞還有很多沒用完，我猛然想起了一件事，眉飛色舞地問亦風：「想不想點狼煙？」

「行啊！」亦風一拍即合，「咱們分頭撿狼糞？」

「不用！」我一陣風地跑回小屋子裏，拎出了一個塑膠口袋。亦風打開一看，驚訝壞了，裏面全是狼糞。我得意道：「車上還有更多呢，記得那個大狗糧袋不？快陪我去拿。」

亦風恍惚記起是有這麼一個大口袋，離開獒場的時候，我神秘兮兮地拎來裝在後備箱。他當初還以為是狗糧，沒想到全是狼糞！亦風無語了。

話說這些狼糞的收集是有緣由的。

幾個月前還在獒場的時候，一天，我正和獒場的工人們在廚房揉糌粑。聽見窗戶外面咚咚悶響，我伸脖子一看，格林頂著我窗子下面的鐵皮牆，蹭著屁股，又享受又難受。

「牠到底怎麼了？」我很納悶。因為幾天來格林的動作一直很奇怪，經常走著走著突然坐下，翹起兩條後腿，前腿撐地走路，把屁股蹭在地上像溜滑梯一樣磨著走，或者把後屁股往鐵欄杆上撞，總是一副如坐針氈的感覺。

「屁股癢吧。」尼瑪的話說了等於不說，問題在於格林爲啥會癢啊？

「大便沒擦乾淨，每次替牠擦擦就好了。」老阿姐說。

「笑話，狼在野外誰替牠擦屁股？」尼瑪皮笑肉不笑。

「對啊，也沒見哪隻狼拉屎還帶手紙的。」大夥兒也不贊成這個說法。

老肖乾咳了兩聲，招呼我：「先吃糌粑，吃完我再跟你說。」

我「哦」了一聲，不再問了，以免影響大家的食欲。可我心裏還有一些疑惑解不開，看見格林現在的樣子，這些問題又一股腦地湧上心來。

從格林小時候開始，牠的糞便就像搓成條的泥丸子，黑黝黝的。那時候我一直在觀測小格林的身體狀況，對牠拉黑色糞便的問題，我和亦風就琢磨了很久，傳說中的狼糞不是灰白色的嗎？爲此，我還專門翻看了《狼圖騰》中對小狼糞的描述，書裏描寫狼洞前的新鮮小狼糞是「筷子般粗細，約兩釐米長短，烏黑油亮，像中藥蜜丸搓成的小藥條」。我對照了一下，是那麼回事。我想，既然原生小野狼糞也是黑色，那麼格林應該算正常的，或許要等長大以後才會拉灰白色狼糞吧。小格林一直健康活潑，我也就沒在這問題上太認真。

後來格林長大了許多，但是糞便卻仍舊不是灰白，而是和藏獒一樣的金黃色或者黑褐色。我原以爲這是狼糞太新鮮的緣故，要等風乾以後才會呈現出灰白色來。於是，我連續收集格林的狼糞，分時間順序擺放在前院的牆頭上風乾，每天都去看顏色。可是等了一個多星期，所有的糞便都風乾，卻仍舊是呈咖啡色或者黑棕色。

是不是白天乾了的狼糞又被夜露打濕了？我不甘心，用火鉗夾了一塊最早撿的狼糞拿到火爐邊烘烤，烤得絕不可能再有一絲水分，但狼糞仍舊不泛白。這可是貨真價實的「狼製造」啊。爲此我一直很困惑。格林倒是對我成天到晚跟在牠屁股後面收集糞便的奇怪嗜好感到很新奇。有時候牠製造完了看我沒注意，牠就站在大便旁邊衝我「嗷」地一聲叫，儼然在吆喝：「喂，收糞的，還不快來撿？」

我對搜集來的狼糞顏色、氣味、大小、形狀、分量等都做了詳細的記錄，發給成都的亦風，讓他幫我諮詢動物醫院的獸醫朋友，看這些「產品」都正不正常。獸醫大笑著稱這記錄爲《屎記》，又讓亦風帶話說：你就別操心太多了！

儘管大家都覺得沒必要較勁，可我就是覺得想不通，爲啥我的狼拉不出「狼糞」？

現在，格林又這麼奇怪地磨屁股，到底是爲啥？我真的「杞人憂糞」了嗎？

大夥兒吃完糌粑，老肖又喝夠了酥油茶，這才抹抹嘴招呼我：「把你那狼帶出來吧。」

我打開門，把格林放到前場，蹲下來抱住狼頭安慰著，讓牠別動。老肖彎下腰，左手握住格林的尾根部翻起來。格林肛門周圍都紅腫了，甚至有血流出。老肖掏出一張紙巾直接貼住格林後部，以右手拇指和食指按住擠壓，擠出一些淡黃色牙膏狀的東西，奇臭無比且帶有刺激性氣味。老肖替格林擦乾淨，抹了點清涼消炎的藥膏。格林搖搖尾巴，表情舒坦多了。

「好了。」老肖站起來說。

我捂著鼻子，好奇地問：「那是什麼？」

老肖呵呵一笑，讓我幫他舀上一瓢水洗手，邊洗邊說：「是氣味腺的分泌物，排不出來就會堵塞、發炎。狗有時也會這樣，但像格林這麼嚴重的還很少。」

我刨根問底：「為什麼會排不出來呢？」是啊，狗發炎了，人可以替牠清理，可野外的狼如果也像這樣發炎流血了，誰替牠們擠壓擦藥啊。

「大多數狗不需要清理，自己就能排出來的，關鍵看牠吃的東西適不適合牠。」

「格林每天吃的東西都很好啊，又營養又全面。」

「太精細了不一定就真的合適，牠是一匹狼，卻每天吃狗糧，能合適嗎？」

我恍惚悟到點什麼，老肖進城的時候托他扛了半隻羊回來，特別囑咐一定不能扒皮。我每天連毛帶骨砍下一大塊給格林，有意讓牠茹毛飲血。兩天後，格林果然不再「溜滑梯」了。四五天後，格林竟然拉出了標準的灰白色狼糞，風乾後輕飄飄的，掰開來看時，羊骨渣消化得只剩骨灰，羊毛像被強力榨乾並且脫脂一樣糾結成死死的一團，風一吹就斷成碎節。

我這時才深切體會到每種動物的肌體構造都有它的道理。拿腸胃而言，狼的腸胃天生就是消化骨肉皮毛的，而且就連氣味腺也絕對與這種食性配套。氣味腺在狼的肛門兩側，它分泌出有刺激性的氣味腺液，這是狼的「液體身分證」，每個狼家族都有其獨特的味道。狼與狼之間見面，會互相聞對方的屁股進行分辨，嗅的就是這身分證。隨著狼每次排便或者在標誌物上蹭擦的時候，這種味道就會標識出這隻狼的領地範圍，它可以讓兩公里外的狼都能辨別出來。

狼嚼骨吞肉咽皮毛，拉出來的狼糞必定是結實的毛團和乾燥的骨粉，這樣粗質的糞便有足夠的壓力壓出狼的氣味腺液。然而格林長期吃狗糧和精選的牛肉，強力的消化液無用武之地，綿軟的糞便也趨向狗化，帶不出狼性身分了。狗和狼同宗同祖，也有這種液體身分證，但是

被人馴養千百年以後，大多數狗的腸胃已經弱化，早已適應了狗糧飯食的生活，氣味腺也退化了，糞便不需要多費力就可以壓出「身分證」來。雖然人很難辨認，但這種軟弱的狗性身分證和強硬的狼性身分證在牠們靈敏的鼻子裏肯定有著天壤之別。

格林身體的每一個微不足道的細節都標誌著牠野性難泯。從那以後，我儘量讓格林獵食和食腐，我也一直收集牠的糞便觀測健康狀況。甚至在狼山領地紮營時發現的所有野狼糞也成了我收集的一部分，誰知天長日久積少成多，竟然有了一大袋乾燥狼糞。最後離開獒場時都捨不得扔掉。

此刻，亦風陪我行至河灣那頭，從車上取出那袋狼糞。看著亦風已經被我震驚壞了的樣子，我頗有成就感。

回觀測點的路上，我一想到馬上要在山頭點燃狼煙，就興奮得臉放紅光。亦風像個大哥哥一樣陪在我身邊，雖然明知道我很多時候愛瞎折騰，但他也由著我，很少批評我不幹正事什麼的，用他的話來說：這世上本來就沒多少正事，只有自己想做的事和不想做的事。如果你對想做的事認真了，那就是正事了。

看我像娃娃一樣興致勃勃的樣子，亦風樂呵呵地：「你別怪我掃你興啊，狼糞是燒不出什麼煙的，這點《狼圖騰》裏的陳陣早就試過了。」

「這我知道，但沒有親自驗證過的事情說服不了我。依我的看法，陳陣才收集了多少狼糞啊？小半書包而已，我這可是三個多月的糞量啊！再加上狼山積攢的野狼糞，合起來十多斤都有，陳陣的根本沒法比。也許他就是失敗在量不夠上。」眼看山頭在望，我信心滿滿：「他有他的看法，我有我的道理——狼糞的成分是什麼？骨粉和毛團！骨是含磷的，而磷本來就是很奇妙的東西，能自燃鬼火，既然狼糞中有含磷的成分，又有乾毛團助燃，狼煙的說法怎麼就沒道理呢？」

亦風聽了我的分析，有點心動了，走著走著又疑道：「磷的燃點低，夜晚才明顯，如果僅用磷的燃燒來解釋，爲什麼不叫狼火而叫狼煙呢？而且古書裏說它是沖天的黑煙。」

「狼的消化道和胃液都特殊啊，不然憑什麼《本草綱目》都會有記載？也許就像貓屎咖啡一樣，磷經過狼腸胃的強酸化合後，就會有燒出黑煙的奇妙效果！而最關鍵的還是磷的分量要足！」我拍了拍大口袋。

亦風的好奇心完全被勾出來了，他趕緊跟上幾步問：「那等會兒燒狼糞的活兒是……」

「當然是你幹！」

「唉，我就知道……」

觀測點外幾十米遠的山頭上，我監督著亦風把枯草柴薪堆架好，然後一把把掏出乾狼糞放在柴堆上。慘白的狼糞裏細密緊致的毛團緊裹著一把骨粉，看起來像龍鬚酥，又或者像一把把剛收穫的蠶繭。有些狼糞落地就輕飄飄地在地上滾動，有些已經壓成了粉碎毛渣，一掏出來就隨風化成白煙。袋底的狼糞更是天長日久壓成了灰末。亦風掀開袋子張望了一下：「這些灰灰就不要了吧。」

「不行不行，那才是精華，磷就在骨灰裏面。」

亦風索性把口袋底拎起來，把骨灰全倒在柴火堆上。柴火加狼糞像個大雪堆一樣擺在面前，很有烽火氣勢。我和亦風激動得心怦怦直跳，敢問有幾個人能看到這麼壯觀的狼糞堆？我趕緊遞給亦風一盒火柴，他便點燃一把乾草，生起火來。

這堆火比昨晚純粹的柴火難燃多了，特別是最後那些骨灰附著在柴草上，像乾粉滅火的原理一樣，相當阻燃。這些我想像中含磷的骨灰不但沒有磷的易燃效果，甚至沒有藍光。風吹走一些骨灰之後，亦風終於把柴堆引燃了。火苗在骨灰下掙扎了好一會兒終於漸漸旺起來，最先燃燒的是那些粉碎的毛渣，掛著火星順著火苗輕盈地往上飄，還挺漂亮。很快，一股蛋白質的焦糊味鑽入了鼻孔，和火燒頭髮的味道一般無二，其中還混雜著有點刺鼻的狼膿味兒。估計是狼糞上的「液體身分證」被烘烤出的味道吧。

一縷縷黃白煙冒出來了。有門兒！我激動地拍著手：「接下來是見證奇蹟的時刻！快拍下來！」

亦風「哦」了一聲，順手把火柴夾在腋下，開始調照相機，等待狼煙！

火堆中的狼糞燃起來很艱難，狼糞慢慢轉成了黑炭狀，死氣沉沉地不著火。火堆開始還冒起一點黃白煙，後來乾脆白煙都不冒了……亦風的手舉痠了，我的臉烤燙了……當柴堆燃起熊熊烈焰的時候，狼糞也終於全部燒了起來。然而，沒有沖天的黑煙冒出，只有一點點濕草燃燒的水汽白煙，夾雜著些許毛髮燃燒的淡淡青煙和淺棕色煙霧，在烈焰的蒸騰下若有若無，升上兩三米高就被山風吹散了。遠不如農民焚燒秸稈的煙氣，也不如薰製臘肉的柏枝煙，甚至不如農家炊煙。

火苗開始躥到了一人高，站在火堆對面的人看起來都有了些朦朧意味。周圍的野草烤乾了，開始劈啪作響，大有入火的勢頭！我湧起一陣恐懼感：星星之火可以燎原，我這一大堆火要是在草場蔓延開來，後果不堪設想！我越看越心驚肉跳，趕忙跑回屋裏，把昨天亦風打回來的一桶水拎到火堆邊，心裏才稍稍安定了一點。

我圍著火堆不停地轉圈，把火堆之外引燃的草統統踩滅扒開！像巫婆跳神一樣不停地祈禱：火快燒完吧，狼煙快出來吧！

狼糞已經燒成了明火，像一塊塊紅寶石忽閃忽閃，狼煙仍舊沒有出現。火倒是越來越小，快要滅了。我撥出幾塊燃燒的狼糞，一離開火堆，狼糞很快就熄滅了，可見狼糞完全是被動燃燒。狼糞不但不易燃，而且大量的骨灰還阻燃！重要的軍事報警還這玩意兒燒不是自找麻煩嗎？按照亦風剛才老半天才點燃柴火的速度，一個個烽火臺的傳信下去，恐怕外敵散步都到京城了。

火堆快燃完了，我們翹首以盼的狼煙看來是沒戲了。被風吹開的灰燼散落在周圍地上，像結了一層白霜，草木灰落得我們一頭都是，我失望地鬆了一口氣。我和亦風已經被烘烤得滿頭大汗，甩甩頭髮拍拍肩上的草灰，開始脫外套。

突然間，「哧」的一聲爆響，將滅的火堆中迴光返照一般猛騰起一叢火焰，紅中帶藍，藍中帶紫，像瞬間綻放的蓮花，緊接著火堆上果然騰起一股黑煙！

「狼煙！狼煙！狼煙！」我咋咋呼呼地叫著猛擰亦風的胳膊。

狼煙轉瞬即逝，升得也不高，但的確是明顯的黑煙！

「看見沒？看見沒?!真的有狼煙，古人沒瞎說！原來狼糞要燒完的時候才會冒煙！我就說嘛，狼糞總會有它的奇妙之處。」我一連串地喊著蹦著驚訝著，熱血沸騰！

我又有點搞不懂了：「這煙也太少了吧？是不是狼糞不夠？你說咱們要收集多少狼糞才能燒出黑山老妖那樣的沖天大煙？可是，都要燒完了才冒煙不是貽誤戰機了嗎？這是什麼道理呢？」

亦風一直插不上話，這會兒終於開口了，他擠出一點笑容：「你興奮完了嗎？」

「嗯，完了。」

「燒出狼煙的事兒你還是忘了吧……」

「爲啥？我還要寫進《屎記》裏呢。」

亦風指了指胳肢窩，尷尬地笑笑：「我剛才脫衣服的時候不小心把火柴掉進去了……」

我一愣，定睛細看火柴灰，像當頭一瓢冰水，澆得我心裏拔涼拔涼的。火堆吐出最後一點淡煙氣，滅了。我用腳撩開灰燼，地面被我燒出一個叉狀的大裂口，彷彿爲我的實驗結果評分了。

幾個月的收集付之一炬卻白高興一場，爲啥狼糞燒不出狼煙？十斤狼糞燒成了灰甚至不如最後一盒火柴的黑煙明顯。火柴也是硫黃和磷的成分，這麼多狼糞多少也有點磷吧？是不是我們的燒法不對呢？或者需要把狼糞中的磷提煉出來？不過，那要多少狼糞才能提煉出足夠的磷呢？磷燃燒能冒黑煙嗎？如果不能，還不如直接燒硫黃油脂之類更省事。又或者，狼糞的糾結毛團是否在燃燒烽火時是做吸附油脂之用呢？不過，與其去收集那麼多狼糞來吸附油脂，爲啥不直接牽一隻綿羊來，剃下一身的羊毛，那不比狼糞裏那點可憐的毛髮多得多嗎？我和亦風討論來討論去，沒一個理由站得住腳。

爭論中，亦風聽我說到古人云「狼糞煙直上，雖烈風吹之不斜」，他終於忍俊不禁：「我孤陋寡聞了，就算是火山噴發也只是烈風吹不散的濃煙，我從沒見過什麼煙能烈風吹不斜。你見過？況且古代上萬個烽火臺哪兒找那麼多狼糞啊？」

被亦風這麼一笑，我也不吭聲了，有些「古人云」還真值得推敲一下。

唐代《烽式》規定，警烽的傳遞速度「一晝夜須行二千里」。假如以十里一個烽火臺，兩千里內二百個烽火臺來算：一個烽火臺僅用十斤狼糞，這次訊息傳遞就需要兩千斤狼糞。而一匹飽食終日的狼一天也最多兩泡糞（拉稀除外），一泡糞不足三十克，一個星期的乾糞量不足一斤，而且散落漫山遍野不易收集。我守著一匹狼，一個月的收集也僅僅三斤多，這還多虧格林通力合作幾乎沒落下一泡。如果要收集兩千斤狼糞，至少需要六百六十六匹狼紀律嚴明保障有力，一個月的「愛國糞」全部充公上繳，才夠一次烽火之用！徵「軍糞」比徵「軍糧」更要軍需處長的命。而古時烽燧遍佈全國，僅敦煌市境內已經發現古烽火臺及殘址一百三十多座，估計全國不下數萬座烽火臺，這麼多的烽火臺，除了有警時須施放煙火之外，無警亦須每日施放「平安火」。如此大量需求足以帶動狼糞貿易，甚至引發全國最大的能源危機，進口狼糞勢在必行！如果遇上戰事頻發的年代，恐怕把全中國的狼拉得盪氣迴腸也拉不夠烽火之用。

狼煙真是狼糞燒的嗎？狼何以取得「狼煙」冠名權的呢？

最早對「狼煙」一詞做解釋的，是晚唐志怪作家段成式的《酉陽雜俎》：「狼糞煙直上，

烽火用之。」晚唐是想像力極爲發達的年代，而段成式的作品寫的又多是些仙佛鬼怪飛天炫惑的事情，韓湘子成仙、吳剛伐桂就編入他的《酉陽雜俎》。《酉陽雜俎》中有段成式自己寫的，也有道聽塗說的。《四庫全書總目》對其評價是「多詭怪不經之談，荒謬無稽之物，而遺文秘笈，亦往往錯出其中，故論者雖病其浮誇，而不能不相徵引」。段成式的確對有些稀奇古怪的東西做了解釋，但這解釋不排除有望文生義的成分。段成式家族世代爲官，其父段文昌更是官居宰相，其解釋也不排除有統治階級的避諱，不直言狼煙就是警告「狼族進犯之煙」，因爲狼來了，人是不怕的，羊怕！故而以狼糞燒出之煙代替「狼來了」之煙，以免人心惶惶，很多解釋都是爲了更好地統治。

而段成式「狼糞煙直上」之說立意新奇，附和他的人越來越多，狼煙之說也越傳越玄：有人說狼糞煙「雖烈風吹之不斜」，有的人乾脆證明「狼駢脅、腸直，其糞煙直，爲是故也」（意思是，狼煙之所以直是因為狼腸子是直的）。以後諸多附和，甚至包括《本草綱目》的記載大都類似，無非更加繪聲繪色而已。誰也不願意再說狼煙只是艾蒿、莖葉、葦條、草節或其他燃料燒出來的煙，因爲真相遠遠沒有謠言聽起來刺激……

如果這些「古人云」都是真的，那麼我們將面臨生物學和物理學的兩大難題：其一，直腸狼何時滅絕的？其二，煙柱被烈風吹不斜的原理是什麼？

狼煙到底是真的狼糞煙，還是古人的一個大烏龍？一個簡簡單單的問題，一旦傳作古人云就似乎成了堅不可摧的真理，遍地的專家學者引經據典各執己見。可嘆啊，你爭或者不爭，狼糞就在那裏……值得深思的卻是，十幾億國人，爲什麼就沒人去燒呢？

老先人的一句話，引後世爭得狼煙四起，坑孫啊……

直到火堆燃盡，才看見格林慢條斯理地出遊歸來。牠嗅嗅狼糞灰燼，又看看我們，搞不懂這些人到底在想啥？

悠閒的日子很快就畫上了句號。大約十天以後，羊吃完了，生活又開始緊迫起來。終於到了吃壓縮餅乾的時候了，然而除了十天前那遠遠的一陣狼嗥之外，狼群仍舊沒有出現，彷彿那夜的聲響只是我們的幻覺。我們的情緒更加低落，我甚至懷疑自己當初的判斷太草率、太理想化了。找不到狼群就只能帶格林回去了，然而，回到城市溫飽是不愁了，可已經有過自由體驗的格林還能在城裏宅得住嗎？野狼不來我們又該怎麼辦？

「回去嗎？」亦風問。我皺緊了眉頭悶聲不答，雙手卻把他的手臂抓得緊緊的。

亦風咬牙嘆口氣：「那就再等等看吧……」

我和亦風清點著車上的存糧，肉食是一點都沒有了，土豆蘿蔔也早就吃完，只剩下為數不多的壓縮餅乾、油餅、青稞粉和糙米茶。這些我們在城裏碰也不願意碰的食物，在這裏卻彌足珍貴。

亦風在後備箱的角落發現了一個蘋果，不知道啥時候滾落在車箱裏的。他欣喜若狂，趕緊拿來給我吃，我也捨不得，兩個人你推我讓好半天，我終於拗不過亦風的堅持，捧起蘋果來啃。剛啃了一口就發現不對勁了，隔著手套感覺不到這蘋果被凍得結結實實，一口下去驚得我牙齒陣陣冷痛，我忙鬆口，卻發現蘋果已經拿不開了——我的上下嘴唇都黏連在冰凍的蘋果

上，一撕就出血。我只好忍著痛向嘴唇哈氣，又用舌頭一點點潤舔被蘋果黏連的部分，好一會兒才把嘴唇解脫出來，已經凍腫了。

亦風也沒料到會這樣，他把蘋果捂進懷裏，像孵蛋一樣夾在腋窩下，等到蘋果孵化了一圈，兩個人才一點點分著啃。等又啃到蘋果裏的冰坨子了，就再用塑膠袋把蘋果包起來，又孵，最後一塊蘋果不忘帶回去給格林。

亦風說壓縮餅乾熱量很高，可那玩意兒我一天吃一塊就撐飽了，卻從沒見產生多大熱量。沒有肉食、沒有菜蔬、沒有油水，在高原根本無法抗寒，而且新陳代謝都出了問題。不敢多吃，吃完壓縮餅乾必須大量喝水，餅乾一發脹，能落個水飽。長期靠乾糧過日子，我們的手腳開始浮腫起來，嘴唇和手掌腳跟都在開裂，虎口更是裂得拿東西都使不上勁兒。亦風開始還能調侃幾句「嘴裏淡出鳥兒來了，有隻耗子路過也好啊」。到後來，我倆簡直不能提吃肉，一提吃肉就走不動道了，餓得恨不能啃自己的大腿。有時看見格林嚼東西，我們就禁不住咽口水，那眼睛瞟得就像看著隔壁鄰居吃肉，我們吃素挨餓一樣，那種饞肉的饑荒感覺不是用理性能夠安撫的。

一天我撿牛糞時，無意中看見格林藏食的雪窩子裏露出一點點毛茸茸的兔腿，我的兩隻腳就像焊在了雪地上再也挪不開步子。藏食點就像一個強力的磁場，拽著我上前。我扒開雪窩子，露出一隻野兔，兔頭被啃掉了，但身體是完整的，我饑火上湧，想也沒想撿起兔子就走。剛走了幾步，心裏突然糾結起來，這是在偷竊自己孩子的存糧啊！這冰天雪地裏，格林獵食那麼艱難，我怎麼下得了手？我轉去重新把兔子塞回雪窩子，這下我卻更邁不動步了。格林也曾經要給我兔腿，可我從來沒有領受過，現在領受一次應該也不爲過吧？我的理智可以克制，但身體的強烈渴求卻令我無法抗拒。這兔子拿還是不拿，我蹲在雪窩子前面，腦袋都要摳爛了。

我一咬牙拎起兔子來，念叨：「老天爺來決定吧，如果兔子指向我，我就拿走，如果兔子指向雪窩子，就留給格林。」說完呼地一下把兔子扔向半空……噗，兔子掉下來，前腿指著雪窩子，後腿指著我。我猛咽了一口唾沫，就這麼決定了，一人一半。我生怕「老天爺」改主意，抓起兔子就朝屋裏飛跑。

我像脫襪子一樣麻利地剝掉兔皮，割下兔子的下半身，熬了一鍋兔肉湯。看著鍋裏那星星點點的油珠子慢慢冒了上來，感謝老天、感謝格林賜給我這頓肉。

亦風背著一捆沙柳乾枝回來了，老遠就聽見他的腳步聲在雪地上跑了起來。他氣喘吁吁地推開門大喊：「我聞到肉味兒了！」

等不及湯冷，兩個人就迫不及待伸手進鍋，各抓了一條兔腿啃起來。能啃得動的骨頭全嚼碎咽下去，咬不動的那根大腿骨也被嚼得像甘蔗渣一樣。我舀了兩勺青稞粉拌進兔子湯裏，煮成了漿糊一樣的湯粥，加上一點點鹽，儘管是沒有任何配料配菜的「裸烹」，兩人卻從沒吃過這麼好吃的肉粥，一氣兒喝了個底朝天。

我倆安撫完了肚子，又後悔起來。格林怎麼辦？這娃娃要發現我們偷了牠的存糧會不會撒潑？會不會生氣？更重要的是，牠萬一餓了，這半隻兔子夠不夠吃？

我和亦風大眼瞪小眼，終於想到一個主意，把兔皮筒子重新翻過來，把壓縮餅乾和著剩下的兔肉一塊兒塡塞在裏面，重新紮好，像做塡充標本一樣。然後重新把這「餅乾兔」埋回藏食點。

傍晚的時候，格林回來了，我趴在窗戶邊老遠望見格林乾癟的肚子就更自責起來。格林徑直走向藏食點，牠的腳步慢了下來——狼很善於感知周圍的變化。

格林圍著藏食點繞了一圈，看著周圍雪地上除了我的腳印再沒其他痕跡，牠想了想，又低頭用鼻子嗅了嗅，都是熟人的味道。牠鬆了口氣，伸鼻子拱開雪窩，用牙尖叼住一點兔皮，把兔子拖了出來。忽然，格林滿腹「狼」疑地盯著面前的兔子看，沿著兔身從上至下地嗅了一遍，牠猛地抬起頭來看向小屋。我趕緊埋下頭，不一會兒我再把腦袋探上窗戶的時候，格林還在盯著我這裏，我想牠一定發現我了。

格林挪開了目光，繼續觀察兔子，至少格林相信我是不會害牠的。牠終於忍不住饑餓的催促，叼起了兔子，甩著狼腦袋抖掉兔肉上面的殘雪……格林剛把兔子抖了幾下，裏面的壓縮餅乾就劈哩啪啦掉了一地，格林一愣，直挺挺地栽倒在雪地上，三秒不到，牠就趕緊爬起來，風捲殘雲地吞掉了所有兔皮肉和餅乾。

我和亦風愧疚極了，雖然以前也分吃過格林咬死的羊，但這次的狼食吃得極不光彩，而且，偷吃就偷吃吧，還做手腳，就像借了穀子還了糠，害得人家差點昏厥。

不過，我們也是擔心格林吃不飽啊……

晚上，格林在屋外繞圈，撓完窗戶又撓門。我和亦風琢磨著，牠該找「小偷」算賬了吧？這屋子裏一定還殘餘著濃重的兔肉湯味道。我倆白天做了虧心事，半夜最怕狼敲門。

格林平靜地進屋來，聳了聳狼鼻子，像往常一樣親暱地臥在我們身邊睡覺，直到這時，我們才慚愧地放下心來。

天還沒亮，格林就拱開門出去了。亦風歉疚地拿出兩塊壓縮餅乾，連包裝一起埋在格林藏食的雪窩子裏。但是接連幾天，雪窩子都再沒被動過。按狼的習慣，藏食點一旦被發現，就絕不會再用了，格林自小也是如此，藏食的時候非常警惕，絕不洩露天機。這個點也是我碰巧發現的而已，格林大概基於對我的信任，並沒在意，誰知「家賊難防」。

數日後，一天凌晨，亦風搖醒我：「外面有動靜！」

我一骨碌爬起來，藉著淡藍色的光線向外看去。

格林在雪窩子藏食的老地方一個勁兒地刨著，牠的身邊放著一隻夜晚剛獵來的野兔，那兔腿似乎還在微微踢蹬。格林刨開雪窩子，拖出我們埋的壓縮餅乾放在一邊，叼起兔子塞進了雪窩，很快用鼻子推回雪，蓋在雪窩子上，還用爪子各處壓一壓，好像在給保險櫃上密碼一樣。

格林忙完這一切，轉頭望向小屋。雖然隔著窗縫子，我仍然明顯地感覺到那雙明黃色的目光穿透窗縫，極富深意地看了我一眼。

格林看了一會兒，埋下頭嗅了嗅我們的壓縮餅乾。牠用一隻爪子踩住餅乾，用尖牙撕開塑膠包裝袋，拖出壓縮餅乾大口吞嚼起來。吃完兩塊壓縮餅乾，格林舔舔爪子上的餅乾末，甩甩頭頸，邁著狼步輕快地下山了。

我披上棉袍，抓起望遠鏡，跟了出去。我從望遠鏡裏一直看著格林的身影下了山，走到狼渡灘的一處小水溝邊。牠埋下頭，大口大口地喝水……我的鏡頭被淚模糊了……

從那以後，格林像個起早貪黑養家的孩子，那雪窩子儼然成了我們的家庭冰箱。我們往裏面埋餅乾，格林往裏面埋肉。雖然格林的肉食也並不多，有時好多天也沒有一隻完整的獵物能埋下，但這已足夠了，我會把獵物剁碎拌上青稞粉或者糙米茶煮成一大鍋，讓一家三口都能混個飽。格林每次都會把我剝下的獵物皮骨和內臟甚至殘血都舔吃乾淨，而我們情不自禁有了這樣的習慣，從內心裏感激每一餐來之不易的食物，雖然沒有飯前祈禱的形式，但乾乾淨淨吃完就是最好的感恩。想想自己從前的人生，想想現代人燈紅酒綠的生活方式，大多數人和食物之間毫無尊敬可言，誰又能感受一下狼性生命對食物最質樸真實的珍惜呢。

過上了這樣的生活，我才隱約體味到了，爲什麼格林從小到大，每次見我回來都會報以激情決堤般的歡迎儀式，因爲對狼而言，生存不易，覓食艱難，親人的每一次外出都有可能面臨著殊死搏殺、獵人、陷阱、天敵……無數的未知與危險，能帶著食物回家何其艱難，狼的每次分別，都承載了對彼此深重的牽掛與擔憂，這一去可能是生離死別，再見面必定是劫後餘生，怎能不爲每次重逢而悲喜交集，感激涕零？於是，每當格林獵食回家，我也會用最激烈熱情的擁抱迎接牠的凱旋。

然而吃著狼食，我們的心情卻愈加沉重。既欣慰於格林已經能養活自己，甚至還能照顧到我們，又羞愧於兩個大人的荒野生存能力竟然遠不如一隻幾個月的小狼，如果沒有亦風帶來的那車食物，我們早餓死了。而每次偷偷看見格林往雪窩子裏埋東西，亦風的臉上就臊得慌：

「牠埋在外面是給我留面子啊。」

不能老指望著格林獵食。既然牠能找到食物，我們也能試試，畢竟我們是「智人」啊。

我用老方法逮鼠兔，可是冬天的鼠兔不像夏天那樣忙於收集食物，我堵了洞以後，鼠兔縮在窩裏，壓根兒就懶得出來。好不容易有隻鼠兔出洞的時候，我已經凍得腳僵手麻了，棉袍上落滿的雪花也結成了冰殼子。

亦風拔下車裏的兩根釭線，做了兩個鋼絲圈。我引著亦風找野兔洞。亦風說，小時候看見大人在田裏就下這樣的鋼絲圈套野兔。亦風的道理說得是很到位，可天天查看鋼絲圈，也沒見一隻野兔上套。最糟糕的是，有一天，我們再去查看的時候，鋼絲圈少了一根。亦風臉色鐵青：「沒有了釭線，車子可就別想開了。」

感謝上蒼，正當我們最著急絕望的時候，我發現叼著獵物回來的格林步態很彆扭，仔細一看，牠後腿上套著的赫然是我們丟失的寶貝釭線。這根釭線是如何纏在格林腿上的呢？我們到現在也沒想通過。

亦風自嘲道：「忙活了半天，總算套著一隻狼。」

重新裝好釭線以後，亦風再不敢卸車子的任何零件來謀生了。畢竟，有車在，我們心裏總懷有一線生機；有車在，我們似乎離現代文明僅有一步之遙。我和亦風成了困在蠻荒和現代夾縫中的人，擁有著諸多現代設備，卻延續著一種人們早已摒棄的生活方式。

亦風不止一次地說：「我們已經成了格林的負擔了，不是我們在養牠，而是牠在養我們。」

是啊，在這裏又冷又餓日子難過，我們早已弄不清是我們在野化格林還是格林在野化我們。可是我們怎麼捨得離開？努力那麼久，格林的群體還沒找到。雖然格林已經完全有生存能

力，用亦風的話說，「這孩子就是撿破爛、吃腐肉，牠都活得下去」，格林完全可以拋開我們這個累贅，獨享食物，遠走浪跡，可是牠爲什麼總會回到我們身邊，或許牠最渴望的是一份精神的慰藉，一個家。

人有人道，狼有狼道。我真後悔當初沒有讓牠一直追隨大狼而去，反而因爲牠回到我身邊就愈加疼愛。此刻，我想讓牠回到狼群的願望比以往任何時候都強烈。

33 最怕遇到人！

剛出來就連遭攆打，格林的心情低落起來，跟我回去的路上委屈地嗚咽著——不容於人群，不容於狗群，我到底屬於哪裡？

遮天蔽日的風沙刮了兩天兩夜，太陽縮在風沙後面，白天變成了黃昏，背風坡的雪面染成了一片焦土。

我灰頭土臉地進了屋，從河邊打回來的一桶水裏有小半桶都是沙子。亦風不敢出門了，他已經被嗆得喘不過氣，嘴唇發烏，掐著脖子窩「哧哧」地噴著哮喘藥。

格林大噴著鼻息拱開小屋門鑽了進來，一身黃煙，狼眼幾乎睜不開，牠前爪捂著鼻子在地上打滾，難受得像馬一樣打響鼻。牠瞧見我放在門邊的水桶，就一腦袋扎進去，搖頭晃腦地涮著鼻子，涮幾下又抬頭大喘一口氣，再埋嘴進水桶，突突地冒著鼻泡泡，弄得一地都是水。我抱起狼臉一看，黑鼻孔成了黃鼻孔，裏面堵了好厚一層沙，看來鼻子大也有壞處，外鼻子舔得著，鼻洞裏面吸進的沙可就舔不出來了。我從格林脊背上揪了一點浮毛，沾點水，在一根草棍兒上揉成團，做成棉簽，小心翼翼地托著格林的下巴，替牠把鼻孔裏的黃沙都掏出來，格林連打了幾十個噴嚏，略好。我沒想到這輩子還會給狼挖鼻屎。

鋪天蓋地的沙塵之下，哪裡找獵物啊？這風沙還要刮幾天？找不到食物，格林怎麼辦？

風沙發狂般搖撼著小屋子，風聲灌進每一個窗縫、門縫，變成巫婆般歇斯底里的怪叫。煙囪的風門也被刮了起來，爐子裏總是倒灌風，連續幾天都沒法生火取暖。到了夜晚，鑽進睡袋裏焐上半天都感覺不到熱氣，我們和格林只好擠在一起相互取暖，像蜷縮在狼洞裏的一窩狼。

亦風的腦袋挨著我的腦袋，他一隻手抱著格林粗大的脖子，另一隻手放在格林腋窩下焐著，他喃喃地問我：「咱們好像還從沒拍過一張全家福吧？趕明兒我把相機焐熱了，咱們拍一張。」**（由於相機和攝影機在高原經常顯示「低溫無法開啟」，因此往往需要提前在懷裏焐熱**

才能使用。）

我「嗯」了一聲：「這些照片隨時都可以拍啊，還需要預約嗎？」

亦風微微一笑道：「也是，我只是想，如果格林走了，就沒機會了。」他一遍遍摸著格林的尖耳朵，看著耳朵順貼在手掌下，又「噗」地彈起來，輕聲問道：「說真的，如果格林走了，你捨得嗎？」

「捨不得也要捨啊，我來草原不就是爲了讓牠回歸嗎？狼不是寵物，人的陪伴絕不能取代牠真正的同類。而且，狼有自然交付給這個物種的使命，我巴不得儘早讓格林加入狼群，只要牠能活得快樂，我有什麼捨不下的。」

亦風滿眼笑意，輕輕撈起格林毛蓬蓬的大尾巴，用狼尾巴尖掃著我的鼻子：「你呀，就給我講大道理吧。」

厚密的狼毛蓋在身上，像一床活毛被，讓寒冷也遠離。我被格林的熱氣熨帖著，摸得到牠皮毛下有力的心跳！感覺我的血液循環也與牠同步，朦朦朧朧中，我似乎回到了城市溫暖的被窩裏。我漸漸墜入夢鄉，唯一彆扭的就是耳朵，格林的大鼻子剛好貼在我的耳邊，於是牠每次呼氣的時候，我的耳朵就會溫烘烘癢酥酥的，而牠每次吸氣的時候，我的耳朵就冷得直縮。半夜裏，我總以爲是亦風的鼾聲，後來才發現是格林在打呼嚕，再困苦的環境，牠也能睡得香。

我剛來草原時穿的白紗長裙早已剪得支離破碎，有的紗塊用來包紮格林的傷口，有的紗條用來捆綁小屋子不結實的地方，有的紗條搓成繩子隨身攜帶著捆背柴火用。有的紗疊成幾層用來過濾飲水。襯裙則紮成了一個大口袋，裝牛糞用。我做夢也沒想到過自己最珍愛的紗裙會落得個焚琴煮鶴的下場，然而沒有生存，哪來的浪漫？

即使被過濾後的水，喝進嘴裏也全是細沙磨著牙齒的聲音。吃壓縮餅乾不喝水不行，我們一口餅乾一口沙水，硬往下嚥。從前吃完的幾大箱速食麵每包配料袋裏的一點點碎肉丁，我都像考古一樣仔仔細細地挑出來，攢了小半碗。這會兒終於派上用場了，我把肉丁拌在掰碎的壓縮餅乾裏，留給格林吃。

格林兩口就吞完了，然而狼肚子仍然扁得晃蕩。我還想再拿幾塊壓縮餅乾給牠，亦風止住我：「那玩意兒膨脹得厲害，吃多了一喝水會出事兒。先讓牠喝點水吧。」

格林喝了一大碗水以後，肚皮才勉強撐了起來，大家貌似飽了。

三天後，風沙終於停了，小屋子裏的每一個接地縫隙前都留下了一個個扇形的沙錐。

風沙過後，前段時間遠離的牛羊群又轉了回來。亦風囑咐我說：「牧場上似乎有人來住了，以後格林出去的時候可得多跟著點。」我連連點頭。

這天，格林下山出獵，我遠遠地跟著牠，順便提了桶到河邊取水。

格林剛走到河邊一處平坦地帶，正巧一輛摩托車載著兩個牧民經過。兩個牧民一看有狼，立刻停了下來。格林看見人來，竟然毫無心機地迎了上去。一個牧民下了車，伸手在懷裏一陣掏摸，赫然掏出一個後端帶鐵鏈的流星錘模樣的武器，拿在手裏掄起來。

我嚇得水桶一扔，邊衝過去邊大喊起來：「不能打！不能打！」急撲上前護住了格林。

牧民愣了一下：「你敢抱狼？」

我連聲解釋：「牠不會傷人的，只是好奇。」我突然腦袋裏靈光一閃，用藏語大喊道：

「牠是寺廟裏放生的！」這句話是當初跟扎西學的，也不知道發音是否標準，更不知道寺院裏會不會放生狼。但這句話應該奏效了，牧民看看我的一身藏袍，將信將疑地收起流星錘，一步三回頭地騎著摩托走了。

我回望懵懵懂懂的格林，這孩子真讓人不放心。那流星錘打在你糊裏糊塗的腦袋上還得了嗎？直到摩托車走遠，我才鬆開格林，撿回水桶來到河灣處。

剛下到大河的冰面上，我想起沒帶鑿冰的工具，以前的水洞已經凍實了，跳起來跺都跺不塌。正發愁的時候，瞅見在大河的上游正好有一男一女兩個牧民，他們也在河面上鑿冰取水。我正琢磨著等這倆人走了，我可以上他們的水洞去取水。哪知道格林又上去了，這次格林小心了一些，牠悄悄接近，觀望他們在做什麼。或許格林覺得這一男一女倆牧民不會傷害牠……

格林觀望了好一會兒，河面有了咕嚕嚕的水聲，牧民的冰洞鑿開了，口渴的格林也想從鑿開的冰洞裏喝水，於是牠跑了上去。牧民抬頭一看來了隻狼，立刻進入了備戰狀態。

格林輕輕地搖著尾巴，小心翼翼地走過去，歪著腦袋看著牧民。然而牧民婦女拿起木棍石塊，對準格林狠狠地砸過來！格林大吃一驚連忙躲開。好在狼的速度非一般人能趕上

格林小心翼翼地走過去，歪著腦袋看著牧民，遭到的卻是狠狠砸打。

的，而且有了剛才摩托車的經歷，讓牠略有提防，但這一擊還是讓格林在冰面上狼狽地滑跌了一跤，牠忙翻身爬起，邊跑邊吱吱叫著，牠回頭看打牠的人，心裏很是疑惑。男牧民抄起鑿冰的鐵棒隨後趕來追打，我趕去制止，這才避免了進一步的傷害。

剛出來就連遭撻打，格林的心情低落起來，跟我回去的路上委屈地嗚咽著——不容於人群，不容於狗群，我到底屬於哪裡？

回到小屋，我把這事兒跟亦風一講，兩人心裏都酸酸的——在人類中長大的格林已經把人當成了可親近的同伴，如果繼續留在我們身邊，如何讓牠接受「人是牠最大的天敵」這個概念？這是我們最擔心的，格林太單純，太沒有心機，儘管我們教會了牠狩獵求生的本領，但是如果牠對人沒有戒心，很可能是個悲劇的結果。然而我們已經退到了荒蕪的狼山，即使我們可以控制住格林不去接近人的地盤，卻無法阻止人逼近狼的領地。

一天，亦風發現格林始終專注地盯著極遠處的牧場，他用望遠鏡仔細調好焦距搜尋，他發現牧場上好像有個白點始終沒挪動過位置，從望遠鏡裏觀察，似乎是一隻羊躺在那裏，是死是活不真切。亦風和格林留守小屋，我決定獨自翻過牧場圍欄去看個究竟。

走了大半天終於到達目標跟前，我興奮得歡呼雀躍——那是一隻死羊，肚子已經膨脹起來，身上卻皮包骨頭，格林的食物有著落了！

我圍著死羊轉圈，想辦法要把羊拖回去。正琢磨間，一個騎著馬的牧民不知道從哪兒冒了出來：「你在幹什麼？」

「大哥，你的羊死了怎麼處理啊？」我看到牧場主人來了，客氣地詢問。

「不要，就丟在那兒。」

「那把羊給我吧。」

「你拿死羊做什麼？都死幾天了，不能吃了。皮也壞了，沒用。」

死幾天了都沒有鳥獸來啃食？我看著完整的羊屍，心裏有點悲涼，草原上的食腐動物真是愈見稀少了，也或許牠們根本不敢踏入人類範圍，只能像格林一樣望食興嘆。牧場之內死亡的牲畜無法消化，牧場之外食肉的動物忍饑挨餓。

「我不吃，拖出去餵狼總可以吧。」

「那你拿去嘛，」牧民笑著靠在馬背上看我折騰，「哪裡去找狼？狼敢來早就打死了。」

「謝謝你啦！」得了許可，我把凍得硬梆梆的死羊翻了個面，寒冷的高原是個天然冰櫃，羊屍並沒有太腐敗，我邊拿繩子捆羊腿邊說，「狼冬天就清理這些腐肉，到春夏秋天，狼就吃鼠兔旱獺，這樣你的草場上就不會有那麼多老鼠了，以後你的牛羊才有草吃。」我儘量通俗易懂地說著，把羊腿捆了起來。他顯然對我的話題並不感興趣，看了一會兒拍馬掉頭走了。

我把繩子挎在肩膀上，費力地拖著死羊往回走，走了百來米，身後馬蹄聲響，剛才那個牧民又回來了：「賣給你。」他改變了主意。

「啊？」我有點意外，「什麼？」

「這個死羊賣給你。」他重複。

「你不是不要嗎？」

「你要就要給錢，羊皮還值錢呢，拿到市場上也可以賣。」

「多少錢？」我也懶得爭辯了，死羊不值錢，多說無益。

牧民上下打量了我一下：「八百塊。」

「啊？」我嚇一跳，「活羊也才賣九塊錢一斤呢，這羊瘦成這樣，就算活的也最多值五百。」

「你要不要吧？」牧民很乾脆。

我無可奈何，說不要吧，想想格林過幾天可能就斷糧了，好不容易走到這兒來。我嘆口氣：「那這樣吧，我買活羊。」這樣我還不用背著沉重的死羊回狼山呢。

「活羊不賣。」牧民不跟我多說了，騎著馬圍著我和死羊繞圈，拿著手機打電話。看這陣勢是不讓我走了。不惹事的好，我摸摸衣兜：「我只有五百塊，你願意就賣死羊給我，我沒有多的了。」

牧民放下手機瞅瞅我的包：「就是八百。」又打量我一下，看上了掛在我脖子上的望遠鏡，「不夠，拿望遠鏡給我也行。」

「那怎麼行？這望遠鏡三千都不止！」

「我用得著。」

「可我也用得著啊，堅決不行，這羊不要了，我走。」我放下死羊，欲從馬旁邊繞過去。

「不許走！」牧民不讓。

我背脊一寒，這才知道自己陷入麻煩了。我下意識地摸向內兜裏的對講機，轉念一想，即使亦風趕來也來不及，何況他還帶著格林，只怕事情會更複雜。

僵持中，另一個牛倌模樣的人騎馬過來了：「怎麼回事？」

「她弄死了我的羊。」牧民說。

「我啥時候弄死你的羊了？」我對這不白之冤措手不及，「我手上什麼東西都沒有，怎麼可能弄死一隻羊啊？而且這羊都死了幾天了。」

「就是你弄死的。」牧民肯定地重複。

我把目光轉向剛來的牛倌，希望他斷公道。

「弄死羊就該賠人家嘛！」牛倌兒下結論了。

「你們還講理不講理？」我心中氣苦，想起了剛才牧民在打電話，他們是一路的。

「怎麼不講理？」牧民說，「我這個羊就是八百塊錢，你弄死了就賠錢，錢不夠望遠鏡抵三百。」

「這個羊就算活著也只值五百，憑什麼要八百啊？」我為保住望遠鏡做最後的努力。

「你看肚子那麼大，懷了小羊啊，怎麼不值三百？」牧民一本正經地解釋他的道理。

我仔細一看：「這明明是隻公羊嘛，憑什麼騙人？」兩人愣了一下，交換了幾句聽不懂的話。牛倌擺出維護正義的樣子：「不管怎麼說，你闖進人家的牧場，平白無故一隻羊死在你面前，你總是說不過去吧？好好的路不走，你怎麼知道這裏有死羊？對吧，既然羊都殺死了，只能按照人家開的價格來賠了嘛，你錯在先啊。」

「你們這個牧場是才圍起來的，我們早就在這裏了……」我猛然想到觀測點門口的大叉，

不敢再說下去，重申道，「我只有五百，你要還有良心，就收五百放我走吧。我也不會再來了。」語氣中明顯示弱與祈求。一個不怕狼的人，怕人了。

「五百可以，但是望遠鏡給他，牧民放羊用得著。再說，你不賠清楚也走不了。人多了就不是這個價格了。」牛倌兒也牛起來了。

走，走不了；留，不敢留。面對如此威脅，我只好取下望遠鏡揚手摔在草地上，牧民瀟灑地從馬背上彎腰撿起。

我心裏氣苦：「這裏草這麼差，你們還在放牛羊，草根都刨吃乾淨了，明年你們的牛羊啥草都沒得吃。」

牧民得意地擺弄著望遠鏡，漫不經心地說：「這牧場我們租下來了就是我們的了，明年沒草轉其他地方就是，用不著你操心。」

「目光應該放長遠啊，人的眼睛爲什麼長在前面？」

兩人對視一眼，笑得不亦樂乎：「爲了數錢啊，快拿來吧！」

沒法說了，我氣得快哭了，掏出錢來嘩啦一聲扔在草地上，轉身拖起死羊走了。我怕他們發覺觀測點，特別繞了一個大圈才從山背後回去。

我拖著死羊爬上半山，老遠就看見亦風和格林衝下來接我，我哭倒在亦風懷裏，抽抽噎噎地講了經過，亦風安慰我說：「人安全回來就好，錢無所謂。如果遇不到人，那些錢又有什麼用呢？」

「可他們也太欺負人了！」我大把抹著眼淚，「明明是公羊，硬說是懷孕的母羊。」

「你怎麼知道是公羊？」

「我掰開腿看了的。」

「你還有心思去掰人家的腿?!」亦風且笑且嘆，「要是你的處世經驗有動物知識的一半多，就不會老受欺負了。」

我搖搖頭：「我寧願跟狼相處，狼比人簡單多了。」

在草原上，我們最盼望的是遇到人，因爲有人就可以買來食物，有人，我們那些沒用的銀行卡和錢就可以變得非常有用。但是我們也最害怕遇到人，每接觸一個陌生人都是一場賭博，因爲無論對格林而言，還是對我們而言，在這草原上，最危險的往往就是人。

34 狼族的集結號

格林翻身衝上雪坡，驚魂未定。沉重的公牛爬不上來，在斜坡下氣勢洶洶地跺著牛蹄，威嚇格林。同時，百餘隻犛牛像示威遊行般，牛角一致向前，跺著牛蹄緩緩逼近，越慢越恐怖，帶著令人窒息的壓迫感，逐漸形成一個半包圍，將我、亦風和格林圍在中間。

死羊的味兒很重，我把羊拖到離觀測點百米之外的雪地上，任格林飽餐一頓。亦風囑咐了幾句，趁著天還沒黑下山提水去了。

我獨自坐在屋前看著格林吃羊，不由得擔憂起來。我的望遠鏡給了牧民確實是個麻煩事情，以往距離遠，狼山附近少有人來，觀測點還算相對安全，可是一旦他們有了望遠鏡，就很容易發現我們的存在，甚至發現格林。出於安全考慮，我把吃飽後的格林招進了小屋。

夕陽最後的光芒也淡去了，亦風才拎著水桶回到觀測點，一進屋就愣住了：「啊！格林怎麼在這兒？」

「我叫牠進來的，怕人發現……」

「可是……外面也有一隻！」亦風說著，頭髮根兒都豎了起來，「野狼？」

我心猛一跳，壓低了嗓門：「哪兒？」

「死羊那兒……」亦風顫聲回答，手直哆嗦，半桶水都抖了出來。

我拍拍亦風的肩膀，讓他俯低，悄悄合上屋門，閂死。兩人躡手躡腳地靠近窗邊躲起來，屏住呼吸，攀著窗沿，露出半邊臉向外望去。果然，好大一隻狼，正在羊屍邊狼吞虎嚥。冬季的狼已換上厚重的皮毛，越發顯得雄壯。我當初看見盯梢的大狼也只是遠觀，還沒有現在的距離近，單憑眼力，我一時不敢確定這是否就是那大狼。

我輕輕縮回頭來看看亦風，我們的目光同時投向了格林。格林的耳朵直立傾聽，鼻子一聳一聳。亦風沒回來的時候，我就覺得格林的神情有點怪，還以爲是牠不習慣的緣故，現在想來，牠早已感受到同類的存在。讓不讓牠出去與同類相認呢？我和亦風交換著眼神。

多日來的種種跡象在我腦中一一串聯起來：冰河凍豬殘骸旁邊的狼足跡；回應格林的深夜狼嗥；本應足夠格林吃上一個星期的大羊僅僅幾天就啃得只剩皮骨，說不定殺羊後的晚上，這狼就來造訪過，替格林消滅了一半的羊。這樣看，野狼一直就在這一帶出沒，對這小屋是輕車熟路，極為放心了。而今我大老遠拖了一隻死羊回來，腐肉的味道吸引著野狼，以至於還未入夜，野狼就等不及出現了。如此看來，這死羊可真算為我們立了一功。又或者，這野狼是一路跟隨牛羊群回來的？也許今天這隻死羊原本是牠盯上的菜，沒想到被我捷足先登給端回來了。

不管怎樣，我們在狼山上等了快兩個月了，終於為格林找到了同伴，雖然只有一個，但總不枉我們苦候一場。在現在的草原上真要找到狼群恐怕也非易事，一定要把握住這個機會，讓格林出去相認。我的心止不住咚咚狂跳，正要挪動身子向門邊靠去，轉念又想到一個問題：如果這狼夜晚就來吃過羊，那麼經常在外過夜的格林很可能早與這隻狼有過接觸了，看格林此刻穩坐傾聽卻並不新奇的神情，我更加堅定了這一猜測。

我不由得皺起了眉頭，眼前的這隻狼如此大膽地接近人類區域，又分吃格林的剩食，看樣子境況也很艱難，且牠是一匹獨狼，格林跟著牠會不會有危險？牠還有沒有別的同伴在一旁？還是再觀察一下吧。

我使個眼色，和亦風輕手輕腳再次靠近窗邊探出腦袋，但這次卻嚇了一大跳。大狼繼續在狂吞海塞，但是卻翻起狼眼，兩道犀利的目光直逼窗戶後面的我們——牠知道我們在看牠！

我和亦風愣神片刻，既然已被發現了而對方並未逃走，我們的精神反而放鬆了一些，情不自禁地沉浸在這種奇特的異類審視中。狼如果不想讓人察覺，人還真不容易發現牠們，這狼敢明著現身吃東西就是一種放心的試探，至少牠覺得我們無害。

牠應該是匹老狼，焦枯的毛色在暮色中顯得有點滄桑，牠的狼尾低垂，一隻耳朵直直地向著我們的方向，另一隻卻轉向一旁輕微擺動。我悄悄摸向胸口，又猛然想起我的望遠鏡已經不在了，忙向亦風努努嘴，示意把他身後的相機給我。

我剛接過相機開始對焦，亦風就急忙扯我的手臂，我回頭一看，本來安靜坐著的格林此時猛地站了起來，狼眼炯炯地盯著我們倆，皺起鼻翼微微露出獠牙，喉嚨裏發出低頻的吼聲，而粗大的狼尾巴卻在身後一個勁兒擺動。我從未見過牠如此怪異的舉動，這是兩個截然相反的肢體語言：皺鼻、齜牙、低吼、死盯著對方，這些是威脅的舉動，可擺動尾巴卻又是親近懇求的表示。格林眼中錯綜複雜的神情讓我漸漸明白了，格林以爲我們要對付那隻老狼，看來格林的確認識牠。

我把相機輕輕遞到格林眼前，柔和地說：「你放心，只是看看。」格林嗅嗅相機，緊張的表情慢慢鬆弛下來。我這才回眼向窗外看去，此時的太陽已收盡了餘暉，死羊還躺在原地，那匹狼卻消失了，或許聽到格林的低吼聲後，牠就迅速撤退了。

「瞧瞧去？」亦風不甘心。

我猶豫地看著窗外降臨的夜幕搖搖頭，狼的情況不明確，夜晚不敢輕舉妄動。況且狼的心思很難揣測，萬一把我們視爲敵人，我和亦風貿然出去，如有意外連個救命的人都沒有，野狼可不是我們所熟悉的格林，雖然無數的紀錄片中都說過狼是很怕羞的動物，不會輕易攻擊人，可臨到自己親身體驗了，還是有點心虛。眼下的情況還是先看看格林站在哪邊，只有格林才可能成爲人狼溝通的唯一橋梁。

我把門打開讓格林出去，既然牠們已經認識了，就靜觀其變吧。

「你看清楚了嗎？」我問亦風。

亦風摸出他的望遠鏡打望窗外，說：「我提水上山的時候看見的，當時以爲是格林，進屋才發現不對。老天爺，日盼夜盼盼野狼，野狼就在我眼前了，我居然沒在意。牠是你以前說的那隻盯梢大狼嗎？」

我咬著嘴唇搖頭：「不像，盯梢大狼給我的感覺是年輕健壯、沉著冷靜、高傲老辣，對食物異常小心，總是與人保持安全距離，從不輕易讓人發現牠的行蹤。但這隻狼卻是隻老狼，毛色灰暗，而且似乎更貪婪一些，爲了食物竟敢離人這麼近。哦，對了，我印象特別深刻的是，盯梢大狼的尾巴是高舉起來的，而這隻老狼卻是夾著尾巴的，可牠怎麼敢明目張膽地露面呢？」

「我覺得牠像個探子。」亦風大膽地提出了他的看法，「如果光爲食物而來，眼看就天黑了，何必在乎多等一會兒？精明的老狼沒有必要白天現身，而且我上山的時候離牠不過百餘米，牠看見了我也並沒躲避，以至於我還以爲是格林，牠一定是想試探我們對野狼的反應。」

我想了想點點頭，亦風分析得不無道理，老狼在吃死羊的時候，一隻耳朵朝向我們，注意收集我們的動靜，另一隻耳朵卻在收集四周的聲音，這動作表明這隻老狼心裏也是猶豫緊張的，逃跑還是留下？牠或許也從未這樣試探過人類。老狼明知道我們在看牠，卻邊吃邊注意我們的反應，直到聽見格林的警告聲才立刻消失。

我看看窗外已然全黑的景象，死羊已經被夜幕吞噬看不清了。格林圍著屋子繞了一圈，在窗根兒背風的地方扒了個雪窩躺下了。

「如果牠是探子，是在試探我們呢，還是懷疑格林呢？」亦風問。

「或許都有吧，但狼不會真的對人感興趣，牠們或許更想弄明白格林爲什麼會和我們在一起，也許牠們對於格林是不是奸細還有深重的懷疑。」

「出生調查呀，」亦風擦了把冷汗，竟然笑了出來，「狼可真夠多疑的。」

「那當然，如果一匹狼把牠養大的人類小孩送回人群中，人會是什麼反應？」

難啊，人與狼之間裹挾著太多千百年來積累下來的憎恨、懼怕、威脅、殺戮、好奇、神秘與不斷的試探，要將一個人類撫養大的狼子送回族群，那是一種史無前例的奇妙傳遞，是一種誠心與狼握手言和。

老狼「探子」很怕羞，才瞄了牠一眼，立馬就閃了。

接下來的幾天裏，我們的小屋子彷彿成了熱門景點。清晨起來，我們總會在雪地上發現一些徘徊的野狼足跡，死羊周圍狼爪印更多。開始亦風還無比緊張，每次進屋都要關門上鎖，每次出門前，都要用望遠鏡張望好一會兒，然後把鐵鏈揣在懷裏。後來，亦風漸漸放鬆下來。

「狼很怕羞。」亦風說，「我早上鏟屋門口的積雪，發現那狼正往死羊那裏靠近，我才瞄了牠一眼，牠立馬就閃了。」亦風說，晚上埋伏攝影機在死羊身邊，說不定能拍到野狼進食，看牠們到底有多少隻，但是我不想冒險破壞幾個月的努力才與狼群建立起來的信任。而且攝影設備沒有那麼長的待機電力。亦風只好在屋簷下綁了一個無線麥克風，看看能不能錄到聲音。

黃昏牛羊群回去以後，我們偶爾能看見一兩隻狼在對面山腰上向我們這邊打望。那些觀光狼即使面對我們的望遠鏡也不刻意躲避了。狼群確實可以和人和平共處。

這天夜晚，星空明朗，天地間一片幽幽的光，我和亦風誰都不肯睡，有種莫名的激動與預感，覺得今晚會有事情發生。

十二點後，一輪滿月越過天際高懸在淡藍的夜空，積雪的狼山像是沐浴在一種陰森慘澹的白光裏。亦風壯起膽子，打著手電筒到死羊附近去看了看，沒有一點動靜，而格林在窗下也似乎沒有任何異常舉動，睜著一雙磷火般的眼睛靜臥在雪窩子裏。

亦風失望地回到小屋，拍拍靴子上的積雪，拉開睡袋準備休息。他剛鑽進睡袋，一聲清晰的狼嗥劃破夜空猛然響起，那聲音竟然就在這座山上。亦風和我驚出一身冷汗，睡意全消，趕緊翻身坐起，趴在窗口靜靜傾聽。格林早已爬了起來，豎起耳朵仔細聽著、嗅著。

第一聲長嗥以後，周遭一片寧靜，沒有任何反應。格林小跑幾步，雕像一般站在月光下繼續凝神傾聽，清幽的月色爲牠黑色的身體罩上了一層銀白色的光暈。

不久，第二聲狼嗥響起了，在西北面的山坡，空靈悠遠穿透冰雪的寒意，像是一個恢弘樂章的平靜引子。尾聲未歇時，近處的狼嗥遙相呼應：「嗷——嗷——嗷——」兩處狼嗥結束，四

周一片寂靜，似乎連風聲都暫時停歇了。

萬籟俱寂中，一聲悠長、高昂、激越的狼嗥橫空出現，就像簡短的前奏之後主角的登場，而這聲音就來自狼山之巔，經幡之側。這一聲長嘯從容、鎮定、權威，有種至高無上君臨天下的優越感，儼然前兩聲狼嗥是爲它的出現肅清和鋪墊，聲音中召喚意味強烈。我和亦風激動地對視了一眼，腦海中同時想到了一個詞——「集結號」！

格林在月光下的剪影一陣狂烈地顫抖，牠脖子上和肩上的毛髮都豎立了起來，根根泛著銀光。牠急切地轉向西北面山坡，又立刻調整耳朵朝向近處的那個聲音，最後轉向狼山頂峰最威嚴的長嘯聲的方向。牠緊張地舔著鼻尖，彷彿牠體內有一種新生命的悸動，這悸動與以往牠每夜呼喚聲逗引起來的稀稀落落的回應全然不同，跟從小一起長大的藏獒們的叫聲更爲迥異。

牠轉著耳廓努力傾聽嗥聲中的含義。那是留存在牠記憶中的來自另一個世界的呼聲，來自狼族的呼喚，比以往任何時候都具有誘惑力，令牠不能抗拒。

長聲狼嗥甫定，遠遠近近一大片尖厲的狼嗥開始遙相呼應，響徹整個狼山山脈，乃至草原對面數百公里的山麓都有隱約回應，像後方急於參戰的勇士們爭先恐後地報到。從未聽過如此眾多而清晰的狼嗥，像一陣陣聲浪洶湧澎湃在草原深處，像暗夜長風撼動整個狼山山脈，又如一股銀色的洪流奔湧入灑滿月光的狼渡灘。

強烈的聲浪中，格林窄窄的胸膛劇烈起伏，唇吻不住顫抖，牠大口地呼吸著，在鼻尖呼出一團團白霧。牠坐立不安，急切地想對那黑暗中的聲音作出回應。

亦風握緊了我浸出汗水的手，兩人看著窗外的格林心裏祈禱著：「嗥啊，格林，快回答你的同伴。」

冰雪的曠野上，我們如同期待著曙光乍現一般，強烈期待著格林第一聲長嗥的出現。

格林歪著腦袋坐下，緊張地交替著兩隻前爪，馬上又站起來，不知所措地晃晃尾巴，這突如其來的喜悅幾乎沖昏了牠的頭腦，滯澀了牠的聲帶。格林埋頭細想，舔了一口積雪，鼓足腹音尋找自己本能中的那種聲調，終於牠張開了大嘴：「嗚——嗚——啊——」像大山貓打哈欠般的聲音一經發出，我倆幾乎當場昏厥，格林在強烈興奮下竟然找不到調兒了。

「莫嗚——啊——喔——」又是一聲四不像。亦風哭笑不得地看著我。這傢伙平時自哼自唱發揮都還不錯，怎麼盼望已久的時刻來了卻臨陣疲軟呢？

我忙掏出手機手忙腳亂地調試，想用以往狼嗥的錄音帶一帶牠。

「你省省吧，」亦風說，「現在有那麼多現場原聲，還需要你這個錄音嗎？」我想想也是，收起了手機，繼續期待格林的聲音歸位。

格林又聽了一會兒，怯生生地嗥出第三聲：「莫嗷——嗷——」牠終於想起要把嘴巴捲成圓筒狀了。

「要好一點！」我興奮地捏了捏亦風的手，我一向樂於看到格林的每一點進步。

「聲音太小了。」亦風說，他總是看到不足。

可不是嗎，格林叫了兩聲不在狀態，就對自己的歌聲不自信起來。在強大的狼嗥陣容中，這點小貓叫似的應答很快被狼勇士們激越的聲浪淹沒。格林顯然也意識到了這點，可嗥聲卻總是因爲找不準音而怯生生地提不起來，牠的心狂跳不已，急於加入黑暗中的樂團，情急中竟然瞬間想到了藏獒聲中響亮的吠叫。

「黃！花！！啊嗚——」

這怪異的報名並未引起黑暗歌唱者的共鳴，而發出第一聲狼嗥的最近的那隻野狼卻注意到牠了。那隻野狼悠長的嗥聲戛然而止，只剩下遠處你呼我應的狼族集結聲。

突然，一聲尖厲而不同於集結報到的高音震懾登場，是最近處的那隻野狼發出的，長嗥過後，大批的狼嗥應聲止歇下來，只有遠處山麓還有零星嗥聲，似乎牠們叫喊得太投入，沒有聽到這位狼長老的「肅靜！」之聲，但很快這些聲音也滅了下來。

「花！嗷——」格林一點兒也沒有覺察和在意，仍舊大著膽子憋出了更大更高昂的聲音，「花！嗷——嗽——」這聲音在一切狼聲寂然之後發出，顯得尤爲清晰，尤爲突出。

亦風和我屏息相視，不知道這狼腔狗調的聲音一旦昭告天下，下一步狼群該作何反應。格林的位置離狼山頂峰狼王的位置如此之近，甚至還有狼長老都選擇了這個次制高點，四野的狼們一定摸不著頭腦，不知道牠是什麼角色，今年的集結難道改了新的暗號？

「莫——嗷——嗽——嗽——」聲音似乎漸漸恢復了格林平時的正常水準。

我終於發現格林發音問題的所在了，牠還不會用舌根抵住爆破出來的喉音，而是借助唇吻開合的時候先發出「莫」的音把嘴筒撐圓了，繼而縮小口圍轉到標準的「嗽」音上。我以前都是用紀錄片和亦風收集的狼谷實地錄音爲教材教牠的，也沒人能面對面地教牠發音口型。就算我想教，我和牠的嘴長得也不太一樣，不，是太不一樣，所以也只能按聽到的聲音有一句學一句。後來到了草原光顧著狩獵謀生，野外也沒有電視教學，這樣的狼語練習便少了。每晚格林自導自唱我也覺得過得去，偶爾還能引來一兩聲狼嗥回應，我就沒想著再比對什麼。現在如此眾多的狼老師現場原聲，才發現問題所在。就像外國人說漢語，怎麼聽都掩飾不住的彆扭。但此時臨時抱佛腳地教牠肯定是來不及了。我頓時覺得萬般頹喪。過不了語言關，狼群是絕對不會接受一個滿口「方言」的狼的。

「莫——嗷——嗷——嗷——」格林繼續在一片寂靜中獨唱，我慘不忍聽地捂住了耳朵，平時聽來悅耳享受的聲音，此刻卻成了目睹格林即將孤獨終老的一種煎熬。

「要有信心。」亦風拿開我捂耳朵的手，「我們是教過牠狼嗥的，那麼多的錄音……」

「我懷疑你那些是不是盜版的！」我正沒處撒氣，無來由地跟亦風急眼了。

亦風眼睛一瞪：「大小姐，那麼多的資料都是假的，總有一些是真的吧，況且還有你自己的珍藏呢，你也不知道聽聽有沒有你能明白的叫聲！」他指指窗外孤單的格林：「你有信心，牠才會有信心！」

我頓時想到格林還在「考場」上，急忙向牠看去。

格林仍舊叫兩聲後就側耳細聽，十多分鐘過去了，大山裏始終沒有回應。牠失落極了，牠疑惑為什麼自己全情投入的嗥聲沒有引來任何回應。牠來回走動把身體朝向各個不同方向，似乎連牠靈敏的聽覺都不再相信這份安靜了。連嗥兩聲又是幾分鐘的鴉雀無聲後，牠像一個考砸了的孩子，落寞地轉過身望著窗戶裏的我發呆。

「嗷——嗷——喔——」一聲蒼老而親切、略帶沙啞的清晰狼嗥響起，聲音不出百米遠。格林兩眼放出驚喜的綠光，嗖然回身，急忙回應那個近在咫尺的聲音，並急切地向發出聲音的方

向奔去，瞬間沒入黑暗中……此後就再也沒有動靜了。

我倆屏息靜待。時間一分一秒流逝……

「怎麼沒動靜了？」半小時後，亦風終於開口了。

我搖搖頭不做聲，仍舊趴在冷冰冰的窗戶上……亦風的手錶滴答滴答輕輕作響。

「牠走了？」一小時後，亦風彷彿在自言自語。

「嗯，好像是……」我抓抓腦袋，有點難以置信，格林就這樣走了？這就算狼群接納牠了？以後還能見到牠嗎？雖然無數次希望牠能回歸狼群，但如今這孩子竟然一考就中，一次就通過，夢想成真的感覺讓我覺得是那麼的不真實。等啊……望啊……猜啊……抱著無數的疑惑和不解，在強大的睡意催促下，我倆靠著窗邊漸漸在冷風中進入了夢鄉……

35 回歸

格林回頭望了一眼，牠凝視月光虛幻的山上曾經的家園，心裏湧動著生離死別之情。終於，牠從深深的雪中拔出一隻前肢，邁出了離開人類的第一步……

這一夜，夢境不斷，我夢見格林投入狼群，在眾狼的呵護下學習狩獵、學習生存。又夢見格林還在我身邊，如同幼時一般調皮嬉戲啃咬我的手指頭……突然又夢見格林因帶有人的氣息為眾狼所不容，被狼群追逐攆上懸崖，咚的一聲悶響像塊石頭一樣墜落山谷，重重地砸入我懷中……

不對！這沉重的悶響聲如此真實，痛感也如此真切。我「啊」的一聲驚叫，激出滿頭冷汗，驚恐地睜開雙眼！亦風也被驚醒了，這才發現兩人竟然都靠在窗邊睡了一夜。窗戶沒關，眉毛上頭髮上全是白霜。窗戶上撲騰著一個狼腦袋，伸長舌頭大口大口愉快地哈著氣，竟然是昨晚消失的格林。

「這傢伙怎麼又回來了？」亦風樂了，撿起格林扔進窗戶的Morning Call，這可是有史以來最大的一塊石頭啊。亦風把石頭對著初升的陽光照了照：「你哪兒找來的啊？」

格林粉紅的舌頭像玫瑰花瓣兒一樣快樂地抖動伸展著，嘴角微微上翹，眯著眼睛狼笑了一下，很是得意。牠退後幾步，從窗戶跳了進來，抱著我們又親又咬。

「臭小子，我還以為你走了呢。怎麼搞的？面試沒通過？」我又喜又憂用力摸著格林的脊背，檢查這次有沒有什麼傷口，一切看來似乎很好。這傢伙狼鬃越長越長了，沒事兒還老愛在雪地上打幾個滾擦擦毛，起來抖一抖像個獅子似的，得瑟！

「你看，你看，真是個好東西！」亦風擺弄著這塊金黃色的石頭，「活像一座山的模樣，對，像狼山，這裏是狼洞，旁邊有棵樹，太像了！」

我湊過腦袋看，果真有點兒那意思，整個石塊呈不規則三角形，左下方是一個橢圓形洞穴的紋理，右側一道長長的分叉紋理像一棵洞旁的孤樹，拙樸抽象，越看越有味道。

「嘿，扔了那麼多的石頭，這塊兒最經典！」我發自心底地讚嘆。格林揚揚得意，抱著我倆的臉一陣狂親，推都推不開，我們頭髮上凝結的白霜被牠這一折騰撲撲簌簌掉了個乾淨，花白頭髮的兩人瞬間恢復了「青春」。亦風把躺在地上的格林當大麵團似的揉搓，而格林也很樂於享受這種粗魯的愛意，揉到舒服處就渾身哆嗦。

親熱完，格林在屋裏轉了個圈，呼啦一蹦又從窗戶裏跳了出去。我和亦風好像看到久別的孩子一樣高興，擦擦一臉的狼口水，趕緊收拾幾樣隨身器材跟了出去。

我幾天前拖回來的死羊已經只剩骨架了，結了一層霜雪，旁邊錯綜複雜的狼爪印和零星散落的幾顆狼糞，顯示著昨晚狼在這裏聚餐了。格林來到死羊前馬馬虎虎嚼了兩口殘餘的肋骨咽了下去，徑直往狼山走去，好像叼著早點匆忙趕路的上班族。

窗外的雪地上有格林昨晚留下的一路清晰的爪印，這爪印一直向前跑了接近兩百米，到了另一個大爪印跟前，雜亂地旋轉了幾圈。這應該就是昨晚那隻最後召喚牠的老狼的爪印吧。之後兩個爪印一前一後往狼山方向跑去。我們有心跟著狼爪印偵察一番，看看牠們昨晚到底去了哪裡，於是跟著痕跡一路走了下去。

兩行狼足印且行且停，老狼的足印悠悠緩緩，格林的足印興奮跳躍，很多次急衝向前又回過頭來等待老狼的足印，有時候兩行足印像跳交誼舞一樣圍著轉上幾圈，有時候雪上又留下一大片打滾嬉戲的痕跡，足跡很快沒入雪線之下再無法跟蹤了。昨晚這裏到底發生了什麼？這些只聞聲音，不肯現形的神秘狼夥伴哪裡去了？狼群對格林的態度到底如何，爲什麼又讓牠獨自回來了？是狼群驅逐了牠，還是格林已經習慣了和人在一起？如果是這樣，豈不是麻煩了！我們歷盡艱險陪牠找狼群，狼群找到了，也集結了，而格林卻放歸不歸。這到底是喜是憂？接下來我們又該怎麼辦？

亦風抬頭望望正在翻過狼山的格林，亦風很想爬上狼山頂峰，去看看狼王的足印解除他昨晚的疑惑。我卻一心撲在格林身上，一路跟著牠往狼山背後翻去。我覺得跟著格林更容易發現狼蹤。

我在狼山這麼久還沒有翻到頂峰的背面來看過，沒想到這裏的景致這麼好！站在峰頂視野絕佳，任何風吹草動都逃不過狼王的眼睛。亦風架起攝影機把狼山景色一陣猛拍。格林卻在山頭專心致志地等待，牠今天好像是有所爲而來。牠專注的神態似乎是要出獵，可是在這冰雪封凍的時候，還會有什麼獵物呢？

太陽升出了地平線，我們靜心等待了很久，山下的犛牛群漸漸靠近。格林盯著山下舔了舔狼嘴，轉過頭看了我們一眼，這一眼看得我心裏直發毛，我和亦風突然有種不祥的預感——這小子不會打犛牛的主意吧？牠應該去找狼群啊！怎麼對犛牛群擺出了前所未有的狩獵準備狀態呢？

格林開始往山下進發，牠選擇迂迴隱蔽的路線下山，目標的確是向著犛牛群去的。

我緊盯著格林。格林看上犛牛不是一天兩天了，也大著膽子跟牛群對峙過，可從來沒有這樣認真地從下山開始就時時觀察、步步計畫。連臨行前的早點羊排都吃得不多不少恰到好處，既能夠轉化些許能量，又不會因飽食而影響速度。我越想腦子越蒙，如果是對付一隻落單的犛牛還有幾分勝算，眼前擺著的是多達百頭的犛牛群，牛犢子又都在母牛的嚴密保護之下。狼極重視自己的生命，絕不輕易犯險，可這孩子是怎想的？大清早把我們叫起來，難道就是爲了最後看我們一眼就要去冒險？

格林開始往山下進發，牠選擇迂迴隱蔽的路線下山，目標的確是向著犛牛群去的。

這是一片被薄雪所覆蓋的草場，犛牛群認真而艱難地尋食草根，看見我和亦風扛著攝影機走近，犛牛群並不懼怕，只是抬頭平靜地嚼著枯草打量著我倆。格林卻異常狡猾，利用犛牛都注意看著我倆的時機，悄悄接近牛群，躲在一處斜坡下，伸個腦袋定睛觀瞧。

通常狼在攻擊之前都會衡量對方的實力，摸清獵物的底細，以確定要不要攻擊，有沒有機會攻擊。雖然犛牛本就是狼的獵物之一，可眼下獨狼與群牛力量懸殊，我還是希望格林能審時度勢，打消這個瘋狂的想法。

亦風說：「我們把格林抓回去吧……」

話未落音，格林已從隱藏的斜坡後躍起，奔向最近處的一隻離開母牛的小牛犢，一口咬在小牛犢的後臀上。牛犢大驚，「哞」一聲叫喚著跳起，高踢後腿擺脫狼咬，格林借著小牛踢腿的力，趁勢撕下一塊皮肉，馬上吞進肚子裏。牛群一陣慌亂，一頭白額頭的母牛挺起牛角就向格林撞了過來。

「糟！」亦風大叫。格林迅速跳開，躲開白額頭的致命衝撞，擦著牛蹄反身躍起，一口咬住牛尾巴，盪鞦韆一樣甩到一邊。這招估計失誤，白額頭揚起的後腿，狠踢一腳，格林慘叫一聲，沙包一樣橫飛出兩米多遠，一聲悶響落在雪地上滾了幾轉，濺得地上雪片亂飛。白額頭挺角衝來，格林痛苦地扭曲著狼臉，翻身而起，咬牙奔出白額頭的攻擊範圍。嚇得我叫不出聲，真是出師不利。

此時，犛牛群驚慌稍定，迅速結成圓形牛陣，把小牛犢全部攏在內圈保護起來，母牛在第二層，公牛在最外圈，牛角一致向外，牛蹄刨雪，憤憤地噴著鼻息，嚴陣以待。公牛們往遠處張望，預防其他潛伏的狼發動突襲。

格林被踢得夠狠，身子痛得彎成「C」型，牠勉強挪到離牛群三十餘米遠的地方，大口吸氣平息痛感。我趕緊上前看牠有沒有被踢斷肋骨。格林定了定神，回過頭向狼山方向望去，若有所思。難道牠還有後援？我愣了一下，也回頭望去，卻沒看見任何東西。犛牛群同樣緊張地四處張望。

僵持觀望了二十多分鐘以後，牛群驚奇地發現沒有其他「伏兵」，牛群轉過頭來，防備著眼前的小狼，很詫異——這娃膽敢單刀赴會?!

格林慢慢平復著傷痛，再次用目光掃視了一遍來時路，眼神中蒙上一層失落。牠深吸一口氣一瘸一拐地向我走來，投來需要增援的眼神。牠焦急地用脖頸靠著我，身體因爲臨敵的激動而有些顫抖。我心驚膽戰地撫摸牠的痛處，確認肋骨和腿骨無恙，連聲勸說：「別去了，格林，太危險！」

牠仰頭看了我一眼，似乎我的回答令牠大大地失望了。可是有人類法則束縛的我怎麼可能肆無忌憚地去幫牠獵殺犛牛呢？我總不能對格林解釋，牠的口糧是人類的財產吧。

犛牛群用銳利的牛角聚成了箭林矛陣，即使是人也肝裂膽顫，誰看著百餘隻犛牛用尖角逼近還敢不要命地往前衝？

「別去，聽話好嗎？」我近乎央求格林了，牠終於領悟到我永遠不可能幫牠這個忙，牠的眼裏射出絕望和憤怒的光芒。牠咬牙轉身，像出膛的炮彈般把自己射出，穿過雪地，跨越土崗，向牛陣衝去。所經之處，地上觀望的鼠兔倉皇逃進洞穴。格林的身影流星般朝前箭射，揚起厚厚的雪砂滾向遠方。牠眨眼就衝入了牛陣，在牛蹄的縫隙間左突右閃，直朝負傷的小牛奔去。

牛群沒料到單獨一匹小狼竟有如此勇魄，牛群奮蹄踩踏，慌亂的牛身互相碰撞，發出咚咚悶響，牛角挑在了自己同伴的身上。一時間，公牛的怒息聲，母牛的喚子聲，小牛犢的尋母聲，牛聲鼎沸。格林孤身穿越牛群，在紛亂牛蹄下險象環生，我嚇得呼吸都快沒了：「這不是找死嗎？」

亦風強作冷靜地調著攝影機：「我看未必，牠是想衝亂陣形，好把小牛犢分離出來。」

的確，格林看似莽撞的衝突，其目標卻有明確的指向性，小牛是不經世事而最容易驚慌的，一旦最中間的小牛驚慌逃竄出內圈，母牛就會不由自主地分散保護自己的牛犢，公牛也就圍不成有效的保護圈了，格林這一招的確管用。圓形的牛陣馬上亂作一團，衝入牛陣的格林跑到哪裡，擠得密不透風的牛群就慌忙掉頭朝向哪裡，尋找那鬼影般衝入牛群的殺手。牢不可破的牛牆反而成了大牛們轉身最大的障礙，密密麻麻的牛頭牛身相互頂撞牽制，牛角碰得劈啪作響。牛犢們在父母的擠壓下更加驚慌失措，有的還被大牛踩踏了兩下，負痛慘叫著連爬帶擠逃出牛圈來，母牛們慌忙呼喊著追出保護各自的寶貝，公牛一看保護陣形已亂，乾脆向格林撞了過去。

風捲雲湧之下，猛禽蒼鷹凌空俯視草場上那驚心動魄的追獵場面——牛背湧動中，一條奔突的狼影時隱時現，忽而躍過牛角，忽而鑽入蹄下，在低垂的蒼穹下緊盯目標，奮力追獵。眼見負傷的牛犢已被分離出牛群，亡命奔逃，格林在負傷牛犢後面緊追不捨，白額頭絕望地哞叫著，奮力搶救幼犢，卻始終趕不上狼的步伐。

格林就要追上傷犢了，突然一隻雄壯的黑犛牛斜刺裏奔出，攔腰向格林撞過去！格林一驚，連忙蹬直後腿，騰空躍起，躲過黑犛牛的尖角，後爪在牛後頸上一踩，借力跳開，但公牛衝勁如此之大，格林踩踏不穩，落地極其狼狽，差點被慣性衝來的牛蹄踏碎狼頭。

格林翻身衝上雪坡，驚魂未定。沉重的公牛爬不上來，在斜坡下氣勢洶洶地跺著牛蹄，威嚇格林。同時，百餘隻犛牛像示威遊行般，牛角一致向前，跺著牛蹄緩緩逼近，越慢越恐怖，帶著令人窒息的壓迫感，逐漸形成一個半包圍，將我、亦風和格林圍在中間。最近的犛牛離我們僅僅兩三米遠。亦風忐忑不安：「我們會不會遭圍攻啊？」

我環顧牛群，頭皮發麻，挽過格林的脖子護著牠慢慢後退。格林卻並不接受我的庇護，抖抖狼毛毅然衝出牛群包圍，跟走在前面的幾頭大犛牛纏鬥起來。牛群的包圍圈迅速轉向，朝著格林逼近。格林快速後撤跑上一個陡坡，居高臨下俯視牛群，繼續採用狼最擅長的疲勞戰術，

一隻雄壯的黑犛牛斜刺裏奔出，攔腰向格林撞過去！

不停地下坡逗引牛來衝擊牠，消耗牛的體力，一面伺機再分離牛犢。一個多小時不斷地衝雪坡，把護衛牛犢的公牛累得氣喘吁吁，畢竟這是人飼養的家畜，生活一直平靜悠緩，雖然有著體型和數量上的優勢，卻哪裡經歷過與狼不斷纏鬥的巨大體力消耗。

遠處隱約有了人聲和犬吠，我和亦風生怕遇到牧民，趕緊上前夾住狼脖子，連拖帶拽地把格林拖離現場。格林喘著粗氣，埋怨地盯了我倆一眼，心有不甘地穿過結冰的河面，消失在一片冬季草場中。

亦風揮了一把冷汗：「好險！可惜牠沒有同伴援手，不然一定能拿下的。」

狼爲了一頓食物真是在以命相搏啊。我嘆口氣，格林的確太孤單了，從獒場一個個被賣掉的藏獒朋友到無一肯接納牠的領地狗，格林始終孤身一狼。從無法援助牠狩獵的我和亦風到始終不肯露面的狼族同伴，牠是多麼急切地需要夥伴和幫助。那麼，牠爲什麼不跟狼群走？狼群又爲什麼不幫牠？牠獨自衝擊牛群又到底是爲什麼？我感覺我越來越猜不透格林和狼群了。

剛一回到觀測點，我們就發現有「訪客」來過了：屋裏全是狼爪印！背包、睡袋、帳篷以及很多東西上都留下狼檢視過的痕跡。我們早上跟著格林匆忙離開，沒有關窗戶，此刻窗框和牆壁間都是狼翻進來的爪痕。小屋子周邊的雪地上踩了一圈的狼爪印。

我們仔細分辨了一下，至少有三匹狼的清晰足印，其餘都因重複踩踏而無法看清了，到底有多少匹狼無法準確判定。最觸目驚心的是，有兩行爪印竟然一直跟隨在我和亦風的足跡之後，而我們卻一點都沒察覺，想起來都一身冷汗。也就是說我們和格林今天幹了啥，狼群門兒清。

今天格林攻擊犛牛的異常舉動一直讓我們不理解，難道牠把這視爲證明牠膽識和勇氣的「成狼禮」嗎？格林咬傷那隻小牛犢的時候也曾經回望狼山，似乎是期望同伴的協助，可那時我沒往深裏想。格林帶我們一走，這些狼就來探營，兩隻跟蹤我們，其餘的來搜查屋子，就像事先策劃好的一樣。

「這幫狼也太不仗義了，丟下格林獨自去對付牛群，把我們引開，抄後路查我們老底?!」亦風有些氣憤。

「狼天生多疑。」我心裏很糾結，努力去站在狼的立場上想問題，「有些時候，不是我們願望好就能獲得對方理解的。送格林回狼群本來就不是人的正常行爲，人和狼鬥了千百年了，你要人家立刻接受你的友善怎麼可能？總要一個瞭解的過程，現在大家都是在相互試探，應該多看到友善的一面。」

亦風哼了一聲：「牠們眼看著格林衝進犛牛群裏，卻不幫忙，這是友善的嗎？格林還是個孩子！」

「對狼來說，牠已經不是孩子了，只有人才會把大孩子捧在手心裏慣著。我覺得衝牛群這個事也是格林對自己勇氣的一種昇華和考驗，牠要獨立，這是遲早要面臨的事。」我摸著大敞開的窗戶，突然心情輕鬆起來，似乎觸摸到了一點感覺，「你想想，這是在狼的領地裏，昨晚我們可是開著窗戶睡覺的，牠們如果要對我們不利，昨晚就行動了，還用得著等到現在嗎？這只是好奇和群體保護的探查，不能用人的仗義來解釋的。我估計牠們也想多看看我們的目的何在。如果我沒猜錯，或許牠們早上是要幫助格林的，但是看見我們跟了格林去，牠們就不方便出現了。而且，牠們一定也很納悶為什麼這隻小狼老是要回到人的身邊。」

我想到這裏，會心一笑：「話說回來，如果格林連獨自穿越牛群的膽量都沒有的話，在群體狩獵中也會拖狼群的後腿，狼群的生存是現實而嚴酷的，牠們絕不允許參與行動的狼遲緩、怯陣、貪生怕死，或者離陣脫逃。如果格林沒有勇氣，或者衝牛陣的時候有勇無謀，進得去出不來的話，都不是一個理想的狩獵夥伴，那麼即便是同類或者血親也不可能接受一匹害群之狼。」

我這樣一說，亦風頓時釋然。「沒想到上狼山入夥也不是容易的事，先口試，再面試，最後還要納一份貨真價實的投名狀?!水泊梁山……夠嚴密的啊！」他說完哈哈一笑，轉身出門

去，「咱也得調查調查牠們，我去反偵察一下這群狼從哪兒來、到哪兒去！咱的兒子也不是可以輕易託付的！」

格林把昨夜剩下的死羊連皮帶骨吃了個乾淨，回屋來趴在一個角落裏睡大覺。這一天牠太累了。

我慢慢收拾滿屋狼藉——防潮墊和睡袋被扔在一邊，充氣床墊挪到了窗戶正下方，而且已經漏完氣了，我鋪平皺巴巴的床墊一看，發現上面印滿密密麻麻的大狼爪印，床墊中間有兩個清晰的狼牙洞。我再仔細查看，窗沿上還有不少往下跳的狼爪印，而這些跳完床墊的爪印又樂顛顛地跑出門，繞回窗外，繼續上窗往屋裏蹦。

我樂了，頓時想起格林第一次見到充氣床墊時的新奇表現，這幫大狼和格林簡直一個德行。狼們一定琢磨著，人可真會享受啊。我想像著大狼們在床墊上憨蹦亂跳的稀罕勁兒，傻蹦不過癮，還要輪流爬上窗戶花樣跳床，這幫傢伙挺會玩兒的啊！我隱約找回了當初藏獒們嬉戲狂鬧的影子，心裏升起一種溫馨感。儘管狼是兇猛的掠食者，可牠們的天性裏仍舊有純善稚趣的一面，一幫好奇貪玩的大小孩。中間那倆牙洞沒準兒是哪匹蹦得忘乎所以的笨狼一嘴嗑漏了氣，搞得大夥兒都沒得玩了。

我為格林收集來的馬蹄包被狼叼了出來，那些止血的粉末揉擦了一地，像是誰在上面打過滾似的。我想起扎西從前對我說過，野外的狼受傷了，就會尋找這種止血的馬蹄包，揉擦在身上。如果扎西說的果然是真的，難道這次是狼群中某個成員受傷了來尋藥嗎？我最擔心我們的口糧被洗劫，然而屋角箱子裏的壓縮餅乾卻一點沒動，不知道是不合狼們的口味還是由於錫箔的包裝有金屬氣息……我分析著滿屋的有趣痕跡，感覺越瞭解狼就越不瞭解狼了。

收拾完屋子，我仔細修補著床墊，直到太陽落山，亦風才滿臉疲憊地回來：「那些狼太狡詐了，弄亂了腳印，我一直跟到下面的冬季草場，繞了一大圈又回到起點上，要找牠們比找天地會分舵還難。」

我笑了，早知道是這種結果……

日落，大地漸漸被黑暗籠罩，只有白雪把地面襯出來一片白光。在白雪與黑暗的上方是夜空的蔚藍。偶爾響起一串串的鞭炮和著犬吠從遙遠的村落方向隱約傳出。我和亦風恍惚想起今天是除夕了，這也是若爾蓋草原最冷的時候。

小屋窗下，格林依偎在我們面前，頭枕在我的膝蓋上，我輕輕揉搓著他的耳根：「格林，你知道嗎？你不屬於藏獒，不屬於領地狗，更不屬於人類，你是狼——荒野裏最自由最神奇的狼。」格林瑟瑟顫動著耳朵，深情地舔了一下我的手腕。

夜影婆娑，夜風冷冷……

午夜時分，格林慢慢起身，狼脊背滑過我的指尖，牠默默地走出了小屋。

荒冷寂靜中，當第一聲狼嗥從窗外響起，我們的心頓時蒼涼起來。格林今天的聲音中蓄滿了孤獨與憂傷……牠經歷了其他狼所沒有經歷過的生命歷程，卻也沒有經歷很多狼應該經歷的考驗，牠獨自走到了今天。有人說，狼擁有永遠填補不滿、感到無限空洞的靈魂，也或許，狼的一生都是生活在孤獨中。極端的生存條件，鑄就了牠們鋼鐵般意志的同時，也塑造了一顆最孤獨的心。於是，排解內心孤獨成爲狼的習俗和傳統，於是狼常常對月哭泣。但格林不止是哭泣，今天的牠，有了更多的自信與自豪，披著月影爲牠罩上的蒼銀色戰袍，牠穩穩地站在雪面上，挺拔身軀，昂起頭顱放聲嗥叫，寂靜的山野彷彿被嗥聲撕開一道道閃電般的裂口，冰雪脆裂的聲音滾過山谷。

聆聽蒼狼祭月，格林的聲音純正圓潤，再沒有膽怯的收聲。牠閉上眼睛物我兩忘地呼喚著，狼族的聲音講述著牠的寂寞、孤單和淒涼的身世，這流淌在牠血液中的狼嗥比牠度過的歲月和呼吸過的空氣還要古老。

格林緩緩睜開眼睛等待一個時刻的到來。一點點的回音在遙遠的草原消失，聽力所及之處，沒有任何聲音，目力所及之處，沒有一雙關注的眼睛。

「狼群是不是走了？」亦風有些失望。

不遠處，一聲洪亮的狼嗥猛然響起，與格林遙相呼應，聲音親近而友好。剎那間，我們像打了興奮劑一樣立即爬上了窗邊。這珍貴的回音令格林更爲興奮，牠調整好自己的歌喉，高亢地嗥叫著嘗試和這位同伴交流。

「嗷——嗷——」一聲威嚴而不容置疑的嗥叫，中氣十足，聲音非常之近。

「這句我聽過，這句我聽過！」我猛搖亦風的肩膀，在他給收集的狼谷錄音中曾經反覆聽到過這種音調，這是狼王接納家族成員的聲音。我像矇中了一道考試題那樣亢奮不已。一旦明瞭，格林立刻和這個聲音接上了頭，長聲回應起來，我和亦風一把鼻涕一把淚地笑著。

狼王的呼嘯之後，狼群便此起彼伏地回應起來，聲音很近，就在附近的幾座山上，遠近幾十公里內的狼都在這裏集結了起來。狼王用家族獨有的聲音召喚著所有的家人，不同的家族唱著不同的聲調，沒有狼會拒絕加入群體的戰歌，每年也會有新的成員來到不同的狼家庭，這是屬於狼的時刻，狼族的勇士們紛紛聚集起來，爲越冬準備食糧。

我和亦風裹著厚衣服走出小屋外，坐在冰天雪地中感受這一生僅有一次的不一樣的除夕夜。

狼族的戰歌不時在空野回蕩，牠們對格林回應的嗥聲再沒有了昨夜的遲疑。格林也越唱越激昂，看著牠的陶醉樣，我們也不禁爲之感染，撫著格林的背小聲地學起來。

亦風學了兩聲，似乎找到點感覺，索性壯著膽子，攏起嘴巴加入了這狼族的合唱團：「歐嗚——嗷——」然而亦風的號聲剛結束，狼們卻統統閉嘴了，今天的狼群都近，把這裏的聲音聽得分明，好像合唱團中突然有人跑了調，有的狼「嗷」音還沒拖夠就打嗝似的咽進了肚子裏。

「我說錯話了嗎？」亦風心虛地捂上了嘴巴，格林偏頭望著亦風，鋼針般的瞳人中竟然透出溫柔與感激。

沒想到亦風的聲音還能起到清場的效果，我哧哧地賊笑著：「你別考驗狼王的承受能力了，剛接受了一個格林，今天又來一個另類。要不，你也去納一份投名狀？」亦風捂緊了嘴巴偷笑起來。

狼王高貴的聲音再次響起，似乎對剛才的「奇聲怪調」深感困惑，格林舔舔亦風，驕傲地抬起頭回答那聲問話：「嗷——嗷——嗷——」這個聲音響徹四野，整個狼山微微震顫，一片片積雪從小屋上紛紛墜落。

少頃，狼族的嗥聲重又恢弘樂章般地響起，聲音越來越近，越來越密集，逐漸向狼山會

聚。狼越是在惡劣的環境下越需要集體，這是對牠們生死的考驗，也是對生於斯、長於斯的荒原的眷戀。

格林回頭望了一眼，牠凝視月光虛幻的山上曾經的家園，心裏湧動著生離死別之情。

終於，牠從深深的雪中拔出一隻前肢，邁出了離開人類的第一步……

36　淒厲的北風吹過……

山風嗚咽，與格林四目相對，我大喘著氣，還沒來得及叫牠，牠就快速衝過來撲入了我的懷中。我的熱淚瞬間湧了出來，緊緊抱著這久別的孩子，彷彿要把分離的一切全都抱回來！

格林走了，留下的只是這無邊無際的感傷。

無垠的曠野上只剩下我和亦風日夜長期地守望著。太陽失去了往日的光芒，蒼白的巨月無論是升是落都是那樣淒涼，冷清的狼洞口終日堆滿積雪，洞前的足跡被掩蓋了，灌進洞穴的北風帶著哨響，裹著堅硬的雪粒，日復一日地堆積著沉甸甸的記憶。

小屋的門上，格林每次撓門的爪痕還清晰地印著。屋外雪地上，牠經常叼著解饞的一截瘦羊蹄已成了烏鴉們的玩具，牠藏食的雪窩子再沒留下抓刨的痕跡，牠食盆裏的水結成了冰坨子。我每天早上仍然習慣地盼望著格林的石頭從窗戶外丟進來，期盼著看見牠一臉憨笑地爬上窗戶。最後的那塊狼山石被亦風撫摸得越來越光滑……

晚上擠在一起睡覺時，少了最暖和的格林，我凍得牙齒直打戰，半夜裏凍醒就拱著睡袋往亦風懷裏鑽。亦風也鼓著眼睛睡不著，他嘆著氣：「格林這下真的走了，你捨得嗎？」

我哇的一聲哭了出來，趴在亦風肩頭上啜泣了一整夜，怎麼勸慰都沒用了。

白茫茫的雪，灰濛濛的天，黑漆漆的狼洞，周圍的一切變成了黑白底片，再沒有了藍色的天、紫色的雲、金色的狼毛、明黃的狼眼、粉紅的狼舌頭……彷彿格林是草原之魂，沒了牠，我們的草原陷入一片死寂。

那麼久的相依為命，格林在的時候，日子再苦都是甜的，格林一走，我們的生活失去了重心。我們常常四目相對無話可說，可是誰也不願意離去，心裏只有一個希望，想再看格林最後一眼，想再抱抱牠，或者我內心最盼望的還是格林能回來，牠的離開是那麼匆忙，儘管我們有了半年多的心理準備，然而這一天終於到來時，我們倆竟然像得了相思病一樣，說不出的空虛和惆悵。

格林會不會被其他狼欺負？牠會不會找不到食物？會不會想我們？有時我突然神經質地想到：「糟糕！牠會不會被人打死了？而我們還蒙在鼓裏！」於是我瘋狂地找牠，喊牠！亦風到處留記號，希望幫牠找到回家的路。

有兩次我們在望遠鏡裏發現似乎有動物的屍體躺在草叢中，兩人頭昏腦脹地衝上去看，當發現是凍死餓死的野狗，我們揪緊的心才鬆下來，幸好不是格林。但格林此刻又在哪裡？會不會在另一片雪地上垂死掙扎？牠會不會跟著狼群走得太遠，找不到回家的路了？就像牠曾經在城市裏迷失的那次一樣，迷茫地到處找我們？牠還在這一帶活動嗎？這麼多天過去了，牠會不會餓得連爬回家的力氣都沒有了？如果自由的代價是死亡，我們當初還捨得牠走嗎？

雪後，時常能看見狼的蹤跡，我和亦風便會滿懷希望地跟去看個究竟，比照其間有沒有格林的足跡。我用相機把每次發現的狼爪印都拍下來，晚上回小屋子把爪印逐一作比對，記下每隻狼足印的特徵。但是再也沒見過格林，我們的希望也越來越渺茫，估計此生再也見不著了。想起亦風以前對我說過的，沒有一例人養大的狼放生以後能活著的，我追悔莫及——早知道就不該讓格林走！

狼山一帶原本漫山遍野的乾牛糞早已被我和亦風撿得差不多了，我們只能分頭走遠路拾柴火和牛糞。

大約半個月後的一天上午，我走著走著，突然，雪地裏幾個熟悉的爪印跳入我眼中，缺一小跐！我心裏一抖，這是格林的爪印！老天啊，牠還活著?!

足跡很新鮮，絕不超過一天，和另一隻大狼的足跡走在一起。我顧不上叫回亦風，立刻沿著這兩行狼跡往下走去，越過河面，翻過小山包，穿過一大片冬季草場，在一處牧民家周圍，狼爪印消失在深草中。

我確認牧民家的狗都是拴起來的，便小心翼翼地靠近。我攀上牧民家的牛糞牆向院子裏張望，裏面有三個勞作的牧民婦女。

「大姐，最近在這裏有沒有看見過狼啊？」我小心地探問。

三個女人互相交流了幾句，其中一個會漢語的十七八歲的藏族少女隔牆回答：「有啊，昨天下午阿媽就見到了兩隻狼。」

我心裏怦怦一跳，強壓激動問：「看見狼往哪個方向走了嗎？」

少女回答：「這個不太清楚了，是阿媽看見的，要不你進來喝碗茶吧，我給你叫阿媽去。」

分開半個多月了，終於有了格林的線索，不但有了線索，還能吃上東西，我心花怒放，立刻隨著少女進了屋，坐在暖爐旁烤著火，一口氣喝了五碗酥油茶，身子馬上暖和起來。我滿心期待地等著阿媽。

不一會兒，阿媽進了屋來，頭髮花白，面目和善。我連忙躬身問好，少女也跟在後面進了屋。阿媽讓我坐下，意味深長的目光把我上上下下打量了一番，用生硬的漢語問：「你是做什麼的？」

阿媽一開口就問我這個問題，我一時間不知道如何回答。說我是自由職業者吧，這草原深處的牧民也不一定理解；說我是畫畫的吧，我已經一年多沒正經畫過了，而且我專爲打聽狼的消息而來，什麼職業才能與狼沾邊呢？我總不能說自己是養狼的吧，不是所有人都接受狼，我還是多留個心眼的好。

我低頭一猶豫，看見掛在胸前的照相機，試探著回答：「我是來旅遊攝影的，聽說有狼出沒，想拍一些照片。」

冬季裏哪兒來的遊客？遊客哪兒來這麼大膽？遊客又怎麼會穿著這一身熏滿牛糞味兒的藏棉袍。這漏洞百出的回答連我自己都不信，但總算爲尋狼找到點理由吧。

阿媽聽完嘴角一抿笑了起來，她們用藏語交流了幾句，少女忍不住掩著嘴咯咯笑起來：「騙人，那不就是你那隻狼嗎？」

我渾身一激靈，窘得滿臉通紅：「你們認識我？」謊言當場被揭穿，我一時間手足無措。

阿媽笑著在額頭比劃了一下：「我們在山那頭放牧的時候見過你跟著狼走，我認得那隻天眼狼，昨天就隔著我很近，牠一直盯著我看，好像認識我似的。牠不太怕人啊！」

天眼狼？我一愣，隨即反應過來，格林額頭正中的疤痕恰似長在眉心的第三隻眼睛，藏族人多數信佛，對天眼更有著神奇的嚮往。這「天眼」和不太怕人的特徵印證著我發現的足印，確認是格林無疑。

我尷尬地接著問下去：「阿媽看見兩隻狼往哪兒去了呢？」

阿媽點頭喝了口茶，大致描述起來：昨天，天剛麻黑的時候，一隻大狼和那隻天眼狼來到

我們牧場上，天眼狼在羊圈外面放哨，和狗纏扯，大狼從羊圈矮牆洞裏跳進來，咬死了兩隻半大小羊。那兩隻狼可能餓慌了，特別能吃，沒多久就啃得只剩羊腦袋和蹄子了。

我腦袋「嗡」地一下！完蛋了，我還以爲找到格林的線索了呢，結果是格林在這裏闖禍了。我心情複雜極了，既欣喜，又心驚，更害怕——

我欣喜的是，這麼多天來第一次得到確切的關於格林的消息。首先，牠活著！其次，狼族接納了牠！再者，這傢伙知道去逮羊了，看來確實是餓不死了！這點是被人類規範束縛的我沒法教牠的，還得是狼師出狼徒！

我心驚的是，格林襲擊的是人類的牲畜，就算不被餓死，可牠也會被打死啊！雖然，我過了幾個月的狼生活，我完全可以理解狼生存的艱難，理解牠爲什麼會冒死偷羊，但牧民與狼的矛盾由來已久，我怎麼可能要求別人犧牲自己的財產去保護狼呢？然而，我也知道橫豎都是死，狼絕不會選擇餓死！

我更害怕的是，我此刻就坐在牧民家裏，像個闖禍孩子的家長，被人家逮個正著，還不知道受損失的牧民會如何獅子大開口？我陡然間想起了賣死羊給我的牧民，我真後悔走進這個小屋，還一氣兒喝了人家五碗酥油茶，這事兒麻煩了，我下意識地抱緊了相機。亦風沒在我身邊，如果我今天走不脫怎麼辦？我的汗順著額角流了下來……不，或許事態會比我想像的更嚴重，我養了個「禍害」，我說不定會被牧民們視爲養狼爲患的仇敵！而格林，我可憐的小狼，這裏可沒有什麼動物園，逮到「害獸」完全可以當場打死！

我想來想去，心裏一橫，躲是躲不脫的，爲了格林，一定得扛起來：「阿媽，那羊多少錢？我……我……賠您！」

阿媽一聽就樂了：「幾個弱羔子賠什麼呀，這牧場上哪家不死牛羊？吃了就吃了吧，狼總要活命嘛！等開春兒有食了，狼也就散了。」

「啊？」我意外得簡直不敢相信自己的耳朵，「可是，阿媽，那天眼狼是……是我那隻啊……」這叫冤有頭債有主，你們都逮著我了，還不找我算總賬？

少女笑得更歡了：「知道是你養的，我們以前在山那頭的大河灣一帶放牧的時候，經常看見你帶著那狼在河對岸走，一起抓兔子、抓老鼠啥的，很神奇。我們叫你狼女，可是從沒見你走近。呵呵，你放心好了，阿媽說了，狼到我們牧場來，我們不會打牠的，好多年都沒有看見過狼了。」

我眼睛一熱，老天有眼，我終於又遇見好人了，阿媽的善良瞬間打破我心中重重顧慮。同在一個草原上，牧民和牧民的差距怎就這麼大呢？

我緊捏著相機的手總算鬆了下來，少女瞅見我手裏的相機，挪挪凳子親近地坐過來問我：「阿姐，能不能幫我們照張相啊？」

我連忙點頭，巴不得爲這家好人做點事，我瞄了一眼她家牆上的大相框，說：「回頭我也洗成這樣的照片給你們送過來。」

少女一聽，興高采烈地進屋換最漂亮的衣服。

阿媽填著爐膛裏的火，蒸鍋裏冒著饞人的熱氣。我咽著口水，硬把眼睛從蒸鍋上挪開，扭頭往牆上的相框瞅去。相框裏眾多的照片中，突然有一張面孔引起了我的注意，我湊近了看，越看越眼熟……這不是多吉嗎？那個引我到狼山去的愛狼的小夥子！

我忙指著多吉的照片問道：「阿媽，這小夥子是你什麼人啊？」

阿媽抬頭看了一眼，笑道：「哦，那是我兒子。」

噢……我心裏所有的疑惑頓時有了答案。人和人的確不一樣。

我剛給少女照完相回到小屋裏，就見阿媽揭開了鍋蓋，熱騰騰的蒸汽裏肉香撲鼻。我眼睛直勾勾地盯著這鍋剛出爐的包子，強壓住的饑饞再也控制不住了，我紅著臉問：「阿媽，我能吃個包子嗎？」

「吃吧！吃吧！呵呵！」阿媽熱情地點著頭，轉身找盤子給我盛包子，我已等不及伸手進鍋裏抓了一個，就往嘴裏塞！羊肉包子，太香了！

「慢點吃，小心燙！」阿媽連聲說，裝了滿滿一盤放在我面前。我死盯著盤子，兩手左右開弓，羊肉包子塞了滿嘴，滾燙的包子貼在嘴巴的裂口上，燙得眼淚直打轉。

阿媽問：「你餓壞了？」我顧不上回答，嘴裏嗯嗯幾聲，又抓了兩個包子塞進鼓鼓囊囊的嘴裏，一個勁兒地點著頭，眼淚再也忍不住流了下來，這是我幾個月來吃到的第一頓像樣的飯食，淚水伴著幾個月的辛酸全咽進了肚子裏……我知道我吃食的樣子可能跟格林差不多，這才是人間煙火啊，要是亦風也在，該多好啊！

一陣狼吞之後，整鍋的包子被我幹掉了一大半，我急忙停手了，心裏很過意不去，不知道這是不是這家人的晚飯。

阿媽又裝了一盤放在我面前：「放心吃吧，吃不完的阿媽給你裝回去。家裏男人們都去寺廟了，要回來還早著呢，等會兒阿媽再做就是了。」

我謝過阿媽，才又拿了一個包子咬起來，這回動作斯文多了。阿媽問起我很多事，不解地說：「一個城裏姑娘爲一匹狼跑這裏來受苦，值得嗎？」

我咽了一口包子，鮮甜味在舌邊慢慢回了上來，我點點頭：「值得。」

其實和格林在一起，最開始只是天生的母性和同情，可天長日久，格林身上似乎有些魔力般的東西感染著我，引我不斷去探究和體會到狼性中一些可貴的東西，有時甚至不知不覺地把狼性和人性相比較。直至和格林一起來到草原後，狼、動物、人乃至整個草原無時無刻不在觸動著我，越來越深的自然情懷和人狼情緣讓我在這片草原的殘酷和痛苦中享受快樂，我也從沒想到當初一個小小的生命會給我帶來這麼多的感悟。我甚至想永遠留在這裏，和狼群奔跑在同一片荒野上。然而，這對一個和現代化有著千絲萬縷依賴的城裏人而言，回到自然或許只是一個遙遠的夢境。我才發現也許我和很多現代人一樣，早已失去了和大地的聯繫，和自然的感應。

我很羨慕阿媽，這樣善良的一家人住在草原上，有著自己的信仰，牛羊成群，兒女相伴，每天感受著草原的脈動。

我情不自禁地問道：「阿媽，您這一輩子都生活在草原，你感覺幸福嗎？」

阿媽笑咪咪地答道：「幸福是個啥？我從沒想過這個。草原上的人一叢一叢地長，長大了飼養夠吃夠用的牛羊，然後結婚，生子，死去，一輩一輩就是這樣生活的。」說話間，阿媽慈祥的臉上流露出一種別無他求的滿足感。或許，老一輩的草原人就是這樣生活的，簡簡單單，他們從不自問是否幸福，是否嚮往另一種生活，沒有另一種，只有從遙遠的過去就在等待著每一個草原人的那一種生活。有時候，別人的追求就是自己的現在，自己的憧憬就是別人的現實。

如今呢？在席捲草原的社會變遷下，年輕的草原人有了另一種選擇，而草原上也有太多可以交換另一種幸福的東西，草原的未來又將如何？我珍惜地體會著在草原人家做客的幸福，或許十年以後，人們再走進草原就感受不到如此單純質樸的情誼了。

飯後，少女帶我進羊圈，查看了昨天格林和大狼翻進羊圈的洞，那是羊圈最矮的一處圍牆，牆上帶著血跡的狼爪印清晰可辨。雖然早已預見，當我的手指觸摸在那熟悉的爪印上時，心中還是泛起一陣驚喜的暖流。真的是格林！

出了羊圈，我滿懷感激與歉意地告別阿媽，阿媽把剩下的包子全裝在口袋裏給我，又給了一大麻袋血腸、油餅、風乾肉，我趕緊把熱包子捂在懷裏，連聲道謝！格林活著，我們也有吃的了，我飛奔回家，讓亦風感受這雙重的驚喜！

回去的途中，我淚灑了一路……草原深處的牧民仍有一些保持著與自然的和諧關係和與人爲善的淳樸品質。不知道像阿媽和扎西這樣肯爲狼的生存留有餘地的人還有多少。

轉眼又是十多天過去了。我像一個苦苦盼望與失散獨子重逢的狼母。

這天，中午還有點小太陽，現在乾脆陰了下來。雲層厚厚地壓在天邊，北風夾著細小的雪花掠過冰封的河面。

「這是什麼地方啊，跟平底鍋似的。」亦風拿著望遠鏡站在一處略高的地方，環顧四周。兩岸環繞著草場的都是逐漸傾斜成三四十度的山坡，山腳與草場相接，草場盡頭與天相連，整片「U」形的地勢像被拉了個遼闊的魚眼廣角。而眼前這條南北走向的冰河蜿蜒過鍋底中央，把中間的草場區分成了東岸和西岸，乍一看像個太極圖。

冰河的東岸，草場上的積雪並不深，有些地方的薄雪東一塊西一塊地融化著，露出一點乾瘦的爛草皮子摻和著雪化後的泥漿，死皮賴活地貼在地面上。草皮擺出限量供應的樣了等著犛牛群來啃食。幾百頭犛牛埋頭擺動著大腦袋拱開積雪，扒吃雪下的泥草，管他是泥還是草，能填塞肚子就行。風吹著幾乎能拖地的犛牛長毛，牛群呼出的白氣比雪霧更加濃重。有的犛牛吃著吃著就抬起頭，豔羨地望向河西岸——那邊是一大片冬季草場，過膝深的金色牧草就在冷風裏晃啊晃的，但是那片冬季草場是另一家牧民留著接春羔時用的，被嚴格地用鐵絲網圍了起來，而且中間隔著陡峭難爬的河床。犛牛是不敢貿然越過冰面的，如果在堅冰上摔一跤對沉重的犛牛而言，可能是致命的，東岸的犛牛也只能望河興嘆。

我和亦風是跟蹤著一大片狼足跡來到這條大河西岸邊的。頭一天晚上，我們聽到遠遠近近的狼嗥聲，一大清早，我們就循著昨夜發出聲音的方向到處巡查。終於在河灘邊的雪面上發現了成群的狼足印，於是一路跟了過來，誰知足跡跟到這裏分散繞了幾個彎兒，竟然全都詭異地消失了。

跟了大半天又是一無所獲，我們沮喪地坐在西岸邊的一塊小坡地上，啃著乾糧發牢騷。

「你說牠們昨晚嗥啥啊？這麼多狼怎說不見就不見了。」

我攏攏衣領遮擋撲面而來的寒風。今天爲了便於追蹤，我特意穿著衝鋒衣（編按：一種適合戶外運動的風衣，具備防風、防雨、透氣等特點），這會兒停了下來便覺得冷颼颼的。亦風掏著衣服包，摸出半個油餅又掰開來分給我一半：「吃點兒吧，阿媽給的乾糧也不多了，得省著點吃。」

我肚子正餓得慌，坐下抓了一坨乾淨雪就著油餅嚼起來：「興許這撥兒是昨晚過路的狼，咱們早跟丟了，要不咱們還是回去吧。」

「你是說回成都嗎？」亦風問。我哽著油餅不吱聲兒。

我們正啃著乾糧，遠遠望見牛群西北角騷動起來，所有吃草的牛都抬起頭來，向西北角望去。眨眼間騷動就變成了恐慌，犛牛群開始你推我搡，牛角相互碰撞，簡直像是群魔亂舞。

突然，不知哪頭牛踩蹄大聲哞叫，幾百頭犛牛立刻狂奔起來，奔騰的牛蹄捲起漫天的沙塵和雪片，蹄聲震驚四野。

我們被這驚雷般的聲響震得一蹦，正啃著的油餅掉在雪地上。亦風張大了嘴巴：「什麼情況？」

我一把拽過亦風胸口的望遠鏡一看：「狼！」

望遠鏡裏，只見牛群亂作一團，小牛到處亂竄，母牛焦急喚子，公牛高聲哞叫著組織結群。數匹大狼緊隨其後，驅趕著牛群，沿河一路向南奔來！牛群聚成一片，像潮水一樣湧動起來。中途又有多匹大狼從側翼殺出，阻止企圖越過河面的牛群。

雖然隔著冰河，我還是感覺到強烈的衝擊力，望遠鏡裏全是亂濺的泥雪和鼓瞪的牛眼，寒風中只聽見牛群隆隆的蹄聲、喘息聲和嘶吼聲。犛牛和狼正進行著一場千年未變的儀式，為生存而廝殺。犛牛群驚恐萬狀，早已辨不清東南西北。

沒想到無意中讓我們撞見狼群追獵，這是生平第一次。令我費解的是，奔跑中，明明已經有了幾頭脫隊的犛牛，這是狼群挑寡的絕佳機會啊，狼群卻根本不去圍攻落單的犛牛。不單如此，還總有一匹狼繞過去把這些掉隊牛驅趕歸隊，那友善的模樣，儼然牠根本不是狼，而是牧羊狗。

犛牛群終於有機會把小牛犢護在了牛陣中央，牛群的奔跑速度也略微減緩，似乎開始的害怕勁兒已經平靜一些了。這群笨狼坐失良機，只追不殺，開什麼玩笑啊？

我任由亦風把望遠鏡搶去，有些失望，現在的狼群是大不如前，就這幫不敢進攻的草狼真是成不了什麼氣候了。

「快看，那邊還有狼！」亦風低喊著，指向河邊草坡。

短促尖厲的野獸嘶叫，這就像個前兆，河岸的南面草坡中又躥突出來數匹大狼，迎面突襲牛群右翼。奔跑中的犛牛群腹背受敵，向西是河，向東是山坡，狼群數量陡增，牛群陷入了無路可跑的新一輪慌亂中，牠們別無選擇，牛陣中的頭牛們當機立斷扭轉方向，整群犛牛像回頭潮一樣向東面山坡上湧去！東面是一座四十度左右的向陽斜坡，斑駁的積雪殘留在坡上。黑壓壓的犛牛群好像一股血肉與皮毛聚成的海嘯，所有犛牛聳起牛肩胛，挺起牛角，奮蹄向陡坡埋頭苦衝，只想撿回一條命。

幾個狩獵小分隊的狼群呈扇形從後面包抄上來，齜著尖利如錐的獠牙，扭動著靈活的身形，緊跟牛群的動向，在牛群周圍忽左忽右地飛快跳竄，讓牛群越發慌不擇路，拼盡全力衝坡。牛群悶頭猛爬，銳利的牛角像挺著刺刀催促前牛往上衝！

我看得瞠目結舌：這是狼群在打圍啊！

眼看犛牛群已經衝過了半山腰。突然間，山梁上傳出一聲穿澗越谷的狼嗥，高亢振奮、攝人心魄的呼嗥聲騰空而起，從高高的山梁上壓頂而下，好似一隻巨爪撲向這群瑟瑟發抖的待宰牲畜。長嗥聲中，山梁上突現奇兵，眨眼間冒出了成群的大狼，朝著牛群齜牙大吼起來，彷彿將發起聲勢浩大的總攻！

這群狼不知是何時匿行潛蹤埋伏在那裏的。亦風拿著望遠鏡數狼，紛亂中根本數不過來。

狼群大聲咆哮著，亮出獠牙利爪，飛撲下來，迎頭衝向爬坡的牛群。

衝在最前面的兩頭犛牛緊急剎住，前蹄騰空，差點仰面後翻摔下坡去。剎那間，整個犛牛群陷入了巨大的恐慌中，跑在前陣的犛牛慌忙掉頭回跑，像一片驚濤陡然被狼群的大堤迎頭一擋！泥濘濕滑的山坡，像個大滑梯，牛蹄沒有抓地力，坡上面的牛根本剎不住車，很多回頭牛直接就撞在了前衝牛的利角上。犛牛們被頂得高聲慘叫，栽著跟斗往陡坡下滑跌，揚起一路的碎石泥沙。

有的小牛犢怕得不行，拼命往大犛牛肚子底下躲，誰知沉重的牛身直接壓倒在牠們還沒長硬朗的脖子上，有的小牛當場就沒了聲響。一頭大公牛踩到一塊搖搖欲墜的岩石，滑了下去，連後面那幾頭犛牛也跟著遭了殃。幾頭牛掙扎著想重新找回平衡，可坡面太陡了，加上濕滑的積雪，數頭犛牛在斜坡上最後踢蹬了幾下，像山體滑坡一般，一齊翻滾下來。

陣尾的犛牛被狼群驅趕著衝坡，斷後的公牛甚至還倒退著往山上撤，混亂中根本看不見山上發生了什麼事。山下的牛還在低頭挺角，卯著牛勁兒往上衝，上面的肉山囫圇個兒地壓下來，角度正好，砰咚悶響聲中，滾下來的牛被戳著肩胛的、挑破肚子的，甚至被後面的牛角扎透了頸窩子的，還有的被牛角戳進了肋骨抽不出來，兩頭牛一起翻著跟頭滾下山坡，像古代戰爭用的礌石，後面的牛躲閃不及被衝壓了一路，小牛被擠死的、被踩傷的，一片煙塵雪泥中，只聞牛哭狼嗥。

亦風和我完全驚呆了，目睹這眼前上演的慘烈戲碼，都忘了再拿起望遠鏡，鏡頭外的陣容遠比鏡頭內震撼。天啊，這怎麼跟紀錄片裏看見的完全不一樣，我們所知的狼群都是慣於悶聲不響發動突襲，而眼前的狼群卻全然不同，雖然也是在突襲，但是更多的卻是張牙舞爪地咆哮著造勢，沒有一匹狼真正下口咬，更沒有一匹狼深入牛群當中大肆屠戮。或許人對狼的瞭解太少了。我突然感覺背脊發涼，雖然紀錄片中都說狼群有了獵物就不會再攻擊，可面對這麼一大群狼，會不會順便把我和亦風也撿了去？人若不瞭解狼，紀錄片裏說的靠譜嗎？

想到這裏，我一動不敢動，誰知道哪裡還有狼軍埋伏？我下意識地看了看身後。

就在轉頭側耳的一瞬間，我猛然聽到咆哮的狼群中傳出「花花」的吠叫聲！我頓時心跳加速，狂跳的脈搏把激動的感覺往全身每個細胞漫去！多熟悉的「口音」！我趕緊搶過亦風的望遠鏡，望遠鏡繩子勒得亦風拚命喊疼，我忙讓他噤聲：「聽，格林！」

亦風一聽，果然又有幾聲「花花」。

亦風張嘴就喊：「格……」我一巴掌給他捂了回去，生怕驚擾了狼的狩獵，也生怕他這一叫，格林一分神，被牛蹄子踩上一腳就完蛋了。我拿著望遠鏡一個勁地搜尋，暴亂的牛群中到處都是狼在跳竄，哪裡分得清誰是格林？

感覺有格林在，我就不害怕了，我和亦風對視一眼，竟然有了一種找到族群的奇妙錯覺，覺得眼前是我們本家在圍獵。有格林的維繫，我們已經把自己當成了狼族一員，正在觀摩大部隊作戰，熱血沸騰！有一種送兒子去當兵的感覺，看著兒子在戰場上拼殺既自豪又擔心。

犛牛群如山崩泥石流般傾瀉下來以後，傷的傷，殘的殘，哀牛遍野。

狼群不再追攆，牠們繞開還在奮起反抗的犛牛。狼不需要再動手了，這一役，戰果輝煌！我再也不敢對狼戰妄下結論了。

然而，我們以爲狼群該大快朵頤的時候了，狼們卻碰碰鼻子擦擦肩，有的走山後，有的跑向西南角……打圍的狼，竟然三五成群地撤了，一點都不留戀這些傷殘死牛。我們一頭霧水，辛苦半天不要戰利品？這算打的什麼圍啊?!

犛牛們蹬著蹄子，掙扎著爬起來，丟下一大片傷兵，向安全地帶轉移。

遠遠傳來了人聲、馬蹄聲和犬吠……

「格林！」眼看狼群快撤了，亦風終於忍不住喊了一聲，聲音不大，但西南角撤退的狼群中，一匹狼猛然回頭，被亦風看個正著。

「是牠嗎？」亦風急忙拿望遠鏡對焦。我死盯著「回頭狼」，把不準。

另一匹大狼擦過「回頭狼」的肩部，輕輕一撞，似乎在催促牠，牠們的小分隊——另外的五隻狼已經從容越過冰河撤退了。「回頭狼」猶豫了一下，跟著大狼一起小跑著過了冰河，沒入冬季草場。

牧民的聲音比剛才更近了。

「快跑！」我一拉亦風，撒腿就追著「回頭狼」的方向逃跑。彷彿我倆也是兩匹掉隊的狼，在奮力追攆我們的大部隊。

然而，我們最終沒能追上這群狼。兩人跑得頭頂冒白煙，亦風氣喘吁吁地問：「人來了，咱們跑什麼呀？又不關咱們的事。」

我弓著腰，兩手撐在膝蓋上大口喘著氣。我也不知道為什麼第一反應是逃跑，但似乎那時那刻，我潛意識中更怕的是人，以至於忘記了對狼群的畏懼，又似乎只要有格林在，我就是那群狼的一分子，只要有格林在，那群狼鐵定是我們的老相識。

我嘆了口氣：「我知道自己會遇到什麼樣的狼，但是不知道自己會遇到什麼樣的人，如果那群牛傷亡慘重，而我們又在事發現場，會有什麼結果，你能預料嗎？」

亦風想了想，無言以對。

我和亦風疲憊地回到小屋，我幾乎癱軟了，白天的畫面像演電影一樣在我眼前閃，我抱著一線希望問亦風：「你看清格林了嗎？」

亦風搖搖頭。兩人一臉的失落，想起白天遇到的狼群，腦子裏更是一團漿糊。狼是不會打無謂之戰的，可這群狼到底在開什麼玩笑啊？按狼理說，今天絕不是個追獵的好天氣，狼喜歡利用天時作戰，例如下大雪刮大風對狼追獵而言就是絕佳的天氣，笨重的牛在厚雪上邁不開步，狼便占盡了優勢，利於圍攻。像這種積雪很薄的時候，犛牛腳踏實地跑得風快，狼還有什麼優勢可言呢。

對這點，亦風倒是有不同看法：「我不太瞭解狼的習慣，但是我覺得正是這種薄雪才利於牛奔跑衝坡，也正是這種濕滑的天氣才會讓牛群栽了這麼大的跟斗。我看狼這次不僅用了天時而且占了地利。」

亦風拿紙筆劃了當時的地形和狼群埋伏點，經他一分析，一場狡詐的打圍戰更加一目了然。這應該是好幾個群體的狼集結在一起，看好雪薄濕滑的天氣和斜坡環圍的有利地勢，分頭驅趕嚇唬牛群，只是搖旗吶喊就能製造自傷踩踏事件！如果比起殺傷力，狼牙遠不如牛角，狼力也遠不如牛勁，狼太善於觀察獵物的弱點和優勢，並把對方最大的優勢和對方的弱點一嫁接，轉化爲自己的利器。以牛之角攻牛之肋，以牛之力壓牛之身，牛群優勢越大，對自身造成的殺傷力也越大，而狼群則坐收漁利。

兩人分析完這番策略，不由得又驚詫又敬畏。這種縝密的戰法安排，人都不一定想得到，而狼卻用得得心應手，真是狼不厭詐。這種借力打力的「太極戰法」，三十六計裏估計也沒這招。而這麼複雜的戰略，狼群之間又是怎麼溝通默契的呀？狼還有多少我們所不瞭解的戰術和智慧啊。

「狼還是老的辣！」我嘆道，對這狼王的敬意油然而生。想起最初的時候，這狼王給我的印象還是在我的營地周圍撿剩食，像丐幫幫主似的形影相弔，也沒幫手，沒想到冬季一聚集，竟然是這麼出色的領導者。狼王既能委曲求全，獨步荒野，又能指揮狼軍團巧攻智取，不傷一兵一卒拿下越冬口糧，看來真正的領袖也並不是隨時都威風八面不可一世的，關鍵時刻才顯示出牠的王者之風！我們以爲格林從小就夠詭計多端了，相比狼王，格林還缺乏大智慧，得好好淬淬火！

想起格林，我們心裏又一陣牽掛。我們聽見的「花花」聲是真的，還是幻覺？那回頭的狼到底是不是格林？

「明天一早，我們再去冰面上對照一下爪印，順便看看那群牛怎麼樣了，狼既然打了圍，不可能不吃。」亦風說。

我點點頭，猶豫了一下，又搖搖頭：「還是晚點去吧，我怕遇到人。」

「也好，明天咱們把對講機帶上，有什麼事兒你也就不擔心了。你把鐵鏈也帶上，萬一有狗！」

第二天下午，我和亦風來到狼群圍攻犛牛的山坡下，積雪已融化露出枯草，天空中，兀鷲盤旋低飛。幾頭大犛牛死在山腳下，身上大大小小的血窟窿扎得像蜂窩，一頭犛牛肋骨上還戳著一根折斷的牛角。我和亦風心下凜然，可以想像犛牛滾摔下山的慘狀。不遠處，一隻小牛犢的殘骸躺在草地上，幾隻烏鴉還在殘骸上尋找著肉渣，烏鴉看見我們走近，呼啦一下全飛走了。小牛犢的肉已被啃食乾淨，只剩下半張牛皮包裹著一段粗大的脊椎骨以及頭顱和殘缺的牛蹄。牛皮上留著很多狼牙洞，殘骸周圍的血爪印踩成怪異的狼圈，混雜著食肉猛禽的爪印和羽毛，雜亂得無法辨認。

若爾蓋大草原上的生生死死每天都在上演，自然法則本就如此，哪一個生命不是在天敵的眼皮子下降生的呢？生物鏈中一物降一物，如果哪個物種已經沒誰降得住了，那麼這個物種就太可怕了。相信昨天那一戰必將為犛牛群體的每個成員注入更多的膽氣、力量和危機感。

亦風納悶道：「為什麼狼群把一頭小牛啃得這麼乾淨，其他死牛卻一口不動啊？」

「大約是小牛肉嫩，比較好撕咬吧。」我猜測。

既然這麼多的死牛在這裏，狼群必定還會來。我和亦風連續數日來到這裏觀察，然而每天都只看見頭天還完整的牛，第二天就成了一堆帶血的骨頭和皮毛。兀鷲、烏鴉、狐狸甚至還有一兩隻我們不認識的動物分享著殘骸，這群分享者能在半個小時之內把一頭犛牛的殘骸處理得乾乾淨淨，就連牛骨也被專吃骨頭的胡兀鷲一塊塊帶上天空，準確地扔在岩石上砸碎，然後囫圇吞掉全部骨髓和骨渣。最後犛牛的皮毛會被渡鴉們一點點分解叼走築巢。只剩下誰都拖不走的碩大牛頭留給細菌，用不了多久也會化為風中白骨。

多日來看著這群盛宴的分享者，我醒悟過來：狼群每天只剖食一隻死牛，其實是有意義的。兀鷲這些猛禽能在頃刻間解決完腐肉，但牠們的爪喙卻無法撕扯開堅硬的犛牛皮，必須等狼牙來為牠們「開飯」，而狼群則一天一頭牛地按計劃「放糧」。否則，一旦牛屍都剖開，狼食就變成鳥食了，而大量的牛肉吃不完也會迅速腐爛風乾。我們一直以為狼進食一定是東撕西扯，遍地血肉「一片狼藉」，誰知道狼群進食竟然是這麼有計劃有步驟，讓每一個分享者都消費不浪費。或許真正的「狼藉」乃是井然有序的。

數日後，死犛牛都吃完了。我們沿河往下追蹤，遠遠地跟蹤著大牛群。隔三差五地會看見傷殘犛牛掙扎著倒斃在牛群之後。我們越來越佩服狼王的先知先覺。

人在進步，狼也在進步，相比《狼圖騰》裏的人狼鬥爭，這三四十年間已有了明顯的變化：人，不再用原始的套馬杆、手電筒和獵狗，騎著馬打狼，而是用帶瞄準鏡的獵槍、無色無味的毒藥、高倍望遠鏡，開著越野車追獵。

狼，知道明智地站在人類獵槍的射程之外，知道遠離公路，哪怕有人拿著望遠鏡、照相機，狼都會迅速消失。狼的打圍也有了不同：

其一，致傷不致死。狼群或許不再像從前那樣，把黃羊大規模趕入雪窩子凍起來，以備春荒。牠們想出了更保鮮的方法，幾個狼群體集結起來將牛群一陣飽嚇，製造踩踏事件，傷牛遲早過不了冬，冬天的牛肉沒市場，牧民自身也消化不了，牛死在牧場上也沒誰拖得走。我可以想像接下來的冬天裏，狼群只需每天派個探子看看哪頭牛撐不住了，回頭就把傷牛趕到隱蔽的山坳裏面收拾了，這樣的鮮活肉食可以點殺到春天。

其二，不固定進食地點，那麼多傷牛在牧場上游走，啥時候咽氣，在哪兒倒斃，沒誰算得準，更不用說在死牛身上下毒下夾子。

其三，最大限度保全族群。狼群非不得已不再冒險搏命獵殺，而用智取。數量有限的狼族勇士一個都不能再少了。

也或許，若爾蓋草原沒有內蒙草原那樣的大雪窩子，沒法替狼們冷凍食物。如果一次殺死大量的牛群，露天擺著，很快就會腐爛。因此，這裏的狼冬季打圍有牠們的獨到之處，批量致傷，分期點殺，吃的是鮮肉，連血都是熱的。

人不再是過去的人，狼也不再是過去的狼。

這天，我們照例跟上牛群。

突然，一小群狼橫衝過冰河，迅速消失在河對面的冬季草場。我趕忙跳到冰面查看，有五隻狼的足印。亦風在河岸高處大叫：「格林！」急忙招呼我，「快上來，牠們在攻擊傷牛！」

我心弦一震，連忙從河床爬上牧場，紛亂的牛群當中，還有兩匹未及撤離的狼在和一頭傷牛周旋。其中一匹狼見到有人出現，便很快奔過河面，也消失在冬季草場。另一匹狼猛回頭驚訝地看著我們，渾身的毛被風吹似的立了起來，牠額頭正中有一隻「天眼」，正是我朝思暮想的格林！

格林正要跑近，牧民和狗已叫嚷著追了過來。格林急忙轉身，頻頻回頭越過冰面逃走了。

「這傢伙終於知道怕人了！」亦風高興地說，「快，跟上！」

格林跑得並不快，似乎牠也並不想跑快。另一隻大狼不斷回頭探看，彷彿在催促牠，雖然大狼的動作中並未流露出怕我們的感覺，但始終對我們保持距離和警惕。

我們緊跟格林追到了一座遠離牧場的山下，人聲狗吠都已經遠了。大狼迅速翻過山梁消失了，格林卻留在山梁上徘徊不前，我懷著難以抑制的衝動急奔上山梁。

山風嗚咽，與格林四目相對，我大喘著氣，還沒來得及叫牠，牠就快速衝過來撲入了我的懷中。我的熱淚瞬間湧了出來，緊緊抱著這久別的孩子，彷彿要把分離的一切全都抱回來！

格林依戀地輕喚，不斷用脖頸蹭著我的臉頰。我單膝跪地，使勁撫拍著格林的脊背，搓撓著牠的脖子和臉頰上的毛，揉捏牠粗壯的四肢，牠成熟了很多，身材也更加魁梧，狼眼炯炯有神，針眼一樣的瞳孔透露出堅毅和只有荒野獵人才有的奕奕神光。牠的皮毛光滑油潤，狼群應該對牠不錯。

我捧著格林的臉，又哭又笑，和牠碰著鼻子，親著牠的大腦門兒，這傢伙長大多了，想當初剛找到這小狼崽兒那天，牠像坨牛糞一樣蜷在地上，聽到我的聲音，小耳朵突然就立起來了，爬起來像個盲人一樣摸索到我懷裏，那神奇的一刻已深深鐫入我的腦海。如今，牠已經找到了牠自己的親族，可心底裏仍舊是我的孩子，我的小格林。狼的幼稚期很短暫，格林已經長成青年，狼只要死不了，就會變得更強。

「格林，終於找到你了，你還好嗎？我好想你，你知道嗎……」

格林使著勁兒地舔我的臉，牠的眼裏有種很深沉、很熾烈的東西，我篤定牠都聽懂了。

格林認真地看著我，似乎想好好記住我的模樣，狼眼中那份久違和毫無保留的信任，這是我用任何其他人都無法認同的巨大犧牲爲代價換來的。看著看著，牠突然伸出舌頭輕輕舔了舔我下巴上的淚滴，牠不想看見我難過，但我的淚卻流得更多了。

亦風在山腰上實在爬不動了，可他目睹了山梁上的一切，他心裏一動，立刻打開了攝影機。亦風在對講機裏的聲音有些酸澀：「如果你實在捨不得，就把牠帶回來吧。」

我凝望格林，淚水長淌。我當然捨不得這相依數月，有過那麼多共同經歷的狼兒……

「格林，別走好嗎？我們再也不分開了。我怎麼捨得你跟著狼群吃苦受難，我要一直守著你！看著你！養你一輩子！」我這樣念著，心跳驟然加速，頭腦迅速發熱，以至於臉都燒燙起來。我哆嗦著手摸出鐵鏈，呼吸更加急促，我生怕格林看見鏈子轉身就跑。我很清楚自己任由情感超越了最後的界限，我把所有的忌諱都拋在腦後，把所有的禁條都踩在腳下，只要格林能留在我身邊，我寧願付出任何代價，寧願守護牠一輩子！牠此刻怪我也好，咬我也好，管不了那麼多了，哪怕綁也要把牠綁回來！

我把鐵鏈掛在了格林的脖子上，牠沒有反對，安靜地注視著我，我淚水背後的目光一定很自私，我心虛得甚至不敢看牠的眼睛了，我從未感覺到跟牠靠得這麼近……又這麼遠，我咬牙顫抖著雙手扣鏈環，心裏進行著一場跟自己的戰鬥。似乎只有那條脆弱的鐵鏈能將格林從艱難求生的狼群中拉回我的身邊。我捏緊了鐵鏈，捏緊了我全部的牽掛。

格林溫存摩挲著我，鐵鏈困不住狼，留下是因爲我愛你。牠轉頭望著狼群消失的方向，又回過頭來，狼眼裏慢慢溢出一層淚光……我順著牠的眼光看去，彷彿那所有的狼族親眷也在遠處荒坡上翹首相望。我的手抖得更厲害了，眼淚大滴大滴掉在冰冷的鏈子上。我把頭埋在臂彎裏，重重地抽噎著，心如刀絞。

亦風強作鎮定的聲音在對講機裏斷續地勸著：「還是帶回來吧……外面太險惡了……」

啜泣了一會兒，我抬頭凝視著格林盛滿荒原的眼睛，牙一咬，眼一閉，心一橫，解下項圈，最後抱了抱牠，站起身來艱難地說：「去吧！」

格林愣了一下，退後幾步，眼角低垂，耳朵貼服，唇吻緊閉，顯得很傷感，喉間發出宛若哀泣般的聲音，依依不捨地繞到我前方。我轉過身不敢再看牠，邁開腿往前走去，淚水模糊了天際線。

格林跟了上來，一如之前每次看著我離開的樣子。我回頭看牠，幸福激動伴隨著痛苦失落在我心間翻江倒海……一對養父母要將他們一手帶大的孩子交還給他的血親，讓孩子走到更大的世界中去，欣慰與悲涼千纏百轉地交織著，笑容與眼淚也就自然地交替著。

對講機那頭，亦風已無法遏制地哭了起來：「不行，你一定要帶牠回來，我捨不得牠！」他是唯一能夠理解我進退維谷的人，也是唯一能和我並肩面對患難的人。然而，這次讓我們共同放棄吧。

格林低垂著尾巴，猶豫著退後幾步，回轉身向狼群的方向走去。越來越遠，每一步都像踏在我心上。我看見牠小跑起來，前方的長草輕微晃動，似乎那些夥伴一直在等著牠。

格林快要回到夥伴身邊了，突然，牠猛地掉頭，以十倍的速度狂奔回來，轉眼間就衝回到我面前！

格林大喘著氣人立起來，拱我的手臂，我硬起心腸，極力忍住再抱牠的衝動，我知道一旦抱住牠，我就再也捨不得放開了。格林拱開我的手掌，把大狼爪在我掌心一印……我握緊了狼爪，仰頭向天，使勁眨著眼睛，讓淚水全落到心裏。曾經我們的約定是帶你重返狼群，而這次你想再和我約定什麼嗎？

格林最後看了我一眼，放下前爪重新站回地上。我感覺狼頭輕輕擦過我垂下的手背，然後是狼脖子，狼肩胛，狼背，狼尾……滑過指縫的狼毛像手中握不住的細沙。我知道牠將離開了，我強忍著不敢哭出聲，耳朵裏聽見格林流連徘徊好幾次，終於，最後的足音消失了……

我猛然轉身，在揮別的同時卻還在盼著牠身影的出現，直到山那邊的長草不再晃動……

牠沒有再回來，我的心情隨著山風的吹拂一步一步沉入谷底。站在山梁上，隨風而起的雪片打著轉抽在我臉上，猶如刀割一般。雪粒和著淚花凝結成白茫茫的一片，不一會兒就分不清天地了。

「爲什麼要讓牠走？爲什麼……」亦風問。

我步履沉重地回到山下，要說的話都堵在了嗓子眼兒，心如灌鉛：「誰都不能爲誰鋪一輩子的路，格林是自由的，剩下的路該自己走了……」

「莫嗷——嘞——」山那邊傳來悲涼幽咽的狼嗥，格林在和牠的人類親人做最後的告別。

我一陣心酸的狂喜，雙手圍住嘴，長嘯了一聲……山那邊，格林和牠的家人回應了我。

我高興得哭了出來，突然間，一種幸福感和解脫感讓我彷彿飄在雲端。

「嗷——嘞——」消失的狼群隱隱回應著，自由儘管脆弱，卻是唯一的財富，嗥歌儘管粗野，卻是真情流露。風刮得更緊了，夾帶著細細的雪塵，暴風雪即將拉開序幕……

這是我最後一次見到格林……

我們依舊留在狼山，捨不得離去。撫摸狼毛的感覺彷彿一直停留在指尖。我們一直守著和格林分別的小屋，希望當牠需要我的時候，回來，我還能幫到牠……

然而，又堅持了一個月以後，我們彈盡糧絕。

亦風把行李收拾好了，屋子裏一片凌亂，像格林當初搗亂過的房間一樣。多麼希望牠能像從前一樣跳窗而入，撲到我懷裏撒嬌。而現在格林不知浪跡何方，或許在跟夥伴一起相依相俍，或許在星空下對月長歌。一曲終了，給我留下的是一份無休止的惆悵和纏繞心間的淡淡幸福。

亦風珍惜地收好格林最後叼來的狼山石。我們最後一次坐在狼洞口發呆，淚水在寒冷的山風中凝結成了晶瑩的冰珠。

雪後的天空重現碧藍和空靈，起伏的遠山，彷彿溫順的巨狼的脊背。若爾蓋在一片素白中恢復了寂靜，在這聖潔的草原上，彷彿什麼也沒發生過。

二〇一一年四月廿一日星期四　初稿於成都
二〇一一年五月三十日星期一　二稿於成都
二〇一一年六月五日世界環境日　三稿於成都
二〇一二年二月二日世界濕地日　四稿大改重修於成都

【風雲三十周年紀念典藏版】

重返狼群

作者：李微漪
發行人：陳曉林
出版所：風雲時代出版股份有限公司
地址：10576台北市民生東路五段178號7樓之3
電話：(02) 2756-0949
傳真：(02) 2765-3799
執行主編：朱墨菲
美術設計：許惠芳
行銷企劃：林安莉
業務總監：張瑋鳳

初版日期：2022年11月新版一刷
版權授權：李微漪
ISBN ：978-626-7153-36-9
風雲書網：http://www.eastbooks.com.tw
官方部落格：http://eastbooks.pixnet.net/blog
Facebook：http://www.facebook.com/h7560949
E-mail：h7560949@ms15.hinet.net
劃撥帳號：12043291
戶名：風雲時代出版股份有限公司

風雲發行所：33373桃園市龜山區公西村2鄰復興街304巷96號
電話：(03) 318-1378
傳真：(03) 318-1378
法律顧問：永然法律事務所 李永然律師
北辰著作權事務所 蕭雄淋律師

行政院新聞局局版台業字第3595號 營利事業統一編號22759935

定價：450元

國家圖書館出版品預行編目資料

重返狼群／李微漪 著. -- 臺北市：風雲時代出版股份有限公司，2022.10- 冊；公分
風雲三十周年紀念典藏版
ISBN 978-626-7153-36-9（平裝）

857.7　　111012793